U0485066

ANQING XIN WENHUA BAINIAN

百年安庆　人文荟萃

主编简介

金肽频，男，中国作家协会会员、安徽省第二届签约作家、北京师范大学兼职研究员、安庆师范大学兼职教授。曾出席诗刊社第十七届青春诗会。已在《人民日报》《文汇报》《人民文学》《诗刊》等全国报刊发表诗歌、散文共 200 余万字，曾在《羊城晚报》《扬子晚报》《济南时报》《燕赵晚报》《江南晚报》等报纸开设“作家专栏”。诗歌入选《21 世纪中国诗歌排行榜》及中国作协创研部或诗刊社主持的年度最佳选本。诗歌《与一朵白莲的距离》入选《大学语文》课本（合肥工业大学出版社 2009 年 1 月第 2 版修订本）。

出版诗集、散文集、新闻论文集共十二部，目前专注于艺术评论。主编书籍有《海子纪念文集》（四卷本）120 万字、《安庆六十年文学精品集》（五卷本）150 万字、《安庆女诗人诗选》等。

ANQING XIN WENHUA BAINIAN
SANWEN JUAN

散文卷

金肽频　主编

时代出版传媒股份有限公司
安徽文艺出版社

图书在版编目(CIP)数据

安庆新文化百年·散文卷/金肽频主编. —合肥:安徽文艺出版社,2016.1
ISBN 978-7-5396-5593-2

Ⅰ.①安… Ⅱ.①金… Ⅲ.①文艺-作品综合集-安庆市 ②散文集-中国 Ⅳ.①I218.543

中国版本图书馆 CIP 数据核字(2015)第 282229 号

出 版 人:朱寒冬
出版策划:朱寒冬 刘 哲　　出版统筹:张 磊
责任编辑:周 丽　　装帧设计:徐 睿

出版发行:时代出版传媒股份有限公司 www.press-mart.com
安徽文艺出版社 www.awpub.com
地 址:合肥市翡翠路 1118 号 邮政编码:230071
营 销 部:(0551)63533889
印 制:安徽新华印刷股份有限公司 (0551)65859551

开本:710×1010 1/16 印张:35.75 字数:600 千字
版次:2016 年 1 月第 1 版 2016 年 1 月第 1 次印刷
定价:88.00 元(精装)(全六册:528.00 元)

(如发现印装质量问题,影响阅读,请与出版社联系调换)

版权所有,侵权必究

顾问名单

（排名不分先后）

总顾问：方兆祥　安徽省政协原主席

李修松　安徽省政协副主席（兼省文化厅副厅长）、安徽大学博士生导师

总策划：朱寒冬　安徽文艺出版社社长

顾　问：虞爱华　中共安庆市委书记

魏晓明　安庆市人民政府市长

朱士群　安徽省社会科学院院长

吴　雪　安徽省文联主席、著名书法家

季　宇　安徽省文联名誉主席、著名作家

金　燕　安徽省教育厅副厅长

郭俊英　北京鲁迅博物馆（新文化运动纪念馆）馆长

查结联　安徽省纪委派驻省文化厅纪检组组长、省文化厅党组成员

盛志明　安徽盛晟集团董事长

文学顾问：

铁　凝　著名作家、中国作家协会主席

冯骥才　著名作家、中国文学艺术界联合会执行副主席

吉狄马加　著名作家、中国作家协会副主席、鲁迅文学院院长

李敬泽　著名评论家、中国作家协会副主席、《人民文学》主编

吴思敬　著名评论家、首都师范大学教授、博士生导师

余光中　台湾著名诗人、台湾中山大学资深教授

洛　夫　台湾著名诗人、世界华语诗坛泰斗

莫　言　著名作家、诺贝尔文学奖获得者

顾问名单

（排名不分先后）

艺术顾问：

潘公凯　著名画家、中国美术家协会原副主席、中央美术学院原院长

何家英　著名画家、中国美术家协会副主席

史国良　著名画家、中国国家画院研究员

任　平　著名书法家、中国艺术研究院书法专业博导

张　松　著名画家、安徽省美术家协会主席

朱松发　著名画家、安徽省美术家协会副主席

朱春林　著名油画家、中国艺术研究院油画教学部主任

杜　仲　著名油画家、安徽省油画学会副会长

蔡　葵　著名画家、中国艺术研究院专职画家

王　平　著名青年画家、美术理论家、中国国家画院信息中心主任

何晓云　著名画家、解放军某总部专业创作员

秦金根　著名青年书法家、《书画世界》杂志执行主编

编委会名单

（排名不分先后）

张国刚　教育部“长江学者，清华大学历史系主任、博士生导师

杨　耕　教育部“长江学者”，北京师范大学党委常委、副校长、博士生导师

查显友　中国人民大学副校长、教授、博士生导师

高　毅　北京大学历史系主任、教授、博士生导师

高　岱　北京大学研究生院副院长、历史系教授、博士生导师

陈先发　著名诗人、新华社安徽分社常务副总编

何世华　著名作家、安徽省作家协会副主席、中共安徽省委宣传部文艺处处长

王达敏　安徽大学文学院教授、博士生导师、安徽省作家协会原常务副主席

韩　进　著名儿童文学作家、时代出版传媒股份有限公司副总经理

汪慎之　台湾安徽同乡会联谊会会长、中国和平统一促进会理事、诗人

石　楠　著名作家

程国赋　暨南大学文学院院长、教授、博士生导师

王彬彬　南京大学文学院副院长、教授、博士生导师

刘小平　广东外语外贸大学中文学院院长、教授

祝凤鸣　著名诗人、评论家、安徽省社会科学院研究室主任

余　怒　著名先锋诗人

荣光启　著名评论家、武汉大学文学院教授

苍　耳　著名评论家、散文家

朱移山　著名评论家、合肥工业大学出版社副社长、南京大学博士

周玉冰　著名青年作家、合肥《市场星报·星空艺术》主编

编 选 例 言

一、本丛书入选作品时间界限为1915年5月—2015年5月。

二、入选人物以安庆籍为主，适当选入曾在安庆工作或学习的名家。个别未到过安庆的作家，但为安庆发生的全国重要事件所专门写作的诗歌作特例选入，唯朱自清。在安庆工作期间创作，尤其是以安庆为背景或以安庆人物为创作原型的作品，其本身就属于安庆文化的有机组成部分，如郁达夫、庐隐等，故而选入。

三、入选人物的作品涉多领域者，以最为突出的创作领域为主选，其他为次选或不选。

四、入选者作品，已故者，由编者从已出版的权威版本中选取；健在者，采取本人自荐与编者选取相结合，以编者根据实际选取为准。

五、所选作品尊重历史原貌，让作品本身体现历史。

六、选取作品注重名家同时，注重名作效应。如陈独秀《文学革命论》、舒鸿贻《宜园诗稿》、程演生《安徽大学校歌》、林语堂《安庆印象记》、石楠《潘玉良传》、海子《面朝大海，春暖花开》等。获全国大奖作品优先选入，如"鲁迅文学奖"获奖作品《老弟的盛宴》、全国报纸副刊评比一等奖作品《保卫母语》等。

七、每卷除了名家作品，适当选入部分在全国有代表性、有潜力的当代安庆籍作家作品，以体现当代安庆文学之风貌。

八、本丛书所有图片，有出处者，均予明确注明；未注明出处者，系最初图片来源无明确信息，而由编者选出。

九、本丛书入选者排序，以出生年份为主。但少数例外，如《散文卷》《诗歌卷》《随笔卷》中，陈独秀非出生年份最早者，但因本套丛书系纪念中国新文化运动一百周年，故将陈独秀排在首位。另有少数同年出生，或年龄相差不到一两岁者，对于创作成果、社会影响较大者，排序适当靠前，如海子等。

十、本丛书《戏剧卷》的选材范围与入选剧作家适当放宽。因黄梅戏是安庆的文化特产与文化品牌，安庆的水平代表了安徽的水平，安徽的水平又代表了全国的水平。因此，《戏剧卷》的入选作品与剧作家，以最能体现中国黄梅戏之特色、之水准、之成就为宗旨，个别非安庆籍剧作家如著名剧作家王长安，其作品也选入了丛书《戏剧卷》。

目　录

序

安徽省政协副主席
安徽大学教授、博士生导师 李修松

今年是我国新文化运动一百年，作为新文化运动发起人和旗帜的陈独秀故乡安庆，组织编写了洋洋四百余万言的大型精装丛书《安庆新文化百年》，主编金肽频先生嘱我写篇序，考虑到此书意义之重要，故不敢推脱，欣然命笔。

新文化百年，多彩多姿，令我们系统总结，深刻反思。

从1840年鸦片战争开始，帝国主义用坚船利炮打开我国门，使我国步入半封建半殖民地社会。辛亥革命虽然推翻了帝制，但所建立的共和名不符实，封建主义思想束缚并未解脱，帝国主义加紧侵略，军阀统治更趋黑暗，张勋、袁世凯一再复辟。在经历了一次次武力抗争失败之后，一些仁人志士转而逐步从文化上探原因，寻出路。1915年，陈独秀主编《新青年》（原名《青年杂志》），大量发表抨击尊孔复古的文章，提倡民主与科学（旧称"德先生"与"赛先生"），从而掀起了这场新文化运动。胡适、鲁迅、李大钊、钱玄同等一批受过西方新式教育的知识分子乘势奋起，纷掀大潮。他们提倡民主，反对专制；提倡科学，反对迷信；提倡新道德，反对旧道德；提倡新文学，反对旧文学。特别是他们宣传资产阶级民主思想和民主制度，向封建礼教发起全面挑战，冲破了统治中国2000多年的封建思想束缚，激发起广大青年追求新思想的热情，广泛开启"民智"，促使人们追求民主与科学，探索救国救民的真理，是中国近代以来的一次空前的思想解放运动。运动后期开始宣传十月革命和马克思主义，为马克思主义在中国的传播和"五四"爱国运动的爆发奠定了思想基础，对我国文化乃至社会发展产生了重要而深远的影响。同时,这场运动也促使我国传统文化开始了转型发展。新文化百年,各方面文化都取得了一系列新的成就。

新文化运动的先驱者们,面对当时中国的封建落后,积贫积弱,受欺挨打,可谓爱之深而责之切,再比较西方列强之强盛,以至于归咎于中国传统文化,乞灵于西方文化,乃至表现出明显的全盘否定、全盘肯定的偏向,可谓恨铁不成钢,矫枉常过正。正是这些,对于其后中国文化的传承产生了不可忽视的抑制作用,以至创新缺乏基础,发展难保健康。当然,说到底,这种局限是当时时代所决定的,任何事物都有两重性,应看其主流,我们不可苛责前人。如今,百年之后回头来看,会更加清晰,关键是我们从现在起怎样做!

一

放眼世界历史,无数事实说明,文化亡则民族亡,文化存则民族可复兴,以色列犹太民族的复兴就是一个明显的例证。任何一个国家和民族都必须继承宏扬自己的文化,即使美国这样的移民国家也概莫能外。我们知道,最初主宰美国的基础移民是英国人,而英国是工业革命和资产阶级革命最先爆发的国度,是当时最强盛的国家,殖民地遍及全世界,号称“日不落帝国”。那时的英国文化堪称世界最先进的文化。所以美国的基础文化不是在当时已经落后的印第安文化,而是英国的基础移民带去的英国文化。这从美国的语言是英语,主体宗教为基督教,主体建筑为欧式中不难看出。伴随着世界各地移民(如今更是世界各地优秀分子)的涌入,美国以当时的英国文化为基础,不断吸纳来自世界各地的多元文化,融合、创新、发展,所以其文化不仅先进,而且充满活力和创新精神。这是美国之所以成为经济、科技、军事强国的文化动因。必须说明的是,这里所说的英国文化已经不是中世纪文化,而是在继承文艺复兴成果,经历了资产阶级革命和工业革命的洗礼,已经完成近代转型从而适应时代发展的文化。被移植到美国之后,也经历了融合发展、与时俱进的过程。

我国传统文化是勤劳、勇敢、智慧的伟大的中华民族数千年文明之积淀。从夏商周三代到春秋战国的先秦时期的文化奠基,再到汉唐时代的文化腾飞,我国成为当时世界文明程度最高、最强盛的国度。在以手工生产为特征的农牧时代,鬼斧神工造就的地理上的中国大一统江山范围内,世界历史上一次次气吞山河的东征，都未能攻进这一地域；而其内部，除了历史上的匈奴、蒙古族凭借特殊条件曾打出去外，即便如唐朝之强盛，也未能打出这一地域。这就是中国人历来所认为的“中国（早期的华夏族及后来的汉族王朝分布地区）与四裔（周边少数民族分布地区）即天下”（实即中心王朝及其间接统治地区）、王朝皇帝号称“天子”的原因所在。在这个地域内，农耕文化和游牧文化之优势互补融合。居于中心部位以农业生产为主的汉民族，文明程度高于周边的游牧民族，所以对他们形成强大的吸引力。而周边少数民族也对汉族地区形成天然的向心力。他们大部分时间对汉族王朝是年年来朝，岁岁纳贡，人民之间友好交往，文化之间互为交融。一旦王朝走向衰败，少数民族，尤其是北方乃至西部大草原地带的容易形成强大联合的游牧民族，就会铁骑南下，夺取汉族王朝的“天下”，甚至统治汉族地区，从而形成历史上一轮又一轮的民族大融合。游牧民族的尚武、进取等优秀文化因子补充了汉族文化文气有余、勇武不足的缺憾，汉族高度文明的文化基因充消了游牧文化的落后，我国的传统文化在民族交融中发展，既不保守，也不封闭。唐以前通过陆上丝绸之路有机吸纳国外先进文化，唐以后更通过海上丝绸之路源源不断地对外交流，从而保持文化的先进，辐射包括日本、朝韩、印度支那及东南亚等的周边国家和地区，形成大范围的汉唐文化圈。然而，经五代十国，至宋代，长期的扬文抑武使我国文化走向内敛，封建社会步入下坡，宋代文化虽现某种繁荣，但精神渐趋僵化。经元代短暂的蒙古族入主和文化融合，至明王朝虽曾一时称强，但不久便进取难再，北方往往受制，东南竟施海禁，最后被农民起义摧毁，随即为满族统治所取代。满族的尚武、进取和雄心勃勃，曾焕发满汉文化融合的强大力量，导致清朝前期康、雍、乾时期的强盛，但乾隆之后日渐保守，王朝逐步衰落，以致面对西方列强闭关锁国，乃至一次次被动挨打，一次次赔款乞和，面临被瓜分的危险。

根据上述分析，我国传统文化是我们优秀民族创造积淀的优秀文化，虽然至封建社会后期其保守性越来越强，以至越来越落后，乃至对社会发展起到一定的制约作用。然而，民族的文化总是人民精神生活的土壤，总是必须要继承的，虽然优秀之中难免劣质，却是不可铲除的，应根据发展需要积极创造条件予以改良和优化，实现文化转型。要振兴我们的文化，通过转型使之重归优秀，就必须改变其内敛封闭、保守因循、愚昧落后，注入鲜活。这就需要通过内部的不断改革，激发其进取创新的活力；就需要通过持续对外开放，吸纳适合自己的世界一切民族的优秀文化；就需要从火热的生产、生活实践中提取营养，促其转型，创新发展，与时俱进。总之，必须做好继承、吸收、转型和创新发展的工作，从而打牢我们的文化根基，树立我们的文化自信，培养我们的文化自觉，促进包括文化在内的各个方面的发展。

二

从更深层次分析，马克思主义之所以能够在中国落地生根，形成不断发展的中国特色的马克思主义，并指导中国革命取得胜利，逐步走出一条适合本国国情的中国特色的社会主义道路，追根溯源，还是因为中国传统文化的土壤对马克思主义的适合。否则，当时最先进的马克思主义为什么能够在封建、专制、贫穷、落后的农业国的中国落地生根并实现特色发展，一般理论很难说得通其中的道理，只有从中国传统文化的融合角度来分析，才能理通情明。

深入梳理数千年中国传统文化，我们会发现其中诸如“大道之行也，天下为公”、“夙夜在公”、先公后私、先国后家、移孝作忠、“尽忠报国”、“马革裹尸”，以及“先天下之忧而忧，后天下之乐而乐”，乃至“天下兴亡，匹夫有责”等等光芒四射的精华，正是这样的文化精华塑造了一代又一代的精英，支撑起民族的脊梁，使我国成为几大文明古国中唯一传承有序、连续发展的国度。而这些，与马克思主义的主张正好相合拍。我国老一代革命家们自小就深受传统文化的教育熏陶，上述理念可以说是深入他们的骨髓，流淌于血液之中。他们在祖国处于漫漫长夜的深重苦难之时寻求救国救民的真理，所幸十月革命传来了马克思主义，正好激发起他们内心深处的优秀传统文化因子，令他们热血沸腾，毅然接受，甘愿为其共产主义理想抛头颅，洒热血，奉献终生。在经历了最初将马克思主义生搬硬套以至失败的血的教训之后，以毛泽东同志为代表的老一辈革命家运用优秀传统文化的智慧，将马列主义与中国革命具体实践相结合，走出了一条建立农村根据地，农村包围城市，最后夺取城市的武装斗争胜利的道路，创立了中国特色的马克思主义，打败了日本帝国主义和国民党反动统治，推翻了三座大山，取得了中国革命胜利，建立了社会主义新中国，开展了社会主义建设；随后中共又领导人民战胜了“文化大革命”的干扰，走上了建立于中国特色文化土壤之上的中国特色社会主义道路。可以说正是优秀传统文化的继承及其与马克思主义的融合与创新，使中国共产党人创立了红色文化，影响千千万万的先辈们奋勇向前，从而赢得了革命和建设的一系列胜利。

可是，由于国内外多种原因，解放后我国对传统文化的有机继承出现了一些偏差，对外由起初的偏学苏联逐步趋于文化封闭，对内往往将传统文化视为糟粕，若欲继承必先批判。特别是经过史无前例的无产阶级“文化大革命”，传统文化被革得体无完肤，以至于原本有机继承优秀传统文化的红色文化失去基础，出现畸形，破“四旧”、立“四新”之类的文化毁坏以及跳“忠”字舞乃至早请示、晚汇报之类的造神文化行为可为明证，从而对我国文化造成巨大破坏，对外文化封闭达于顶峰。

改革开放为我国文化的现代转型和创新发展带来了难得的机遇，改革提供了动力，开放带来了外部新鲜血液，社会主义市场经济的建立和逐步完善为我们文化的现代转型和创新发展提供了难得的舞台、环境与机遇，我国经济、政治、文化、社会和生态文明建设以及各行各业广大人民群众火热的生产生活实践，为我国文化的发展提供了源源不断的丰富营养，我国文化因此取得了令人欣喜的成绩。无论是文化体制改革，还是文化事业、文化产业的发展，都是文化转型过程中创新实践所取得的成就。

然而，由于“文革”之后，我国对遭受毁灭性破坏的传统文化未能及时进行整理并使之得到有机传承，扎实完成其现代转型，对当时出现畸形的红色文化未能及时修复并使之健康发展，从而导致我们的文化创新与发展基础不实、底气不足，缺乏自信，更谈不上自觉；再加上我国对文化建设投入的长期亏欠，从而在很大程度上影响了我们文化的现代转型和创新发展。伴随着对外开放的不断扩大，面对外来文化的泥沙俱进，由于缺乏优秀传统文化的根基和底气，不知孰适孰舍，以致在促进我国文化发展的同时，外来的有害文化也在一定程度上扰乱了我们文化创新的质量和方向，从而给我们的文化发展带来很大的负面影响。如今许多青少年对西方文化如痴如醉，而对民族文化缺乏感情，价值观西化趋向严重，盲目空虚，不加选择地一味仿效西方文化行为等等，可以说就是这类负面影响所致。诸如一切向钱看，真情异化，低级趣味，低俗媚俗，道德滑落，诚信缺失，行为失范，弄假流行，贪污腐败等等，都与上述有关。从一定程度上说，时至今日我们必须警醒：切切防止文化的畸形导致人性的异化！

同时，由于我们的文化底气不足以至于创新力不强，中国共产党领导全国各族人民所取得的波澜壮阔的改革开放成果、所致力的前无古人的社会主义市场经济实践、所夺取的中国特色社会主义建设的伟大胜利，以及各行各业火热的生产生活实践等等，难以通过文化创新转化为深受人民群众喜爱的且在国际上叫得响的品牌文化产品。由于缺乏原创能力，以至于我们的文化产业到处“山寨”流行，许多文艺作品热衷于炒冷饭，搞噱头，杂乱穿越，欺骗和愚弄受众，以期一锤子买卖获取金钱。还有，国外迪斯尼式的或其变种式的主题公园到处开花，横店式的影视基地密集频现，印象式的室外大型实景演出在各地克隆，动漫业产量大而效难显；由于缺乏创新，许多地方人文旅游习惯于建园子、盖房子、竖雕像、刻碑林、塑蜡像、搞展览，方式陈旧且雷同。就连近年在我国崛起的文化创意产业也存在“浑”（定义含浑，理论与方法不明）、“浅”（创意层次浅，水平不高）、“泛”（不加区分地将文化产业多名之以文化创意产业）、“滥”（到处开花，一哄而起，低水平重复与竞争）、“抄”（抄袭或变相抄袭）、“乏”（创意人才和领军人才等缺乏）、“畸”（恶搞历史文化，畸形的文化产品层出不穷）等问题。究其原因，还是由于我们的文化缺乏底气，因而创新力不强。

当前，我国正站在一个新的历史起点上：我们各方面的改革在取得一系列成就之后正处于攻坚时期，我们经济在经历相当长时期高速增长之后，目前正步入新常态，在下行压力中呈现中高速增长，转方式、调结均、促升级的科学发展进程与蓬勃兴起的世界科技革命和产业变革出现了历史性交汇，科技发展既面临难得的机遇，也面临发达国家蓄势占优和新兴经济体追赶比拼的双重挑战。在这样的情势下，大力推动科技创新当然十分必要，但文化创新才是推动包括科技创新在内的我国创新驱动战略之本。因为文化如水，浸透血脉，润泽心田，影响人们的自觉行为，文化创新力的大小决定人们的创新行为和创新程度。如果我们的文化创新力不强，那么我们的教育就会缺乏创新，老师们的创新精神就不会强，教育出来的学生从事科技工作就会缺乏创新的原动力。目前科技界所存在的诸如专利申请量大而许多难见实效、尖端或前沿领域成果少、成果转化率低乃至抄袭、作伪等许多问题，多与我们文化创新力不强有关。至于改革攻坚，转变经济发展方式，调整产业结构，使我们步入科学发展轨道，归根结底还是要靠大力推进文化创新，进而使我们的文化创新力增强，使我们全民族创造活力增强。

增强文化创新力的前提，是构建中华优秀传统文化的传承体系，整合优秀的传统文化，扎实推进其现代转型，形成继承传统、符合国情、顺应时代的核心价值体系，从而打牢中国人文化创新的根基，使之底气十足。同时，需要恢复红色文化的大众认同和信奉，真正确立马克思主义的指导地位。为此必须抓住两大关键：一是摆正红色文化形成发展过程中我国优秀传统文化的基础地位，从而顺利修复，消除畸形，恢复内涵，创新发展。二是摆正中国特色马克思主义形成发展过程中我国优秀传统文化的内因地位。就是说，在这个过程中，外来的马克思主义是外因，而中国优秀传统文化的土壤是内因。按照马克思主义哲学原理，内因是事物变化的根本原因，外因是事物变化发展的条件，外因通过内因而起作用。我们在继承、宏扬红色文化的过程中，在宣传、学习、运用乃至发展中国特色的马克思主义过程中，只有按照这样的原理来实施，才能落到实处，顺理成章，不致空洞和教条，广大人民群众的文化自信、文化自觉才会逐步提升，才会发自内心、充满信心地信奉红色文化，真正运用中国特色的马克思主义科学指导中国特色社会主义的各项事业建设。

三

在新文化运动百年之际，安庆编辑此类丛书是有其代表性的。安庆不仅是陈独秀的故乡，而且还是当时的安徽省会，更是国家历史文化名城，历来文风昌盛，人文荟萃，无论是对我国的传统文化（如桐城文派），还是对新文化运动以来的文化建设和发展，都可谓贡献良多。故此，著名诗人、作家金肽频先生慧眼观照，主要是从文学艺术的视野，奋力发起组织此套大型丛书，分小说、散文、诗歌、戏剧、评论、随笔六卷，另有一部名家书画卷，按此七个方面选录了1915年5月至2015年5月百年之间安庆籍及曾在安庆工作乃至外籍人写安庆重大题材的代表人士的代表性作品，即将由安徽文艺出版社出版。在这个过程中，还组织了一大批学者文豪，共同努力推出此套丛书。

这是一项纷繁复杂的系统工程，其间资料搜集、整理和遴选、人际联系、沟通和协调，乃至各卷编排、校对等等，可谓头绪繁多，事务冗杂，付出的心血和汗水，可想而知。作为文化人，我们表示由衷的敬佩并努力予以支持。这还因为，编辑此书的意义相当重要：

其一，如今，我国正在大力建设中国特色社会主义文化强国，以习近平同志为总书记的中共中央高度重视文化建设，包括保护、传承、宏扬优秀传统文化，中共十八届五中全会拟定的十三五规划内容，文化建设是其重要方面，此时出版这套丛书，正可以促使人们由此深入研究开去，有助于正确把握今后我国文化的继承、吸收、转型与创新发展。

其二，编者从上述七个方面遴选了安庆新文化百年的名家之代表性作品，不仅主要从文艺视野全面系统地反映了百年安庆的新文化成就，可以说是安徽的代表，而且也可以看作是全国百年文艺创作等真实缩影，读者通过此书去全面深入了解和研究，可以说是一条用力少而见功多的捷径。

其三，最近，习近平同志在2014年10月15日文艺工作座谈会上的讲话全文发表，这是一篇指导我国当前和今后相当长时期文艺事业发展的重要文献，此套丛书的出版正好提供了系统而翔实的参考资料，有利于更加深刻、全面、系统地理解讲话精神，更好地予以贯彻。

其四，可以由此进一步扩大，加深对百年中国文化发展演变的辩证分析，深刻反思，研究其今后发展的正确道路。从而顺应经济社会的发展与进步，加快公共文化服务体系建设，大力发展文化事业，不断满足广大人民群众基本的精神文化需求；同时，在创新驱动、科技支撑和互联网+的时势下大力推进文化产业转型升级，提质增效，走自主创新的中国特色发展之路，不断满足广大人民群众日益增长的更高层次更高质量的精神文化需求。

正是基于上述考虑，是为序。

2015年11月3日

陈独秀

（1879—1942）

中国新文化运动的发起人和旗帜，中国文化启蒙运动的先驱，中国共产主义运动的先行者，中国共产党主要创始人，中国共产党早期最高领导人。原名庆同，官名乾生，字仲甫，号实庵，安庆怀宁县人。

陈独秀于1896年考中秀才。1897年入杭州中西求是书院（浙江大学前身）学习，开始接受近代西方思想文化。1901年因进行反清宣传活动，受清政府通缉，从安庆逃亡日本，进入东京高等师范学校速成科学习。1903年7月在上海协助章士钊主编《国民日报》。1904年初在芜湖创办《安徽俗话报》，宣传革命思想。1905年组织反清秘密革命组织岳王会，任总会长。1907年入东京正则英语学校，后转入早稻田大学。1909年冬去浙江陆军学堂任教。1911年辛亥革命后不久，任安徽省都督府秘书长。1916年任北京大学文科学长（相当于系主任）。

陈独秀于1915年9月在上海创办《新青年》杂志，这是当时传播马克思主义的主要阵地，是中国近现代历史上影响最大的刊物。陈独秀在中国历史上第一个举起了民主、科学两面大旗，对中国近现代历史的发展产生了巨大的影响。

《新青年》宣言

本志具体的主张，从来未曾完全发表。社员各人持论，也往往不能尽同。读者诸君或不免怀疑，社会上颇因此发生误会。现当第七卷开始，敢将全体社员的共同意见，明白宣布。就是后来加入的社员，也共同担负此次宣言的责任。但《读者言论》一栏，乃为容纳社外异议而设，不在此例。

我们相信世界上的军国主义和金力主义，已经造了无穷罪恶，现在是应该抛弃了。

我们相信世界各国政治上、道德上、经济上因袭的旧观念中，有许多阻碍进化而且不合情理的部分。我们想求社会进化，不得不打破“天经地义”“自古如斯”的成见；决计一面抛弃此等旧观念，一面综合前代贤哲、当代贤哲和我们自己所想的，创造政治上、道德上、经济上的新观念，树立新时代的精神，适应新社会的环境。

我们理想的新时代新社会，是诚实的、进步的、积极的、自由的、平等的、创造的、美的、善的、和平的、相爱互助的、劳动而愉快的、全社会幸福的。希望那虚伪的、保守的、消极的、束缚的、阶级的、因袭的、丑的、恶的、战争的、轧轹不安的、懒惰而烦闷的、少数幸福的现象，渐渐减少，至于消灭。

我们新社会的新青年，当然尊重劳动。但应该随个人的才能兴趣，把劳动放在自由愉快艺术美化的地位，不应该把一件神圣的东西当作维持衣食的条件。

我们相信人类道德的进步，应该扩张到本能（即侵略性及占有心）以上的生活，所以对于世界上各种民族，都应该表示友爱互助的情谊。但是对于侵略主义、占有主义的军阀、财阀，不得不以敌意招待。

我们主张的是民众运动社会改造，和过去及现在各摄政党，绝对断绝关系。

我们虽不迷信政治万能，但承认政治是一种重要的公共生活，而且相信真的民主政治，必会把政权分配到人民全体，就是有限制，也是拿有无职业做标准，不拿有无财产做标准。这种政治，确是造成新时代一种必经的过程，发展新社会一种有用的工具。至于政党，我们也承认他是运用政治应有的方法，但对于一切拥护少数人私利或一阶级利益，眼中没有全社会幸福的政党，永远不忍加入。

我们相信政治、道德、科学、艺术、宗教、教育，都应该以现在及将来社会生活进步的实际需要为中心。

我们因为要创造新时代新社会生活进步所需要的文学道德，便不得不抛弃因袭的文学道德中不适用的部分。

我们相信尊重自然科学实验哲学，破除迷信妄想，是我们现在社会进化的必要条件。

我们相信尊重女子的人格和权利，已经是现在社会生活进步的实际需要，并且希望他们个人自己对于社会责任有彻底的觉悟。

我们因为要实验我们的主张，森严我们的壁垒，宁欢迎有意识有信仰的反对，不欢迎无意识无信仰的随声附和。

在反对的方面没有充分理由说服我们以前，我们理当大胆宣传我们的主张，出于决断的态度；不取乡愿的、紊乱是非的、助长惰性的、阻碍进化的、没有自己立脚地的调和论调；不取虚无的、不着边际的、没有信仰的、没有主张的、超实际的、无结果的绝对怀疑主义。

（原载《新青年》第7卷第1号，1919年12月1日）

我之爱国主义

伊古以来所谓为爱国者,多指为国捐躯之烈士,其所行事,可泣可歌。此宁非吾人所服膺所崇拜?然我之爱国主义则异于是。

何以言之?世之所重于爱国者何哉?岂非以大好河山,祖宗丘墓之所在,子孙食息之所资,画地而守,一群之所托命,此而不爱。非属童昏,即欲效犹太人流离异国,威福任人已耳?故强敌侵入之时,则执戈御侮;独夫乱政之际,则血染义旗。卫国保民,此献身之烈士所以可贵也。

今日之中国,外迫于强敌,内逼于独夫(兹之所谓独夫者,非但专制君主及总统;凡国中之逞权而不恤舆论之执政,皆然),非吾人困苦艰难,要求热血烈士为国献身之时代乎?然自我观,中国之危,固以迫于独夫与强敌,而所以迫于独夫强敌者,乃民族之公德私德之堕落有以召之耳。即今不为拔本塞源之计,虽有少数难能可贵之爱国烈士,非徒无救于国之亡,行见吾种之灭也。

世有疑吾言者乎?试观国中现象,若武人之乱政,若府库之空虚,若产业之凋零,若社会之腐败,若人格之堕落,若官吏之贪墨,若游民盗匪之充斥,若水旱疫疠之流行,凡此种种,无一不为国亡种灭之根源,又无一而为献身烈士一手一足之所可救治。外人之讥评吾族,而实为吾人不能不俯首承认者,曰"好利无耻",曰"老大病夫",曰"不洁如豕",曰"游民乞丐国",曰"贿赂为华人通病",曰"官吏国",曰"豚尾客",曰"黄金崇拜",曰"工于诈伪",曰"服权力不服公理",曰"放纵卑劣":凡此种种,无一而非亡国灭种之资格,又无一而为献身烈士一手一足之所可救治。

一国之民,精神上、物质上,如此退化,如此坠落,即人不我伐,亦有何颜面,有何权利,生存于世界?一国之民德,民力,在水平线以上者,一时遭逢独夫强敌,国家濒于危亡,得献身为国之烈士而救之,足济于难;若其国之民德,民力,在水平线以下者，则自侮自伐，其招致强敌独夫也，如磁石之引针，其国家无时不在灭亡之数，其亡自亡也，其灭自灭也；即幸不遭逢强敌独夫，而其国之不幸，乃在遭逢强敌独夫以上，反以遭逢强敌独夫，促其觉悟，为国之大幸。

夫所贵乎爱国烈士者，救其国之危亡也；否则何取焉？今其国之危亡也，亡之者虽将为强敌，为独夫，而所以使之亡者，乃其国民之行为与性质。欲图根本之救亡，所需乎国民性质行为之改善，视所需乎为国献身之烈士，其量尤广，其势尤迫。故我之爱国主义，不在为国捐躯，而在笃行自好之士，为国家惜名誉，为国家弭乱源，为国家增实力。我爱国诸青年乎！为国捐躯之烈士，固吾人所服膺，所崇拜，会当其时，愿诸君决然为之，无所审顾；然此种爱国行为，乃一时的而非持续的，乃治标的而非治本的。吾之所谓持续的治本的爱国主义者：

曰　勤

传曰："民生在勤，勤则不匮。"今日西洋各国国力之发展，无不视经济力为标准，而经济学之生产三要素：曰土地，曰人力，曰资本。夫资本之初源，仍出于土地与人力。土地而不施以人力，仍不得视为财产，如石田童山是也。故人力应视为最重大之生产要素。一社会之人力至者，其社会之经济力必强；一个人之人力至者，其个人之生计，必不至匮乏：此可断言者也。

晰族之勤勉，半由于体魄之强，半由于习惯之善。吾华惰民，即不终朝闲散，亦不解时间上之经济为何事，可贵有限之光阴，掷之闲谈而不惜焉，掷之博弈而不惜焉，掷之睡眠宴饮而不惜焉。西人之与人约会也，恒以何时何分为期，华人则往往约日相见；西人之行路也，恒一往无前，华人则往往瞻顾徘徊于中道，若无所事事。劳动神圣，晰族之恒言；养尊处优，吾华之风尚。中人之家，亦往往仆婢盈室；游民遍国，乞丐载途。美好丈夫，往往四体不勤，安坐而食他人之食。自食其力，乃社会有体面者所羞为，宁甘厚颜以仰权门之余沥。呜呼！人力废而产业衰，产业衰而国力瘝，爱国君子，必尚乎勤！

曰　俭

奢侈之为害，自个人言之，贪食渔色，戕害其生，奢以伤廉，堕落人格。吾见夫世之倒行逆施者，非必皆丧心病狂。恒以生活习于奢华，不得不捐耻昧心，自趋陷阱。自国家社会言之，俗尚奢侈，国力虚耗。在昔罗马、西班牙之末路，可为殷鉴。消费之额，不可超过生产，已为经济学之定则。况近世工商业兴，以机械代人力，资本之功用，卓越前世。国民而无贮蓄心，浪费资财于不生产之用途，则产业凋敝，国力衰微，可立而俟。

吾华之贫，宇内仅有。国民生事所需，多仰外品。合之赔款国债，每岁正货流出，穷于计算，若再事奢侈，不啻滴尽吾民之膏血，以为外国工商业纪功之碑，增加高度。人人节衣省食，以为国民兴产殖业之基金，爱国君子，何忍而不出此？

曰　廉

呜呼！金钱罪恶，万方同慨。然中国人之金钱罪恶，与欧美人之金钱罪恶不同，而罪恶尤甚。以中国人专以造罪恶而得金钱，复以金钱造成罪恶也。但有钱可图，便无恶不作。古人云："文官不爱钱，武官不怕死，则天下治矣。"不图今之武官，既怕死又复爱钱。若龙济光、张勋辈①，岂真有何异志与共和为敌；只以岁蚀军饷数百万，累累者不肯轻弃，遂不恤倒行逆施耳。袁氏叛国，为之奔走尽力者遍天下，岂有一敬其为人，或真以帝制足以救国者；盖悉为黄金所驱使（严复明白宣言曰：余非帝制派，惟有钱而无不与耳）。袁氏殁，其子辈于白昼众目之下，悉盗公物以去，视彼监守边郡，秘窃宝器者，益无忌惮矣。

夫借债造路，丧失利权，为何等痛心之事；只以图便交通，忍而出此。乃竟有路未寸成，而借款数千万悉入私囊者，人之无良，一至于此！又若金州画界，胶州画界，利敌贿金，蒙蔽溢与，其罪恶更有甚焉！至于革命乃何等高尚之事功，革命党为何等富于牺牲精神之人物，宜不类乎贪吏矣；而恃其师旅之众，强取横夺，满载而归者，所在多有。此外文武官吏，及假口创办实业之奸人，盗取多金，荣归乡里，俨然以巨绅自居者，不可胜数，社会亦优容之而不以为怪。甚

① 龙济光（1868—1925）：民国初期军阀，曾任广西提督、广东安抚使等职。张勋（1854—1923）：民国初期军阀，效忠清王朝，所部禁剪辫子，人称"辫帅"；又扶植清帝复辟，史称"张勋复辟"。

至以尊孔尚德之圣人自居者,亦复贪声载道。呜呼!“贪”之一字,几为吾人之通病;此而不知悔改,更有何爱国之可言!

曰　洁

西洋人称世界不洁之民族,印度人、朝鲜人,与吾华,鼎足而三。华人足迹所至,无不备受侮辱者,非尽关国势之衰微,其不洁之习惯,与夫污秽可憎之辫发与衣冠,吾人诉之良心而言,亦实足招尤取侮。公共卫生,国无定制;痰唾无禁,粪秽载途。沐浴不勤,臭恶视西人所畜犬马加甚;厨灶不治,远不若欧美厕所之清洁。试立通衢,观彼行众,衣冠整洁者,百不获一,触目皆囚首垢面,污秽逼人,虽在本国人,有不望而厌之者,必其同调;欲求尚洁之皙人不加轻蔑,本非人情。

然此犹属外观之污秽,而其内心之不洁,尤令人言之恐怖。经数千年之专制政治,自秦政以讫洪宪皇帝,无不以利禄奔走天下,吾国民遂沉迷于利禄而不自觉。卑鄙龌龊之国民性,由此铸成。吾人无宗教信仰心,有之则做官耳,殆若欧美人之信耶稣,日本人之尊天皇,为同一之迷信。大小官吏,相次依附,存亡荣辱,以此为衡。婢膝奴颜,以为至乐。食力创业,乃至高尚至清洁适于国民实力伸张之美德,而视为天下之至贱,不屑为也。农弃畎亩以充厮役,工商弃其行业以谋差委,士弃其学以求官,驱天下生利之有业者,而为无业分利之游民,皆利禄之见为之也。闻今之北京求官谋事者,数至二十万众。此二十万众中,其多数本已养成无业游民之资格,吾知其少数中未必无富有学识经验之人,可以自力经营相当事业者,而必欲投身宦海,自附于摇尾磕头之列,毋亦利禄之心重,而不知食力创业为可贵也。不能食力者,必食他人之食;不思创业者,自绝生利之途。民德由之堕落,国力由之衰微。此于一群之进化,关系匪轻,是以爱国志士,宜使身心俱洁。

曰　诚

浮词夸诞,立言之不诚也;居丧守节,道德之不诚也;时亡而往拜,圣人之不诚也。吾人习于不诚也久矣。以近事言之,袁氏之称帝也,始终表里坚持赞成反对者，吾皆敬其为人；乃有分明心怀反对者也，而表面竟附赞成之列。朝犹劝进，夕举义旗，袁氏不德，固应受此揶揄，而国民之诈伪不诚，则已完全暴露。其上焉者谓为从权以伺隙，其下焉者诡曰逢恶以速其亡。吾心固反对帝制者也，不知若略迹论心，即筹安六人，去杨、刘外[①]，何尝有一人诚心赞成帝制？唯其非诚心赞成而赞成之者，其人格远在诚心赞成而赞成之者之下，明知故犯，其罪加等！此何等事，而云从权逢恶，则一旦强敌压境夺国，不知其从权逢恶也，更演何丑态，作何罪孽？此外人所以谓法兰西革命为悲剧的革命，而华人革命，乃滑稽剧也。

若张勋、倪嗣冲、陈宧、汤芗铭、龙济光、张作霖、王占元辈，本诚心赞成帝制者也，乃袁势一去，或叛袁独立，或仍就共和政府之军职，视昔之称扬帝制痛骂共和也，前后竟若两人。孙毓筠非供奉洪宪皇帝之御容，称以今上圣主万岁者乎？乃帝制取消时，与其友书，竟有袁逆之称。其他请愿劝进之妄人，今又复正襟厉色以言民权共和者，滔滔皆是。反复变诈，一至于斯，诚不知人间有羞耻事也！呜呼！不诚之民族，为善不终，为恶亦不终。吾见夫国中多乐于为恶之人，吾未见有始终为恶之硬汉。诈伪圆滑，人格何存？吾愿爱国之士，无论维新守旧，帝党共和，皆本诸良心之至诚，慎厥终始，以存国民一线之人格。

曰信

人而无信，不独为道德之羞，亦且为经济之累。政府无信，则纸币不行，内债难得，其最大之恶果，为无人民信托之国家银行，金融大权，操诸外人之手。人民无信，则非独资无由创业。当此工商发达时代，非资本集合，必不适于营业竞争。而吾国人之视集资创业也，不啻为骗钱之别名。由是全国资金，皆成死物，绝无流通生长之机缘。以视欧美人之资财，衣食之余，悉贮之银行，经营产业，息息流通，递加生长也。其社会金融之日就枯竭，殆与人身之血不流行，坐待衰萎以死，同一现象。是故民信不立，国之金融，决无起死回生之望。政府以借债而存，人民以盗窃而活，由贫而弱，由弱而亡，讵不滋痛！

之数德者，固老生之常谈，实救国之要道。人或以为视献身义烈为迂远，吾

① 筹安六人：指运作袁世凯称帝的筹安会的六个首脑人物，杨指杨度，刘指刘师培。

独以此为持续的治本的真正爱国之行为。盖今世列强并立，皆挟其全国国民之德智力以相角，兴亡之数，不待战争而决。其兴也有故，其亡也有由。唯其亡之已有由矣，虽有为国献身之烈士，亦莫之能救。故今世爱国之说与古不同，欲爱其国使立于不亡之地，非睹其国之亡始爱而殉之也。夫国亡身殉，其义烈固自可风，若严格论之，自古以身殉国者，未必人人皆无制造亡国原因之罪。故爱其国使立于不亡之地，爱国之义，莫隆于斯。

（原载《新青年》第2卷第2号，1916年10月1日）

文学革命论

今日庄严灿烂之欧洲，何自而来乎？曰，革命之赐也。欧语所谓革命者，为革故更新之义，与中土所谓朝代鼎革，绝不相类；故自文艺复兴以来，政治界有革命，宗教界亦有革命，伦理道德亦有革命，文学艺术亦莫不有革命，莫不因革命而新兴、而进化。近代欧洲文明史，直可谓之革命史。故曰，今日庄严灿烂之欧洲，乃革命之赐也。

吾苟偷庸懦之国民，畏革命如蛇蝎，故政治界虽经三次革命，而黑暗未尝稍减。其原因之小部分，则为三次革命，皆虎头蛇尾，未能充分以鲜血洗净旧污；其大部分，则为盘踞吾人精神界根深蒂固之伦理、道德、文学、艺术诸端，莫不黑幕层张，垢污深积，并此虎头蛇尾之革命而未有焉。此单独政治革命所以于吾之社会，不生若何变化，不收若何效果也。推其总因，乃在吾人疾视革命，不知其为开发文明之利器故。

孔教问题，方喧呶于国中，此伦理道德革命之先声也。文学革命之气运，酝酿已非一日，其首举义旗之急先锋，则为吾友胡适。余甘冒全国学究之敌，高张文学革命军大旗，以为吾友之声援。旗上大书特书吾革命军三大主义：曰，推倒雕琢的、阿谀的贵族文学，建设平易的、抒情的国民文学；曰，推倒陈腐的、铺张的古典文学，建设新鲜的、立诚的写实文学；曰，推倒迂晦的、艰涩的山林文学，建设明了的、通俗的社会文学。

《国风》多里巷猥辞，《楚辞》盛用土语方物，非不斐然可观。承其流者，两汉赋家，颂声大作，雕琢阿谀，词多而意寡，此贵族之文、古典之文之始作俑也。魏、晋以下之五言，抒情写事，一变前代板滞堆砌之风，在当时可谓为文学一大革命，即文学一大进化；然希托高古，言简意晦，社会现象，非所取材，是犹贵族之风，未足以语通俗的国民文学也。齐、梁以来，风尚对偶，演至有唐，遂成律体。无韵之文，亦尚对偶。《尚书》《周易》以来，即是如此。古人行文，不但风尚对偶，且多韵语，故骈文家颇主张骈体为中国文章正宗之说。（亡友王无生即主张此说之一人。）不知古书传抄不易，韵与对偶，以利传诵而已。后之作者，乌可泥此？

东晋而后，即细事陈启，亦尚骈丽。演至有唐，遂成骈体。诗之有律，文之有骈，皆发源于南北朝，大成于唐代。更进而为排律，为四六。此等雕琢的、阿谀的、铺张的、空泛的贵族古典文学，极其长技，不过如涂脂抹粉之泥塑美人，以视八股试帖之价值，未必能高几何，可谓为文学之末运矣！韩、柳崛起，一洗前人纤巧堆垛之习，风会所趋，乃南北朝贵族古典文学，变而为宋、元国民通俗文学之过渡时代。韩、柳、元、白，应运而出，为之中枢。俗论谓昌黎文章起八代之衰，虽非确论，然变八代之法，开宋、元之先，自是文界豪杰之士。吾人今日所不满于昌黎者二事：

一曰，文犹师古。虽非典文，然不脱贵族气派，寻其内容，远不若唐代诸小说家之丰富，其结果乃造成一新贵族文学。

二曰，误于“文以载道”之谬见。文学本非为载道而设，而自昌黎以讫曾国藩所谓载道之文，不过抄袭孔、孟以来极肤浅极空泛之门面语而已。余尝谓唐宋八家文之所谓“文以载道”，直与八股家之所谓“代圣贤立言”，同一鼻孔出气。

以此二事推之，昌黎之变古，乃时代使然，于文学史上，其自身并无十分特色可观也。元明剧本，明清小说，乃近代文学之灿然可观者，惜为妖魔所厄，未及出胎，竟尔流产，以至今日中国之文学，委琐陈腐，远不能与欧洲比肩。此妖魔为何？即明之前后七子及八家文派之归、方、刘、姚是也。此十八妖魔辈尊古蔑今，咬文嚼字，称霸文坛，反使盖代文豪若马东篱，若施耐庵，若曹雪芹诸人之姓名，几不为国人所识。若夫七子之诗，刻意模古，直谓之抄袭可也。归、方、刘、姚之文，或希荣誉墓，或无病而呻，满纸之乎者也矣焉哉。每有长篇大作，摇头摆尾，说来说去，不知道说些甚么。此等文学，作者既非创造才，胸中又无物，其伎俩唯在仿古欺人，直无一字有存在之价值，虽著作等身，与其时之社会文明进化无丝毫关系。

今日吾国文学，悉承前代之敝，所谓“桐城派”者，八家与八股之混合体也；所谓“骈体文”者，思绮堂与随园之四六也；所谓“西江派”者，山谷之偶象也。

求夫目无古人，赤裸裸的抒情写世，所谓代表时代之文豪者，不独全国无其人，而且举世无此想。文学之文，既不足观，应用之文，益复怪诞：碑铭墓志，极量称扬，读者决不见信，作者必照例为之；寻常启事，首尾恒有种种谀词；居丧者即华居美食，而哀启必欺人曰“苫块昏迷”；赠医生以匾额，不曰“术迈岐黄”，即曰“著手成春”；穷乡僻壤极小之豆腐店，其春联恒作“生意兴隆通四海，财源茂盛达三江”；此等国民应用之文学之丑陋，皆阿谀的、虚伪的、铺张的贵族古典文学阶之厉耳。

际兹文学革新之时代，凡属贵族文学、古典文学、山林文学，均在排斥之列。以何理由而排斥此三种文学耶？曰，贵族文学，藻饰依他，失独立自尊之气象也；古典文学，铺张堆砌，失抒情写实之旨也；山林文学，深晦艰涩，自以为名山著述，于其群之大多数无所裨益也。其形体则陈陈相因，有肉无骨，有形无神，乃装饰品而非实用品；其内容则目光不越帝王权贵，神仙鬼怪，及其个人之穷通利达。所谓宇宙，所谓人生，所谓社会，举非其构思所及，此三种文学共同之缺点也。此种文学，盖与吾阿谀、夸张、虚伪、迂阔之国民性，互为因果。今欲革新政治，势不得不革新盘踞于运用此政治者精神界之文学。使吾人不张目以观世界社会文学之趋势，及时代之精神，日夜埋头故纸堆中，所目注心营者，不越帝王、权贵、鬼怪、神仙与夫个人之穷通利达，以此而求革新文学，革新政治，是缚手足而敌孟贲也。

欧洲文化，受赐于政治科学者固多，受赐于文学者亦不少。

予爱卢梭、巴斯特之法兰西，予尤爱虞哥、左拉之法兰西；予爱康德、赫克尔之德意志，予尤爱桂特、郝卜特曼之德意志；予爱培根、达尔文之英吉利，予尤爱狄铿士、王尔德之英吉利。吾国文学界豪杰之士，有自负为中国之虞哥、左拉、桂特郝、卜特曼、狄铿士、王尔德者乎？有不顾迂儒之毁誉，明目张胆以与十八妖魔宣战者乎？予愿拖四十二声的大炮，为之前驱！

（原载《新青年》第2卷第6号，1917年2月1日）

我们为什么要做白话文？

——在武昌文华大学讲演的大纲

(甲)改用的理由

(A)本体的价值

(1)时代精神的价值(德莫克拉西)

(a)政治的德莫克拉西(民治主义)
(b)经济的德莫克拉西(社会主义)
(c)社会的德莫克拉西(平等主义)
(d)道德的德莫克拉西(博爱主义)
(e)文学的德莫克拉西(白话文)
}反对一切不平等的阶级特权。

(2)在文学工具上的价值

文学底界说{
阮元——沈思翰藻(出《文选》萧序)。
章太炎——著于竹帛谓之文,论其法式谓之文学。
Brooke——有思想、情感、体裁、艺术性。
精巧(Curious care)。
Bascon——才智的、情感的、艺术的、永久的价值。
Hunt——表现思想、想象、情感、趣味。
standard dict——高尚健全普遍的思想。
美的体裁、艺术的结构。
我的主张——(一)艺术的组织;(二)能充普及旧的文化。

(3)没有文学的饰美

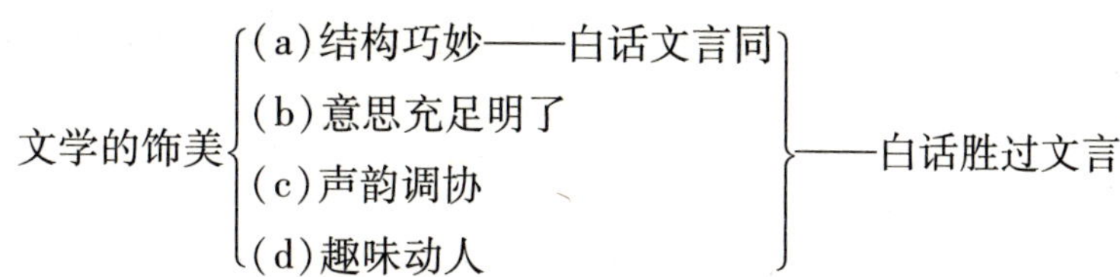

▲古文　名词、形容词色泽是脂粉，是表面的美，非真美，典故更是张冠李戴，不切事情。

▲白话文　“白描”是真美，是人人心中普遍的美，“百战不许持寸铁”是白话文的特性。所以文学的白话文比古文更难做，绝不是“信口所说”“信笔所之”。

(4)字句冗长

(a)文学的经济，在意思以外的经济，不在意思以内的经济。

(b)由简而繁，是文言与白话共同的趋势。

原因有四
- (一)事物增加
- (二)语富变化
- (三)印刷便利
- (四)社会现象日趋复杂

(5)不典雅

(a)典不典是时间问题，现代的事物到后代都是典。

(b)雅不雅没有界说，没有标准。

宫殿冕旒等词(非平民的)未必雅，如近代四六文。拉车卖酱的话(平民的)未必俗，如古诗《孔雀东南飞》及杜、白诗等。

(6)现在的白话诗文不好

(a)作者的艺术不精
(b)真的白话文学年月还浅
——都和白话文体本身没有关系。

(7)非纯粹白话文

(a)古语，不全然废弃，但以现代通行的为限。

(b)新学术语，当然采用。

文章三类
- (一)普适应用文学术语不多用
- (二)说理文
- (三)文学的文

(二)(三)——一般人了解学术语的程度，当随教育增高。

白话文与古文的区别，不是名词易解难解的关系，乃是名词及其他一切词“现代的”“非现代的”关系。

(8)不能达高深学理

(a)自然科学
(b)社会科学 } 名词不易了解，古文与白话文同，但白话文的解说比文言容易了解，所以听讲比看书更加懂得清楚。

(c)宗教艺术，重情感的更宜于白话文。

以上理论

(a)陈大齐演讲的心理学。

(b)胡适著的哲学史实验哲学。

(c)杜威的哲学、伦理学、教育学、演讲录。

(d)王星拱、任鸿隽的科学论文。

(e)陈嘉霭著的因明学。

(f)基督教的旧约新约。

(g)周作人关于文学的译著。

以上实例，都能达高深的学理，都比窥基底因明疏和严复译的书易于了解。

（原载《晨报》，1920年2月12日）

抗 战 一 年

此次对日全面抗战，虽然开始于去年八一三上海之战，而历史上的意义，当以七月七日卢沟桥事变始，至今恰好一周年了。

这一年是中国历史上最光荣最有价值的一年，一年战争中所给予我们的经验与教训，胜过一百年。过去对外战争，对方都是些文化较低的民族，此次对日战争，对方乃是文化较高的民族，可以说虽败犹荣。

此时战争还未停止，最后胜利究竟属谁，姑且不论，根据这一年的事实，我们算得是胜利了。敌人的军器、军事技术、人才和经济力都强过我们，这是全世界周知的事实。他们军事上的胜利，本有科学的必然性，这是不必讳言的。然而经过一年的战争，一个大力士竟然不能够击倒一个病夫，并使他不敢还手，全世界人士都眼见这位大力士的本领不过如此，这位病夫也不是人们以前所想象那样容易驯服的民族，这是敌人失败之第一点。敌人虽然占领了我们许多重要的工商业城市。而政治上仍然毫无办法，不但未得着一个张弘范、洪承畴，在民族意识压迫之下，并没有一个稍负时望的人肯认真为他效劳，因此敌人对于一般汉奸，很少敢于信任，一年以来，未曾出现一个有力的汉奸，这是敌人失败之第二点。敌人对我民族污蔑的宣传，曾经普遍深入了全世界，然而在此次战争中，我民族抵抗强者的人格提高了不少，同时敌人野蛮无赖的面目，在全世界文明人士面前无隐藏地暴露出来，这是敌人失败之第三点。敌人对我之侵略战争，尤其是长期战，并非真是全国一致的。最热衷战争的，只有少壮派军人和军事工业家。工农劳苦大众甚至小商人，根本反对战争，轻工业家和元老重臣甚至老成持重的军人，对于长期战争，也都有各种程度的怀疑，尤其是有头脑的政治家和经济学者，都眼见对华长期战争减弱了对英、美、俄国防的力量，感觉到是他们国家致命的危机。这各种程度的反战情绪，将随对华战争延长而加强，如果进攻武汉战旷日持久,得不着效果,受军事压迫的各种反战分子,会日渐抬头,这是敌人失败之第四点。

敌人的失败就是我们的胜利。

我们自己怎样呢?我们的政治、军事、工业、经济、文化,事事不如人,吃败仗是当然的。所幸在这一年抗战中,我们的一切缺点都暴露出来了,只要不是痴子和骗子,都应该勇敢地承认,不应该自欺欺人。勇敢地承认缺点,认真地改去缺点,比轻浮地高喊"最后胜利必属于我们"要有益万倍。最后胜利并非必然的,要努力改去缺点,才能接近胜利之路;倘若轻浮地狂妄地高喊"最后胜利必属于我们",把我们的眼睛蒙住了,看不见自己的缺点,此乃失败的道路。

说到改去缺点,真是千头万绪,现在已经有点缓不济急。在战争第一的今天,只好从治标方面,择其有利战争而不妨碍战争的几点着手,因为战败亡了国,一切改革都无从谈起。

第一,外交上坚决地择用以本国现实利益为本位的政策,不但要从各与国获得大量的物质援助,特别是军器,即令是魔鬼的国家,只要它有利于我国或者不利于敌人,我们都应该尽量地利用;假如意大利能有助于我,我们便不惜承认它兼并阿比西尼亚。什么阵线,什么军事同盟,什么某国出兵,诸如此类的幻想,都应该断然抛弃。打吗啡针虽然能够暂时兴奋,结果是有害的。在野党倚外援以自重及利用外交来压迫政府,更是万分卑劣!

第二,民族垂危的今日,在野的党派应该口心如一地援助政府抗战,获得胜利。不应该有保存实力趁火打劫的企图。我们不能相信在新式兵器的现代,在今天的中国,现政府如果失败,别的党能够支持一省或数省政权继续抗战,即使有某一国家军器的援助,也不能成为西班牙的局面,因为日本帝国主义直接出兵作战,和德、意援助佛兰哥的形势不同,并且那时的国际形势会有利于日本。

第三,政府应该迅速决心解除人民的痛苦,扶助各业人民的群众组织,改去过去一盘散沙的状态,使之有力量援助政府继续抗战。人民有了庞大的组织,募债和征兵的问题,便易于解决了。

第四,政府应该下大决心,严惩从高级官吏一直到保甲长的贪污分子,代之以奋发有为的青年,以利抗战而挽人心;任何达官贵人,凡生活豪华,狂嫖滥赌,人民侧目者,此种毫无心肝的亡国大夫,应一律发往前线,参加开挖战壕工作,或编入运输队,以示薄惩。

以上四事，虽然卑之无甚高论，都是目前迫切应该力行的事。

如果力行此四事，使抗战得到最后胜利，则今后七七纪念，比双十节还有价值。如此方不负抗战中军民的痛苦与牺牲！

（选自《民族野心》，广州亚东图书馆 1938 年 8 月 1 版）

马其昶

（1855—1930）

桐城派末期代表作家。安庆桐城市人。字通伯，晚号抱润翁。少学古文辞，师事桐城派作家方存之、吴汝纶，其文日工。

为文不逾桐城先辈所传之法，辑《桐城古文集略》，既而名且高。光绪二十一年(1895)，授经安庆藩司署中。光绪二十三年(1887)，主讲庐江潜川书院。光绪二十七年(1901)，授经合肥李仲仙家。光绪三十年(1904)，力襄吴汝纶办学，出任桐城中学堂堂长。光绪三十四年(1908)，清廷招举人才。民国元年(1912)，曾主安庆高等学堂。民国三年(1914)入都，简充京师大学堂教习。参与纂修清史。撰《桐城耆旧传》12卷，采录明清500年历史，900余人物，实桐城一重要文献。

马其昶30岁以前，以古文名，著有《抱润轩集》，义宁陈三立推为曾、张而后一人，章炳麟亦许为能尽俗。30岁以后，专治群经，旁及子史，编纂选述，数十年如一日。著作凡300卷，撰经有《易费氏学》《毛诗学》《尚书谊诂》《礼记读本》《吕学中庸经合谊》，撰史有《清史稿》《桐城耆旧传》《左忠毅公年谱》，著述诸子百家有《老子故》《屈赋微》《金刚经次诂》。

《贵池先哲遗书》序　乙丑

贵池刘君聚卿，家世清显，雅尚儒学，既汇刻《聚学轩丛书》行于世，复辑其县自唐以来著述二百十有四卷，都为一编，而嘱予以序。

予惟丛书之刻尚矣！或谓始宋左圭，或谓始末俞经，又或谓始南齐陆澄。其专收一县之书，则自明樊氏始。予窃以谓今之县大者至百里、二百里，犹古之国也，一县著述，犹《国风》《国语》也。有《国风》，而后有入乐之诗；有《国语》，而后有《春秋传》。《春秋》杞宋无诗，文献不足征。宋正考父校《名颂》于周太师后，又亡其七篇。楚有《楚语》，无诗，乃有《楚辞》，凡汉刘氏《诗赋略》所云，屈原、宋玉赋皆《楚辞》也，而唐勒赋四篇卒亡。鲁虽有《颂》有《语》，顾太史氏所收书，自《易象》《春秋》外，亦多不传。则有居今稽古之士各搜辑其县书，效古人之国别为籍，述土风，存坠简，用兴起来学。其为功乡邑甚巨，以视世炫奇骛远者，心醉瀛海以外荒野未化之俗，而鄙夷旧德之名氏，其用意厚薄，何如哉！

予家桐城，与贵池虽异郡，而壤地邻接，江流隔之，其山川人物之秀杰诚无以异。当道咸时，吾邑先达光律原布政尝刻《龙眠丛书》九十余种。布政迟慎，贪搜访，杀青未竟而乱作，并原稿俱烬。岂时际阽危，固有不遑久待者邪？而刘君生今之世，积数十年勤求博采，犹从容得遂其志事。如此盖亦有幸有不幸也！予是以慨然而书之。

（选自《马其昶著作三种》，安徽大学出版社2009年6月1版）

《三经谊诂》序

大哉！圣人之道，莫切于《孝经》，莫辨于《大学》，莫邃于《中庸》。

人之生也，有血气则有争心，争心日以炽，常德日以漓。人人肆其嚣陵之气，不夺不厌，而至于残杀，天下遂大乱。于是明尊卑、列上下，制为天子、诸侯、卿大夫以统御之。天子、诸侯、卿大夫数之至少者也，以少御众而能戢之使不争者，势也。势不可以持久，于是圣人有以动其相爱之心焉。相爱之心生于爱父母，而推之及于天下，维之以君臣，导之以师儒之教，俾天下之人皆得相安相养以生，而《孝经》由是作。故其言曰：要君者无上，非圣者无法，非孝者无亲，此大乱之道也。明《孝经》为圣人已乱之书，则其辞意所指皆精切。不然，论孝而必区分天子、诸侯、卿大夫，津津焉以求保其社稷、宗庙、禄位奚为哉？

兵革不作，方内向宁，民生遂而后学可言也。古之人学成，皆以备家国天下之用。其事必始于修身、格致、诚正是也。身修而家齐，家齐而国治、天下平，举而措之矣！故曰：莫辨于《大学》。

由是而原其性于天，植其道于己，成其教于人，而天人合，此神圣功化之极致。天地以位，万物以育，非仲尼孰克当此无忝者乎？故曰：莫邃于《中庸》。

夫阐道术以觉斯民者众矣，独儒为宗，儒以孔子为盛，孔子以此三书为切，为辨、为邃。居三累之上，不敢以浅见寡闻说也，集众家之注而精取焉，以饷同志。世方废经蔑孔，予诚不自揆，乃区区致力于此，而殊邻绝域，感战争之祸烈，因遂欲穷吾先圣哲之学者有之矣！

异时，羽毛齿革之属委弃地上，海舶载之出，锻炼成就之而还市于我，输以重直无难色。人情之好异，固若是耶！而况乎其不为羽毛齿革者耶？呜呼！天无私覆,地无私载,圣无私泽。于思之言曰:“凡有血气者,莫不尊亲。”其殆验于今乎,抑犹有待乎?匪可逆知已。

壬戌冬日,桐城马其昶序。

(选自《马其昶著作三种》,安徽大学出版社2009年6月1版)

《屈赋微》序

叙曰:《汉艺文志》:"屈原赋二十五篇。"王逸《楚辞章句》:"《离骚》一,《九歌》二,《天问》三,《九章》四,《远游》五,《卜居》六,《渔父》七,《九辩》八,《招魂》九,《大招》十。其篇第与《释文》互异,皆不以作者先后次序。《释文》次宋玉《九辩》于《九歌》前,王逸即以《招魂》属宋玉,《大招》属屈原,而又次《大招》于后。"太史公明言:"读《离骚》《天问》《招魂》《哀郢》,悲其志。"则《招魂》为屈原作,固然无疑。逸乃以《大招》当之,误矣。洪兴祖则断自《渔父》以上为屈赋,以符《汉志》二十五篇之数,朱子《集注》一承用其说。盖《九章》九篇,《九歌》十一篇,九者数之极,故凡甚多之数皆可以九约之,文不限于九也。王船山先生说,《九歌》前十篇,皆有所专祀之神,至《礼魂》则送神之曲,为前十篇所通用。然则《礼魂》各坿前篇之末,不自为篇数。今定自《离骚》至《渔父》二十四篇,入《招魂》一篇,凡二十五,与《汉志》适合,盖原之赋具此矣。淮南王安序《离骚传》,以谓兼《国风》《小雅》之变,推其志,与日月争光。太史公采其说入本传,而益反复明其存君兴国之念,无可奈何而继之以死。悲夫！死,酷事耳,志定于中,而从容以见于文字,彼有以通性命之故矣,岂与夫匹妇匹夫,不忍一时之悁忿而自裁者比乎？天地之气,储与扈冶,为人物之所公得,而其间条缕分晰,乃至杪忽不相越紊。宗国者,人之祖气也,宗国倾危,或乃鄙夷其先故,而潜之他族,冀绵须臾之喘息,吾见千古之贼臣篡子,不旋踵而即于亡者——其祖气既绝,斯无能独存也。事可为,则单瘁心力,善吾生且善人物之生。一人一物之生不善,即吾之气不有亏乎？事不可为,则返其气于太虚,太虚不毁,彼其浩然者,自磅礴而长存,吾又未见屈子之果为死也。性与性相通于无尽,是故屈子书,人之读之者无不欷歔感泣,然真知其文者盖寡,自王逸已见谓文义不次。今颇发其旨趣,务使节次瞭如秩如。分上下二卷,名曰《屈赋微》。人之读之者,其益可兴起，而决然祛其疑惑乎？又非徒区区文字得失间也。光绪三十一年夏五月戊戌，桐城马其昶撰。

（选自《马其昶著作三种》，安徽大学出版社 2009 年 6 月 1 版）

邓以蛰
（1892—1973）

著名美学家、美术史家、艺术理论家、教育家，中国现代美学奠基人之一。字叔存，安庆怀宁县人。与同时代著名美学家宗白华享有“南宗北邓”之美誉。1912 年曾任安徽教育司长。邓以蛰是著名书法家邓石如五世孙，是著名核物理学家、中国原子弹之父、“两弹元勋”邓稼先之父。邓以蛰先生将画史与画学、书史与书学紧密联系起来研究，对中国书画理论做现代性的学术研究，他提出了中国书画历来就有着相当完整和系统的美学理论，其美学思想中融会了西方美学思想的超功利原则，在我国现代美学史上占有重要的地位。

1907 年到日本学习日语，以文学博士毕业于早稻田大学，并且接触了西方文化。在日本结识了他的同乡陈独秀，这对他接受新思想也有积极的影响。1911 年回国，从事文化教育事业。1917 年赴美，入纽约哥伦比亚大学学习哲学，特重学习美学，是我国留学生到欧美系统学习的先行者之一。

1923 年回国，他曾在清华大学、北京大学、燕京大学、厦门大学任教授。他与鲁迅有过交往，《鲁迅全集》第 14 卷中有一段关于两人谈话的记述。这种经历促使他成为五四新文化运动的拥护者和新艺术思想的传播者。新中国成立后，先后在清华大学哲学系、北京大学哲学系任教，写了《中国艺术的发展》（《文物参考资料》第二卷第 4 期），并校点古代画论、校阅《唐宋绘画史》（滕固著）等。1962 年，他将家中珍藏的邓石如大量书法篆刻作品捐献给北京故宫博物院，受到国家文化部的嘉奖。

《邓石如书法选集》前言[①]

完白山人邓石如(1743—1850),原名琰,字石如,后以字行。安徽怀宁人。是清中叶时一位富于创造性的书法篆刻家。真、草、隶、篆无一不工,隶、篆功力最深,楷字亦独具风格。

据吴育引山人自述学篆过程说:“余初以少温为归,久而审其利病,于是以国山石刻、《天发神谶文》、《三公山碑》作其气,开母石阙致其朴,之罘廿八字端其神,石鼓文以畅其致,彝器款识以尽其变,汉人碑额以博其体。举秦汉之际零碑断碣,靡不悉究,闭户数年不敢是也。”[②]今就其流传真迹看来,早期篆书酷似李阳冰铁线篆;渐次,李斯峄山、泰山诸碑的面目日见显著;再后,则笔力愈益遒练,体势趋于狭长,已是三公山、天发神谶、琅琊台、开母阙的意味。通过排比对照,其全部嬗递衍变的迹象,都可辨识出来。

隶书方面吸收各种汉碑的长处,取资特别广泛。初期结体近褊,来自曹全,而笔意圆润,有绵裹铁的笔致。其后,笔法日益苍劲洒脱,腴润稍减,体势时而夏承,时而衡方,时而白石神君,时而华山。到了晚年,真是变化不可方物。他往往运用篆、草的笔势以作隶,兀弄排荡,淋漓尽致,可谓达到了他书法艺术的高峰。

至于真书,一望而知已跳出唐人的轨辙,直追六朝。以郑道昭、梁碑、瘗鹤铭的意味最足。无论是郑文公碑、瘗鹤铭或梁侍中阙及萧儋碑,字外都具有一种秀逸之气。与其同时的书家如刘墉、翁方纲、梁同书、王文治,都是承袭二王及唐宋诸家,也就是后来阮元所谓南派帖学的道路,而完白山人独能突破藩篱,

① 《邓石如书法选集》,文物出版社,1964 年 6 月出版。——编者

② 见吴育《完白山人篆书双钩记》,中华书局印影本。——原注

别树一帜，为学习传统开拓了新的途径。

完白山人从多年的艺术实践中，还总结出三点重要经验。一、求“规之所以为圆”与“方之所以为矩”的作品为范本来临摹；二、结字要“疏处可使走马，密处不使透风”；三、还要“计白当黑”。所谓摹其规矩方圆，乃是书法特别是篆隶的基本功。所谓疏密配置、计白当黑，则是进一步具体阐发了结构布局上的艺术规律。

在清中叶艺坛上，完白山人所以取得卓越成绩，是与他自幼艰苦的生活锻炼和坚强的奋斗意志分不开的。他幼年家境贫寒，仅九岁时就随父在塾中读书一年。后来迫于生活，乃辍学而从事樵、耕、贩、牧，但他利用劳动的空闲，顽强地学习，刻苦地钻研，二十岁左右即开始了游食生活。早期的活动范围，多在本省南北，主要以刻印为生。他曾刻有“太羹玄酒”（白文）和“聊浮游以逍遥”（朱文）一对大印，边题曰：“挥汗操刀管，相依患难中，世人谁可托，持赠勉堂翁。”可以想见当时识者稀少的境况①。

乾隆庚子年（1870），在扬州获遇程瑶田，颇得其赏识②。翌年，又结识了金榜③。此后，交游渐广，南京、徽州、扬州、山东等地，皆成为经常游历之区，而以徽、扬二州往返最频。戊申年（乾隆五十年，即公元 1788 年）入京师，与罗聘相遇，并为之刻“写真不貌寻常人”朱文长印④。越两年，曹文埴进京，又强完白山人与之同行。当时京中所谓执艺坛牛耳的名书家翁方纲、成亲王永埕等，对完白山人的书法排斥不遗余力，诬以“无书卷气”“匠气”等等诽言，而他睥睨群

---

① 二印俱见王尔度古梅阁仿印本。印的款题为：“此二篆乃六月客濡须（巢县）作，时戊戌十月灯下邓琰刺字石上。”到目前为止，戊戌（乾隆四十三年即公元 1778 年）是印款中见到的最早年份，刀法、篆法已极恢阔流利，独特的风格，已很鲜明了。——原注

② 见赠程瑶田寿序：“……忆自庚子岁余学篆隶于扬之地藏僧舍，先生适出都门，过此地，见余临古有获，归寓检行箧中书帖数十事借余抄录临摹，彻昼夜不休，并手录所著书学五篇贻余。余朝夕揣摩，且时聆议论，余书始获张主。今余篆隶书颇见称于世，皆先生教也。”（录自《完白山人手稿》）——原注

③ 见挽金榜联引言：“……忆自程葺翁徵君介而来见，蒙清赏以来，倏倏近廿年矣。一笈横肩，或岁而至，或间岁而一至；先生忘其贵，余忘其贱，款款相接，颍滨一阁，寝斯食斯，不厌不倦，此情亦足千古也。”（录自《完白山人手稿》）——原注

④ 见《罗两峰印存》。印边款题曰：“余与两峰遇于京师，两峰为余作《登岱图》，为作此印以报之。时在戊申。”——原注

伦，仍坚持自己的道路。后来曹文埴又推荐他至两广总督毕沅处做幕友，而毕沅幕中的名流如孙星衍、洪亮吉、汪中等，也都是气势凌人，不可一世的。完白山人因屡遭歧视，悒郁愤慨，后来便拂袖归田①，继续过着以书法篆刻为主的游历生活，以至终老。

但是，尽管京楚两地名流对他百般诽谤诋毁，而另有一部分人如程瑶田、金榜、曹文埴、张惠言等对完白山人都是尽力维护而又推崇备至的。张惠言甚至提出，凡没有认识完白山人书法来源的人，便没有批评他的书法是非优劣的资格②。

迨至阮元南北书派之论出，扬北抑南、尊碑贬帖的局势始大致稳定。包世臣在《艺舟双揖》中曾对完白山人书法的特点和成就，加以具体地分析和深挚地赞扬。其后康有为《广艺舟双楫》及《书镜》等书以及许多名家论书的著作，对完白山人的书法艺术都不断有所论述。书迹印谱，也屡见传刻或影印。于是完白山人的书学和篆刻传播日广，远及朝鲜、日本③，成为海内外学习篆隶书法的圭臬。

完白山人不仅是名书法家，在篆刻艺术上也有杰出的成就。早期作品接近徽派，属何雪渔、苏朗公一派。后来，由于精研三代秦汉金石文字，因而篆刻也有了新的变化和发展。有人谓其“篆刻从书法入，书法从篆刻出”，极为确切。至于字体结构和章法布局，也同样运用了疏密配置的匠意安排，不以仿效斑剥

---

① 见完白山人致徐嘉穀书：“……琰不能数致书问，则楚中之况味可知矣。来此坐食无事，日见群蚁趋膻，阿谀而佞，此今之所谓时宜，亦今之所谓捷径也。得大佳处，大抵要如此面孔，而谓琰能之乎？日与此辈为伍，郁郁殊甚，奈何奈何！琰将弃此而归。……”时在乾隆五十八年。——原注

② 见张惠言跋《八分书司马温公家仪》残册：“……石如之书，一以古作者为法，其辞辟俗陋廓如也。尝一至京师，京师之名能书者争摈斥之，嘿嘿以去。海内知重其书者数人而已。……凡事得其所从入，然后可以决是非。为书且然，而况其进焉者欤？”时乾隆五十九年。——原注

③ 日人藤冢邻著《邓完白与李朝学人的墨缘》（见日本《书苑》月刊第五卷第二号）一文中，引朝鲜著名学者金秋史的话说：“近日隶法皆宗邓完白，然其长在篆。篆固直溯泰山、琅琊，有变观不测，隶当属第二。”又曰：“邓完白先生隶书，天下奉为圭臬，殆无异辞。东方（指朝鲜——蛰注）抑或有墨拓，至于真迹不易得。不独篆隶，其楷草又甚奇崛，与金冬心、郑板桥相上下。张皋文（闻）兄弟得其篆隶真髓，亦东人之所深慕。”——原注

蚀缺、颓然古趣者为能事，摆脱了徽、浙两派的窠臼，而自成一体。

去年国庆节，故宫博物院曾举办了“邓石如先生诞生二百二十年纪念展览”。今年，文物出版社又编印这本专集。这部专集能以比较系统的编印出来，是得到了故宫、上海、天津、安徽等博物馆的大力支持，以及各方面收藏家的热心赞助。册中共选入自乾隆四十六年辛丑(1781)至嘉庆十年乙丑(1805)前后约二十五年间的作品。编排次第，基本以幅中写明的年月为序，其无年月可考的，则以落款习惯为准①，在编排中也间或照顾到作品之间的关系②及前后衔接上字体格局的协调。为了便于研究篆刻者的参考，特将选集内的印章及其他数方精品，附录于后。由于时间仓促，难免有漏误之处，尚希读者指正。

1963 年 8 月于北京大学

（选自《邓以蛰全集》，安徽教育出版社 1998 年 4 月 1 版）

---

① 以嘉庆元年为界，前后落款迥异，嘉庆元年以后，邓琰的名字便不再用。——原注。

② 书中将《大篆阴符经屏》，与乾隆丙午年(1786)写的《八分书司马温公家仪》残册排在一起，这是因为册子乃是为张惠言写的，而张跋中又提到他“知为篆书，由识山人”；且他曾为左辅写过一副集石鼓文联，款中也提到张臯文学习石鼓文事，张的篆书主要是学石鼓文，所以将这两件排在一起是有意义的。尽管后面嘉庆辛酉年(1801)写有草书《摹石鼓感赋》《阴符经》的风格又逼真石鼓，应当同这幅草书排在一起才对，但由于上述理由，所以把《阴符经》提前。——原注

《邓石如》序

穆孝天、许佳琼同志对于完白山人的研究，从亲自到安庆北乡白麟坂山人的故居考察到收集各方面的文字资料，这样实事求是的精神与付出很大的辛勤劳动，真令人敬佩之至。

展视目录，就可以看出此书安排得全面，资料采集之广。而孝天、佳琼同志十分谦虚，书成特寄我审校，并嘱我作序，浅陋如我，奉书之日，只有惊叹伏服，此外几无所措手足！

虽然，我既忝为山人的后裔（山人至我为五世），手中不无有些遗迹。其中大部分装裱成件的，无论山人的作品或朋友投赠，都已捐献国家。其余尚有些朋友投赠的诗文和山人的手稿，有些尚未清理蒇事。以蛰无状，近复多病，应做之事，搁置太多！倘有一日身体稍健，全部携至合肥与孝天、佳琼两同志共同研究，快何如之！此时除阅读此书稿时，遇有疑问另为注出外，先提供几条作为补充：

一 完白山人祝程瑶圃八旬寿

嘉庆九年（1804）岁次甲子秋八月，为易畴聘君老先生八十寿辰。夫天下之所谓达尊三，先生固足以当之矣。先生品学文章，浩然之气，耸动一世。所著《通艺录》一书，上下古今，精详核实，以探真源，为后世法，天下莫不仰望风采矣。顾所到之处，凡遇一才一技之士，誉扬津津不去诸口，饥驱之士借以生活，先生德并古贤矣。今康福骈臻，良有以也。忆自庚子岁余学篆隶书于扬之地藏僧舍，先生适出都门，过此地，见余临古有获，归寓检行箧中书帖数十事，借余抄录临摹，彻昼夜不休；并手录所著书学五篇贻余,余朝夕揣摩,且时聆议论,余书始获张主。今余篆隶书颇见称于世,皆先生教也。壬寅岁,先生归馆溪南吴氏,余担簦来游,偕方密庵翁来见,先生留之数日。时值仲冬,先生送至临溪僧寺,去馆所七八里,时届昏暮,风雪倾落,飘荡奔腾,更余雪深四五寸,寒山冷寺,衣被都无,遂篝灯吟咏,彻夜饥寒。天晓过岩镇,行琼山玉宇间,勃勃兴事,如队仙班!己酉岁,先生司铎嘉定,余时自武林来见,居数日,先生适有吴阊之行,遂附仙舟,作虎阜游。以此三次皆得追陪杖履,得渥亲风教,为惬尘怀,是石如所得于先生者为不少矣。今夏路过广陵,值世大兄伯厚亦来扬,出先生手示,知先生今秋寿届八旬,戒诸世兄不可以世俗为寿,渎乃翁。诲语谆谆;而先生闭户养恬,著书等身,不寿之寿,千百世寿而不寿为寿也,又何他寿耶?石如老犹仆仆,不获抠衣登先生之堂,以祝遐嘏,因撰此联寄宥一觞,且博莞尔一笑云。皖江晚生邓石如顿首。(录自《山人手稿》)

二　完白山人词二首

沁园春

淮南访隐(汤扩祖)

潦倒行踪,征尘满目,宇宙凄清。看南淮如画,一鞭掩映;堤横古渡,柳幔渔村。上下帆樯,参差红树,一水潆洄绕禁城。牛山似阜,巢湖若镜,水秀山明。　　人云林坞躬耕。道行迹、规模阮步兵。富图书满架,长年抱膝;横窗梅菊,镇日餐英。幽韵堪寻,柴关剥啄,犹听吟声□□□。亭轩静,长揖汤山隐,掀髯倾樽。

沁园春

留别

□□□□,篱花尽放,惆怅深秋。念飘零书剑,一□□□,何时高卧,此志方酬?怎似幽栖,门吞峦岫,日与巢由作侣俦。高斋把酒,离情别恨,从此悠悠。　　暂时携手登途。向前路、疏林共小留。看山庄画里,半汤道口,双穿古洞,千树松楸。拟想他年,重来系马,只恐蒲车赴帝丘。停骖处,好倩谁图取,野鹤闲鸥。(录自《山人手稿》)

汤扩祖有诗云：

展卷讶龙蛇，方知书法嘉！君多怀内锦，客赠梦中花（闻孙公小酉，赠君湖笔）。白雪歌为宝，红泥印若霞。从今光亲壁，谁认是贫家？（拙句奉酬石如学兄赠《沁园春》新词，并请商可！汤山农长汤扩祖未定草。）

按此诗幅上盖有五方印皆为完白山人所刻。此公赠山人诗极多，都为五言，内中有这样的句子："论交未数言，慨然投我石，愧无琼瑶报，舒指墨花渍。"山人为他刻的印，大小不下一二十方。《太羹玄酒》白文和《聊浮游以逍遥》朱文两大印，上面刻有边款云："挥汗操刀管，相依患难中，世人何所托，持赠勉堂翁。此二篆乃六月客濡须巢县作，时戊戌十月灯下邓琰刺字石上"。我想勉堂翁必与此公有关，或许就是汤扩祖本人也未可知。孝天、佳琼同志多闻，必有以教我！

三　薛玉堂《陈寄鹤书手稿》跋

嘉庆己卯(1819)六月九日访守之①不值，于书棚见此册②，快读数过，恍若拜先生于禅关竹树之间，守之当宝而藏之！又于架上得读先生《笈游诗存》，深峭雄杰，山林之气，盘礴郁积，而绝无衰飒之态；比之今人，当与户抱经、刘海峰两先生鼎足而立。诗有二册，因取其一去，守之谅不靳也。锡山薛玉堂。

（是年曾祖年廿五岁，随李申耆先生就学于阳湖暨阳书院。《笈游诗存》为刊本或抄本虽不明，但必多于家谱中所录存者无疑。日人西川宁近从字轴、印款上辑有若干首诗或文，则更少矣。手中尚有《笈游日记》手稿一册，虽非完本，亦足以见盛年文思之涌。——蛰注）

总之，山人遗作无论诗文、书法、篆刻散佚实甚。存于今者又不集中；欲收

① 守之：邓传密，邓石如子。——编者

② 指《陈寄鹤书》手稿。——编者

集完备，一时几不可能。就如篆刻吧，据说南京住有一位毕沅的后裔，老而多病，藏有山人刻印数十方之多，一向秘不示人，近已逝世，所藏闻已分散。我最近得到这批印拓就多至三十四方，赠者告诉我只是其中一部分。这批印形式多样，无一方圆正形者，篆法从小篆到古籀无体不包。看来虽是山人盛年游戏之作，但变化无方，富于想象，直欲超出汉印而直追秦玺之旧！于此见出他的才气。我殷切希望这批印完全无缺地作为民族遗产保存下来！

最后，读完此书稿，使人认识到重视山人书法的首推徽歙和阳湖诸老，仿佛徽歙、阳湖结成一条战线。这条战线从程瑶田到王国维，从李兆洛、张琦、包世臣到徐松、魏源、龚自珍，形成清代嘉、道以来的新学风，也就是从汉学家"以经解经"的训诂章句之学转到金石、舆地、医农、河渠之学上面来。转变过程不无斗争，而斗争是从书法上篆籀、碑帖等问题开始的。看张惠言跋山人之书曰："……其词辟俗陋廓如也"云云，以及山人给徐嘉穀的信，满腹牢骚，从可知矣。后来阮元的南北书派之论出，也就是尊碑贬帖的局势乃大定（关于篆籀问题直到晚清犹有像章太炎这样的训古学家不承认钟鼎及一切兵、彝器款识文字的）。完白山人的书学遂广为传播，以致远及朝鲜和日本了。日本的评述文字固然很多，朝鲜学者像最著名的金秋史当道光初年时就有如下的言论："近日隶法皆宗邓完白。然其长在篆，篆固直溯泰山、琅琊，有变现不测；隶尚属第二。"又曰："邓完白先生篆隶，天下奉为圭臬，殆无异辞。东方（指朝鲜）抑或有墨拓，至于真迹不易得。不独篆、隶，其楷、草又甚奇崛，金冬心，郑板桥相上下。张皋闻（文）兄弟得其篆隶真髓，亦东人之所深摹。"（转引自日人藤冢邻所著《邓完白与李朝学人的墨缘》）。文中也提到李兆洛，言其"全部著述，日夕顶祝者也"，以致其仰慕之意。在此李兆洛的著述与完白山人的书法相提并论，可以想见两者的渊源关系了。

可见，孝天、佳琼同志此著是很有意义的。

邓以蛰

1963年4月2日灯下于北京大学

（选自《邓以蛰全集》，安徽教育出版社1998年4月1版）

李则纲

（1891—1977）

新中国第一批文物工作者，著名历史学家、文史理论家、皖南人民文物馆馆长、安徽省博物馆筹备处处长、安徽省博物馆第一任馆长、安徽省文化局副局长，新中国文博事业的奠基者之一。安庆枞阳县人。

1918至1931年，先后任教于桐城中学、安徽第一女子师范学校、安徽女子中学等；曾为国民革命军总政治部考试委员会书记、暨南大学编辑、讲师等，后兼任中国公学大学教授。1932年任教于安徽大学等。先后任安徽省动员委员会委员，文化工作委员会委员等职。1942年任安徽省抗战史料征集委员会副主任委员，1943年任安徽学院史地系主任、安徽学院教务长、中国民主同盟华东执行部委员等。与姚永朴、郁达夫、朱湘、苏雪林、冯沅君、陆侃如、陈望道、刘大杰、汪静之、周予同、赵景深、吕思勉等新星，辉耀学界。时人称，当时的李则纲先生与顾颉刚、闻一多、卫聚贤等人齐名。

李则纲毕生中除撰有《史学通论》《始祖的诞生与图腾》《中国文化史纲》《革命大事年表》《从农村破产想到陶渊明》《安徽历史述要》《欧洲近代文艺》《历史形态的研究》(《历史形态学》)《李则纲遗著选编》等著作外，并且在《东方杂志》等刊物发表了《社与图腾》《桃林野》《霪雨》《牧场》《花朝》《苦闷的樊须》《参观孙多慈君画展》《曹操的翻案与定案》《徽商述略》等作品，同时，他晚年对捻军做了大量的研究，惜未能结集出版。

忆盐桥萝卜

“冰冻响,萝卜涨。”这是流行盐桥十里内外的一个农谚。

现在正是“冰冻响”的时候了,萝卜又在涨价了。

提起“枞阳的大萝卜”,自安庆沿江以下的市镇,没有一处不知道。其实枞阳的萝卜,固然好吃,但以距枞阳七里的盐桥出产最为驰名。

在九、十月的时候,盐桥这个地方,连畴接壤,绿缨盖地,大概都是萝卜茎叶,远远望去,秀色可餐,和秋山红叶辉映成趣,另呈一幅秋天的景致。

盐桥的萝卜,特别的地方是它有光亮的皮肤,圆匀的体积,松脆而甜润的滋味,具色味之美,而价钱最便宜。有人赞美盐桥萝卜为徽州梨子,但是拿一块大洋买数斤的梨子,来和一个铜板一斤萝卜来比,我们不能不为盐桥的萝卜叫屈。

盐桥的萝卜,到了城市里,总是拿它来烧肉,因为盐桥的萝卜烧肉,在油腻之后,特别含有一种甜美,而且入口即化,没有渣滓。所以住在安庆的人们,假使吃萝卜烧肉的时候,纵然不是枞阳的萝卜,只要枞阳人士在座,也必含笑带讽的嚷几句“枞阳大萝卜”!这是城里人的吃法,生在盐桥地方的人,到了冬天,萝卜是他们家常便饭,哪能这样呢?他们吃法,也有种种:炖萝卜,炒萝卜,盐萝卜,糟萝卜,水渍萝卜,萝卜干子,萝卜菰干。吃法虽有种种,但是炖萝卜最为普遍。一天两餐,总是炖些萝卜,一半萝卜一半饭,借以节省米谷。家境稍好的纳福翁,在吃饭的时候,红泥小火炉,炖着自己田地里的萝卜。那种的滋味,那种的愉快,也只有他自己体验得出来。听说这样的纳福翁,在我们盐桥,现在不多见了。去年的冬天,整天完全吃萝卜的人家,十有七八。这是大旱后的盐桥人们一个最大的救星。

在各种吃法中,要以萝卜干子为最佳。最好的干子,可说香、甜、脆三美具备,它的伴侣是冬芥菜,轻黄嫩绿,糅在一起,倘再加以少许麻油,芬芳甜美,简直令人馋涎欲滴,住在盐桥的人家,往往以此享其佳客。其次糟萝卜、水渍萝卜亦能令食者叫好。吃过菊花锅之后的朋友,钳取一两块萝卜丁子,细细咀嚼,觉得比刚才所吃的一切都好,假使这是盐桥的水渍萝卜,不知他们更是怎样?

总之盐桥的萝卜,根、茎、叶没有一件不被盐桥人视为珍品。

昨天有一位从枞阳来的朋友,说起盐桥的萝卜,他说:“盐桥的萝卜,所以和别处不同,固然由于土质关系,而盐桥农人种萝卜的工作,也很罕见。他们把种萝卜的田地,犁了又耙,耙了又犁,这样的反复了六七次。等到土壤细匀得像粉一样,然后才一行一行的挖出稠密而整齐的小凼,播入种子。所以盐桥的萝卜,长得比他处特别光圆。”这大概也是盐桥的萝卜出类拔萃的一个原因吧。

说起盐桥的萝卜,现在使我想起一件事了,这大概是六七岁的时候——我记不清了——或许是因为家里缺了蔬菜,我和比我一个年纪稍大的亲哥,到离家一里多远的田里拔萝卜。灰白的云里,露出一颗冬天的日头,照着路上的积雪,我和我的亲哥地各背着一筐萝卜回到家里,小脸冻得像苹果一样,两双小手蜷曲得多时不能伸直。不过那时我是初随我的父母从枞阳移居乡下的孩子,乡村是我新发现的世界。一切是新鲜,一切是快乐。

离开家乡好几年的我,现在每次听着街上“枞阳大萝卜”的叫卖声,更觉得深深地送入耳底。

(选自《李则纲著作选编》,安徽大学出版社2006年11月1版)

参观孙多慈君画展

因为艺术的吸引，11 月 12 日这一天，学校又没有课，我们于上午十点钟左右，在斜风细雨里，去参观孙多慈君的画展。我们一行是四个人，我和我的七岁的大孩子、五岁的二孩子，此外还有我的岳父，他是初从家乡来的。我们一个小参观团，对于艺术，可说都是一些外行。

街道因为细雨的浸湿，敷了薄薄的泥泞，脚步怪难践踏。孩子们是不管这些，从家里出门，就好像一对小野鹿，朝着到会场的一条街心，蹦蹦跳跳地往前跑。到了会场门口，里边参观的人已是不少了。我和我的岳父也就率着两只小野鹿，跨进室内。小鹿们到了会场里，不知为了什么，他们的野性忽然被驯服了，宁静了。

孙君所展览的作品，除去书法不计外，共有一百一十件，分作三个教室陈列着。据说这是孙君几年来作品的一部分。在第一展览室，首先进入我们眼帘的是一幅自写。这幅自写，孙君曾印在中华书局新出版的《孙多慈素描集》前面，这画集承孙君先已赠我一册。孩子们对于这幅像是熟悉的，二孩子一瞥见就惊讶地说："孙先生！"大孩子补上说："前天到我家去的孙先生。"孩子们的野气，大概就是因为孙君这幅自写而宁静。他们的小而黑的眼球，看了好久，似乎有什么话要说似的。大概是想赞美几句话罢。其他，像《牧女》《黄花》《西天目山大王树》《采桑》《天目松》《水果》《春去》《临神飞》等画，都凝视了好久。

我因为自己是一个艺术的门外汉。发现了孩子那样的情状以后，遂把欣赏展览的热情，转移一部分留心孩子们的动作。一面惊异孩子们到了这里，为什么就这样？一面看着孩子们循着悬展览品的墙壁，好像他们有了什么目的，什么野心，一件一件地往下看，有时好像获了什么似的舞起两只小手，不过没有发出声来,这或者是我曾经在路上吩咐他们在会场里不能叫嚣的缘故吧。这时我的岳父倒发出声来,一再点头,一再地激赏:"好!好!……"说个不绝。我不禁笑起来,其实我们这些人,看了这些作品,不等于聋子听音乐一样吗?究竟晓得好处在哪里呢?

这时我因一中教导主任程君的招待,略与谈话,小鹿们宁静地这里一徘徊,那里一徘徊,在室内转了几个圈。

我们话谈完了,又带着小鹿们走进第二展览室。这里参观的人比前一室更多,大概这里有几幅更好的画,把人们摄住了。像《天鹅》《静物》《天目庙前茶棚》《刘草稿》《李家应女士》《五台山之黄昏》《红树白桥》《春去》《天目云海》,都挂在这里。其实在安庆这个地方,除了极少数人以外,也和我们这个小参观团——我和我的岳父及携来的两只小鹿一样,又有谁能真懂得艺术呢?然而他们的心境,他们的情绪,在他们表现出各种不同的情态和动作上,似乎都在那里动荡和跳跃,似乎一一都被孙君的作品所支配。我在这里,不觉感叹艺术力量的伟大,以及孙君的造诣之深。这时我的两只小鹿,他们似乎也大有收获一样,他们的愉悦欢乐的情状,从他们绯红的小脸充实地表现出来,直至细细玩味了一遍,我们才转入第三展览室。第一、第二两个展览室,完全为油画,第三展览室所展览的大部分系素描,这些素描除见于中华书局出版的《孙君素描集》外,新作有《邻家小孙》《熟睡》《小表妹汤毛》《沈璧臣女士》,孙君素描的手段,宗白华先生称其"线文雄秀,真气逼人",又称其"观察敏锐,笔法坚实。清新之气,扑人眉宇"(见《孙多慈素描集序》)。据说新作比已印出的尤佳。又水墨三幅,亦见于《素描集》。此外又有试作国画数幅及书法若干。国画为《牛》《虎》《狮》《鹅群》《虎啸》《鸡》等,虽为孙君最近试作,某君曾惊其笔法雄俊,气概不凡,颇有徐悲鸿先生的作风。书法系集石鼓和散氏盘,孙君本未以书法名,但笔健而丽,毫无俗韵,观者亦啧啧称赏。大概孙君以妙龄而具这样的绝技,所以更给人们一种深挚的崇敬和赞美。在安庆这个地方,有这样一个艺术的展览,固然是一个破天荒,其给予安庆社会一种新的刺激和兴奋,当然更不能以言语来计算。这时我因为参观时间已久,要回家用午膳了,不知道时间关系的孩子们,到了要出会场的时候,还在室内打转,似乎恋恋不能舍去。到了家里,我的岳父说"好"的声音,还陆陆续续地送到我的耳边,并怂恿我妻南英,下午务必去一看,我也从旁附和着。

现在要把我个人那天的收获来报告读者。我虽是一个艺术门外汉，但刘姥姥进了大观园，她的精神也不能不受影响，到了艺术之宫，谁能不受感动呢？关于孙君的素描，已有宗白华先生在中华书局印的《孙多慈素描集》里介绍过了，用不着一个对于艺术没有认识的人来啰唆。现在谨向读者陈述我个人对于孙君油画的观感。关于我们此次所见的油画的作品，从题材方面说，如表现人群的活动，有《牧女》《刈草》《采桑》《矿工》《挑土》《小店》《画室的一角》《夜课》等；如写自然风景而兼示人类的生活和情感的，有《春去》《惆怅》《天目庙前茶棚》《五台山之黄昏》《天目归来》《玄武湖一角》等；如纯粹描绘自然景色的，有《天目云海》《红树白桥》《山雨欲来》《庐山天桥》《野渡无人》《鼋头渚》《晨曦》等；如富有历史性的古迹与故事之描绘的，有《南京鼓楼》《安庆碉堡》《台城路》《后湖柳》《明陵》《天鹅》等；如静物的描写，有：《黄花》《水果》《菊蟹》《静物》等；如人体的写真，有《父亲》《李家应女士》，及其他好几幅的人体。我们从这些形形色色的范畴内，足以窥知孙君的观察敏锐，取材丰富。至于技巧方面，我们虽是一个门外汉，不敢妄赞一词，但以孙君的作品，静态的抒写，具肃穆壮丽之长；动态的描绘，擅深纯温雅之美，于布局敷色之外，尤具有一种夺人情志的天才。所以就是一个艺术家也好，一个艺术门外汉也好，到了他的画前，总能教你始而心情怡悦，一见即发快感；继而教你精神渐渐严肃，似乎它给了你什么；继而教你沉思，教你遐想。譬如到了《天目云海》之前，在那不满一尺的地方，云海苍茫，变幻无际，无限大的宇宙，都从这里显示出来。到了《牧女》之前，看那茫茫的山野，数不尽的群羊，一个孤单的少女伫立于小山之巅。她那种意志、情态，从作者的手腕传出，似乎有说不尽的蕴藏。到了《春去》的前面，一个女人屈身俯首，坐在流水落花之前，水的流沫、花的飞红，以及女人垂头凝想，在这里我们当然知道作者启示了我们什么。他如《天目归来》的自写，把从旅途归来的风尘，从胜地归宋的情绪，一一活现出来，再拿来与前几年的《自写》一比，《天目归来》的自写，与几年前挥毫作画的自写，显然是两个样子。作者在这里既说明人的生活和精神，都是被环境所决定，更说明人生一页的过程。总之在孙君的画里，处处启示了我们一个宇宙，一个人生。在不久之前，我们曾见过一次拆城，就是落后的安庆，城南也拆去大半，现在未拆的不拆，已拆的也渐渐修补，未修补的用木栅和铁丝网堵塞起来。出城不到几步，即见三三两两的碉堡，分据小丘小垤。颇狰狞，亦颇威武，十分显示中古式碉堡的丰神，可惜缺少了几个铁骑儿的衬托。我们每次看见,辄发一种遐想,假使一次洪水,把这些碉堡冲压下去,千百年后,根据出土的遗物,研究历史的人们,他们认我们这个时代,究竟是第几世纪呢?孙君的《安庆碉堡》,那种古老忧郁的情调,不啻把历史的创痕、社会背景和盘托出。这里我们才了解一个艺术家的笔力伟大,认识社会的深刻,关于这些,孙君的画,可以随处见得。可惜我们不是艺术家,虽然受了些艺术感动,而不能把我的情绪,尽量抒写出来。

此外我们要向读者报告的,就是孙君装置油画的画框,殊别致,殊精雅,而代价又极低廉。我们在上海和南京所看见的画展,他们的油画画框,无论是木雕的,还是铜镌的,问其代价,多则三四十元,至少亦需数元。需工费时,概可想见。但孙君的画框,所费不过数角,而精美夺人。这也是孙君蕙质兰心表现的一种。其画框,系以各种树皮制成。因树皮的色彩,形形色色,树皮的斑纹,各式各样,装制起来,丝毫不需雕斫涂绘,淳朴素雅,古色斑斓,天然的美,和孙君的油画,互相辉映,举室盎然。既便宜,且美观。闻孙君制此框时,他的父亲养癯先生曾笑向孙君说:"这个画框,将来要成孙多慈式的画框。"的确,以我们的猜想,将来的艺术界,定要流行一种孙多慈式的画框了。

从我的小鹿、我的岳父、一切观众,和我个人,我认识了艺术势力的伟大,我于欣赏惊叹之余,不禁更发生一种感想,就是艺术和社会有密切的联系。一个艺术家的成就,一面固须他个人独特的天才和努力,一面还须社会的给予。"文艺复兴"时代的佛罗伦斯和米兰的社会,固有造物于文西和拉斐尔诸人。欧洲的中古,一切均支配于神圣的教权。佛罗伦斯和米兰首先从完全为宗教支配下的文化,努力解放运动。而文西、拉斐尔诸人,在这个过程里,贡献其天才,成为"文艺复兴"的先导。这页有关人类幸福的历史,是值得大书特书的!孙君是一个青年的艺术家,他的成就,固不待言,但我们的社会,对于孙君,亦不能毫无影响,这是无疑的。不过关于这个问题,孙君自己说得好:"艺海之广博浩瀚,诚无涯际;苟吾心神向往,意志坚定,纵有惊涛骇浪,桅折舟覆之危,亦有和风荡漾,鱼跃鸢飞之乐。果欲决心登彼岸者,终不当视为畏途,而自辍其志也。"又说:"吾终觉此世惟多残酷,险诈,猜忌,虚伪,则吾所指为善美之资,实无尽藏;一如造物之形之色,千变万化,罔有纪极也。吾尽力以搜求之,撷取之,镕冶之,纳之入于吾微末之艺,其无憾乎?"是孙君对于艺术和社会的联系,已极了彻,更能擅自利用环境,创造新型。从这一点说，孙君将来的成就，更可预期。这是我们参观孙君画展后，更引为愉快的一件事。

1935 年 12 月 18 日于安庆

（选自《李则纲著作选编》，安徽大学出版社 2006 年 11 月 1 版）

郁达夫

（1896—1945）

现代著名作家。原名郁文，出生于浙江富阳满洲弄（今达夫弄）的一个普通家庭。曾三度执教于安庆。在安庆工作期间，郁达夫以安庆生活为背景，创作了小说《茫茫夜》《采石矶》《迷羊》，其中《采石矶》是中国现代文学史上最早的一部历史小说。

1921 年 6 月，郁达夫和郭沫若、成仿吾等人组织成立创造社，担任《创造季刊》《创造月刊》《洪水》半月刊编辑。同年 10 月，出版我国现代文学史上第一部白话短篇小说集《沉沦》，由此奠定了郁达夫在中国新文化运动中的重要地位。

1921、1922 年，郁达夫来到安庆，两度执教于安庆法政专门学校。1922 年春，郁达夫与夫人孙荃在安庆生下儿子龙儿，早夭。1929 年短暂受聘于省立安徽大学，因权贵迫害返回上海。

1930 年 3 月，中国左翼作家联盟成立，郁达夫为发起人之一。1936 年任福建省府参议。1938 年，赴武汉参加军委会政治部第三厅的抗日宣传工作，并在中华全国文艺界抗敌协会成立大会上当选为常务理事。1938 年年底，郁达夫应邀赴新加坡办报并从事宣传抗日救国，星洲沦陷后流亡至苏门答腊，因精通日语被迫做过日军翻译，其间利用职务之便暗暗救助、保护了大量文化界流亡难友、爱国侨领和当地居民。1945 年 8 月 29 日，在苏门答腊的一个小市镇失踪。9 月 17 日遭日本宪兵杀害，终年 49 岁。

1952 年经中央人民政府批准，追认为革命烈士。

立秋之夜

黝黑的天空里,明星如棋子似的散布在那里。比较狂猛的大风在高处呜呜地响。马路上行人不多,但也不断。汽车过处,或天风落下来,阿斯法儿脱的路上,时时转起一阵黄沙。是穿着单衣觉得不热的时候。马路两旁永夜不息的电灯,比前半夜减了光辉,各家店门已关上了。

两人尽默默地在马路上走。后面的一个穿着一套半旧的夏布洋服,前面的穿着不流行的白纺绸长衫。他们两个原是朋友,穿洋服的是在访一个同乡的归途,穿长衫的是从一个将赴美国的同志那里回来,二人系在马路上偶然遇着的。二人都是失业者。

“你上哪里去?”

走了一段,穿洋服的问穿长衫的说。

穿长衫的没有回话,默默地走了一段,头也不朝转来,反问穿洋服的说:

“你上哪里去?”

穿洋服的也不回答,默默地尽沿了电车线路在那里走。二人正走到一处电车停留处,后面一乘回车库去的末次电车来了。穿长衫的立下来停了一停,等后面的穿洋服的。穿洋服的慢慢走到穿长衫的身边的时候,停下的电车又开出去了。

“你为什么不乘了这电车回去?”

穿长衫的问穿洋服的说。穿洋服的不答,脚却也不停慢慢地向前走了,穿长衫的就在后面跟着。

二人走到一处三岔路口了。穿洋服的立下来停了一停。穿长衫的走近了穿洋服的身边,脚也不停下来,仍复慢慢地前进。穿洋服的一边跟着,一边问说:

“你为什么不进这岔路回去?”

二人默默地前去,他们的影子渐渐儿离三岔路口远了下去,小了下去。过了一会,他们的影子就完全被夜气吞没了。三岔路口,落了天风,转起了一阵黄沙。比较狂猛的风,呜呜地在高处响着。一乘汽车来了,三岔路口又转起了一阵黄沙。这是立秋的晚上。

8 月 8 日夜 12 时

(选自《达夫散文集》,上海北新书局 1936 年 4 月)

移 家 琐 记

一

流水不腐，这是中国人的俗话，Stagnat Pond，这是外国人形容固定的颓毁状态的一个名词。在一处羁住久了，精神上、习惯上，自然会生出许多霉烂的斑点来。更何妨洋场米贵，狭巷人多，以我这一个穷汉，夹杂在三百六十万上海市民的中间，非但汽车、洋房、跳舞、美酒等文明的洪福享受不到，就连吸一口新鲜空气，也得走十几里路。移家的心愿，早就有了，这一回却因朋友之介，偶尔在杭城东隅租着了一所适当的闲房，筹谋计算，也张罗拢了二三百块洋钱，于是这很不容易成就的戋戋私愿，竟也马马虎虎地实现了。小人无大志，蜗角亦乾坤，触蛮鼎定，先让我来谢天谢地。

搬来的那一天，是春雨霏微的星期二的早上，为计时日的正确，只好把一段日记抄在下面：

> 一九三三年四月廿五(阴历四月初一)，星期二。晨五点起床，窗外下着蒙蒙的时雨，料理行装等件，赶赴北站，衣帽尽湿。携女人儿子及一仆妇登车，在不断的雨丝中，向西进发，野景正妍，除白桃花、菜花、棋盘花外，田野里只一片嫩绿，浅淡尚带鹅黄。此番因自上海移居杭州，故行李较多，视孟东野稍为富有，沿途上落，被无产同胞的搬运夫，敲刮去了不少。午后一点到杭州城站，雨势正盛，在车上蒸干之衣帽，又涔涔湿矣。

新居在浙江图书馆侧面的一堆土山旁边，虽只东倒西斜的三间旧屋，但比起上海的一楼一底的弄堂洋房来,究竟宽敞得多了,所以一到寓居,就开始做室内装饰的工作。沙发是没有的,镜屏是没有的,红木器具,壁画纱灯,一概没有。几张板桌,一架旧书,在上海时,塞来塞去,只觉得没地方塞的这些破铜烂铁,一到了杭州,向三间连通的矮厅上一摆,看起来竟空空洞洞,像煞是沧海中间的几颗粟米了。最后装上壁去的,却是上海八云装饰设计公司送我的一块石膏圆面。塑制者是江山徐葆蓝氏,面上刻出的是《圣经》里马利马格大伦的故事。看来看去,在我这间黝黯矮阔的大厅陈设之中,觉得有一点生气的,就只是这一块同深山白雪似的小小的石膏。

二

向晚雨歇,电灯来了。灯光灰暗不明,问先搬来此地住的王母以"何不用个亮一点的灯球?"方才知道朝市而今虽不是秦,但杭州一隅,也绝不是世外的桃源,这样要捐,那样要税,居民的负担,简直比世界哪一国的首都,都加重了;即以电灯一项来说,每一个字,在最近也无法地加上了好几成的特捐。"烽火满天殍满地,儒生何处可逃秦?"这是几年前做过的叠秦韵的两句山歌,我听了这些话后,嘴上虽则不念出来,但心里却也私私地转想了好几次。腹诽若要加刑,则我这一篇琐记,又是自己招认的供状了,罪过罪过。

三更人静,门外的巷里,忽传来了些笃笃笃的敲小竹梆的哀音。问是什么?说是卖馄饨圆子的小贩营生。往年这些担头很少,现在冷街僻巷,都有人来卖到天明了,百业的凋敝,城市的萧条,这总也是民不聊生的一点点的实证吧!

新居落寞,第一晚睡在床上,翻来覆去总睡不着觉。夜半挑灯,就只好拿出一本新出版的《两地书》来细读。有一位批评家说,作者的私记,我们没有阅读的义务。当时我对这话,倒也佩服得五体投地,所以书店来要我出书简集的时候,我就坚决地谢绝了,并且还想将一本为无钱过活之故而拿去出卖的日记都教他们毁版,以为这些东西,是只好于死后,让他人来替我印行的。但这次将鲁迅先生和密斯许的书简集一读,则非但对那位批评家的信念完全失掉,并且还在这一部两人的私记里,看出了许多许多平时不容易看到的社会黑暗面来。至于鲁迅先生的诙谐愤俗的气概,许女士的诚实庄严的风度,还是在长书短简里自然流露的余音,由我们熟悉他们的人看来,当然更是味中有味,言外有情,可以不必提起，我想就是绝对不认识他们的人，读了这书，至少也可以得到几多的教训。私记私记，义务云乎哉？

从夜半读到天明，将这《两地书》读完之后，神经觉得愈兴奋了，六点敲过，就率性走到楼下去洗了洗手和脸，换了一身衣服，踏出大门，打算去把这杭城东隅的清晨朝景，看它一个明白。

三

夜来的雨，是完全止住了，可是外貌像马加弹姆式的沙石马路上，还满涨着淤泥，天上也还浮罩着一层明灰的云幕。路上行人稀少，老远老远，只看得见一部慢慢在向前拖走的人力车的后形。从狭巷里转出东街，两旁的店家，也只开了一半，连挑了菜担在沿街赶早市的农民，都像是没有灌气的橡皮玩具。四周一看，萧条复萧条，衰落又衰落，中国的农村，果然是破产了，但没有实业生产机关，没有和平保障的像杭州一样的小都市，又何尝不在破产的威胁下战栗着待毙呢？中国目下的情形，大抵总是农村及小都市的有产者，集中到大都会去。在大都会的帝国主义保护之下变成殖民地的新资本家，或变成军阀官僚的附属品的少数者，总算是找着了出路。他们的货财会愈积而愈多，同时为他们所牺牲的同胞，当然也要加速度地倍加起来。结果就变成这样的一个公式：农村中的有产者集中小都市，小都市的有产者集中大都会，等到资产化尽，而生财无道的时候，则这些素有恒产的候鸟就又得倒转来从大都会而小都市而仍返农村去做贫民。转转循环，丝毫不爽，这情形已经继续了二三十年了，再过五年十年之后的社会状态，自然可以不卜而知了啦，社会的症结究在哪里？唯一的出路究在哪里？难道大家还不明白么？空喊着抗日抗日，又有什么用处？

一个人在大街上踱着想着，我的脚步却于不知不觉的中间，开了倒车，几个弯儿一绕，竟又将我自己的身体，搬到了大学近旁的一条路上来了。向前面看过去，又是一堆土山。山下是平平的泥路和浅浅的池塘。这附近一带，我儿时原也来过的。二十几年前头，我有一位亲戚曾在报国寺里当过军官，更有一位哥哥，曾在陆军小学堂里当过学生。既然已经回到了寓居的附近，那就爬上山去看它一看吧，好在一晚没有睡觉，头脑还有点儿糊涂，登高望望四境，也未尝不是一帖清凉的妙药。

天气也渐渐开朗起来了，东南半角，居然已经露出了几点青天和一丝白日。土山虽则不高，但眺望倒也不坏。湖上的群山，环绕在西北的一带，再北是空间，更北是湖州境内的发祥的青山了。东面迢迢，看得见的，是临平山、皋亭山、黄鹤山之类的连峰叠嶂。再偏东北处，大约是唐栖镇上的超山山影，看去虽则不远，但走走怕也有半日好走哩。在土山上环视了一周，由远及近，用大量观察法来一算，我才明白了这附近的地理。原来我那新寓，是在军装局的北方，而三面的土山，系遥接着城墙，围绕在军装局的框外的。怪不得今天破晓的时候，还听见了一阵喇叭的吹唱，怪不得走出新寓的时候，还看见了一名荷枪直立的守卫士兵。

“好得很！好得很！……”我心里在想，“前有图书，后有武库，文武之道，备于此矣！”我心里虽在这样的自作有趣，但一种没落的感觉，一种不能再在大都会里插足的哀思，竟渐渐地渐渐地溶浸了我的全身。

（选自《达夫全集》第7卷，上海北新书局1933年8月）

张恨水
（1897—1967）

现代著名小说大家，“鸳鸯蝴蝶派”代表作家。原名心远，安庆潜山县人，出生于江西。他被称为现代文学史上“通俗文学大师”第一人。1919年来到北京，先后在《益世报》、上海《申报》北京办事处、《世界日报》副刊《夜光》供职，开始大量发表小说。作品情节曲折复杂，结构布局严谨完整，将中国传统的章回体小说与西洋小说的新技法融为一体。在他五十多年的写作生涯中，创作了一百多部通俗小说，其中绝大多数是中、长篇章回小说，总字数约三千万言。20世纪二三十年代，张恨水是中国最走红的作家之一。他的《春明外史》《金粉世家》《啼笑因缘》等小说风靡全国，并积极推动了白话小说的发展。

1967年，张恨水告别了这个他曾无数次描绘过的冷暖人间，走完了自己的人生。

2012年10月12日，张恨水的骨灰安葬于故乡安庆潜山县张恨水纪念馆并立铜像。

日暮过秦淮

在秋初我就说秋初，这个时候的南京，马路上的法国梧桐和洋槐，正撑着一柄绿油油的高伞。你如是住在城北住宅区，推开窗户，望见疏落的竹林，在广阔的草地里，抹上一片残阳，六点钟将到，半空已没有火焰。走出大门，左右邻居，已开始在马路树荫下溜着水泥路面活动，住宅中间，还不免夹着小花园和菜圃，瓜架上垂着一个个大的黄瓜，秋虫在那里弹着夜之前奏，欢迎着行人。你穿上一件薄薄的绸衫，拿了一柄折扇，顺路踏上中山北路，漆着鱼白色的流线型公共汽车，在树荫下光滑的路上停着。而你不用排班，更不用争先恐后，可以摇着你手上那柄折扇，缓缓地上车，车中很少没有座位。座椅铺着橡皮椅垫，下面长弹簧，舒适而干净，不少于你家的沙发。花上一角大洋，你还是到扬子江边去兜风呢？还是到秦淮河畔去听曲呢？你爱上哪儿就上哪儿。

我不讳言，十次出门有九次是奔城南，也不光为了报社在那儿，新街口有冷气设备的电影院，花牌楼堆着鲜红滴翠的水果公司，那都够吸引人。尤其是秦淮河畔的夫子庙，我的朋友，几乎是“每日更忙须一至，夜深还自点灯来”，总会有机会让你在这里会面。碰头的地点，大概常是馆子里的河厅。有时是新闻圈外的人做主，有时我们也自行聚餐，你别以为这是浪费。在老万全喝啤酒吃的地道南京菜，七八个人不过每人两元的份子。酒醉饭饱，躺在河厅栏杆边的藤椅上，喝着茶嗑着瓜子，迎水风之徐徐，望银河之耿耿，桃叶渡不一定就是古时的桃叶渡，也就够轻松一下子的了。

我们别假惺惺装道学，十个上夫子庙的人，至少有七八个与歌女为友，不过很少人自写供状罢了。南京的歌女，是挂上一块艺人的牌子的，她们当然懂得什么是宣传。所以新闻记者的约会，她们是“惠然肯来”。电炬通明，电扇摇摇之下，她们穿着落红纱衫子，带着一阵浓厚的花香，笑着粉红的脸子，三三两两，加入我们的酒座。我们多半极熟，随便谈着话，还是“履舄交错”。尽管良心在说，难道真打算做个“《桃花扇》里人”？但是我没有逃席。

九点多钟了，大家出了酒馆，在红蓝的霓虹灯光下走上夫子庙前这条街，听着两边的高楼上，弦索鼓板，喧闹着歌女的清唱，看到夜咖啡座的门前，一对对的男女出入，脸上涌出没有灵魂的笑，陶醉在温柔乡里，我们敏感的新闻记者，自也有些不怎么舒适似的。然而我们也不免有时走进大鼓书场，听几段大鼓，或在附近露天花园，打上一盘弹子，一混就是十二点钟，原样的公共汽车，已在站上等候，点着雪亮的车灯，又把你送回城北。那时凉风习习，清露满空。绸衫子已挡不住凉，人像在洗冷水澡。住宅区四周的秋虫，在灯光不及处一齐喧鸣，欢迎你在树的阴影下敲着家门。这样的生活，自然没有炎热，也有点走进了板桥杂志。于今回想起来，不能不说一声罪过。自然别人的生活，比这过得更舒适的，而又不忏悔，我们也无法勉强他。

（原载《新民报》，1944 年 8 月 15 日）

北平情调(上)

不才随重庆新闻界参观团往成都,《上下古今谈》须停笔若干天,以代其缺。自然卖担担儿面的也不会做出鱼翅席,还是古今谈解数。

到过成都的人,都有这样一句话,成都是小北平。的确,匆匆在外表上一看,真是具体而微。但仔细观察一下,究竟有许多差别。凭我走马看洛阳之花的看法说,有一个统括的分析,那就是北平壮丽,成都是纤丽;北平是端重,成都是静穆;北平是潇洒,成都是飘逸。自然这类形容词,有些空洞,然而除了这空洞的形容,也难于用少数的字去判断。若一定要切实地说一句,应当说是成都之北平味是“貌似”而微,而不能说是具体而微。

虽然成都这个城市,绝不同于黄河以南任何都市。就是六朝烟水的南京,历代屡遭劫火,除了地势伟大而外,一切对成都都有愧色,苏杭二州更是绝不同调。由江南来的人,看到了这个都市,自然觉得这是别一世界。就是由北方来的人,也会一望而知这不是江南,成都之处就在此。

(原载《新民报》,1943 年 4 月 19 日)

北平情调(下)

看成都的旧街道,两层矮矮的店铺夹着土质的路面宽达三四丈,街旁不断地有绿树。走小巷,两旁的矮墙,簇拥出绿色的竹木,稀少的行人,在土路上走着,略有步伐声。一个小贩,当的一声敲了小锣过去,打破了深巷的寂寞,这都是绝好的北平味。可是真正的老北平,他会感到绝不是刘邦的新丰。人家的粉墙上,少了壁画,门罩和梁架上,少了雕刻,窗栏未曾构成图案,一切建筑,是过于简单了。

看一个地方的情调,必须包括人民生活,自不定光看建筑,而旅客对于人民生活的体念又是一件难事。然则我们说成都之北平味,是貌似而微,不太武断吗?我说不,建筑也是人民生活之一部分,在这上面,可以反映到他的生活全貌。试看苏州人家的构造,纵有园林,也只有以小巧曲折见胜,你就可以知道苏州人之闲适,而不会是北平人之闲适。于是以成都之建筑,考察到北平风味,是不中不远矣。

(原载《新民报》,1943 年 4 月 20 日)

方令孺

（1897—1976）

著名散文作家、诗人。安庆桐城市人。方苞的后代。1923年留学美国，在华盛顿州立大学和威斯康星大学读书。1929年回国后，先后任青岛大学讲师和重庆国立剧专教授。1939年至1942年任重庆北碚国立编译馆编审。1943年后在上海复旦大学中文系任教授。1949年后被选为上海市妇联副主席。1958年至“文革”前，任浙江省文联主席。在“四人帮”垮台的前6天，1976年9月30日，方令孺病逝，享年80岁。党的十一届三中全会后，为方令孺平反昭雪，举行了追悼会。

20世纪30年代初开始写新诗，与林徽因被称为“新月派”仅有的两位女诗人。1940年后，诗风由朦胧转向朴实。她的散文文字清新，情感细腻。方令孺一生经历了清末、民国、新中国三个不同的时期。她凭着倔强、正直、善良的性格，在社会进步思潮影响下，终于从苦闷彷徨中走出来，走上革命的道路，成为进步作家、民主教授、共产党员，实践了自己“创造新世界、新人生”的夙愿。主要著作有《信》（散文集）、《方令孺散文选集》，译著文集《钟》。

悼玮德[①]

谁相信我竟在这风雨扑窗之晨，提起笔来伤悼一个还应当好好地活在这个世界上，忽然流星一般陨落的玮德。

玮德，你自己想不想到有这件事？

柳荫里婉转着流莺，一道光明的瀑布，一片春，这使我神往，使我陶醉，平常日子的莺声，我有时会蹑着脚尖待在树下窥探，今天是怎么了呢？它使我这样厌烦，这样心痛。每一个转折皆像剑锋一般刺着我？记得往年有一天，我同你坐在这间房里闲话，外面下着微微的小雨，我说：玮德你瞧，这雨多忧愁，可又多甜蜜。你这年轻人只点点头。今天我仍然坐在这个窗前，窗外仍然落着小雨，忧愁与甜蜜的小雨。我说：玮德，你瞧，这雨多忧愁，可又多甜蜜，玮德，你呢？你正躺在北平一个古庙里。北平几日来正开放芍药，有谁在玮德小小棺木前放一把芍药？

自从玮德的噩耗传来，一块大石落在我的头上，到今天我还是昏昏的。电报，快信，亲友们来吊问，都使我睁大着眼发愣，我不相信，这不会是真的。我不是常常有这种噩梦吗？这个人一切的影像，在我心里是这样生动、灵活、潇洒。这样一个生龙活虎一般的人，会从此腐了，烂了，永远沉寂了吗？我认为这件事是假的。就是现在我这里握管挥毫也是假的。总有那么一天，我会听到他的足音，听到他活泼泼地推开门，唤一声九姑——听到他笑，代表人类光明与春天的笑。天，当真还有这样一天？

玮德，一周来我都埋藏了我的哀恸，用一个疑问弧号安置到自己心上。在

① 玮德，即方玮德(1908—1935)，作者的侄儿，新月派成员，著有诗歌散文集《玮德诗集》《秋夜荡歌》《丁香花诗集》《玮德诗文集》等。

有些人面前，我还装饰一个微笑在嘴角。“这个人在‘消息’上死了，在我心上还活着！”但一人独坐，或晚间灯灭之后，我抚摸着几个电报同一封由你口授请××小姐写给我的信，我的眼睛湿了。可怜的玮德！你也算是在这人间活了二十七年，在寒暑交替中从牙牙学语到长大成人，这短短的二十七年里，你何尝过了什么欢快的日子？从你出世以来就体弱多病。到了九岁，你那个母亲便死掉了。凡是一个没有母亲的孩子所有的忧患，你也逃不脱。我记得有一年我从天津回家，那时你还只十一岁，患疟疾躺在床上爬不起身，头上身上热得如一堆火。问你要这样吗？摇摇头；要那样吗？摇摇头。不问你时你却轻轻地同我说：“九姑九姑，我不要死！”什么原因你就知道“死”？当时看着你那憔悴的样子，我流了多少眼泪。其后你身体就总没有调理得好，所以医生说你先天既不足，后天又失于营养，忽忽二十余年，吃了多少粉粉末末、汤汤水水，受了多少折磨！到今天你完了，你再也不需吃那个了。可怜的玮德！假若给平常人受了这样多苦痛，该早已不行了，可是，我知道你，你认识生命，明白生命的美丽，太阳的光和热，你要活，因此生命力显得极强。若不是为身体上有万分难受的时候，你从不现出扫兴的颜色，若不是体力衰竭，你不会死。上月我从南京过北平来看你，你体力虽那么不济了，有时精神好一点，还仍然是谈吐诙谐，风生四座。所以我想你一时是不要紧的。哪知我刚离北平两周，你是溘然长逝了！玮德，可怜的孩子！我知道，你到了咽下最后那一口气时，一定还想着：“我要活，我要活。”你是个那么对生存抱有热爱的孩子，竟不能多活三年载，却从此倒下僵了烂了，这是你自己的哀惨，还是我们活着的人们最大的不幸呢？

玮德自幼就可算得是极其聪明的孩子。记得在他六七岁的时候，有一天他同几个小孩捉迷藏玩，他用两只小手紧紧地扪着双耳，眼也紧紧地闭着，躲在门背后，口中朗诵他读过杜工部的两句诗：“人生不相见，动如参与商。”问他为什么念这个，就说“这诗好”。这是老杜对一个久别的朋友说的话，但确也能描摹出当一个人扪着耳朵，闭着眼睛的时候，与外界一种茫然隔绝的情绪。一个六七岁的孩子，竟能体会到这诗句中的深意，在游戏的时候能触发这种诗思，天赋的诗魂，就启示了他后来择业从学的方向。

玮德在中学毕业的时候，那时我在南京。他就写信告诉我，他想升学，要来南京考大学。这种计划成熟后，他过南京。那时候我们家乡的交通还不像如今便利，从桐城到南京真是个长途旅行，需由桐城到安庆，从安庆下南京。桐城到安庆那一段路必须坐轿，抬轿的人都是田里的农夫，若正当田事农忙的时候，不容易找到抬轿人。桐城到安庆又有百二十余里的山路，一个多病的身体怎么能步行呢？刚巧祖父也有事须到省城，勉强找来两名轿夫，也应让给年高的祖父。大家劝他不要急着去，但他“不应当把求学看得太轻，即使丢掉一分钟也是可惜”，不顾力量够不够，就随着祖父的轿子步行出发。走下快到八十里，行近一条河边，遇有省城的帆船，才得搭上同行。一个身躯娇弱的孩子，为了读书，如此不怕吃苦，这种性格保留下来，到后来用在读书方面时，就成为一个用功勤学的性格。

玮德，你那向上努力的心真是恳切，多少年来，不管身体是如何柔弱，心境是如何郁悒，你对于生活，对于求知，从不懈怠。我知道，你虽然有一个洒脱随便的外表，却包藏一颗缜密的心。你这种可爱的态度，不知多少次把我从消沉里提起来；你给我的信总是激励我（“鼓起沉重的翅膀向高处飞”），慰藉我（“生活上没有苦味菜里无盐”），且期望我将来要在文学上有所建树。现在，玮德，九姑的意兴只有比昔日更加消沉（“何逊而今渐老，都忘却春风词笔”），你不再来鼓舞我、责备我、安慰我了吗？

我不抱怨，玮德的死，是个人的蹇运。只可惜他是这样年轻，全然还是个天真的孩子，家中人同亲友都预望着他广阔的前途，谁料他没有走完三分之一的路程就撒手长逝了！这是天意吗？使我们在这黯淡的生活里，不留一星火焰、一点温存，竟这样残酷地夺去我们心中应保的欢愉，使刚造成的一段城墙骤遭毁灭，眼前又现出这种凄神峭骨的荒原。谁能不悲！谁能忍耐！

玮德的死，不只是我们个人心里极大的创伤，也是这个时代的损失。玮德那可爱的人格，若大家能多知道他些，我相信人人都要惋惜。玮德有着美丽纯洁的灵魂。这个年头（许是真因为太阳里有了黑点子），一般人情，真像袁中郎所谓“如鳅如蟹如蛙如蛇”，玮德多么似一潭清水的温柔，光明照彻人心呢！虽是在他生前，几个贴身的亲长，常对他寄予愿望，对他时有过于求全的责备。但我却深知他的性情、他的美点。玮德的信心是人所难得的。忠恳，崇之如神明，是玮德对他朋友的态度（这竟许是“傻”，是“糊涂”，但这可爱的傻、可爱的糊涂，除了在他那一颗纯洁的心里求，在哪儿呢）。友朋取与之际他也并不是全无所忤：鄙、浊、蠢，几种人类不可免的恶性是他最恨的。然而在另一观点上说，他却又是个最会从丑陋里求美，现实里求理想的人。不是人家常说玮德喜欢

“Tell beautiful lies”吗？Beautiful lies 这批评也够美了，不管说者是否含些幽默的意味。给一个不能从现实里看见幻象，平庸里挑出精华来的人，听到一些意外言语，当然要视为谎话。谁相信 William Blake 说他小时常看见空中有各种仙子的形色呢？不管他把幻象放入诗画里有多么神妙，艺术家见之固能会心，而常人看起来也要讲他说美丽的谎。玮德的谎，就是他爱把极平常的事情，说得如七宝庄严，灿烂悦目，把浮薄的人情，渲染得如清水芙蕖，澄静清密。有时候他高兴，对于一种行为和动作，能描摹入神，滑稽可笑。他是说美丽的谎吗？他是不是能见到人所不能见到的，体会人所不能体会的呢？

玮德生前不管走到哪儿，都会有人欢喜，这欢喜不是没有理由的。因为他能够给人一种生气，因为他自己就永远富于生气。在一些很美丽的日子里，为了一株树或一块石头向山野里跋涉，不避夜寒，不辞辛苦前往，一个最好的伴侣便是玮德。玮德对于自然也像他对于诗歌一样，具有深深的领会。他欢喜戏剧。他对英国文学有特殊的爱好（他本想写一部英国诗人小史，惜未完成）。他无论对山川人物，或所读诗歌都能用很多的妙句，吐出他心中的感觉。

近两三年来玮德较前比较沉闷，他有他的原因。一个青年人必然的命运，不足稀奇。民国二十一年秋天的时候，玮德已在中大毕了业，随我到北平玩玩。十几天后我就回南了。他留在北平住在他的八姑家里。有一天，他在一位朋友的茶会里遇见一个女子。当天晚上他就写信给我报告这件事。信上说：“九姑，糟了。我担心我自己今天已爱了一个人。我怎么办？你做一次军师，告诉我应当怎么办吧。”信上且说这女子如何“天真烂漫”，如何“聪明”，如何“朴素”，且说：“我很欢喜这位小姐，她待我也不错，我想同她在一起读书，一定有趣。”末尾且说：“九姑，我发愁！”我知道他的话，我相信他信上说的话，一切皆是真事。从此这青年的一腔纯厚忠实的热情就呈献与她了。但在北平不久，就遇到榆关失守的惨难，这仅仅见过七八次面的友情，又要黯然分别。在玮德眼中心上的安琪儿，因避兵乱，仓皇回转故乡湖南去了。玮德也因校事，随他的八姑南下。这糟了的事并不糟。离别反而增加一对朋友的友谊。他们开始了极难得的通信，在信札里建筑起一种良好的友谊。两人纯洁的爱恋用文字堆砌得日益高深，成了不可一日或缺的恩物。他们的信札都写得真挚而秀丽，他的表兄宗白华称它为“真正文学作品”。可是，这一对年轻人都是纯理想的信徒，相爱既深，却相距日远。等到这位小姐回到北平时，玮德已更往南行，到厦门教学去了。他在厦门时给我有封信上说:“我那朋友为一种 Idealist,我也是一种 Idealist,但确实在精神上、在智识上互相恋着,若是想到 Face the reality 则双方不免痛苦。”所以他们只顾日日通书,永永相爱,就是不见面也仿佛很过得去。这样纯净、天真、全理想的爱恋,在现代说起来真是古典的风格,太稀有少见了。然而一点距离所不可免的误会,加上他性情方面的弱点,两年来玮德精神上受爱神的箭伤,自然也是很多的。解除它,只有一个方法,就是把两个年轻人的距离缩短。

民国二十二年的秋天,玮德到厦门去的时候,身体还好,面貌也很丰满。我们虽是不放心他初次过海,但男儿志在四方,也不好挡住他的壮怀,哪知厦门地气太潮热,极不宜于长江流域生长的人,尤不宜于像玮德这样体质。加之到了那里,人地生疏,饮食不调,寒假时候,他的旧病便复发了。先住在鼓浪屿日本医院养病,据说医治的方法又有错误,所以病就从此越来越坏。廿三年,暑假回到南京,我看见他两肩瘦耸,大不像先前的精神了。一面想起使他身体不好的另一原因,我就劝他放弃了厦门的教职,不要再往南方。若果北方有机会可以得到工作,不如到北方去。若北方不好,就暂且在南京养病。

前面已说过玮德对朋友是那样忠恳。他对于爱——这舍利子一般完整而精圆的一个字——的态度,我们不难想到是多么神圣。因为他寒假卧病不能北上,因为他暑中体弱不堪远道,又因为像前面所说的他那完全理想的爱恋,竟有人在玮德与某小姐之间兴起一阵谣诼。这对玮德真有一种可怕的损伤。所以到了假后不得不带病北行,准备到了北平,与他的好友正式订婚。但脆弱的身体,在火车上一顿颠簸,到了北平,又恰好因……于是这年轻人从这个医院转到那个医院,诊治他的病痛。这几个月他虽强起行动,其实也太可怜。他的诚实,他的痛苦!他的不可对人言的一切,明白他了解他的我,觉得他真可怜。他到死都要表明诚意的,令人恸极。

现在一切都完了。爱与憎,眼泪与欢乐,小小误会与天真咒誓,全完了。民国二十七年的时光都在阴霾的天气里!只在他生命将尽的时候,才得享一刹那人间真爱与美,是谁的安排?这几个月来,真亏得他那好朋友的殷勤服侍,给这热情与痛苦纠缠,求生奋斗与疾病包围的青年,以极大的慰安。临终的时候,还能得他挚爱的女友,与真心如慈母的六姑在旁,抚着额角,咽下最后那口气,偿还了他一生的凄凉。玮德,好孩子,你所爱的明白你,她给你的爱你也明白了,你战胜了爱。你应当闭了眼睛,应当闭了眼睛。

玮德是热爱生命的,他是从不屈服或灰心于苦痛的人,据说到他最后一声呼吸的时候,还露着生命的微笑。六姑来信说:“玮德入棺时颜色如生,秀气彻骨。”玮德,到今天,虽是得到你死的消息已经多日,我还是不大相信!你的言笑还时刻在我耳边,你的音容似乎随时都可接触,你并没有死,即使是真,也只是形骸,你的精神同你的爱,是永生的,是应当永远活在旁人心上的。

玮德,你除了爱,一生所向往的是智识,是趣味,是温暖而公平的人情。你不会虚伪,更没有浮生荣利心。玮德,如果这些东西你在我们这个世界里还没有得到呢,希望你能在另一个世界里觅得。伤心只是我们活着的可怜人的事,我悼惜你,但对你的超脱,却正像夏天夜里看天上的流星,缅耿难及。

(选自《信》,文化生活出版社 1945 年)

忆 江 南

天气真好。月光下，山川都像是浮起来了。清寂的广场上，只有我一个人在走。我买了一根甘蔗，一边走，一边吃。秋千架下仿佛有一个人在看着我，他是在惊讶吗？

我也不愿意独自在月下眺望了，想起中古时候的修道士，遇见山川美景，就不敢抬头，因为凡是美，都是诱惑人的。美景更增加人的寂寞，更引诱人的悲哀，所以古人独自对月的时候，总是爱饮酒，恐怕连他们自己都不知道是什么缘故。酒，真是一个寂寞人的最好的伴侣，能把冷漠化成朦胧。

我吃完甘蔗，把渣滓用大张报纸包起来。因为有一天我和友人谈心，我说要买一整根甘蔗独自吃完，这位朋友说："你要是有那样的勇气，我就佩服你。"现在我要把这渣滓留给他看。

记得民国二十六年春天，我忽然想作画，无意中把这意思说出来了，有一个人说："你才没有这耐性呢。"我听了很不高兴。第二天我就动笔画，发觉自己对于画大有兴趣，在一枝，一叶，一片崖石，一簇树林之间，极感销魂的迷醉。我画得一张比一张进步。自己得意极了。后来抗战事起，我回到故乡，住在一座小破楼上，夜晚仍抽空作画，记得曾仿倪云林的石树，并临写他的题字，裱成册页，配镜框献给父亲，父亲把画挂在书房里，听来客评谈，自己就捻须微笑。自从故乡遭了敌人的蹂躏，这张画不知道可还存在人间？而我所最敬爱的老父，就在我们远行之后逝世了！再也不会在藤萝萧瑟的庭院里看见父亲雍穆而翛然的风度，再也不会在寒夜的书斋里看见父亲白发苍苍在灯前垂首。故乡的庭院里每一片石，每一条径，每一棵古树，每一个残缺浓荫的门，都和父亲的风仪联合着，我想到父亲，就联想到那些淳雅的情景，想到那些情景，就牵记到父亲。现在都完了，我失去了一生所最心仪的一切。我不能想，我是被这样一位朴素盎然的老人遗弃在这浅陋的坑中。

家里来信说:敌兵进城,把城里的房子大半烧掉了,把我们家的凌寒亭也拆毁了。这座亭子共有三间傍着城墙,城墙像一座山,因为时间的古老,从砖墙缝里生出许多藤萝和灌木。亭子的左边是一片竹林,右边是一座尼庵,前面隔道女墙,就是一个小湖似的池塘,长年听到浣衣妇的砧杵声。夏天有很多孩子在里面游泳,记得有一次在这池塘里还淹死了一个十三四岁的男孩,我亲眼看见人把他从水里捞起来,他的母亲听到这信息,就像飞鹰落地一样,奔扑到这男孩的尸首上号哭。到现在事隔二十年,想起那情状,还是有些怆恻。亭子的周围都是古木参天,有大可合抱的槐树,有枝杆夭矫的五谷树,有双杆的梧桐,还有父亲亲手种的柏、石楠、柿和杉等树。这些树都是我几个兄弟的小名,父亲带着多少温良的深意把他们每一个名字都种植在土地上,看他把一瓢一瓢的清水灌溉到树根上,是存着多少的希望!要是风雨的时候,这些木叶响动着,混合成一片河流似的声音,或是被风雨激荡,枝条悦鸣得像有人在旷野上号叫,这不正是他担心着在远处的孩子们,忧心戚戚的时候吗?还有一片云石,是父亲从园后草丛里发现出来的,石上有不知道是哪一年代,是谁,镌刻着“立云”二字,字体苍劲,父亲欢喜得像发现一件宝物,把石竖起来,砌一座花台供设着,周围种着很多的书带草,细长的叶子,因为多年的生长,像狮子一样蹲伏在石下。这地方四时都有各种奇怪的鸟雀,经常听到啄木鸟的剥啄声,夜晚猫头鹰的颤叫声,还常见到彩色的锦鸡,在竹林里穿飞。我小的时候,常常担心那华丽的长尾巴,会在竹林里碰断。小松鼠故意逗人似的捧着一个松果坐在窗台上玩耍。这地方是我们小时候的乐园,现在提起来,还有无限的亲切和一些甜蜜的感觉。亭子里父亲收藏了一些书画碑帖。这是我们看作圣坛不敢渎犯的所在,这次也被敌人扫荡完了!家里人又告诉我:当敌兵退出这城以后,父亲从山中归来,看见这样残破,并不十分痛惜。只因满地残书断帖,父亲一一拾起来,偶然有一两部还可以凑成完整的时候,就大喜过望。我写到这里,心上涌起一阵泉水似的悲凉,想父亲一生爱书如命,平时再也不许我们随意翻动,这次竟如此糟蹋了!父亲所以不十分痛惜,是因为一般广大的丧亡,比起个人的损失又算得什么?可悲痛的有比这更大,更大的事,父亲是明白的。

今晚因为看见月光下的山川太美了,诱我这许多的沉思。如果回忆只给我枉然的折磨，以后该学中古的修道士，不再抬头看山川之美了。

（原载《抗战文艺》第7卷第2、3期合刊，1941年8月20日）

在山阴道上

撩起窗幕，看初升的红日，可把它五彩的光华撒在湖上了么？可是，湖水呈现着一片冷清清的铅色，天空也云气沉沉。难道今天的旅行又要被风雨来阻拦么？

好久以来"故乡"就在吸引着我。百草园和三味书屋，这些美妙的名称，像童话一样，时时在我思想上盘桓。我想看看咸亨酒店、土谷祠，还想看看祥林嫂放过菜篮子的小河边……在那浓雾弥漫的黑暗时代，鲁迅先生在那里开始磨砺他的剑锋，终生把持它，划破黑暗，露出曙光。今天我决定要去瞻仰磨剑的圣地。

湖水轻轻地拍岸，像是赞同我的决心，天空也对我显出无可奈何的气色。七点钟我们就从北山下乘车前去。

车轮卷着灰尘，迅速地前进。这时云雾渐渐稀散，清风吹送着月桂的芳香，阳光从薄云后面透射出来，像放下轻轻的纱帐，爱护似的，笼罩着大地。

汽车一转弯，将要到钱塘江大桥了，我看见高大的六和塔，岿然坐在林木蓊郁的山岗上，背负着远山与高空，下临浩渺的白水，气象非常雄伟。

在高楼一样的大桥①上，俯瞰江水，像一条潇洒的阔飘带，从西面群山之下，一撇而来，越流越宽，向东长逝，到眼睛所能见到的尽头，水和云都融合成一片混沌。

山川的壮丽和我心里正在思想的巨人形象，也融合在一起。

车在奔驰，风在欢笑，将要成熟的晚稻，沉沉地压在整片大地上。远处是重

---

① 钱塘江大桥有两层，底层走火车，上层走汽车，因此说像高楼一样的大桥。

重叠叠、连绵不断的山峰,山峰青得像透明的水晶,可又不那么沉静,我们的车子奔跑着,远山也像一起一伏地跟着赛跑;有时在群峰之上,又露出一座更隽秀的山峰,像忽地昂起头来,窥探一下,看谁跑得快。

近处,又看见碧油油的大地上,一条明亮的小河蜿蜒流过。河身不宽,可有时也像伸出双臂,抱住几个小绿洲。萧山、河桥,刚刚落到眼前,却又远远退到车的后面。

中午到了绍兴城。

我们走在青石铺成的古老的街道上,心情是这样严肃又欢愉,眼睛四处张望,处处都像有生动的故事在牵引人。

一片粉墙反映着白日的光辉。新台门的门口簇拥着一群"红领巾",他们一看到新来的客人便又簇拥过来,牵牵客人的衣袖,抚弄客人的围巾,亲密地交谈,并争先要求领路。我就和这些孩子们一道拥进了黑漆的大门。

这是一座古老朴素的房屋,空阒无人。可是,这方桌,这条台,这窗前的一把椅子都告诉了我们许多故事,连那盆草叶茂密的剑兰也不甘寂寞,唠叨地诉说着它是怎样被一双宽厚的手培养起来。

就是在这座房子里,鲁迅先生幼年和农民的儿子结成朋友;在父亲的病中分担了母亲的忧愁;从这里他认识了封建社会的欺骗与毒辣,被侮辱与损害的究竟是哪一些人!十七岁的时候,在一个刮风下雨的早晨,带了一点简单的行装,辞别了母亲,走出这座黑漆大门,奔向他一生战斗的长途。

百草园是芳草萋萋的后院。这是幼年鲁迅的乐园。断墙、菜圃依然保留着。高大的榆树和皂荚树那边,新建了一座亭子,鲁迅先生塑像端坐在亭中间。

孩子们在园里跑着、笑着,也跑到断墙下,在那儿寻觅,可还有像人形一样的何首乌?他们又围在亭子旁边,仰着头,望着塑像;孩子们的脸,像朝阳照耀下初开的百合花,眼睛像星星一样的明亮,亮着无限亲切爱慕的光。

一座曲折如画的小石桥把我和孩子们引到三味书屋。我们也是从那扇黑油的竹门走进去的,并且大声地数到第三间。

书房里的陈设,正像鲁迅先生《从百草园到三味书屋》中写的一样,正中的书桌上,现在还放着老先生手抄的唐诗,好像这儿刚刚放学,老先生和学生们都吃饭去了。我默默地站在鲁迅先生幼年读书的桌旁,很想看看他所描摹的《荡寇志》和《西游记》的绣像。

这间房不很大，只有前面一排窗户。后园也很小，墙也高，花坛上的老蜡梅树还顽强地活着。

孩子们在唧唧哝哝地讲话。

是的，今天，我们的孩子，有了明亮的课室，有了大块的草地，还有细沙铺成的球场。他们有了自由广阔的天地。我这样想着。突然在脑中出现一座勇士的雕像：

> 背着因袭的重担，肩住黑暗的闸门，放他们到宽阔光明的地方去。

我抚摸着身边一个孩子的头发，心中油然生出感激的深情。

我正在默默地寻思，一只小手伸过来了，又一只，又一只。原来时间已经不早，他们要整队回去了。我们热情地握手，说着："我们还要见面。"

回来的路上，我们让车在河边慢慢开行。在静静的黄昏里，发光的小河上，滑着一只乌篷船。船尾坐着一个农民，戴着毡帽，有节奏地划动一根大桨。河岸上，有时是稻田，有时又是开着红花、黄花的青草地，草地上有一群牧童在放牛，牛背平得像一块石板。牧童从牛角间爬上爬下，牛万般温存地驯服着。又是芦苇迎着河边来了，芦花轻轻飘拂，像老人银白的胡须。

我不知道这可就是著名的山阴道。

鲁迅先生在一篇《好的故事》中描写过：

> 我仿佛记得曾坐小船经过山阴道，两岸边的乌桕，新禾，野花，鸡，狗，丛树和枯树，茅屋，塔，伽蓝，农夫和村妇，村女，晒着的衣裳，和尚，蓑笠，天，云，竹……都倒影在澄碧的小河中，随着每一打桨，各个夹带了闪烁的日光，并水里的萍藻游鱼，一同荡漾。……凡是我所经过的河，都是如此。

生活本来应该是这样和平、美丽，而且光明，鲁迅先生所说"好的故事"，正是他所想望的好的生活。然而，在昏沉如夜的时代里，人们只能在朦胧的梦中见到，即使是梦，也被打碎！

今天,鲁迅先生在三十年前朦胧中看见的“许多美的人和美的事,错综起来像一天云锦,而且万颗奔星似的飞动着”的“好的故事”,不是在天上,也不是在水底,而在我们祖国大地上,到处出现了,并将“永是生动,永是展开,以至于无穷”。

在路上,车又经过这样一个地方:四山环绕,又高又黑,山下溪水潺潺。像在朝鲜的山中。记得当时我走在那些大山里,觉得像是走在坚强战斗英雄队伍的身边,今天我仍有这样的感觉,在我刚才到过的地方和正要去的地方,以及走在祖国任何城市和乡村里,都有这样的感觉。

转过山路,就看见了反映出暮天幽蓝色的湖水。远处城市,电灯通明,烘托着天空,像一片光的海。

1956 年 10 月,杭州

(原载《人民文学》1957 年 5—6 月号)

朱光潜

（1897—1986）

著名美学家、文艺理论家、教育家、翻译家。笔名孟实、盟石。安庆桐城市人(今枞阳县麒麟镇)。生前为北京大学一级教授、中国社会科学院学部委员,全国政协二、三、四、五届委员,六届常务委员,民盟三、四届中央委员,中国文学艺术界联合委员会委员,中国外国文学学会常务理事。

少时课读于孔城高小,考入桐城中学,毕业后任教于北乡大关小学。青年时期在桐城中学、武昌高等师范学校学习,后肄业于香港大学文学院。香港大学毕业后,先后在上海大学吴淞中国公学中学部、浙江上虞白马湖春晖中学任教。1924 年,撰写第一篇美学文章《无言之美》。

1925 年出国留学,先后于英国爱丁堡大学、伦敦大学,法国巴黎大学、斯特拉斯堡大学学习,获文学硕士、博士学位。1933 年回国,先后在国立北京大学、国立四川大学、国立武汉大学、国立安徽大学任教。朱光潜主要编著有《文艺心理学》《悲剧心理学》《谈美》《诗论》《谈文学》《克罗齐哲学述评》《西方美学史》《美学批判论文集》《谈美书简》《美学拾穗集》等,并翻译了《歌德谈话录》、柏拉图的《文艺对话集》、G. E. 莱辛的《拉奥孔》、G. W. F. 黑格尔的《美学》、B. 克罗齐的《美学》、G. B. 维柯的《新科学》等。朱光潜不仅著述甚丰,他本人更具有崇高的治学精神和高尚的学术品格。朱光潜熟练掌握英、法、德语,翻译了 300 多万字的作品。

朱光潜是一位以救国兴邦为己任的爱国知识分子,是中国美学史上一座横跨古今、沟通中外的“桥梁”,是我国现当代最负盛名并赢得崇高国际声誉的美学大师。

敬悼朱佩弦先生

在文艺界的朋友中，我认识最早而且得益也最多的要算佩弦先生。那还是民国十三年夏季，吴淞中国公学中学部因江浙战事停顿，我在上海闲着，夏丏尊先生邀我到上虞春晖中学去教英文。当时佩弦先生正在那里教国文。学校范围不大，大家朝夕相处，宛如一家人。佩弦和丏尊、子恺诸人都爱好文艺，常以所作相传视。我于无形中受了他们的影响，开始学习写作。我的第一篇处女作《无言之美》，就是在丏尊、佩弦两位先生鼓励之下写成的。他们认为我可以作说理文，就劝我走这一条路。这二十余年来我始终抱着这一条路走，如果有些微的成绩，就不能不归功于他们两位的诱导。

当时春晖中学的一批朋友相处不算很久，可是在短促的时间里，大家奠定了很长久的交谊。有两件事业都是由此产生出来的。一是立达学园。我们一批年轻的教员，因为不满意春晖中学当局的独裁的作风，相约退出，由匡互生领导，在上海江湾自己创办了一个学校，叫作立达学园。我们所悬的理想是自由式的教育，特别着重启发与感化，想针对中等教育的流行的弊病加以纠正。这学校虽终于受中日战事的打击而衰落，却造就出一批有造诣的学生来，对于中等教育发生了不可忽视的影响。其次是开明书店。我们老早就觉得出版事业对于文化影响的重要，一个理想的书店应该脱离官办与商办的气味，由读书人和著书人自己来经营。由于夏丏尊、叶圣陶几位先生的努力，这计划终于实现。到现在还不过二十五年，开明书店已由一家几百元股本的小书店，一跃而为国内有数的大书店。就出书的质量来说，它胜过一切其他的大书店，对于中学学校和新文艺作者的贡献尤其大。对于这两件事业，佩弦先生和我虽不居主要的倡导者的地位，却都先后出了一些力量。佩弦先生之死，与抱病替开明书店编中学国文教本有关，对于开明可谓鞠躬尽瘁。我自己杂事太多，却未能尽全力，心里常觉歉然。

佩弦先生离开立达、开明的一批朋友是应清华大学的聘；我离开他们，是要出国读书。后来他由清华休假到欧洲去，我还在英国没有归来，在英国彼此又有一个短时期的往还。那时候，我的《文艺心理学》和《谈美》的初稿都已写成，他在旅途中替我仔细看过原稿，指示我一些意见，并且还替我作了两篇序。后来我的《诗论》初稿也送给他，由他斟酌过。我对于佩弦先生始终当作一位良师益友信赖。这不是偶然的。在我的学文艺的朋友中，他是和我相知最深的一位，我的研究范围和他的也很相近，而且他是那样可信赖的一位朋友，请他看稿子他必仔细看，请他批评他也必切切实实地批评。我的《文艺心理学》有一两章是由他的批评而完全改写过的，在序文里我已经提到这一点。

民国二十二年我回国任教于北京大学，他约我在清华讲了一年"文艺心理学"，此后过从的机会就更多。在北平的文艺界朋友们常聚会讨论，有他就必有我。于今还值得提起的有两件事。一是《文学杂志》，名义上虽由我主编，实际上他和沈从文、杨金甫、冯君培诸人撑持的力量最多。这刊物因抗战停了十年，去年算是又恢复起来了。头一期就有佩弦先生的文章，但是因为他多病，文债的担负又重，我们不像从前那样容易得到他的文章。其次是朗诵会，当时朋友们都觉得语体文必须读得上口，而且读起来一要能表情，二要能悦耳，以往我们中国人在这方面太不讲究，现在要想语体文走上正轨，我们就不能不在这方面讲究，所以大家定期集会，专门练习朗诵，有时趁便讨论一般文学问题。佩弦先生对于这件事最起劲。语文本是他的兴趣中心，他随时对于一个字的用法或一句话的讲法都潜心玩索，参加过朗诵会的朋友们都还记得，他对于语体文不但写得好，而且也读得好。

抗战中我住在四川，佩弦先生虽是长住昆明，因为家眷在川，到四川去的回数很多。乱离中相见，彼此都已大不如前。他老早就有胃病，昆明教授们生活特别苦，听说他于教书以外，烧饭洗碗补衣全靠自己动手，有时竟吃冷馒头度日，他的旧病可能因此加重，他的形容确是日益消瘦憔悴。这些年来我每次看见他，都暗地替他担心。他本来是一位温恭和蔼的人，生气不算蓬勃，近来和他对面，有如对着深秋，令人起萧索之感。他多年来贫病交加，见着朋友却从来不为贫病诉苦，他有廊下派哲人的坚忍。但是贫与病显然累了他，我常感觉到他仿佛受了一种重压，压得不能自由伸展。于今他死去了，我觉得他是一直压到死的。

读过《背影》和《祭亡妻》那一类文章的人们，都会知道佩弦先生富于至性深情，可是这至性深情背后也隐藏着一种深沉的忧郁，压得他不能发扬踔厉。他的面孔老是那样温和而镇定，从来不打一个呵呵笑，叹息也是低微的。他的脸部筋肉通常是微微下沉，偶一兴奋时便微微向上提起，不多时就放下。平日严肃是他的本性。他那一套旧西装质料虽不讲究，却老是洗刷得干干净净，领结打得挺直，到他的书房里，陈设常是简单朴素，可是一几一砚都摆得齐齐整整。文人不修边幅的习气他绝对没有，行险侥幸的事他一生没有做过一件。他对人对事一向认真，守本分。在清华任教二十四年，除掉休假，他从没有放弃过他的岗位，清华国文系是他一手造成的。教课以外，他的其他活动只有写文章、编教科书，他在开明书店所出的国文教学书籍是一座相当伟大的纪念碑，今日中等学校国文教师不留心研究本行问题则已，留心研究本行问题的没有不从他那里得到益处的。他对朋友始终真诚，请他帮忙的只要他力量能办到，他没有不帮忙的，我得到他的最后一封信，是答复我托他替一位青年谋事的。事没有谋成，而他却尽了力。计算日期，他写那封信是在进医院之前不过几天，那时他的身体当然已经很坏了，还没有忘记一个朋友的一件寻常的请托。我想起自己老是压着信不复，才知道他的这种仔细当极不容易。他的生活兴趣不算很浓却也不算很浅，旅行中爱看名胜，集会中爱坐着听人清谈，朋友们说起有好戏他也偶尔抽空去看看，近年来常作旧诗，胃病未发以前他也能喝几杯酒，在朋友中以酒德见称，不过分也不喧嚷。他对一切大抵都如此，乘兴而来，适可而止，从不流连忘返；他虽严肃，却不古板干枯。听过他的谈吐的人们都忘不了他的谐趣，他对于旁人的谐趣也相欣赏，不过开玩笑打趣在他只是偶然同灵机一现，有时竟像出诸有心，他的长处并不在此。就他的整个性格来说，他属于古典型的多，属于浪漫型的少，得诸孔颜的多，得诸庄老的少。

佩弦先生对于学术的贡献是多方面的，主要是文学史，尤其关于诗歌部分。朋友中有远比我较适宜的人——比如说俞平伯先生和浦江清先生——可以详谈他的学术成就，我在此不用再说，只略说他的文章。在写语体文的作家之中，他是很早的一位。语体文运动的历史还不算太长，作家们都还在各自摸索路径。较老的人们写语体文，大半从文言文解放过来，有如裹小脚经过放大，没有抓住语体文的真正的气韵和节奏，略懂西文的人们处处模仿西文的文法结构，往往冗长拖沓,佶屈聱牙。至于青年作家们大半过信自然流露,任笔直书,根本不注意到文字问题,所以文字一经推敲,便见出种种字义上和文法上的毛病。佩弦先生是极少数人中的一个,摸上了真正语体文的大路。他的文章简洁精炼不让于上品古文,而用字确是日常语言所用的字,语句声调也确是日常语言所有的声调。就剪裁锤炼说,它的确是“文”;就字句习惯和节奏说,它也的确是“语”。任文法家们去推敲它,不会推敲出什么毛病,可是念给一般老百姓听,他们也不会感觉有什么别扭。我自己好多年以来都在追求这个理想,可是至今还是嫌它可望而不可追,所以特别觉得佩弦先生的成就难能可贵。一个文学运动的最有力的推动者不是学说主张而是作品,佩弦先生的作品不但证明了语体文可以做到文言文的简洁典雅,而且向一般写语体文的人们揭示一个极好的模范。我相信他在这方面的成就是要和语体文运动史共垂久远的。

佩弦先生和我同姓,年龄相差一岁,身材大小肥瘦相若,据公共的朋友们说,性格和兴趣也颇相似。这些偶合曾经引起了不少的误会。有人疑心他和我是兄弟,有一部国文教本附载作者小传,竟把我弄成浙江人,甚至有人以为他就是我,未谋面的青年朋友们写信给他的误投给我,写信给我的误投给他,都已经不止一次。这对我是一种不应得的荣誉,他在做人和做文方面都已做到炉火纯青的地步,我至今还很驳杂“赐也何敢望回”? 于今他已经离开人世了,生死我已久看作寻常事,可是自顾形单影只,仍不免有些感伤。回想起当年白马湖的一批朋友们,互生在抗战前就已过去,丏尊在抗战中过去,现在又短了佩弦,只有子恺、圣陶和我几个人还健在,而都已年过五十,渐就衰老。各人在不同的园地里虽然都略有建树,可是离当初所悬的理想相差都还很远,而世界前途越发迷茫混沌,大家对着都莫可如何。我想死者和生者心头是一样感觉沉重的。

1948 年

(选自《艺文杂谈》,黄山书社 1986 年 9 月 1 版)

缅怀丰子恺老友

子恺是受“四人帮”残酷迫害者之一,含冤去世已一年多了。他在我心中仍然活着,他是个令人难忘的人。

我认识子恺还在半个世纪之前。江浙战争把我在上海教书的一个学校打垮了,夏丏尊把我介绍到浙江上虞白马湖春晖中学教英文,那里同事的有夏丏尊、朱自清和丰子恺等人,我们课余闲暇时经常在一起吃酒聊天。我至今还记得子恺酒后面红耳赤,欣然微笑,一团和气的风度,这时他总爱拈一张纸乘兴作几笔漫画,画成就自己制成木刻,让我们传观。我们看到都各自欣赏,很少发议论,加评语。当时我们向往教育自由,为着实现自己的理想,不久就相继跑到上海去创办一所立达学园和一所开明书店,并筹办一个以中学生为对象的刊物《一般》。我们白手起家,经常欣然微笑逍闲自在的子恺也积极参加筹备工作,我才看出他不只是个画家,而且也是肯实干的热心人。但是在繁忙中只要有片刻闲暇,我们还保持嚼豆腐干下酒谈天的老习惯,子恺也没有忘记他的漫画和木刻,我常用“清”“和”两个字来概括子恺的人品,但是他胸有城府“和而不流”。他经常在欣然微笑,无论是对知心的朋友、对幼小的儿女,还是对自己的漫画和木刻,他老是那样浑然本色,无爱无嗔,既好静而又好动,没有一点世故气。他是弘一法师的徒弟,在人品和画品两方面都受到弘一的熏陶。我在白马湖时,弘一也偶尔来看望他。他曾一度随弘一持佛法吃素,抗日战争胜利后,弘一去世,子恺还不远千里由贵州跑到四川嘉定请马一浮为他的老师作传。当时我也在嘉定,乱离中久别重逢,他还是欣然一笑。我从此体会到他对老师情谊之深挚。解放后不久,他和我都当了政协委员,他每逢开会来京,相见仍是“欣然微笑”,可是最后一次他的健康和兴致都已不如从前,尽管我们两人是同年,他的“黄昏思想”已比我浓得多了。后来他和我一样受到“四人帮”的无情打击，他的受到人民喜爱的漫画被批判得体无完肤，现在重见天日，我这个后死者只有缅怀他在世时那种忠实于艺术和忠实于师友的风度，不禁有人往风微之感而已。

我先从子恺的人品谈起，因为他的画品就是他的人品的表现。一个人须是一个艺术家才能创造出真正的艺术作品。子恺从顶至踵，浑身都是个艺术家。他的胸襟，他的言论笑貌、待人接物，无一不是艺术的，无一不是至爱深情的流露。他的漫画可分两类，一类是拈取前人诗词名句为题，例如“月上柳梢头，人约黄昏后”“指冷玉笙寒”“黄蜂频扑秋千索，有当时、纤手香凝”之类；另一类是现实中有风趣的人物的剪影，例如《花生米不满足》《病车》《苏州人》之类。前一类不但有诗意而且有现实感，人是现代人，服装是现代的服装，情调也还是现代的情调；后一类不但直接来自现实生活，而且也有诗意和谐趣。两类画都是从纷纭世态中挑出人所熟知而却不注意的一鳞一爪，经过他一点染，便显出微妙隽永，令人一见不忘。他的这种画风可以说是现实主义和浪漫主义的妥帖结合。

子恺的文化教养是既广且深的。他早年学过西画，所以懂得解剖和透视。他到日本留过学，接触到日本的浮世绘和日本文学，曾翻译过一些小说，晚年还译完《源氏物语》这样的巨著。不过形成他的人品和画品的主要还是中国的民族文化传统，他熟悉中国诗词，又从弘一学过书法，下过很久的功夫。他告诉过我，每逢画艺进展停滞，他就练写章草或魏碑，练上一段时期之后，再回头作画，画就有些长进，墨才“入纸”，用笔才既生动飞舞而又沉着稳健，不至于好像浮在纸上。从子恺的例子我才开始懂得中国“诗画同源”和“书画同源”的道理。

子恺是近代中国的第一个漫画家和木刻家，他对画艺的功绩，将来历史会有公论。我所惋惜的是他的几十年的画稿已大半散失，仅有的只有青年书店印行的一部《子恺漫画选集》，现在在市上已不易找到。这部选集倒是选得很精，而且是由他本人进行木刻的，我希望关心漫画和木刻画的出版界领导能设法使这部选集再印出来，这不应该是件难事。

1979 年

（选自《艺文杂谈》，黄山书社 1986 年 9 月 1 版）

宗白华
（1897—1986）

著名美学家、哲学家、诗人、现代美学大师。字伯华，1897 年生于安徽安庆小南门方宅母亲家中，祖籍江苏常熟虞山。母亲方淑兰，桐城派散文家方苞之后；父亲宗嘉禄，清末举人，曾任江南商业学堂堂长、中央大学教授等职；抗金名将宗泽为先祖。因此他常自称是“半个安徽人”。

1905 年，宗白华随父母从安庆迁居南京，入思益小学，和茅以升等人同学。1916 年 8 月受聘上海《时事新报》副刊《学灯》，任编辑、主编，将哲学、美学和新文艺的新鲜血液注入《学灯》，使之成为五四时期著名四大副刊之一。就在此时，他发现和扶植了诗人郭沫若。1919 年被五四时期很有影响的文化团体少年中国学会选为评议员，并成为《少年中国》月刊的主要撰稿人，积极投身于新文化运动。

1920 年赴德国法兰克福大学、柏林大学学习美学、历史哲学。1925 年回国，先后任东南大学、中央大学、南京大学哲学系教授，与北京大学的邓以蛰先生并称“南宗北邓”，再加上 1933 年回国、并在北大西语系任教的朱光潜，三人成为当时享誉海内的三大美学家。1952 年院系调整后至北京大学哲学系任教，担任北京大学哲学系教授、系主任。曾任中华美学学会顾问和中国哲学学会理事。1994 年，安徽教育出版社出版《宗白华全集》。

主要著作有：《美学与意境》《美学散步》《歌德研究》《论中西书法之渊源与基础》等；译著有：《判断力批判》（康德原著）、《欧洲现代画派画论选》、《海涅生活与艺术》等；主要论文有：《中国艺术意境之诞生》《中国诗画中所表现的空间意识》。另有《宗白华全集》《宗白华美学文学译文选》等编辑出版。

著有诗集《流云》，与郭沫若、田汉合著通讯集《三叶集》。

我 和 诗[①]

我的写诗,确是一件偶然的事。记得我在同郭沫若的通信里曾说过:“我们心中不可没有诗意、诗境,但却不必定要做诗。”这两句话曾引起他一大篇的名论,说诗是写出的,不是做出的。他这话我自然是同意的。我也正是因为不愿受诗的形式推敲的束缚,所以说不必定要做诗。[②]

然而我后来的写诗却也不完全是偶然的事。回想我幼年时有一些性情的特点,是和后来的写诗不能说没有关系的。

我小时候虽然好玩耍,不念书,但对于山水风景的酷爱是发乎自然的。天空的白云和覆成桥畔的垂柳,是我孩心最亲密的伴侣。我喜欢一个人坐在水边石上看天上白云的变幻,心里浮着幼稚的幻想。云的许多不同的形象动态,早晚风色中各式各样的风格,是我童心里独自玩耍的对象。都市里没有好风景,天上的流云,常时幻出海岛沙洲,峰峦湖沼。我有一天私自就云的各样境界,分别汉代的云、唐代的云、抒情的云、戏剧的云等等,很想做一个“云谱”。

风烟清寂的郊外,清凉山、扫叶楼、雨花台、莫愁湖是我同几个小伙伴每星期日步行游玩的目标。我记得当时的小文里有“拾石雨花,寻诗扫叶”的句子。湖山的情景在我的童心里有着莫大的势力。一种罗曼蒂克的遥远的情思引着我在森林里,落日的晚霞里,远寺的钟声里有所追寻,一种无名的隔世的相思,鼓荡着一股心神不安的情调;尤其是在夜里,独自睡在床上,顶爱听那远远的箫笛声,那时心中有一缕说不出的深切的凄凉的感觉,和说不出的幸福的感觉结

① 此文写于1923年,后刊于《文学》第8卷第1期。1947年11月上海正风出版社《流云小诗》书后刊登时,又略有修改。——编者

② 见《三叶集》。——原注

合在一起;我仿佛和那窗外的月光雾光融化为一,飘浮在树梢林间,随着箫声、笛声孤寂而远引——这时我的心最快乐。

十三四岁的时候,小小的心里已经筑起一个自己的世界。家里人说我少年老成,其实我并没念过什么书,也不爱念书,诗是更没有听过读过;只是好幻想,有自己的奇异的梦与情感。

十七岁一场大病之后,我扶着弱体到青岛去求学,病后的神经是特别灵敏,青岛海风吹醒我心灵的成年。世界是美丽的,生命是壮阔的,海是世界和生命的象征。这时我欢喜海,就像我以前欢喜云。我喜欢月夜的海、星夜的海、狂风怒涛的海、清晨晓雾的海、落照里几点遥远的白帆掩映着一望无尽的金碧的海。有时崖边独坐,柔波软语,絮絮如诉衷曲。我爱它,我懂它,就同人懂得他爱人的灵魂、每一个微茫的动作一样。

青岛的半年没读过一首诗,没有写过一首诗,然而那生活却是诗,是我生命里最富于诗境的一段。青年的心襟时时像春天的天空,晴朗愉快,没有一点尘渣,俯瞰着波涛万状的大海,而自守着明爽的天真。那年夏天我从青岛回到上海,住在我的外祖父方老诗人家里。每天早晨在小花园里,听老人高声唱诗,声调沉郁苍凉,非常动人,我偷偷一看,是一部《剑南诗钞》,于是我跑到书店里也买了一部回来。这是我生平第一次翻读诗集,但是没有读多少就丢开了。那时的心情,还不宜读放翁的诗。秋天我转学进了上海同济,同房间里一位朋友,很信佛,常常盘坐在床上朗诵《华严经》,音调高朗清远有出世之概,我很感动。我欢喜躺在床上瞑目静听他歌唱的词句,《华严经》词句的优美,引起我读它的兴趣。而那庄严伟大的佛理境界投合我心里潜在的哲学的冥想,我对哲学的研究是从这里开始的。庄子、康德、叔本华、歌德相继地在我的心灵的天空出现,每一个都在我的精神人格上留下不可磨灭的印痕。“拿叔本华的眼睛看世界,拿歌德的精神做人”,是我那时的口号。

有一天我在书店里偶然买了一部日本版的小字的王、孟诗集,回来翻阅一过,心里有无限的喜悦。他们的诗境,正合我的情味,尤其是王摩诘的清丽淡远,很投我那时的癖好。他的两句诗:“行到水穷处,坐看云起时”,是常常挂在我的口边,尤在我独自一人散步于同济附近田野的时候。

唐人的绝句,像王、孟、韦、柳等人的,境界闲和静穆,态度天真自然,寓秾丽于冲淡之中,我顶欢喜。后来我爱写小诗、短诗,可以说承受唐人绝句的影响,和日本的俳句毫不相干，泰戈尔的影响也不大。只是我和一些朋友在那时常常欢喜朗诵黄仲苏译的泰戈尔《园丁集》诗，他那声调的苍凉幽咽，一往情深，引起我一股宇宙的遥远的相思的哀感。

在中学时，有两次寒假，我到浙东万山之中一个幽美的小城里过年。那四围的山色秾丽清奇，似梦如烟；初春的地气，在佳山水里蒸发得较早，举目都是浅蓝深黛；湖光峦影笼罩得人自己也觉得成了一个透明体。而青春的心初次沐浴到爱的情绪，仿佛一朵白莲在晓露里缓缓地展开，迎着初升的太阳，无声地战栗地开放着，一声惊喜的微呼，心上已抹上胭脂的颜色。

纯真的刻骨的爱和自然的深静的美在我的生命情绪中结成一个长期的微妙的音奏，伴着月下的凝思，黄昏的远想。

这时我欢喜读诗，我欢喜有人听我读诗，夜里山城清寂，抱膝微吟，灵犀一点，脉脉相通。我的朋友有两句诗："华灯一城梦，明月百年心"，可以做我这时心情的写照。

我游了一趟谢安的东山，山上有谢公祠、蔷薇洞、洗屐池、棋亭等名胜，我写了几首纪游诗，这是我第一次写诗，现在姑且记下，可以当作古老的化石看罢了：

游东山寺

一

振衣直上东山寺，万壑千岩静晚钟。
叠叠云岚烟树杪，湾湾流水夕阳中，
祠前双柏今犹碧，洞口蔷薇几度红？
一代风流云水渺，万方多难吊遗踪。

二

石泉落涧玉琮琤，人去山空万籁清。
春雨苔痕迷屐齿，秋风落叶响棋枰。
澄潭浮鲤窥新碧，老树盘鸦噪夕晴。
坐久浑忘身世外，僧窗冻月夜深明。

别东山

游屐东山久不回，依依怅别古城隈。
千峰暮雨春无色，万树寒风鸟独徊，
渚上归舟携冷月，江边野渡逐残梅。
回头忽见云封堞，黯对青峦自把杯。

旧体诗写出来很容易太老气，现在回看不像十几岁人写的东西，所以我后来也不大写旧体诗了。二十多年以后住嘉陵江边才又写一首《柏溪夏晚归棹》：

飙风天际来，绿压群峰暝。
云罅漏夕晖，光写一川冷。
悠悠白鹭飞，淡淡孤霞迥。
系缆月华生，万象浴清影。

1918至1919年，我开始写哲学文字，然而浓厚的兴趣还是在文学。德国浪漫派的文学深入我的心坎。歌德的小诗我很欢喜。康白情、郭沫若的创作引起我对新体诗的注意。但我那时仅试写过一首《问祖国》。1920年我到德国去求学，广大世界的接触和多方面人生的体验，使我的精神非常兴奋，从静默的沉思，转到生活的飞跃。三个星期时间，足迹踏遍巴黎的文化区域。罗丹生动的人生造像是我这时最崇拜的诗。

这时我了解近代人生的悲壮剧、都会的韵律、力的姿式。对于近代各问题，我都感兴趣，我不那样悲观，我期待着一个更有力的更光明的人类社会到来。然而莱茵河上的故垒寒流、残灯古梦，仍然萦系在心坎深处，使我时常做做古典的浪漫的美梦。前年我有一首诗，是追抚着那时的情趣，一个近代人的矛盾心情：

生命之窗的内外

白天，打开了生命的窗，
绿杨丝丝拂着窗槛。

白云在青空里飘荡。
一层层的屋脊,一行行的烟囱,
成千成万的窗户,成堆成伙的人生。
行着,坐着,恋爱着,斗争着。
活动、创造、憧憬、享受。
是电影、是图画、是速度,是转变?
生活的节奏,机器的节奏,
推动着社会的车轮,宇宙的旋律。
白云在青空飘荡,
人群在都会匆忙!

黑夜,闭上了生命的窗。
窗里的红灯,
掩映着绰约的心影:
雅典的庙宇,莱茵的残堡,
山中的冷月,海上的孤棹。
是诗意、是梦境、是凄凉、是回想?
缕缕的情丝,织就生命的憧憬。
大地在窗外睡眠!
窗内的人心,
遥领着世界神秘的回音。

在都市的危楼上俯眺风驰电掣的匆忙的人群,通力合作地推动人类的前进;生命的悲壮令人惊心动魄,渺渺的微躯只是洪涛的一沤,然而内心的孤迥,也希望能烛照未来的微茫,听到永恒的神秘节奏,静寂的神明体会宇宙静寂的和声。

1921 年的冬天,在一位景慕东方文明的教授夫妇的家里,过了一个罗曼蒂克的夜晚;舞阑人散,踏着雪里的蓝光走回的时候,因着某一种柔情的萦绕,我开始了写诗的冲动。从那时以后,约莫一年的时光,我常常被一种创造的情调占有着。在黄昏的微步,星夜的默坐,在大庭广众中的孤寂,时常仿佛听见耳边有一些无名的音调,把捉不住而呼之欲出。往往是夜里躺在床上熄了灯,大都会千万人声归于休息的时候,一颗战栗不寐的心兴奋着,静寂中感觉到窗外横躺着的大城在喘息,在一种停匀的节奏中喘息,仿佛一座平波微动的大海,一轮冷月俯临这动极而静的世界,不禁有许多遥远的思想来袭我的心,似惆怅,又似喜悦,似觉悟,又似恍惚。无限凄凉之感里,夹着无限热爱之感。似乎这微渺的心和那遥远的自然,和那茫茫的广大的人类,打通了一道地下的深沉的神秘的暗道,在绝对的静寂里获得自然人生最亲密的接触。我的《流云》小诗,多半是在这样的心情中写出的。往往在半夜的黑影里爬起来,扶着床栏寻找火柴,在烛光摇晃中写下那些现在人不感兴趣而我自己却借以慰藉寂寞的诗句。《夜》与《晨》两诗曾记下这黑夜不眠而诗兴勃勃的情景。

然而我并不完全是“夜”的爱好者,朝霞满窗时,我也赞颂红日的初生。我爱光、我爱美、我爱力、我爱海,我爱人间的温暖,我爱群众里千万心灵一致紧张而有力的热情。我不是诗人,我却主张诗人是人类的光明的预言者,人类光明的鼓励者和指导者,人类的光和爱和热的鼓吹者。高尔基说过:“诗不是属于现实部分的事实,而是属于那比现实更高部分的事实。”那比现实更高的仍是现实,只是一个较光明的现实罢了。歌德也说:“应该拿现实提举到和诗一般地高。”这也就是我对于诗和现实的见解。

(选自《宗白华全集》,安徽教育出版社2008年5月1版)

我所见到五四时代的一方面

——少年中国学会与《学灯》

五四运动是中国历史上第一次的青年运动。当时参加运动的人很少是在30岁以上的,所以它具有青年期的许多可爱的优点和特点。当时一般青年真富有一种天真的无世故气、无政客气的纯洁的热情,而道德的意识颇为浓厚。少年中国学会的会员都相诫不嫖不赌,不做政客。朋友间互相作道德上的监视和警戒是很严肃的,见面时或通讯时往往毫不客气地指责过失,而友谊反而出此,愈觉亲热,绝无芥蒂。未见过面的朋友,只要是同志,就油然而生一种关切的亲爱的心理状态。我想"少中"的朋友都还能回忆那时的一股富于理想的生活意识和对一切所抱的真挚热情的态度。可惜中国政治情形的发展不能容许这样的一个青年结合永久存在。各会员间政治见解的分歧,使这个五四时代代表的青年团体终于无形解散。然而,各会员散开在中国近二十年来政治及学术的方面,往往是各党派的中心人物。

当时青年思想也是偏于理想方面,对于哲学问题,文化问题(如东西文化及其哲学),文艺的问题(如新诗)都特感兴味。《时事新报·学灯》上所发表的文字,主要的是"杜威罗素的哲学"、"文学艺术理论"、"新诗"(郭沫若的诗)、"青年问题"、"恋爱婚姻问题"、"反宗教问题"等,而政治问题却相比较并不是中心。到后来青年中产生政治党派,五四运动的潮流,可以说是转入一新阶段了。

我觉得民族中这种天真纯洁的"青年气",是永远需要的。我并不盼望中国青年在20岁以前,就个个老早地懂得政治上的世故,虽然我不否认政治对一民族的重要。

(原载《仲苏文化》第6卷第3期,1940年5月)

苏雪林

（1897—1999）

现代著名作家。原名苏小梅，乳名瑞奴、小妹，学名小梅，字雪林，笔名瑞奴、瑞庐、小妹、绿漪、灵芬、老梅等。出生于浙江省瑞安县县丞衙门里。少年时代的苏雪林，有很长一段时间是在安庆度过的。1914 年，父亲为工作方便而迁居安庆。1915 年，苏雪林考入安庆省立初级女子师范，先后就读于安庆的培媛女学、宜城第一女子师范。在校期间能诗善画，很引人注目。1919 年，毕业后即留在母校附小教书。在这段极短的教书生涯中与庐隐女士相识。

这一年，她与庐隐结伴同行，离开安庆，考入北京女子高等师范学校国文系。后因升入北京高等女子师范，她将名字中的“小”字省去，改为苏梅。1921 年秋前往法国留学。由法回国后，又以字为名，即苏雪林。她一生从事教育，先后在沪江大学、省立安徽大学（安庆）、武汉大学任教。后到台湾师范大学、成功大学任教。她笔耕不辍，一生著述颇丰，被喻为“中国文坛的常青树”。

我们的秋天

1 扁豆

“多少时候,没有到菜圃里去了,我们种的扁豆,应当成熟了吧?”康立在凉台的栏边,眼望那络满了荒青老翠的菜畦,有意无意地说着。

谁也不曾想到暑假前随意种的扁豆了,经康一提,我恍然记起:“我们去看看,如果熟了,便采撷些来煮吃,好吗?”康点头,我便到厨房里拿了一只小竹篮,和康走下石阶,一直到园的北头。

因无人治理的缘故,菜畦里长满了杂草,有些还是带刺的蒺藜,扁豆牵藤时我们曾替它搭了柴枝做的架子,后来藤蔓重了,将架压倒,它便在乱草和蒺藜里开花,并且结满离离的豆荚。

折下一枝豆荚,细细赏玩,造物者真是一个伟大的艺术家呵！它不但对于鲜红的苹果、娇艳的樱桃、绛衣冰肌的荔枝着意渲染,便是这小小一片豆荚,也不肯掉以轻心的。你看这豆荚的颜色,是怎样的可爱,寻常只知豆荚的颜色是绿的,谁知这绿色也大有深浅,荚之上端是浓绿,渐融化为淡青,更抹一层薄紫,便觉润泽如玉,鲜明如宝石。

我们一面采撷,一面谈笑,愉快非常,不必为今天晚上有扁豆吃而愉快,只是这采撷的事实可愉快罢了。我想这或是蛮性遗留的一种,我们的祖先——猿猴——寻到了成熟的栗榛,呼朋唤友地去采集,预备过冬,在他们是最快活的,到现在虽然进化为文明人了,这性情仍然存在。无论大人或小孩子——自然孩子更甚——逢到收获果蔬,总是感到特别兴趣的,有时候,拿一根竹竿,偷打邻家的枣儿,吃着时,似乎比叫仆人在街上买回的鲜果还要香甜呢。

我所禀受的蛮性,或者比较的深,而且从小在乡村长大,对于田家风味,分外系恋:我爱于听见母鸡咯咯叫时,赶去拾它的蛋;我爱从沙土里拔起一个一个的大萝卜,到清水溪中洗净,兜着回家;我爱亲手掘起肥大的白菜,放在瓦钵里煮。虽然不会挤牛奶,但喜欢农妇当着我的面挤,并非怕她背后掺水,只是爱听那迸射在镔铁桶的嗤嗤声,觉得比雨打枯荷,更清爽可耳。

康说他故乡有几亩田,我每每劝他回去躬耕,今天摘着扁豆,又提起这话。他说,我何尝不想回去呢,但时局这样地不安宁,乡下更时常闹土匪,闹兵灾,你不怕吗?我听了想起我太平故乡两次被土匪溃兵所蹂躏的情形,不觉深深地叹了一口气。

2 画

自从暑假以来,仿佛得了什么懒病,竟没法振作自己的精神。譬如功课比从前减了三分之一,以为可以静静儿地用点功了,但事实却又不然,每天在家里收拾收拾,或者踏踏缝纫机器,一天便混过了。晚上在床上的时候,立志明天要完成什么稿件,或者读一种书,想得天花乱坠似的,几乎逼退了睡魔,但清早起床时,又什么都烟消云散了。

康屡次在我那张画稿前徘徊,说间架很好,不将她画完,似乎可惜。昨晚我在园里,看见树后的夕阳,画兴忽然勃发,赶紧到屋里找画具!呵,不成,画布蒙了两个多月的尘,已变成灰黄色;画板,涂满了狼藉的颜色;笔呢,纵横抛了一地,锋头给油膏凝住,一枝枝硬如铁铸,再也屈不过来。

今天不能画了,明天定要画一张。连夜来收拾,笔都浸在石油里,刮清了画板,拍去了画布的尘埃,表示我明天作画的决心。

早起到学校授完了功课,午餐后到街上替康买了做衬衫的布料,归家里早有些懒洋洋的了。傍晚时到凉台的西边,将画具放好,极目一望,一轮金色的太阳,正在晚霞中渐渐下降,但它的光辉,还像一座洪炉,喷出熊熊烈焰,将鸭卵青的天,煅成深红。几叠褐色的厚云,似炉边堆积的铜片,一时尚未销熔,然而云的边缘,已被火燃着,透明如水银的溶液了。我拿起笔来想画,呵,云儿的变化真速,天上没有一丝风树叶儿一点不动,连最爱发抖的白杨,也静止了,可知天上确没有一丝风——然而它们像被风卷飐着推移着似的,形状瞬息百变,从氤氤蓊郁的从地平线袅袅上升，似乎是海上涌起的几朵奇峰。一会儿又平铺开来，又似几座缥缈的仙岛，岛畔还有金色的船，张帆在光海里行驶。转眼间仙岛也不见了，却化成满天灿烂的鱼鳞，倔强的云儿呵，哪怕你会变化，到底经不了烈焰的热度，你也销熔了！

夕阳愈向下坠了，愈加鲜红了，变成半轮，变成一片，终于突然地沉了。当将沉未沉之前，浅青色的雾，四面合来，近处的树，远处的平芜，模糊融成一片深绿，被胭脂似的斜阳一蒸，碧中泛金，青中晕紫，苍茫绚丽，不可描拟，真真不可描拟。我平生有爱紫之癖，不过不爱深紫，爱浅紫，不爱本色的紫，青苍中薄抹的一层紫，然而最可爱的紫，如映在夕阳中的初秋，而且这秋的奇光变灭得太快，更教人恋恋有“有余不尽”之致。荷叶上饮了虹光将倾泻的水珠，垂谢的蔷薇，将头枕在绿叶间的暗泣，红葡萄酒中隐约复现的青春之梦，珊瑚枕上临死美人唇边的微笑，拿来比这时的光景，都不像，都太着痕迹。

我拿着笔，望着远处出神，一直到黄昏，画布上没有着得一笔！

3　书橱

到学校去上课时，每见两廊陈列许多家具，似乎有人新搬了家来。但陈列得很久了，而且家具又破烂者居多，不像搬家的光景，后来我想或者学校修理贮藏室的墙壁地板，所以将这些东西移出来，因此也就没有注意。

一天早晨正往学校里走，施先生恰站在门口，见了我就含笑问道：“Mrs. C，你愿意在这里买几件合意的东西吗？”

“这些东西，是要卖的么，谁的？”我问

“学校里走了的西教授们的，因为不能带回国去，所以托学校替他们卖，顶好，你要了这只梳妆台。”他指着西边一只半旧的西式梳妆台说。

“妆台我不需要，让我看看有什么别的东西。”我四面看了一转，看见廊之一隅，有四只大小不同的书橱，磊落地排在那里。我便停了脚步，仔细端详。

虽然颜色剥落，玻璃破碎，而且不是这只折了脚，便是那只脱了板，正如破廊里的偶像，被雨淋日炙得盔破甲穿，屹立朝阳中，愈显出黯淡的神气，但那橱的质料，我认得的，是重沉沉的杉木。

“买只书橱吧。”施先生微笑，带着怂恿的口气。

书橱，呵，这东西真合我的用，我没有别的嗜好，只爱买书。一年的薪俸，一大半是散给了，一小半是花在书上。屋里洋装书也有、线装书也有、文艺书也有、哲学书也有……又喜欢在大学图书馆里借书，一借总是十几本，弄得桌上、床上、箱背上、窗沿上，无处不是书。康打球回来，疲倦了倒在躺椅上要睡，褥子下垫着什么？杠得腰生疼，掀起一看，是两三本硬书面。康拖过椅子要来坐，哗啦一声响，书像空山融雪一般，泻了一地。他每每发恼，说："我总有一天学秦始皇，将你的书都付之一炬！"

厨房里一只大木架，移去了瓶罐，抹去了烟煤，拿来充书架，放不下。还有许多散乱的书，拣不看的书，装在箱子里罢，没用，新借来的书，又积了一大堆。

这非添书橱不可的了。然而S城，很少旧木器铺，定造新的吧，和匠人讨论样式，也极繁难，你说得口发渴，他还是不懂，书橱或者会做成碗橱。

施先生一提，我的心怦然动了，但得回去与康商量一番，我们无论做什么都要商量一下的。

回家用午膳时，趁便对康说了，康说那只橱，他也看见过，已经太旧了，他不赞成买。我也想那橱的缺点了：折脚不必论，太矮，不能装几本书，想了一想，便将买它的心冷下来了。

过了一个星期或两个星期罢，一天下午，我从外边归家，见凉台上摆了一个新书橱，扇扇玻璃，反射着灿烂的日光，黑漆的颜色也亮得耀眼，并有新锯开的油木气味，触人鼻观。

前几天的事，我早已忘了，哪里来的这一架书橱呢？我沉吟着问自己，一个匠人走过来对我说道：

"这是吴先生教我送来的。"

"吴先生教你送到这里来的吗？别是错了。"

"不会错。吴先生是说庄先生定做的。"

"没有的事，一定没有的事，庄先生决不会定做这顶橱——我没听见他提起，必定大学里，另有一个庄先生，你听错了。"

一番话教匠人也糊涂起来了，结果他答去问吴先生，如果错了，明天就来抬回去。

晚上康回来。我说今天有个笑话，一个木匠错抬了一顶书橱，到我们家里来。

“哎呀！你曾教他抬去么?”

“没有,他说明天来抬。”

“来！来！让我们把它扛进书斋。”康卷起袖子。

“怎么？这橱……”

“亲爱的,这是我特别为你定做的。”康轻轻地附了我的耳说。

4 瓦盆里的胜负

我们小园之外,有一片大空地,是大学附中的校基。本来要建筑校舍的,却为经费支绌的缘故,多年荒废着,于是乱草荒菜,便将这空场当了滋蔓子孙的好领土,继长争雄,各不相让,有如中国军阀之夺地盘。蓬蒿族大丁多,而且长得又最高,终于得了最后的胜利,不消一个夏天,除了山芋地外,这十余亩的大场,完全成了蓬蒿的国了。歆羡势利的野葛呀、瘦藤呀,不管蓬蒿的根底如何脆薄,居然将它们当作依附的主人,爬在枝上,开出细小的花,轻风一起,便笑吟吟点头得意。

夏天太热,我多时不到园外去,不久,那门前的一条路,居然密密蒙蒙的给草菜塞断了。南瓜在草里暗暗引蔓抽藤,布下绊索,你若前进一步,绊索上细细的狼牙倒须钩,便狠命地钩住你的衣裳,埋伏的荆棘,也趁机舞动锋利的矛,来刺你的手,野草带芒刺的子,更似乱箭般攒射在你的胫间,使人感受一种介乎痛与痒之间的刺激。这样四面贴着无形的“此路不通”的警告,如果我没有后门,便真的成了草菜的俘囚了。

因此想到富于幽默趣味的古人,要形容自己的清高,不明说他不愿意和世人来往,却专拿门前的草来做文章。如晏子的“堂上生蓼藿,门外生荆棘”,孔淳之的“茅屋蓬户,庭草无径”,教人读了,疑心高人的屋,完全葬在深草中间。现在我才知道他们扯了一半的谎,前门长了草,后门总可通的,没有后门,不但俗士不能来,长者之车,也不能来了。而且高士虽清高,到底不是神仙,不能不吃饭,如真“三径就荒”籴米汲水,又打从哪里出入?

康从北京回来,天气渐凉,蓬蒿的盛时,已经过去了。攀附它们的野藤花,也已憔悴可怜,我们有时到园外广场上游玩看西坠的夕阳和晚霞中的塔影。

草里蚱蜢蟋蟀极多,我们的脚触动乱草时,便浪花似的四溅开来。记得去秋我们初到时,曾热心地养了一回蟋蟀。草里的蟋蟀,躯体较寻常者为魁伟,而且有翅能飞,据说是草种,不能打架的,果然它们禁不起苦斗,好容易撩拨得开牙,斗一两回合便分出输赢了,输的以后望风而逃,死也不肯再打。我小时候曾见哥哥们斗蟋蟀,一对小战士,钢牙互相钩着,争持总是好半天,打得激烈时,能接连翻十几个筋斗,那战况真有可观。

我们设法搜寻好的蟋蟀,而草种则园外俯拾即是,所以居然养了十来匹。那时吴秀才、张胡帅正在南口与冯军相持,而蒋介石也在积极北伐,我们的瓦盆,照南北各军将领的名字,编成了三种号码。我是倾向革命军的,我的第一号盆子,贴了蒋总司令四字,其余则为唐生智、何应钦等。康有一匹蟋蟀,本来居于张作霖的地位,但很厉害,不仅打败了阿华的冯焕章,连我的蒋介石,都抵挡不住,我气不过,趁康出去时,将他的换了来。于是我的蒋总司令,变了他的张大帅,他的张大帅,变成了我的蒋总司令,康后来觉察了,大笑一阵也就罢了。

将蟋蟀来比南北军人的领袖,我自己知道是很不敬的,但中国的军人,谁不似这草种的蟋蟀,他们的战争,哪一次不像这瓦盆里的胜负呢?

5 小汤先生

我们的好邻居汤君夫妇于暑假后迁到大学里去了。因为汤夫人养了一个男孩,而他们在大学都有课,怕将来照料不便,所以搬了去。今天他们请我和康到新居吃饭,我们答应了,午间就到他们家里。

上楼时,汤夫人在门口等候我们,她产后未及一月,身体尚有些虚弱,但已容光焕发,笑靥迎人,一见就知道她心里有隐藏不住的欢乐。

坐下后,她从书架上抽出一本书,说是美国新出的婴儿心理学,我不懂英文,但看见书里有许多影片,由初生婴儿到两岁时为止,凡心理状态之表现于外的,都摄下来,按次序排列着。据说这是著者自己儿子的摄影,他实地观察婴儿心理而著为此书的。又有一本皮面金字的大册子,汤夫人说是她阿姑由美国定做寄来,专为记录婴儿生活状况之用,譬如某页粘贴婴儿相片,某页记婴儿第一次发音,某页记婴儿第一次学步,以及洗礼,圣诞,恩物,为他来的宾客……部分门别类地排好了,让父母记录。我想这婴儿长大后,翻开这本册子看时,定然要感到无穷的兴味,而且借此知道父母抚育他的艰难,而生其爱亲之心,这用意很不错，中国人似乎可以效法。

婴儿哺乳的时候到了，我笑对汤夫人说，我要会会小汤先生，她欣然和我进了她的寝室。这室很宽敞，地板擦得明镜一般，向窗处并拢了两张大床，浅红的窗帏，映着青灰色的墙壁和雪白的床单，气象温和。室中也有一架摇篮，但是空的，小汤先生睡在大床上。

掀开了花绒毯子和粉霞色的小被，我已经看见了乍醒的婴儿的全身，他比半个月前又长胖了些。稀疏的浅栗色发，半复桃花似的小脸，那两只美而且柔的眼，更蔚蓝得可爱，屋里光线强，他又初醒，有点羞明，眼才张开又合上，有如颤在晓风中的蓝罂粟花。

汤夫人轻轻将他抱起来，给他乳喝，并且轻轻地和他说着话，那声音是沉绵的、甜美的，包含无限的温柔、无限的热爱。她的眼看着婴儿半闭的眼，她的魂灵似乎已融化在婴儿的魂灵里。我默默地在旁边看着，几乎感动得落下泪。当我在怀抱中时，母亲当然也同我谈过心，唱过儿歌使我睡，然而我记不得了，看了他们，就想自己的幼时，并想晋天下一切的母子，深深了解了伟大而高尚的母亲。

记得汤夫人初进医院时，我还没有知道，那一晚，我在凉台上乘凉，汤先生忽然走过来，报告他的夫人昨日添了一个孩子。

我连忙道贺，他无言只微笑着一鞠躬。

又问是小妹妹呢，还是小弟弟，他说是一个小弟弟。我又连忙道贺，他无言只微笑着又一鞠躬。

在这无言而又谦逊的鞠躬之中，我在他眼睛里窥见了世界上不可比拟的欢欣，得意。

现在又见了汤夫人的快乐。

可羡慕的做父母的骄傲呵！有什么王冠，可以比得这个？

一路回家，康不住地在我耳边说道：我们的小鸽儿？喂！我们的小鸽儿呢？

6　金鱼的劫运

S 城里花圃甚多，足见花儿的需求颇广，不但大户人家的亭要花点缀，便是蓬门荜窦的人家，也常用土盆培着一两种草花，虽然说不上什么姹紫嫣红，却也有点生意,可以润泽人们枯燥的心灵。上海的人,住在井底式的屋子里,连享受日光,都有限制的,自然不能说到花木的赏玩了,这也是我爱S城,胜过爱上海的原因。

花园里兼售金鱼,价钱极公道:大者几角钱一对,小的只售铜圆数枚。

去秋我们买了几对二寸短的金鱼,养在一口缸里。有时便给它们面包屑吃,但到了冬季,鱼儿时常沉潜于水底,不大浮起来。我记得看过一种书,好像说鱼类可以饿几百天不死,冬天更是虫鱼蛰伏的时期,照例是断食的,所以也就不去管它们。

春天来了,天气渐渐和暖,鱼儿在严冰之下,睡了一冬,被温和的太阳唤醒了潜伏着的生命,一个个圉圉洋洋,浮到水面,扬鳍摆尾,游泳自如,日光照在水里,闪闪的金鳞,将水都映红了。有时我们无意将缸碰了一下,或者风飘一个榆子,坠于缸中,水便震动,漾开圆波纹,鱼儿们猛然受了惊,将尾迅速地抖几抖,一翻身钻入水底。可怜的小生物,这种事情,在它们定然算是遇见大地震,或一颗陨星!

康到北京去前,说暑假后打算搬回上海,我不忍这些鱼失主,便送给对河花圃里,那花圃的主人表示感谢地收受了。

上海的事没有成功,康只得仍在S城教书,听说鱼儿都送掉了,他很惋惜,因为他很爱那些金鱼。

在街上看见一只玻璃碗,是化学上的用具,质料很粗,而且也有些缺口,因想这可以养金鱼,就买了回来,立刻到对河花圃买了六尾小金鱼,养在里面。用玻璃碗养金鱼,果比缸有趣,摆在几上,从外面望过去,绿藻清波,与红鳞相掩映,异样鲜明,而且那上下游泳的鱼儿,像游在幻镜里,都放大了几倍。

康看见了,说你把我的鱼送走了,应当把这个赔我,动手就来抢,我说不必抢,放在这里,大家看玩,算作公有的岂不是好?他又道不然,他要拿去养在原来的那口大缸里,因为他在北京中央公园里看见斤把重的金鱼了,现在,他立志也要把这些金鱼养得那样大。

鱼儿被他强夺去了,我无如之何,只得恨恨地说道:“看你能不能将它们养得那样大?那是地气的关系,我在南边,就没有见过那样大的金鱼。”

“看着吧!我现在学到养金鱼的秘诀了,面包不是金鱼适当的食粮,我另有东西喂它们。”

他找到一根竹竿，一方旧夏布，一些细铁丝，做了一袋，匆匆忙忙地出去了。过了一刻，提了湿淋淋的袋回家，往金鱼缸里一搅，就看见无数红色小虫，成群地在水中抖动，正像黄昏空气中成团飞舞的蚊蚋，金鱼往来吞食这些虫，非常快乐，似人们之得享盛餐——呵！这就是金鱼适当的食粮！

康天天到河里捞虫喂鱼，鱼长得果然飞快，几乎一天换一个样儿，不到两个星期，几尾寸余长的小鱼，都长了一倍，有从前的鱼大了。康说照这样长下去，只消三个月，就可以养出斤把重的金鱼了。

每晨，我如起床早，就到园里散步一回，呼吸新鲜的空气。有一天，我才走下石阶，看见金鱼缸上立着一只乌鸦，见了人就翩然飞去。树上另有几只鸦，哑哑乱噪，似乎在争夺什么东西，我也没有注意，在园里徘徊了几分钟，就进来了。午后康捞了虫来喂鱼。

“呀！我的那些鱼呢?”我听见他在园玺惊叫。

“怎么？在缸里的鱼，会跑掉的吗?”

“一条都没有了！呵！缸边还有一条——是那个顶美丽的金背银肚鱼。”

“但是尾巴断了，僵了，谁干的这恶剧?”他愤愤地问。

我忽然想到早晨树上打架的乌鸦，不禁大笑，笑得腰也弯了，气也壅了，我把今晨在场看见的小小谋杀案告诉了他，他自然承认乌鸦是这案的凶手，没有话说了。

“你还能养斤把重的金鱼?”我问他。

7　秃的梧桐

“这株梧桐，怕再也难得活了！”

人们走过秃的梧桐下，总这样惋惜地说。

这株梧桐，所生的地点，真有点奇怪。我们所住的屋子，本来分作两下给两家住的，这株梧桐，恰恰长在屋前的正中，不偏不倚，可以说是两家的分界牌。

屋前的石阶，虽仅有其一，由屋前到园外去的路却有两条，一家走一条，梧桐生在两路的中间，清荫分盖了两家的草场，夜里下雨，淅淅沥沥打在桐叶上的雨声，诗意也两家分享。

不幸园里蚂蚁过多，梧桐的枝干，为蚁所蚀，渐渐地不坚牢了。一夜雷雨，便将它的上半截劈折，只剩下一根二丈多高的树身，立在那里，亭亭有如青玉。

春天到来，树身上居然透出许多绿叶，团团附着树端，看去好像一棵棕榈树。

谁说这株梧桐，不会再活呢？它现在长了新叶，或者更会长出新枝，不久定可以恢复从前的美荫了。

一阵风过，叶儿又被劈下来，拾起一看，叶蒂已啮断了三分之二——又是蚂蚁干的好事，哦，真可恶！

但勇敢的梧桐，并不因此挫了它的志气。

蚂蚁又来了，风又起了，好容易长得掌大的叶儿又飘去了，但它不管，仍然萌新的芽，吐新的叶，整整地忙了一个春天，又整整地忙了一个夏天。

秋来，老杨和香橙还沉郁地绿着，别的树却都憔悴了。年近古稀的老榆，护定它青青的叶，似老年人想保存半生辛苦储蓄的家私但哪禁得西风如败子，日夕在耳畔絮聒？现在它的叶儿已去得差不多，园中减了葱茏的绿意，却也添了蔚蓝的天光。爬在榆干上的薜荔，也大为喜悦，上面没有遮蔽，可以酣饮风霜了。它脸儿醉得枫叶般红，陶然自足，不管垂老破家的榆树，在它头上瑟瑟地悲叹。

大理菊东倒西倾，还挣扎着在荒草里开出红艳的花，牵牛的蔓，早枯萎了，但还开花呢，可是比从前纤小，冷冷凉露中，泛满浅紫嫩红的小花，更觉娇美可怜。还有从前种麝香，连理花和风仙花的地里，有时也见几朵残花。秋风里，时时有玉钱蝴蝶，翩翩飞来，停在花上，好半天不动，幽情凄恋，它要僵了，它愿意僵在花儿的冷香里！

这时候，园里另外一株梧桐，叶儿已飞去大半，秃的梧桐，自然更是一无所有，只有亭亭如青玉的干，兀立在惨淡斜阳中。

“这株梧桐，怕再也不得活了！”

人们走过秃梧桐下，总是这样惋惜似的说。

但是，我知道明年还有春天要来。

明年春天仍有蚂蚁和风吗？

但是，我知道有落在土里的桐子。

（选自《苏雪林选集》，安徽文艺出版社1989年6月1版）

在 海 船 上

宗教家之所谓原罪说，我向来是嗤为荒谬之谈的，但近来得了许多经验，觉得这种假设，未尝没有理由。人类由亚当夏娃遗传来的劣根性，在没有达到超人时代之前，总是无法改变的，虽然他们已经有了高深的文化。

文明人到野蛮国度里去旅行，很愿意看见那所谓真正的裸虫在芳团土窟中生活的状况，想看见那些鼾睡在干草堆上的雄的，和抱着孩子在精赤的胸前哺乳的雌者，总比他们自己公园铁栅中的狮和蛇还新鲜有趣。于是他取出手携灵巧的摄影器，将这些裸虫的影像摄去，再打开日记簿，将这些裸虫如何蠕动如何生存的状况，记述一二，寄回本国便成为一篇趣味浓厚的游记，使那些绅士夫人于茶余饭后有所消遣。而绅士夫人偶然高兴，想证实平日所读游记里的话，或者要自己发现些见闻，便也去旅行。他们看见各地方人民生活状况愈和自己的不同，或者优劣的程度，和自己相差愈远，便觉得此行之为不负。否则必定要说一句："早知这是和我们一样的，又何必出来看呢！"

在法国时偶然和朋友谈到衣服，他说："我曾在相片上，见中国官吏的龙或蟒的袍，那是何等的美观呵！""你也觉得龙是美观的吗？"我问。"否，龙的形状是极狞丑的，而其象征又太神秘。但你们穿着起来却又好看，我希望将来到中国旅行时，真的看到这样奇特的服装。"我于是明白地告诉他："龙袍是前清的服色，自从改了共和，我们都穿和他们一样的礼服。"他听了很是惋惜地说："啊，我觉得你们更改之为多事，留着不觉得特别吗？"

我的心弦一根根地紧张起来了。我想和他辩论，但又没有了这样的勇气，只有默默地走开。

回国时经过许多码头，像博塞、锡兰和杰波底，都是阿拉伯和印度种族的根据地。我在船中觉得烦闷，每趁泊船的机会，上岸游散一回。或者亚当夏娃的血，也会在我的脉管中作怪。我的心理改变了，上岸时不注意于他们的高大的洋楼和精美的铺面，我只爱看阿拉伯妇人的面幕和工人的长烟袋。妇人大都穿着宽博的黑衣，用一片黑纱蒙住了脸的下半部，而在两眼之中，鼻之上，又用一条长约二寸许的木橛子钩住纱网，使它不因行走摇动而脱落，所以脸部，只有两只眼睛留在外边。至于工人的长烟袋，更是奇特，烟管的上端，略略弯曲，高约三尺，好像棉花匠人的弹弓，下边连缀一个土罐，就是盛烟草的东西。因为器具是这般重笨，所以阿拉伯的工人吸烟时，绝不如我们江南老农衔着黄烟管在清风摇曳的杨树下乘凉之得趣，他们必要到咖啡馆里去出钱租烟管吸的。我们看见了这些曳着污浊长裙的黑人，一群一群地在玩弄这种异样的消遣，总不知不觉地要立住脚赏鉴一回。我还寻一家馆子，大吃其埃及餐。所谓肉和炒鸡之中，或者是含有木乃伊气味之故，嚼在口中，只是烂絮似的。然而我却觉得比巴黎大餐馆里的盛馔，还有滋味。馆子里的窗幕，绣着骆驼和金字塔，虽然很乱却有引诱我眼光的魔力。我一面吃着肴菜，一面神游于六千年前陵墓壁上的鸟头神像和神秘诡异的司芬克斯，胸中填满了盎然的古趣，虽然脚底下趴满了虫子一般的可憎的擦靴的小丐！

从新加坡上来了一班中国人，种类很多。大约分别起来：也可归之于男的、女的、老的、少的、蠢的，我也想在他们之中挑选几个归于俏的一类，然而不知我的眼界过高，或者是乍从洋鬼子窠里跑回的人，对于我们所谓轩黄华胄，看不顺眼的缘故，总挑不出略为俊秀一点的，所以所谓俏的一类只有暂时让他缺略。一个胖大的妇人带领了三个小孩，一男两女，大约是伊的子女。我在船上和法国的孩子玩得厌了，看见本国黄脸黑发的孩子，很觉欢喜，便想同他们做朋友，好当消遣长途寂寞之一助。但不到一天我们的友谊便有些不牢固的现象了。孩子和我玩耍时，每每攀我的无名指使向外曲，我被攀痛了两三回。或者他们的玩耍法，是要使人痛楚的。这固暗合于罗马斗兽法之遗意，然而我总觉得这样玩法，牺牲太大，于是我温和地告诉他们，下次不可这样玩了。“放你的屁！”女孩子听了劝告之后，愤然用手指着我说。我们的友谊便也随此而告终！大餐间里有了这三个孩子，顿然热闹起来了。午餐时候，男孩子不知什么缘故，大声号哭。母亲哄慰不信，终于呵骂。孩子的哭声，非常倔强，含有必求胜利的决心，好像从前曾以这种号哭，得过许多胜利似的。父亲过来，在孩子的头上，啄了一下凿栗。孩子因激怒之故，哭得更厉害。母亲又过来抚摩他了。但他的哭声决不因此而稍止，终于母亲将盘中橘子给了他两个，牵了他的小手，到甲板上去。这才听不见哭声了。

晚上在三等舱的门口，又听见男孩和女孩子哭吵的声音，这或者是为了橘子以外的问题。男孩子的哭声，总是倔强而唬怒的，表示在没有得到胜利之前，决不停止。西洋孩子也会哭的，但除了表示感受了不快之外，不敢拿来当作一件要求或泄愤的利器，中国民族性质之积极，便在孩子的哭声中，也能看出来，谁能说这不是可庆的现象？我这样地想。

到了香港，又上来了一班中国人，这是我第二次和祖国人相见了，第一老少的种类，便教我分辨不清楚。20到30岁的男子，样貌都是瘦瘦怯怯，眉目间饱含了稚气，似乎没有发育完全的孩子。而40到50岁的人，眼光都是枯涩，脸颊都是憔悴的了，除了一头黑发之外，我几乎疑心他们是行将就木的人物。而且更有一件特色，便是无论老少，都有一个弓式的肩背。这个肩背，在欧洲七八十岁的老人中间，也寻觅不出。我很想研究他们之所以致此弯曲之故。终于恍然大悟了，我们动不动说什么“任重道远”，或“以道自任”的话头，我们的肩背，怎样能不弯曲呵：五千年文明的重担，压在身上！

一个裤脚管拖在胫上的老先生，走过来和我说话。他的履历很多：云南师范卒业生，日本法政留学生，前任参议员。还有什么官衔，我没有留心去听，总不是十分寒酸的名目罢了。由他的头颅看来，或者还是一位卫道忠君的遗老，因他只有后脑留着一丛头发，前边却剃得精光，这是极正确的前清头式，虽然也割去了下垂的豚尾。这位参议员同我站在铁栏边，没有说到十句话，已经吐了七八口痰，却都吐在甲板上面。我很佩服他对于时间之经济。为的他和我说话时，脸是朝着我的，如果将痰向海里吐去，至少要半秒钟回头的时间，岂不是无益的靡费？

像这个参议员一般模型的人物，还有十余位。这晚三等舱中之热闹，较前更加十倍。一阵高而厉的咳嗽声过后便是嘎嘎吐痰的声音，按着地位上便发生清脆的脱的一声回响。我从前为检查肺部的缘故，曾住过肺病医院一星期，晚上人静后也曾听过这种咳嗽和吐痰的声音，但绝没有像这样此唱彼和，咳得淋漓尽致。

那一边食桌上愚蠢的欧洲人，在汗雨之下，穿了两重衣服吃饭。而这边广东妇人踏着木屐的赤脚，却大显中国民族，爱好自然的特色。于是男人们生了妒忌的心理,觉得不能再让伊专美了。这天晚上,参议员将曳在胫上的裤脚管,提高至于大腿之上,摇摆而入大餐间,其余的大都光着脚了。

不知是要将父母清白之体,给西洋妇人们瞧着看呢?还是偶然忘记了自己的坐处?他们都纷纷然向这边食桌坐下。西洋人进来,看见座位已被人占去,一声不响地走开。一会子茶房头儿带了严重的眼光进来,还没有开口说话,而赤腿的先生们便茫然相视,似乎自怪怎么我们会生在这里,终于恍然于自己认错了座位了,又纷纷退回原处。他们对于茶房头儿之态度,这般地顺从而温柔,真是我意想不到的。他们铸造一个错误,不消半分钟,而补救一个错误,也不消半分钟。虽然半分钟之后,或者还有第二个错误出来,但补救的手段总算是敏捷的。

大餐间里,没有将父母清白之件,显示得痛快,不得不别图他策。于是二等舱面上渐有赤腿先生们的踪迹了。他们站在铁栏边互相闲话,一等西洋妇人起身,便很快地攫占伊们的帆布椅子。他们仰面躺于椅子上,两脚架得高高的,两腿间之距离很远。嘴里还哼些曲调,惭愧我不是知音,不知这是小放牛,或者是十杯酒,但也不足惋惜,他们本来不想唱给人听,真不过用以陶写自己的闲适之情罢了。

这种袭击,来得太厉害,西洋妇人中之较属于年轻或高贵些的,都望望然去之了。但也有几个识趣的,所为很合乎中国礼让之道,伊们并不进去,也不和赤腿先生们争椅子,只站在铁栏边玩海景,有时回过头来对他们瞧看,似乎颇感兴趣。并似乎说这趟旅行,定然不会寡味的,便在海船中已经看到好些东西了。

真的,这定然比杰波底泗在海面上抢钱的赤体孩子还有趣呵!但我不知什么缘故,这回只觉得我的心肝在腔子里逐渐涨大而下沉,几乎使我窒息而死!

(原载《语丝》第44期,1925年9月14日)

关于庐隐的回忆

本年5月16日，袁昌英女士在电话里用感伤的音调报告我说庐隐死了。问她消息从何得来，则说得自《武汉日报》专电。死的原因是难产，详细情形她也不能知道。我当时虽很为惊讶，但还不相信，因为数年前也曾一度谣传冰心女士难产亡故，害得我的侄女大掉其泪，后来才知冰心虽然添了一个麒儿，自己依然健在，我们才把心放下，也许女人与生产不能脱离关系，所以人们谣传女作家的死，也喜欢用难产这类题目吧！不过谣言自谣言，事实自事实，庐隐的死究竟在几天以后确实证明了。这几年以来，新文学作家得了不幸遭遇的很有几个，以我所认识的而论，则徐志摩死于飞机，朱湘死于江；闻名而尚未见面者而论，则丁玲失踪，梁遇春、彭家煌病死。现在谁想到生龙活虎般的庐隐也舍弃我们而去呢？我与庐隐曾同事半年，同学二年，虽然没有何等亲切的友谊，却很爱重她的为人。所以现在除了分担文学界一份公共损失之外，私人情感上，我的凄凉惋惜的情绪，也不是一时所能消释的。

我与庐隐的认识远在民国六、七年间。那时候我正在母校服务，同事舒畹荪女士（即《海滨故人》中之兰馨）被委为安庆实验小学校长，约我去她校教一两点钟的功课。她有一天介绍一个姓黄名英的体操教员与我相见，说是北京女子师范的旧同学，这就是后来蜚声文坛的庐隐第一次给我的印象，似乎不怎样动人，身材短小，脸孔瘦而且黄，而且身在客中，常有抑郁无欢之色，与我们谈话时态度也很拘束。我们钟点不同，同事半年，相见不过两三次，所以我们并不如何亲热。

民国八年秋季，我升学北京女子高等师范，庐隐与我同为错过考期的旁听生，不过经过学期考试以后，我们便都升为正班生了。庐隐到了北京以后好像换了一个人，走路时蹦蹦跳跳，永远带着孩子的高兴。谈笑时气高声朗，隔了几间房子，还可以听见。进出时身边总围绕着一群福建同乡，叽叽呱呱，讲着我所听不懂的福建话。她对于同学常戏谑狎侮。于我们古书读得略多的人更视为冬烘先生，不愿亲近。她同舒畹荪一样，说话时总要夹几句骂人的话，“屁”字整天挂在口边。这个极不雅驯的字由她说出来竟变得很有趣。五四运动后与社会运动关系最密切的男学校以北京大学为代表，女学校以女高师为代表。庐隐“务外”的天性这时候好像得了正当的发展，每日看见她忙出忙进，预备什么会的章程，什么演讲的草稿，坐下来用功的时候很少。说也奇怪，我平生最瞧不起锋芒外露或浮而不实的人，对于庐隐不仅不讨厌，竟反十分欢喜。这中间有两种原因：一则佩服她敏捷的天才。我本来有爱慕与自己性格相反的人的癖性，自己口才涩讷，便爱人家词锋的锐利，自己举动沾滞，见了豪放洒脱的人物，愈觉其不可及。庐隐虽然不大用功，功课成绩却常列优等。她的座位恰在我前面，每遇作文时，先生发下题目，我们咿唔苦吟，或终日不能成一字。庐隐坐在椅子上低着头，按着纸，笔不停挥地写下去，顷刻一篇脱稿。她的笔记从不誊录第二遍，反比我们的齐整完全。她又写得一笔颜体大字，虽然无甚功夫，却也劲拔可爱。她爱演说，每次登台侃侃而谈，旁若无人，本来操得一口极其漂亮流利的京话，加之口才敏捷，若有开会的事，她十次有九次被公推为主席或代表。二则庐隐外表虽然飞扬跋扈，不可一世，甚或骄傲得难以教人亲近，其实是一个胸无城府，光明磊落的人。她虽然有许多行动不检点处，始终能得朋友们原谅与爱护，也无非为了这一点。

她在同班中结识了三个人，号为“四公子”。一个是王世瑛，一个是陈定秀，一个是程俊英。她的《海滨故人》露沙系自指，云青、玲玉、宗莹似乎是分指她们三人。我当时曾有“戏赠本级诸同学”长歌一首，将同级30余人，中国文学成绩较为优异的十余人写入。说到她们四人时有这样几句话：

> 子昂翩翩号才子，目光点漆容颜美，圆如明珠走玉盘，清似芙蓉出秋水（陈定秀）。亚洲侠少气更雄，巨刃直欲摩苍穹。夜雨春雷苗新笋，霜天秋准抟长风（黄英君自号亚洲侠少）。横渠（张雪聪）肃静伊川少（程俊英），晦庵（朱学静）从容阳明峭（工世瑛），闽水湘烟聚一堂，怪底文章尽清妙。

这首诗既是游戏之作，所以每个人的好处都加了百倍的渲染，百倍的夸张。

“夜雨”“霜天”两句形容庐隐文章也觉溢美,不过她那一股纵横挥斥,一往无前的才气如何使我倾心,也可以想见了。

我们进女高师的时候正当五四运动发生的那一年。时势所趋,我们都抛开了之乎者也做起白话文来。庐隐与新文学发生关系比较我早。她先在《京报副刊》投稿,后来上海《小说月报》也有她的文字。“庐隐”的笔名便在这时候采用的。她做小说也像窗课一般从不起草,一支自来水笔在纸上嗖嗖写去,两小时内可以写二三千字。但她的小说虽然气极流畅,笔致爽利,而结构不甚曲折,意境也不甚深沉。我论文本有眼高手低之病,读过她的小说,口里虽不能说什么,心里总有些不大满意。记得她第一篇小说《一个著作家》写好后,她的朋友郭梦良邀集一班爱好文艺的朋友在中央公园来今雨轩开讨论的茶会,我也在被邀之列。我看过稿子后默默不作一语。郭君征求我的意见,我只好说:“游夏不能赞一辞!”座中王品青忍不住一笑,庐隐怫然变色,好像受了什么打击似的,这情景我记得很清楚,好像是昨天才发生的一样。现在我还很懊悔,觉得不应当拿这句轻薄话,伤了她的自尊心。

民国十年春,我和易家钺、罗敦伟诸君打了一场很无聊的笔墨官司。罗、易原与郭梦良君相厚,庐隐也就左袒着他们,与我颇生了些意见,从此在班上不大说话。那年的秋天我跑到国外去,庐隐的大文虽然常在报纸杂志露面,我已不大有机缘拜读。回国以后,听说庐隐小说已出了好几本单行集,接着又听说她爱人郭梦良已病死,她带着一个女孩子到处漂泊,身世很是悲惨。后来又读到她编辑的《华严半月刊》和小说集《归雁》等,我才知道从前意气凌云的庐隐于今正在感伤颓废的道路上徘徊。读到她那些饮酒抽烟,高歌痛哭的记述,我心里也很不好过。想写封信去安慰她一下,只为了不知她确实通信地址没有实行。前几年听见她和李唯建先生恋爱,同渡扶桑,不久有结婚之说。又听说李君比她年轻,一时“庐隐的小情人”传为佳话。民国十九年我到安庆安徽大学教书,会见舒畹荪女士和吴婉贞女士(《海滨故人》中之朱心悟),谈到庐隐近况。二人异口同声地批评她太浪漫,并说她从前与使君有妇的郭君结婚已是大错特错;现在又与年龄相差甚远的李君恋爱,更不应该了。我也知道她二人的批评是善意的,便是我也觉得庐隐这种行为太出奇。不过我当时竟替她着实辩护了一场。怪她们不应当拿平凡的尺,衡量一个不平凡的文学家。十年前庐隐给我的一点吸引力,好像这时候还没有消失呢。

民国二十一年暑假返上海，友人周莲溪告诉我庐隐已与李君结婚，现与中华书局总编辑舒新城夫妇同住英租界愚园路某寓。我听这话不胜快乐，便与周君同去拜访。记得庐隐那一天穿一件淡绿色撒花印度绸旗袍，淡黄色高跟皮鞋，脸庞虽比十年前消瘦，还不如我想象中的老苍，只觉得气质比从前沉潜了些，谈吐也不如从前的爽快罢了。李唯建先生那天也见着了，一个口角常含微笑的忠厚青年，庐隐饱经忧患的寂寞心灵，是应当有这样个人给她以温柔安慰的。我听他们曾发表一本《云鸥情书集》，想讨取做纪念。庐隐随手取了一本签了几个字赠送给我。那天我们在他们家吃了午饭。我们谈了十年来别后一切，谈到现代文坛的种种问题，又谈到政治上见解，庐隐对于某种正为青年所欢迎，认为中国唯一出路的政治主张似乎不大赞成。我问她自己有什么主张，她却不肯说了。她那时正写一本淞沪血战故事，布满蝇头细字的原稿，一张张摆在写字台上，因为匆忙未及细阅。后在武汉大学遇见她夫兄李唯果先生谈到这本书，说拟译为英文表扬中国民族的光荣，但不知为什么缘故，至今尚未见出版。我辞别她夫妇回家时忘记携带《云鸥情书集》，写信去讨，杳无复音，大约是我将他们门牌号数写错的缘故。假满赴鄂，接到她一封信，要我替中华书局中学教科书撰一篇《云》的教材。我既懒于做文章，也就懒于复她的信，本来打算今年暑假返沪时，再去拜访他们夫妇，作整日之谈，谁知她已辞别这污浊人寰，还归清净了。说起来我真抱憾无穷呵！

关于庐隐的死，大家同声叹息。有人说庐隐若不再嫁，何致有生产的事，没有生产的事，何至于死亡。萧伯纳《人与超人》曾说男女恋爱是受“生命力”的压迫，无论你什么英雄豪杰逃不出这一关。我们在社会上本来可以做出一番轰轰烈烈的事业，不过排斥不了生命力的牵掣，许多志大心雄的人物都化为碌碌庸夫了。像庐隐在文坛上已算有了相当地位，生活也可以自己维持，实在没有再行结婚的必要，而她竟非结婚不可，岂非生命力的作祟么？这话也未尝说得不是。不过我们若了解庐隐的性格和平生便不忍如此说了，庐隐性格极其热烈，而据她自传，少时既失父母之爱，长大后又常受命运的拨弄，一个热情人处于这样冷酷环境，好像一株玫瑰花种在冰天雪窖，叫它怎样可以蓓蕾？她创痛的心灵要求爱情的慰藉，正等于花之需要阳光的温煦呢。在庐隐一切作品中尤其是《象牙戒指》，我们可以看出她矛盾的性格。《象牙戒指》主人公沁珠说：“在我心底有凄美静穆的幻梦，这是由先天而带来的根性。但同时我又听见人群的呼喊,催促我走上时代的道路,绝大的眩惑,我将怎样解决呢?”又说:“从前我是决意把自己变成一股静波一直向死的渊里流去,而现在我觉得这是太愚笨的勾当,这一池死水,我要把它变活,兴风作浪。”最后她说:“事实上我是生于矛盾,死于矛盾,我的痛苦永不能免除。”生在20世纪写实的时代却憧憬于中世纪浪漫时代幻梦的美丽,很少不痛苦的,更很少不失败。庐隐的苦闷,现代有几个人不曾感觉到?经验过?但别人讳莫如深,唯恐人知,庐隐却很坦白地暴露出来,又能从世俗非笑中毅然决然找寻她苦闷的出路。这就是她的天真可爱和伟大处。

对于庐隐的创作小说,我还改不了那“眼高手低”的老毛病,不敢故作违心之论的夸奖。至于她的小品文则颇为我所爱读。《地上的乐园》更可算一首哀感顽艳的散文诗,文笔进步之速,很值得教人惊异。我本来更爱童话和神话体的小说,这篇文字竟使我接连读了三遍。她若能像她自传里所说再活二三十年,她的前途是不可限量的。西洋哲学家说,自然的惰力是天才的阻碍,我们很有希望的女作家竟在这样一个无端灾祸里夭折了。咳!我们还有什么话可说。

（原载《文学》第3卷2号,1934年8月1日）

许杰

（1901—1993）

原名许世杰，字士仁，原籍浙江天台县城关清溪村。1932 年 8 月，曾到安庆任教。五四运动波及台州时，正在临海省立第六师范求学的许杰就与蒋径三等同学一起到海门搜查、销毁日货，撰写告父老书等传单。翌年又在校内宣传教育改革，掀起学潮，被校方开除。

1921 年春，许杰进入省立第五师范就读。与何竟业等发起组织“微光文艺社”“龙山学会”，创办“龙山义务夜校”，借《越铎日报》版面，出版《微光》半月刊，开始发表小诗、散文、短篇小说，以“为人生”的宗旨，迈出了他的文学创作和改造社会的第一步。不久，确立了终身从事文学事业的志向。1925 年，在上海加入文学研究会。

民国二十一年（1932）八月，应聘为安徽大学教授。其间又被郑振铎聘为上海暨南大学文学院兼职教授。在担任大学教授后的近 5 年中，因忙于教务，直到民国二十四年（1935）才重新执笔，写了近 10 篇小说，收入《许杰短篇小说集》，列为文学研究会丛书，交商务印书馆出版。

1949 年 6 月，许杰赴京参加中华全国文学艺术工作者代表大会。不久任复旦大学中文教授，并兼任震旦大学、大夏大学等校教授。1952 年当选为华东作协（后改为中国作协上海分会）副主席。1955 年任上海市政协常务委员及上海市民盟副主委。

1957 年秋，许杰被错划为右派分子，“文化大革命”中又备受折磨。错案得到平反后，担任培养研究生的工作。许杰还是著名的文学评论家，又是研究鲁迅的专家。他曾担任上海市作家协会顾问、上海市写作学会会长、民盟上海市委顾问和国际笔会上海中心会员等职务，为祖国统一大业和中外文化交流做了大量卓有成效的工作。

江边小景

躲在家里，多时没有出去了。天是这么热，想出去看一看江边的大水，也有些懒得去。远地的友人，看见了报纸上的安庆的通讯，又晓得我是住在安庆的大南门附近的，倒关心到我的生活，问起了我的住处，是否受到大水的淹浸来。其实，大南门外，虽然淹起了二三尺高的大水，但我的住处，却是淹不到的，不过，因为朋友的关心提起，我倒想出去看一看这淹了几十天的城外的大水。

大南门口，是已经被水淹没了的，那里不好走，我须得从东门出城去。

我走到东门外，便在那叫作江边公园的转角的地方站住了。那里的马路，已经淹了水，是再也走不过去的。我看见有些人便在水中走着，水的深量，仅及至他们的大腿，也有几部黄包车，在那里行走，人虽然仍旧坐在车上，但车的轮子，却有一大半是在水下滚的。听说这几天的水量已经退了半尺，这是在人家的墙壁上随处可以看得出来的。这江边公园的转角处，以前，我也是时常走到的。记得是早一年的夏天，这一带大旱，这里的当局，便是在这个地方，用机器打水，从长江中引些水来，来灌溉这里一带的禾田。可是现在，这同一的地方，却受着另一种相反的灾难。

我立在那里，呆呆地看着又呆呆地想着。这时的太阳，虽然已经斜了西，但从天空中直射下来的阳光，与从一片汪洋浩浩奔腾的江面上反射起来的不可逼射的金光，同时集中在自己的身上，这种酷热，是颇为难当的。

“水深火热，水深火热之中哟！”我忽然想起这样的一句断句来。

来看大水的人，也不止我一个人，他们都是从城里出来的，态度也很安闲——固然不一定说他们都有些游山玩水的心情，但也只能说带着一些隔岸观火的态度。

一部小汽车，老远地驶来，停在江边公园的旁边。这一批带着隔岸观火的态度、看着浩浩腾流的大水的看客，同时把头回了过来，注视着这一部汽车。

汽车里面，只有那么胖胖的一个汽车夫。汽车停下来之后，这胖胖的汽车夫便从这小小的汽车中挤了出来。

可是，当大家正在欣赏着这部小汽车的时候，浩浩的长江里面，却吼起了一声小轮船的叫声。

这小轮船，的确是大水里的宠儿，金黄色的油漆，轮廓分明的线条，再点缀着几个戴黑檐白帽，全身穿着白制服的水手，神气却怪伶俐。它驶到这江边公园的旁边，便靠着这公园的外面，停了下来。因为这长江的大水，已经涨平了公园的边岸，所以，这小轮船靠在那里，和公园里的一个小小的亭子对峙，倒成为水面上两座玲珑的建筑。

轮船靠好之后，于是放下了一块长长的跳板。

一会儿，轮船里钻出三个人来，很威武地踏上跳板。跳板是又长又软的，而且，因为着了水，大概有些滑。走在前面的两个人，都穿着黄色的短裤、皮鞋、长筒毛袜、白色的衬衫，样子并不特别，大概是属于技师一流的人物。他们摇摇摆摆地从跳板上走下来，倒是没有什么，可是，走在后面的一个，穿着一身雪白的中山装，胖得有些像布袋和尚，手里拿着司的克，虽然一步一点地点在自己的擦得雪亮的皮鞋的脚前，想撑住自己的过重的身体，免得踏断了跳板，或是翻到大水里去，但结果却终于不得不在跳板上跌了一跤。这跳板，是真的在跳跃的，而我们的这位胖大人，又的确胖得像大皮球。当他的脚在跳板上一滑，他的胖胖的屁股立刻便跌了下去，正跌在那从下面跳起来的跳板上面，立刻又把它抛了起来。这个样子，大概是跳了几跳，终于是停住了。可是，他却吓出一身的冷汗，而他手中的那根光滑的司的克，也早跟着大水，到东洋大海去了。

当他在跳板上跌下去的时候，那些在岸上立着看大水的人，便顿时地“呀”了一声，可是，当那位皮球长官在跳板上跳了几跳，始终没有跌下水里以后，他们好像同时发现了什么丑角的表演似的，哈哈哈地哄笑了起来。

不晓得是大家的哄笑的缘故呢，还是他自己跌了一跌，心血来潮的缘故，总之，当他爬起来的时候，他面孔的红晕，已经同他的屁股上，雪白的中山装的外面染上的那一块稍带红色的黄泥渍相辉映了。

他好像受了什么奇耻大辱似的，又好像对什么人有了洗刷不了的深仇的样子，沉着而坚毅地塞进了公园外面停着的那部小汽车里面，于是那名胖胖的汽车夫,也就挤进了汽车的前座中——霎时间,我们感觉这汽车好像也被楦成肥胖的皮球似的,嘭地驶了开去。

据熟悉的人们说,这便是当地的大官,他正在关心民生,到各地去调查灾情,预备造册报上,做将来救灾放赈参考用的。

我因立着太热,便在汽车走了以后,也踱了回来。可是,当我擦过一群人的身边时,我却听见他们在愤愤地谈着话:"别人淹了几十天了,他们还去调查,真叫作骗鬼!"

我没有什么感想,仍旧走了回来。

1935 年于安庆

(选自《许杰散文选集》,上海文艺出版社 1981 年 4 月 1 版)

我与文学

我的半生的学习经过，几乎都在黑暗中摸索过来。我现在要靠教书吃饭，尤其是要靠所谓“文学”这东西吃饭，在我年轻的时候，是没有想到的。在五四运动发生的时代，我还在一个师范学校里读书。我因为醉心于新思潮新文化运动，生吞活剥地看了许多新书杂志。我当时自己规定，我要研究哲学，找取自己的安身立命之所在，确定自己做人的方向；我要研究教育，算是解决生活问题的方法，小学教师是我终生的职业；同时，我要研究文学艺术，我希望用文学艺术来涵咏我的性情，陶冶自己的德行。我这种计划，我记得，我的死去了的朋友，如王以仁，如蒋径三，我都同他们说起过的。

但是我虽然曾经有过那么一个计划，但我的计划，老实说，也只是一种偶然的想头。在那个时候，我只是偶然地那么想，于是也就在朋友面前那么说；至于说了以后，是否真能这样做，在当时是一点也没有想到的。我如今想来，在我许多年轻时代的朋友当中，王以仁的天分比我高，而且比我热情，他走上文学的路，开初虽说是受了我的影响，但老实说，他所给我的影响，却较之我给他的，还要大许多倍。蒋径三的硬干的精神、坚毅的态度比我好，但他比我现实——有一段时间，我曾与王以仁合伙打趣他，讥笑他为现实主义者，庸俗主义者——他虽然没有给我什么正面的影响，但他的努力精神，却使我学到了不少东西。老实说，我除了有时从他们那里，得到了一些鼓励以外，我还在看见他们的成功后，而发生嫉妒。因此我从嫉妒的心理出发，我要和他们竞争（所以我说我的学习是暗中摸索的，没有计划的）。这两个人当中，特别是王以仁，比如说，他看了什么书，他与我谈什么书，我如果没有看，我便觉得一刻都不安心。他写了一篇文章，我似乎也非写一篇或两篇文章不可。同时，我对于他的文章，觉得是仇人似的，用力地寻出他的漏洞，指出他的缺点，而他呢，对于我，也是这个样子。至于蒋径三呢，因为他搞的是哲学与教育哲学，而且相处在一处的时候少，所以很少在这方面发生过摩擦。

因为与王以仁相处，我们便交互地燃起我们的写作欲。那时候，我也写小说，他也写小说，都接连地在《小说月报》上发表，我们共同加入了文学研究会，成为文学研究会的会员。在开始，我们只希望自己的作品能够在杂志刊物上刊出，一篇发表出来以后，又希望自己的作品，赶快印成专集，而且能够尽先出版。这种心情，如今想想，的确是可笑的；但在当时，作为一种鼓励写作的力量，却是非常地强大。而自己的没有计划，不肯脚踏实地地学习，也从此可以看得出来。

那个时候，我与王以仁同在一个私立中学教书，他教的是代数几何，我教的却是伦理心理教育一类的师范科的功课，而那个学校的国文，却是由一位老先生——前清的举人，他一个人掌握着的。所以，在那个时候，我并没有想到，我以后的日子，会以教国文做我的职业的。

及至后来，我才因为会写小说，才被人请去教国文。那时，是民国十四年，我被聘到宁波四中教国文，校长是经子渊先生。从此以后，我就成为一个命运注定的国文教员，到东到西，都是教的国文这一课；而碰到相熟或不甚相熟的人，总是这样似打趣似恭维地被揶揄着，被称呼着："他是一个文学家。"其实，这才叫作天晓得的事。这中间，我教过书的学校有立达学园，浙江六中，还有一个私立中学。民国十六年下半年，我以胡愈之兄的介绍到新华艺专，教了一学期的国文。那时，我用的是自己写的教材，一篇一篇的有似文学概论。如今想想，这行动真有些大胆，而且也不知自量；但据我约略所知，我的狂妄的行动，倒并没有留下什么不良的回忆的资料。到了后来，我还把这部讲义，用了一个张三李四的笔名，交给一个书局出版，还竟然印上三版之多呢！

民国十九年，我应了中山大学的聘，教的是预科国文。民国二十一年，我到安徽大学教书，竟然开起欧洲近代文艺思潮的课程来。这几年来，我也教过文学概论、小说原理、戏剧研究等功课，暗自想想，真是有些狂妄自大。

可是，便是这个样子，我总算和文学结了一个不解的因缘，打下了一个很深的交道。我与文学的关系，粗粗说来，便是这个样子。如今，如果不客气地说，我对于文学的认识，自然会比初期从事写作时，进步了一些；但是，如果有人要问，你究竟懂得了多少？这话，我却仍是难以回答的。我近来也偶然写了些关于文艺理论的文章，那些东西，虽说不一定完全是我自己的意见，但至少也可以说是我自己在这一个时代,这一个社会,从许许多多人们那里学习来的一些见解,在这一篇短文里我可无法说起。不过,这里我得说明,近年以来,我因为教书,我便得东翻西抄地讲一些生吞活剥的理论。因为生活,因为年龄,我也看了许多人情社会,我在写作上反觉得自己的低能与渺小,倒十分拘谨起来。同时,也因为这些缘故,我倒坚信着文学是我终身的工作,我要把我整个的生命,献给文学。我已经在文学当中,找到了一个中心,我觉得,我不必学哲学,我已经在文学中,在现实生活的教训中,找到了安身立命之所在。而且,我也已经把文学作为我涵泳性情的源泉。

不久以前,我曾经为几个同学组织成的一个文艺社的刊物写过一篇题为《给文艺青年》的文章。我告诉他们,弄文学一定是有穷困的遭际的,但是,就是你穷了,文章却不一定会"工",会写得好。你如果喜欢文学,你就该认清文学,你认清文学,你就得以对宗教的殉道的精神来对待文学。对于这些谈话,我想,我自己也要终生不渝地实践着。这便算作我与文学订盟的宣誓,也可算作我对文学的认识。

大约是十年以前的事吧!那时东华兄主编《文学》,曾以《我与文学》为题,征求国内文人撰稿。自己不文,亦在被邀之列。当时也想写篇文章应命,但提笔想想,觉得写些身边琐事,确乎无甚道理,如要发表自己的见解,自己又无何种特识,结果终于作罢。如今事隔七年,编者又以此题征文,虽觉今日心神,仍如往日,而学识方面,也是毫无进益,但文章却不得不写了。这就勉强地写了这一篇。

1942 年

(选自《许杰散文选集》,上海文艺出版社 1981 年 4 月 1 版)

朱湘
（1904—1933）

新月派著名诗人。字子沅，安庆太湖人。生于湖南沅陵，当时父亲在湖南沅陵为官，但父母早逝。自幼天资聪颖，6 岁开始读书，7 岁学作文，11 岁入小学，13 岁就读于南京第四师范附属小学。1919 年入南京工业学校预科学习一年，受《新青年》的影响，开始赞同新文化运动。1920 年入清华大学，参加清华文学社活动。朱湘是 20 世纪 20 年代清华园的四个学生诗人之一，与饶孟侃（字子理）、孙大雨（字子潜）和杨世恩（字子惠）并称为“清华四子”，后来与其他三子成为中国现代诗坛上的重要诗人。在校期间，他的艺术天分已经崭露出来，当时就是清华校园的文学名人。

1922 年，朱湘开始在《小说月报》上发表新诗，并加入文学研究会。此后专心于诗歌创作和翻译。1927 年 9 月赴美国留学，先后在威斯康星州劳伦斯大学、芝加哥大学、俄亥俄大学学习英国文学等课程。那里的民族歧视激发了他的民族自尊心和爱国热情。

为家庭生活，他学业未竟，便于 1929 年 8 月回国，应聘到安庆省立安徽大学任英国文学系主任。1932 年夏天去职，漂泊辗转于北平、上海、长沙等地，以写诗卖文为生。终因生活窘困，愤懑失望，于 1933 年 12 月 5 日晨在上海开往南京的船上投江自杀。著作有《夏天》《废园》《草莽》《石门集》《文学闲谈》《中书集》《海外寄霓君》《朱湘书信集》《永言集》。译作有《路曼尼亚民歌一斑》《英国近代小说集》《番石榴集》。

咬　菜　根

“咬得菜根,百事可做。”这句成语,便是我们祖先留传下来,教我们不要怕吃苦的意思。

还记得少年的时候,立志要做一个轰轰烈烈的英雄,当时不知在哪本书内发现了这句格言,于是拿起案头的笔,将它恭楷抄出,粘在书桌右方的墙上。并且在胸中下了十二分的决心,在中饭时候,一定要牺牲别样的菜不吃,而专咬菜根。上桌之后,果然战退了肉丝焦炒香干的诱惑,致全力于青菜汤的碗里搜求菜根。找到之后,一面着力地咬,一面又在心中决定,将来做了英雄的时候,一定要叫老唐妈特别为我一人炒一大盘肉丝香干摆上得胜之筵。

萝卜当然也是一种菜根。有一个新鲜的早晨,在卖菜的吆喝声中,起身披衣出房。看见桌上放着一碗雪白的热气腾腾的粥,粥碗前是一盘腌菜,有长条的青黄色的豇豆,有灯笼形的通红的辣椒,还有萝卜,米白色而圆滑,有如一些煮熟了的鸡蛋。这与范文正的淡黄,差得多远!我相信那个说“咬得菜根,百事可做”的老祖宗,要是看见了这样的一顿早饭,绝对会摇他那白发之头的。

还有一种菜根:白薯。但是白薯并不难咬,我看我们的那班能吃苦的祖先,如果由奈河桥或是望乡台在过年过节的时候回家,我们绝不可供些什么煮得木头般硬的鸡或是浑身有刺的鱼。因为他们老人家的牙齿都掉完了,一定领略不了我们这班后人的孝心,我们不如供上一盘最容易咬的食品:煮白薯。

如果咬菜根能算得艰苦卓绝,那我简直可以算得艰苦卓绝中最艰苦卓绝的人了。因为我不单能咬白薯,并且能咬这白薯的皮。给我一个刚出笼的烤白薯,我是百事可做的;甚至教我将那金子一般黄的肉统统让给你,我都做得到。唯独有一件事,我却不肯做,那就是把烤白薯的皮也让给你。它是全个烤白薯的精华,又香又脆,正如那张红皮,是全个红烧肘子的精华一样。

山茶、慈菇，也是菜根。但是你如果拿它们来给我咬，我并不拒绝。

我并非一个主张素食的人，但是却不反对咬菜根。据西方的植物学者的调查，中国人吃的菜蔬有六百种，比他们多六倍。我宁可这六百种的菜根，种种都咬到，都不肯咬一咬那名扬四海的猪尾或是那摇来乞怜的狗尾，或是那长了疮脓血也不多的耗子尾巴。

（选自《中书集》，上海生活书店1934年10月1版）

胡　同

我曾经向子惠说过，词不仅本身有高度的美，就是它的牌名，都精巧之至。即如《渡江云》《荷叶杯》《摸鱼儿》《真珠帘》《眼儿媚》《好事近》这些词牌名，一个就是一首好词。我时常翻开词集，并不读它，只是拿着这些词牌名慢慢地咀嚼。那时我所得的乐趣，真不下似读绝句或是嚼橄榄。京中胡同的名称，与词牌名一样，也常时在寥寥的两三字里面，充满了色彩与暗示，好像龙头井、骑河楼等等名字，它们的美是毫不差似《夜行船》《恋绣衾》等等词牌名的。

胡同是衚衕的省写。据文字学者说，是与上海的弄一同源自巷字。元人李好古作的《张生煮海》一曲之内，曾经提到羊市角头砖塔儿，这两个字入文，恐怕要算此曲最早了。各胡同中，最为国人所知的，要算八大胡同。这与唐代长安的北里，清末上海的四马路的出名，是一个道理。

京中的胡同有一点最引人注意，这便是名称的重复：口袋胡同、苏州胡同、梯子胡同、马神庙、弓弦胡同，到处都是，与王麻子、乐家老铺之多一样，令初来京中的人，极其感到不便，然而等我们知道了口袋胡同是此路不通的死胡同，与"闷葫芦瓜儿""蒙福禄馆"是一件东西。苏州胡同是京人替住有南方人不管他们的籍贯是杭州或是无锡的街巷取的名字。弓弦胡同是与弓背胡同相对而定的象形的名称。以后我们便会觉得这些名字是多么有色彩，是多么胜似纽约的那些单调的什么 Fifth Avenue，Fourteenth Street，以及上海的侮辱我国的按通商五口取名的什么南京路、九江路。那时候就是被全国中最稳最快的京中人力车夫说一句："先儿，你多给两子儿"，也是得偿所失的。尤其是苏州胡同一名，它的暗示力极大。因为在当初交通不便的时候，南方人很少来京，除去举子；并且很少住京，除去京官。南边话同京白又相差的那般远，也难怪那些生于斯、卒于斯、眼里只有北京、耳里只有北京的居民，将他们聚居的胡同，定名为苏州胡同了(苏州的土白,是南边话中最特彩的;女子是全国中最柔媚的)。梯子胡同之多,可以看出当初有许多房屋是因山而筑,那街道看去是如梯子似的。京中有很多的马神庙,也可令我们深思,何以龙王庙不多,偏多马神庙呢?何以北京有这么多马神庙,南京却一个也不见呢?南人乘舟,北人骑马,我们记得北京是元代的都城,那铁蹄直踏进中欧的鞑靼,正是修建这些庙宇的人呢?燕昭王为骏骨筑黄金台,那可以说是京中的第一座马神庙了。

京中的胡同有许多以井得名。如上文提及的龙头井以及甜水井、苦水井、二眼井、三眼井、四眼井、井儿胡同、南井胡同、北井胡同、高井胡同、王府井等等,这是因为北方水分稀少,煮饭、烹茶、洗衣、沐面,水的用途又极大,所以当时的人,用了很笨缓的方法,凿出了一口井之后,他们的快乐是不可言状的,于是以井名街,纪念成功。

胡同的名称,暗示出京人的生活与想象,还有取灯胡同、妞妞房等类的胡同。不懂京话的人,是不知何所取意的。并且指点出京城的沿革与区分:羊市、猪市、骡马市、驴市、礼士胡同、菜市、缸瓦市,这些街名之内,除去猪市尚存旧意之外,其余的都已改头换面,只能让后来者凭了一些虚名来悬拟当初这几处地方的情形了。户部街、太仆寺街、兵马司、缎司、銮舆卫、织机卫、细砖厂、箭厂,谁看到了这些名字,能不联想起那辉煌的过去,而感觉一种超现实的兴趣?

黄龙瓦、朱垩墙的皇城,如今已将拆毁尽了。将来的人,只好凭了皇城根这一类的街名,来揣想那内城之内、禁城之外的一圈皇城的位置罢?那丹青照耀的两座单牌楼呢?那形影深嵌在我童年想象中的壮伟的牌楼呢?它们哪里去了?看看那驼背龟皮的四牌楼,它们手拄着拐杖,身躯不支的,不久也要追随早夭的兄弟于地下了!

破坏的风沙,卷过整个古都,甚至不与人争而销声匿迹,如街名的物件,都不能免于此噩运。那富于暗示力的劈柴胡同,被改作辟才胡同了;那有传说作背景的烂面胡同,被改作襕缦胡同了;那地方色彩浓厚的蝎子庙,被改作协资庙了。没有一个不是由新奇降为平庸,由优美流为劣下。狗尾巴胡同改作高义伯胡同,鬼门关改作贵人关,勾阑胡同改作钩帘胡同,大脚胡同改作达教胡同:这些说不定都是巷内居者要改的,然而他们也未免太不达教了。阮大铖住南京的裤裆巷,伦敦的 Botten Row 为贵族所居之街,都不曾听说他们要改街名,难道能达观的只有古人与西人吗?内丰的人,外啬一点,并无轻重。司马相如是一代的文人，他的小名却叫犬子。《子不语》书中说，当时有狗氏兄弟中举。庄子自己愿意为龟。颐和园中慈禧后居住的乐寿堂前立有龟石。古人的达观，真是值得深思的。

（选自《中书集》，上海生活书店 1934 年 10 月 1 版）

江行的晨暮

美在任何的地方,即使是古老的城外,一个轮船码头的上面。

等船,在划子上,在暮秋夜里九点钟的时候,有一点冷的风。天与江,都暗了;不过,仔细地看去,江水还浮着黄色。中间所横着的一条深黑,那是江的南岸。

在众星的点缀里,长庚星闪耀得像一盏较远的电灯。一条水银色的光带晃动在江水之上。看得见一盏红色的渔灯。

岸上的房屋是一排黑的轮廓。

一条趸船在四五丈以外的地点。模糊的电灯,平时令人不快的,在这时候,在这条趸船上,反而,不仅是悦目,简直是美了。在它的光围下面,聚集着一些人形的轮廓。不过,并听不见人声,像这条划子上这样。

忽然间,在前面江心里,有一些黝黯的帆船顺流而下,没有声音,像一些巨大的鸟。

一个商埠旁边的清晨。

太阳升上了有二十度;覆碗的月亮与地平线还有四十度的距离。几大片鳞云黏在浅碧的天空里;看来,云好像是在太阳的后面,并且远了不少。

山岭披着古铜色的衣,褶痕是大有画意的。

水汽腾上有两尺多高。有几只肥大的鸥鸟,它们在阳光之内,暂时地闪白。

月亮是在左舷的这边。

水汽腾上有一尺多高;在这边,它是时隐时显的。在船影之内,它简直是看不见了。

颜色十分清阔的,是远洲上的列树,水平线上的帆船。

江水由船边的黄到中心的铁青到岸边的银灰色。有几只小轮在喷吐着煤烟:在烟窗的端际,它是黑色;在船影里,淡青,米色,苍白;在斜映着的阳光里,棕黄。

清晨时候的江行是彩色的。

（选自《中书集》,上海生活书店1936年10月1版）

张友鸾

（1904—1990）

著名新闻工作者、中国古典文学专家。字悠然，笔名悠悠、牛布衣、草厂、傅逵，安庆市人。

1922 年考入北京平民大学新闻系。在校期间曾为邵飘萍所办《京报》主编《文学周刊》。毕业后，于 1925 年受聘于《世界日报》，为总编辑。1926 年至 1933 年先后担任《国民晚报》社长、南京《民生报》和《新民报》总编辑。1934 年自办《南京早报》。次年任上海《立报》总编辑。1936 年，与张恨水合办《南京人报》，任副社长兼总编辑。抗日战争时期，担任重庆《新民报》主笔。抗日战争胜利后回南京，重新开办《南京人报》，不遗余力地呼吁和平、民主，反对内战、独裁。南京解放后，继任《南京人报》总经理。他不仅编出高质量的报纸，而且写了许多脍炙人口的作品，与张恨水、张慧剑、赵超构并称为“三张一赵”，名重报界、文坛。

1953 年奉调北京人民文学出版社，从事古典文学研究、整理及编著工作。20 世纪 80 年代中后期回南京定居，直至逝世。著有小说《白门秋柳记》《胭脂井》《魂断文德桥》《秦淮粉墨图》《沈万山》《丈公传》等，编注有《史记选》《不怕鬼的故事》等，与人合译有朝鲜名著《春香传》。

雨时的回忆

夏季的天气是富于变幻的。刚刚炙热的太阳悬在天空，只要两三分钟，乌云一合，风雨马上便逞狂起来；旅行的人唯有暗地里叫几声苦。

这是过去有一年的事了：那时我还住在南京。我也不十分记得清楚，是六月或是七月，到城南去访一个朋友。回来时候，晚风一阵阵从紫金山上刮将下来，一时我很快活，便想趁着凉爽，缓缓走回寓所。很不幸地，天空的月亮，忽地被一块乌云盖住；顿时电光闪耀，轰轰的雷声，东西南北都有，却走到我当头才放出响声。“不好！一定有雨！”我心里想，“赶快坐车回寓所罢，别到雨下时，淋成个水鸡儿！”但是极我目力所及，向前后仔细寻觅，只是一片荒地，没个车的影子。方停了想头，拔步欲走，天上早已撒下黄豆般大小的水点儿来。没法子，唯有拔起脚来跑。不上几步，脑筋忽又停顿一下，我便自责是疯子：“世界上决没有人能和风雨赛跑的！”那时气喘得不得了，一件夏布大褂子，早已湿透，大约“水”和“汗”两口儿早在我这件衣上结婚了！走到一条三岔路口，睁大我的眼睛，依旧荒凉一片，连躲雨的房屋都见不着，别说车子罢，便权且靠了老柏树根，坐下休息。那时的雨已小止了，电光却还不住地闪动，怪怕人的。

我猛然抬头，向东边一条路上望去，不禁喊声“好了！”，原来隐隐约约有灯光摇曳而来。“该是车子吧？”心中这般想，嘴里便不觉做起无意识地祷告：“车来！车来！灯光夹着车来了！”理想虽如此，事实上终成了虚幻；灯光逼近面前，于是我晓得来的只是个打伞提灯的小矮人。越走越近，他打我身边过，对我望了望，便说道：“先生，你怎的一个人坐在这雨地下，不要中了暑——我替你到前面喊车子好不好？”在这闷苦的时间内，风雨毫不相谅，和我做对头；忽然得着个安慰我的人，心中是何等愉快。这时雨已歇了，怔了怔，再抬起头来仔细端详，首先见到这人的衣服和辫子，知是一位贫家的小姑娘，感谢的意思，从我心坎中吐露出来。我并且说道："姑娘，将你的伞交给我，我们两人一同走，只要经过有屋宇的地方，我便可安息了！"她道："先生！我父亲开的栈房便在前面，你……"我也允许了她的要求和她一同向前走。

这条路有这么长，走了这半天还没有到。我便和她在这漫漫长夜的漫漫长途中，谈话消遣。我才知道：她名叫苹儿，是她父亲的第二个女儿；她家姓汪，她九岁时候便没了母亲。"苹儿是世间一个可怜的孩儿啊！我已快二十岁了，我母亲还有时摸着我的头，叫着我的小名，喊我几声'宝贝心肝'哩！假使我没有母亲……"唉！我不忍往下想了，想来想去，不过替苹儿伤心，何必又惹起自家的呆病呢？苹儿说："我妈是去年死的，今年我爹又娶了一个什么人来，也叫我喊她做妈。她哪里是我的妈呢？我妈死了还没一年哩！——但是，没法，我终究喊她一声妈。先生！她实在不是我的妈，别说那副嘴脸不像，而且我的妈不会打我骂我，更不会叫我在大雨底下跑！……""不错呀！我的妈也不曾打过我骂过我，也不曾叫我在大雨底下跑——我今天得了什么病魔不成，如何在这大雨下跑呢？呀！我的妈如果知道我今天的事，更不晓得怎样的难受呢？"我心一疼，苹儿的话就没有听得清楚，很惭愧地，因为我当时只敷衍她几句不关痛痒的慰话。向前再走了两步，她却和我说："我家客栈到了！"

第二天早上，我算了房钱，出了汪家老栈，遇见苹儿正在大门口扫地。她见了我，便提着扫帚逼近一步，很诚恳地向我说："先生走啦！"我笑着回答："谢谢姑娘！再会罢！"顺便在袋里摸出二毛洋钱变在她手中，并说："苹儿，这是给你买糖吃的！"她很腼腆地不想接收，我就强放在她怀中，掉头就走，她的一声"多谢"，在我耳旁回荡了很久。

今年我在安庆了，每次打街上经过，从没见一个小孩子像苹儿这般温柔可爱的……大约每当下雨的时候，苹儿的精神就和我合在一起了。今天的大雨还没有住，街上流得像小河般——苹儿的伞不知破了不曾？

（原载《妇女杂志》第8卷第11号，1925年）

积 水 潭 前

相见欢

当我初来到时，寂寞的湖山，默默无语。记得是在残秋，坐在破庙外的小石上，落叶飞下来打我的头。我看着水荡漾为风所引；白云慢慢从空中走了过去，我的想念，与白云俱远，仿佛我们正偕立在A地烈士墓前的湖畔，你能记得我们那时说甚话来？

这么圆澄的湖，正和你圆澄的脸一样。于那柳条绿时，毵毵下垂，必更像你的华鬘。可惜你此时不在此，不然，倒可以来相见，你定也很爱湖山，或且如爱你自己一样。与此湖初晤，正如当初晤你，只知此处是可以长留恋的，但我并不能说为了什么一定要留恋。

环湖小河，一缕清溪，孩子们持下长竿，站在那边向河中白凫呼叱，那枝头的雏鸦，却因之惊起。捣衣女人，不肯停住她千捶万捶的杵，似乎要将大地捣得平沉。如此若画的江南，不料竟见于此地，我将此长留，更不想乘风归去了。苹啊！你也伴我来此长留罢！

步步柔红

夕阳初晕，便独自在柳树丛中散步。冬冰凝结的土，到此时方才融解，只觉得脚下柔和，好似走棉絮之上。偶然回首，却见凌乱的履痕，重重相叠，来来往往，更只有我一人的足迹。若有一个画家在此，他必画出我的孤零；只这步履单单，已足令我感到寥寞的心灵。

如何的幸福，让你伴了我；手携着手，我们轻轻地走过长堤，絮絮地语着，也许谈的是前三朝，也许说的是后五代，那纤巧的双履，还更能传出些说不尽的心事。步步相衔，土上的印痕，定有圈不出的美丽。

若使你走慢了一步，我必停候你；或是我走向前了，你必跑两步来追上我；我们足步重轻，因此便不能相等。若是我脚踏了你的足尖，或是你踏了我的鞋头，我们那时必有浅浅地一笑，这一笑，便凭土上的印痕作我们的记录了。

如果我们足迹永远相接，我们可以走过了世界的那边；如果我们足迹永远相叠，我们可以踏穿了地球的外壳。——以前我们所走过的履痕，现在又向何处去追认呢?

沙风

北地的风，半夜呜呜怒吼，叫人不敢去听他。而点点尘沙，刺刺地射在窗纸上，更触耳心酸。春寒的深夜，凄其闻此，转侧不能眠，就胡思乱想。我放下重重帘幕，款闭深深庭户，不许他进来——可怕的沙风，他偏要潜入我的房栊。

若闻鹰鹗的号声，几疑是从戈壁而来临。团瞑双目，一声声却更狰狞。睁开了眼，又似乎窗儿上有漠漠的鬼影。我虽不胆小，此时却也胆小了。兀自默念着你设闻此哀鸣，当如何的竛竮？如果我们同在一处，同闻此声，必为惊悚而起坐，守着惜别多泪的残炬，共到天明。

苍苍茫茫，沙沙风风，是夜神唱爱歌吗？我也不能知省，苹啊！你此时在酣梦呢？你此时在枯坐呢？你此时是望着中天皓月？你此时方提笔书文呢？——你幸听不到夜神之声，否则你又要为之泣泪而酸辛，我又怎般地让你不为沙风所骇惊呢？……

白鹭南飞

或在清晨，或在凌暮，羽羽白鹭，更时时来到我们湖中，它在此地休憩，吃一滴清波，猎几尾小鱼，万绿荷钱里，显出清淡的白翼。有时它更翱翔，翱翔到不可知的天上。但我却看它振翅而飞，飞向我渴慕的南方。

第二天再来的白鹭，已不可知是不是昨天飞去的。我正要向它问询南中的消息，它又冲天而去了。苹啊！你可曾交付消息与它呢？它躲着我，它不致故意的吧？我看它飞得甚低，莫非翅上还附着你寄来的书札吗？

我羡慕白鹭，我也只想吃一滴清露，然而白鹭的自由，我终于没有：飞来飞去，穿云穿雾，美丽的双翼，美丽的长足，或有一两声的高鸣，直上凌霄路。那路上的鲜花香馨，好啊！——也只余我空空的痴妒。

我好久没见你，我愿意托白鹭将我的心魂带与你，我看白鹭每天很自由向你那方行，我的心魂也乘着白鹭而进。苹啊！可惜你未曾看见：你若再注意白鹭的栩栩，那就是你的友鸾站在你的面前——心前！

枣花香

院中一株枣树，枝儿下垂得很低，每回我从那下面走过，往往妨碍了帽子。今天在无意之中，却嗅着一股清香。仔细向树上辨认，浓枝密叶中正开放着一串串的小花，青色的小花，球儿似的发了满枝。这种香，不是桃花杏花的浓艳，不是梅花、梨花的孤僻，只有清新淡雅的香气，是极浪漫之风味，苹啊！这么像你的粉颊！

我每回想折两枝寄与你，却怕送到你的面前，此花早是凋谢了。假使将这枝大树连根带土地奉呈，那确是好，却有谁与我做邮使呢？然而我并不愁忧，自己嗅到香味，觉得也入了你的鼻观。况且那就是你的粉颊，是你自己所有。不过你终于不明白枣香与你粉颊之香，奈何哩，南方很少有枣树，你又嗅不着自己的香腮。

因之我又想起，你最爱吃那甜甜的蜜枣，我便向这树上呆呆地看着，好像那浓枝中就生出了许多果子。这些枣儿更不须蜜渍糖饯，自然地那么甜，我就摘取了一筐，背在身上，肋间双翼，飞奔到你那里，我看你笑着，看你笑着吃完了这筐枣儿。剩了一些核子，是含了你齿舌的余芬，我就一齐放在衣兜中。枣核受了我心头热气，就盘结了起来，慢慢就长成了一株大树，“春”来了，枣树开了新花，新花的香味我嗅到了，用力地嗅，我还以为这是你的粉颊哩！然而那一株枣树的枝儿又碰了我的帽子。

（《积水潭前》前四节中包括：一、相见欢；二、步步柔红；三、沙风；四、白鹭南飞，原载于1925年1月9日《语丝》第10期；第五节续载于1925年3月21日《京报》附刊《文学周刊》第13期）

鲁迅二三事[①]

鲁迅先生爱给人取绰号。他取绰号，多半从别人的思想本质，抓住特征，然后加以形象化，所以活灵活现。听其绰号而观其人，无有不失笑而以为确切不移的。

早年，他在东京，听章太炎讲小学。同学八人，其中钱玄同最不宁静，老在席上爬来爬去。鲁迅先生于是就把他叫作“爬来爬去”。

严几道行文，常自称“不佞”，鲁迅先生也就叫他“严不佞”。后来，章太炎在一篇文章中谈到严几道，有云：“就实论之，严氏固略知小学，而于先秦两汉唐宋先儒之文质，声音节奏之间，犹未离帖括。申沃之态，回复之词，载飞载鸣，情状可见。”鲁迅先生对“载飞载鸣”四字大感兴趣，从此改称严几道做“载飞载鸣”，不再叫他“严不佞”了。

当时有人把这两个绰号做了一副联语：“钱玄同爬来爬去，严几道载飞载鸣。”倒显得很工整哩。

当年上海某大书局“经营得法”，对于作家们也尽其剥削能事，那是不消说得的了。五四运动以后，撰稿行文，一般都加上标点符号。该书局却按着老规矩，稿费只算字数，不算圈点，一个字一个字地抠，把标点符号一齐剔除不算。许多作家都伤脑筋，不断地提抗议、办交涉，该书局只是置之不理。这事被鲁迅先生知道了，深恨资本家刻薄。凑巧有一回，该局约请鲁迅先生写点什么，鲁迅先生答应了，也如期交了卷。及至编辑先生打开来稿一看，从头到尾，密密麻麻，一气呵成，天衣无缝，全不着一个标点。编辑先生起初以为他写漏了，便去请他加上。谁知他却回答说：“贵局按例不把标点符号算稿费，可见这是用不

① 本文原署名“拾得”。——编者

着的了，为什么却要我多花劳动呢?”这样一来，书局才服输认错，从此算稿费不再扣除标点符号了。

鲁迅先生逝世时并没有立遗嘱。但他生前在《中流》月刊发表过一篇题为《死》的文章，列举七条对于身后的主张。大家因而就把这篇文章，作为他的遗嘱。七条中有一条说：“孩子长大，倘无才能，可寻点小事过活，万不可做空头文学家或美术家。”有许多人，在挽联中特别着重提起此语。我记得两联，一系蔡元培的，联曰：“著述最谨严，非徒《中国小说史》；遗言太沉痛，莫作‘空头文学家’。”另一署名“上海地方协会”的，联曰：“是世界文学家，嘱儿辈毋为文学空头，使我玩索不已；为文章大众化，得先生差为大众吐气，何妨毁誉由人。”蔡作显是自己草撰，后一联却不知出于何人手笔。

（选自《张友鸾随笔选》，北京十月文艺出版社 2005 年 3 月 1 版）

赵朴初

（1907—2000）

安庆太湖人。中国卓越的佛教领袖、杰出的书法家、著名的社会活动家与伟大的爱国主义者。

出生于安庆天台里四代翰林府第中，1911 年随父母迁回老家太湖县寺前河居住。早年求学于苏州东吴大学（现苏州大学）。1938 年后，任上海文化界救亡协会理事，中国佛教协会秘书、主任秘书，上海慈联救济战区难民委员会常委兼收容股主任，上海净业流浪儿童教养院副院长，上海少年村村长。

1945 年参与发起组建中国民主促进会。

1980 年后，任中国佛教协会会长，中国佛学院院长，中国藏语系高级佛学院顾问，中国宗教和平委员会主席，中国书法家协会副主席，中国民主促进会中央常委，民进中央参议委员会主任、副主席、名誉主席，全国政协副主席。

1993 年任西泠印社第五任社长。

1997 年为筹建中国印学博物馆，他上书国家有关部门，建议给予扶持，并为中国印学博物馆题写了馆名。

《滴水集》序

新中国成立以前，我很少写诗，常常几年写不到一首，更难得写词。新中国成立后，所作的诗词逐渐多了起来，也开始试写新体诗。1959年开始写曲。据我个人粗浅的体会，曲，这一体裁，和四、五、七言的诗以及长短句的词相比，灵活性较大，易于吸取群众性语言，也能容纳更广泛的内容，对于摹写新的事物，可以提供较多的方便。同时，曲的音乐性强，在形式和格律上，我觉得它对于民歌和新体诗的发展，可能有所帮助。这是我试学写曲的一个缘由。

近三年来，随着世界形势的迅速发展，祖国建设的突飞猛进，自己见闻的增广和兴会的鼓舞，我写的诗歌在数量上比以前似乎也有了一个跃进。记得1951年在大明湖望千佛山，曾有两句诗："可得十年树花木，千红万紫拥朝阳。"十年来，祖国在各方面所树的花木，何止万紫千红？我的这一点点作品，如果也可以算作是一枝小花小草的话，那完全是伟大的时代，伟大的祖国所培养的。我感谢作家出版社给我的鼓励，为我出版这本选集。如果借此机会能够得到国内作家们和读者们不吝指正，那真是不胜感激。

释迦牟尼佛曾说，要使一滴水永远不干，不如把它放进大海里去。他又说，尝一滴水而知大海之味。这两句话是有关联的。一滴水，只有放进大海里去然后取出来才有大海之味。我的作品，如果比作一滴水的话，它是不是已经放进了人民大海里去，而有了大海之味呢？我自己不敢说，但是我是这样用以自勉的。于是用"滴水"两个字为这本集子题名。

迎接一九五四年

伟大的一九五三年过去了。一九五三年在中国人民心目中是充满了胜利的一年:抗美援朝的胜利和朝鲜停战的实现,国家大规模计划建设的开始,全国基层普选的进行,都是震烁全世界的大事。一九五三年在新中国历史上又写下了不可磨灭的光辉的一页。

我们以更大的欢欣鼓舞的心情来迎接一九五四年的来临。没有人怀疑,一九五四年将带给我们以更大的胜利。

一九五四年是我国在过渡时期为逐步实现国家的社会主义工业化和逐步实现社会主义改造而实行的第一个五年建设计划的第二年。这一年度计划的完成,关系着国家的富强和人民的幸福。我们之所以欢欣鼓舞,就是因为我们坚决相信:在毛主席、中国共产党和中央人民政府领导之下,在全国人民一致努力之下,一九五四年度的建设计划一定能够胜利完成。而我们佛教徒一定要和全国人民在一起,为完成一九五四年度计划而共同奋斗。

"庄严国土",是佛教徒的崇高理想。而现在国家过渡时期总路线所指示的,就是庄严国土的事业。实现社会主义工业化和社会主义改造,将使我们的国家没有剥削阶级,没有穷人,大家劳动,发展生产,经济不断地高涨,人民物质生活不断地改善,文化生活水平也不断地提高,祖国山河一天一天地增加它的美丽——这已经不是理想,而是逐步在实现中的事实了。对我们佛教徒来说,这真是"百千万劫难遭遇"的机缘,能够用父母所生之手来建设"人间乐国"。我们佛教徒应当怎样地勇猛精进,怎样地竭智尽忠来参加这一伟大庄严的事业啊!

因此,我们佛教徒们新年第一件事应当做的,就是踊跃认购一九五四年国家经济建设公债,应当号召我们的教友们将我们多余的和可能节约的资金,通过购买公债来支援国家建设,加速国家建设。这次公债的发行,对国家来说,把分散在人民手中的零星的、闲搁着的资金集中起来,用之于国家重大的建设,从而一步一步地增进人民的福利,这是一件十分正确而重要的措施。对个人来说,把自己的可能节省的一滴,投入人民事业的大海之中,不但使这一滴永远不会干涸,而且可以生起大海的作用,运载人民的舟船到达社会主义的彼岸,对广大人民作广大饶益,其为功德,实在是不可思议的。何况购买公债,对个人来说,还有它的储蓄的意义呢。

为了祖国建设,为了人民利益,我们应当为完成和超额完成一九五四年国家经济建设公债的推销任务而努力。

另一件重要的事,就是国家在过渡时期总路线的学习。总路线是照耀着我们各项工作的灯塔,它同样地照耀着我们佛教的各项工作。我们应当动员各地教友们积极学习总路线,要求懂得总路线的基本内容和精神实质,并把总路线的精神贯彻到我们的思想行动中去,贯彻到我们的实际工作中去。这样做,不仅是为了我们可以不犯或少犯错误,更是为了我们可以更好地为人民服务,更好地参加祖国的社会主义建设事业,也就是"庄严国土、饶益有情"的伟大事业。

认购公债,是为了贯彻总路线;学习总路线,能使我们更懂得认购公债的意义。踊跃认购公债,认真学习总路线,全国佛教徒都应当以此两件有重大意义的事来迎接胜利的一九五四年。

(选自《赵朴初文集》,华文出版社 2007 年 10 月 1 版)

黄镇

（1909—1989）

乳名百知，辈分为“师”，又名佩寰，学名士元，1909年生于安庆桐城县东乡（现安庆枞阳县横埠镇）的一个农民家庭。20世纪20年代初期受五四运动进步思潮影响，追求进步。1925年，黄镇先后入上海美术专科学校、上海新华艺术大学学画。毕业后，在浮山公学（现安徽省浮山中学）任美术教员，后因支持进步学生而被解职。历任中国驻法国大使、中华人民共和国外交部副部长、中华人民共和国文化部部长、中央顾问委员会委员。1989年12月10日逝世，安葬在他生前战斗过的原129师司令部驻地河北省邯郸市涉县将军岭。

高风亮节　光耀千秋[①]

——深切缅怀周总理主持外交工作的丰功伟绩

周恩来总理是当代中国和世界最伟大、最杰出的外交家。新中国一建立，他就主持我国的外交工作，率领一支较年轻的外交队伍，在短时间内开创了新中国的外交事业，在世界上树立了中华人民共和国伟大而崭新的形象，取得了辉煌的外交成就，赢得了世界各国的普遍尊敬和赞扬。我作为这支外交队伍中的一员，长期在他领导下工作，亲耳聆听他老人家的英明教诲，亲身感受到他深邃的外交思想和高超的外交艺术，深深感到他在外交领域的丰功伟绩是说不完道不尽的。

周总理非凡的外交思想和外交风格是留给我们外交战线的极其珍贵的宝库，需要深入研究，认真学习。不仅要学习周总理高瞻远瞩的豁达气魄、耐心细致的工作作风、庄重儒雅的仪表风度、机敏深刻的远见卓识，更要学习他全心全意为人民服务的伟大思想，学习他时刻把党和国家的利益放在心上的高度责任感，学习他呕心沥血、鞠躬尽瘁的忘我精神，学习他艰苦朴素、虚怀若谷的崇高品德。尤其是在目前改革开放的新形势下，大力研究和发扬周总理的外交思想和外交风格，对于我们根据国际上的新格局、新特点进一步做好外交工作，是一项具有重大现实意义的任务。

周总理的外交实践是新中国外交史册上的辉煌篇章。他主持外交工作时制定的各项指导国家关系的原则，许多已经成为我国对外政策的基础，被公认为国际关系的准则，是新中国外交对当代国际政治做出的重大贡献。周总理胸怀广阔，顾全大局，竭力维护党和国家的利益，在各种外交场合无私无畏，最善于把坚定的原则性和机智的灵活性结合起来，争取一切可以争取的力量，巧妙

① 这是黄镇同志在周恩来同志九十一周年诞辰前夕撰写的一篇文章。

地解决各种最复杂、最棘手的问题。他提出和倡导了著名的“和平共处五项原则”,在国际社会产生了深远的影响,成为国与国之间和平相处、友好合作新型关系的基础。在1955年万隆会议上,周总理以伟大政治家的胸襟,从大局着眼,坚持原则而又争取团结,与持各种不同意见的各国领导人心平气和地交换意见和看法,自始至终贯彻了求同存异、平等协商的精神,同各国代表共同努力,使会议取得了圆满成功,制定出各国和平相处发展友好合作的十项原则,在国际政治生活中产生了积极的、重要的影响。

以后又根据“和平共处五项原则”和万隆会议十项原则的精神,在访问亚非欧十四国期间,亲自拟定了我国同阿拉伯国家和非洲国家相互关系的五项原则,受到了这些国家的普遍欢迎和赞扬。这些伸张正义、体现友好的原则一直指导着我国同亚非国家的友好往来,经受住了时间的考验。这显示了周总理真诚无私的国际主义精神和对当代国际政治的深刻洞察力。

1954年日内瓦会议,是中华人民共和国首次以五大国之一的地位和身份参加讨论国际问题的一次重要会议。在这次会议上,周总理率领中国代表团,正确地分析形势、把握时机、成功地运用统一战线策略,提出了切实可行的方案,进行了大量艰苦细致的工作,为争取和平解决朝鲜问题尽了最大努力,为恢复印度支那和平做出了巨大贡献。从而向全世界表明,中国人民为祖国安全、世界和平与人类进步的事业,为通过谈判解决国际争端,做了不懈的努力,起了积极的作用。

几十年来,尽管国际形势发生了巨大变化,但周总理观察问题、解决问题的工作原则和方法,对于今天的外交工作仍然具有指导意义。

周总理主持外交工作,肩负着祖国人民的重托,足迹遍及亚非欧几十个国家,广交朋友,殊勋卓著。他与毛主席一起制定新中国外交的基本方针政策,并在外交实践中坚定不移地贯彻执行。他非常重视对外交干部的政策教育,常常亲自向外交干部分析国际形势,讲解外交政策,交代工作任务,使大家得到春风化雨般的教育,受益匪浅。

外交工作的主要任务是处理国家与国家的关系,来不得半点马虎。周总理以身垂范,对外交工作高度负责,十分细心,给外交工作建立了一种严肃认真、细致周密的工作作风,带出了一支过硬的外交队伍。他考虑问题一丝不苟,对于公开发表的各种外交文件,不仅在内容上从方针、政策、原则方面严格要求,而且在形式上要求条理清楚，文字严谨，字斟句酌，一个标点符号也不容疏忽。在主持和领导外交部工作的几十年中，他结合外交工作的特点，以自己的模范行动，倡导和培育了外交战线上的一代新风。

周总理的一生是光辉的、战斗的一生。他无论是日常办公，还是出国访问，总是呕心沥血，夜以继日地工作。他的工作日程表是以分秒来计算的，从没有过节假日，经常通宵达旦、日理万机。这种一心扑在工作上的忘我精神和钢铁般的意志，使外国友人深为感动，由衷敬佩，称他为“世界上睡得最少的人”。

周总理是严于律己、克己奉公的典范。他为中国人民贡献了他所能贡献的一切，在生活中却非常简朴，绝不搞特殊化。他坚持教育干部以勤劳朴素为美德，廉洁奉公，勤俭办外交，坚决反对在外事活动中脱离国情国力讲排场、摆阔气、大手大脚、铺张浪费。他以身作则，艰苦奋斗，连出国着装以及许多以他个人名义赠送给外宾的礼物，他都坚持自己付钱。想一想那时的情景，与现在我们有些干部热衷于出国、旅游、捞洋货的所为，真是天壤之别。

周总理为创建新中国的外交队伍做了大量的工作。他非常重视外交干部的培养，建部伊始，就提出了外交干部必须“站稳立场，掌握政策，熟悉业务，严守纪律”的“十六字方针”。他特别强调外交干部要努力学习，调查研究，钻研业务，勤于思考。他对外交部的干部非常熟悉，知人善任。他召集会议时常常把有关的干部都找去，全面了解情况，充分表达意见，谆谆教诲，培养干部。对他们既严格要求，又关怀备至，使每一位在他领导下工作过的同志感受到党的温暖和崇高的革命情谊，体会到党的光荣传统和优良作风。他对驻外干部非常关怀，每到一地便用“青山处处埋忠骨，何必马革裹尸还”的国际主义精神勉励大家，教导驻外人员要学习驻在国的语言，与所在国人民友好相处，为增进中国人民同世界各国人民的了解和友谊勤奋地工作。他亲身为我们做出了一个伟大的国际主义战士的榜样。周总理一生都在为中国人民寻求友谊、寻求和平。他那渊博的学识，周密的思维，高瞻远瞩的洞察力，求同存异的真知灼见，说话算数的严肃作风，尚礼好客、对大小国家一视同仁的外交风格，把原则的坚定性和策略的灵活性巧妙结合起来的无与伦比的外交才能，这一切使所有认识他、见过他的国际人士无不倾心折服。许许多多国际人士和国际舆论盛赞他的崇高品德和光辉业绩，并通过他的伟大形象认识了新中国。周总理作为一位伟大的国际主义战士和最杰出的外交家的形象光彩夺目，辉映日月，将永远留在中国和世界人民的心里，永远是我们外交工作者学习的榜样。党的十一届三中全会以来，为适应国际形势的发展变化和我国社会主义现代化建设的需要，围绕当今世界上和平与发展这两大主题，调整了外交格局和对外关系，我国坚决执行独立自主、反对霸权主义、维护世界和平的对外政策，使我国在国际上的威望有了更大的提高，赢得了更多的朋友和普遍的赞誉，为国内的“四化”建设创造了更加有利的国际环境。特别是根据邓小平同志提出的“一国两制”的伟大构想，与英、葡两国就解决香港和澳门问题达成了协议，为解决国际争端开辟了新的途径，促进了祖国统一大业的实现。我们还要按照这个原则努力争取和平解决台湾问题。我国外交工作取得这些重大成就，使我们这些老外交工作者感到欢欣鼓舞。我们外交战线的同志要认真总结和深入学习周总理的外交思想和实践，要着眼于今天的实际，根据新形势、新特点，加以具体运用并使之发扬光大，为振兴中华、实现社会主义四个现代化，为维护世界和平、促进人类进步事业，做出新的贡献。

（1989 年 3 月）

《长征画集》的回忆及其他

1961 年,我从国外回来不久,人民美术出版社的一位同志前来访问,向我征询《西行漫画》的作者。这是 1938 年由战斗在上海孤岛的阿英(钱杏邨)同志编辑出版的一本关于长征题材的画集,作者署名为萧华同志。可是,1958 年再版的时候,请萧华同志为重印本写序,才知道是初版的误记。是萧华把画稿托人辗转带到上海去的,至于画的作者,连萧华也记不清了。往事苍茫,二十多年来,阿英同志为画集冒风雨,经忧患,现在又在寻找它的作者。这就是画集出版的始末。详细过程,都写在阿英同志作的那篇朴素的《〈长征画集〉纪事》中,读来感人至深。

当我翻开《长征画集》的第一页,画上的形象使我激动不已。记得在长征途中,一位年已五十开外的老同志,戴着深度近视眼镜,不管白天或黑夜,左手提着马灯,右手执着手杖,老当益壮地走在红军队伍之中。这就是林伯渠同志。他和徐特立、董必武、谢觉哉同志都是德高望重的老人,以半百的年纪,参加了长征的壮举,往事历历在目,一切犹如昨日。这幅画唤起了我的记忆,一页页翻下去,好像又走上了艰苦的二万五千里的行程。从此,这本画集算找到了它的作者。

我出生在安徽桐城县一个小小的山村里,家很穷,祖祖辈辈和画没有什么缘分。在外村小学读书的时候,经常为一位擅长书法的老先生磨墨展纸,耳濡目染,我也爱上了绘画。中学毕业之后,父亲爱子心切,卖了几亩薄田,让我到上海学画。于是,我考进了刘海粟为校长的上海美术专科学校,后来,转入上海新华艺术大学毕业,本来打算以绘画作为一生的职业,求得一个画家的前途,谁知世道不允许你这样去做。大学毕业后,我在一所中学里执教,不久因支持了学生运动而被解雇。一气之下,我便投笔从戎了。

1931 年 12 月,我参加宁都起义,随着一万七千多人的队伍,参加了工农红军,从此,开始了我的革命生涯。

宁都起义的队伍,改编为红军第五军团之后,党又派了许多老同志到这支起义部队工作。肖劲光当了政委,刘伯坚当政治部主任。他们非常重视部队的宣传文化工作。由于我学过美术,会画画,就让我当了文化娱乐科长,负责部队的宣传文化工作。那时红五军团成立了猛进剧社,各师都有宣传队。戏剧在红军部队中具有广泛的群众基础。我在上海新华艺术大学读书的时候,除绘画外,也学过一些戏剧知识,编个戏、导个戏也都可以。红军部队里爱好文艺的年轻人很多,也十分热情,经常结合着红军部队生活和战斗中的英雄事迹编演戏剧。最常演的是活报剧。明天开晚会,今天晚上编个剧本,第二天排一排,晚上就与观众见面。其他经过精心构思的剧本也时有产生。这些剧本大部分由我起草,刘伯坚审稿。他是大知识分子,曾在法国和比利时勤工俭学,1923 年入党,1924 年又赴苏联留学,无论文学还是书法,修养很深,功底很好。那首有名的《带镣长街行》是他就义前的作品,诗与字都很好,读来荡气回肠,笔迹遒劲有力,是学问、品质、气节的凝聚。我在红五军团的时候,一直在他领导下工作,每个剧本都由他审查、修改。剧社和宣传队都受到他的培养,猛进剧社是他发起成立的,剧社的名字也是他根据《猛进报》而命名的。他重视文化,重视知识分子。剧社的每个节目都灌注了他的心血。

当时有个歌剧《英勇上前线》,在红军部队中很有影响,被猛进剧社和许多宣传队普遍演出。这个戏是针对第四次反"围剿"之后的形势写的。由于王明错误路线的领导,仗越打越残酷,伤亡越来越惨重,根据地越来越缩小。有的战士对战争前途丧失信心,部队开小差的现象时有发生。当然绝大多数的同志都在为保卫政权、保卫土地英勇奋战。一天,刘伯坚和我商量编个戏,以激励部队英勇作战的情绪,增强取得战争胜利的信心。剧本写成之后,配以江西、福建的民歌曲调,听来十分亲切。部队演、地方演,演遍了许多参战的部队,效果很好。后来,刘伯坚同志把剧本寄给瞿秋白同志,他对剧本的成功做了肯定,也提出了一点意见,认为红军家属思想转变太快,缺乏细致的过程。我又做了一番修改,寄给了瞿秋白同志。

那个时期我演的戏就很多了。钱壮飞、李克农、胡底、李伯钊合编的大型话剧《庐山雪》,我扮演了蒋介石这个角色,军团领导也都上了台。记得周总理正打摆子,穿着大衣坐在台下,看得高兴极了。长征胜利后,我到十五军团当上了宣传部长,还经常和一些领导干部上台演戏。那时部队文化娱乐活动十分活跃,写戏演戏,也不仅仅是几个宣传队员的事情,而是广大指战员的一项群众性活动,也是政治工作十分重要的内容。记得每当行军作战,师、团的宣传科长都亲自带着宣传队在行军路上贴标语、设鼓动棚、烧开水送到战士手里,部队从面前经过,便带头喊口号、唱歌,激励部队奋勇向前。

第五次反"围剿"开始后,王明实行消极防御的堡垒战、消耗战,叫部队死打硬拼,损失十分严重。在这种情况下,宣传工作也就更艰苦了。我们和敌人堡垒对堡垒、面对面打仗,每天拂晓,战士匆匆吃了饭就上阵地。接着敌人的飞机来炸一阵子,敌炮轰一阵子,跟着步兵上来拼一阵子。而我军见敌人拥上来,手榴弹甩一阵子,长短枪打一阵子,最后战士们跳出战壕,与敌人展开白刃格斗。一天之中,这样的进攻总要有两三次。直到黄昏,少数战士留在阵地上,大多数战士下去吃饭。我和宣传队员们也同战士们一起上阵地,一起下阵地,沐浴炮火硝烟,经历格斗拼搏,宣传队员们表现得十分英勇。敌人冲上阵地的时候,他们跳出战壕、挥舞红旗,举起拳头大喊:"同志们,把敌人打下去,胜利属于我们!"

每天从阵地上下来后,战士们可以休息了,而宣传队员们还要在松油灯下编写节目,表扬战场上的英雄事迹。那时编剧只需一个纲目,设计几个人物,规定几个段落,就可以上场了。这种以战斗中间模范事迹迅速写成的剧本,效果十分强烈。剧中人物就在他们身边,长处弱点都一清二楚。一个干部的群众威信如何,战斗中就显露出来了,你平时的模范作用好,威信高,打起仗来,战士拼命跑到前头,保护你。我们的戏也把战斗中的事迹同平时的表现联系起来,引起他们的思考。除了表现战斗部队,也写地方群众对部队的支援。他们抬担架、送军粮,与红军并肩战斗。我们编写了歌,歌唱他们。有的同志还要趁夜晚画几幅宣传画,写几句口号,明日带到阵地上去。无论几次反"围剿",还是长征途中,宣传队是睡得最晚,起得最早的人,伴着星星月亮工作,在这次反"围剿"中,许多宣传队员负了伤,有的献出了年轻的生命。我也在阵地战中负了伤。第五次反"围剿",因为错误路线的领导,我们没有取得胜利,但同志们无畏的牺牲精神和英勇作战的场面,至今还历历在目。

我的《长征画集》就是在这样的环境里,这样的经历中,以及这样的情绪下产生的。当时,什么印象深,触动了自己的感情,就画下来,放在身上的书包中。长征二万五千里,我画了整整一路,有四五百张,现在留下来的就是这二十四张。它能和今天的读者见面,经历了曲折的过程,颇有一些传奇色彩,记得当时我背的是一个布书包,雨打即湿,日晒即干,夜晚行军、露营,也沾满了露水,我的画也随着书包时湿时干,因而画面模糊,纸张折皱,难以保存。那时,王幼平同志身上背着一个皮包,看上去洋里洋气,比我的布包好得多,让我十分向往。有一天,他奉命调到上干队学习,分别的时候,我说:"你这个皮包送给我吧,好装我的画。"

王幼平同志慷慨相赠,从此,我的身上便背起了一个皮包。我把到处搜集的画纸、画笔都放在皮包里,画的画也好保存了。那时铅笔很难找到,墨也得来不易,我们就把锅灰刮下来,烟筒里的灰捅下来做成墨。这种墨宣传队员们都会做,用来写标语、写会标、画画。我身上总还要存几支笔,铅笔、毛笔都有,用来画速写,画漫画。这些笔,有的是从小商那里买来的,有的是从地主老财家拿的,也有是战友送的。每到一处,我总忘不了寻找笔墨,我画画的纸也是五花八门,是些红红绿绿、大大小小不等的杂色纸。这些纸有的是同志们的赠予,有的是从打土豪中得来,有的从敌军中缴获,还有老百姓祭神祭祖的黄表纸,写春联的大红纸。仅这些纸张,若存留至今,对长征也是很好的纪念。

我画画,是生活的纪实,是情感的表达,从来未曾想过结集出版。在长征艰苦的行程中,许多难忘的场面,动人的事迹,英雄的壮举,我仅仅做了一点勾画,留下一点笔迹墨痕。在漫漫过程中,看到什么就画什么,是真实生活的速写。林伯渠老人的马灯一直在长征路上闪亮,我画下了这位革命老英雄的形象,红军经过川滇边界的时候,一家干人(穷人)走进了我的画面,那十五六岁女孩赤身裸体的悲惨景象,那一双父老眼泪滚滚的哀伤感情,深深触动了我,于是,我画下了永远忘不掉的事实;我亲临了飞夺泸定桥的场面,大渡河的汹涌,十三根铁索的险峻和二十二名勇士身上燃起的烈火,使我不能不留下历史的画面,还有青藏高原上深山老林的夜宿也是很难忘记的。那种砭人肌骨的寒冷,战士们深夜的谈话,古老森林里不可捉摸的声音,都使我要画下这种气氛;还有草地宿营的篝火,行军的行列,都会自动走到我的笔下来。我走一路,画一路,有时画在纸上,有时画在门板上,还有时画在石壁上。最近一位同志告诉我,四川一个山洞的石壁上，还有我的画，四十多年过去了，尚清晰可辨，他们让我到四川去看看，可是一直没有机会。

1934 年，为了庆贺第二次中华苏维埃共和国全国代表大会的召开，我画了一幅三米多高，十米多长的巨幅油漆画《粉碎敌人的围剿》，李克农同志为我找了油漆和白色的土布，一直关心着我这幅画的创作。当时，这样的巨幅画还没有第二幅。大会召开的时候。这幅画放在会场上，引起代表们的注目，毛主席看了直说画得不错。前几年我到了瑞金走了一趟，也到当年的会场看了看，画不见了，其他史迹也不多了。红军长征离开瑞金之后，敌人一把火烧了大会会场，我那幅油漆画也被付之一炬。我站在当年的会址上，不禁感慨唏嘘。

长征开始，我已被调到总政治部工作，和陆定一、李一氓在一个锅里吃饭。一、四方面军会合的时候，总政治部要我带着五军团的猛进剧社，三军团的火线剧社，走一个星期的路程，赶到懋功，在庆祝会上演出。编什么节目呢？当时正是毛主席领导中央红军胜利渡过金沙江不久。本来，蒋介石企图依仗金沙江的天然屏障，把红军一举歼灭。但是红一军团出其不意地抢占了洪门渡，中央军委纵队和红一军团在一个晚上渡江成功。在群众的帮助下找到六只小船，几天的时间，三万多部队渡过了金沙江。当蒋介石的部队赶到江边的时候，只拾到红军的破草鞋。从此中央红军摆脱了几十万敌人的围追堵截，取得长征的决定性胜利，经过几次战斗，全军盛赞“毛主席用兵如神”。我根据这一重大事件，编了一个可演一个多小时的独幕话剧《破草鞋》。它成为懋功盛大庆祝会的主要节目。演出的时候，会场里点着松油灯，到处一派通亮，中央领导和一万多部队观看了这个节目。直到新中国成立以后，在编演长征题材的剧目时，还采用了这个剧中的情节。

长征到达陕北，我被调到十五军团当宣传部长。八年抗战、解放战争，我都未曾离开宣传工作。新中国成立之后，我进入外交战线，风风雨雨，转眼二十八年。

最近，一位朋友送给我一幅画，是我艺大毕业后，当中学教员时候的作品。现在离作画的时间相距已有五十二年了，技法还相当不错。在旧社会，没有本领就更要失业了。当时我当着一个穷教员，时代让我走上了革命的道路。几十年来，我留下的画不多。这几年，我应老战友、老朋友之嘱，常常提笔作画，也有三百多幅了，大都散在同志们手中。有人建议我举行一个画展，我想，那是以后的事喽。

1986 年 12 月

（选自《中国人民解放军文艺史料选编·红军时期上册》，解放军出版社 1986 年 12 月 1 版）

丁易

（1913—1954）

名鼎彝，笔名孙怡、访竹、光隼之等，安庆桐城人，当代史学家。

丁易出身于官僚知识分子家庭，少时在家攻读古文。1935 年在北师大中文系读书时，曾参加“一二·九”学生运动，不久加入中国共产党外围组织中华民族解放先锋队，开始在报刊发表作品。大学毕业后去四川，先后在成都联中、女子职工学校、四川省立戏剧音乐学校任教。1942 年去兰州，任国立西北师范学院、国立四川剧专讲师。1945 年回成都从事专业文艺工作，为中华全国文艺界抗敌协会成都分会会员，同年加入中国民主同盟，与叶圣陶、陈白尘等共同领导了文协成都分会的工作。同年 8 月去四川三台县任东北大学中文系副教授。抗日战争期间，他在《华西日报》《华西晚报》《新民报》用各种笔名发表文章，为坚持团结抗日呐喊。1949 年北方大学与华北联大合并为华北大学后，丁易任研究部中国语文研究室副主任，同年被选为华北人民代表出席华北人民代表大会。1951 年，参加中国人民赴朝慰问团去朝鲜，继又参加中国文化代表团访问印度、缅甸。1952 年后，任中苏友好协会理事、中缅友好协会理事、民盟中央文教委员会委员、九三学社中央常务理事兼副秘书长。

丁易矢志历史和文学研究，其著作和作品有《明代特务政治》《中国文学与中国社会》《战斗的朝鲜后方》《中国现代文学史略》《丁易杂文》《过渡》《雏莺》等。1953 年，由高教部派往莫斯科大学讲学，次年 6 月 27 日因突发脑溢血病逝于莫斯科大学讲坛。他逝世后，被授予“革命烈士”称号，骨灰安葬于北京八宝山烈士公墓。

朝鲜农村中的战斗火焰

朝鲜的山是十分秀丽的，一个峰峦接着一个峰峦，起伏着、环抱着。山上长满了松树，夭矫虬曲的枝干、苍翠茂密的松针，把山色染得越发葱茏可爱。到春天，鲜红的杜鹃花开了满山，掩映在翠绿的松丛中，真是一幅迷人的设色山水画儿。

山坡下多半有一条小溪，曲折蜿蜒的，随着山路潺潺地流着。溪水是那样地清澈，连水底下的石子都历历可数。水边丛生着绿得发亮的菖蒲草，如果把草轻轻拨动一下，就立刻可以看见三几条小鱼倏地游去。

许多农家就散布在这样的山坡下面，溪水旁边一圈圈的篱笆围着一两排清洁小巧的房屋，屋后面多半种着几树樱花或是桃杏。我每次经过这些农村时，我总好像看见了这些美丽的农村里面燃烧着朝鲜人民的战斗火焰，同时也就不禁要想起“八一五”以后美国强盗发动侵略战争之前，住在这山明水秀环境中北朝鲜的农民的幸福生活。

在战争以前，朝鲜农民生活的幸福真是数不尽说不完的，且看那时的平安南道江西郡一个面的农民生活吧。

在“八一五”以前，这里农民的生活是万分悲惨的，自己没有土地，替地主耕种，每年要把地面上的收获四分之三交给地主，永远吃不饱、穿不暖，还欠下了地主的许多债务。“八一五”以后，实行了土地改革，这个面就有百分之七十九的农民得到了土地。自己做了国家的主人、土地的主人，于是一切就和以前完全两样了。五年之间，农民自己修盖下三百五十座瓦房，平均每家有一口猪，三家有一头牛，五年存下来的粮食，有稻子两万袋（每袋有五十公斤），杂粮三万多袋（每袋六十公斤），可够全面人口两年的食用。物质生活提高了，文化生活自然也就跟着提高。在日本统治时期，这个面只有两个小学，全面青年在中学念书的只有十五人，在专科以上学校念书的只有三个人。但到解放后五年，即1950年夏天，全面已有小学三个，中学两个，学生共有一千多人，进大学念书的竟达七十三个人了。

美国强盗发动战争以后，强盗们曾经一度侵占了这个地方，于是这个面就被糟蹋得不成样子了。强盗们在这个面里屠杀了九百六十三人，几乎占全面人口十分之一，耕牛被屠杀了一百六十二头。此外房屋被烧毁了，粮食被劫掠了，猪狗被牵走了，鸡鸭被宰吃了，一切生产工具日用物品全部被毁坏了、砸烂了……

不久，朝鲜人民军和中国人民志愿军就赶走了美国强盗，于是这些淳朴的农民们、妇女们、孩子们，头上顶着自己仅有的一个包袱，背着吃奶的婴儿，从深山里，从石洞里，从森林里，从辽远的地方，一个接着一个，连串地回到了自己的家园。沾满灰尘的脸上都闪着坚强不屈的意志的光彩。

这个曾被屈辱的家园啊，受尽苦难的家园啊，他们终于把它从强盗的手中胜利地夺回了。

他们在自己房屋的灰烬旁边巡视着，寻找着。在刺鼻的焦味中，他们默默地抬起缺口的锄头，搬起毁坏的炕桌，挑起破碎的衣裙，这些东西对于他们是如此地熟悉，如此地亲密啊，熟悉得亲密得和自己的亲人一样，现在呢，亲人被强盗们屠杀了，连和亲人一样的什物也被强盗们毁坏了！

无边的悲痛、愤怒、仇恨抓住了他们，在他们心底像烈火似的燃烧起来。

他们每个人都像一个巨人似的坚定地站起，咬紧牙，把眼泪倒流向肚子里面。

首先，他们亲手掩埋了被强盗们残杀了的父亲、母亲、妻子、儿女，然后就把这无边的悲痛、愤怒、仇恨的火焰和支援前线工作的热情汇合在一处融化起来，燃烧起来。

火焰燃烧在耕种中，火焰燃烧在抢修工程中，火焰燃烧在一切战时工作中。

暮暮的晚上，朝鲜的夜风还有些凛冽，汽车冲着寒风，在乳色的月光下奔驰了半夜，把我们送到了江西郡的一个村子。江西郡劳动党书记桂子首、面人民委员会委员长李容燮和女性同盟委员长文基玉都来到村口欢迎我们。

我们被招待到一间颇为宽大的屋子里，当我们脱了鞋子推门进去，就立刻被屋子里的陈设震慑住了：一盏雪亮的电灯在温暖的空气中射着耀眼的光芒，古铜色的长炕桌上摆着几盘鲜红的苹果，还有大盘小碗的咸菜和肉类，酒杯间朝鲜麦酒的香味迎面扑来。

主人招待我们围着炕桌坐下，举着酒杯非常谦逊地说：

“要不是战争，我们还可以招待你们更好一些，现在呢……我们干一杯吧。”

于是我们互祝毛主席和金日成将军的健康。

我们喝着麦酒，女主人文基玉给我们削着苹果，我们一片一片地吃着，亲热得像兄弟姊妹一般地谈着朝鲜的战争，谈着美军的残暴和他们士气低落的情形，谈着朝鲜的胜利光明的前途。

“我们一定要胜利的。”从十二岁起就做了铁路工人的桂子首用充满信心的语调这样说，“有四万万七千五百万中国人民支援我们，有苏联为首的世界民主阵营的力量支持我们，有伟大的金日成将军领导我们，我们自己拿出一切力量来争取胜利，这样，我们就非胜利不可。”

“就拿我们这个面来说吧，”李容燮呷了一口麦酒，又抹一抹嘴唇这样说，“妇女们、七八十岁的老年人和七八岁的儿童都动员起来了，他们响应金日成将军号召，正在努力完成春耕，并且准备提前完成。”

坐在我对面的文基玉正在低头削着苹果，这时忽然抬起头来，拂了一下鬓发，红润的腮颊衬着天蓝的短袄显得特别美丽。她闪着长睫毛底下的发亮的眼睛向我说：

“在我们这个面里，不，在整个朝鲜，春耕的完成，妇女是起了决定作用的。青壮年男子都上前线去了，他们丢下来的工作，我们妇女就全部承担下来。”

“这和您的领导也是分不开的。”我们同来的一位同志向她这样说。

她好像不好意思似的，谦逊地摇一摇头。

她今年才二十三岁，在美李匪军占领期间曾被捕三次，受了许多酷刑，但她却什么也没有说，后来她终于机智地设法逃脱了。

“这么一个文弱清秀的女孩子，竟是这样的坚强英勇！”我默默地看着她，我想，就凭这一点，朝鲜人民就是不可征服的。

喝完了酒，我们又吃了一碗朝鲜的冷面，这是和我们四川的凉面味道差不多的一种面条。

第二天早上，桂子首、李容燮和文基玉领着我们去看春耕。

出了村口，就看到三三五五的妇女、老人或是儿童散布在田垄间。妇女们穿着白色的衣裙，背上背着孩子，用一种很优美的姿势，一步一步地在踩着刚撒下种子的田垄。老人戴着纱帽，冒着一头汗珠，扶着犁柄，和蔼地叫前面的小孩子们用力拉。

这是一个晴朗的日子，当我们在田垄间走着的时候，敌人的飞机就曾好几次从空中掠过，但这却毫不引起在田里耕作的人们的惊惶。

我们一路谈着，慢慢地走近一个山坡，突然有两架敌人的侦察机飞来，不知它发现了什么目标，在距离我们约两公里的地方开始扫射了，我非常担心地回过头，看着那些在田里耕作的妇女、老人和儿童，但却想不到他们是那样的镇定、从从容容、不慌不忙地散开了，有的站在树荫底下，有的坐在土堆后面，愤怒的目光像无数把尖刀，随着无耻的敌机在打转。

敌机盲目扫射了一阵之后，飞走了，他们就很快地回到田里，恢复了工作，仿佛刚才没有敌机扫射这回事一样。

“我们就是经常地这样和敌机做斗争的。”

文基玉在我身旁低声地沉重地这样告诉我，她的上齿正咬着下唇。

在归途中，我激动地这样想着——

熊熊的战斗的火焰啊，已经猛烈地燃烧在这个农村的一切人的心底了。

其实，这战斗的火焰，当我走进朝鲜的第一天，我就已经感觉到了。

我进入朝鲜第一天，宿营的时候已经是早晨四点钟了。我们在山坡下找到一个农家投宿，这一家听说是中国人，便立刻用最大的热忱来欢迎我们，并且让出热炕来给我们睡，我们再三谦让，但他们却热情而固执地不答应。

当我睡下的时候，我看清楚了，这家一共有六个人，一个七十来岁的老太太，一个四十多岁的妇人，三个十岁以下的孩子，另外还有一个十八九岁的少女，蜷伏在暗淡的灯光下，低着头在用心地急遽地翻着一本书。

我们在温暖的炕上一直睡到 11 点钟，醒来的时候，少女和小孩子都不见了。只有老太太在纺着纱，中年妇人坐在门边缝着一只袜子。炕脚下却睡着一个四十多岁的壮健的男子。由于我们的骚动，也把他闹醒了。

他揉了揉眼睛，立刻非常高兴地和我们握手，热情地说着朝鲜话。

经过翻译，我们知道他就是这屋子的主人，名字叫田永根，现在担任面人民委员会秘书长,老太太是他的母亲,中年妇人是他的妻子,少女和三个孩子是他的儿女。

“抱歉得很,”田永根很客气地说,“昨天夜里送村子里几个青年参军,一直闹到天亮才回来,没有招待你们,真是……”

“昨天有几个青年参军?”

“三个,今天下午还有三个要出发。”

田永根接着很兴奋地告诉我们,他们村子里青壮年差不多全都参军了,田里的工作全是妇女们在做。他谈了一会儿,又向我们道歉,说是下午还要开会,他现在必须趁这个空去锄一锄地。说完就扛起一把锄头晃着宽阔的肩膀走出去了。

这时女主人给我们做好饭端了上来,我们一边吃着一边和她闲谈。从她的谈话中,我们知道她和她的丈夫都是劳动党党员,原先是贫农,土改后分得了土地,她现在是里女性同盟组织部长。手里缝的袜子是要送给参军的青年的。晚上她还要领着村里的年轻妇女们去修一段公路。

吃完饭,我们又和她谈起她的大女儿来。提到她的大女儿,她脸上立刻浮上一层喜悦的光彩。

“很积极呢,现在做小学教员,不到天黑是不回来的。你看,这是她写的字。”

她随手递给我们一本书,那上面写着端正娟秀的三个汉字:“田福女”。

这时门外忽然飘进来一阵孩子们的歌声,唱的是“东方红,太阳升”,调子很合拍,但字音却非常生分,显然不是中国孩子唱的。

我们推开门伸出头探望,原来是主人的三个孩子回来了,两个大点的孩子抬着父亲的锄头,一个小点的在后面蹦蹦跳跳跟着。这情形是很明白的,三个孩子帮着父亲在田里耕作,父亲开会去了,孩子们就抬着父亲的锄头回家。

女主人慈和地看着自己的孩子,一面却沉重地向我们说:“在朝鲜,就连这样小的孩子们,都完全明白了谁是他的朋友,谁是他的敌人!”

下午,女主人又给我们做了晚饭,我们吃完以后,她就出去约村子里的妇女们修路去了。

晚上,我们出发了,这时田永根和他的女儿田福女都赶回来送我们,热情地帮我们搬行李,扶我们上汽车,和我们握着手,连那位七十多岁的老祖母也扶着门框,向我们招手,叮嘱我们回来时再住在她家里。

汽车在暮色苍茫中开动了,我们在车上挥动着手,高呼着刚学来的朝鲜话:

"大西蒙那不西大(再见)!"

当汽车转上公路的时候,我看见许多妇女在公路两旁走动着,有的头上顶着一筐碎石子赶着往前运送,有的坐在路旁挥动铁锤敲击大块石头。

我想田永根的妻子一定在这群女人里面,但到处都闪动着白色的衣裙,我没法发现她,我只看见铁锤敲击在石头上迸发出的火花。

这火花耀眼地四处溅射着,慢慢地我感到这火花不是从石头上射出的,而是从这些妇女们心底射出的,这火花射出了她们的悲痛、愤怒和仇恨。

现在,春天来了。

春天的朝鲜农村是分外美丽的,杨柳的柔枝低吻着小溪的水面,游鱼在唼喋着柳叶,茅屋后都盛开着几树樱花和桃花,有时炊烟悠悠地飘荡在屋上、空中……一切都显得十分幽静恬美。

但是,今天,就在这幽静恬美的环境中,却熊熊地燃烧着朝鲜人民的复仇的战斗的火焰。

朝鲜人民深切明白要永远保有这幽静恬美的环境,必须用自己的战斗火焰把敌人全部烧死。朝鲜人民也坚决地相信自己的火焰是完全可以把敌人都烧死的。

我们看见了这火焰是如此普遍地燃烧在朝鲜的所有的大小农村中。

(选自《战斗的朝鲜后方》,北京师范大学出版1951年8月1版)

民工队之歌

黑夜里,我们的汽车闭着灯,在朝鲜的弯弯曲曲的山路上前进的时候,往往可以碰上成群的大车,起初我们还以为是朝鲜的车子,但很快地也就明白了不是的,因为朝鲜老百姓是用牛拉车,而这却是骡马。还有呢,车上不时飘来了我们最熟悉的四季调的歌声——

夏季里,麦子黄,
民工队员上前方,
装卸车,运伤员,
抗美援朝保家乡。

秋季里,秋风凉,
装卸物资大家忙,
快把物资送前方,
战士吃了打胜仗。

听了这悠扬的歌声,我们知道了这是我们的志愿民工队。

当我们第一批抗美援朝志愿部队跨过鸭绿江的时候,我们东北的老百姓自动地组织了这个志愿民工队。他们雄赳赳地驾着自己的马车,挥动着手里的鞭子,“唰唰”的鞭声紧跟在志愿军的枪声后面,呼啸在鸭绿江上,呼啸在清川江上,呼啸在大同江上,呼啸在朝鲜的山沟中,呼啸在朝鲜的森林里。

就像他们自己所歌唱的,他们的主要工作,是装卸物资、运送伤员。在进行这些工作的时候,他们曾经遇上许多艰难困苦,但他们终于用自己的勇敢和机智，把这些艰难困苦全部克服过来，胜利地完成了自己的任务。

他们都是东北的翻身农民，由于他们都亲身经历了日寇十多年的残酷的统治和压迫，他们对美帝国主义正在走上日寇的道路要奴役全中国人民这一点，全认识得很清楚，为了保卫自己的胜利果实，为了保卫祖国的安全，他们主动报名参加了这个民工队。

在刚出国的时候，因为出发匆促，准备不够，就碰上了很多的困难，例如严冬腊月里，朝鲜气候比东北还冷，队员们衣服带得不够，在漫天风雪中，就不免挨冻受冷。夜晚工作，全身出汗，一停下来，汗又结成了冰，贴在身上，难受得要命。白天防空，得不到充分休息，夜晚工作时间往往在十小时以上，也容易令人感到疲倦。还有美国飞机疯狂的扫射、轰炸等等。要这些没有经过战斗锻炼的农民们习惯于这种紧张的生活，当然是一件不容易的事。但是，他们终于战斗过来了，而且是英勇地、机智地、愉快地战斗过来了。

他们这种英勇、机智和愉快是跟他们对祖国的热爱分不开的，这具体地表现在对祖国物资的爱惜。当敌机轰炸扫射使我们物资起火燃烧的时候，他们竟如此地英勇，不顾敌机还在上空盘旋，就冲进漫天的烟焰里面去抢救。而当掩蔽物资的时候，他们又高度发挥了自己的智慧，创造出许多新奇巧妙的办法。当他们休息的时候，他们又如此地愉快乐观，亲切地和朝鲜老百姓谈着家常，帮朝鲜老百姓扫地担水，唱着他们自己编的歌曲。

是什么力量使得他们这样英勇、机智、愉快呢？用他们自己的话来说，那就是——

“为了祖国嘛！”

我曾经有一次和几个民工队同志在一个村子里住过两天，我深深体会到他们这种热爱祖国的精神。

就在我到达这个村子里的头一天的下午，我吃完饭走出房门，就看见一个壮健结实的中国汉子在扫院子。他一看见我就笑嘻嘻地点着头，像老朋友似的说：

“辛苦啦，同志。”

我从他的服装上知道他是一个民工队员，就跑过去拍着他的厚实的肩膀说：

“忙了一夜，还不歇歇？”

“没啥,给老乡扫扫地,没啥。”

这样,我们就开始了交谈。他告诉我,他是本溪县的人,贫农出身,今年一月来到朝鲜的,姓王,同志们都管他叫“小王”。

“你看,今年都二十六岁了,还管我叫‘小王’!”接着他就哈哈笑了起来,笑得是那样天真、爽朗。

他很快地扫完了地,就一把抓住我的手,把我拖到屋角旁的牛棚下面,那里已经坐着三个民工队员,他十分热情地向我介绍了这几个同志——高个子老任,五十来岁的花白头发的老李,还有一个满脸胡子的老吕。

我们大家围坐在干草堆上,牛棚里面一条黄牛正在嚼着干草。

“你来朝鲜不久吧?”花白头发的老李这样问我,一面在石头上磕着他手里的小旱烟管。

我笑着点点头。

“好的,”老李点燃了他的旱烟袋,喷出一口浓烟说,“来到了朝鲜,这就是小赵常嚷嚷的:为什么抗美援朝就是保家卫国,甭说全部明白了。”

小王正在我的身旁,我看了他一眼,他又爽朗地哈哈地笑起来,高声嚷着:

“这还不明白吗?朝鲜离美国那么远,地方又不大,美国干吗费这么大劲来抢占?还不是想要咱们东北,他是拿朝鲜来做跳板嘛。再说,你看,美国鬼子把朝鲜糟蹋成什么样了,烧、杀、淫、掳,那份儿残忍,是人都干不出的,要不赶快把他抵抗住,把他打垮,他到了咱们东北,还不是一样!”小王说得有点兴奋,便索性站了起来,“再说,人家朝鲜人民已经扛住了头一阵,他们抗美是为了自己,也是为了咱中国,咱们来援助他们,也就跟保卫自己国家一样,要是咱们不来援助,那才真是一个不够朋友的大糊涂蛋!”

我用心地倾听着小王的这一通谈话,我深深感到我在国内经常宣传的抗美援朝保家卫国的道理,爱国主义与国际主义结合的道理,理论搬弄得很多,但却远不如他这一番话来得具体、生动、透辟、有力。

“朝鲜老百姓也真行,”高个子老任两手抱着膝盖缓缓地说,“就拿我们住的一家来说吧,一个六十几岁的老大娘,儿子是个劳动党党员,在撤退时被美国鬼子杀了,丢下一个媳妇和三岁的孩子,婆媳俩白天下地干活,夜晚婆婆带孩子睡觉,媳妇还去修公路,到一两点钟才回家。”

我听了老任的话,脑中就立刻浮起早晨在我的住屋的对面屋子里看到的一位白发苍苍的老太婆和一个三十来岁背着孩子的少妇的影子，便指着那所屋子问：

“是不是住在这屋子里的两位？”

“怎么不是，同志，”满脸胡子的老吕拍着我的肩头告诉我，“别看人家不分黑夜白天地干活，人家可一点不闹情绪，老大娘亲口告诉我的，只要有中国志愿部队，他们就什么也不怕，你说，人家这样相信咱，咱不好好儿干对得住人不？”

这时小王忽然想起一件什么事，又哈哈地笑着嚷了起来：

“提起那个老大娘，可真有趣，前天我在山上给她抬了一担柴回来，她就一把抓住我的手，要我做她的‘阿得儿’。”

大伙儿一听都哈哈笑起来了，同时告诉我“阿得儿”就是朝鲜话的儿子。

“对，”老任一下子跳了起来，“我还要给老大娘挑两担水呢，也让她要我做个‘阿得儿’。”说着他就轻快地撒开大步走了。

“真的，啧，”老李点着头赞叹似的说，“在这里真就和在自己家里一样。”

多么健康乐观的情绪啊！多么深厚的中朝人民的友谊啊！我默默地这样想着。

后来又谈到他们的工作情形，一谈到工作，他们就越发地高兴了。

小王滔滔不绝地告诉我，说是他们刚到朝鲜来的时候，由于在国内听说美国飞机多，心里总有点嘀咕，夜晚遇到敌机，就不免有些慌张。但不久也就摸清楚了敌机没有什么可怕，它不敢低飞，怕步枪打，飞高了呢，看不准，扔下炸弹也不顶用，特别是在夜晚它就成了瞎子，连吓唬人的作用也没有了。照明弹呢，雪亮雪亮的，看起来怪讨厌，但只要你快一点冲过光圈，也就平安无事。

“有什么可怕呢？”小王喷着唾沫星子直嚷，“我们这一小队，来到朝鲜三个月，不但人没有一个伤亡，就连牲口也没牺牲一个。同志，你说，有什么可怕呢？”

络腮胡子老吕也兴奋地说：“我们早就不把鬼子飞机放在心上了，现在我们是想法子怎么把工作做得更好，替祖国多出一把力，快点把美国鬼子赶下海去。”

看了他们这样高度的工作热情，我就故意地这样问：“同志们，想不想家呢？”

“嗐，想个什么家！”小王伸手抹了一下鼻子，“出发的时候，上级规定我们只在朝鲜待四个月,现在我们是工作第一,只要把美国鬼子打走,就待四十个月也没啥。这几天我们各小队还在挑战应战呢。”

“喂,小王!”老李像想起了一件什么事冲着小王说,“你把你写的那支应战歌拿给这位同志看看嘛。”

天真爽朗的小王,这时忽然有些不好意思起来,红着脸笑嘻嘻地说道:“没有看头,没有看头。”但也禁不住我们一再催促,他终于从怀中掏出一张满是皱纹的白纸,上面是一行一行的铅笔写的字——

你挑战来我应战,
看谁能干不能干,
空口说话非英雄,
现场工作大家看。

分配任务没怨言,
完成任务在人前,
保证物资不损失,
隐藏起来看不见。

修桥补路平又坦,
工作时间不偷懒,
上级号召响应快,
事事都是带头干。

工作期限没问题,
一心解放全朝鲜,
胜利而来胜利归,
大朵红花戴胸前。

我们看着看着就唱了起来,小王也忘记了刚才的忸怩,就提高嗓门嚷着,嚷得许多朝鲜小孩子都围拢来笑嘻嘻地看着我们,后来还拍着小手跟着我们唱起来。

这时晚霞布满西方的天空，衬着翠绿的山峦，显得越发美丽。我们乐了一会儿，大家就回去吃晚饭了。

晚饭后，月色很好。我想小王他们这时该出发了，便走到村口送他们，果然，他们正在套车子。

小王一看见我，就高兴地跑过来，亲切地向我说："你要是明天不走，咱们再痛痛快快地聊一聊。"

老李爱惜地看了他一眼，笑着向我说："小王的话三天三夜也说不完的。"

他们很快地便套好了车，跳上车辕，鞭子一挥，"嘟"的一声，牲口撒开了腿，车子就骨碌碌地跑开了。

"明天见。"他们在车上向我挥着手。一转弯，车子就消失在树林那边了。

只听见鞭声在夜风里"唰唰"地呼啸着。

我站在村口，在朦胧的月光底下，默默地这样想着：这鞭声曾经呼啸在鸭绿江上、清川江上、大同江上，不久之后，一定还要呼啸在汉江上、锦江上、洛东江上的。

（选自《战斗的朝鲜后方》，北京师范大学出版1951年8月1版）

赵荣声

（1915—1995）

笔名任天马，安庆太湖县人。燕京大学毕业。1935 年在“一二·九”运动中加入中国共产党。1937 年春去延安。后参加丁玲领导的西北战地服务团，任通讯组组长。1938 年 2 月，赵荣声受组织派遣，到国民党第一战区司令长官卫立煌部做统战工作，任卫立煌的少校秘书。刘少奇从延安到洛阳找赵荣声秘密谈话，嘱咐赵荣声长期隐蔽下去，等待时机，做好地下战线工作。

新中国成立后，赵荣声曾任兰州西北日报社社长，全国总工会新闻总编组负责人，《工人日报》文艺部主任，中国工人出版社副社长、副总编辑。著有回忆录《回忆卫立煌先生》《沿着斯诺的足迹》，通讯集《在建设的日子里》，报告文学《活跃的肤施》《界首船》，传记《把一切献给党》等。

沿着斯诺的足迹

一、夏宅中看小电影

在现在北京大学校园中的未名湖畔,临湖轩东南百余步的地方,半世纪前,有一座掩映在槐香枫影之中的小小宅院。这座住宅,两扇中式大门竟日关闭,绿色油漆已暗淡无光。门框上挂着一块用隶体字书写着“夏宅”的木牌,非常醒目。从这古朴的住宅外形看来,猜想里面居住的,定是一位高年博学的老夫子,殊不知实际住在里面的,并不是百家姓中所能找到的夏氏家族,而是一位蓝眼睛黄头发的美国人。他是当时燕京大学心理学教授,名叫 Randolph Sailer,中译名是夏仁德。

这个夏仁德教授,是一位对中国人民有着深厚感情的美国学者,在 30 年代和 40 年代,他一直同情并支持中国的进步学生运动。1972 年尼克松访华之后,他急不可待地争取前来中国,终于在这一年的 4 月再度到北京访问,受到周恩来总理接见。1981 年 7 月,夏先生在美国病逝,临死之前还给燕京校友们写信,怀念他的中国朋友。

“一二·九”学生运动爆发后,国民党军警多次逮捕“中国大学”和“东北大学”等校的进步学生。最厉害的一次是 1936 年 2 月 29 日,国民党出动五千反动军警包围“清华大学”,在清华园搜捕了一夜。这件事震动比邻的燕京大学。在这个时候,这位思想感情与其他多数自诩高贵的美国人迥然不同的夏仁德教授,便在他家中腾出一间房子,借给燕京大学领导学运的学生自治会的几个负责人居住。因为搜捕往往发生在夜间,进步学生不睡在学生宿舍而藏入夏宅,安全就有了保障。由此开始,夏宅中这一间房就一直借给进步学生,沿袭成为燕大校园中革命活动的庇护所。有关学生运动的重要问题在这里商议,马列主义书籍和秘密文件在这里阅读,地下的中共燕大党支部也躲在这里开会。我们便把夏宅的这一间房间,亲切地称为燕大校园中的“苏区”。

1937 年 3 月,一个春光明媚的下午,我在夏仁德教授的客厅中,和斯诺(当时译名为“施乐”)进行过一次谈话。当时斯诺在文学院新闻学系教书,我是法学院社会学系的学生,我们以前没有什么接触,“一二·九”游行示威那一天,西直门紧紧关闭,游行的队伍进不了城,受到反动军警大刀、水龙的袭击,几个外国记者一直冒着危险拍摄实况,并热情地陪伴着我们在零下十几度的凛冽寒风之中站到下午。次日,英文报纸上发表了真实的消息,并把学生们的政治主张也刊登出来了。这时,我才注意到斯诺等几个外国记者的名字。1936 年,斯诺很长时间没有在燕大出现,不知到哪里去了;到了年末,才听人说他到陕北苏区去过,已经回来了。等到斯诺把他的陕北采访材料整理得差不多了,《红星照耀中国》一书的初稿脱稿的时候,已经又是未名湖畔柳树发青的时候了。这一次,斯诺在夏宅的客厅里,向约莫二十个进步学生做介绍,我才明了斯诺是怎样的一个人,感谢斯诺扩大了我的眼界,我第一次看到了红星照耀下的光明的中国的真实景象。

斯诺带来了他自己放成明信片那么大的照片约 200 张,几本《红星照耀中国》的英文打字原稿。大家逐一细看,不忍释手。真是荣幸,我们在不知不觉当中,成了这本轰动世界的名著的第一批读者。斯诺又在他当时的夫人,美丽的海伦·福斯特(笔名尼姆·韦尔斯)的帮助下,放映他自己拍摄的小电影,他自己一边摇着放映机,一边进行解说。给我印象最深的,是一部毛主席检阅红军的实况录像。在黑暗的旧中国,河山破碎,华北濒危。国民党只把故宫中的古玩文物一车一车地南迁,却想把亿万中国人民抛弃,让大家当亡国奴。这一切多么令人忧虑、痛苦、愤怒! 正如鲁迅先生所说:“只有中国共产党代表了中国和人类的希望!”当我们从银幕上看到陕北的土地上那一片生气勃勃的新气象,看到兵强马壮的红军军容,看到毛主席、周副主席、朱总司令和另外许多革命领袖神采奕奕的光辉形象时,禁不住热烈鼓掌,甚至流下激动的眼泪,我觉得自己的心快要从胸膛中跳出来了。斯诺一面摇着放映机,一面做口头解说,基本上说的是英语,中间也夹杂着几句生动活泼的中国话。电影最后一个镜头,出现了一个虬髯满脸的汉子,斯诺解说道:“这个大胡子是什么人呢? 他是一个‘帝国主义’!”大家乍闻此言,有点惘然不解,及至定睛细看,这不是辛劳采访,连胡子都没顾得刮的斯诺自己吗?大家不禁哄堂大笑,继之又引起一阵热烈的鼓掌。

放完了电影,斯诺扼要地介绍了他和毛主席的谈话内容要点,介绍了他在红军中生活了三个月的见闻和他所听到的红军爬雪山过草地的故事。斯诺又讲了许多“红小鬼”的事情,小小的儿童,身经两万多里的行军和战斗,真神奇得像“鬼”,大家一面听着,一面翻出许多生动的红小鬼的照片,赞叹为“奇迹!”“奇迹!”。

斯诺最后拿出的一件宝物,是用中文抄写的毛主席的七律《长征》诗:“红军不怕远征难,万水千山只等闲……”我一念,马上感到诗的气魄和境界与众不同。我自己是个爱好中国古代诗歌的人,平日欣赏李白的感情奔放和杜甫的格律严整,一读《长征》诗,顿觉“李杜诗篇万古传,而今已觉不新鲜”。我忙掏出本子把这首诗抄录下来,当作一件珍宝。龚澎则借去《红星照耀中国》的原稿,后来她翻译了几章,在燕大的“民先”队员当中传阅。

斯诺最后又说了一句:“我对他们的了解还是很有限的。如果你们要知道更多的东西,最好是亲自到那里去看看。”斯诺的这句话触动了我。我想,一个外国记者都能冒着生命危险,前往像神话一样的陕北苏维埃地区,我为什么不能步着他的后尘,踏上这一片光明的土地呢?于是,我单独找斯诺谈了一次,询问这条路怎么走,阻碍在什么地方,要注意一些什么事情,斯诺都做了详细的回答。我找了几个同学商量,没想到他们也被斯诺的介绍所感动,心中正在打着去陕北的主意。另外还有几个没来夏宅听斯诺介绍的人,闻知此事,也愿意同去。于是我们便组成了一个10人的小队,以“利用春假到西安旅行”为名,离开北平,按着斯诺在一张草图上所画出的路线前进。我们10人,是张非垢、柯华、欧阳方、陈龙、王向立、朱劭天、李植清、郑怀芝、靳明和我。

二、云阳镇上见红军

这时,西安事变才过去三个多月,国共之间的战事虽已停止,但是蒋介石背弃了自己的诺言,不做抗日准备,不和共产党合作;反而用阴谋手段,分化、调动张学良、杨虎城的军队,用暗杀、逮捕等等手段,对付要求抗日的各界人士。当时，政治气候阴晴不定，八百里秦川笼罩在一片昏暗惨淡的空气中，斗争复杂而又激烈。所以，这时进入陕北苏区仍然不容易。在途中，有国民党特务和军队的关卡，有在中途被抢劫、逮捕和挨冷枪的危险，我们只好冒着风险前进。

我们10人各带简单的小铺盖卷和小提包，在四月上旬由北平动身，到达西安。这时陇海铁路才筑到西安，它是铁路西面的终点。我们到西安后停留了两天，第三天雇了3辆铁皮木轮的骡马车，奔向西安以北90里的三原县。

国民党反动派最主要的岗卡，设在咸阳渭河桥头和泾河的渡口。渭河上没有公路桥，一切车辆行人到此都得下来换乘木船摆渡。国民党特务和小军官们，看见我们这一群穿着皮夹克、花旗袍，背着照相机，打着"燕京大学西北旅行团"旗帜的"资产阶级"大学生，连问也不来问一声。

奔向三原的这一天，刮起我毕生从来没有见过的大风，天昏地暗，四面都是一片深黄颜色，途中汉朝的陵墓也没看清楚，我初尝西北生活的艰苦滋味。

傍晚到达三原县，投宿在三原中学里面。三原中学校长很客气地接待我们。他听说我们是参加过"一二・九"学生运动的学子，就详细向我们询问了许多关于"一二・九"的问题。我们一一回答，并且在言谈中表现了对于这次学生运动的高度热情。这就使这位校长考察清楚了我们是些怀着朝圣心情的北平学生，不是坏人。他就介绍我们到三原西面十里的云阳镇去找红军司令部的办事处。我们以后的行程顺利，和这个校长的考察和介绍有很大关系。

次晨，我和柯华、朱劭天，带了燕大西北旅行参观团的名片，出了三原城，奔向云阳镇。我们在霏霏微雨中踏着泾惠渠的边岸，走到了云阳。我们找遍了这个小小的镇市，没有发现一个机关或兵营。但是这个镇市也有一个与别处不同的景象，就是每家房屋的墙上都贴着"打倒日本帝国主义！""全国总动员！""各党各派联合起来！"之类的标语，政治气氛浓厚。

从一家店铺中走出来两个穿着黑色短衣的少年，每人帽上都缀着一个灿烂显眼的红星帽徽。一向在我想象中的红军应是很威武的大汉，没想到现在却是两个土里土气的农民。

我请他们送我到红军办事处去，他俩投向我们这些穿着皮夹克的学生以惊异的眼光。我们诚恳地说明我们有事特来接洽，他带我们绕了两弯，到了红军的办事处。

办事处设在一所民房里，门口没有任何招牌或标志，只有两个带着红星帽子的人执枪守在门旁。我说我是特来访问他们办事处负责人的，请求他们通报一声，门卫说："主任出去了，你们先到红军家属招待所去休息一会儿，等到主任回来，立刻来通知你们。"

一栋旧屋子里，楼上楼下铺满稻草。楼上稻草中睡着几个农民，他们见我们进来，坐起来询问我们是不是红军家属，我们回答说我们是到这里来参观访问的。他们不嫌麻烦地向我们提了许多问题，北方太平不太平？北平是怎么一个情形？从北平怎么走到三原的？我们一一详细地回答了他们。

他们都是陕北的农民，到云阳镇来看他们的弟弟和侄子的。他们由家里经过五天的步行来到此地，已经住了一天，预备在这里再欢聚四五天才回去。他们感谢红军殷勤招待，供给他们膳宿，并且又发给他们回去的路费。

办事处的主人回来了。派人请我们到他那里去。我们离开招待所，走进一间比较整齐的房屋。

主任先介绍自己的姓名，他叫彭家伦。他穿着灰布军服，胸前挂着红军的符号，头上却戴着一顶有国民党青天白日帽徽的军帽。我看了奇怪，彭家伦说他现在穿的是张学良东北军转让给他们的军服。

彭先生看了我们的名片，听说我们是从北平远道前来访问陕北的，表示欢迎。他很客气地请我们坐，请我们抽烟。

彭先生说着一口四川话，态度活泼。他答应尽力帮助送我们到肤施（延安）去。只因最近几日天天有风有雨，不一定有汽车。假如有从西安开往北面去的汽车，一定带着我们去。

他留我们吃饭，我们初次见面，不敢打扰他，匆匆回到三原。当晚三原中学教职员们开茶话会招待我们，我们彼此交换了一些救亡工作的情况和意见，深夜始散。

三、行经古老的黄土高原

第二天没有车。第三天午后，西安来了 4 辆大卡车，经过三原，停下来了。每辆车上装载着数十包大米，米袋上坐了一堆人。我们一行 10 人同上了一辆比较空的车子。车队将要向北开驶前，又有 4 个军人和一个穿学生装的干部上了我们乘的这辆车。红军办事处主任彭家伦此时也由云阳镇来了。特别到我们乘的车子旁边来说了几句欢送我们的话，并且交了一封介绍信给随车护送的两个红军战士。

从三原县开始，北面是一片古老的黄土高原。往年的高山峻岭不复存在，经过多少万年的风雨侵蚀，个个山峰都变成扁平馒头墩。不但缺乏森林，连野草也不多见，有些地方出现峡谷深沟，坐在车上向沟中望去，深不见底，一直伸延到看不见边的远方。

陕西天气比北平暖和，这时正是仲春来到的季节，此时大风已经停止，我们在车上感到和风拂面，舒舒服服。十个人把毯铺开，坐在米袋上面，高声谈笑，也打扑克牌，也唱歌。

几位同车者很快与我们熟悉起来，彼此毫不拘束地做了自我介绍。原来两个穿蓝布学生装的中间之一是延安印刷厂的负责人，刚从上海回来。他往年参加过上海“五卅”大罢工，是个共产党员。在江西时，他是共产党中央局里负责搞印刷工作的人，长征途中，被四川军队捉去了，后来设法逃脱，闻说红军到了陕北重建根据地，他也跑到陕北归队。陕北地区本来文化落后，共产党的宣传品没有地方印刷，于是他独自一个带了一万多块钱到上海买了全副的印刷机器和活字铜模等等，装成若干木箱运回来，并且请来四个排字工人，那是坐在另一辆汽车上的四个青年。

他一个人有这样大的本事，真使我们佩服。他说他并没有进过学校，仅仅在排字的时候，看了一些文章，后来参加党的会议，才知道政治、经济、哲学上的各种知识。

他今年仅仅22岁，参加“五卅”大罢工的时候，还是上海一家印刷工厂的一个学徒。他家中还有父亲，现在仍住上海。

印刷机和铅字等物包成许多捆，一部分放在我们这个车上。他得意扬扬地指着这些东西给我们看，他说：“这些东西价钱真贵，要一万几千块钱。我带到上海去的钱不够，想了许多办法，才把这些东西办齐。不久，你们可以看到我们用铅字印的《解放》周刊和别的文件了。延安《新中华报》也会改变它现在油印的样子。”

头一天夜晚车队寄宿宜君县，开始看不着电灯了。在夜幕之下，城中什么都看不清楚，只觉得这个县城很小，不及三原县的一半。次日车子全在爬山，司机加大油门，马达发出沉重的吼声，车子吃力地往上爬，爬过一重山又是一重山。公路在一座山上是弯弯曲曲的，车子绕了几圈才到山顶，从车中往下看河流，像是一条长带子。

次日中午过中部县，到达桥山之巅，我们停车谒黄帝陵。这是中华民族始祖黄帝轩辕氏的陵墓，古柏参天，庄严肃穆，听说陕甘宁苏区代表林祖涵（伯渠）清明节前数日来扫墓，国民党政府也派高级官员来致祭过。我们觉得这里是一个能够吸引全民大团结的重要地方，特地到陵前瞻仰一番，细看了有几千年树龄的黄帝手植柏，排队行三鞠躬礼，然后照了几张相。乘坐在另一辆车上的三个上海《申报》记者见我们拍照，跑过来和我们谈话，叫我们燕大同学把照好的片子寄给申报，并给他们写稿。这次接谈，是我第一次会见新闻界的老前辈俞颂华先生。后来我回北平后在书中看到俞颂华先生是和瞿秋白同志同为中国最先访问革命成功后的苏联的新闻记者，我就重视这点关系，学写文章，寄给俞先生。

四、初到延安

翻过一山又一山，越爬越高，车子经过三整天的奔驰，爬到海拔一千多公尺的陕北高地。第四天中午，我们欢欢喜喜地到达北宋时代末对抗西夏的入侵的著名古城延安府——民国初年改设县治，叫作肤施县。

汽车头本来一直是翘着头行走的，有点像李白诗“山从人面起，云傍马头生”的味道，忽然低头行起来，很明显是到达一块大面积的平地了。这里视野顿时开阔起来，尽管远远近近的基调是一片黄色，一片寂寞的黄色，但有一种安静宜人的气氛。环城蜿蜒着一条不小的河流——延水。沿河种植了很多翠绿的杨柳，而且稀疏地有几棵盛开着桃花的树。延安城墙是依山建筑的，一半在山上，一半在平地，雉堞严整，气派不凡。700年前著名诗人范仲淹在《苏幕遮》一词中所吟咏的“孤城”，至今仍然完好。

城门旁边的城墙上用白粉刷了“和平统一，团结奋斗”八个大字。另外贴下不少用红绿纸写的庆贺陕西青救开会的标语。随车护送的红军战士将我们送到外交部的招待所休息。

这个招待所有五六间房屋，我们一行十人，分别在一大一小两个房间住下来。自从离开三原以来，每夜都睡土炕，这里也不例外，可是这里土炕比宜君、洛川客店里清洁得多了。

"红小鬼"的情形我们已从斯诺的介绍中听见过,现在看见几个红小鬼来招待我们,送洗脸水,送热茶,感到亲热。我们拿起照相机,他们立刻立正昂头,让我们照相。

此时我们虽然身体疲乏,但是刚到延安,不能不心情兴奋,不能不东张西望、问长问短。招待所正面一间大屋,像是会议室,墙上悬挂着两张照片,是列宁和孙中山,是国共合作精神的象征。

不一会儿,外交部派了一个名叫王友平的工作人员来招待我们,我们一见就大叫起来,一拥而上把他团团围住。他不就是我们熟悉的同学,我们的老战友,"一二·九"运动中燕京大学里的学生领袖黄华吗?我们十个人都和他交情不错,他乡遇故知,情绪自然非常高涨。十个月以前,黄华在燕大毕业,感到手无寸铁的学生在城市里做斗争力量有限,不如红军武装斗争的作用大,便萌生去参加红军的念头。恰巧那时斯诺前来陕北,虽然斯诺也能说一些中国话,还不怎么够用,还需要有个人帮助他翻译,便把黄华邀来,黄华就这么到西安进入苏区来了。后来斯诺采访完毕回北平,黄华便一个人留在陕北,成为党中央直属机关中的一名青年干部。现在党中央听说有十个燕京大学的学生访问延安,很自然地派遣黄华来负责招待我们。那时习惯进入苏区工作的人,照例都改用一个假名,为的是将来再到白区去的时候,少些麻烦,所以 1937 年 4 月,他就成了"王友平"。这一天黄华穿了一套全新的灰布军衣,整齐干净,他到陕北吃下十个月的小米,脸长胖了,腮帮子红红的,思想和身体都健康,令人羡慕。

彼此简单地谈了几句以后,黄华便带领我们离开招待所,到街上随便逛逛。肤施县是陕北最大的一个县城,今天虽然没有《水浒传》上所写"王教头私走延安府"老经略相公镇守边庭时那种气派风光,但是商业繁盛,街上行人众多,比三原以北各县都热闹多了。

街上看不见几个红军,肤施是共产党的政治中心。西安事变以前这里原归张学良的东北军管辖,西安事变以后东北军开走了,共产党中央各机关于 1936 年 10 月中旬由保安县进驻这里,到我们来访问之日,还称之为"统一战线区",城中仍然保留国民党陕西省政府派来的县长。他仍然坐在他的衙门里面写"等因奉此"的公文,自称"尚未赤化"。但他的权力范围仅仅限于一个"县长公署",署外一切活动,都由共产党领导。人民不再向县长公署交纳苛捐杂税,这是共产党帮助人民废除的。

苏维埃政府设在延安以外的苏区,延安城中只有一个“苏维埃政府西北办事处”,由博古先生担任主席。另外,共产党的“中央局”也在延安郊区。

我们在城中转了一大圈,引得沿路的人驻足观看。像我们觉得他们新鲜一样,他们也从来没有见过我们这样一群:十个人穿着西装、皮夹克、长衫和花旗袍,其中还有四个人背着照相机,这种打扮,除掉出现在话剧舞台上和电影中,贫瘠的陕北边城从来也很少见过。

五、西北青年救国会

我们沿着一条大街,东张西望,随便逛去,来到一所基督教礼拜堂之前。这是若干年以前外国传教神父修建的洋房,比较高大,形式和这古老城池中的中式房屋不一样,并且在十字架上挂着许多红色的纸花,引人注意。向门内一看,过道上也挂满红纸条贴成的纸环串,像是谁家举行婚礼。

黄华见我们对教堂感兴趣,便说这是延安的大礼堂,带我们进去看看。只见礼堂中坐满了人,许多青年正在开会哩。礼堂正中挂着很大的横幅,上面写着:

西北青年救国联合会第一次代表大会。

原来西青救国联会在这里开幕。会议主持人共青团书记冯文彬听说我们十个不请自来的观光者是刚刚下车的北平学生,便请我们坐在前排。自从中国共产党发出《八一宣言》,要求与全国各党各派联合抗日以来,曾经一再号召国内各阶层各方面的人们来陕北苏区参观,共商国是。可是因为路途阻隔,国民党顽固派封锁,尚没有见过成群结队的人大摇大摆来到苏区。既然我们十个人是白区里抗日救国学生运动爆发之处的学生,现在居然公然举着蓝底黄字的“燕京大学”的小旗子走进会场,那就太有意义,太受欢迎了!冯文彬向大家讲明这十个来宾是北平学生代表团以后,便受到全场代表们的热烈欢迎,掌声响了很长时间。

正式参加这次会议的代表304人。红军每团有一个代表,陕甘宁苏区每县有一个代表,关中、西安两地区和苏区各团体代表若干人,还有战斗英雄和劳动模范,这些代表有的服装整齐,有的胸前佩戴奖章,有的赤足汗面,未改山区的农民本色。这天大会的议题是“把苏维埃区创造成全国的模范抗日根据地”，大家发言踊跃。发言告一段落，有个代表提出，请北平同学相告一点北方救亡运动的新情况。我们事先没有准备，不知从何说起，我们十人当中有四个广东佬，普通话讲得不算好，我被推到台上讲了几句，没有什么内容，总算是有个白区来的学生向“西青救”热忱的致贺，交流了全国一致抗日救国的心情。

六、女作家

离开会场，碰见木刻艺术家温涛，他热烈地和我们握手。温涛随着我们这十一个人的队伍向前走，刚转一个弯，迎面又碰见一个帽上红星闪闪，身穿灰布军服，面圆圆有点发胖的女性。这位女同志听说延安刚刚来了十个北平学生，就急于看见我们，想从我们这里听一点恍如隔世的白区消息，听一点白区救亡运动的近况，听一点白区文化界的新闻，便寻找我们来了。我们对她更觉得惊奇，鲁迅先生为之做过“瑶瑟凝尘清怨绝，可怜无女耀高丘”的《悼丁君》诗，1933 年在上海被国民党特务绑架，随后囚禁三年多，上海许多小报描绘成各种不同形象的女作家丁玲，怎么也到了延安呢？她愿意看见我们，我们更愿意见到她。于是我们十来个人如一窝蜂，一齐进入丁玲的寓所。

在一所古老的大院里，丁玲住着两间房屋。一间敞亮的做书房，一间阴暗的做卧室。一个人住两间房在延安是很阔气的了，美中不足的是在卧房里面还安放了一件令人看了不起好感的东西——房东家存放的一口寿器(空棺材)。在同一个大院之内，还居住着陈赓、张语还和别的知名人士。

来的人太多，丁玲房中仅有一把椅子，大家只好坐在温涛临时用木板架起来的长凳上。

我们坐下之后，仔细观看，这间房屋墙上没有抹过石灰，贴着几张木刻、几幅字画，还有鲁迅遗容画片，书架上放着《高尔基全集》《海上述林》和其他多种文学名著，在书架顶上，放着莫休写的《朱德的故事》和集体创作《二万五千里长征记》的稿子。前者为一小本，后者为一大厚册。

我怕别人争先，眼明手快抢到那本《长征记》稿子。

这本稿子外面包着绿纸封面，里面全是在白色一面光的土纸上用毛笔横行抄写的。在每页的天地头上和每行的间隔空白外，已由丁玲等人密密麻麻写上很多极小的字。据说，别处另外还有33本稿子，也被人精细修改成为这个样子。

《长征记》是一部伟大的史诗，记载了红军离开江西到达陕北转战二万五千里的全部战斗历程。其中包括大大小小几百次战斗和克服无数自然障碍，尤其以爬雪山、过草地、勇渡金沙江、爬过大渡河上的铁索桥、经过少数民族地区这些艰险局面，都是历史上没有见过的。虽然红军付出了巨大的代价，但是把所经之处亿万农民都唤醒了。现在这些稿子，都是红军将士，包括许多政工人员们的亲身经历，有些是用当时的日记改写的，有的凭回想写出来的，有的是几个人或几十个人在一起讨论，你一句我一句，这么凑集材料写成的，其中有血有泪，真是可歌可泣。这个工作从一年多以前就开始了，最初有几千篇稿子，只选了几百篇，再经过精选，淘汰了重复的和写得不清楚的，仅存一百多篇，按历史次序的先后编排成一部完整的大书。

由红军后方政治部宣传处主任徐萝秋编辑，一共抄成了34份，请文学家丁玲、成仿吾等人加工润色，原稿作者多数是工农干部，文化有限，说得出来写不出来，还需要投入不少的脑力和劳动力。延安物质条件困难，没有纸张，印刷厂还没有办起来，所以还没有出版。

我一边要看《长征记》稿，一边要听人们谈有关《长征记》的情形，结果话未听全，文章也没有看进去，两不着杠，只好恋恋不舍地把稿子退给同来的伙伴，等待以后再看吧，这部伟大的诗史终究不会湮没的。

丁玲正在讲那本《朱德的故事》当中的要点，我怕脑子记不住，赶紧掏出小本子来记录。这么丰富的内容我怎么记得下来呢？挂一漏万也好，我在小本子上顷刻就写了好几页。

延安人有一个与别处不同的风俗，以在胸前挂一个奖章或徽章为时髦。因为许多人都是经过长征身经百战的，都有佩挂勋章的资格，而目前革命还没有成功，延安的物质条件也不能够发勋章，许多人看见苏联画报上红军佩戴五星勋章，受其感染，便以佩戴奖章、徽章和自制的五星章作为好看的装饰品了。刚才离开青年会场，走在路上的时候，我已把温涛胸前所挂的“人民抗日剧社”的徽章索取过来，别在自己胸前，扬扬自得。我的同学靳明见了，便向丁玲索取同样的一枚，丁玲慢慢把这枚徽章从自己灰军服左上口袋上取下，挂在靳明胸前。

“那不行，你送她东西，也要送个什么给我。”我毫不放松地说。

大家笑了。丁玲又解下自己衣袋上用红色丝带套挂着的一个金黄色五角星章给我。我以为那是什么军功纪念章,不敢伸手去拿。

“拿去,不要不好意思。这是一个五金工人送我的,我转送给你吧。它原先是一个铜板,两面都有文字,这个工人把它磨平后,锉成五角星形,最后才刻上这几个字。你带回去可要小心,不要出乱子。”

我接过那灿烂玲珑的五角星章,看见章上刻有“共产党万岁”五个字,高兴得如同获得崇高的奖赏。

我们两个人得到了赠品,别的同学也援例向丁玲要纪念品,她只好提起笔来,在每个人的小小本子上写了几句纪念性的语句。

七、晚间闲谈

几个小时以前刚到延安,晚上黄华让我们休息,没有安排访问节目。但是许多延安人自行来招待所,等于在这里开了一个没有题目的座谈会。

在江西的时候和在长征途中,苏区和白区隔成两个世界,彼此很少有人来往,到了西安事变之后,情形有些改变,即是从西安来了不少青年,带来了许多白区的书籍,谈了许多白区的新闻,但是苏区里某些人仍然感到不满足,这些人本来曾经生活在各大城市里,对于那些地方很熟悉,很愿意知道更多的消息,听到那些地方的变化,也有研究白区问题的人则希望知道最近党的政策在白区发生了什么影响。他们听见白区学生成群结队而来,自然感兴趣。招待所中这一间最大的屋子里顿时热闹起来,把一张大土炕坐满了。一根蜡烛的火光在窗台上摇曳不定。

陈赓听说来了北平学生,是骑着马从百里之外跑回来的。成仿吾这时腿部受伤,拄着粗木棍,一瘸一瘸像铁拐李那么走来的。我们幸而在北平带了一点糖果和大前门香烟,他们各抽一支香烟,顿时满室烟雾缭绕。

大家共同关心的事情,第一件是近来学生运动发展的状况和怎样做统一战线工作的,我们就把自从去年春季纪念郭清抬棺游行失败以后,纠正关门主义,改变“打倒宋哲元”的口号为拥护二十九军抗日,改变了学生和冀察当局的关系等等讲了一遍。我们也讲了学生参观二十九军军事演习,学生举办西山露营、学习游击战术,到乡间演《放下你的鞭子》,“民先”队员在南北各地已有很大发展等等，延安朋友们听了感到满意。

我们吃饭前才翻阅《长征记》，兴趣全在这一次前无古人的长征上，很自然地提出一些有关长征的问题。他们讲了一些故事，并引出遵义会议和张国焘曾在长征途中成立另一个中央这两件大事情，我们以前没有学过共产党的党史，对于这类问题感到非常新鲜，继续向这两个问题追询下去……

谈话谈久了，大家座位也乱了，十个同学很自然地和坐在旁边的人分别聚成几摊子，开起小组会来了。因系小组，内容更细，也更随便了。于是谈到白区某教授的近况，某艺术家的近况，一直到某电影明星的见闻和艳史。我听了这些，不禁也问起苏区中男女间“一杯水主义”和“游击作风”的近况。

“一杯水主义”已成为过去的事，现在很少了。坐在我旁边的人说：“这里结婚很自由，不必换戒指，也不必在报上登启事，只要登记一下，同居就成为合法的。尽管这么自由，也不可以又和另外一个人去谈恋爱，如果那样，就要受纪律处分。”

我又问：“那么，你们生活中的游击作风已杜绝了吗？”

另外有人插嘴说：“那也未必，陈赓就是一个爱打游击的。”

此语一出，听见的人都笑了，把目光集中到陈赓身上，搞得陈赓有点不好意思。

旁边有人接着说：“不要误会。陈赓爱‘打’的是另一种‘游击’。等到吃饭的时候你看吧，这一桌的菜完了，他就到另一桌去打‘游击’去了。他的战术灵活，一转眼又‘游击’到另一桌去了。”

听见的人和讲话的人都哈哈大笑。

这一个玩笑使我们高兴，延安这个地方大家亲密无间，很好。陈赓年纪看起来比我们大不了多少，已经是一个红军的师长，很大的军官了，一点架子也没有，这么平易近人，真难得。

夜深人散，黄华后走，他扼要介绍下陈赓的历史：陈赓原来是黄埔军官学校的学生，深受蒋介石的器重，在一次危险中，陈赓救了蒋介石的性命，所以后来陈赓被捕，蒋介石也没有杀他，千方百计劝降，陈赓还是找机会逃走了。他是红军中的一名勇将，受伤多次，战术灵活，先是一条腿受伤，治愈以后短了一些，后来另一条腿又受伤，治愈之后，两腿一样长了，现在跑起来飞快，就像没受过伤一样。他对白区工作的重要性很清楚，他对白区的情况很熟悉，所以他今天特意骑马跑来了。

八、朱德的故事

我从前见到国民党的宣传品上，把朱德描绘成极为凶恶可怕的人，甚至青面獠牙。我明知那是造谣和污蔑，但是朱德的真相究竟如何呢？没有机会听到。白区里千千万万的人也和我一样，愿意知道，但是没有人向他们讲。

今天我翻阅了一下莫休写的《朱德的故事》，晚间又听见到招待所里来看我们的人闲谈加以补充，我实在高兴，当晚我就在自己的笔记本子上，简单地记下了几行：

世界上还能找得到第二个总司令自奉这样菲薄吗？朱德每个月的薪金——这里叫作津贴，只有五块钱——这是苏区和红军中最高的待遇。

他和小兵，这里叫作战士穿一样的衣服，吃一样的饭。

长征年代，他和战士一样挑东西。因为他常常挑东西，怕别人拿错了他用习惯了的扁担，他特意在他自己这扁担上写了这么五个字："朱德的扁担"。

在行军的晚上，他还替战士打草鞋。

有一回，他们在途中突然被国民党军队包围，朱德衣服破烂，风尘满面，手中拿了一口铁锅，国民党军队以为他是个伙夫，没有注意他，更想不到他就是总司令，把他放了。中国古代史上有"和士卒同甘苦"的名将，年代久远了，其是否确实，人们有怀疑，朱德却接受了这份古代名将的优秀传统，完全做到了，并且有发展。

现在不打仗，他到抗日军政大学，和学生们一齐打篮球，参加学生们的比赛，尽管现在已有50岁了。村外有几个农民在下象棋，他观棋不语，在旁边看了半天，然后向取胜的一方提出："我们来杀一盘！"几个农民定睛一看，原来是总司令，惊喜异常，赞叹共产党真正是"和群众打成一片"。

朱德在辛亥革命以前就参加反对清帝制的革命了，在云南军队中当过不小的军官。他确确实实是个视高官厚禄如粪土的人，他听说中国有个共产党，他就去请求参加，中共初期的领导人陈独秀对于这么一个高级军官要求参加有疑虑，不予接受，朱德意志坚强，不达到目的不止，一直跑到马克思的故乡德国找到中共旅欧支部，才由周恩来介绍参加共产党。朱德自己讲："我这一生，一半是军阀，一半是红军。”对他过去所走的弯路，一点儿也不避讳。

八一起义，建立红军，朱德是其中最主要的领导人之一，拉了队伍到井冈山，和毛泽东领导的农民起义队伍相结合，建立根据地，扩大成为中央苏区，打出苏维埃的红旗，给全国工农大众指出斗争的方向。到了日本侵略中国，侵占了东北，朱德又号召国共合作，结成统一战线，成了指挥抗日红军的总司令。现在他正趁红军三大主力会合之后，暂时不打仗的时机进行整顿，只要抗日战争一开始，红军就立刻上前线。

美国进步的女作家艾格妮丝·史沫特莱这时也正在延安，就住在大礼堂的对面。自从一月中旬她随着党中央从保安到延安以来，每天和朱总司令谈话，记录朱总司令一生所走过的不平凡的道路——也是中国人民谋求解放而英勇奋斗的光辉历程。对于个人英雄主义没有兴趣的朱德，他谦虚不承认他在中国历史上的重要地位，他说他和史沫特莱所谈的，只是“吹了一吹”。

九、财经状况今昔谈

第一位正式和我们见面，也就是给我们上第一课的教员，是“林老”，延安人都这么亲昵地叫喊他为“林老”，不称他的名字——林祖涵，字伯渠。他是苏维埃政府的国民经济部长和财政部长。过去在江西，苏区的财经工作由他负责，现在到了陕北，财经工作仍然由他负责。苏区从来都是经济不发达的农业地区，出产的东西很少，经济落后，残酷的战争不停，长期受着国民党的封锁，能够解决军粮和民食的问题，并且让生产力有发展，实在不容易。

林老给我们第一个深刻的印象，就是他的头发胡须和眉毛完全是雪白的，这种纯白的颜色，表现他已经是个很老的人了。一个白发苍苍的高级领导干部凭着自己的两条腿走完二万五千里长征，那实在太能吃苦耐劳，太顽强太神奇了。

在黄镇所画的《长征素描》当中，画着林老在夜行军当中手举着一盏马灯，照着大家前进的实况。有人记得，林老长征到了陕北，在寒冷的冬天还穿着一条单布裤，没有分一点心思考虑个人的生活问题，又为红军的后勤和陕北的繁荣而操劳起来。

林老是今天陕北苏中革命历史最长的老人之一，少年时代就参加了反对清帝制的同盟会,受到孙中山的知遇。在民国初年,又跟孙中山一起反对袁世凯,两度建立广州的革命政权。苏联十月革命成功之后,他看到共产主义是人类美好的未来,由李大钊、陈独秀介绍加入当时刚刚建立的中国共产党,积极支持孙中山改组国民党。他以共产党员的身份,参加了国民党的领导工作,担任第一次国共合作时期的国民党中央的农民部长,支持毛泽东在广州办起农民运动讲习所。北伐战争时期他是国民革命军第六军的党代表兼政治部主任,这个第六军打下了南昌城和南京城,在北伐战争中功勋卓著。由于当时共产党还处在幼年时代,还不成熟,在蒋介石叛变革命之后,革命受到挫折,林老于1928年到苏联学习,刻苦攻读俄文,研究马克思理论,总结中国革命的经验教训。1932年返回中国,秘密进入苏区。当时苏区的财政经济由王明路线的人员主持,他们主张消灭一切私商,断绝对白区的一切贸易,自缚手足,封锁自己,搞得苏区食盐奇缺,各种生活用品断绝来源,使得苏区军民发生极大的困难。林老和毛泽东商量后,本着实事求是的精神,办好国营经济事业合作社事业,也提倡和奖励私人的经济,千方百计开展对白区的贸易,输出钨砂等稀有的金属和粮食,输入食盐布匹,打破了敌人的封锁,解决了群众生活需要,保证了红军前方的供给,使得苏区的财贸工作获得很大的成绩。

今天林老在延安财政部的列宁室接见我们,两张八仙桌接连在一起,成为一张长桌,林老坐在长桌顶端主席地位,对我们讲红军和苏区过去和现在的财政情况。

说到货币的时候,他从衣袋中摸出十个小纸包,分给我们每人一个。每个纸包里边放着一张纸币和两个铜圆。那是从前在江西时代发行使用的。现在在陕北某一部分地方可以通用,但不能适用到国民党统治的地区。

红小鬼给在座的每人送来一碗茶,林老慢慢地喝了一口茶,然后开始他的谈话。

红军之起始,多数是农民的队伍,我们没有军械军火,也没有一定的居住地点,往来奔走打游击战。经济的来源,主要是没收国民党政府的土豪地主的财产,那时我们本身组织简单,用钱较少,故不感到经济困难,后来把多余的钱、粮送去救济贫苦人,叫作“藏富于民”。

各处零散的游击队汇合成为“师”以后,组织扩大了,各处都要用钱,经济上就发生了困难,但问题并不大,后来在江西建立“中央苏区”,政府机构很庞大，军队有十几万，用费随之增加，这时候财政十分不容易管理。但是大家都省吃俭用，虽然遭遇五次围剿，可是我们终于渡过难关。我们当时除掉节流以外，还重视开发，首先是发展国民经济。群众有钱，我们就有钱。群众光景不好，我们必无法可想。当时我们帮助农民搞生产，搞春耕运动，红军和共产党员都帮农民种田，少年先锋队则帮助农民拾粪。秋收和其他农忙的时候，我们都去帮忙，连女同志也去帮忙。一个女子抵不上一个男子，两个女子有四只手，就比男子还强了。

工业方面，我们除掉改进当地旧有的生产基础，还开了些不大的工厂，用合理的方式经营管理。因为参加工作的人都知道发展生产力是巩固革命根据地的基础，都认真出力，所以成绩不错。

贸易方面，江西出产很多药材、木料、纸张、矿产品，瑞金的烟草是有名的，这些我们由公家统一经营，向外行销卖给白区的商人，得到不少的收入。用这些钱购买苏区所需要的东西，例如食盐、五金、交通用品和医药等。国民党军队禁止双方的贸易，商人为了赚钱，愿意和我们做生意。长征途中和少数民族做了不少生意。

秋收，对农民只收微小一点点，等于没有。对商店收税则比较大。输出输入苏区的商品，我们征收关税。凡不是生活必需品和苏区能够生产的东西，收税额就高；里边需要而且缺乏的东西，则不收税。出口税呢？多抽里面需要物资的出口税，而不抽里面不必需物品的出口税。这种收税的原则，目的在于保证生产的发展和消费品的稳定，倒不单纯为了从税收方面来解决财政上的困难。

金融方面，我们也开有银行，不是为了牟利，而是为了发展生产。过去在江西，现在在陕北，都发行自己的纸币。放贷款给农民，在苏区之内各地方可以汇兑。银行所得到的利益，不像白区肥了资产阶级，我们完全为了大众的福利。

另外，各乡各村都有消费合作社，这对农民和工人有直接的好处，去采办他们所需要的生活用品，供应到消费者的手中，减除从中剥削的一层，使消费者和生产者两不吃亏。

在这样的经济状况下，国民经济有了办法，我们的财政也减少了困难，建立起稳固的基础；但是我们的政费军费数目庞大，还要同情者的捐助和一些借贷。在开辟新苏区的时候，我们也打下一些土豪。

在陕北，现在为了抗日，土地政策和过去有改变，不用暴力来斗争地主了，我们也不没收土豪的浮财。希望在国共合作之后，成立一个民主共和国，有一个真正民主的政治机构。如何解决不合理的土地问题，我们愿意经过立法手续，按规定的做法办理。

大家看到，我们这里物质环境太苦了。粮食不够，人民生活很不容易。在陕甘宁边境的苏区以内，仍然实行我们以往在江西的旧办法；在延安以南，是统一战线区，一切没有什么大改革。南京派来的县长仍然照他们的老办法向人民收纳捐税，可是人民在我们支持之下，把它废除了。

吴起镇新办起工厂来，延长煤气是全国有名的矿产，我们用"斯太哈诺夫"的方式进行开采。

以往盘踞在陕北的军阀拼命压榨农民，我们现在领导农民去开发大自然。陕北纵然贫苦，不久之后，一定会有变化。

羊毛、煤、盐都是陕北的大宗特产，在生产和运输两方面现在正在改革。共产党是不怕困难的，我们相信这里的人民生活很快就有改变……

足足谈了三个小时，林老一口气把苏区的经济状况讲完。他喝了一大口茶，红润的脸上出现胜利的笑容，一面擦火柴吸香烟，一面说："你们还有什么问题？"

十、在毛主席的窑洞里

在林老谈苏区财政经济情形的这一天下午四点钟，我们一行十人携带着从北平带来的一点菲薄的礼物——两罐大前门香烟，来到毛主席的窑洞。史沫特莱闻说毛主席要和北平学生谈话，也带着大笔记本子来参加，比我们先一步进入这个窑洞。

我往昔见过白区报纸上有关毛泽东的记载，说他"头发数尺，手指甲数寸"，简直成为吓人的魔鬼。有时又说他已被击毙了。不久，这个已经"毙"了的人又在报上出现了，连续"毙"了若干次，还是从这一省闯到那一省。

今天我们见到的毛泽东，穿着一套黑色粗布制服，身材高大，面容瘦削，眼睛奕奕有神，显露一种精力过人的样子。但是他朴素恭谦，又像一个老学究。他一开口就说苏区还没有来过学生访问团，他表示欢迎。他还欢迎不断有学生访问团到这里来。这对于增加理解，消除隔阂，促成全国人民大团结，共同抗日有好处。

毛主席也询问了一些北平学生当中的新学联和旧学联对立的问题，而没有多问有关华北政治、军事等方面的情况。看起来，他通过党的情报系统，已对华北情形知道得很多，对于某些事情的了解，比我们身居北平的人知道得还要多还要透彻。日本在华北有多少兵力，怎么摆布的，他好像见过某种图表似的，顺口便能讲出一大串。

这个时候在北平学生当中，普遍存在这样几个问题——也是当时全国人民最关心的几个问题：西安事变和平解决之后，国共合作能不能完成，会不会有变化？战争究竟打不打得起来？如果战争开始了，我们中国能不能打胜？

以上几个问题，在我们自己心里本来已有答案，且深信不疑。但是有机会听听有见识有眼光的当代政治家亲自谈论，那就更好了。因此我们在下午见面之前，已把题目送去了。毛主席见了我们，简单地寒暄了两句之后，就径直回答这几个问题。

中国古代人对于善于言谈的人，常用“语惊四座”这么一句话来形容，我们听了毛主席的讲话，觉得他的话不只让在座的我们震惊和开窍，还能够鼓舞亿万中国人，增加大家的信心和勇气。他有世界上最先进的理论根据和最科学的分析，他对于中国人民和人民的潜力了解得那么清楚，他的历史知识和军事知识竟是那么渊博，他讲了许多战略和战术问题，都是我们这些大学生们闻所未闻的。

一个月之前我听到斯诺的介绍，才开始知道一点点毛泽东的真相。到达延安三日，各种关于毛主席的传说，纷纷从各方面传来：他是中国共产党最早的党员之一；党初期的领导人或右或“左”，犯过几次路线错误，他都站出来纠正；他领导农民起义，根据地成立中华苏维埃共和国，把红旗举起十年之久；进行了历史上空前的长征；西安事变之后，不少红军在感情上一时转不过来，不赞成释放蒋介石，他坚持放蒋致使国民党不得不改变对日投降政策。我想马克思主义的理论，是时势造英雄，不是英雄造时势。但是也不是绝对的。毛泽东的抗日战争理论，必能领导一个时代的进程。

我们听着毛主席的讲话，一直听到天黑，窑洞中点上蜡烛，后来大概到了八九点钟，才回招待所吃饭。过了三天，毛主席对延安的积极分子们做“统一战线和抗日问题"的大报告，发给我们十张票，我们又去听了一次。这两次听毛主席的讲话，大大提高了我们对于当时形势的认识，是我们到延安的许多重大收获中的最重大的一项。

十一、春郊试马

延安的朋友们听说我们这十个北平学生对于抗日很积极，对于军事问题也感兴趣，但是我们从幼小长到这么大，都没有摸到过枪，没有骑过马，便安排半天时间让我们去骑马打枪，等于对我们进行一次军事训练，也带有文娱和体育活动的意思。

这天一大早，陈赓就带着几支手枪来了，他兴致勃勃地领着我们出城去玩。史沫特莱虽已中年，对于骑马打枪很有兴趣，也来参加。

这一天天气极好，远山近水，宛如图画。温风似酒，吹动延水旁边的桃花和野花，馨香醉人。

打靶场中已经过布置了。我们到了那儿每人趴在地上向靶子上打了几枪。我以前没打过枪，看见别人打靶好像很轻松，自己打起来才发现那么近的靶子并不好瞄准，而且枪弹的反坐力和弹药爆发声吓了我一跳。陈赓示范，打了几枪给我们看，他的命中率很高，枪在他的手中很轻，不像我们拿起来那么沉重那么不顺手。

步枪打过之后打手枪，手枪比较容易打。可是我还是打不中。史沫特莱的成绩比我好得多。

这一天黄华特别请来一位有名的射击手，表演许多特技给我们看，他枪枪都中标，真是百发百中。据说这一位神枪手在莫斯科获得过几项射击比赛的锦标，蜚声国际。今天在延安，也推他第一。打过枪，各人跨上一匹马。这十几匹马，蹄声得得，沿着延水由慢而快地奔驰出去。我自小娇生惯养，怕马蹄子踢着，还没有骑过马，一年以前骑过北平郊区的小毛驴，才知道怎么跨到鞍子上去，不然今天我定会大出洋相，连女同学也不如。

随着领头的马跑得很远，直到中午才回城。陈赓谈起他身上几支手枪的来历："这支手枪是张学良送给我的，那支枪是四川军队送给我的。""我们红军的军器都是别人送的，好久不打仗，没有人送新的来，枪弹也很宝贵，不然今天也可以多打它几枪。”

“不要着急，”我们一个同学说，“不久日本人会送你更加新式的手枪。他们不是在拼命扩张军备吗？他们钱越花越多，你们将来新式武器会源源而来。”

进城下马，先送史沫特莱回她的寓所，然后大家很愉快地回到招待所。

十二、苏区人民新生活

午后我们到“内政部”访问，接见我们的是一位仅有一只手臂、面带病容的干部，他面色严肃，一直没有笑容，也许是身体不好的缘故。

以下是他做的介绍：陕北是一个十分贫苦的地方，我们红军没有到来之前，兵灾连年，人民都逃亡光了。从南到北可以走十一二天还走不完，可是这么大的地区里面的人口，还不到一百万，不抵江南一个县。从前军阀在这里统治，剥削严重，种鸦片烟，做种种坑害人民的事情，而且常常挑拨回民和汉民的冲突，引起民族纠纷，加上水土流失，气候恶劣，旱灾多次，更使这地方民不聊生。

这里人民苦到这个程度，粮食生产特别少，所以粮价昂贵，有些人要不想饿死，除掉借高利贷押印子钱，只有铤而走险当强盗，过去陕北是一个土匪多如牛毛的地方。兵灾之后，疾病随之而来，军阀们带兵在这一带住久了，梅毒也传播得很厉害。我们初到这里，一切事情都不好做。

共产党是不怕困难的，能克服困难的也只有共产党。我们到这里以后，第一件事情就是免除压在他们头上的一切苛捐杂税。这样他们才能够自由生活。本来我们是要重分土地的，现在我们执行统一战线政策，停止以往的土地政策，想另外的办法来帮助贫苦的农民。我们开银行贷款给他们，春天借种子给他们，帮助他们耕种。耕牛、粮食我们都可以无条件地供给贫农。

合作社对于农民利益很大，现在大部分农民都逐渐来参加。已经参加的在20万人左右。不久以后，这数目会更大起来。

除掉帮助他们改善物质生活，我们发动他们积极参加政治活动，让每个人都有发表自己意见的机会。现在的苏维埃，不久要改变成普遍的民主。每个人的权利都一样，并不限制工农以外的任何人。

乡苏维埃为一个农民议会的小单位，乡之上有区苏维埃，区之上有县苏维埃。以后“苏维埃”名称取消后,由乡而区、由区而县而省的系统仍然不改。

“现在这里与外面不同之处是:(一)无叫花子;(二)无大富豪;(三)无不做事的闲人;(四)文化水平在飞快地提高,到今年9月,我们可以消灭三万个文盲;(五)个个都被发动起来参加政治活动、公益事业,大家都热心。将来对日抗战开始,我们从青少年到老弱都组织起来参加赤卫队、少年先锋队、抗日青年队,大家准备随时开上前线。”

在交通方面,我们修了不少的路。在甘肃、陕西的苏区内,我们自己设有邮政局,我们有自己制的邮票,你们可以带点回去做纪念。

我们最近想办些医院之类的公益事业,但处处受到经费的限制,没有办法。可是我们始终不放松,在努力设法。

我们最快乐的事是把文化水平普遍提高了。人民无知无识多么痛苦。今年年底我们一定要消灭五万文盲。

苏区内政当中,对于“优红”工作很重视。“优红”的意思就是优待红军和他们的家属。

红军的生活这里暂且不提,办理内政的人们,用很大的力气去做优待红军家属的工作。他们知道,红军是为了保障民族的生存和劳苦大众的利益而建立的,是一种自己组织起来的队伍,和过去历史上招募而来,为别人拼命替别人当奴隶的军队完全不同。他们的家庭,政府有照顾的责任。

从消极方面来说,一个农民参加红军之后,若是顾虑家庭,打仗一定打不好。优待好他们的家庭,至少不让他们产生后顾之忧。有些劳役,红军家属可以免除。妇女生产婴儿,公家给予物质上的补助。在春耕的时候,发动别人来代耕红军家属的田。人民所享受的权利,红军家属优先享受。

红军死伤受到抚恤,他们的妻子和父母能够终身受优待、受尊敬,这和国民党对待他们的伤亡军人及其家属根本不同。

红军在没有战事的时候可以回家,亲属也可以到防地去看望他们,旅费由公家发给。

一个红军能够受到这样的优待,必定能忠实地执行他的任务,不必分心想家。同时,别的农民见了,也愿意去参军。

内政部用很多时间帮助人民解决婚姻问题。在陕北,以前也是一桩不好办的事,现在已经上轨道了。

苏区中婚姻自由，一夫一妻，不许娶妾。

结婚和离婚都很容易，只要男女双方同意，登记以后就获得合法的地位。但是和自己无力独立生活的女子离婚，男子须给被离去的女子以生活的帮助。离婚以后的子女，父母各有一半抚养的责任。若是母亲不能独立生活，由父亲负全责。

初行这种法律时，大家看见离婚的手续简单，很多人来办离婚，过了些时候就减少了。因为许多不合适的婚姻，在旧制度下无法解除，一遇到新制度，自然就解除那久久不能解决的痛苦了。

童养媳绝对禁止，以前那种买卖婚姻，也不复存在。没有钱的男子可以自由娶妻，不需要聘金和彩礼。以前陕北风俗，聘金等等数目很大，在经济的压迫下，多少壮男不能娶妻，多少少女误了青春，而土豪劣绅则享受过分的淫乐，现在不然了，婚姻不受金钱的支配。

别处常常看见一些青年因为婚姻不自由，感到苦恼甚至自杀，这里绝对没有。苏区青年们快乐地解决了这个问题，把全部精力贡献到挽救危亡的祖国的事业上去。

婚姻问题解决后，娼妓也完全清除了。梅毒不再传播，就没有机会害人了。

还有一桩好笑的事情可以谈一谈，当初红军初到陕北的时候，甘泉、肤施一带，家家张灯结彩，娶媳妇嫁女儿的，每天起码有几十家。当初我们以为当地风俗，作兴在某一个季节内完婚，未加注意。后来才知道，这些人听信谣言，害怕“共产共妻”，赶早办理婚事，以免被人占先。这种可笑举动，最初去劝解，当地人还不信，后来当地人民看见红军和共产党比满口仁义道德的老夫子还要规矩，才放了心。

十三、晚会之前

我们从内政部出来，没有回招待所，直接去参加中央局的晚宴。

延安人们的生活习惯，平常伙食很简单，天天小米饭，一天几分钱的菜钱，只有逢年过节，庆祝重要纪念日才吃点好的。另外，开重要会议的时候，搞点肉食美味。

现在正在举行的西北青年救国代表大会受到中央局的重视，加上从上海来了三个《申报》记者，中央局招待他们，我们十个北平学生凑巧碰上，也受到邀请。用过去的套话说，我们“却之不恭”，只有“敬陪末座”。

大厅里设下几十桌肥鱼大肉，可能因为没有那么多大碗大盘子，干脆用洗脸盆盛菜摆出来了，丰满实惠。我们口福不浅，入席后即埋头苦干，席上别人讲了些什么，没有心思去听，也没有听见什么。

吃完饭，我们挺着肚子去参加晚会，延安常常开联欢晚会，有种种文艺表演，很受大家欢迎。今天的晚会是为欢迎“西青救”的代表而召开的，会址就在基督教礼拜堂“西青救”开会的地方。我们是远客，受款待，被引到前排的座位上，和上海的记者先生坐在一起。毛主席一摇一摇地来了，插入“西青救”的代表们当中坐下。会场中响起青年们的歌声，是各个不同的代表团分头唱的，这个角落的歌声刚完，那一边的歌声又起，彼此衔接，一直没有中断。忽然，不知由谁发起，向我们挑战，有几个人同声喊道：

“请——北——平——同——学——唱——歌！”

此言一出，引起全场的掌声，接着便有很多的人照样这么同声喊叫起来，并且在这句话的末尾，增加了四个字，那就是：

“不——要——客——气！”

北平的学生搞救亡歌咏活动已经搞了很久了，我们常常用这个方法去进行宣传，用这个方法团结音乐爱好者，并且用这些有丰富内容的歌声鼓舞自己向前进。肚子里装满了歌，今天进入会场听见歌声四起，本来已有跃跃欲试之心，现在一听见点名，马上就站起来齐声高唱。唱的是昨日听见温涛说尚没有传入延安的苏联歌曲《苏联进行曲》：

我们祖国多么辽阔广大，
她有无数田野和森林；
我们没有见过别的国家，
可以这样自由呼吸，
我们没有见过别的国家，
可以这样自由呼吸！
春风荡漾着广大的地面，
生活一天一天更快乐。

世上再也没有别的国民，
能像我们这样欢笑。
如果敌人要来毁灭我们，
我们就要起来抵抗，
我们爱祖国有如情人，
我们孝顺祖国像母亲，
……

唱完此歌，我们在热烈的掌声中坐下，我心中有一种说不出来的味道，不知是痛苦是高兴。这是苏联人唱的歌呀，我们的中国离这种境界还远得很呢！

“西青救”的代表们又喊：“再——来——一——个！”“再——来——一——个！”

我们十个同学没有客气，又唱了另一个苏联的新歌《快乐的人们》。

我们唱完还未坐定，一片新鲜的叫喊声音又出来了，目标换了方向，跟着喊的人更多，声音量也更雄厚，那就是：“请——毛——主——席——唱——歌！”

掌声、乱喊和口哨闹成一片。毛主席慈祥地笑着，亲切地向大家招手，顽皮的青年们鼓起掌来，有节奏地齐声鼓掌。这并没有发生什么效果。毛主席坐在长凳上岿然不动。坐在他左右的青年代表把他拉起来，掌声四起，但是他又坐下去了。人不是万能的，在大会场中表演独唱并不容易。在这闹得不可开交的时刻，由毛主席夫人贺子珍出来解围，由她唱了一支歌，满足了青年们的热望。我看了这短短的一幕非常感动，苏区里上下一心，亲密团结到这个程度，是我没料想得到。毛主席平易近人，一点架子也没有，把青年们当作自己家中的子弟，那就会吸引全国优秀的好青年都往他身边跑，谁也阻止不住。

十四、富有教育意义的晚会

会场中热热闹闹地唱了半个小时，舞台上蓝色的帷幕方才拉开，开始演话剧。

第一个是独幕话剧名叫《父子兄弟》，剧情紧张沉痛。讲的是我国东北同胞在九一八事变后，受到日本帝国主义压迫，生活困难，骨肉互相残杀的故事。

有一家共有父子三人，哥哥在外漂泊多年参加了义勇军。弟弟长大了为了供养老父，在各种职业都找不到的情况下，到伪警察局当上了违反自己良心的警察。帝国主义最毒辣的手段是利用中国人杀中国人，当警察的必须像猎犬那样常咬人才能自存。有一天父亲不在家，哥哥自外地回来，兄弟二人因多年不见面互相不认识，弟弟见哥哥身上暗藏手枪，便执行警察任务盘问起来，彼此发生冲突，最后弟弟开枪打死了哥哥。父亲从外面回来，细细看死尸的面貌，告诉小儿子说这是他的哥哥，弟弟惭愧悲伤交集，自己也去当义勇军。

这个短小的悲剧是由抗大学生演出的，三个演员都演得不错，许多台词含有深长的意味，台下观众看下心里悲愤，也加强了"中国人不打中国人"的感受。从沦陷的东北人民灾难生活，指出抗日战争不能再延缓了，大家必须坚决抗日，如果受到日军的统治，父子兄弟都要同归于尽，那真是太惨了。

第二幕话剧名叫《最后的秘密》，描写西班牙内战中法西斯头子佛朗哥部下虐待工人的惨状，同时表现西班牙工人的英勇无畏。剧中佛朗哥手下的法官（廖承志饰）用白开水引诱一个在狱中吃了数日咸鱼当饭的工人（朱光饰）叛变告密，可是这个工人不受利诱，不怕酷刑，始终不讲秘密印刷所在什么地方，并且作了一个假供，引出一连串富有戏剧性的情节，最后西班牙革命政府军攻入叛军的占领地，把这个工人夺回来。

《最后的秘密》比《父子兄弟》场面大，剧情曲折，表演的时间长，加上廖承志、朱光两个延安名演员十分卖力，所以获得良好的效果，全场鼓掌多时才歇。

晚会最后的一项节目是表演"活报"。"活报"是从苏联学来的一种轻骑式的短小杂剧，集音乐、舞蹈、唱歌、对白各种形式的优点于一炉，随时以人们喜闻乐见的方式报告政治消息、学术思想、生活情况。与文艺中报告文学相似，是一种良好的宣传方式，也是外地没有见过、只有延安搞得特别有成绩的新剧种。

今晚活报演了三个节目，即是由一群穿着特制衣服的儿童表演的《联合战线》《音乐会》《陆海空军总动员》。

1937 年 5 月，我在上海洪深主编的《光明》杂志上发表过《肤施（延安）的话剧与"活报"》一文，这里只讲这么多，就不再细写了。

十五、人民军政大学

我们在延安第四天的访问目标，是人民抗日军政大学——著名的抗大。

校长林彪很客气地接待着我们，并介绍了抗大的概况：

这个抗大，原先是红军大学——“红大”，抽调红军中的青年干部来此学习。红军在长征中不断吸收新血液，吸收了很多工农青年，也提拔了不少工农出身的青年战士成为干部，他们有革命——打仗的实践，也非常积极，但是缺乏政治理论修养，文化水平也不高，为了培养这些人，便开办了红大，第一期人数300人，成绩不错。西安事变和平解决之后，东北军、西北军退出西安，国民党特务们来了，压迫进步分子，于是西安许多进步青年只好向陕北退。他们进入苏区，对各方面的情形不熟悉，需要学习；他们自己感到自己理论上空虚，不知道抗日战争怎么搞，更需要学习。共产党为了培养将来抗日的干部，便把红军大学改变为人民抗日军政大学，以一种新的教育方法为祖国大量地培养抗日战争的干部。目前的抗大第二期，共有学生一千余人，除去西安青年，也有上海、南京、北平和别的城市前来的进步青年，在校学习得很好。

抗大最初只有几个窑洞，不敷使用，便借用原先陕北的最高学府——延安师范的一部分房屋，另有一些简陋的土屋，都是学生们自己担泥筑成的。我们从未名湖畔宫殿式大学校舍里来的人，对于这些贫寒的土屋，实在觉得不很像样。

这个学校与国内任何学校有个根本的不同，它不是单纯用填鸭式的办法向学生灌输死书本上的知识，而是本着救国救民的愿望，用当代最进步的理论、最宝贵的斗争经验来武装学生，培养学生们成为一些有政治、军事各方面能力的革命干部。抗大的校训很明确，即是：

坚定不移的政治方向，
艰苦奋斗的工作作风，
机动灵活的战略战术。

毛泽东、洛甫、博古一些高级领导人员以及在延安的进步哲学家、经济学家都是抗大的教员，他们都重视这个学校，花很多时间准备教材，来校讲课。我们来到学校这天，中共党校校长董必武老先生也在学校，他在课余时间，接见了我们。他蓄有两撇燕尾式的胡须，是长征过来的五老之一。他在清朝考过科举，早年参加同盟会，留学日本，研究政法。在第一次国共合作时期，他曾经担任国民党中央委员，是国民党的前辈，在共产党中更是前辈，在共产党尚未成立之前，他就是中国共产主义小组的成员之一。

董老对我们亲切热情地讲了许多话，从当前的形势到抗日，讲了他的看法，由于他熟悉国民党内部情形，他看到国民党内部现在虽然有许多矛盾，但是其消极倒退的方面必将在大时代中被纠正，不能不对日作战。

我们在教室外边参观，看见学生大部分坐在泥土地上，少数坐小木板凳和砖砌的座位上，黑板只有一小块，教员不肯多写字，原因是节省粉笔，在日用物品不丰富的延安，粉笔也成了珍贵物品。我们看到这些，得出一个结论：抗大的物质条件比全国任何一个大学都艰苦，抗大学生的爱国热情和精神状态比全国任何一个大学都要高。

延安经济困难，抗大粮食不够，前一段时间，学生有时只能吃八成饱。但是这些学生不以为苦，感到现在比长征不知好到哪里去了，彼此谦让从不叫苦。原先延安有个规定：各单位工作学习人员，大家一律是 5 分钱的菜金。后来毛泽东和中央局要人提出要求，把他们自己的菜金改为 3 分菜一天，其他工作人员 5 分如旧，而把抗大青年学生的菜金改为 7 分钱。领导这样吃苦在前，怎能不鼓励抗大学生努力学习呢？

我们在抗大参观一周之后，在篮球场和抗大篮球队比赛篮球。一方是美国基督教会在中国创办的贵族大学学生，一方是普罗列特里亚的大学生，两军对峙，不进行阶级斗争，而是友谊情重把一个篮球抛来抢去，这在历史上大概也是创举吧？从这一点也可以看到，这是新事物的萌芽，全国人民大联合，正是大势所趋。

抗大篮球队员是千人之中选出来的，身高力大，技术熟练，越打越勇敢。我们这几个人都不是好手，只有招架之功，并无还手之力，结果大败。延安城不大，球迷还不少，抗大和北平学生赛球的消息传出去后，真有不少球迷远道来参观，当时球场四周观众围得满满的，非常热闹。

篮球赛过以后，抗大招待我们吃饭。董老自己陪我们，他殷勤劝我们加餐。我们看见桌上热气腾腾一大脸盆白米饭和六样荤菜，觉得和抗大同学们所吃的差得太远了，不敢举箸，但是也不敢拂逆董老的盛意，推让了几句以后，即狼吞虎咽，饱食而归。

十六、红军为什么打胜仗

如果把历年白区报纸上所公布的“歼灭赤匪”的数字加起来，那会是一个大得不得了的数目，为什么红军到今天仍然有这么庞大的队伍，战斗力越来越强呢？国民党一直占据沿海富庶地区和工业城市，有强大的物质基础，而红军相反，一颗枪弹也不能制造，他还是打了许多胜仗，这又是因为什么？在白区里，从来没有人谈过。这几天我们听了许多长征故事，感到不够，还需要弄明白红军打胜仗的原因，花下一个下午的时间，和几个红军干部进行座谈，听了他们一些“总结性的发言”心中非常高兴。

为什么高兴？因为即将来到的抗日战争，两方强弱不均，正和红军与国民党军队之不均有些相似，日本武器精良，装备齐全，将占有大城市，中国被迫深入内地，上山下乡。观之红军能够以弱者打胜强者，那么中国人和日本打起来，也一定能够最后胜利，这是一个活生生的历史实例，令人鼓舞。

红军根据形势和敌我双方各种物质条件而制定了他的战略。这个战略的正确，是获胜的主要原因。根据这一战略，即有灵活的游击战，尽量避免阵地战，常常避实就虚，不去死守挨打，不断主动出击。不断的胜利必然巩固军队的信心。

红军本身坚强，是获胜的另一原因。

红军本身坚强，是三个要素构成的：

甲：有群众基础

红军是为人民打仗的，人民深深知道。敌人来了，也需要人民，不能把人民都杀了，这些人民处处帮助红军，进攻有人引路，退守有人掩护，给养和运输都有群众帮忙，打起仗来就不费力。

红军深知人民的疾苦，帮助他们打碎自己身上的枷锁，向他们做大量的宣传工作和组织工作。

乙：高度的政治教育

红军和旧中国各种军队有一个根本不同之处，就是红军素质好，每个指战员都知道他们在为自己战斗。旧中国的各种军队都是招募来的，那些受到水旱天灾逃荒要饭的人没法生存，只好当兵吃粮。他们那种兵和红军不可同日而语。

红军是一个学校，每个战士不断受到教育启发，懂得政治形势，懂得中华民族已经到了最后关头，有正义感、责任感，所以他们每个人都能成为独当一面的战斗员。

丙：生活健全

红军指战员都生活在一个团结友爱的大家庭里，不像旧军队那样受军阀和特务的压迫，过着民主、自由、纪律的生活，每个人的积极性都发挥出来了。

红军纪律简单明了，大家都自觉地遵守三大纪律八项注意。

三大纪律八项注意不是法律学家制定的，也不是从外国军事辞典上抄来的，而是红军在10年内战中根据实际需要自行订立，经过考验，行之有效。三大纪律是对待自己约束自己的原则；八项注意是对待别人和群众之间关系的原则，红军中从生活检讨会到特大的批判会，无不以这十一条做议论研究的准绳。

三大纪律①：

1. 服从命令；

2. 不要工农一丝一毫；

3. 打土豪归公。

八项注意：

1. 上门板；

2. 捆禾草；

3. 上厕所避人；

4. 买卖公平；

5. 说话和气；

6. 借东西要还；

7. 损坏东西要赔；

8. 不搜富农腰包。

十七、不寻常的一课

第六天的一课，与以前几天不同，是两位共产党领导人在两个地方同时接

① 这里所录的三大纪律八项注意与后来正文有出入，仅存当时所记，未作纠正。

见我们。十个同学，自己愿意去见哪个就去见哪个，每人只有一个机会，没法兼顾。

十个同学中有六个愿意见朱总司令，因为朱总司令名气大，吸引力强。其余四个人去见马列主义理论家博古同志。

形式上是时间紧迫，我们快要离开延安了，没有较多时间去一一访问延安重要人物，只好一天会见两人。实际上有一点秘密，即是共产党中央书记处书记博古同志要和这十个人当中的共产党员谈谈，又不好意思明叫党外同学不参加，故而用此办法。借朱总司令的声望吸引那六个同学，剩下我和另外三个党员，来到博古同志住处。

博古同志看起来很年轻，30 多岁，头发剪得整整齐齐，戴着一副细黑框子的眼镜，满口吴侬软语（我对于江苏南部各县的口音分辨不清，只好笼统称之为吴侬软语），其中很少夹杂南腔北调。他手上拿着一支很精致的美国派克自来水笔，说话时挥动自来水笔助势，像大学校里的青年教师，想不到他竟是从苏联回来经过地下活动和长征，担任共产党领导职务的重要人物了。博古同志讲话清清楚楚，有条有理，记下来无须修改，便是一篇好文章。

一开头是博古同志叫我们汇报北平学生运动中的新情况，继之他又询问我们，你们入党以后有些什么思想变化，对党有些什么要求？党的工作中有些什么问题？新闻学系同学陈龙首先发言，他说："我入党快一年了，没参加过党的会议，没看见过党的文件，只叫我送东西，从城里送到城外，从城外送到城里，总是一包东西，不许拆看。做一个党员就只有这么一点义务和权利么？"

陈龙是个印尼华侨，普通话讲得不好，加上这句话的内容有点怪，引起大家的笑声，博古同志说："当交通员是地下工作中一项重要的工作，因为常常到外面去送东西，暴露的机会多一些，危险性也大一些，大概他们因此不让你多认识党内同志，不让你多知道党内秘密。这么做是不对的，回去你可以向领导你的同志直接提出这个问题，学习党的政策和党的知识都是必要的，不能光使用不培养。"

接着我讲了一个比较复杂的问题：

从 1936 年下半年以来，在民先内部（也就是在党内）已经出现了一个"元老派"和"少壮派"意见不同的问题，前者右些，后者左些，两派之间，鸿沟越来越深。到了西安事变之后，资产阶级报刊《国闻周报》《大公报》发表一些文章，反对中国共产党抗日统一战线中的独立自主政策，侈谈“抗日应以国民党为中心，不容许有一个以上的政府，一个以上的军队”，劝学生“不要为那五彩缤纷的标语口号所迷惑”。“元老派”这一边的代表人物、曾经担任过中共北平市委宣传部长的清华学生徐芸书（高阮）竟然公开发表投降主义的文章，主张“无条件统一”，“我们应该提出的口号是要求无条件统一，我们要求全国的一切力量，各方面的政治、军事、经济、社会力量，在大患之前无条件地统一起来”。徐芸书意见错误明显，受到大多数进步学生的反对，“元老派”垮台，所有倾向“元老派”的人在民先、学联以及各学校中都落选了，比较年轻的“少壮派”登台，充当领导，当然，在党内也有不少的人事更动，都是必要的。我也赞成“元老派”的更换下去。但是，“少壮派”当领导以后有些做法我也有怀疑，在燕大党支部之内，竟被停止联系（即是不宣布的“开除党籍”）十余人，这些人都是“一二·九”初期的积极分子，立过汗马功劳，并不是坏人，有些人是意见不同，观点错误，不应当都当作徐芸书的同伙受到这么重的处分。“少壮派”还有一个很不近情理的做法，把燕大党支部的几个支部委员都罢免了，换上三个刚进燕大并不了解燕大情况的党员当支部领导，只听区委或学委吩咐，不听下边的意见，把燕大民先搞得严重脱离群众。燕大学生会是“一二·九”之前就由左派学生掌权的进步学生会，原来在全校学生中威信很高，现在的党支部领导只听上级指挥，一意孤行，竟在1937年春季一年一度的全校学生会选举中，造成民先队员全部落选的后果，学生会主席、副主席、文书和执行委员等等，都在全体学生大会上选上复兴社、诚社分子和其他国民党观点的分子。这些国民党分子抓到学生会领导权以后，立即召开全校学生大会，通过一个燕大学生会退出北平学联的议案，去挖北平学生运动的墙脚，使得北平学生运动受到很大的挫折。在这时候，那些被停止联系的“元老派”，不甘寂寞，在悄悄散布流言，对某些党员说：“现在北平的市委，和党中央联系不上，关系断了。”我想问问党中央，北平市委的关系有没有断？

博古同志很注意听取我所讲的话，首先告诉我们一点：“北平市委关系没有断。现在领导北方工作的是一个很稳当很有经验的同志，你们不应当对上级有一点怀疑。”

接着博古同志不断挥动手中的自来水笔，一口气向我们发表了长篇讲话。其要点是：首先，学生运动意义非常重大，在白区掀起了的抗日高潮，逼使资产阶级不能不改变他们的政策。现在全国的救亡运动中学生运动是一个主流。各地学生都在看着北平学生怎么搞,因此北平学生怎么搞,一举一动都对全国发生影响,你们必须加强自己的团结,不要去听谣言,相信党的领导。个别学校中搞的过左,也是难免的,必须发扬党内民主,按规定的手续讨论,和向上反映意见。你们这次到延安来,把这些意见告诉中央,我们很欢迎。现在交通比过去方便了,以后有什么事情,可以再来找我们商量,祝你们在下一步工作中取得胜利。

临别之前,我又向博古同志提了一个问题,即是:“瞿秋白《多余的话》,究竟是真的还是假的?现在进步人士都说那是国民党假造的。在我看来,国民党那些人没有本事,连伪造也造不出来。我看了以后,没起好作用,只觉得知识分子不适于干革命,起了消极作用。”

博古同志说:“《多余的话》真是秋白写的,不好。他不应当写。真是多余的话。”

十八、再会吧!延安

一个星期的时间过得飞快,我们就要离开延安了。在登程的前夕,第二次进谒毛主席,向他辞行,毛主席在史沫特莱的寓所中接见我们。

毛主席和我们十个人每人紧紧地握手,然后说:“现在国共合作,大致没有问题了。在全国和平统一的形势下,你们可以高高兴兴去开展工作,我们对于爱国有觉悟的北平学生,怀着敬意。”

我们说:“主席的夸奖不敢当,我们回去一定要和北平各校的同学一起努力做好救亡工作,来报答你们共产党这样盛情的款待。”

毛主席说:“从最近的情况分析,日本不久就要进攻中国,北平成了国防前线,希望你们努力去团结广大人民,迎接伟大的抗日战争。”

我们本来要求毛主席与我们合摄一张照片,以留纪念,毛主席已允许了。最后因为数日之前,发生了一起国民党政治土匪在延安以南不远的劳山,武装袭击周恩来副主席所乘汽车的案件,看到国民党中反动分子气焰还是很高涨,他们杀害进步人士的政策一时间难改变,如果我们带着一张和毛主席的合影到北平去,将来会让我们增加麻烦和危险,为了爱护我们,照片就不照了。

第二早晨,有一个同学欧阳方留下进抗大不走,其余九人搭上没有装载东西的运货车，循原路驶向西安。在车上我思潮如涌，想着许多问题。

一、共产党的苦干精神太好了，在这样贫瘠的土地上，事事办得这么井井有条，真不容易。全国要是都在这样的统治之下，何愁弱国不变强国。

二、学习风气之浓是全国各地所没有的。领导人吃苦在前享福在后的精神和国民党贪污腐化、荒淫无耻正形成明显的对照，就凭这一点，就能受到全国人民的拥护。

三、根据许多人的判断，抗日马上就要开始了，我们欢迎这个伟大的新时代就要到来！

四、延安也有不好的地方，例如工作人员人人口中一根香烟，实在是不必要的浪费，虽然土产的香烟售价不高。

十九、永远不会泯失的记忆

我们回到学校，像斯诺在夏宅向我们介绍陕北的情况时一样，向“民先”的同志们汇报了去延安的经过和见闻，让大家看了许多延安的油印书籍和刊物。继之，我又在赵承信教授的社会调查班上，写了一篇延安调查论文，写这一篇论文有很大的好处，使我把林老所讲的财政经济和内政部人员所讲的婚姻法等又回忆了一遍，加深了印象，此外，还半公开地向更多的同学们介绍延安情况和抗日民族统一战线的理论，在漫漫黑夜里，让更多的人看到北斗星的光辉。这样，同学中第二个“燕大学生延安访问团”也组织起来了，又沿着斯诺开辟的这条路线奔向延安。

毛主席对日本将要发动战争的判断，果然极其准确。七月七日，我跟着北平“民先”组织的游击训练班在西山露营时，听了大半夜的炮声。这是卢沟桥的炮声，伟大的抗日战争开始了。

北平失守后，党组织通知我们这些平日“色彩太红”的学生马上转移。三个月以后，我辗转来到武汉。当时抗战虽已全面展开，但还存在着国民党妥协投降的危险。这时我忽然想起斯诺的《红星照耀中国》和他的二百多张照片来了。假如这些材料在这时能公开发表，那该能动员多少青年进入陕甘宁边区，那该给全国人民多么巨大的希望和鼓舞，那该多么明显地比较出共产党和国民党谁能领导抗战，谁是谁非，谁救国、谁误国啊！此时我才进一步估量到斯诺的著作的价值,我也进一步怀念起这位真正同情中国人民的美国老师了。

1937 年 10 月,我住在汉口一家大旅社三层楼的一间宽敞的房间里。这家旅社的小主人曾昭正,是因响应"一二·九"运动而被武汉大学开除的大学生,又是一个爱好音乐的人,这时正在汉口大搞"大家唱"歌咏运动。因此,他就把冼星海这个音乐家和我这个北平流亡学生,招待在一间有钢丝床,铺着地毯的豪华的客房里,完全免费。冼星海每晚和我谈抗日,谈统一战线,越谈范围越广。我就忍不住向他介绍延安情况,冼星海对此大感兴趣,越问越多。这样,我们每晚都谈到半夜,我一直回溯到在夏仁德家中看斯诺的照片、原稿和电影的情景。有一回,冼星海提出了问题:

"既然你们美国教师的著作大家没法看到,你就自己动笔写一本,不好吗?"

我说:"惭愧!我本来不是为写书而去延安的,所搜集的材料也不及斯诺的百分之一。现在连那薄薄的笔记本也没有带出来,光凭一点记忆,没法写。"

冼星海说:"我听到你所讲的就很感兴趣,只要把这一些东西写出来,告诉大后方一直被关在铁桶里的青年,就是做了一件好事。"

我觉得冼星海说得对。不但当时的形势迫切需要宣传延安,而且现在也有宣传延安的可能——国民党刚刚失去南京城,惶惶然如丧家之犬,一时还顾不上严格的图书检查;何况国民党还想装出一点放宽言论尺度的样子。此时郭沫若的第三厅刚在汉口开张大吉。

假如我们给他一个措手不及,很快地印出这么一本书来,倒是一个好机会。于是我就去找进步出版商、上海杂志公司经理张静庐,张的态度很积极,他说,不怕印出来被查抄,赔本也要出。在这种情形下,我就写了一本汇报我们去延安经过的小册子,叫作《活跃的肤施》①,署名"任天马"。延安又名肤施县,"肤施"两个字不像"延安"那么有名,等到国民党宣传部的官老爷发现其内容是在用铁一般的事实打他们的嘴巴,到书店查询时,书已经出了两版,送到各省青年的手中去了。

(选自《沿着斯诺的足迹》,气象出版社 1996 年 1 月 1 版)

---

① 《沿着斯诺的足迹》一文,于 1982 年秋季发表在《十月》文学双月刊上,广东有个朋友见了,在中山大学图书馆中,抄了《活跃的肤施》中的一些材料给我,我根据这些材料,又找旧伴共同回忆,乃在 1986 年改写成此文。——作者原注

舒芜（1922—2009）

中国现代作家、文学评论家。安庆桐城人。本名方管，学名方硅德，字重禹。1938年向《广西日报》副刊《南方》投稿时始用“舒芜”的笔名。1937年考入高中时适逢抗战爆发，即参加抗日救亡活动，并为《桐报》主编副刊《十月》。1940年辍学，在湖北、四川等地农村任小学、中学教师。

1944年至1949年，历任国立女子和师范学院、江苏学院、南宁师范学院副教授、教授，进行文学、哲学的教学与研究。1945年初在胡风主编的《七月》上发表《论主观》一文，成为一场长达5年之久的文艺论争的主要焦点之一。这时期还创作了不少杂文，结为《挂剑集》。1949年后任广西文学艺术界联合会研究部长、南宁市文联副主席、市人民政府委员会委员、南宁中学校长。1952年到北京，历任人民文学出版社编辑、编辑室副主任、编审。1979年开始任《中国社会科学》杂志社编审，致力于周作人研究，著作甚丰。2009年8月18日23时许因病在北京逝世，享年87岁。

朝云墓前偶感

朝云墓是惠州的一处名胜，新建的苏东坡纪念馆就建在墓旁，游人总要来看一看。我也来看下，还念了题墓的对联，看不出怎么好，没有抄下来。我倒是另外想起了一些事。

我想，朝云的出名，当然因为她是东坡的爱妾，能歌善舞，吐属风雅，跟随东坡远谪岭南，才三十二岁就死在惠州，东坡为她写了墓志。但是，东坡的正室夫人王氏，东坡也为她写了著名的悼亡词《江城子》，词中也有“千里孤坟，无处话凄凉”和“料得年年肠断处，明月夜，短松岗”之句，为什么王氏夫人的墓就没有朝云墓这么出名呢？

其实，也不止一个朝云，妾媵比夫人出名，妃嫔比皇后出名，丫鬟比小姐出名，青楼比良家出名，这在中国封建社会中，特别是在中国封建社会的文学艺术、民间传说和社会舆论中，一向是普遍的情况。这里面的原因很复杂。我先前多从坏的一面着想，认为妃嫔、婢妾、娼妓的身份，本来就是“可狎而玩之”的对象，她们之所以出名，无非由于她们可以供文人画师乃至闲杂人等的意淫的需要罢了。现在想来，事情的确是这样，这是诸种原因中最主要的一个，我并不想改变自己的观点。

但是，事情也还有另外一面。中国封建礼法有一个最大的特点，就是规定人们必须做出死相，上等人必须做出倨傲僵硬的死相，下等人必须做出低眉顺眼的死相。而正室夫人、千金小姐之类，一方面对于婢妾、娼妓等人，是上等的贵人；另一方面，她们在夫权父权面前，却又是下等的贱人——于是她们一身而二任，既必须倨傲僵硬，又必须低眉顺眼，成为双料的死相。在她们身上，女性的美，外形和心灵的美，都是被压制的。几千年的中国历史上，名门闺秀，正室夫人，而能以文才、容貌和美好的爱情生活这三条兼备闻名者，似乎只有一个李清照。此外的夫人小姐,可以以适应夫权父权需要的贤德贞孝著名,可以以温柔敦厚思不逾检的文章艺事著名,若问她们的容貌如何,爱情生活怎样,单是提出这个问题便是大大地亵渎了。相对来说,对于婢妾青楼,封建礼法便不过分要求她们装出死相,倒是容许她们为了供男性的享乐,尽可能美一些,“知情识趣”一些。当然,这也是极狭窄的、极扭曲的、极变态的、极可怜的范围。但封建中国的女性,也只能在这极狭窄的、极扭曲的、极变态的、极可怜的一点点范围之内,稍有一点点发挥其女性美的机会。这样看来,在封建社会的文学艺术中,民间传说中,社会舆论中,婢妾青楼之所以总比夫人小姐出名,除下她们能满足各色人等意淫的需要是最主要的原因而外,也未尝不掺杂着若干程度的女性美的正常的欣赏爱慕的成分。这种欣赏爱慕,是不是“永恒普遍的人性”,我说不清,但是它相当有力、总要表现,不能正当地表现便扭曲地表现,却是事实。先前我只从坏的一面着想,而完全抹杀了掺杂在一起的正常的审美成分,也是太简单了一些。可见,善知人心,说来容易,做到也并不易。

1982 年 5 月于北京

(选自《舒芜小品》,中国人民大学出版社 1993 年 9 月 1 版)

“牛棚”读书小忆

外地一位朋友从《求是》上看到我的小文《“鲁迅杀头”诗话》，来信告诉我一件事：“他在‘文化大革命’中，成天喂猪食扫猪屎之余，还想找点书读。别的书不能读，手边幸有残存的《鲁迅全集》某卷，心想这不成问题。一日，正在看书，被一位既是走资派又是造反派的撞见。他翻书一看：‘嘿，你喜欢看鲁迅的书吗？’我随声应是。不料他又说：‘你知道吗？没有毛泽东思想，鲁迅的文章也会是反动的！’说罢就顺手牵羊，把书带走。我瞠目结舌，哭笑不得。”

那位朋友接着做了一些分析：不知所谓“没有毛泽东思想”，是指鲁迅没有呢，还是指读鲁迅的书的人没有呢？若是前者，则鲁迅逝世之年，据说毛泽东思想体系尚未形成，那么如何而后能起鲁迅于地下，叫他来背诵“老三篇”“新四篇”呢？如是后者……

他的分析，我不去详述了，我觉得他这是用杂文家常用的故作痴呆之法在绕弯子。其实，那位“走资派”兼造反派的意思并不深奥，无非是说：鲁迅的文章里有毒素，必须用毛泽东思想来消毒、来防范。而你这样的家伙，头脑里没有毛泽东思想，你当然不应该读，你会越读越反动，还是让我这个已经用毛泽东思想武装起来了的人把它没收了去吧！

那位朋友故意绕了一阵弯子分析了一番之后，其实也归结到这一点，故信中有云：“关键倒是这些革命派感觉到了鲁迅文章的‘反动’，就证明这群申公豹们的脑壳碰着了鲁迅的笔尖。‘鲁迅杀头’诗句的悲观，不是没有原因的。鲁迅使人崇敬也正因此。”

我在“文革”初起，已经无公可办，日日等着被“揪”的一段时间，也是成天抱着一本《鲁迅全集》在办公室里读。一天早晨上班，“勒令”贴出来了，我必须即时前往“牛棚”(正式名称叫“集训队”)报到。一切办完以后，我向当集训班主任的“革命派”报告说：我原来坐的办公桌抽屉内还有一本书，可否请取来给我？“革命派”一听说是书，十分警惕，厉声问我：“什么书?”我说：“《鲁迅全集》。”他默然，然后说：“好吧。”不多久便取来给我了，于是我比那位朋友幸运，在“牛棚”内仍然可以堂而皇之地读着鲁迅。我是在首都北京，而且当时是在人民文学出版社，那里的造反派的水平当然是比较高的，他们都会懂得，谁如果在那时公然说一句“鲁迅的文章也会反动”，凭这一句就可以叫他吃不消。对比之下，某省某县我那位朋友所遇到的“革命派”，就坦白得多，敢于公然说出那样的话，这与人的水平有关，也与环境有关，外省远县，大概还不清楚这里面的厉害。

然而，他说的倒是实话。我在“文革”初期读鲁迅，常常重温那篇《智识即罪恶》，觉得我们所在的“牛棚”，真像那座“油豆滑跌小地狱”，到了后期，几个朋友之间，常常交换一句：“鲁迅那篇《阿金》你记得吗?”“那写得真好呀!”彼此会心一笑，都知道说的虽是《阿金》，实际是预言了江青。这些的确都是“反动”，反“文革”而动，当时如果公开明白说出，都会构成“恶攻”之罪。

也许我这个人真是太“反动”了。现在我手边还有一本读《列宁全集》的笔记，其实自己没有记什么心得，全是列宁的话的摘抄，是我在“文革”前期读《列宁全集》1—19 卷时摘抄下来的。现在一看，其中大量是关于资产阶级在反封建斗争中的进步作用，关于研究统治阶级内部矛盾的重要意义，关于合法斗争的重要意义之类。当时特地摘抄这些，显然是由于我对当时那一套“革命”理论的反感，至少是惶惑的表现。当时通过批吴晗以至批刘少奇，正一笔抹杀资产阶级任何时期的一切进步作用，正不许研究统治阶级内部矛盾，正是一说合法斗争便罪同投降，我读到列宁的话显与这些时论相抵触时，便忍不住一一摘抄下来。当时谁也没有干涉我这样做，现在想来，即使我在某省某县遇到那位“革命派”，他大概也没有胆量来干涉吧，但如果套他的话来说，却正是“如果没有毛泽东思想，列宁的书也会是反动的”。我就可以供他做个例证。

“文革”本来是不许人读书的，但事实上许多人还是在读，有的明读，有的暗读，有的只读有限几部允许读的书，有的还要读不允许读的书，有的读在此而意在彼，有的读在书而意在人，有的禁人读书而自己却在读，有的令人读那几种指定的书而自己却不读……千变万化，无奇不有。我很希望大家都来回忆自己在“文革”中读书的情况和遭遇，写出来，存下来，便是很好的史料。

1988年10月17日

（选自《舒芜小品》，中国人民大学出版社1993年9月1版）

邓稼先

（1924—1986）

中国科学院院士，著名核物理学家，中国核武器研制工作的开拓者和奠基者，被人们誉为“中国原子弹之父”。

1924 年出生于安庆怀宁县一个书香门第家庭。1935 年考入志成中学，在读书求学期间，深受爱国救亡运动的影响。1937 年北平沦陷后，他曾秘密参加抗日聚会。后在父亲邓以蛰的安排下，随大姐去往昆明，并于 1941 年考入西南联合大学物理系。1948 年至 1950 年，他在美国普渡大学留学，获得物理学博士学位，毕业当年他就毅然回到新中国的怀抱。

1982 年获国家自然科学奖一等奖，1985 年获两项国家科技进步奖特等奖，1986 年获全国劳动模范称号，1987 年和 1989 年各获一项国家科技进步奖特等奖。1999 年被追授“两弹一星功勋奖章”。

1986 年 6 月，中央军委主席邓小平签署命令，任命邓稼先为国防科工委科技委副主任。7 月 16 日，国务院授予他全国“五一劳动奖章”。

为了中国国防科研事业的发展，邓稼先甘当无名英雄，默默无闻奋斗了数十载。他常常在关键时刻，不顾个人安危，出现在最危险的岗位上，充分体现了他崇高无私的奉献精神，被后人赞颂为中华民族的民族英雄形象。他在中国核武器的研制方面做出了卓越的贡献，却鲜为人知，直到他死后，人们才知道了他的英勇事迹。

核工业部为表彰邓稼先 20 多年来为发展中国核武器做出的重大贡献，为使他那不计名利、甘当无名英雄和艰苦奋斗、舍生忘死的革命精神发扬光大，号召全国广大科技人员向他学习。

2009 年，在中央宣传部、组织部、统战部、文献研究室、党史研究室、民政部、人力资源社会保障部、全国总工会、共青团中央、全国妇联、解放军总政治部等 11 个部门联合组织的“100 位为新中国成立做出突出贡献的英雄模范人物和 100 位新中国成立以来感动中国人物”评选活动中，邓稼先被评为“100 位新中国成立以来感动中国人物”。

回忆父亲邓以蛰[①]

邓以蛰(1892—1973),字叔存,安徽怀宁人。1917年进入纽约哥伦比亚大学,专攻哲学与美学,1923年回国。历任清华大学、北京大学教授。著名的美学和美术史家。

童年以后,我很少生活在父亲身边,但父亲的慈爱,伴随着我的一生。

我的祖籍是安徽怀宁县。1924年,我出生在那里。

父亲邓以蛰,字叔存。根据家族史料,邓家远祖原居江西省鄱阳县郊外农村。元朝末年农民大起义,此地及附近各省长期战乱,明太祖朱元璋统一中原后,下令这一地域的大批农民迁往安徽,我家祖先邓君瑞带领全家迁至安徽怀宁县城外四十里的地方,从此,邓家就在这里定居下来。这里青山绿水,村前巍峨峻峭的峰峦名曰"麟峰",山下一块形如磐石的平地名曰"白麟坂"。邓家就在倚山面水的"白麟坂"建起了家园。后来传到六代先祖山人邓石如。石如公成为清代大书法家、篆刻家,家族已发展成三个大村庄:邓家大屋、邓家老屋、邓家燕屋。

山人因受毕秋帆赠四铁砚,故以铁砚山房做斋名。山人的祖父对明史深有研究,酷爱书法、精于绘画,山人的父亲也擅长诗词书画,并喜爱刻石。山人的四世孙——我的祖父,名艺孙,字绳侯,一生从事教育,曾任安徽省教育司长。

父亲邓以蛰1892年1月9日生于邓家故居白麟坂铁砚山房,少年时代在家乡读私塾。家中祖辈在书画方面的成就对他影响很大,他常欣赏书画藏品。十三岁入安徽尚志学堂,后转入芜湖安徽公学学习两年。1907年,十六岁的父

① 作者为著名核物理学家,两弹元勋,已故。本文系由作者夫人、北京医科大学教授许鹿希整理。——编者

亲东渡日本,先后在东京宏文学院及早稻田中学攻读,在此期间结识陈独秀等人,接受新思想、新文化的启蒙,对他后来很有影响。1911 年回国后,父亲曾在家乡任教,并专心攻读英文,为留学欧美做准备。

1917 年,父亲去美国,入纽约哥伦比亚大学,一直读到研究生院,专攻哲学与美学。1923 年夏,因祖母病逝,父亲中断了研究生学业,乘船赶回家乡。

父亲一生主要在清华大学任教,新中国成立后,1952 年高校院系调整后去北京大学任教授。他一生讲授美学和美术史。

学术界称父亲是五四运动以来中国著名的美学和美术史家,和朱光潜、宗白华并列为中国现代美学的奠基者,还有"南宗北邓"之称。但父亲一生淡泊名利,从不以权威自居。

父亲为人正直真诚,谦和朴实,性格温和宁静,专心学问,多年深入书画领域进行研究工作,为中国书画艺术理论的建设,贡献了毕生的心血。在鉴赏中国古字画方面被社会公认为专家。他耐心细致地指导学生分辨鉴赏古字画真迹,指出其特点,不怕麻烦地将家中藏画悬挂起来,一一指给学生看,并做详尽的讲解。

父亲非常珍爱先祖邓石如的书画原件,即使在战乱年代,家中一贫如洗,无钱医治吐血症,全家忍饥挨饿的岁月里,也舍不得将珍藏的书画出卖。可新中国成立后,父亲将先祖邓石如的书画珍品,全部捐献给国家。故宫博物院曾举办"邓石如先生诞生二百二十周年纪念展览",展出那些珍品。

父亲一生追求美的精神境界,在清华大学任教时,他喜欢在幽静的荷塘边、树林的浓荫里散步,也常去圆明园。在北大燕园居住期间,他喜欢坐在走廊上,边晒太阳治疗他那咯血的结核病,边欣赏校园里满湖盛开的荷花。有时,他独自去颐和园,在寂静的后山小路上漫步,观赏无名的花草,或坐在山石上休息,眺望夕阳辉映下的昆明湖,沉思凝想,感受大自然的魅力,领悟哲学的真谛,从大自然的美中印证书画理论的精髓。

父亲是爱国的知识分子,他亲身经历了清朝的腐败、军阀混战、列强欺凌瓜分中国的岁月,特别是八年抗日战争时期,生活在日寇铁蹄蹂躏下,那种刻骨铭心的痛苦,让他永难忘记。父亲一生的志愿,就是中华民族的振兴,祖国的强盛。他自己长期身患重病,寄希望于儿子长大为国家做贡献。

童年时代,父亲对我的教育很严格,除了学小学的课程以外,还让我读"四书五经”，每天背诵古诗词。后来又让我苦读英文，专攻数学，为我打下了全面的文化基础。这些学习使我终身受益。后来从事科研工作，我能用准确简练的文字写出科研报告，并能直接阅读外文参考资料，就是童年时代打下的基础。日寇统治时期，日本侵略者为庆祝侵略中国，强令学生游行，我出于爱国心将那游行的旗子踩在脚下，招来杀身之祸，父亲果断地让大姐带我逃离北平，奔向大后方。告别时，父亲谆谆叮嘱我：“稼儿，为了祖国的强盛，你要立志学科学，将来报效国家。”

1940 年春末，我告别父亲，穿过层层封锁线，转香港经越南到昆明，十七岁考入西南联大物理系。在日本敌机轰炸下躲防空洞的日子里，我牢记父亲的期望，苦学苦读，准备为祖国的强盛，贡献自己的一生。

1950 年，我在美国获博士学位后回国，牢记父亲的叮嘱，走上科研岗位。后来从事国防科研工作，研制核武器，隐姓埋名二十八年，就很难再看到父亲。但父亲的慈爱始终伴随着我，给我以力量和支持。父亲从不问及我的工作，父母极想念儿子，却从不表示希望见我，父亲病重时，也从不要求我看望。老人知道儿子需要坚守岗位，他全心支持我为了祖国的强盛献出自己的一切。

纵观父亲的一生，是追求真善美的一生。

1923 年，父亲三十一岁自美国学成回国后，他一面在北大教书，一面积极投入新文艺活动，撰写诗歌、戏剧、美术、音乐等方面的文章，主要收集在《艺术家的难关》（北京古城书社 1928 年出版）一书中。他常与鲁迅等诸多朋友在中山公园会面。与徐志摩、朱光潜、闻一多、张奚若、陶孟和、金岳霖、刘九庵、钱锺书等教授交往也颇多。

1933—1934 年，父亲访问意大利、比利时、西班牙、英、德、法等国，参观许多艺术博物馆，回国后写了《西班牙游记》（上海良友图书公司 1936 年出版）。书中记述了西方重要的艺术作品，有赞扬也有批评。对比祖国的伟大文化传统，流露出不胜自豪的激情。

父亲提倡有高尚理想的、为人生的艺术，强调艺术的“陶熔熏化”和“激扬砥砺”的力量，肯定了艺术有改造社会的作用。他在 1928 年出版的《艺术家的难关》中写道：“中国人目下的病症是索莫，涣散，枯竭，狭隘，忌刻，怨毒；而要的音乐须是浓厚，紧迫，团聚，丰润，闲旷，隽永，豁达诸风格了。”他呼吁音乐家到群众中去。在 1924 年，他写道：“社会需要艺术家，艺术家也需要社会。我们何不快来握手把臂,吻颈一心,行这个同偕到老的见面礼呢?"

另外,父亲认为艺术与民众是分不开的,提倡为民众的艺术。1928年在《民众的艺术》一文中,他写道:"民众所要的艺术,是能打动他的感情的艺术。……不用说,我们走进博物馆或故宫三殿内,对着那些商、周的鼎彝以及石砚瓷器,那远在古昔的祖先的工作感情都同我们连接起来了。艺术哪一件不是民众创造的?哪一件又不是为着民众创造的?历史尽管为功臣名将的名字填满了,宫殿华屋尽管只是帝王阔人居住的,哪一点又不是民众的心血铸成的?艺术根本就是民众。艺术若脱离了民众,还有什么存在的价值可以使人觉得出的呢?"

以上的几段文字,表明了父亲主张艺术为人生、为民众的观点。

学术理论界认为父亲对中国绘画提出了完整而系统的美学理论,在中国现代美学的发展上,具有独特的贡献。它包含一个自成系统的结构,即体—形—意;生动—神—意境。这是他对中国绘画历史发展的理论概括。

父亲的理论认为,中国绘画的发展,最初同具有实用意义的器体(陶器、青铜器)的装饰是分不开的。他说:"艺术源于器用……绘画之兴原为装饰器用。"正确地肯定了艺术最初与实用不能分离,是符合历史事实的。随着历史的发展,绘画逐渐脱离器体的约束而独立。他曾写道:"盖艺术自此不自满足为器用之附属,如铜器花纹至秦则流丽细致,大有不恃器体之烘托而自能成一美观;至汉则完全独立。净形之美即不赖于器体,摹写复自求生动,以示无所拘束,故曰净形。"

父亲认为,"形"脱离"体"后,到了汉代,着意描写动物和人的生动动态。及至六朝,又由生动进入到人物的内在即"神"的描绘。他写道:"神者,乃人物内性之描摹,不加注名位而自得之也。……汉画人物虽静犹动,六朝唐之人物虽动亦静,此最显著之区别。盖汉取生动,六朝取神耳。"到了唐、宋、元朝,又由"神"的描绘进入"意境"的表现。他写道:"生动与神合而生意境。"又写:"意者为山水画之领域,山水虽有外物之形,但为意境之表现,或吐纳胸中逸气,正如言词之发为心声,山水画亦为心画。胸具丘壑,挥洒自如,不为形似所拘者为山水画之开始。至元人或文人画不徒不拘于形似,凡情境、笔墨皆非山水画之本色而一归于意。表出意者为气韵,是气韵为画事发展之晶点,而为艺术至高无上之理。"

学术界认为父亲对中国绘画发展史的理论概括,反映了中国绘画发展的内在逻辑,是一个重要的理论建树。

他关于书法美学的思想,集中表现在专著《书法之欣赏》(1937 年)一文中,指出中国书法在艺术中所占的地位。他写道:"吾国书法不独为美术一种,而且为纯美术,为艺术之最高境。何者,美术不外两种,一为工艺美术,所为装饰是也;一为纯粹美术,纯粹美术者完全出诸性灵之自由表现之美术也,若书画属之矣。"概述了中国书法是一种极为特殊的艺术,世界无可比拟者。他认为中国书法能自由地表现动态气势,因而它也就能充分地表现情感。虽然是写在平面上的,却已"涉于空间立体",并用"噫,势之力,其伟矣哉!"来赞美动态在书法艺术中的重要意义。指出,书法的笔画并非任何一种笔画,而是能够表现情感,给人以美感的笔画。亦即美从人心流出。他写道:"书法者,人之用指、腕与心运笔之一物以流出美之笔画也。"

童年时代,常听父亲对学生和同事讲解谈论绘画和书法,但我不曾用心领会。我走上国防科研岗位以后,长年生活在深山大漠实验基地,不能看望父母,难得相见。母亲病危,正是我国第一颗原子弹爆炸成功,双亲这才知道我的工作。当我赶到母亲身边时,母亲已经不能言语,就在我紧握她的手时,老人停止了呼吸。我多年不在父亲身边,1973 年父亲病危,我正回北京汇报工作,才能看望老人。当时父亲癌细胞全身扩散,非常痛苦,但为了不让我挂念,能专心投入工作,父亲强忍病痛,尽力在我面前保持安详欣慰的神态。1973 年 5 月 2 日,父亲最后凝望我一眼,就告别人世了。为了国家的未来,我不能尽儿子的孝心,每想起十分难过。

父亲 1929—1937 年,1945—1952 年都在清华大学任教,先后达十五年之久,清华的传统注重学术研究,学术气氛很浓,而且学者众多。父亲主要的理论著述,多在清华任教时期完成。

父亲在清华大学任教时住清华西院宿舍,成为杨武之教授的邻居,所以儿童时代,杨振宁就是我亲密的伙伴。1952 年以后父亲任教北大,住北大校园内的朗润园一百五十九号平房宿舍二十一年,离休以后,仍热心培养青年,关心中国美学的发展和建设。

我对父亲的专业了解甚少,但父亲的人生追求,对教学的严肃认真,待人的真诚,生活的朴素,特别是他那强烈的爱国心和民族自豪感,深深地影响着我。

他那严于律己、宽容待人的性格,给我留下了难忘的印象。他和他的同代人,在学术上相互切磋,国难当头时彼此关心帮助的情景,使我感受到中国知识分子肩负着国家强盛、民族振兴的重任。当年我考进崇德中学,就是杨武之教授向父亲建议的。从此,我和杨振宁同学,成为一生的好友。父辈传给我们的精神力量,激励我们面对任何困难,勇往直前。

(1999 年 5 月)

附:

邓 稼 先

杨振宁

从“任人宰割”到“站起来了”

一百年以前,甲午战争和八国联军时代,恐怕是中华民族五千年历史上最黑暗最悲惨的时代,只举1898年为例:

德国强占山东胶州湾,“租借”99年。

俄国强占辽宁旅顺大连,“租借”25年。

法国强占广东广州湾,“租借”99年。

英国强占山东威海卫与香港新界,前者“租借”25年,后者“租借”99年。

那是中华民族任人宰割的时代,是有亡国灭种的危险的时代。

今天,一个世纪以后,中国人民站起来了。

这是千千万万人努力的结果,是许许多多可歌可泣的英雄人物创造出来的伟大胜利。在20世纪人类历史上,这可能是最重要的、影响最深远的巨大转变。

对这一转变做出了巨大贡献的,有一位长期以来鲜为人知的科学家:邓稼先。

“两弹”元勋

邓稼先于1924年出生在安徽省怀宁县。在北平上完小学和中学以后,于1945年自昆明西南联大毕业。1948年到1950年赴美国普渡大学读理论物理,获得博士学位后立即乘船回国,1950年10月到中国科学院工作。1958年8月奉命带领几十个大学毕业生开始研究原子弹制造的理论。

在这以后的28年间,邓稼先始终站在中国原子武器设计制造和研究的第一线,领导许多学者和技术人员,成功地设计了中国的原子弹和氢弹,把中华民族国防自卫武器引导到了世界先进水平。

1964年10月16日中国爆炸了第一颗原子弹。

1967年6月17日中国爆炸了第一颗氢弹。

这些日子是中华民族五千年历史上的重要日子,是中华民族完全摆脱任人宰割危机的新生日子!

1967年以后邓稼先继续他的工作,至死不懈,对国防武器做出了许多新的巨大贡献。

1985年8月邓稼先做了切除直肠癌的手术。次年3月又做了第二次手术。在这期间他和于敏联合署名写了一份关于中华人民共和国核武器发展的建议书。1986年5月邓稼先做了第三次手术,7月29日因全身大出血而逝世。

"鞠躬尽瘁,死而后已"正好准确地描述了他的一生。

邓稼先是中华民族核武器事业的奠基人和开拓者。张爱萍将军称他为"'两弹'元勋",他是当之无愧的。

邓稼先与奥本海默

抗战开始以前的一年,1936年到1937年,稼先和我在北平崇德中学同学一年;后来抗战时期在西南联大我们又是同学;以后他在美国留学的两年期间我们曾住同屋。50年的友谊,亲如兄弟。

1949年到1966年我在普林斯顿高等学术研究所工作,前后17年的时间里所长都是物理学家奥本海默。当时,他是美国家喻户晓的人物,因为他曾成功地领导战时美国的原子弹制造工作。高等学术研究所是一个很小的研究所,物理教授最多的时候只有5个人,奥本海默是其中之一,所以我和他很熟识。

奥本海默和邓稼先分别是美国和中国原子弹设计的领导人,各是两国的功臣,可是他们的性格和为人却截然不同甚至可以说他们走向了两个相反的极端。

奥本海默是一个拔尖的人物,锋芒毕露。他二十几岁的时候在德国哥廷根镇做波恩的研究生。波恩在他晚年所写的自传中说研究生奥本海默常常在别人做学术报告时(包括波恩做学术报告时)打断报告,走上讲台拿起粉笔说:“这可以用底下的办法做得更好……”我认识奥本海默时他已四十多岁了,已经是妇孺皆知的人物了,打断别人的报告,使演讲者难堪的事仍然时有发生。不过比起以前要少一些。佩服他、仰慕他的人很多,不喜欢他的人也不少。

邓稼先则是一个最不要引人注目的人物。和他谈话几分钟,就看出他是忠厚平实的人。他真诚坦白,从不骄人。他没有小心眼儿,一生喜欢“纯”字所代表的品格。在我所认识的知识分子当中,包括中国人和外国人,他是最有中国农民的朴实气质的人。

我想邓稼先的气质和品格是他所以能成功地领导各阶层许许多多工作者,为中华民族做了历史性贡献的原因:人们知道他没有私心,人们绝对相信他。

“文革”初期,他所在的研究院(九院)和当时全国其他单位一样,成立了两派群众组织,对吵对打。而邓稼先竟有能力说服两派继续工作,于1967年6月成功地制成了氢弹。

1971年,在他和他的同事们被“四人帮”批判围攻的时候,如果别人去和工宣队、军宣队讲理,恐怕要出惨案。而邓稼先去了,竟能说服工宣队、军宣队的队员。这是真正的奇迹。

邓稼先是中国几千年传统文化所孕育出来的有最高奉献精神的儿子。

邓稼先是中国共产党的理想党员。

我以为邓稼先如果是美国人,不可能成功地领导美国原子弹工程;奥本海默如果是中国人,也不可能成功地领导中国原子弹工程。当初选聘他们的人,钱三强和葛罗夫斯,可谓真正有知人之明,而且对中国社会、美国社会各有深入的认识。

民族感情?友情?

1971年,我第一次访问中华人民共和国。在北京,见到阔别了22年的稼先。在那以前,也就是1964年中国原子弹试爆以后,美国报章上就已经再三提到稼先是这项事业的重要领导人。与此同时还有一些谣言说,1948年3月去了中国的寒春曾参与中国原子弹工程。

1971 年 8 月,我在北京看到稼先时,避免问他的工作地点,他自己只说“在外地工作”。但我曾问他,寒春是不是参加了中国原子弹工作,像美国谣言所说的那样。他说他觉得没有,但是确切的情况他会再去证实一下,然后告诉我。

1971 年 8 月 16 日,在我离开上海经巴黎回美国的前夕,上海市领导人在上海大厦请我吃饭。席中有人送了一封信给我,是稼先写的,说他已证实了,中国原子武器工程中,除了最早于 1959 年底以前曾得到苏联的极少“援助”以外,没有任何外国人参加。

这封短短的信给了我极大的感情震荡。一时热泪满眶,不得不起身去洗手间整容。事后我追想为什么会有那样大的感情震荡,是为了民族而自豪?还是为了稼先而感到骄傲?我始终想不清楚。

“我不能走”

青海、新疆,神秘的古罗布泊,马革裹尸的战场,不知道稼先有没有想起过我们在昆明时一起背诵的《吊古战场文》:

“浩浩乎!平沙无垠,不见人。河水萦带,群山纠纷。黯兮惨悴,风悲日曛。蓬断草枯,凛若霜晨。鸟飞不下,兽铤亡群。亭长告余曰:‘此古战场也!常覆三军。往往鬼哭,天阴则闻!’”

也不知道稼先在蓬断草枯的沙漠中埋葬同事、埋葬下属的时候是什么心情?

“粗估”参数的时候,要有物理直觉;昼夜不断地筹划计算时,要有数学见地;决定方案时,要有勇进的胆识和稳健的判断。可是理论是否准确永远是一个问题。不知稼先在关键性的方案上签字的时候,手有没有颤抖?

戈壁滩上常常风沙呼啸,气温往往在零下三十多摄氏度。核武器试验时大大小小突发的问题必层出不穷。稼先虽有“福将”之称,意外总是不能完全避免的。1982 年,他做了核武器研究院院长以后,一次井下突然有一个信号测不到了,大家十分焦虑,人们劝他回去,他只说了一句话:“我不能走。”

假如有一天哪位导演要摄制《邓稼先传》,我要向他建议采用五四时代的一首歌作为背景音乐,那是我儿时从父亲口中学到的:

中国男儿　中国男儿
要将只手撑天空
长江大河　亚洲之东　巍巍昆仑
古今多少奇丈夫
碎首黄尘　燕然勒功　至今热血犹殷红

我父亲诞生于1896年，那是中华民族任人宰割的时代，他一生都喜欢这首歌曲。

永恒的骄傲

稼先逝世以后，在我写给他夫人许鹿希的电报与书信中有下面几段话：

“稼先为人忠诚纯正，是我最敬爱的挚友。他的无私的精神与巨大的贡献是你的也是我的永恒的骄傲。”

稼先去世的消息使我想起了他和我半个世纪的友情，我知道我将永远珍惜这些记忆。希望你在此沉痛的日子里多从长远的历史角度去看稼先和你的一生，只有真正永恒的才是有价值的。

邓稼先的一生是有方向、有意识地前进的，没有彷徨，没有矛盾。

是的，如果稼先再次选择他的人生的话，他仍会走他已走过的道路。这是他的性格与品质。能这样估价自己一生的人不多，我们应为稼先庆幸！

（选自《语文》七年级下册，人民教育出版社）

张漱菡

（1930—2000）

安庆桐城人。旅居台湾著名作家。张漱菡出身名门，清代名臣张英、张廷玉为其九世祖、十世祖，桐城派晚期作家马其昶为其外祖父。

张漱菡寓居北平，幼随父母远游日本、英国。先后就读于上海天主教启明女校、震旦大学文理学院。民国三十七年（1948）暑假随母亲赴台湾旅游。抵台后因水土不服，患上严重的疟疾，且呕吐不止，遂居停诊治，竟由此留居台湾。养病期间，张漱菡遂以写作自娱，不料文思泉涌，佳作迭出，就此步入职业作家行列。1956年，她的首部长篇小说《意难忘》在《畅流》杂志上连载后，产生了轰动效应，结集出版后连续再版七次，成为五十年代台湾岛内最畅销的小说，在台湾青年写作协会主办的"我最爱的一本小说"读者投票活动中高居榜首，台湾当局领导人蒋经国在"妇女之家"设宴为她庆功。此后她相继创作出版了《江山万里心》《七孔笛》《喘息的小巷》《碧云秋梦》《愤怒的鉴湖》《翡翠田园》《绿窗小札》《云桥飞絮》《归雁》《师恩》《胡秋原传》等50多部小说、散文集；另选编出版《张漱菡自选集》，总计1000多万字，从而奠定了她在台湾文坛不可动摇的重要地位，被称为著名作家琼瑶之前最负盛名的女作家。

心灵的灯塔

文芷：

六日手书，次日便收到了，你不知近来我心里有多么乱、多么痛苦！因此迟到今日才给你回信。

我真羡慕你的心情和生活都那么恬适，一座平凡的桥，由于你的欣赏与歌颂，竟变成一处风光无限好的典雅仙境。读信后，我闭上眼睛，就仿佛看见了你所描述的那些景色，也听到那桥下的流水在汩汩低唱。啊！文芷，我虽不曾走上你所描写的那座心桥，但我觉得已走上了你心中的另一座心桥，是你用友情的手携我上去的。立在你的心桥上，我似乎有了支持与依傍，在这漆黑的人生旅途，我将不再是孤零无助地独自往前摸索了。

你提到那些往事，我放下信后，曾沉湎在回忆中很久很久。不知你可还记得，就是那郊游的次日，世伟曾来看我。那天下课后，我们本和几个同学有约会的，但世伟一来，我的心早飞了，又不好意思明言，只得骗你们说，我的姑母从乡下来了，我必须陪她去购物，约好的节目只好不参加了。实际上我撇开你们，却悄悄地赶到一家咖啡馆与世伟晤面。

那次，我被他的真情感动了，第一次向自己承认了我对他的感情，但我却在平淡的外表下，向他郑重表示，我决不愿他因我而反叛家庭。我并声明我与他之间应到此为止，决不能再发展下去，超出了朋友的界限。文芷，你可以想象得到，我向他讲这话需要多大的勇气，我心中该有多么难过！然而，我却可以维持住表面上的冷静；世伟却不行了，他心中的悲楚已无法压抑，竟像孩子似的在咖啡座上痛哭流涕。

文芷，在那以前，我从未告诉你，他从小便由父母之命和一个他所不爱的女孩子订了婚，而且，为了家庭间某种道义上的原因，他有非与她结合不可的义务。如果他不是一个孝顺的儿子,还较易解决,但他却是个天性纯孝的人,因此,在爱情上他虽有自主的权利,而在婚姻上,他却失去选择的自由了。

虽如此,如果那时候我能给他一些鼓励,以助长他的勇气的话,他还是会下决心摆脱家庭所给予他的束缚的。然而我没有。我不知道自己怎会装得出那样毫不在乎的神气来,竟让他在难堪和失望下,带着一颗破碎的心黯然离去。

你一定记得那晚我与世伟分手后,便跑到你家去的情形吧?他一走,我那伪装的平静便崩溃了,我急切地需要痛痛快快地哭一场,而宿舍中同房间的几个同学都很会捉弄人,更不便在她们面前泄露这些秘密。

只有你家人少清静,并可由我任意来去,同时你又是我最亲密的好友,因此,我不做考虑,便跑到你家去,在你卧室中掩面呜咽。是的,那堆积在我心头的大量郁闷和悲痛,实在太需要发泄了!我没法在你面前隐瞒,我也顾不得你是否会嘲笑我了。

啊!文芷,你真是我的生死知己啊!那晚不待我向你倾诉,你便已猜到我悲泣的原因,你没有劝止我,却将房门关上,扭开了收音机,让你不爱听的流行歌曲唱得很响,用以掩盖我的哭声传出室外,你递给我一条大手帕,轻轻地在我肩头抚拍着说:

“哭吧,想哭就该痛痛快快地哭个够!”

于是,我得以毫无顾忌地纵情一哭,胸中积郁,经此发泄,我舒服多了,否则真不知以后是否还能够恢复正常的生活呢!

没想到就在那次之后不久,我家骤遭变故,仓促间,被姑父姑母带到韩国去一住四年。

我常以为命运之神,对我似乎永远是残酷的,不料竟也有仁慈的时候。那年我和姑母由韩国侨居地来台,真没想到抵台甫三日,便在街上遇见了你。想想看,我离开之后,便和家人亲友失去联络,在韩四年,从未获得任何故人消息,岂料来到台湾居然碰到了你。文芷,这不是命运之神的恩赐么?这些久远的旧事,我相信你和我一样地记得很清楚。有时候,我在忙碌中竟会突然地放下一切,神驰于往事中。即使是一些凄酸的片断,也会令我回味无穷!

有人说,青年人生活在未来的憧憬中,老年人生活在过去的回忆里。但我,则在这两者的往复交替中打发着时光。

久已逝去的那些遥远的故事和遥远的人物,已成为我在烦恼时暂舒怀抱的小岛,也是我寄托情感的基地。而未来向往中的世界,虽也有鲜明美好的景色在向我召唤,偏又荆棘丛生,令我怯于举步!

我的姑母已年老了,姑丈在韩逝世时,并没有为她留下多少积蓄,表哥嫂又身陷铁幕,生死未卜。可怜的老人,一生辛劳,暮年时却失去了一切,孤单地流徙异乡,如果不是我与她相依为命,真不知这寂寞的老人,将如何打发这凄凉的晚年。

为了她,我曾放弃了一次负笈远行的机会,而留在充满了炽热阳光的高雄,过着色调暗淡的生活。这些年,你我晤面的次数不多,偶然聚首,不是匆匆即别,便是别人在旁,一直没有机会和你长谈,你问到翰迪,我早就想把一切都告诉你,却总是不知如何下笔。这几年包围在我四周的追求者实在不少,你所说的话真是一语中的,那些善良的爱慕者因我而痛苦着,而一些恶的追逐者,却不断为我带来灾难。情感上的烦恼、心灵上的打击和名誉上的损害,使我像一个被遗落在荒郊的负伤战士,不知怎样才能保护自己?

大概你也听到过不利于我的流言蜚语了吧?在如此恶劣的情势下,生存几乎变成了沉重的负担和苦恼,我的确有些进退维谷了。于是,我接受了翰迪的保护和纯真的爱。他是个受人尊敬的好医生,也是个堪托终身的好伴侣,与他在一起,我会产生安全与信赖的感觉。文芷,你即使不来信,我也将告诉你,我已答应了他的求婚,并决定明年元旦举行婚礼。但,对别人,包括最疼我的姑母在内,我都不能将深藏在内心的那一点秘密相告,而对你,我却不想隐瞒。我要坦诚地告诉你,我对翰迪的感情中只有尊敬和友谊,却缺少了一份应该属于他的爱,我的爱情已被世伟带走,十年岁月,改变了全世界的面目,却不曾改变了我这颗固执的心,虽然我几次试图收回我在初恋时,便已奉献给世伟的那份完整的爱,转而付给翰迪。可是我却没法做到,我仍然爱着世伟,不折不扣地爱着世伟。

婚期已逐渐迫近,那藏在我的潜意识中的一种幼稚的妄念也愈益加强,我在等待着,等待着奇迹的发生,假如世伟突然来了,适逢其会地来了,我相信我是会不顾一切地随着他远走天涯,与他共同创造一个属于我们两人的小天堂,度过我的一生。

万一有这样一天,我绝不再顾虑世伟是否已婚,或者已有了一大群子女,也绝不理会社会的指责和舆论的针砭。只要他仍爱我,那就够了!唉,文芷,你不必紧张,这只不过是我的幻想啊!

想到这些,我又禁不住怨恨世伟了。难道他的感情竟这般经不起考验?在爱情的领域,十年的时间对于我只是一瞬。难道对于他,竟已成隔世?

尽管我对世伟有时会产生怀疑与怨恨,却无法动摇对他的一片痴心,而常常沉迷在幸福的假想中忘记一切。及至接触到翰迪那白净温文的脸和纯厚多情的眼光,我便从幻想中找回自己,不禁深感抱歉!

近来,我一直为这些情感上的苦闷,而深深陷溺在矛盾的痛苦中无由排遣。文芷,这时候我是多么需要你,我深信有你作为我心灵上的灯塔,我定会获得正确的指引而不虑迷失方向的。来吧,我唯一的好友。

思薇

11 月 15 日

(选自《永远的橄榄枝》,中国社会科学出版社 1994 年 5 月 1 版)

附：

若问生涯原是梦

思薇：

星期日的快晤，虽仅短短一天，而我却享受了一次愉快的清游和酣畅的倾谈。尤其令我欣慰的是，翰迪所给我的印象，较之三年前我初见到他时更为良好与深刻，承他从台南赶到高雄来请我晚餐，你见到他或给他写信时，千万勿忘代我致谢啊！

返家已两天，我的心似乎还遗留在高雄不曾携归。思薇，你真不知道，当我走下火车，瞥见你在月台上张望时，心中是怎样地兴奋！在我决定乘十八日夜车去看你后，便像一个初次出门的乡下人似的，日常生活的规律都乱了，那晚上的火车，我虽舒服地躺在卧铺上，也曾忽断忽续地睡了好几觉，但一颗心却总是悬在半空，无法镇定下来。因此，在清晨五点多钟车抵新营站时我便躺不住，起身梳洗了一下，然后望着窗外那昏暗的天色，在迷蒙的雾气中逐渐明亮。直到车抵高雄终站，我不曾移动一下，但我的思绪却游离驰骋，早飞绕在你的左右了。

一别两年半不曾与你见面，思薇，我又要重复一次在高雄车站的月台上，与你相见握手时的那个惊叹句："啊！你更美了！"

真的，你的确愈来愈美！相信吗？你简直美得令我吃惊！你别以为我是信口恭维，我说的全是真话。固然，当你更年轻时，那鲜嫩的青春，也许更富活力，也更鲜明！然而，现在的你，却有着令人心折的内涵与深度，那使你外在的美丽愈加耀眼生辉，光彩逼人，远非昔日的你所能企及。因为，时间，便是人生的一所最完备的大学。许多愚昧，或不求进取的人，常常是在时间的考卷上随便搪塞了事，甚至听任自己交白卷，直到他们像一堆垃圾似的被摈弃于时间大学的门外，毫无价值地终此一生。但，那些优秀的人们却是不同的，学识的修养、品德的陶冶、感知的触觉、情操的培育、智慧的增进，以及人格与思想的锻炼，都是时间大学的必修课，只要虚心学习，他们必会在岁月的累积下不断地进步，获得优良的成绩。而这种优良的成绩，便足以成为一个人灵魂深处的无尽资源，而影响其外形与气质，使之风华卓越！你便是时间大学的一个高才生，我赞美你的，正是这种得之于丰富内涵的气质和神韵美！

思薇，我常会痴想，人类为什么兼有着毁灭与更新的双重性格呢？你看，原本是和平美好的世界，硬被破坏得满目疮痍，行将趋于毁灭！这是人类的行为。但，破坏的极端，却又孕育起更坚强的力量，朝着更好更新的目标从事建设，随时可以为历史写下一个新纪元，这也是人类的行为！多么的不可思议哟！思薇，你会笑我萌生这种困惑是多余的吗？

啊，你瞧我，怎么越扯越远了。放下这些空泛的问题不谈，你不是要我告诉你一些此次晤面后，我对翰迪和世伟的观感吗？好吧，让我据实而告。

先说翰迪，论外形，他那俊秀儒雅的风度，和世伟那飒爽雄健的英姿，虽属于两种不同的典型，但谁也不比谁逊色。论个性，世伟才华外溢、坦直天真之中有其卓越的深度；翰迪则在沉默与含蓄中有着一份率直。再说到两人的程度，则都学有专长，所表露的优越也无分轩轾。在他们之间，其共同处，除了有一颗同样纯良的灵魂外，在用情方面，也完全一致。尽管一个是热情外溢，一个是柔情内蕴，但他们对你的爱却都是纯挚而专一的。思薇，你虽因他们而痛苦着，但你获得如此深厚的人间至情，在爱的王国中，你该算是一个富豪，也值得自慰了。

我很了解你现时的心情，翰迪对你用情愈挚，你的歉疚也愈深，我敢说，如果不是世伟先获得了你的爱，而你对爱情偏又是那么痴诚的话，翰迪应该会、也必然会得到你完整的爱。目前你快要结婚了，在情理上讲，你绝对应该专诚地去爱你的未婚夫，不应该让别人占据你的心。但，你却仍念念不忘世伟，因此你觉得愧对翰迪。另一方面，10 年来世伟一直是你唯一的爱人，你等着他，专心地爱着他，然而，到现在，环境迫使你不得不找寻一个归宿，翰迪虽是最适当的人选，但在你的潜意识里，却又觉得对不住世伟，这双重的愧怍，合成了一副枷锁，将你的心紧紧地锁住，试想，你怎能不感到痛苦？

啊！可怜的思薇，你被情网缠陷得太苦了！听我的话，放开胸怀吧！既已走到这一步,你就不必想得太多,应该愉快地走上结婚礼堂。因为你这样做,非但问心无愧,而且绝对应该,你总不能在无休止的等待中,忍受那无休止的骚扰、毁谤和精神上的威胁啊!

你说你尚未将你和世伟的一段单纯的恋情告诉翰迪,因为你不知道该不该说。不过你又觉得不告诉他,似乎是一种欺骗而于心不安,因此你曾有好几次想把那一段过去说给他听,但都在对方充满柔情的注视下失去了勇气。思薇,你真是个天性淳厚的孩子!依我看,关于你的初恋,实在没有告诉翰迪的必要。因为你对世伟所付出的爱,确实太多、太深,而且是永生也无法淹没的;而翰迪即将成为你终身的伴侣,如果他知道你心目中有着这样一个刻骨铭心的爱人,试想,叫他情何以堪?你又怎能坦然地与他生活在一起。

思薇,我生平最反对虚伪与说谎,但隐瞒并非是不良的德行。有时,为了某种不得已的原因,或者为对方的利益而隐瞒了某一件事,则是善意的、纯感情的,那么就无可厚非;尤其是夫妇之间,为了维系情感和家庭的和美,这种纯善意的隐瞒就更属必要。思薇,你以为然否?

南游归来的那天,我处理完了一些家常琐事,便把自己关在小书房里,在默默愁思中度过了整个黄昏。由于你的事使我联想到人生一些永远也无法解释的问题,心头颇感沉重,为了排除这份压力,我找出一本诗集来吟诵了很久,思薇,这真是不可思议的事!我那绷紧的心弦,竟在清新的诗句间轻松了,满怀的忧思,也在诗句中淡化了。正如王鼎钧先生在一篇文章里说的——“读诗的快乐很难述说,读完一首好诗以后,这人会觉得比未读前多了一点什么——好像是多子一点爱,多了一点聪明,多了一点价值。好诗并把这些(爱、聪明、价值)直接灌输给我们,它似乎只是使我们临时有了去得到那些东西(爱、聪明、价值)的能力。”

诗,真的有此神奇的力量,对于一首具有优美格调和隽永韵味的好诗,只要你肯细心地去吟味、去探寻、去发掘,那么,你便能被带入一种超然的境地,使你的内心获得异样的丰满!

有人问,我家人口如此简单,长年的深居简出,既不跳舞,更不打牌,那么空余的时间我是如何安排的?我真不明白,一个人怎么会有“空余的时间”?我们该学的、该做的事那么多,而且时代不断在进步,每天都有新的学问与新的事物,等待我们去钻研、去思索,稍一迟疑,时间便飞逝不返,我们的生命也便在这一段白白飞逝的时间中毫无意义地浪费了,这岂不是令人痛心的损失!?

我该惭愧的是,明明服膺“时间的价值高于一切”! 有时却仍会无意义地损耗着宝贵的时间。然后又为一些该做却未做和想学犹未学的事而沮丧与自责,于是,我发个狠,放下一切,专心地工作着。但,这种奋发的精神,又在时间的脚步下慢慢地松懈下来,再度被一些不值得分心的娱乐节目分了心,而成为损耗宝贵光阴的前科犯。思薇,我这人是不是够矛盾的?

在高雄那家咖啡馆中,你说过:

“可能任何人都有一个属于自己的梦,不过,谁也没有我这个梦充满了这么多的问号。”

对的,人生原是一场充满了问题的梦。记得纳兰性德的词句——若问生涯原是梦,除梦里,没人知——人生是梦,梦即人生,“Such is life”。我们既活在这梦的人生中,就得保持灵魂的清醒,以自己的智力来解决问题,是不是?

写到这里,我不禁失笑了,因为我发觉这又是自我矛盾的一个例子。对事理,我好像很明白似的说得头头是道,但自己呢? 却时常像个盲人似的在迂回曲折的生之迷宫中探索着,甚至有时竟连自己身在何处,也不清楚。“我”究竟为何人? 究竟在何处? 我无法解答,谁又寻求得出笛卡儿对于“我”的疑问?

文芷

11 月 22 日

(选自《永远的橄榄枝》,中国社会科学出版社 1994 年 5 月 1 版)

上帝的旨意

文芷：

又是多日没有和你笔谈了，你十日深夜写来的信，次日就收到了，谢谢你的深切关怀。你不知道，这半个月来，我像是掉在感情的炼狱中，被煎熬得悲苦不堪！我给你的信是九号写的是不是？对了，就是那天晚上，我下班归去，世伟已先我而至，正和姑母谈着他的结婚计划。说的人神采飞扬，听的人却魂不守舍。姑母面部表情的不安和尴尬愈来愈明显，她几乎连一个伪饰的笑容都装不出来。我真不敢再看他们，正想托词炒菜，躲到厨房去。姑母已抢先从椅子上立起来拦住我，叫我陪着世伟，让她去炒菜。

我看出世伟已有所觉，不由得惶惶然萌生了一种恐惧之感，一心想逃避他。恰巧那时候姑母在厨房里喊我，我便乘机溜进厨房，姑母轻声嘱咐我：

"晚饭前别让他问你什么，一切都等吃饱了再说。"

慈爱的老人，原来她怕我在饭前谈到那些忧心的问题，会影响世伟的胃口呢！

一直到晚餐用毕，大家坐在客厅吃橘子，谈了一些不相干的话，谁都感到心不在焉，也都感到室内的气氛僵冷而不自然。终于在一次话题中断，无法再持续下去的当儿，姑母说她要去记账和写信，便回到她的房里去了。

姑母一走，世伟便趋前捉住我的手，急切地问我：

"思薇，请你坦白告诉我，究竟发生了什么事？我早看出来了，一定有什么不平常的事，你们瞒着我。"

在他的追问下，我一时手足无措，心情慌乱，竟无从答复。世伟急了，他郑重地说：

"不要顾忌，说吧！无论有什么问题或者困难，我都可以代你解决，相信我。”

我怎能再不说呢，我知道那正是我告诉他一切的最恰当的时机。于是，我把来台后这几年的生活、遭遇、烦恼和名誉上的损失，以及对他的绝望，系统地说出，然后很自然地提到了翰迪，以迄如今的僵局。

世伟沉默地倾听着，没有插一句嘴，没有作任何表示，直到我把全部经过说完，他才将压制了许久的一声叹息轻轻地吐了出来，沉郁地说：

“一切都是我不好，不能怪你，翰迪更没有一点错。现在弄成这种局面，我应该负百分之百的责任，当年我不该离开你，如今我更不该在你的婚期前夕突然出现。以前我忽视了你的爱而误了你10年之久，让你受够折磨，历尽苦难，我竟一点也没尽到保护你的责任。现在，我又在你即将获得安定与归宿的时候闯了进来，扰乱你的情绪，阻挠你的婚姻。思薇，我这样引咎自责，并不是乞求你的谅解，而是请你忘了我。真的，忘了我吧，只当这次相见，是一个比较清晰的梦，让它悄悄地过去算了。我还是应该回到船上去，海洋才是我永生的伴侣，我是不配得到你的……”

文芷啊，你听听看，他这些话叫我怎生忍受。就像一把铁钉，一根一根地钉进了我的心，那种难堪的痛楚使我浑身的肌肉都痉挛起来，我忍不住哭了。你知道，失去他就等于失去我整个的宇宙，他若离我而去，我以后的生命也将变得毫无意义！过去，还有一个虚无缥缈的“希望”在为我填补空虚，如果连一个空洞的“希望”都被夺走，那么，生存对我还有何价值？当时我不禁抓住世伟的手臂，哭着对他说：

“不，世伟，不要说这样残忍的话，我受不了！”

世伟也激动了，他激动得再也不能保持适才的镇定。泪水泛在他那漆黑的眼睛里，好似夜空之中两颗闪耀的寒星。他凝视着我，任眼泪滴落在襟前，好一会儿没有作声。突然，他以一个猛烈的动作，将我紧紧拥抱，梦呓似的喃喃诉说着：

“啊！思薇、思薇，不要伤心，我不说走了。我也绝不能再失掉你。让我们起誓吧，爱人。”

他举起了一只手来，郑重地宣着誓：

“世伟永远是思薇的，思薇也永远是世伟的。这是上帝的旨意，我们不必违拗，思薇，让我们生生世世，永不分离……”

爱情毕竟不能伪装，我确知他的誓言发自肺腑，因为我的感受也深入其中。多奇怪啊！两颗灵魂的契合，就像凝成一道奇异的光体，照耀着心灵的宇宙，其力量足可使最懦怯的人勇敢起来，也能使任何问题变得微不足道。刹那间，可怜的翰迪，已走出我的生命圈外，不再是我幸福之途的一个问题人物了。爱情成为我的甲骨，也培育了我的勇气，我要坦白诚恳地告诉他——我的决定。但愿他的痛苦不会太深与太久，但愿他很快地遇到更适合于他的对象，获得他应有的幸福。

文芷，我多么痛恨自己的懦弱与矛盾！那晚我虽已下定决心，但却始终没有真的写信给翰迪，几度踌躇，终不知如何下笔。迄至十二号那天晚间，翰迪竟先来信，他的信送达时，世伟正在我家，当然，我给他看了那封信，文芷，你可能急于要知道翰迪写些什么？让我抄给你看吧！

思薇：

已十天不曾与你相见，在感觉上，这十天的日子，竟比十年还要漫长，你和姑母都好吗？

世伟先生来了吧？经过十日的盘桓，你是否已有了具体的抉择？怎么还不给我写信呢？无论是叫我上天堂或者入地狱，只要你给我一封判决书，我都将毫无异议地接受。思薇，相信我，并请相信我对你的忠诚和不渝的爱，将与日月同辉，永无休止！

祝福你，并向姑母请安！

翰迪

一月十一日中午

读了这封信，世伟面部的表情简直复杂极了！他那沉思不语的神情，令我心慌而又不安，我猜不透他在想些什么，他不说我也不问，等到他临走时才问我是否准备当夜就给翰迪回信。我告诉他因为心里太乱了！晚上恐怕不能写出一封较妥当的信。他便建议：

“那么，等明天晚上我来和你商量着写吧。”

真令人意想不到啊，事后我才晓得，世伟竟在次日(十三日)一早，瞒着我跑到台南去拜访了翰迪，两人在铁路饭店长谈了四小时之久。

文芷，假如有人问，有谁经过比死还要惨重的痛苦的话，那么，我可以说，我那天便已尝受到了！唉！十三号，那原是个不祥的日子啊！

那天，我下班返寓，一直鹄候到很晚，世伟竟没有来，不言而喻，我那晚在疑虑之中度过了一宵。次日，我原以为世伟在上午会来的，但时间在一分一秒中逝去，他没有来，却收到他叫人送来的一封信。更奇怪的是，差不多在同时，我收到下一封限时信，那是翰迪寄来的。文芷，你要问我那是怎么回事吗？告诉你，他们两人竟都不是平常的人，他们无疑地都是具有高尚情操的好人！他们好得令我痛恨！因为他们的行为竟合铸成一把利剑，一寸一寸地在我心叶上剜刺。文芷，此刻我已痛苦万分，实在不能将他们所说的话写在纸上了，我将他们的信寄给你过目吧，你看，我应如何处理这件事？难道这一切都是上帝的旨意？

我忽然想起了美浓湖畔的那个遁世者，他一定是在爱情上受了挫折，才逃避到那山湖之旁独居，可能他的做法是对的，否则他怎能孤寂地一住三年而不觉难受呢？他必已从静中悟到生命的真谛了！文芷，我羡慕他那独来独往，如野鹤行云般的生活呢！世伟和翰迪的信另寄，我得停笔了，我必须跑到空旷处吐一口气。文芷啊，我郁闷极了。

思薇

1月24日

（选自《永远的橄榄枝》，中国社会科学院出版社1994年5月1版）

梁东

（1932— ）

安庆市人。原名梁业兴，字雨辰。中国文联第六届全国委员，中国作家协会全国委员，中国书法家协会理事，中国煤矿文联原主席，中国煤矿书法家协会原主席，中华诗词学会原常务副会长，北京世纪名人国际书画院副院长。

获得荣誉：中国人才研究会艺术家学部委员会授予"一级书法艺术学部委员"称号。"皇威杯"中国书画名家作品大展赛授予"终身艺术成就奖"。第六届中华当代书画艺术展授予"当代百杰书法家"荣誉称号。当代中国书画名家精典评委会授予"中国著名金奖艺术家"称号。

幼年随马泽成学习书法，擅行草，"以行书为基础，兼以流畅的草书笔意，温文尔雅。结体端庄秀丽，用笔斜正兼顾，流动中有一二分古涩之气"，"他的字，法外求法，轻松自如，善于变化，或庄重严谨，或宽博舒放，都表现了一种风行云从的精神风貌"，"具有较深厚艺术修养，诗书双璧"（《中国书法》等载文）。作品入展"中国二十世纪书法大展""建国五十周年系列书法大展"及赴日、韩、法、巴西等正式展出。书法作品刊登于《中国书法》《书法报》《书法导报》等全国报刊，多处碑林刻石。出版有《梁东自书诗词选》《好雨轩吟草》《天柱山问古》《梁东诗词书法》《梁东诗书咏泰宁》《梁东论诗文丛》《梁东诗词选》及《家住长江边》（散文集）、《开窗放入大江来》（综合艺术作品集）等著作，主编有《中华诗教文论集萃》等书。

开窗放入大江来

——《家住长江边》之一

故乡,儿时,有许多东西难以忘怀。离长江江岸不远的那座小楼、那间小屋、那扇窗户,实在叫人魂牵梦萦。

我的家,在古城安庆离长江只有几十米之遥的坡头上。它坐西朝东,面临南门正街,最后一进去,是一座两层砖木结构的小楼。南端的那间小屋就是我们弟兄三人的住房,大人们管它叫"书房"。

小楼已经相当破旧,朝东的正面是一溜木格窗,糊着旧报纸,本没什么特别。大人们为了让我们念书时光线充足,就在朝南的墙面开了一扇窗户,横长竖短呈长方形,很像一个舞台口。这扇窗户成了这座极平常的小楼的精彩一笔——成了我和长江之间心灵沟通的窗户。

宋朝的曾公亮有诗:"要看银山拍天浪,开窗放入大江来。"而我的这扇窗户,不但能把长江放进来,而且,随着江水,那明月、那星光、那樯帆点点、那堤岸杨柳、炊烟人家……都可以放进来。

窗外,朝东看,是由远及近一大片鳞次栉比的瓦屋,挡住了作为安庆标志的振风塔——万里长江第一塔。这是小楼最大的遗憾。向南、向西,随着地势越来越低,一直看到江面,看到长江的开阔处,那就是古称盛唐湾的一大片水域。白云苍狗,随着飞驰的想象力,往往就成了我们任意构筑的心灵里的任何形象:那是西面江心的小孤山,那是神话里的宫殿,那是刘、关、张桃园三结义。然而,江面上最容易追寻的却是那过往的江轮。上水航行的江轮,总是从东边的一片瓦屋尽处钻出来。紧接着,就像刚从台口"亮相"的《擂鼓战金山》中的梁红玉,扎着靠旗,雍容端庄,看不见脚下的莲步轻移,却自稳稳当当游弋前行,出现在南门外的水码头。下水船总是先在西边水天相接的尽头,显出一个小黑点。还没等我们兄弟三人争着判定是不是一只船,核桃大的乌黑的船身已经露出端倪。这时候，船上的人如果注视东方，肯定已经看到安庆这条“大船”的桅杆——振风塔。船上的人如果手拿高倍望远镜，或许就可以从这一片灰色的瓦房中找到这扇窗户，看到也正在注视着他们的三双晶澈的眼睛。不知道什么时候，下水船忽然走近了，一下子就成了庞然大物。紧接着，它成了《芦花荡》里的张飞，走着“急急风”的锣鼓点，呼啸而来，转眼就在视线中消失。轮船的汽笛，声声响在我们的梦里。我们躺在床上，甚至可以依据汽笛声来判断是哪一条船：“江安”轮粗壮而低沉，“江新”轮高亢而欢快……

早晨，看不见日出，但是东边大片房顶的周围，发出耀眼的光芒，像是高明的画家用闪光的笔，勾勒出灿灿的金边，由浅而深。但随着日上高竿，又逐渐淡然了。红日中天时，透过窗户的强烈阳光，把小楼晒得春意盎然，即使隆冬，屋里也是暖洋洋的。加上我们兄弟三人书声朗朗，糊着报纸的板壁上挂着的那幅木质楹联，上写“莫疑案头无寒色，只缘书画尽春光”，真是再贴切不过了。然而，小楼最富流光溢彩的时候，则是日落时分。窗外南面偏西的宽阔视野，就是长江以及和它在远处相连接的天空。夕阳西下，先是一轮红日显得比平时更大更圆，从容地向西边水面坠落。接着，太阳从云层的后面发出猩红色的光芒，云已不是白色的，而是被映照成深红色、绛红色、浅棕色，有时还夹有蓝灰色。五彩缤纷的天空，映照着五彩缤纷的江面，像是奏起了交响乐。天空是静谧的，光芒是直射的，而江面则像是无数碎片连缀成的金缕玉衣在不停地抖动，不断地折射出万道霞光。这时候，穿过窗户、透进小楼的是五彩乐章中的基调——红色，小楼是通红通红的。为了看到这落日余晖的奇特景色，我们兄弟三人放学之后，常常恨不得以百米冲刺的速度往家里跑，往楼上跑。年久的旧木质楼梯被我们挤得嘎嘎作响。上楼以后，我们都不约而同地噤口无声，静穆地沐浴着这份霞光，享受着大自然给我们的这份奇特的恩赐，直到夜幕低垂，华灯初上。

窗外的天，有色彩斑斓的时候，也有完全不同的另一种样子，那是在风雨如晦的夜晚。下雨了，江上的雨则不同寻常。雨线如珠，齐刷刷地形成一块巨大的帘幕。在苍茫雨帘的笼罩下，浩瀚的江水似乎飘忽不定起来。天更暗了，雨更大了，一道闪电，大雨溅入江中形成的万珠跳动，清楚地显现出来。紧接着的那声响雷，足以把人们从夜梦中惊醒。在这个时候，我常常披衣起坐。窗外墨黑如铁，雨珠像要把玻璃穿透。贴近去看，也只能偶尔看到靠近江岸的渔火，在摇曳中时隐时现。这一刻，天空没有了，江水没有了，能证明这个世界存在的只有我和那昏暗起伏的渔火……

风平浪静的明月之夜，窗外显示出的是一幅恬静的水墨画。江水像是在悄悄地流动，生怕惊动了月色和星光。月朗星稀，乌鹊南飞。江岸的杨柳，江上的渔船，都在月光中清晰地显出倒影。江天更加分不出界线，两个月亮相映生辉。上面的一个光洁玉润之中有淡淡的晕痕，大概那就是广寒宫的深处了。下面的像是一面外缘变化不定的镜子，反射出的光芒也是变幻莫测的，然而却也是熠熠生辉。长江往往在这时候失去了往日澎湃浩荡的势头，江水在月光下也不再是那么浑浊，很像是一泓池水在静静地流动。再加上几只唱晚的渔舟、迟归的鸟儿，这难道不是一幅天工造物的水墨画吗？不，它分明是一张黑白的风景照片。更妙的是，随着我在小楼上的移动，进入窗框视线的景色也在变化。移步易景，不同构图的照片由我任意裁剪。然而，有明月、有江水、有倒影，无论怎么摆，也是一张张精美绝伦的风景片啊！在这样的夜晚，我沐浴着月色，常常喜欢哼唱那首著名的《思乡曲》：

月儿高挂在天上，
光明照耀四方。
在这个静静的深夜里，
记起了我的故乡。

现在想起来，那真是像辛弃疾的《采桑子》里说的"少年不识愁滋味，爱上层楼。爱上层楼，为赋新词强说愁"。而今呢，岁月流逝，人世沧桑，半个世纪过去了，我的小楼早已在地平线上消失，我也从一个"为赋新词强说愁"的少年变成了一个"花甲少年"。"而今识尽愁滋味"，常常是为了故乡江边的那幢小楼，和小楼朝南的那扇窗户！所幸，我只要闭上眼睛，把思绪追回五十年，依然可以无比清晰地回到故乡，踏着发着熟悉的嘎嘎声响的木板楼梯，上得小楼，打开窗户，对着蓝天白云，把长江"放"进来，把儿时的一切"放"进来，把故乡"放"进来……

1996 年 12 月 8 日于好雨轩

（选自《开窗放入大江来》，黄山书社 2008 年 5 月 1 版）

静静的皖河

——《家住长江边》之八

皖水清波泻，粼粼向晚风。

千回无反顾，归去大江东。

这是我站在皖河河畔，望着汩汩流淌的河水，从心底发出的一种共鸣。有谁知道，一条不大的皖河，却折射出了中华传统文化色彩斑斓的霞光，奏出了传统戏曲的浓重音符。

皖河，一条充满灵性的河。这里是京剧前身——徽调的发祥地。当年，吃皖河水长大的高朗亭就是从这里率“三庆班”进京为乾隆皇帝祝寿的。接着，春台、和春、四喜相继效法，形成了历史性的“四大徽班”入京的盛况。京剧的鼻祖程长庚手提布包，坐着竹筏，涉皖河、穿长江，也从这里开启了京剧——以及他自己走向中国、走向世界的历史性航程。清澈的皖河，哺育了程长庚、高朗亭、杨月楼、杨小楼等一大批京剧表演艺术家、活动家。皖河还以极大的包容性和创造力，跳荡出了黄梅戏的优美旋律，造就了丁老六、严凤英、马兰、韩再芬等一大批黄梅戏表演艺术家。皖河，不就成为一条艺术星河吗？

皖河，从安庆市西门不远处的皖口镇流入长江。安庆，吸纳了皖河的灵性，通过长江的波涛，把戏曲文化发扬光大。

抗战胜利后的几年，安庆城的戏曲活动相当红火。坐落在市中心吴樾街的皖钟大舞台，钱牌楼的华林剧场，府东街的社会剧场，都是京剧的主要场地。全盛时期几乎演出不断，不少名演员都在这演过。新中国成立后建设的人民剧场，一度拥有付德威、纪玉良、金少臣、刘美娟等角儿。左撇子的京胡圣手人称“赵喇嘛”操琴，又给演出添了彩。孝肃路上的东南影戏院，一般白天演黄梅戏，晚上放电影。这里的黄梅戏，曾拥有堪称祖师爷的丁老六以及丁翠霞、潘泽海、潘景俐等前辈,还有加盟黄梅戏不久的原京剧演员王少舫。杨家拐的老省议会剧场断断续续地换演京剧和徽剧。江边的大观亭剧场以演成本大套的大戏为特点,岳西高腔《琵琶记》要演四个晚上,《白蛇传》演三个晚上。有意思的是《秦香莲》按老本子演,并不是老包铡陈世美,而是秦香莲上山学武艺,因番邦作乱而挂帅出征,终致得胜还朝,接下来才把负心汉杀了。大概由于世风日下,老包的声名鹊起,1921 年开始在北京倾向于包青天铡了陈世美。很快,安庆也就照此演了。

一个市区人口只有九万人的安庆城,居然有十多家戏院经常演戏,红火的时候,每天晚上少说也有四千人坐在剧场里。这样一个戏剧欣赏群,是一个值得研究的文化现象。按观众的人群来分,京戏是老、中、青、娃皆宜。黄梅戏、徽剧、淮剧观众以老人,尤其是市民阶层的老人为多。那时往戏院一坐,不像现在,七点来钟开戏,九点半就可散场。那会儿的安庆人是要"挖台柱子"的,夜夜都得超过十二点甚至下一点,不然不叫看戏。城里城外十多个剧场演戏还不算,在离我家不远南门城头上的城隍庙也常演戏。城隍庙门背后,有个舞台,观众则自带凳子或站着看。这里也藏龙卧虎。张慧聪曾是上海颇有名气的青衣,跟麒麟童(周信芳)、金少山同台演出过。后来同安庆的一位票友结婚,从此定居安庆。他们夫妇二人就在这个舞台上演过《三娘教子》,名噪一时。票界也颇具实力。什么馆主、楼主的,经常在华林戏院等处,卖票公演。票友这个群体捧起角儿来也很到位。我记得曾有一位名叫马骏骅的马派老生,到安庆头一天贴演《群英会》《借东风》,商界票友送一幅大型连台帐幔,上书"谭精余髓功宗马言",把这位宗马(连良)而又能旁及其他各派宗师的老生,一下子跟谭鑫培、余叔岩、言菊朋都连接起来了。

黄梅戏,再早叫黄梅调,是皖鄂赣边境一带的民间小调。我小时所见,多是邻省黄梅和本省宿松等县的灾民,敲一副碗筷,挨门卖唱。音调既优美流畅又如泣如诉,十分打动人。然而,这种旋律正是受到皖河的滋养,由皖河上下的民间艺人把它加以升华,把"三打七唱",汇入长江、进入安庆,它才产生了诸如丁老六、严凤英等一批名角儿,造就了一个剧种,堂堂正正地走上 20 世纪的中国舞台。王少舫是外地来的京剧老生,戏路很宽,扮相也好。可能是迫于生计,一度也在京剧舞台上加一些"文明戏",甚至"文明歌舞"之类,以广招徕。后来嗓音失润,便和黄梅戏剧团的人联系上了,帮帮忙、说说戏、教教身段。继而干脆加盟其中。我思忖,这就是黄梅戏系统地汲取京剧的表演程式,丰富自己的一个关键因素。随着王少舫的噪音有所恢复,形成更加宽厚的特色,东方不亮西方亮,终致造就了他在黄梅戏中演主角的举足轻重的地位。我们小时候,祖父曾订了个严格的规矩:许看京戏,不许看黄梅调。那是因为黄梅戏演员在世事日艰的情况下,投合小市民的口味,舞台上时有低级趣味的表演。新中国的诞生,才使黄梅戏拨正了航向,走上坦途。1952 年,安庆黄梅戏艺人到上海演出《打猪草》等生活气息极浓的剧目,引起轰动。1954 年,由严凤英、王少舫主演的黄梅戏《天仙配》,参加了在上海举行的华东地区戏曲观摩演出,获得最高荣誉,黄梅戏一炮打响,终于形成覆盖大江南北,蜚声中外,饮誉世界的优秀剧种。

华林戏院和我们弟兄三人关系最密切。从我们懂事的时候起,祖父为了鼓励我们好好念书,常常采用"精神刺激法"看戏,地点多半在离我们家最近的华林。这是一座砖木结构、双层座席的剧场,经年失修已显得破旧。然而,一旦有了角儿,依然显出它的气派。三天"炮戏"的大字海报很是吸引人们驻足。开演那天,人头攒动,戏院门前点上两盏汽灯,台上换成一色鲜艳的幔帐桌围。鞭炮一放,喜庆的气氛更达到高潮。这时候,剧场里座无虚席。卖瓜子花生米的、泡茶的熟练地穿行于人行道上。看戏、听戏,本来用眼、耳足矣,那时候,不知道怎么形成的一种习惯,嘴也得动。平常不吃瓜子的,这会儿也要嗑一阵。口不渴的,也得端上一杯茶。戏越好,角儿越有名,越舍得花这种钱。当然,这主要是指坐前排的人。堪称绝技、"招摇"于观众席间的,还要数那些递手巾把的。两个人在戏院大堂对角相站,这边一伸手,能把一大卷刚从滚开的水里拧起来的手巾,扔到另一角。那边能在观众挤得难以插足的地方,一伸手,在"万马军中"如"探囊取物"。紧接着,一甩一抖分成一块一块的热手巾,说时迟那时快,半扔半送地递到观众手上,你不想接也得接了。收毛巾的时候收钱,自是不言自明的事。高明之处在于,其熟练和自信,足以不致过分干扰唱戏的和看戏的,反而觉得"戏过三巡",此时此刻来个热毛巾擦一擦更过瘾。

戏院有红火的时候,当然也会有倒霉的时候。抗战胜利后一度伤兵不少,越是人多的地方,越有他们的拐杖捣地的声音。戏院当然是最好的目标。有闹事的就有弹压的。我记得华林不知从什么时候起,中间靠后的两个柱子中间,挂了个牌子"弹压席",坐着一排荷枪实弹的大兵。"弹压"不住,压跑的多半还是观众,戏院就越来越难开了。1948 年冬天,我的一个朋友当时还是个孩子,心血来潮到华林买了一张票，去看《楚汉相争》，王少舫演张良、虞姬（反串）、萧何、戴明五个角色。由于解放大军逼近长江，人们的心思不在这里，一场戏只卖了五张票。管事的问："还唱不唱？"老板咬牙说："唱！"于是打开大门，把钱牌楼居住的大人、孩子，过路人等都放进去看戏。这场戏稀稀拉拉，人们进进出出，凑合演下来了。即使在最紧张的时候，也还有雷打不动要过戏瘾的人。一次，皖钟大舞台演《狸猫换太子》的连台本戏第六本《打鸾驾》。剧场里已明显地听到大炮声，台上的"包公"摘下髯口冲着台下喊："还唱不唱？"台下齐声答："唱！"于是"包公"又戴上胡子，抖擞精神，伴着隆隆炮声，向庞妃的鸾驾冲去。

安庆城的人看戏的多，喜欢哼哼唱唱的当然也多。我的祖父就是其中的一个。他最大的爱好就是偶尔看一场京戏，再就是劳累之余哼上几口。最喜欢的就是《萧何月下追韩信》中萧何唱的"三生有幸"。其实唱不了几句，却充满着自鸣得意之情。可惜的是，他五音不全。我们弟兄三人这时候常偷着乐，他明明知道，也不为所动，继续唱他的。亲朋好友中，也有喜欢唱的，也有喜欢哼的。于是，在我们周围形成了一个相当浓厚的京戏气氛。王少舫来安庆不久，商界的许多老板就同他"结义金兰"，一共 10 人，王是最小的一个。我的一个同龄朋友就是其中一家的孩子，还拜了王少舫为师。其实这都是名义上的，他一天也没教过这个学生。对我们来说，真正起作用的是对京剧美的理念的认同，尽管只是个启蒙。我们开始在家里自己"唱戏"，安庆人说"假马依儿地"装一个角色。我们最感兴趣的是"刘、关、张桃园三结义"的戏，顺理成章，大哥演刘备，二哥是关羽，我当然是张飞。过年我们从城隍庙买来的长胡子以及芦柴棍、木头刀就成了我们的行头、道具。大哥最富表演才能，他可以顺着从戏院看回来的大体情节演下去，没词他就诌几句。最难忘的是一次在堂屋里演《萧何月下追韩信》，他演刘邦，我演萧何。萧何三次上殿保本荐奏韩信为大将军，刘邦都不接受。原因是韩信"曾受胯下之辱"。大哥没这个词，居然用韵白说出一段言语："想那韩信，曾在人家胯裆下钻过。"惹得坐在一旁"看戏"的妈妈、婶婶和邻居孩子们捧腹大笑，"戏"都唱不下去了。几十年后，每当兄弟聚会，回忆起这段往事，依然忍俊不禁。邻居有个叫金贵的孩子，不会演戏，但受到我们堂屋里戏剧氛围的感染，向我们宣称，他可以演"武戏"，可以从两张桌子上翻筋斗下来。我们将信将疑。在他拍胸脯一再坚持下，由大哥在我们熟悉的戏中加了一个武打情节。大哥一张嘴代替全部锣鼓家伙，在关键时刻由金贵在一张桌子加一张凳子上翻下来。“锵、锵、锵……”直到今天我也不知道他是怎么下来的，头上撞了一个大包。

我觉得，真正要唱戏还就得唱，瞎比画没意思。我就想方设法学唱。大舅是启蒙老师，首先教会了我《好一个聪明小韩信》，接着居然是个叫《莲英托梦》的现代戏，当时叫“文明戏”。大意是：军阀霸占了姐姐继而又把姐姐害死，姐姐冤魂不散，托梦告知其妹，为姐报仇。奇特的是妹妹应工老生，用大嗓唱：“你把那冤枉的事，对我言讲。一桩桩，一件件，桩桩件件，对小妹细说端详……”是典型的二黄原板唱腔。我在大人面前能来一段，特别是在祖父面前，能超过他的“三生有幸”，自然令他高兴，常常要我在亲友面前露一手。中学时候，在家乡的一次赈灾义演中，我粉墨登场了。演《捉放曹》的陈宫，曹操本来由一位同龄的伙伴演，谁知他折腾到上台前夕，嗓音失润，一字不出。临时请当地一位票友救场。

皖江的水，安庆的风，把我熏陶成一个铁杆京剧爱好者。工作以后，进了北京，单位里不乏戏迷，还有会拉京胡的，工余之暇，喊他几嗓子，自得其乐。“粉墨登场”有两个高潮期。一是1956年前，生活安定，思想活跃，工会出面组织京剧活动，除业余练习清唱，还常排戏演出，并请名家指点。记得最重要的是在一次春节，演全本《四郎探母》，我演四郎和六郎。第二个高潮是“革命样板戏”时期。“文革”中我本认认真真参加运动，接受审查，不敢造次。偏偏“革命群众组织”致函我们单位的勤务员，说我看不起工人群众，不愿跟他们一起演“革命样板戏”。事关宣传毛泽东思想，勤务员立即指令我参加演出，向工人群众学习。从此，我就名正言顺地、风风火火地唱了一段戏，到下五七干校终止。我演得最多的是《智取威虎山》里的邵剑波，也演过《红灯记》中的李玉和和《沙家浜》中的郭建光。到今天，京剧仍然在我生活中不可或缺，黄梅戏的优美旋律时常在我胸中荡漾。时而，聚三五知己，文武场兼备，吊吊嗓子，唱几段京戏，颇得个中乐趣。时而，大庭广众之下，拉上老伴，以自认为还算纯正的黄梅调，唱一曲《夫妻双双把家还》，还能赢得一堂喝彩声哩！

我喝皖河水长大，学工出身，在煤炭战线奋斗了四十余个春秋。当我年逾花甲，解甲归田，阔步还家之际，突然意识到那滴滴皖河水的无穷后劲。她不仅使我成为京剧爱好者，还使我成了书法与诗词爱好者。这份文化的充实感，使我无数次记起：我是全身地属于那条河的。正可谓“蓦然回首，斯人却在皖水清芬处”……

（选自《开窗放入大江来》，黄山书社2008年5月1版）

岳阳楼随想

大凡江山形胜之地,莫不得山川之灵秀而传于世。有山突兀,有瀑凌空,具备其中之一,已足以令世世代代的游人为之翘首、为之驻足、为之动容。而当兼备二者之优长,相得益彰,那就风月无边了。岳阳楼,以及它所代表、所包容的水水山山,就是华夏美景中之佼佼者。古人早有定论:“江湖之胜,巴陵兼有之。”

岳阳楼周围的山,有幕府山、连云山、药姑山等,还有状若青螺的君山。然而,岳阳胜景,是以水取胜的。站在岳阳楼上,浩瀚烟波,尽收眼底。极目骋怀,于溟溟浩渺之中,似乎看到由南往西,湘资沅澧四水,环抱着注入洞庭湖。北通巫峡南极潇湘的洞庭湖,以气吞吴楚、汇纳乾坤的博大胸怀,吞吐着半个中国的万水千川,通过城陵矶汇入长江,东流入海。千百年来,云梦诸泽、沅湘渚什的乳汁浇灌,三楚大地文人学者的心血浸润,洞庭湖的粼粼碧波之中,蕴含着多少精华滋养,从而造就了中华民族璀璨的中原和长江文化!“洞庭天下水”,我们站在岳阳楼上,面对的难道不是这样一种洋洋大观吗?这难道不正代表了中华民族的博大胸怀吗?孟浩然的诗句“气蒸云梦泽,波撼岳阳城”,难道不是包含着比写景还要丰富得多的内容吗?正是基于此,在洞庭诗社成立二十周年的时候,我撰联以赠:“气蒸则烟水迷离,凝华成星河胜概;波撼令乾坤浮动,拍打出沧海真情。”

你再往南看,透过湖上烟波,穿过接天云雾,又似乎看到一条江水从江西湍湍西流汇入湘江,进而也注入洞庭湖。那就是汨罗江。这条江不算长,流量也不算大,然而在中国历史上却书写着浓重的一笔。两千多年以前,楚国的屈原愤世忧国,沉汨罗以死。他的《离骚》《天问》《九歌》《渔父》等篇章,至今仍闪耀着光芒。中国人仍在他的影响下,在漫漫长路上“上下求索”。

来到洞庭湖，如果不到汨罗江畔站一站，听一听那绵延几千年的涛声，那就不能算领略了“天下水”。我来到江畔的屈子祠，天正下着细雨。汨罗江渡口正在施工，我望着五笥山侧面江而立的“骚坛”，心中油然而生对先哲、对忠魂的敬仰之情，全不顾手中的伞和正在攀登的泥泞的斜坡，以至“马失前蹄”，几乎匍匐于地。这样一来，我反倒心安理得了。平心而论，到屈原祠与其说来游览，不如说是来拜谒的。这一“拜”，从一开始就批准了自己的位置，以致接着到濯缨桥、独醒亭、墓地和祠堂的院落、厅堂，我都怀着一种朝圣的心情。当我洗去手上泥水的时候，我下意识地想到，我就是要用沧浪之水，濯吾缨、洗吾手，而且要用汨罗江水和着苍天正在密密匝匝倾泻下来的雨水，来荡涤一下自己的灵魂。我猛然想起，上一次用“荡涤灵魂”之类的概念，是在三十四年以前的“文革”初期。原先，我确是真心实意地要荡涤一下自己的灵魂，然而十年走过来才知道那只是一场噩梦。三十四年前，正是我今天年龄的一半。今天我又是实心实意地要荡涤灵魂，这是在屈子墓前，汨罗江畔，发自心灵深处的呼喊。用什么来做镜子对照？那就是国家的命运和民生的疾苦。屈老夫子形容枯槁地踯躅于汨罗江边的时候，他的问天、他的行吟，乃至他的生命，凝聚起来就是四个字：忧国忧民。玉笥山不高，然而屈原却高过南岳；汨罗江不深，屈原的精神却深过江海。一曲爱国主义精神的战歌，两千多年来一直响遏行云。今天，多么需要一切有志之士以灵魂相许！魂兮归来！

岳阳楼与洞庭湖浑然一体，而且看起来楼出水中。这座楼历经岁月沧桑，经过三十七次重修，而今面向 21 世纪的楼宇，仍然保存了唐宋以来的建筑艺术风格。因此有“岳阳天下楼”的美誉。岳阳楼始建于何时，已无可考。在历史的烟云中，有重要关系的不乏其人。南朝颜延之有诗，史谓“开篇之作”。三国时东吴横江将军鲁肃为防务建过城楼。盛唐张说扩修岳阳楼并定名，此后，李白、杜甫、白居易、李商隐、刘禹锡、孟浩然等相继登楼并有传世之作。古时候，山川梗阻，交通不便，一座楼引得这么多大家来议，并发出心灵的咏唱，是十分罕见的。这不能不归之于岳阳楼丰富的内涵和惊人的魅力。这些伟大的诗人一登楼，便留给后人以诗篇。讴歌山川形胜者有之，以湖水浇愁者有之，抒发迁客失意心情、寄言求仕者也有之。其中又以杜甫的《登岳阳楼》为高峰，其“吴楚东南坼，乾坤日夜浮”气魄雄浑，堪称压卷之作。然而，我以为，使岳阳楼的生命得以升华，在历史上构建了一座高入云霄的界碑的，当属北宋时范仲淹

《岳阳楼记》。滕子京重修岳阳楼，认识到“山水非有楼观登览者不为著，楼观非有文字称记者不为久，文字非出于雄才巨卿者不为著”，于是请范公作记。这二人都有遭朝廷贬谪的命运，修建个楼从而寄情山水以排解郁闷的心情是顺理成章的事。然而范公一记却力发千钧，振聋发聩，淡化了花明柳暗、山色湖光，撇开了一般迁客骚人的牢骚和愁绪，高屋建瓴，站在湖山楼宇的九霄之上，立足志士仁人的心灵高度，喊出了事关国家兴亡、社会进步的最强音——“先天下之忧而忧，后天下之乐而乐”。这就如同阴霾中的一道闪电、夜空中的一记惊雷，提出了一个如何做人处世、如何安身立命的根本问题。千百年来发人深思，催人警醒，因而千百年来不朽。

范仲淹提出的先忧后乐，尽管人人都不可回避，“居庙堂之高则忧其民，处江湖之远则忧其君”，然而显然他主要是针对与国家安危、苍生命运息息相关的吃俸禄的各级官员们说的。他的这些话是言出肺腑，而且他是身体力行的。这是由他高尚的情操和品德决定的。《岳阳楼记》是范公辞世前六年写的，这时不但是他的暮年，而且正被免去参知政事（副相）的职位，接着辗转迁徙，再也没回过朝廷。“进亦忧，退亦忧”，后者比前者更难，而他正是“退亦忧”的时候。他一生勤奋刻苦，史传他常以俸禄资助困难人士，以致自己的儿子们常常轮流穿一件外衣出门。他的儿子范纯仁以一船麦子助别人葬亲，得到他的嘉许。“麦舟赠葬”传为美谈，表明他的风范。这些逸事都可以佐证他的主张绝非“高调”，绝不是把什么主义放在手电筒里，只照别人。范仲淹是有发言权的。他的为人为官，以及与此相一致的“立言”，足以说明他是中国历史上那些好官的一个杰出的代表，一个大写的人！

我是在一个数九寒天登上岳阳楼的。正像范公形容的“日星隐耀，山岳潜形”的那种天气，游人极少。当我仔细研读碑文时，有几位年轻游客看了一眼说：“这不是给我们看的，看了也不懂。”转身就走了。一会儿，又有两位干部模样的人，在《岳阳楼记》面前未及驻足，相互说：“这里没什么可看的。”扭头也走了。后来在朗吟亭又遇上这二位，听到他们对吕洞宾和何仙姑的事，倒是热闹地议论了一阵。我忽然由衷地为范公叫屈。一位饱经风霜的政治家，用心血文字和发自内心的深情呼唤，给后人，特别是各个层次的“位居廊庙”的人一笔万世享用的财产，而今天这里甚至比一般的旅游景点还要冷落。在呼唤中华美德重新点燃我们心田的时候，我们是不是有点捧着金饭碗吃饭？

岳阳楼是座宝库，当然楼以湖存，湖因楼显。楼阁厅堂里蕴含的是精神的宝藏，湖水的粼粼波光折射着中华文化的熠熠光焰。我以为，这里的两座丰碑是屈原和范仲淹的忧国忧民的伟大精神。岳阳楼既是一个一般意义的旅游景点，同时又应该是干部教育的一座课堂，作为今天对各级干部进行世界观、人生观和价值观教育的必要补充。

“子规夜半犹啼血，不信东风唤不回。”爱国主义、民族气节和忧患意识，正是中华优秀传统文化的主旋律和最强音。用九死无悔的爱来对待我们几千年凝聚成的优秀文化遗产，并让它为21世纪中华民族的伟大复兴服务，正是我们今天要重新花大力气做的事。

（选自《家住长江边》，中国文联出版社2002年1月1版）

石楠

（1938— ）

安庆太湖县人，著名作家，中国作家协会名誉委员、安徽散文家协会名誉主席、安庆作家协会名誉主席。主要著作有：长篇传记文学《画魂——潘玉良传》《美神——刘苇传》《寒柳——柳如是传》《舒绣文传》《从尼姑庵走上红地毯》《刘海粟传》《亚明传》《陈圆圆·红颜恨》《张恨水传》《中国第一女兵：谢冰莹全传》等18部；长篇小说《真相》《生为女人》《漂亮妹妹》《一边奋斗一边爱》；《石楠文集》（14卷）。曾获省级以上文学奖10余项。2005年被评为“当代十大优秀传记文学作家”之一。

敬畏天物

我在小区散步,常常看到被丢弃的物品,大多半新,完全还能使用,就觉得有些可惜。有天,我经过一个垃圾箱旁,无意间看到五六只瓷碗,完好无缺,也还精致,显然也是被扔掉不要的。我就想,这些碗还没有失去使用价值,怎么就不要了呢?回到家里,我还在想这事。我家的阿姨说,你这就不知道了吧,现在有钱的人,用具讲究成套,盘碗盆碟都要同种品牌、同样色彩、同种图案。旧的就不要了呗。用的东西他们丢,吃的东西也丢,那天有人丢了半袋大米在垃圾箱边。拎了下,足有十多斤,抓把闻闻,没有任何异味,只是有几只黑米虫。完全可以吃的。她还看到有人丢了三大块猪肉,有好几斤,都变质了。为何买回来的吃食不保存好要让它坏掉?她愤愤地骂了一声,糟蹋东西要遭天谴啊!我家阿姨是从农村来的,她知道一切吃的东西都来之不易,很爱惜东西。我也来自农家,对于天物,我们有着共有的情感。

小时候,吃饭老撒饭,为之挨父亲的打骂,他还要我从地上捡起饭粒逼着我吃下去。我若有片刻迟疑,光栗子就落到头上了。父亲也绝对不准我吃完的饭碗里遗有饭菜。他没读过书,说不出类似"谁知盘中餐,粒粒皆辛苦"那样的诗句,他只说不准糟蹋粮食。我挨了打骂又吃了从地上捡起来的脏饭,也就在吃饭的时候小心了许多,慢慢地养成了吃饭不撒饭菜、碗里不遗饭菜的习惯了。这是我最早接受到的爱惜粮食的质朴教育,它惠及了我一生。

在我的记忆里,还珍藏着两则爱惜天物的故事。三十年前的春天,我到北京人民文学出版社修改即将出版的《画魂——张玉良传》,住在人民文学出版社的招待所,在食堂就餐。我的责任编辑周达宝先生,怕我的营养跟不上,每天都煮两个鸡蛋带来给我。她家住在和平街,到社里来上班要转好几道车,她把鸡蛋放在贴身的棉背心口袋里,递给我时还留着她的体温。我当时的感觉她就像一位慈爱的母亲。一个星期天，她来接我去她家吃饭，说是改稿需要高能量，给我做点好吃的。这是我第一次上她家，一进屋，就看着门厅的餐桌上沸腾着一只大火锅，散发出土鸡的特有香味，我遇到了一位深爱作者的好编辑。饭后，我要洗手，她连忙带路。推开洗手间的门，我不由得一愣。里面摆满了盆盆桶桶，无不盛满了污水，浴缸里也是，有的还漂着破碎的菜叶。她看出我的惊异，就说，洗衣洗菜的水倒掉可惜，还能用来冲洗抽水马桶。我脱口而出：北京的水很贵吧？这不是贵不贵的问题，冲马桶不一定要用清水。她解释着，北京缺水是一方面，但天物都是有限的，能节约就该节约，浪费天物是种罪过。她先生是科技大学物理系的教授，给家里设计了一套节水系统。她指着抽水马桶边上的一排按钮有些自得地说，我们的抽水马桶可以根据不同水量的需要按不同的键，没有洗菜水洗衣水用的时候，同样可以节约用水。我们家每个灯头上都安了一个节电的装置呢。

我这个生活在长江边上的人，从来没有节水的意识，更没有节约用水的习惯，我笑着“哦”了声，就去开水龙头洗手，她却伸手把水龙头拧住了，说用盆接着洗，就拿只小塑料盆放到水池里，帮我拧开水龙头接了一点水说，洗吧。我心里却有些抵触，洗个手能用多少水，也太斤斤计较了。她拿条干净毛巾给我擦过手，就牵着我的手，把我领到客室。她给我沏了杯茶，坐到我的边上，攥紧我的手细声地说，你是不是觉得我很小气，多用点水都舍不得？我的心事被她窥破，有些尴尬。她笑着把我的手攥得更紧了说，我对节约和小气有自己的看法，节约是针对自己的，小气是对他人的。节约是美德，小气是抠门。在后来的交往中，我感觉到她对作者、对朋友是个非常慷慨大方的人。她珍爱天物的意识给了我深刻的教育。无独有偶，已故的上海女作家蒋丽萍给我讲了个类似的故事。她为写《新民报》创始人《陈铭德邓季惺传》去北京采访邓季惺先生。她家的卫生间也和周达宝家的卫生间一样，盆盆桶桶装满了用过的水。蒋丽萍和我一样惊讶。邓季惺说，这不是省几个小钱的事，是关系到对天物的态度。说她从来不缺钱用，有段时间，他们同时办四五份报纸，日进斗金，她见过大钱，对他们的员工从不刻薄，可她从不铺张浪费，节约一切资源是她遵从的根本。让蒋丽萍感动不已。

何谓天物？《辞海》谓之曰：“泛指鸟兽草木各种自然之物。《商君书·算地》：‘夫弃天物，遂民淫者，世主之务过也。’”我的理解是：天物就是一切自然之物。地球上全部物种和物质。它是我们人类生存繁衍发展的根基,人类无时无刻都离不开它们。倘若有一天我们失去了它们,我们人类就都活不下去,就要从地球上消失了。没有了天物,我们一天都难以成活。天物是我们的生命之根、生命之本,珍惜它、呵爱它、护卫它,是我们每一个人的天职和义务。我们现在物质丰富了,也不能像《尚书武成》里记述的"今商王受无道,暴殄天物,害虐烝民"。天物有限,大自然的一切物种物质都是有限的,对天物应有敬畏之心,暴殄天物就是犯罪!爱惜天物吧,它和我们现在倡导的低碳生活的内核是一致的。敬畏天物,不仅惠及当代,更惠及我们的子孙后代。

(选自《心海漫游》,长江文艺出版社 2015 年 1 月 1 版)

三访巴黎圣母院

圣诞节前,我和朋友约好,圣诞节夜去巴黎圣母院倾听圣诞弥撒钟声。我不是信徒,只是想开开眼界,见识下圣诞弥撒的宏大场面。

知道巴黎圣母院这座著名教堂,我最早是从雨果的名著《巴黎圣母院》中。从这以后,每当听人提及,或在文字中见到被雨果称作“石头的书”的巴黎圣母院,我总要想起那个心地极美、外形极丑的钟楼怪人卡西莫多和他的悲剧人生,心头不由得要漫上一缕凄凉和神秘的烟雾。来到巴黎后,就想仔仔细细地看看它。圣诞节前,我已去看过它两次。

第一回,我是和中国美院的冯教授同去的。那天是周日,我们从卢浮宫出来,和她一起回世界美术城。她的一个学音乐的学生正在等她,说下午五点钟圣母院有免费的管风琴音乐会。我不由得兴奋了起来,圣母院和艺术城只隔条塞纳河,过桥就到,时间也来得及。我们一齐响应说去。我们喝了点水就下楼,沿着塞纳河散步过去。

巴黎圣母院于1163年开始新建,历时182年,1345年始建成。法国大革命期间,高唱《马赛曲》的群众占领了它,部分建筑被毁坏。1793年差点被拆毁。1804年拿破仑从罗马把庇护七世教皇叫来,为他和约瑟芬举行了盛大的加冕礼。1844年至1864年间,进行了大修,1871年,一场大火几近把它烧毁。它历经了无数的天灾人祸的劫难保存下来了。

我们只走了一刻钟的时间,就望到了它雄伟的钟楼和精雕细刻的三扇有尖拱的门洞。唯恐错过了音乐会,没敢在它门前广场上停留,匆匆跟着朝圣的队伍,从右边门洞缓缓往里走。能容纳九千人的大殿已坐了三四千人,却听不到脚步声和人声,我立刻感受到了种肃静庄严的气氛。我放轻脚步,慢慢前行,绕过两侧点着数百支长烛的讲台,悄无声息地观赏一圈,回到前面空位上坐下。

不一会儿，从后面高壁上传出了大管风琴洪亮而又柔和的乐声，不见乐师，只闻乐曲，整个殿堂，只有音乐的回响，所有的人都沉进在音乐之中。听了一会儿，学音乐的小姐悄声解说道：演奏的是乔治·缪发的作品。继之是法国现代作曲家的乐曲，最后还演奏了我熟悉的莫扎特、李斯特的作品。听这种巨型管风琴演奏我还是第一次，它美妙的旋律，有如明澈的溪流，在我心头回旋，让我顿觉清凉、宁静，不着一尘般的爽朗。

第二次到圣母院，我是独自一人去的。我想仔细看看它，欣赏下它的建筑艺术、雕刻和绘画，以弥补上次的仓促。那天也是个周日，我一早就出门了。从塞纳河北岸过桥，绕过圣路易岛一端的河岸，过圣路易大桥，就到了巴黎圣母院后殿的花园外。它的侧面也很美。后殿与我所见过的教堂后殿很不一样，别具一格。在后殿主体建筑和两侧附属建筑间，用了许多肋状支架连接。这种特殊结构，造成的重叠的弧线，有种动感的美。它出自让·拉维的设计。我走进它那有低栅栏和活动门的后花园时，已有先我来的日本游客。我仔细端详着别具一格的后殿外形，越看越觉得它美，以它为背景请日本人为我拍了照后，就从后面小巷绕着圣母院的右侧面走到它的正立面。

广场上已有很多游客了，有的在拍照，有的在吃早点，也有情侣在相互搂抱接吻。我仔细地远观近赏这座被称作巴黎第一座哥特式代表建筑。它有三个大门，门洞上雕满了精美的人物群像。中间门洞一般总是关着的。它的中分石柱上刻着基督像，把门一分为二。门头二尖拱上浮雕，雕的是“最后审判”的内容。右边门称圣·安娜门洞，中央石柱上刻有五世纪巴黎大主教圣马塞尔的浮雕像。门头二尖拱上是圣母的浮雕。第三个门洞称贞女玛丽亚门洞，是三个门洞中最精美的一个，上面的雕刻充满了史诗般的情调，庄严而辉煌。中分柱上刻的是圣母圣婴。二心尖拱上的浮雕，是贞女玛丽亚的生平故事。

我后退到广场中间，仰首打量着它。三个门洞的上方是国王廊，有二十八尊犹太国王的雕像。长廊上方，中间是一个十米直径的玫瑰花形圆窗，圆窗中间雕有圣母圣婴浮雕像。圆窗的两侧是两个石棂大窗。这三个大窗的上方，是一排雕花拱形石柱。两侧顶上是塔楼，没有塔尖。

我跟着游人从第一个门洞进去，正好又碰上在做早弥撒。唱诗班在唱诗，领唱的女声音色不错，音域也还宽广。我听不懂唱的内容，但能感受到那是在赞美耶稣或圣母。这是一个十分深远的殿堂，少说也有一百三十多米长、五十米宽。几排足有五米直径的大圆柱把内部分作五个殿。我放轻步子，从右边通道一个个殿观赏过去，每个殿里都有雕像和油画。主殿四周连拱廊上方是一带双窗走廊，它之上是大窗子，透过这些窗子，一束束阳光宁静地射进堂内。主殿翼部的两端都有玫瑰花状的大圆窗，上面是十三世纪制作的彩绘玻璃画，富丽堂皇，描绘的是圣经故事。北边那个最为精美，高大的祭坛上有尼古拉·古斯图作的《圣母悲切》雕像，两边竖立的是路易十三、十四的雕像。

我边观赏边倾听着赞美诗和管风琴奏出的音乐，绕过主殿回廊，看着融融的烛光，转到左边通道上，在一个闪烁着很多烛光的殿前站住了。我掏出一枚10分的硬币，放进投币箱，取了锭白蜡烛，点燃了。我双手把它放到烛台上，默默地祈愿我的亲人健康平安。

终于等来了圣诞夜。吃过晚饭，已是晚上九时了，我和朋友相携着出了门。转了两趟地铁，在玛丽桥出站，沿着蒙特贝罗河岸，欣赏着塞纳河的夜景，那些架在河墙上的旧书摊已收摊了，上了锁，很像我们长城上的墙垛，整齐地等距离地骑在河墙上。河桥上的灯光，有似串串明珠系在塞纳河这位美人的脖子上、腰上。两岸建筑物的灯光，倒映在河面上，灿若霓霞。我们来到圣母院广场时，这里已经是人如潮水、烛光如海了，还不断有手擎长烛的信徒、青年学生和游客往这里涌来。我想他们也和我怀着同样的心情而来，或为倾听圣诞钟声，或为做弥撒。尽管广场上全是人，但少了白昼的喧声。

我和朋友侧身穿过人群，来到第一个门洞，站在入口队伍的后面，慢慢往里移动。好容易进了门，但前行已越来越困难了。先我们来的信徒和游人，不仅坐满了大殿、侧殿的所有座位，连通道的地上也坐满了手捧蜡烛的年轻人。我们好容易挤身来到邻大门的第一个侧殿，我和朋友也投币各取了支长烛，点着捧在手上。大殿肃然宁静得有如空谷一般，只有融融烛光汇成的一片光明。这烛光的海洋仿佛一下就滤净了我心中所有微尘，心空倏然一片澄澈明净。管风琴响起来了，唱诗班唱起了《圣母颂》，悠扬的琴声和歌声回荡在我心中和教堂内外。音乐声刚停，身着红黄两色主教服的巴黎大主教走到了讲坛中央，他微微举起张开的双臂提议全体举起烛光，为全人类的和平幸福祈祷。教堂内外的烛光一齐举起来了，清悦洪亮的圣诞钟声敲响了。尽管我不信教，更不是圣徒，但人类的和平幸福是我的心愿。我和朋友一同擎起了手中的长烛,祈愿人类的和平幸福,祈愿我的祖国更加繁荣富强,我的家人安康。

此刻我的心中,不着一尘,洒满了祥和平安的阳光。

(选自《心海漫游》,长江文艺出版社2015年1月1版)

寻找潘玉良墓

找寻潘玉良墓地，给她送上一束鲜花，是我到巴黎要了的心愿之一。为之，行前我专程拜访了曾经去潘玉良墓地凭吊过的著名油画家鲍加先生，了解到她葬在巴黎蒙帕那斯公墓。但忽略了问她墓地的区位，使我的寻找多花了很多时间。

到巴黎后，我把这个愿望对中国美院在巴黎研究绘画的冯罗铮教授说了。她说她也想去，我们约好 12 月 27 日同往。

我拥有两张潘玉良墓地照片。一张是写《张玉良传》前采访潘赞化家人时，他儿媳提供的。那是用黑色大理石雕制的扁方形墓碑，光洁照人。碑右镶有她白色大理石的浮雕头像，像下并排刻有五枚奖章，中间刻着竖排隶书“潘玉良艺术家之墓”和她的生卒年。前有同样石料的墓床。墓床上供有鲜花。另一张是《张玉良传》正热的 1983 年，今已故去的香港大导演李瀚祥从巴黎拍来送给我的。这张墓地照片与前一张有所不同。在墓碑中间“潘玉良艺术家”的左边，又添刻上了竖排的一行楷书“王守义之墓”，在潘玉良生卒年之下，用法文添刻了“王守义之墓”和他的生卒年份。李先生在信中告诉我，潘玉良晚年和王守义生活在一起，王守义死后与潘玉良合葬一墓。

李瀚祥提供的情况在我到巴黎后的采访中得到了验证。这和我在《张玉良传》中写的有所出入。我把王守义写成了潘玉良的学生，也学美术的，小她十岁。实则是他长她七岁，不是学美术的，也非她的学生。1919 年，他赴法勤工俭学，在巴黎和邓小平、何长工、周恩来一起学习过，和聂荣臻是同班同学。他很能吃苦耐劳，在巴黎开了家饭馆，生意不错。他又为人诚恳，乐于助人，在华人中威望很高，很长时间担任旅法华人俱乐部主席。他关心同胞，不管哪个遇到困难，都倾力相助，帮助过很多旅法艺术家。张大千首次去巴黎，受到他热情接待,为张大千举办画展到处奔波。著名油画家常玉煤气中毒而亡,他没家小,王守义为他买地安葬。纳粹占领巴黎期间,潘玉良卖不出画,生活陷入困境,他解囊相助。她的画室遭暴风雨袭击,窗毁房摧,他为她张罗修复。多次助她举办画展,在患难中,他们成了相依相伴的知己。她去世,他悲痛万分,以10万法郎重金,在蒙帕那斯公墓租了为期100年的一块墓地,又为其举办了隆重的葬礼。玉良去世第二年,他带着她临终重托,把她的一张自画像和她一直珍藏、嵌有玉良和赞化照片的鸡心项链带回祖国,亲手交给了潘赞化的后人。

这些情况,我在写《张玉良传》时都没法了解得到,甚至连有没有王守义这个人也没有充分的把握。我把他写进玉良的生活,唯一的线索是玉良的雕塑作品中,有座王守义头像和一张葬礼上的照片。照片上有位手持一枝康乃馨的悲痛老人。问其姓名,只说姓王。从而我推测他和玉良的关系不一般。他到底为谁,我无从得知。我为之绞尽脑汁,分析她雕塑的人物头像,都是赫赫名人,唯有王守义名不见经传。我由之推断出,王守义就是在玉良墓前,手持鲜花悲痛欲绝的老人。这个人物的产生完全出自我捕风捉影的推断。我虽然推想出他们的关系不一般,但我不敢明写他们同居。除了传统意识对我的影响,就因为这仅仅出自推断。

当我从一些华侨老人口中了解到这些,我就急切地想要去他们的墓地,除了表示我的歉意,就想告诉他们,如果有机会,我将捡回遗落的笔墨,还他们真实的感情生活,让王守义的华人领袖形象更为丰满一些。

一夜雨声淅沥,天亮方住。我一早就起来了,上花市买了束鲜花,早早赶到和冯教授相约的地点。我们到达蒙帕那斯公墓时,太阳刚升起。公墓守门人给我们两份说明书。我们看不太懂,向他询问潘玉良墓区位,他又听不懂我们的话。我们只好采取拉网方式,分头一个区一个区地去搜寻。

公墓很大,一个多小时才搜索完西片墓区,没有找到。冯教授产生了疑惑,问我她是否真的葬在这里。得到我肯定的答复后,毅然表示,只要在,就能找到。我们开始搜寻东片墓区,找了两个钟头,眼睛都看花了,整个公墓快找完了,仍然不见潘墓。我也发急了。这时冯教授在七区喊我:“石楠,找到了。”

我飞跑过去,果然是我在李瀚祥送的那张照片上见到的墓地。碑上的奖章雕刻得很精致,油彩依然鲜艳,只是她的浮雕像不见了,平滑如镜的墓床上没有鲜花 、蔬果的供奉,只有被盗去雕像墓碑孤零的倒影。我静静地立在他们墓前,一缕哀伤不禁从心底涌起。我虔诚地把鲜花供奉在墓床上,不由得想起了玉良跌宕的人生和渗血的足迹。倏地,墓碑在我模糊的泪光中幻化成大海上一叶漂泊浮动的风帆。墓园静得叫人心悸,几声鸦叫,瘆人心脾。我骂了声:可恶的不祥之鸟!冯教授却说,在法国,听到鸦叫是瑞祥之兆。说不定这乌鸦是他们灵魂的幻化,来向我们表示欢迎和祝福的呢。

也许吧!我应着。为了我们三个半小时的寻访和我们虔诚的心。

(选自《心海漫游》,长江文艺出版社 2015 年 1 月 1 版)

章诒和

（1942— ）

作家、戏曲研究学者。安庆桐城市（今枞阳县）人，出生于重庆。中国戏曲学院戏文系毕业，为中国民主同盟创办人、中国农工民主党第六届主席章伯钧二女。现居北京守愚斋；其兄章师明现为中国农工民主党名誉副主席。

著有《中国戏曲》（章诒和主编，文化艺术出版社 1999 年 1 月初版）及《往事并不如烟》《最后的贵族》《一阵风，留下了千古绝唱》《雪山几盘　江流几湾》《顺长江　水流残月》《这样事和谁细讲》《四手联弹》等。

正在有情无思间

——史良侧影

史良(1900—1985),江苏常州人,女。1931年后,任上海律师公会执行委员,上海妇女救国会常委。1936年被国民党所逮捕。为历史上著名的“七君子”之一。抗日战争期间,在武汉、重庆等地从事民主运动。1938年后,任妇女指导委员会委员兼联络会主任,第一、二届参政员,1942年,任民盟中央常委、重庆市支部组织部长。解放战争期间,为上海民盟执行部负责人之一。1949年后,任国家司法部部长,全国妇联副主席,民盟中央副主席、主席。是第二至四届全国人大常委,第五、六届全国人大常委会副委员长,第二至五届全国政协常委。

——摘自《20世纪中国名人辞典》

这个辞典上的史良,是以职务为材料、年经事纬叙列出来的人。在民主党派史料汇编里或共和国部长传记里,对她的介绍要比这个条目详尽些,有千余字。除了对“七君子事件”的叙述而外,还强调解放前的史良作为享有崇高威望的著名律师,如何敢于同邪恶势力进行斗争,营救受迫害的共产党员和进步人士;中华人民共和国成立后的史良作为首任司法部部长(她和卫生部部长李德全是当时仅有的两位女部长),如何建立和健全了人民司法机构和工作;作为一个民主党派(民盟)负责人的史良,如何拥护共产党的领导,即使在“文革”时期,也没有动摇对社会主义的信念,等等。这些内容写得准确又周正。但活在我心里、刻在我记忆中的史良,就不仅是条目所写的这么一副干巴巴的样子。

她是我小时候崇拜的高贵又美丽的女性。史良无论走到哪里,来到什么场合,都与众不同。只要父亲说上一句:今天史大姐要来。我听了,顿时就血液沸腾，兴奋不已。自己长得不漂亮，常对着镜子自语：不是说女大十八变吗？我啥时能变得有点像史良，就好了。

我清楚地记得，头一次在我家客厅见到史良的情形。父亲把我推到她的跟前："喏，我的小女儿，小愚（我的小名）。"又对我说："这就是我们的史大姐，你该叫史阿姨。"

我深鞠一躬，叫道："死（史）阿姨。"

父亲一怔，史良却笑了。

父亲纠正道："不是死，是史。这两个音是不许弄混的，再重叫。"

满脸通红的我，再叫："死（史）阿姨。"

父亲盯着我的嘴，嚷道："是史！不是死。"

我再叫一遍，仍是"死阿姨"。

父亲瞪着眼，刚要张口，被史良挡住，笑着说："死阿姨就死阿姨吧。"

瞧，多好的一个死（史）阿姨啊！

史良给我的第一印象，是在五十年代初的夏季。她让秘书打来电话说，有事要来我家和父亲商量。那时，父亲官场得意，我家住的是座有七十九间房的大四合院。宽阔的庭院，已是绿叶成荫，晨风拂来，透着凉意。在家中，没有父亲的容许，子女是不能随便跑出来叨扰客人的。我便躲在耳房，两眼直瞪窗外。

那年头的北京，人稀车少。史良坐小轿车从她的住地东总布胡同到我家的地安门内东吉祥胡同，要不了多久。过一会儿，淡施脂粉的史良，身着西服套裙，脚穿白色麂皮高跟凉鞋，飘然而至。庭院里缠绕在竹篱笆上的茑萝松，正绽放着朵朵红花。那小巧的花形和鲜丽的花色，勾起她的兴致，俯身摘了几朵，托在手心，便直奔北屋。接着，从大客厅传来了一声史良的吴侬软语："伯钧（父亲姓章名伯钧），你家的镜子呢？"父亲带路，引她到母亲的梳妆台前。我瞅见史良仔仔细细地把小红花一个个嵌入上衣的扣眼，嵌好后还左右端详。公事谈毕，她带着胸前的那些"茑萝松"匆匆离去。

一个炎热的下午，史良又来我家做客。这次，她穿的是用香云纱①做的"布

---

① 香云纱，俗称拷纱，即莨绸，是中国一种古老而传统的天然丝料。它是将原色天然面料，直接用从野葛（莨）茎中提取的汁液浸泡并经过淤泥涂封，放置一段时间后，经太阳暴晒等特殊工艺制成。由于是纯手工生产，生产量很少，所以十分珍稀。夏天凉爽，冬天轻柔，穿洗越久，手感、色泽越好。

拉吉”(即连衣裙)。她走后,母亲把史良的这身衣服夸赞得不得了,对我说:“自从新中国的电影、话剧,把香云纱的裤褂作为国民党特务的专业服以后,人们拿这世界上最凉快的衣料,简直就没有办法了。你爸爸从香港带回的几件香云纱成衣,也只好在家休息的时候换上,成了业余装。看看人家史大姐(这一直是母亲对她的叫法),居然能做成‘布拉吉’,穿到司法部去。”此后四十余载,我没见过第二个女人像史良这样地穿着。

直到九十年代末,北京的时髦女性在“怀旧风”的席卷之下,捡起了香云纱。我跑遍大型商厦,终于也找到一件用它做的西式衬衫。面对三百多元的价格,我毫不犹豫地拿下。其实,这不是在买衬衫,而是为了复制出一种记忆。

1956年,母亲与她同去印度访问,史良是中国妇女代表团团长,母亲是代表团的成员。印度方面请她们参观一个比较先进的工厂。飞速旋转的钻头切削下来的钢丝卷曲如云,柔细如发,耀眼又美丽。史良伸出左手去拿刚刚旋出来的一根钢丝,随即把手缩了回去。

旁边的工作人员忙问:“烫着没有?”史良微笑着摇了摇头。

可母亲注意到那只伸出的手,始终像拳头一样紧握着。回到宾馆,史良马上把母亲叫到自己的房间,把拳头松开给她看。“天哪!痛得很吧?”母亲嚷了起来,只见手掌心那被钢丝烫过的地方肿得老高。

史良点点头,说:“千万别声张出去,我给大家丢脸了。健生(母亲姓李名健生),你是学医的,有什么办法吗?”

母亲告诉史良,自己带了进口的安富消肿膏,正好派上用场。

一边上药,母亲一边怪道:“那车床里刨出来的钢丝,你居然想拿着玩,天真得像个幼儿园的孩子。”

史良不好意思地笑了。

一连几天,母亲都偷偷地给她换药,并问:“洗澡时,需要我帮忙吗?”

史良说:“不用,我自己可以应付。”

母亲佩服地说:“史大姐,你真行。手掌肿成那样,要换成别人早叫唤起来了。”

这些中国妇女界的精英们在参观了医院、学校、幼儿园,瞻仰了泰姬·玛哈尔陵墓,被尼赫鲁总理接见后,由接待人员将她们带到新德里最繁华的地段去逛街,带到一家最高级的服饰店去购物。史良在华贵精美的众多印度丝绸中细挑慢拣,抽出一匹薄如蝉翼且用银丝绣满草叶花纹的白色衣料,欣赏再三。她把末端之一角斜搭在肩上,对着镜子左顾右盼,并招呼母亲说:“健生,快来看看,这是多好的衣料哇。”母亲凑过去,看了一眼,扭身便走。

走出商店,史良气呼呼地问:“那块衣料,你觉得不好看吗?”

母亲说:“你光顾了好看,不想想我们口袋里有几枚铜板。团员每人八十卢比,你是团长,也才一百八十卢比。买得起吗?”

史良说:“买不起,欣赏一下,也好。”

母亲说:“老板、伙计好几个人围着你转,到头来你老人家只是欣赏一下。这不叫人家看出咱们的穷相嘛。”

她不作声了。

史良是考究生活的,希望别人也能如此,同她一样。我的这个看法,是由一桩小事引起。一个寒冷的冬日,民盟中央的几个负责人罗隆基、胡愈之、周新民、萨空了、楚图南、邓初民、吴晗、闵刚侯、许广平等,在我家开会。但凡家有来客,父亲必给每位沏茶。人多的话,还叫洪秘书事先在玻璃杯外壁贴上一个用白纸剪成的圆形小标签,那上面有用毛笔工整地写着的阿拉伯数字:1,2,3,4,5……客人按先后依次而拿。会开久了,茶喝多了,大人们陆续如厕。我和姐姐的书房紧挨卫生间,谁去方便我都能瞧见,而且这些先生们进进出出,看到我都要打个招呼,聊上几句。第一位如厕且多次方便的人,是罗隆基。因为他有糖尿病。这次的会可能是开得太长了,女士们也开始方便。许广平先来,由于是第一次,不熟悉我家的卫生间,故让我陪厕。

我告诉她:“您用过的手纸直接丢进马桶,用水冲掉。”

许广平听了,极认真地对我说:“这个做法不好,手纸容易堵塞马桶。要放个纸篓,用过的手纸就丢进去,每晚再把它倒进垃圾箱。”她又用手指着水箱底下的一角说,“纸篓可以放在这个地方。”

史良继之。来了,又走了。她没有对我家的卫生间及其使用,发表任何看法。翌日下午,我正在做功课。突然门铃声大作。洪秘书跑进客厅,对父亲说:“史部长来了,手里还提着两大包东西。”听罢,父母二人你看我,我看你,显然不解其来由。

史良被请进客厅。她把牛皮纸包的东西，往客厅当中的紫檀嵌螺钿大理石台面的圆桌上一放，笑眯眯道："我今天不请自到，是特意给你们送洗脸毛巾来的。一包是一打，一打是十二条。这是两包，共二十四条。我昨天去卫生间，看了你家用的毛巾，都该换了。"她转身对母亲说，"健生，一条毛巾顶多只能用两周，不能用到发硬。"母亲的脸顿时红了，父亲也很不好意思。

我跑到卫生间，生平第一次用"不能发硬"的标准，去审视家族全体成员的洗脸毛巾。天哪！父亲、母亲、姐姐和我的四条毛巾，活像四条发黄的干鱼挂在那里。尤其是我用的那条，尾梢已然抽丝并绺儿了。此后，我家的毛巾不再使到变硬发黄，但始终也没能达到史良指示的标准：一条用两周。那年月提倡的是艰苦朴素、勤俭节约。我问父亲："史阿姨的生活是不是过得有点奢侈？"

父亲说："这不是奢侈，是文明。我在德国留学，住在一个柏林老太婆的家里，她是个犹太人，生活非常节俭。但她每天给我收拾房间的时候，都要换床单。雪白的床单怎么又要换？——我问老太太。她讲，除了乞丐和疯子，德国的家庭都如此。"

在民盟中央，一般人都知道史良与父亲的私人关系，是相当不错的。一只小罐焖鸡，也让我看到了这一点。一次，父亲患重感冒，愈后人很虚弱。史良得知后，很快叫人送来一只沉甸甸的宜兴小罐，母亲揭开盖子，一股鸡汤的浓香直扑鼻底。她还带话给母亲："不管伯钧生不生病，他今后吃鸡都要像这样单做。"

父亲用小细瓷勺舀着喝，一副心满意足的样子，说："史大姐因高血压住进北京医院的时候，小陆都要送这种小罐鸡汤。"

对父亲吃小罐鸡，我特别眼馋。一日，又见饭桌上摆着那只史良送的宜兴小罐，不禁叹道："什么时候我能得上感冒，才好呢。"

母亲问："为什么？"

我说："那样，我不就也能喝上小罐鸡汤了。"

父亲大笑，并告诉了史良。

史良来我家，每次都是一个人，她的丈夫在哪儿呢？在我对史良产生了近乎崇拜的好感之后，便对她的一切都有了兴趣和好奇，我问父亲："史阿姨的丈夫是谁？我怎么从来没见过？"

父亲说:“她的丈夫叫陆殿东,外交部的一个专员,这个差事是周恩来安排的。他的年龄比史大姐小,所以大家都叫他小陆,当时在上海。史大姐已经是个名律师的时候,小陆还在巡捕房当巡捕。”

母亲小声地矫正:“到了1946年,人家小陆也在上海挂牌当律师了。”

“那是跟她结婚以后的事。”父亲接着说,“他们的结合幸福不幸福?大家心里明白。有时我想史大姐一觉醒来,恐怕会发现自己的眼泪湿透了枕衾。”从语气里,看得出父亲对她的怜惜与叹惋。

后来,我才从母亲那里知道,史良的婚姻与孙夫人(宋庆龄)有关。尽管史良因为承办案件早就认识小陆,但正式作为异性朋友,却是孙夫人介绍的。小陆年轻英俊,英语流利,法语也不错。在他们确立恋爱关系后,史良出资让小陆到法国和美国留学,攻读国际法。过了一段时间,史良却从美国朋友那里得知,小陆和一个漂亮姑娘关系亲密,甚至不想回国。史良向孙夫人哭诉小陆的薄情。孙夫人听了十分生气,把陆殿东招回,选了个良辰吉日,由沈钧儒主婚,他们很快结为夫妇,成为史良丈夫的小陆,从此无比忠诚。在史良成为部长后,他一门心思都扑在妻子的身上。人前人后,常常是“史部长”“史部长”地叫着。

我认识小陆是在全家去青岛避暑的途中。在火车的软卧车厢里,他对妻子照料之周,体贴之细,令所有的男人自愧不如,也让所有的女人暗羡史良能有这样的夫君陪伴,实在是福。小陆出出进进,端茶、倒水、提拖鞋、送零食,都不在话下。午饭后,史良说要小憩片刻。小陆听了,立刻打开行李箱,先拿出雪白的睡衣睡帽和一卷镶有法式花边的白色织物;继而取出一个纸口袋,口袋里装的是一把小钉锤,两粒小铁钉,一节软铁丝。我们面面相觑,不知要搞什么名堂,接着,他请来列车长,比比画画,低语几句后,只见小陆携工具爬到上铺,在左右两壁各打进一小钉。然后把那卷织物抖落开——原来是两尺见宽的帏帘。帏帘上端缀着一个个小铜环,小陆将它们套入铁丝,再把铁丝的两端系于两边的铁钉。这样,一副床帏在几分钟之内便做成了。它质地轻薄,尺寸合适,既把上铺遮得严严实实,又开合自如。史良在帘内换上睡衣,戴好睡帽后,小陆从行李箱内拿出一个木质衣架,把史良换下的衣服抚平撑好,挂于下铺的衣帽钩。

车在行驶,车内寂静,帏帘将夏日的阳光挡在了外边,也遮住了午休者的睡容。小陆端着自己的水杯,站在通道的窗前,欣赏着窗外的风景。只要我从他身边经过,叫声“陆叔叔”,他都要点点头,圆圆的脸上泛起浅浅的笑……

后来母亲告诉我，尽管小陆对史大姐的生活照顾得无微不至，比保姆还保姆。但人们都认为史大姐应该享有更好的婚姻生活，可惜她失去了机会。

“什么机会？”我追问着。

母亲说：“就是和你的罗伯伯（即罗隆基）呗。抗战时在重庆，他俩的关系已基本被大家默认。史大姐对这件事是认真的，表现得从容大度，可谁也没料到会冒出个浦熙修来，老罗遂又向浦二姐去大献殷勤。史大姐察觉后，立即结束了这段浪漫史。”不想地位那么高、每逢三八妇女节便要向全中国妇女大谈或大写女性解放问题的人，在内心深处同样掩埋着一个普通女性在感情上的伤痛。

1956年的夏季，官方在北戴河召开什么会议。参加会议的既有中共的领导，也有民主党派的领导。会议规定：与会者可携带一名家属，那时母亲在北京市卫生局当副局长，干得十分起劲。她说自己没有时间休假，叫我去陪父亲。会议似乎开得轻松、顺利，父亲的脸上总挂着笑容。趁着开会的空隙，他和交通部的人还邀请了苏联专家去视察秦皇岛港（注：父亲时任国家交通部部长）。大概父亲觉得到海上一游的机会难得，便请史良同行。

那天的风浪特别大，我们乘坐的船，是艘类乎快艇的玩意儿，颠簸得厉害。好多男人都受不了。他们一个个在大海的魔力下，像显了原形一样：或东倒西歪，或愁眉苦脸，或勾腰驼背。我干脆就趴下放平，如一只壁虎，紧贴于地。这时，发现整条船上唯有史良在正襟危坐，并保持着正常的表情和原有的风度，连她脚上的高跟鞋也是那么的昂然挺立。洋专家非常佩服这位端庄高贵的中国妇女，特别是当父亲介绍她是中国司法部部长的时候，他们都情不自禁地惊呼起来，赞叹不已，并争先恐后地要求和史部长合影。

翻译把这些俄罗斯男人的要求转达给史良的时候，她摇头说：“不行。”且向父亲及翻译解释道，“我今天来这里，如果是外事活动的话，我一定同他们合影。但在这样的私人活动中，当有我的先生在场，遗憾的是，他今天没有来，没有他或者有他在场却不被邀请的话，我一个人是不和谁照相的。”

吃过简单的午餐，看着苏联专家恭敬礼貌地与史良握手告别的情景，我心生感动，古书上说：“宽裕温柔，足以有容也；发强刚毅，足以有执也；齐庄中正，足以有敬也。”古人指的是圣人之德行，我虽未遇一个伟大的圣贤人物，但我面前的这个女人，确让我感受到有容、有执和有敬。

转眼间，便到了1957年。这年的春与夏，对知识分子和民主党派来说，天之所覆，地之所载，春晖霜露，乃是两个完全不同的季节；对我的父母来讲，则亲历了由天入地的坠落。

2月，是传统的春节，适逢父亲随彭真参加全国人大代表团出访东欧六国，以往过节，父亲要把能找来的亲戚都找来，吃喝玩乐，闹到半夜方肯罢休。这回，母亲带着我和姐姐过了一个清静的除夕之夜。父亲从国外打来电话说想我们，还想稀饭。

临睡前，母亲说："爸爸不在家，明天不会有人来拜年，咱们可以睡个懒觉了。"我们母女真的大睡而特睡。万不想初一的早上，约8点来钟的样子，史良便来拜年。

"伯钧不在，你还跑来。"母亲的话，埋怨中透着欣喜。

"知道他不在，我就更要来了。"史良的回答给了母亲极大的快慰。

然而不久，这种快慰便随着暗中变化的形势迅速消失了。

2月27日，毛泽东在最高国务会议上作关于整风问题的讲话。讲者说：今后在中国，政治上实行"团结——批评——团结"；中共和民主党派实行"长期共存，互相监督"；在科学文化领域实行"百花齐放，百家争鸣"。这个在总结了斯大林错误的背景下发表的谈话，着实让父亲兴奋异常。他说："老毛对人民内部矛盾这一概念的提出，是政治的，也是哲学的，虽是矛盾论的延续，但有其创造性，这个概念还是一把时代的钥匙，运用好了，能建立起一种社会主义的民主生活方式。"

在中共中央发出《关于整风运动的指示》后，父亲的兴奋立即转化为动力，起劲地去到农工中央和民盟中央做报告，玩命地组织参加各种座谈会，以帮助整风。在民盟中央除了他积极，罗隆基也积极，史良也没落后。那个有名的"六六六"教授会议，就是在6月6日由父亲和史良主持，有曾昭抡、吴景超、黄药眠、费孝通、钱伟长、陶大镛六位教授参加，在北河沿大街政协文化俱乐部召开的。会上，他们一个个头冒傻气，替中国共产党担心着急，生怕大鸣大放在青年学生中搞出乱子。最后，父亲提出大家应该去见周恩来、彭真、康生、李维汉，反映情况。当晚，热情而焦急的史良见到了周恩来，便把情况反映了。

第二天，6月7日国务院开会，父亲和史良都去了。史良见到父亲就说：

"前一天晚上我已和总理谈了,可总理未置可否。你是不是趁今天这个机会,再和总理谈一谈。"

会上,父亲写了个条子给周恩来,说明眼下的情况严重,民盟的同志反映问题的态度很诚恳。周恩来看了条子,仍然不置可否。

6月8日,中共中央发出指示《组织力量反击右派分子的猖狂进攻》。同日,《人民日报》发表社论《这是为什么?》。读后,父亲傻眼了。气不顺、想不通的他,想找个人唠叨唠叨。他首先想到的是史良,当晚就找上门去。而此时此刻的史良,或许由于长期以律师为业,在判断问题上要比父亲理性得多,或许已有人指点迷津,替她拨正了船头。她掂出了事情的分量,觉得前几天储安平的"党天下"的发言问题严重,已经超出了被容许的界线。所以,为了自己,也为了父亲,趁这个单独会面的机会,她要问个明白:"伯钧,储安平的发言稿,事先和你商量过没有?"

父亲答:"没有,罗隆基是看过的。"

史良的问话,未能引起父亲的警觉,却引发出他的对现实的不满,又大发议论。在史良跟前能把肚子里的话统统倒出来,父亲觉得很痛快。回到家中,母亲关切地问:"你和史良谈得怎么样?"

父亲答:"很好。"

是的,当下他感觉很好。当夜,他睡得也好。母亲躺下后,打算再问问他与史良的具体谈话内容,可那边厢已是鼾声大作。

6月9日、10日、11日,《人民日报》又相继发表了《要有积极的批评,也要有正确的反批评》《工人阶级说话了》等社论。接着,是密集如雨、锋利如刀的批判会或以批判为内容的座谈会。

6月10日,父亲在民盟中央的座谈会上表态说:"对我的批评,我暂不辩论。我的发言可能是百分之百错误,也可能是不利于社会正义,可能是对抗党的领导、损害党的领导权的大错误,也可能不是那么严重的问题,如政治设计院的问题、讨论文字改革和国务院开会程序等问题。也可能因为我是国家的一个负责人而不适于提出这些问题。也许我的话说得含糊,我决不辩护,不说言不由衷的话。总之,要用一番动心忍性的工夫向大家学习。"

6月12日,父亲在农工中央扩大座谈会上说:"我认为在这几次会议曾经谈到政治设计院,国务院会议程序拿出成品和文字改革问题,此外提到国务院机构下各办各委应当改变,权放在各部会,多发挥管理机构的作用……对这些问题我是有意见的,不是凭灵感和一时的高兴,但语焉不详,可能犯了反对无产阶级专政、违背党的领导、走资本主义道路的错误。”

6月13日,父亲在《光明日报》发表了《我在政治上犯了严重错误》一文,他承认自己在中共中央统战部召开的座谈会上的发言,是思想上犯了严重错误,并写道:“这说明我的立场不稳,认识模糊,以十分不严肃的态度,对待国家政策,以致造成政治上不良的影响,为右派分子所利用。”

父亲早被钦定为右派之首,自己却说“为右派分子所利用”。人家要求的和自己理解的,相距岂止十万八千里。

6月14日晚,民盟举行中央小组会议。会上,史良做长篇发言。这次发言可以分作三段。第一段是她继续帮助党整风,给司法工作提意见。史良说:“关于司法,我认为的确这几年来成绩是巨大的,为人民做了很多事情,但缺点和错误是不容忽视的。审判机关历年来在‘三反’‘五反’和镇反运动中,是错判了一些案件,可是,我常听见一些司法干部,甚至是一些较负责的党员干部说:‘我们的错判案件只有百分之几。’这一种非常有害的自满情绪。诚然,错判案件在整个判案数中是只有百分之几,甚至是百分之一,但对被错判的人则是百分之百的遭受冤屈和不幸了。我是拥护毛主席关于‘有反必肃、有错必纠’的指示的,我看见很多地方是这样做了。但是我看到也有些司法机关在执行这一原则中是有打折扣的。有的案件判错了,经过当事人申请,甚至有关方面和上级司法机关指出,审判人员也明知错了,但不肯承认错误,宣告无罪释放,还硬要找人家一点小辫子,宣判为‘教育释放’,其实应教育的不是无辜被告而正是主观主义的审判人员自己。更坏的是本来错了,还迟迟不愿改正,使错判的人不能得到及时的平反,这是不能容忍的。其次,在对待我国原有的法学家上也是有缺点的。在高等学校院系调整中,在思想改造中,对待有些老教授们是很不尊重的。当然,必须肯定,一切法律都是为阶级服务的,所有旧司法人员是必须经过改造的。但是对一切愿意改造和批判自己旧法学观点,并愿意为我国社会主义服务的法学工作者也应给予机会,使其发挥作用。可是,在院系调整中,不少地方曾对某些教授在一个相当长期内,既不安排工作,又不组织学习,闲置一旁,无人理会,形同坐冷板凳。有的即使安排工作,也有安排不当的,或者无法发挥其潜力。我认为这是由于某些共产党员的官僚主义和宗派情绪，因而对本来想在共产党领导下为我国法学事业贡献力量而又不能发挥潜力的教授们的苦楚心情，是领会不够的。因此，我们认为对原有教授和法学家们愿为社会主义法制服务的热诚及其潜力，应有恰如其分的估计，并进一步发挥他们应有的作用。”这段话，表现出一个著名法学家的水准，一个司法部长的责任心。

史良发言的第二段是以储安平为靶子，要求民盟中央面对反右斗争的形势，明确表态并划清界限。她说：“这次共产党的整风是我们国家政治生活中的重大事件。整风运动的目的是要整掉共产党存在的歪风邪风，从而加强党在国家事务中的核心领导作用，加强人民民主专政，使我国的社会主义建设事业突飞猛进。这个目的是必然会达到的。除此以外，整风运动和党外人士所提的意见到目前为止，已经产生了一种新的情况，那就是暴露了右派的反共反社会主义的真面目，从而在人民群众中间展开了一场激烈的政治思想斗争。这场斗争的一方面是拥护社会主义，拥护党的领导，另一方面是反对社会主义，反对党的领导，而要教资本主义和资产阶级的‘民主自由主义’死灰复燃。现在在我们民主党派中间发现了这样的一种人：一面表示赞成社会主义，另一面反对无产阶级专政，硬说工人阶级领导的人民民主专政是官僚主义、主观主义、宗派主义的根源；一面表示接受共产党的领导，另一面污蔑共产党存在着‘党天下’‘家天下’的清一色思想；一面说是帮助共产党整风，另一面散播诋毁共产党、辱骂党的领导人的言论，挑拨和煽动人民对党和政府的恶感。对于这样一种言论和行为，这几天已经激起了工人、农民、学生群众和社会人士的义愤，我们民主党派的成员和领导人有责任要尽量揭发批判，把他们的真正面目充分暴露在群众面前，以达到分清是非、教育群众的目的。这也是我们帮助党整风所必须担当起来的一项重要工作。”

讲到这里，史良停顿片刻，并提高了语调，说：“同志们，你们一定都明白，我所说的那种人是谁？那就是储安平，还有公开和暗地支持储安平的那些人。上次座谈会上，邓初民同志建议民盟中央应该对储安平的发言表明态度。我完全同意，我作为民盟负责人之一，我要公开声明，储安平的整篇发言论点是彻底反共反人民反社会主义的。我们国家以工人阶级为领导，以工农联盟为基础，是宪法所保障的；我们的国家领导人是通过民主程序，由全国人民代表大会选举出来的。储安平是民盟盟员，是《光明日报》总编辑，是全国人民代表大会的代表,他曾经庄严地举手通过《中华人民共和国宪法》,并参加了国家领导人的选举。他现在公开反对他自己参与的全国人民代表大会的决定,并且把责任推给全国人民所拥护爱戴的毛主席和周总理,诬蔑毛主席和周总理有'党天下'的清一色思想,这不是要挑拨煽动全国人民对领导我们的党和毛主席周总理引起恶感,还是什么呢?这不是反共反人民反社会主义,还是什么呢?已经有人这样说,储安平敢于作这样反动的言论,要是背后没有大力者加以支持是不可设想的。因此,我主张我们民盟中央必须明确表示,和储安平划清界限。如果我们中间有谁支持储安平的,应当公开站出来。我们容许批评,也容许反批评,这才是正确处理人民内部矛盾的方法。要使人民内部矛盾不转变为对抗性的矛盾,也只有通过公开的批评反批评的方式才有可能。我们反对当面一套背后又一套的阴险做法。"

说到此,史良话锋一转,进入了最为重要的、矛头直指父亲的第三段:"在这里我要向章伯钧副主席提一点意见,在上次中央小组座谈会上,伯钧的发言中,对储安平的批评,我认为是很不够的,是含糊其辞、模棱两可的。昨天看到伯钧在《光明日报》上所写的文章,对储安平的批评,态度和立场仍然是不够明确的。虽然伯钧的文章里说:'储安平反社会主义的错误言论,丝毫也不能代表《光明日报》、他的"党天下"的论调是和《光明日报》的立场完全悖谬的。'但是伯钧并没有说明他自己对储安平的发言,采取什么态度,也并没有分析储安平的错误在哪里。充其量,伯钧只声明了储安平的发言不能代表《光明日报》,而没有说明储安平是在散布反党反社会主义的论调,企图达到从根本上动摇人民民主专政和党的领导,破坏社会主义事业的目的。总而言之,伯钧对储安平的批评,并没有接触到问题的本质。

"我要问伯钧,你是不是也有所顾虑,所以故意含糊其辞,或者你是真的不明白储安平的本质呢?储安平的发言,是以《光明日报》总编辑的身份发表的。伯钧是《光明日报》社长,社长应当负报社的政治责任。因此储安平的这一篇发言在事前是否向伯钧请示商量,发表以后伯钧有没有向他追问,有没有向他表示过同意或者不同意他的意见。像这样的关键性问题,我认为伯钧是有责任向大家交代清楚的。记得上星期六晚间(6月8日)伯钧来找我谈话,我是问过伯钧的。我问他储安平的发言稿,事前和你商量过没有?他说:'没有,罗隆基是看过。'伯钧又说,'有人对我说,储安平的话击中了要害。但我看是用不着写社论的（社论即指《这是为什么？》）。而且一再揪出卢郁文[①]来。卢郁文这种人不过是一个小丑而已。我看，胡风、储安平倒要成为历史人物，所谓历史人物，是要几百年后自有定评的。'当时伯钧说这样的话，我真不明白是什么意思？现在看了伯钧在《光明日报》发表的文章，和他那天晚上所讲的完全不同。因此，我必须请伯钧说个明白。我怀疑伯钧是不是也像在你的文章中所说的那样，在这次斗争中'不够坚定，认识模糊'了呢？是不是伯钧也有两套做法，在群众面前讲的是一套，在背后讲的又是一套呢？前天《人民日报》大字标题写着'可注意的民盟动向'。不错，全国人民正在密切注视我们民盟中央在目前这场思想斗争中的动向。我们都是民盟中央领导人。十目所视，十手所指，我们再不能对于对社会主义道路和党的领导心怀异志的那些人，有所包庇了。今天我在民盟会议针对以上要求伯钧表明立场和态度。"

史良的结束语，是落在了曾与自己最为亲密的人的身上："罗隆基现在出国，等到他回来以后，我也希望他能够有所交代。"

史良的讲话是按照要求、适时顺势而发，它像一包定向爆破的烈性炸药，从内部炸开民主党派的围墙，炸出一条预先设计好的线路，使民盟这只进入反右运动祭坛的领头羊，在这条路上蹒跚而行。

会散得很晚，在夜色中父亲回到了家。他只对母亲简单地说了一句："今天民盟的会，以史良的发言为主，她很有准备。"见他神情沮丧，母亲没好再问。

第二天近午时分，同时送来的《人民日报》《光明日报》《北京日报》《中国青年报》均在头版头条的位置，刊载了史良发言的全文。这篇新华社的通稿是以史良"要求民盟中央表明态度划清界限，质问章伯钧是不是也有两套做法"为通栏大标题，并将父亲在史良家中说的那段"……我看，胡风、储安平倒要成为历史人物，所谓历史人物，是要几百年后自有定评"作为内容摘要，以黑体字排印。母亲看罢，几乎难以相信洋洋数千言，竟是从史大姐嘴里说出来的。

但是，她更加责怪的是自己的丈夫："那天，你说去史良家谈谈，我满以为你是听听她的意见，请她帮你分析一下当前的形势和自己的处境及问题，谁知

---

① 卢郁文时为国务院参事室参事，是1957年夏季党外人士中最早站出来回击右派言论的人，他的回击行为立即以醒目位置刊于中央各大报纸。

道你跑去讲这些！你鸣放得还不够吗？嫌人家手里的辫子还少吗？”母亲气得满脸通红。

父亲一句话不讲，吃午饭了，父亲平时吃饭就快，今天吃得就更快。吃完，把筷子一放，对母亲说：“我相信，史良发言之前是一夜未眠，因为她在决定开口以前，先要接受良心的考验。”

从此，章史二人再无往来。这件事，我不知道在他二人心中，各自占据着怎样的位置，留下多深的刻痕。我只是吃惊于三十年后的一件小事——八十年代初，全国政协举行委员活动，母亲和史良在礼堂前厅谈天。民进中央副主席徐伯看见此情景，特意将我的姐夫拉到一边，愤愤地说：“你岳母怎么还能和史良有说有笑？当年就是她出卖了章先生，我心里都明白，谁也忘不了，难道李大姐自己倒忘了？”

1958 年初，民盟上上下下众多右派，被逐一处理。万不想左派们也跟脚——做了长篇书面检查。这其中既有从一开始就积极投入的吴晗、邓初民，也有半路甩出杀手锏的史良，还有交叉身份（中共党员、民盟成员）的萨空了、周新民等人。可见在毛泽东眼里，不仅章（伯钧）罗、（隆基）是右翼，整个民主党派都是右翼。

后来，有人告诉我：在反右后期史良批判“章罗联盟”的文章，皆出自民盟另一位负责人之手。连那个“六六六”教授会议，也是那位一手策划铺排的。只不过临到开会，他借故走掉。而且运动的收尾时刻，他把具体操办这件事的干部也戴上右派帽子，全家调离北京，发配到大西北。我听了，先是震惊，后也不觉奇怪。在民盟中央，别看沈老（钧儒）的地位最高，是旗帜性人物，可他才是民盟的主心骨。

再后来，我又听说：“大跃进”时期，史良见一批党外人士光荣加入了中国共产党，也向周恩来提出了入党的要求。但毛泽东不同意，周公称她是一名党外布尔什维克，不入党，作用更大。

1963 年 6 月 1 日，沈钧儒病逝。

民盟的人无不以为史良会接替沈老，成为民盟中央的主席。罗隆基用讽刺的口吻对父亲说：“我们的史大姐该当主席了，按座次也轮到了。再说中国共产党也会让她当的，反右全靠她打开了民盟的缺口。”

父亲也这么认为，说：“无反右之功，她的资历也是足够的。”

谁承想,中共起用的是杨明轩①,别说章罗,恐怕连杨明轩自己也没料到。

据说,自那以后史良的身体一直欠佳。民盟中央的政治学习,她常请假。杨明轩去世后,民盟就没了主席,直到"文革"结束。粉碎"四人帮"后,民盟恢复了活动,1979 年 10 月在民盟第四次全国代表大会上,史良才被选为民盟中央主席。时年 79 岁。

1965 年,罗隆基因突发心脏病,半夜死在了家中。他的许多日记和一箱子情书被有关单位收走。母亲偷偷对我说:"你罗伯伯收藏的情书可多呢,据说还有青丝发,写给他情书的人多是名流,其中有刘王立明、史良……"

1966 年"文革"爆发,我几次从四川溜回北京,大概是 1966 年冬,我第一次返京,住在已被红卫兵占据的家中,陪伴着体质虚弱且终日担惊受怕的父母。一日,民盟中央的人通知父亲去王府井东厂胡同(即民盟中央所在地),接受革命群众的大批判。会开了整整一个上午,焦急忧虑的母亲,煮了稀饭等他回来。下午一点多,年迈的父亲才徒步而归。

他喝完稀粥,把母亲和我招呼过来,说:"我满以为民盟是批斗我,到了会场才知道,我是个陪斗。原来今天批斗的对象是史良。她血压高,那些民盟机关干部,偏要她把腰弯得低低的。开初的批判,不过是些口号和空话。后来,他们居然把搜去的史良写给老罗的情书,拿出来当材料宣读,并质问史良到底和

---

① 杨明轩(1891—1967),陕西户县人,1897 年入私塾攻读八年,1907 年入西安公学堂,1913 年留学日本,入东京同文书院学习。不久,第一次世界大战爆发,于 1914 年回国。1915 年考入北京高等师范学校数理部学习。1919 年参加五四运动。同年 9 月回到陕西,先后担任了省立二中教务主任,省立第一师范学校校长。1923 年赴上海,任上海大学讲师兼附中部主任,1925 年与中共党员魏野畴等组织"国民党同志俱乐部",又组成国民党陕西临时省党部,并选为常委兼陕北二十三十县的党务特派员。1926 年加入中国共产党。1927 年任国民党西北政治分会委员和国民联军驻陕总司令部教育厅长,曾对陕西教育进行一系列重大改革。等蒋介石四一二政变后,杨明轩被通缉,1928 年入狱。1929—1936 年期间先后在上海、西安从事教育工作。1937 年赴欧洲考察教育,曾代表学生界出席在巴黎召开的世界学生联合大会。1942 年与杜斌丞共同筹建中国民主政团同盟西北地区组织。1946 年任民盟西北地区总支部组织部长。1948 年任陕甘宁边区政府副主席。1949 年后,先后担任民盟西北总支部主任,西北行政委员会副主席,全国人大常委会副委员长,《光明日报》社社长,中国民主同盟主席、副主席等职。1967 年 8 月 22 日因病在北京逝世。终年 76 岁。

这个大右派是什么关系，史良直起腰回答：‘我爱他。’在中国，一个女人能这样做，是很不简单了，也可以说是很了不起的。史良好像又回到了从前。”显然，父亲所说的从前，是指1957年以前。

父亲接着说：“当初，他俩恋爱失败，史良曾经向老罗索讨自己写的书信。这个努生（罗隆基的字）就是不给，把流风余韵系于纸墨之间。现在它们都成了罪证和炮弹，投向这些从前爱过他，现在还活着的女人。”

“健生，”父亲唤着母亲的名字，又道，“今天这个会，最让我心痛的是，民盟会堕落成这个样子，一个批斗会搞得如此下作。”

而这个如此下作的批斗会，成了他们最后的会晤。

1969年父亲病逝。

1978年，我从四川省第四监狱释放回京。母亲说，为了我的出狱，她找了许多关系，托了许多的人。现在要带我去拜见、面谢她们。在这些人当中，有三个老大姐：史良、雷洁琼、李文宜。我们母女先看李文宜，再看雷洁琼，最后去的是东总布胡同23号。在路上母亲告诉我，小陆已经去世。去世的情况非常意外：1976年周总理逝世，在外交部召开的追思会上，小陆谈到总理对他的关怀时，激动万分引发了心脏病而猝死的。

我们与史良的会面是在一楼客厅。几十年未见，身着白衫青裤的她，略显老态，但依旧是仪态雍容。光泽的肌肤，白皙的面庞和清澈的目光，使人很难相信她已年逾七十。

母亲把我朝史良的面前一推，说：“喏，这就是刚从四川回来的小愚，没有你的帮助和搭救，她恐怕至今还蹲在大牢呢。”

我赶紧补充道：“数千人的监狱，我是平反释放的第一人。这都得谢谢史阿姨了。”

史良摆摆手，说：“不要谢我，我没有起关键性的作用，也不可能起到这个作用，不过就是找找人，反映你的情况。我跟他们讲，章伯钧的女儿怎么就一定是反革命？她在日记里写几句对时政的看法，就算犯法？从法学观点看，简直不成道理。所以，我要替你讲话。在这方面，史阿姨是有原则的。我史家有个远房的侄子，前几年犯了罪，判了刑。他的家人后来找到我，想让我为他开脱。我把这个远房侄子的情况一摸，发现他不但品质不好，而且是真的有罪。我对他的父母说,这个忙我是不能帮的。孩子从小游手好闲,现在劳动几年,恐怕对他今后的一生都有好处呢。”

喝午茶的时候,母亲关切地问:“小陆走后,你的生活还好吧?”

不料母亲寻常问语,引出史良眼泪无数。她一边拿出白手帕擦拭,一边抽噎着说:“小陆一走,我的生活再也没有好过。他的房间,他的东西,都原封不动地保留在那里。我每天都在怀念他,回忆从前的日子。”她哭声凄婉,而那样子又很像个冷不防被抢走了心爱的洋娃娃、一个人坐在大房子里伤心抹泪的小女孩。母亲后悔自己不该提到小陆,说了许多劝慰的话,随后告辞。史良从沙发上站起来说:“我就不远送了。”

母亲和我走出大门,便听见有人在喊母亲的名字:“健生!”回头一看,原来是上到二楼寝室的史良靠在临街的窗前,手里左右摇动着那条擦拭过泪痕的白手帕。我俩走一段路,就回头望一眼,那白色始终在阳光下晃动,闪耀。我一向认为人老了,简单的衣食住行,都是无比的沉重与艰难,他们的内心自不会再有炽热之情或刻骨之恩,但我面前的史良,以忧伤表达出的至爱,令我感动不已。当我跨入老龄,生活之侣也撒手人寰的时候,史良的涕泣和那方白手帕的记忆,便越发地生动起来,也深刻起来。是的,脆弱的生命随时可以消失,一切都可能转瞬即逝,归于破灭,唯有死者的灵魂和生者的情感是永远的存在。

回家的路上,母亲告诉我:史良弟弟和姐妹有七个,六女一男,她排四。她与姊妹相处融洽,亲密无间。对哥哥——这个史家的唯一男丁,就别提有多好了!百般照料,关怀备至,以至于有人说:史先生的一辈子是靠在史大姐身上过活的。

不管父亲的右派帽子摘不摘,不问1957年的事平不平反,母亲都决意要给自己的丈夫写一点文字的东西,留给后人。在搞“章伯钧生平”的同时,她还想搜集一些父亲生前的照片。现在谁还保留着与章伯钧的合影?数来算去,唯史良矣。1983年2月,趁着春节拜年的喜庆日子,母亲带着我又去东总布胡同。这时的她已身为全国人大常委会副委员长,要拜晤(包括拜年)均须提前联系,获得同意。这次见面被安排在二楼的小会客室,楼梯的转弯处是一株叶大如盆,油绿乌亮的龟背竹。上得楼去,便从一间敞开的房间墙壁上,看到悬挂着的小陆遗像,像很大,拍得也好,他一生的温厚朴讷都印在那上面。我想,这间屋子就是史良珍藏爱情、持守亡灵的圣地了。

虽是冬日，穿着一件蓝色对襟丝棉袄的史良，坐的却是把藤椅，好像在我们未到以前，她已经在那里坐了很久、很久了。此时的她，完全是个老迈之人，稀疏的头发，白多黑少；露出的手臂和手背分布着星星点点的老年斑，目光似乎也有些迟缓、冷淡。见此情状，母亲尽快地说明来意，在重复两遍以后，她听明白了，对母亲说："这些事由我的秘书处理，他们会告诉你的。"

秘书的答复是："史委员长的包括照片在内的所有资料都很珍贵，概不外借。很对不起。请原谅。"

我们不便久留。听说我们母女要走了。史良用微颤的手从棉袄的口袋里，掏出一个小纸卷，递到我的面前，说："小愚，今天是春节，史阿姨要送你压岁钱。"

我接过来，展开一看，是五元的钞票。刹那间，心头泛起缕缕难以名状的伤感：是伤感于母亲要求的被拒？是伤感于史良的垂暮之态？还是伤感于她视为女童的我，已是中年妇人？——这一切，连我自己也无法辨析。

"清禽百啭似迎客，正在有情无思间。"岁月飞逝，留给我们的只有记忆，好在我们还有记忆。

1985年，史良病逝。患有心梗的母亲执意要去八宝山参加追悼会。进得大厅，母亲便痛哭失声，站立在遗体前，几乎跌倒在地，情绪难以自控。民盟中央的一个在职部长低声问身边的人："她是谁？"

一位老者答："她叫李健生，是章伯钧的夫人。"

另一个民盟中央机关的干部，问："章伯钧是谁？"

老者无语，一片沉默。

在史良前半辈子的律师生涯中，援救过中共地下党，其中最著名的是承办施义（即邓中夏）案，她是个女律师，自然也承办妇女案件，但数量不多。史良承办最多的，也是最拿手的，是遗产纠纷的诉讼。

数年后，我去民盟中央机关的宿舍，替母亲探望她的几个老友。闲谈中，对其中的一位问及史良身后之事。他告诉我，史良无子女，她的几个侄辈认为史良的首饰可能值些钱，便提出分割、继承的要求。经过请示，决定由他代表组织拿着全部的首饰，领着这些亲属先去珠宝行鉴定其价值，鉴定出的结果是：所有的戒指、胸针、耳环、项链加在一起，也就值个三千块。听到这个价码，后辈一律表示放弃要求。当然，珠宝行的鉴定者，不知道这些漂亮的假首饰的所有者，是一位全国人大的副委员长、国家首任司法部部长、中国民主同盟主席、全国妇联副主席——一个叫史良的女人。

我想，即使晓得了姓名，他们也未必知道史良是谁。

2001 年 7—9 月于守愚斋

（选自《往事并不如烟》，人民文学出版社 2004 年 1 月 1 版）

唐先田（1944— ）

安庆宿松县人。笔名大易。1967 年毕业于安徽大学中文系。曾参加安徽生产建设兵团，历任战士、兵团战士报记者，中共安徽省委宣传部文艺处巡视员，《党员生活》杂志主任编辑、副主编、主编，安徽省社会科学院党组成员、秘书长、副院长、编审。1997 年加入中国作家协会。现为安徽省作家协会主席团成员、安徽文学学会会长、《杂文》学会副会长。

著有杂文集《寻找生活主旋律》《红豆集》，文艺评论集《文论长短录》《随意集》，散文、小说史论集《中国散文小说简论》等。

秋光壮丽

天高云淡,鸿雁群群南飞,那幽远、洪亮的啼鸣,像是在告诉人们:“秋天来了。”啊,是的,秋天来了,丰收的季节来了,金光灿烂的季节来了。

爽利的西风啊,有位诗人把你称作“秋之生命的呼吸”,你吹黄了青纱帐,吹白了棉花,吹红了山林。雄鹰驾驭着你在蓝色的天空穿云破雾,雁儿在你的打发下飞向了温暖的地方。清爽明净的秋天,西风凛冽的秋天,“万类霜天竞自由”的秋天,哪儿有一点肃杀的情调呢?

看吧!那赤红的高粱地里,一伙青年正在收割高粱,他们那红扑扑的脸上,堆满了笑容,流露出丰收的喜悦。面对着丰收的现实,他们放声歌唱,粗犷豪放的歌声表达了他们对眼前一切的无限热爱。是啊,我们今天的幸福生活是谁带来的,是我们的前辈浴血奋战的结果,是我们自己创造的。回想起抗日战争的艰难岁月,英勇的游击健儿们在青纱帐里出没无常,消灭了多少鬼子啊!青纱帐啊,你是人们的亲密战友,你为革命立下了不朽的功勋!赤红的高粱啊,你在今天,在这秋光烂漫、五彩缤纷的日子里,你能不婆娑起舞吗?

一片火红的高粱尽头,尽是一片雪白的棉花。采棉的姑娘们三三两两,在棉林中穿来穿去,宛如蝴蝶在洁白的白牡丹之间辛勤地采蜜。这不就是春天吗?不,比春天还要美丽。她们那清脆的歌声伴着轻捷的采棉动作,一朵一朵的棉花像白云一样涌入她们的筐里。这种采棉的动作我仿佛在哪儿见到过。啊!记起来了,就是那一次在文娱晚会上的《采棉曲》的舞蹈,这就是舞台上那优美动人的舞姿,不,比那舞姿还要迷人。啊!这就是我们生活的象征,它到处都充满了诗情画意。

生活在这样的时代里,怎么能不令人欢欣鼓舞呢?难怪人们那样放声地歌唱。当夕阳的余晖把平静的大官湖染成金黄与胭脂的时候,一队队卖粮的帆船划破了平静的湖水，满载着歌声归来了；艄公响着号子，年轻的小伙子们轻捷地挥动着船桨，打起一股一股金黄色的水花。时代奏起了一支雄壮的进行曲，人们在同一个旋律里迈开坚强的步伐前进，壮丽的秋光一目难收，它像春天一样美丽，一样鼓舞人向上，一样鼓舞人前进，春天是万物滋生、蓬勃生长的季节；秋天是果实累累，成熟丰收的季节。秋天自然不像春天，但它却像春天一样使人迷恋，使人神往。秋天是秋收秋种的时日，人们将收起丰硕的果实，播下黄金的种子，也播下黄金一般闪金的希望。

（原载《习作》1962年10月创刊号，《习作》由母校宿松中学语文教研组编印）

接　春

立春前十天，我便接到堂叔的来信，邀我务必在二月四日前赶到乡下老家，参加那古老而又充溢着诗意的接春仪式。

我的老家在一个偏僻的农村，至今沿袭着许多古老的习俗，然而独有那"接春"，使我久久不能忘怀。每年立春那天，各家都将条桌或方桌抬到大门之外，斜对东南，桌帏也不用红的，只用淡绿色或浅蓝色；没有三牲福礼，但须得有新鲜的蔬菜，如碧绿的乌心菜，切开的红心萝卜，一束早早萌动的绽了芽的野草也少不得，那是孩子们冒着寒气采撷来的，花很难得，多用纸花代替；酒尽量用淡的，有的则是自制的糯米酒；不化纸钱，不放鞭炮，更不磕头，只燃一炷清香。仪式开始的时间是不一致的，据说春一到，便会有一团团的香气滚滚而来，只要在这个时刻把香点着，那便是接到了春，新的一年便会大吉大利，五谷丰登。

立春日，我回到家乡。听乡亲说，堂叔真是越老越健旺，去年他从学校退休，在家赋闲，平日喜欢侍弄侍弄花草，日子过得悠闲自在。我走到他家门前时，只见那里早就聚拢了许多孩子，隔壁的二牛，前村的三毛，似乎全村的半大孩子都来了。堂叔正在向他们讲接春的来历哩。据堂叔考证，接春的风俗早在周代就有了。那时候每当立春，官府都要举行隆重的迎春祭典，在衙前放一尊用泥土塑成的"土牛"，也叫"春牛"，由当地官员主持典礼，在场的人手执彩鞭抽打土牛三鞭，叫作"鞭春"，意思是让春天早点到来。祭典结束后，农民们便纷纷从土牛身上挖下泥块带回家去，当作五谷丰登、六畜兴旺的好兆头。

讲完这些，堂叔便开始他的典礼了。桌帏早就系上了，除白菜、萝卜、野草之外，堂叔还特意准备了三盆鲜花，迎春已是怒放了，水仙也开得亭亭玉立，一品红是年前从城里买来的，绸子似的红得可爱。看来，堂叔特别珍爱那盆水仙，挨个让孩子们闻闻它醉人的清香，还不时地解释说："它是春之仙子，又叫天葱、雅蒜,多么好的名字!”

接着,他让孩子们按高矮个在桌前排成四行,举起双手示意大家安静下来,便神态肃穆地宣布:“接春了!”孩子们应声欢呼。与此同时,一串鞭炮噼啪炸响。我不禁诧异:接春不是不用炮吗?似乎是知道我的疑问,堂叔笑着对我说:“实行责任制后,家家户户丰衣足食,可也有不少人家贪图劳力,误了孩子的学习。我退休赋闲,在家无事,便把他们组织起来,利用农闲、晚间教授孩子。今天就算是开学了。”啊,原来这是一个别致的开学典礼。

堂叔说罢,笑吟吟地向村中望去,此时,春日曈曈,香烟缭绕,好一副春光来临的好景致啊。

(原载《文化周报》,1983 年 3 月 10 日)

洪 水 之 忆

我的老家在长江北岸，离长江同马大堤不过两华里，那里是一片肥沃的沙壤之洲，盛产棉花等经济作物。江边上的人每年都担心发水，尤其怕长江发大水，所以民俗中有不少祈祷水的内容，比如我老家饭后有喝米汤的习惯，但除夕年夜饭后是不喝米汤的，为的是新的一年出行不遇大雨大水，从年初一开始一连好几天，到塘边担第一担饮用水时，先要燃放一挂短鞭炮，祈求水神确保一年平安。我离家几十年，每至汛期，都十分关注长江的水涨水落，报纸上刊载的“水情通告”，一期都不漏地阅读和比较，看到水涨了，超出了警戒线，心里就像塞了一块石头；看到水落了，哪怕是一厘米，也觉得坦然许多。今年长江发大水，更是牵动了我的心，也使我回想起 1954 年的洪水泛滥，那汪洋一片的悲惨景象。

1954 年我 10 岁，在家乡的罗渡小学上四年级，开春之后，雨便一个劲地下，从春至夏，几乎没见过几天太阳，从家到学校，要经过一条港，港的岸边是一片洼地，洼地很快漫上了水，隔断了我上学的路。于是我父亲便送我到邻村的金坝小学借读，但这也无济于事，因为雨不停地下，水不断地涨，港上的木桥被冲掉了，沿途都是白花花的水，我又不能上学了。还没有进入汛期，内水便把庄稼淹掉了，刚抽穗的麦子也泡在水里。湖堤告急，江堤告急，为了护堤挡浪，一切能用得上的防汛物资如门板、楼板、树木、柴草都无条件地征用，青壮男子都上了堤，和风雨洪浪一连搏斗了几个月，手脚都溃烂了，还坚持护堤守堤。对于这一切，人们既不计较，更无怨言，为了守住自己的家园，他们什么都能承受。但家园还是没保住，先是湖堤溃决，除了一个个的庄台（我老家称庄台为屋场墩）漂在水面上，到处都是白花花的浩瀚一片。蚯蚓、老鼠和蛇都逃到屋场墩上来了，随处可见。农家没有小船，从这个村子到那个村子的唯一交通工具便是划盆，又叫腰子盆，这种盆平时是用来捕鱼、采摘菱角和采集水草的，发水时便用作交通工具了，可乘坐两人，用长竹篙撑划。我家紧隔壁邻居姓方，方家有个小青年名叫方宗主，长我 10 岁，我们都喊他“主老哥”。主老哥兄弟三人，他是老大，两个弟弟叫宗富和宗贵，他父亲原是个师塾先生，初解放时无馆可授，只得务农，由于身体单薄，又上了年纪，庄稼活不熟悉，做得很不在行，虽有属于自己耕作的土地，但还是很困窘，一副落魄的样子。他母亲姓夏，双目失明，但还能熟练地操持家务，我们两家共一堵山墙，谈不上隔音，所以她总是隔着墙和我祖母家长里短地对话。我父亲虽是农民，但尊重文化，对主老哥的父亲很理解也很同情，经常和他谈心，两家关系处得很融洽。主老哥为人勤勉，乐于帮助别人，笛子也吹得好听，还在长江决堤之前，他撑着腰子盆从邻村回来，经过一口水塘时，撑篙插入泥里太深，他用力拔篙时一下子没有拔起来，反被撑篙拉住了，一头钻入了水中，就那样结束了他年轻的生命。这给方家蒙上了极为浓重的阴影，水退之后，他们再也没有搬回来住，从此我也很少见到他们一家人。这件事给我印象很深，每到发水，我便想到“主老哥”。

湖堤溃破之后，江堤便两面泡水，人们知道是守不住了，但还是寄托一线希望，只要江堤不破，屋场墩、房子便可保住，总会少受一些损失。一旦江堤决口，几丈高的水奔涌而下，便什么都保不住了。然而，长江大堤还是没有保住，同马大堤终于决口，决口处在汇口朱墩村，离我老家不到 20 华里。汇口是个小地方，但长江一发洪水，汇口便频频见诸报纸、电视等新闻媒体，那里有个水文站，是江水进入安徽段的第一道关口。汇口的江面宽阔，号称“八里江”，对江是江西的湖口县，鄱阳湖的水就在那里汇入长江，即所谓“彭蠡之滨”，著名的石钟山屹立于对岸的江边。但汇口是沙地，江堤的堤脚也是沙，虽经过反复治理，几丈深的沙难以制服，所以常常翻底，亦即管涌。1954 年之前的 1949 年，长江同马大堤决口处也是在汇口的朱墩段。

我记得江口决堤是在一个下午，现在查阅资料是 7 月 14 日，水位是 21.59 米。那一天破例地没有下雨。得知破堤的消息，人们都尽快地转移到庄台的高处，一个个默不作声。在这寂静中，我听到了十几里外江水那几丈高的水头奔涌咆哮声。大约两个小时，大水便来到了眼前，水面上漂着柴垛和一些破烂杂物，也有猪和鸡的尸体，鸭子则在茫茫大水中极不协调地慌乱游动。

水涨得很快，我家的屋场墩很快上水了，草房渐渐泡在水中，我祖母紧紧拉着我向一个更高的屋场墩转移。她满含着泪水,用一把铁叉将一只她所珍爱的水桶叉挂在门前的苦楝树丫上。第二天早上,屋场墩周围开来了几条大帆船,是政府安排来接我们这些灾民的,奶奶带着我还有我家的那条水牛上了船。我家的草房完全没在水里,帆船似乎是从我家房顶划过的。上岸后,很快便到了山里。那山叫凿山,山脚下有个冲叫漫泥冲,水草丰美,我便在那里放我家那条水牛,直到冬天水退了,才骑着水牛返回故园。我们那个村子,处处残砖败瓦,十分凄凉。我父亲收拾了些残破砖头垒了个窝棚,我和我母亲还有那条水牛在窝棚里度过了1954年的除夕,迎来了1955年的新年。除夕之夜,母亲特意为我煮了一条鱼。

大水过后,一切都恢复得很快,我也很快上学了,重读四年级。有一次图画课,老师以"我的家乡"为题要我们作蜡笔画,我用赭、黄两色画了我家的草窝棚,又特意在门口画了一个圆圆的树桩,树桩上还清晰地画了细细的年轮和干枯后的裂缝。冬天回来时,祖母挂在苦楝树树丫上的水桶还在,只是被风雨剥蚀得泛出了白色。苦楝树不耐水枯死了,父亲将它锯倒了,所以只剩下一个树桩。我将我的图画作业送给父亲看,父亲指着树桩笑着说:"这就是我们的家。"他的脸上没有一点忧郁的颜色,他对未来充满着希望。

(原载《安徽日报》,1998年9月18日)

杨黎光

（1954— ）

安庆市人。1977 年毕业于安徽大学中文系。历任《法制文学选刊》编辑部副主任，《深圳法制报》副刊部主任，深圳特区报业集团副总编辑，现为《深圳特区报》高级记者。

中国首届“鲁迅文学奖”获得者，中国作家协会会员，中国报告文学学会会员。1990 年从事文学创作，著有长篇小说《走出迷津》《大混沌》《欲壑·天网》等。发表有中短篇小说、散文、评论、报告文学、电影剧本、电视剧本等。1992 年 1 月调深圳从事新闻工作，转入长篇报告文学的创作，代表作有《没有家园的灵魂》（获首届“鲁迅文学奖”1996—1997 全国优秀报告文学奖”）、《美丽的泡影》、《伤心百合》、《打捞失落的岁月》等。另有《青春门》《欲壑·大网》《失落的魂灵》等电视连续剧由中央电视台影视部、上海电影制片厂电视剧部、长春电影制片厂电视分厂等拍摄并播出。作品先后获得人民文学出版社“首届中华文学选刊奖”、“广东省第三届‘金枪奖’”、“广东省第十一届新人新作奖（特别奖）”。

走不出外婆的目光

人生几十年，我也没有走出外婆的目光。谨以此文，纪念我远去的外婆。

——杨黎光

我离开家乡的那年，外婆已经86岁了。当她得知我将南下深圳时，一定要送我。我家住在3楼，年迈的外婆牵着我的手，一直将我送到楼下。当我走出很远很远，回头看见外婆还站在街口望着我。

我的脑海里浮现出上小学一年级的时候，外婆就是这样送我上学的。

人生几十年，我也没有走出外婆的目光。

我从未见过爷爷、奶奶，父亲很早就失去了双亲，我是外婆带大的。在我记忆深处，找不到被母亲抱过的感觉，却深藏着外婆抱我的温暖。

外婆非常瘦小，那双旧社会缠过的小脚是一对标准的“三寸金莲”。而我小时候很调皮，我想她抱我的时候一定很吃力。

外婆36岁的时候外公就去世了，她守寡一辈子，用她那瘦小的胸怀，抱大了我母亲和舅舅，抱大了我和两个妹妹，又抱大了舅舅的两个儿子。

外婆吃了一辈子的苦，可她从不诉苦。母亲结婚以后，生了我们仨孩子，自己却多病常住院，父亲因工作的关系不能每天回家。外婆踮着她的一双小脚，家里医院来回照顾着我们和母亲。小时候，我常常在夜深人静的时候，被外婆的哭声惊醒。外婆哭得很特别，她边哭边轻轻地诉说，像跟上帝在对话。那时我还太小，不明白承受着太多苦难的外婆，正是用这种方法舒解心中的苦闷和压力。她把许多白天无法说出来的苦闷，在夜深人静的时候，自言自语地哭诉出来,然后再拖着极度疲惫的身子睡下。

到深圳后,一有时间我都回家看外婆。每一次回家,她都高兴得合不拢嘴。我带来了很多好吃的东西,她却吃不动了。

外婆有一个习惯,每天晚上都要洗脚。回家的那天,我看着行动迟缓的外婆说:“外婆,我帮你洗一洗脚吧。”外婆不肯,我硬是抱起外婆放到妈妈给她特制的一把藤椅上,外婆太瘦了,我像抱着把骨头。

记得第一次抱外婆是在外婆 72 岁的那一年,她突然病倒了:脑溢血。当我抱着轻得像孩子一样的外婆往医院跑的时候,只有一个念头,一定要救活外婆。那年我刚大学毕业不久。外婆在医院里整整躺了 3 个月,大小便失禁,不省人事。我们这些外婆带大的儿孙们都在医院轮流值班。我在外婆身边待得最多,每当我为外婆擦洗那失禁的大小便时,我想,小时候外婆就是这样带大我的。我每天都为外婆梳理那花白的头发,在仍然没有知觉的外婆耳边说:“外婆,你一定要醒来,你还没有过上一天享受的日子。”3 个月后,外婆醒来了。半年后,外婆下床了。她竟然没有任何后遗症又活了 20 多年,又带大了我舅舅的另一个儿子。

今天,我想为外婆洗脚。于是,我打来了热水,试好了水温,脱下外婆的鞋袜,将外婆的脚轻轻地放进水里。这一双僵硬的畸形的小脚,只有两个大脚趾朝前长着,其余都被缠在脚底下,就像一个孩子握紧的拳头。这双脚,浓缩了外婆的一生。

假期结束,我又要返回深圳。这时外婆已经不能下楼了,她站在 3 楼的窗口目送我。我离开很久,她还站在窗前。

外婆带大了所有的儿孙,可儿孙们都工作了,外婆很寂寞。一天天衰老的不能下楼的外婆只能孤单地站在窗口,望着外面的世界。

1996 年外婆患了老年痴呆,我怀着急切的心情回到家里,走进外婆的房间,她躺在床上把我妈妈认成我妹妹,却两眼盯着我说:“我孙子回来了!”(外婆从来不说我是外孙。)妈妈又追问了一句:“他是谁?”外婆非常清楚地说:“他是杨黎光。”外婆谁也不认识了,却认出了一年也回不了一次家的我。我的眼泪夺眶而出。

1997 年回家的时候,外婆认我就很困难了。我站在她的床前,她盯着我看了很久,中间还闭上眼睛休息一会儿,又再次睁开眼睛望着我。我拉着外婆的手问她:“我是谁?”外婆瞪大着眼睛,我感到她在困难地用她那还残留着极少记忆的大脑回想着。终于,外婆开口说:“你是杨黎光。”

我知道外婆不久于人世了。1998 年,我带着妻子和女儿一同回家看外婆。这时,外婆再也认不出我了。由于卧床太久,外婆身上到处都痛,妈妈常扶外婆起来坐一坐。可是外婆怎么坐着都不舒服,她像一个孩子一样吱吱呀呀吵个不停。于是,我将外婆抱起轻轻地摇。外婆那一头花白的头发就靠在我的胸前,安静得像一个熟睡的婴儿。我知道,小时候外婆也是这样抱着我入睡的。

妻子用摄像机摄下了这个珍贵的镜头,让外婆永远活在我的怀抱里。

1999 年 8 月 16 日,我突然接到家中电话:外婆去世了。我却由于工作的关系不能马上回家。

外婆安葬的那天晚上,我做了一个梦。梦见我抱着外婆上山,瘦削的外婆躺在我怀中,一动也不动,给我留下了一个永远的留念。

(选自《杨黎光文集》,作家出版社 2006 年 6 月 1 版。本文获第一届冰心散文奖)

陈所巨

(1948—2005)

安庆桐城人。当代作家、诗人。生前系中国作家协会会员,一级编剧,享受国务院政府特殊津贴。著有《父子宰相》《黑洞幽幽》《文都墨痕》《阳光·土地·人》《玫瑰海》等著作17部,发表作品达千万字。

曾任安徽桐城县文化局创作员、创作股长、副局长,桐城市文联主席,桐城市政协副主席。著有长篇历史小说《明宫奇冤》(合作),诗集《乡村诗草》(合作)、《在阳光下》、《玫瑰海》、《阳光·土地·人》、《回声与岸》,散文集《陈所巨旅行散文选》,长篇报告文学《痛苦与冲决》、《一个年青的市长和一个古老的城市》、《丰碑昆仑》、《跨越地狱之门》、《川藏雄风》(合作)等。其作品曾多次获奖。主编有《中国十大民间传说》等五种。

文 都 墨 痕

上中学时,从语文课本上读过“桐城派”代表作家方苞的《左忠毅公逸事》《狱中杂记》和姚鼐的《登泰山记》,就知道中国文学史上有个散文流派“桐城派”,于是萌生了对这个文学流派的探奇心理。“桐城派”兴盛二百余年,几乎与大清王朝共始终,它开始孕生于安徽桐城,以后蔓及全国,先后拥有散文作家知名者六百余人,著述累以千万,并逐步形成一整套科学、完整的散文创作理论。一时间推崇归附者甚众,有“言古文者必宗桐城”“人不必桐城,文不可外于桐城”之说,足见其鼎盛气象。桐城便也因此有了“文城”“文都”的美誉。

徜徉于桐城县城,似乎真闻出一种馨香的文章味儿。寻常陌巷、书香门第,以及那些颇具特色的明清建筑,组成了纵横交错的老街旧巷,组成了一部丰厚的小城历史。而繁华的新区街市,则另是风姿万种。笔直宽敞的长街、竞相媲美的高层建筑,以及由街树街灯谐趣而成的现代气派,给你一种错觉,似乎不在小县城,而是置身都市。在历史与现实如此迥然有异,而又相得益彰的氛围之中,竟然迷失所在,不知自己是今人还是古人,或许应该说“不识小城真面目,只缘身在此城中”了。

疑是有人在弹奏古筝,琴声清悦,怡人情性。循声望去,才知道文庙角檐上悬挂的 16 只大风铎在风中响亮。

桐城文庙始建于元延祐元年,位于县城中心,整个建筑以子午线为对称轴东西对称布局,占地宽阔、气宇轩昂,为吴楚一带文庙之冠。由文庙门进入,依次是棂星门、泮池、文昌阁、土神祠、大成门、东西长庑和大成殿等主要建筑,这些建筑物集中洗练地体现了我国明清时代南方建筑特色,其博大丰盈、回环精巧之处,让不少古建筑专家叹为观止。有人称之为“凝固的音乐”,或许当真是一组精妙深奥的古曲吧，但并未凝固，那绵绵不绝流动的不正是我们人民的无穷智慧与不朽创造吗？

文庙，为桐城历代文人尊儒祭孔的典礼场所，数百年来，谁能记得究竟有多少文人学子、达官显贵们驻马驻轿驻足于下马碑前，整顿衣冠，宁心静气，然后步入文庙，在万世宗师孔老夫子巨幅塑像面前一躬到地呢？

状元桥（泮桥），是只许连中三捷的状元们走的，其余人等，无论尊卑，都只可环泮池由侧道进入大成门。仅是明清两代，那独占鳌头被皇上朱笔点中的状元在桐城又何止三五？桐城又称进士之乡，也仅是清代，桐城中进士者即有286人之多。有人将此归功于文庙风水，也有人归功于桐城地占龙脉。其实，实实在在倒应归功于桐城兴盛的教育之风和丰厚的地方文化积存。桐城素有勤俭好学之风，民间即有“穷不丢书，富不丢猪”的俗语，即便家徒四壁，也不让子女辍学；即使富有连城，也不忘饲养家禽家畜以继勤俭持家之风。桐城历代举人进士功名显达者，就有不少出身寒微的。同时，也由于桐城文化遗存丰厚，终身不仕以白衣而著书立说者也不乏其人。

桐城文风学风长盛不衰，这片灵性的土地，真正可谓“人才摇篮”。位于城北的桐城中学，创办于1902年，已有90岁校龄了。学校创办人吴汝纶先生系中国著名教育家、“桐城派”后期重要作家、京师大学堂总教习。吴先生早在20世纪初，就提出了教育乃强国富民之本和“后十百年人才奋兴胚胎于此，合东西国学问精粹陶冶而成”的办学育人思想。90年来，桐城中学为国家培养了大批人才。近年来，每年就有800人左右升入高等院校。这是这所古老学校的骄傲，也是这座古城的骄傲啊！

风铎声声，清音萦绕，文庙大成殿里已不再供奉孔夫子绣像，而儒家思想与文化却仍在这座小城厚厚地积淀着，成为当代生活根植的沃土。

桐城，乃安徽历史文化名城，历史遗存与纪念地比比皆是。目前，保存完好与较为完好的就有近百处之多。军事方面的遗址有试剑石、点将台、投子寺、寄母岭等三国名将鲁肃、吕蒙胜迹；商业遗址有城东、城中、城南的三条明、清老街；水利遗址有桐溪塥、茅草堰、恭人堤等；交通遗址有残留的古驰道和多处古驿站。但更多的仍是文化遗存：古文明遗址，历代名人故居、墓葬、碑刻以及其他形式的纪念地星罗棋布，即是县城之中，就有几十处之多。尤以名人故居为最，这些故居大都集中在城北城西一带，形成了极有特色的名人故居建筑群。其中有明代大学者方以智故居潇洒园、“桐城派”代表作家方苞故里凤仪里、“桐城派”重要作家及抗英名将姚莹故居天尺楼，以及讲学园、勺园、凌寒阁、九间楼、后乐亭、啖椒堂等。中国当代美学大师朱光潜先生故居在城北桐城中学校园西侧，故居背衬青山、前临桐溪、青瓦粉墙、古朴素雅，置身其中，尤使人怀念先生……桐城历代文人墨客的惊世翰墨、大块文章就出自于这些貌不惊人的小楼深院吗？文都墨痕，浓浓淡淡，难怪满街巷尽是文章书画味儿。

六尺巷的传说为众多人知晓。《桐城县志略》载：“张文端公居宅旁有隙地，与吴氏邻，吴氏越用之。家人驰书于都，公批诗于后寄归，云：‘一纸书来只为墙，让他三尺又何妨？长城万里今犹在，不见当年秦始皇。’家人得书，遂撤让三尺。吴氏闻之感其义，亦退三尺，遂成六尺之巷。”张文端公即清代大学士张英，死后谥“文端”，邑人称为“老宰相”，其子大学士、军机大臣张廷玉，人称“小宰相”。桐城有“父子双宰相，隔河两状元”之说，“父子双宰相”即指张英、张廷玉；“隔河两状元”是指练潭与罗家坤仅隔一河的两位状元刘若宰、龙汝言。

六尺巷在张家相府旧址北侧，现为省重点文物保护单位。步入巷内，回味宰相家书，谁不感佩老相爷“让他三尺又何妨”的落拓胸怀？至今在桐城境内，凡有邻里争执，调解者劝以宰相家书，争执双方都会自惭而无言。

一首信手而来的诗，体现了张英“宰相肚里能撑船”的豁达大度，而一副父子间戏作的楹联，也极好地显露了张廷玉的少年抱负与不凡才气。传说，某年除夕，阖家团聚，老相爷想试试儿子才学，遂出上联，曰：“除夕月无光，点数盏明灯，替乾坤生色。”其时，张廷玉年方十岁，他略一思索就朗声对曰“新春雷未发，击几声堂鼓，代天地扬威”。张英点头微笑。

时至今日，每逢年节，桐城县城之内，总都有几家在大门上贴上这副对联的，人们喜欢这副对联的对仗工整，更喜欢其中所蕴含的某种气派。

父子宰相的传说和遗存在桐城颇多，有赐金园、良弼桥、五亩塘等，而影响最广的要算六尺巷和那副父子春联了。“长城万里今犹在，不见当年秦始皇”，人们吟咏着，沉思着，世代流传着……

真是个清静所在！斜倚指廪岭，于树木葱茏中，渗出丝丝缕缕的暮鼓晨钟，这无疑是佛门净土了。山门上有龙蛇般遒劲的四个大字“净土莲社”。净土莲社为省重点寺庙，县佛教协会所在地，殿宇井然，次第依山而建，呈阶梯状。尼庵，住有比丘尼六人，除住持外大都年轻，青灯古佛、早课晚祷，无疑也算是一种为信仰献身吧。寺庙本身并无多少特色，最有特色的要数比丘尼们所做的素斋了。桐城净土莲社素斋远近闻名，算得是一方美食。素斋原料简单，无非是些豆制品、香油、面粉、香菇、竹笋、青椒、白藕之类，但比丘尼们却凭一双巧手，裹制出四十多种佳肴美味。素鸡、素鱼、素火腿、素香肠，其色香味几乎可乱真。而当你津津有味品尝素斋的时候，你也许全想到是在品尝以另一种方式存在着的饮食文化。在桐城，似乎什么都非同一般，别出心裁。

连早点也别出心裁。大饼不叫大饼叫“朝笏”，就是大臣们上朝面君时，抱在怀里的那种，但你尽可放心大嚼，面粉烤的：松、香、脆。为什么把大饼烤成“朝笏”状呢？或许也与父子宰相有些什么瓜葛吧。

煮茶蛋不叫茶蛋叫“炆蛋”，正月里待客，客人不说是“炆蛋”而叫“元宝”，主人家端出一盘热腾腾的“炆蛋”来，客人拣一两个吃了，余皆剩下，说：“元宝存下了。”以此讨个吉利，主客两家新年发财……

如此者甚多，不胜枚举。

在筵席上，有一道特色菜叫“菜心夹沙”，你不可不吃。外观金黄爽亮，内层晶莹透明，中间是翡翠绿的馅泥，入口则先感松脆，再感腻软，接着品出真味，是那种难以描绘的香甜，似乎品着早春满野翠色。菜心夹沙为桐城传统地方名菜，其最早为街市上所卖的菜心小粑，因为可口，被厨师们改进制作工艺，而精制入席了。说穿了不就是几片青菜叶嘛，怎的就做成了如此美食？难怪说桐城人心灵手巧！

秋石，也是桐城特产，“秋”与“石”皆含凉意，听名字也就知道是消暑去热的饮品了。桐城秋石生产历史悠久，以往仅产于桐城，近年江西等地有所仿制，但桐秋石仍为秋石中之佳品。桐产秋石色白，半透明，状如倒扣的茶盏，据说从前是用人中白（童尿）熬制，不过，你不用恶心，现在的秋石都改用精制食盐为原料了。

桐城饮食别有风味，花样繁多，个中究竟只有亲口品尝方可略知其味，而那韵味，那享受，是否也如桐城文章一般让人品着总意犹未尽呢？

出便宜门，经柴巷子，斜上县城北门外的山梁，南望县城，尽在眼底，北眺龙眠群山，则更是一派秀色逶迤。但你千万别疏忽了眼前那口水井。井在山梁高处，深不盈丈，但却旋汲旋满。即是苦旱之年，河川皆竭，此井也从未涸过。如此高处，山石嶙嶙，哪来水源呢？让人百思不解。那么，就只有相信传说了。传说，唐代高僧大同禅师住持龙眠古刹投子宝寺，大师每溲溺，便有鹿来饮。年余，鹿产肉球，裂开有女婴，大师收养之。长成之后，让她离寺出游，嘱曰“见柴辄止，遇何而栖”。女孩行至桐城柴巷口，见有何道人家，遂留与何道入学道，学成，即为八仙之一——何仙姑。这口井相传乃仙姑汲酒，解救山民饥渴的酒井。何仙姑早已离去，而井尚存，年年岁岁，依然为来往的挑夫樵子奉献着甘洌清泉。至今，那井水似仍有一缕淡淡的酒味儿。

也许，桐城文章就是仙姑井中那美酒所滋润熏陶的吧，那么美的传说，那么美的清泉，那么灵秀的山水，能不润开文人学子手中的妙笔生花吗？

小酌一番，在水上酒楼，或在红月亮酒家，或在龙眠河边随便哪家小酒店，用不着茅台、古井等高档名酒，就饮一杯桐城酒厂生产的“文城美酒”吧，慢慢地品出些情趣，品出些韵味，慢慢地，你无疑就品出“人杰地灵”四个字来。

这里确是一块宝地啊，三山二水奔逐盘亘成一种凝固中的动态。山水渊源，钟灵毓秀，谁能究其起止，谁又能穷其究竟呢？只是世世代代于其中汲取和孕育一种美好的寄托与猜想吧。

披雪瀑在西龙眠山中，历代文人记述吟咏甚多，姚鼐在《游披雪瀑记》一文中称之为“吾邑之奇”。瀑布两侧高崖上，留有多处古代的摩崖石刻，其中一处为宋人石刻，现受到重点保护。

与其说是观瀑，倒不如说是观雪吧：雪墙、雪帘、雪幕，或者说披雪、崩雪、立雪……这些字眼都早已填入那些韵味悠悠的诗词了。古人曾在披雪瀑右侧山崖上建有“享雪亭”。“享雪”二字当是棋高一招了。

有人说桐城历代文化一半载入名人著述，一半镌刻在石崖之上，此话不无道理。在这片本身就可算是一部历代文明专著的土地上，仅是那些摩崖石刻就让你应接不暇。你不妨去龙眠山寻访北宋第一画家李公麟晚年归隐作画的龙眠山庄，去璎珞崖、媚笔泉、绕云梯寻一星半点丹青痕迹；也不妨去椒园那危危高崖之上，辨识那些天书一样至今无人认得的“准甲骨文字”，你会如何评价这片土地自身的灵性与智慧呢？

县图书馆并无高楼大厦,也似乎没有多少名气,但当你面对她所珍藏的数万册线装古籍的时候,你绝对不可小觑了她。何况在这数万册古籍之中,又有为数不少更为珍贵的孤本、善本呢?桐城人爱把“桐城派”前期代表作家“方、戴、刘、姚”(方苞、戴名世、刘大櫆、姚鼐)和后期代表作家“小方、戴、刘、姚”(方东树、戴钧衡、刘开、姚莹)合称为“桐城八大家”,那么,就不妨翻翻“桐城八大家”的散文吧。那是精湛灵透得让人无懈可击,那是出乎自然、入乎情理,而又熔万物灵气于一炉而达到的纯青境界。或曰文章,或曰山水,或曰鬼使神差情致理致灵性所致的潇洒。而我们只有感慨的份儿,只有面对古代而精心栽培我们可以告慰历史与未来的建树了。

墨迹殷殷的小城,大块文章的小城啊!

(原载《散文》,1992 年第 7 期)

重游小龙山

时间很难改变山，改变人却很容易。十多年，于山或许只是瞬间，于我却是从不惑到知命。这就是山何以永恒，人何以匆匆的缘故。

进千曲洞，从狭小洞口挤进身子，然后，在那些大大小小参差错落的石头上雀跃而行，似乎还能凑合。洞中阴凉清爽，倒是宜人。有几柱阳光，从“天窗”和另几处隙缝间锥入，如一根根纯金柱子。这种感觉让你惊奇，也让你茅塞顿开。水声不知响自何处，嘈嘈切切，风不知从何处来，旋着，荡气回肠。仍是地府天堂的感觉。前行近300米，就见一方跃动阳光的绿窗，知是洞的出口。十年前，我便身手便捷地从那个狭小洞口钻出去，站在那块傲然兀立的巨石上，对着险峻的群山，响响地打一声呼哨。而此时却因为躯体发福，钻不出去，只有望洞兴叹的份儿。

上船艄石，进入无边空旷的神话境界。一览众山，皆矮小了许多。眺远处的平川湖泊，也都凝缩成小巧的沙盘了。再远处，被浅蓝色的淡雾所笼罩，淡雾之下，该是那奔腾东去的浩浩大江吧。

万鹿洞依然是那样宽宏大度，它以无限的奇特与曲折，又以无限的宽敞与宏伟，接纳了多少游客呢？聚仙宫仍是神仙聚会的地方，而一万头小鹿藏身的传说，又引动了多少人的好奇与寻觅？洞中那些无怨无悔循着光亮曲曲折折顽强生长的竹子，依然藤条一样爬行着，向你展示生命不可战胜的奇迹与本质。

穿过万鹿洞，来到小龙山第二高峰——猴子石下，抬头仰望，那石峰如一柄利剑直刺苍穹，而那苍穹又是那样的深邃莫测。那石猴的传说便也锋利与高峻起来，显现出更多悲天悯人的内涵。“猴子望长江”，年年岁岁，世世代代，一万年的永恒，一万年的转瞬即逝……

小龙山美，美在一个“奇”字。奇峰有船艄石、猴子石；奇洞有千曲洞、万鹿洞；奇水有随处可见的悬瀑幽溪、清潭叠巘；奇树有虬松大柏和那5000多株白玉兰；奇兽、奇鸟也随处可见。更奇在这一切都佳景天成，无人工开发凿造痕迹，一切都是自然的、纯粹的、原始的。真可谓有"江北奇山"之称了！

龙脉回环，灵气所钟，不仅在此处耸聚老大一丛秀绝的风光，也在方圆一带孕生了诸多历代人杰。当地有"五里三进士，隔河两状元"之说。即在清代，小龙山下的罗家岭及其周边，就响当当地出了两个状元和三个进士！近当代还有黄梅戏表演艺术家严凤英。还有附近属于怀宁县的大书法家邓石如和科学家邓稼先……严凤英故居严陈庄、邓石如故居铁砚山房，以及香火鼎盛元末明清的古寺梅溪禅寺遗址等，都近在咫尺。加上状元龙汝言的"状元及第"和进士许鲤跃的许家祠堂，珠联璧合，好一片引人入胜的人文风光。

如此奇山却一直隐匿着，养在深闺人未识。十年前，我来小龙山，才知风光无限。高翘的船艄、危踞的石猴、奔窜的惊蛇、醉酒的太白、观天的蝙蝠、听泉的孔雀，以及其他近五十多个景点。真是满山奇景，满眼风光，无限韵味，无穷猜测。夜里，天上星星、地上灯火，以及远处菜子湖的渔火，更让人如置身人间天上，便心有所动，连夜写下了《龙山记》，没想到那竟是写小龙山的第一篇散文呢！

重游小龙山，我与山故友相逢，不再拘泥，一切尽在不言中。山上有寺，曰"龙泉"，规模比十年前大得多。随意抽支签，上上大吉。山和我都吉利，山和我都有好运气！

重游小龙山，那十年的间隔丢在哪一段山路上呢？

（原载《安徽交通报》，2001年3月1日）

金海涛

（1950— ）

著名影视剧作家。祖籍桐城，出生于安徽青阳县。曾任安庆市文联副主席，现为中国电影家协会会员、安徽省电影电视家协会副主席、安徽省作家协会理事、安庆市作家协会主席。

青年时代当过知青、当过兵、从事过新闻记者工作，1980年开始文学创作，1982年就读于北京电影学院编剧班。主要作品（包括合作）有：电影文学剧本《月亮湾的笑声》由上海电影制片厂于1980年拍摄，获文化部优秀影片特别奖；电影文学剧本《骚动的乡风》由珠江电影制片厂拍摄，参加1993年开罗电影节展；电影文学剧本《走出硝烟的女神》由珠江电影制片厂拍摄，获2001年文化部华表奖；戏剧《小乔与大乔》获第二届黄梅戏艺术节优秀奖；电视剧四部，其中长篇电视剧《孔雀东南飞》（36集）由中央电视台黄金时间播出，获2011年金鹰奖；《秋风拂过都市》（20集）获上海市文联举办的《跨世纪电视·电影剧本》评委奖。另外，还在省市以上报刊发表电影文学剧本、报告文学、散文、小说近百篇。

佛光里的小城

山，是佛山九华。山下的河便有了灵气，如若一位圣女从佛山中飘然而来，到了这里又生就出一个人口稠密的小城青阳来。

河，从城中过，把个小城生生剪出东西两半。

五十多年前，小城是个香火很旺的地方，大街小巷整日弥漫着淡淡的香火味。地方上没有什么工业，居民多以做香为生，街上的店铺出售的自然是香。另外还有山里运来的茶叶、木耳、香菇、中药材。除此之外，街上还有几家作坊：染坊、欢团店、扎纸店、木匠铺、铁匠铺等。染坊门口每天都晾着一排排红的、黄的、黑的、藏青的浆染过的纱。染坊店的门口气味远不如欢团店的气味好闻，总是有着很浓的硫黄味。欢团店是孩子们喜欢的地方。做欢团的伙计把炒好的糯米放在大锅里与熬稠了的糖稀搅匀，稍稍冷却后用两块剖开的大小一样的竹管搓成拳头大小的欢团。又白又圆的欢团点一点红绿，是孩子们最喜欢的奢侈品。当然，扎纸店也是孩子们喜欢去的地方。扎纸店的老板是个四十多岁的汉子，给他打下手的是他十多岁的儿子。小小的年纪系着条沾满面糊渍的大围腰，每每看到别的孩子在门口玩耍，就巴巴地朝父亲望望，期望能得到父亲的恩准，和那些孩子们一道玩耍。这父亲既不驱赶那些孩子，也不朝儿子望一眼，仿佛这一切都与他无关。儿子既不能出去玩耍也不愿意伙伴们离去，便以一种炫耀的心态用毛笔在扎好的风筝、兔子、乌龟身上画着眼睛以及各种花纹，引得孩子们好奇地朝里张望。这一对父子相依为命的龙灯手艺堪称全城好手之最。看着孩子小小年纪为生计专注的样子，你不免总有点对人生的迷惘和忧郁。

两街的住房都是木板门，虽有风火墙，但是起火的日子还是时有的。挑水的水夫和打更的更夫是城里最忙碌又不可少的一对。“小心火烛呵！水缸里的水满着呢？灶口不能有柴草呃！”更夫是个聋子，嗓门特别大，晚上是他的世界。随着更夫的声音,接下便是木槌敲着竹梆的"哐哐"声。他和挑水的水夫总是黎明时匆匆一面。"你个瞎子上北门亭啊？也不望人!"水夫瞎子的水担子撞着更夫了,溅了他一身水。"上北门亭还能不带你?"瞎子水夫回了句。他的眼睛有严重的白内障,不大好使。瞎子的话不多,一个白天也只早上和更夫一句谑语。他要在一天内把全城人家的缸里的水挑满,还顾得上说话吗？大街小巷青石板上留下点点滴滴的水渍,那才是他的语言。

更夫说的北门亭坐落在城外河下游的北门口。青通河流到这里,稍一停顿便径自向下游二十里外的长江汇去,是小城联结下江的项链。那时小城交通不便,唯一的交通工具便是船舶,敬香拜佛的香客往往由水路从这里过。道旁有座白色的亭子,供人们在这里远别饯行。旧时那些远走他乡赶考或是谋生或是躲难的人,这里相别,掬下了不少辛酸泪,望着岸边孤寂的乌篷船,下游茫茫的河水,两岸的衰柳,就有些"西出阳关无故人"的感觉。只是那时,城南有了进得这小城的公路,北门亭便冷落了,成了杀人的地方。所以地方上骂人:找死啊,上北门亭去！没想到几年后,瞎子水夫真的应了更夫的话,人们发现瞎子的死是在第二天下午北门亭的水涡处。挑了一辈子的水,却让水卷走了;挑了一辈子的水,人们也不知道他叫什么名,只知他叫"瞎子"。也就从那天起,聋子更夫叫更的声音不再那么脆响。他的"缸里水满着呃"还会为谁喊呢!

除了北门亭,还有南街的夫子庙、城隍庙,以及北门双河口的宝塔。夫子庙前有棵古朴苍遒的白果树,树下那座八角亭几乎和树融为一体。我的小学一年级就是在夫子庙上的。还记得大殿中的孔子像,他已那么大的年纪了,却总是拱着一双手,似乎要向我们这些蹦蹦跳跳懵懂不谙世事的孩子倾诉什么,又好像在乞讨着什么。只可惜这座很能代表地方上文化场所的孔子庙在我小学二年级时不可思议地改做了车站。城隍庙,小时候我是常去的,只要有个头痛脑热,母亲总是带我上庙烧香敬佛,但我一直不明白城隍庙为什么供的不是道家塑身的张天师,而是地藏菩萨呢！关于双河口塔顶上的一棵碗口粗的荔枝树也使我们小孩子想入非非,说那是鸟叼的一粒荔枝种子长大而成的,可谁也没有见过那棵是不是真正的荔枝树,却使我们没有见过荔枝的孩子望着眼馋。但常常能与我们直面相遇的是住在塔里的一个捕鱼人,当地人习惯叫他"摸大冷"。捕鱼不用渔网,冬天里半瓶白酒下肚,全凭着赤暖的身子在刺骨寒冷的河水里吸引着鱼群围住,一条一尺多长的鱼含在嘴里还在摇头摆尾地挣扎着,又一个猛子扎入水底。

最不可思议的是城东的天主教堂为什么会坐落在佛山下的小城里？这是我在沿江一带城市里见到的最规范最气派的教堂。钟声响起，穿着黑色长袍的神父在嘶哑的风琴声里，顺着霉味很重的窗户布幔旁进来，始终是副慵倦没醒的样子。“出埃及记、利未记、以斯帖记……”。而和声寥若无几。对于天主教堂，地方上印象很不佳，缘于传说中很多婴儿被洋人杀死或被卖到国外，甚至有婴儿活活被煮食之说。一个民族长期受西方人的蹂躏，使之多少有些对外民族文化意识强烈的抵触心理，甚而不切实际的夸张的诋毁，这不为奇怪。不管怎么说，看着空旷的教堂里，高高地挂着受苦受难的耶稣沉重的十字架，很为他难过——真不该长途跋涉到这里落脚。但有一点还是明白的，这个普遍以佛教为信仰的城里百姓，能容忍一个他国教仪的存在，这是很需要一定的包容心的。

自从有了能通车的公路，你会常常看到八角亭檐角的铁马风铃声中，从飞扬的尘土中走来一支朝佛敬香的队伍。一种是“百子会”，大约一百人，也有“双百子会”的。裹着绑腿，脚着草鞋，挎着黄色的香袋，擎着旗幡，敲锣打鼓，一路高喊“我祖如来，南无阿弥陀佛”。晚风拂去，吹动着布满尘灰的皂色衣褂，夕阳的余晖在他们清癯的脸上涂抹上一片金色光芒，一幅肃目庄严的朝圣画面。还有一种敬孝母香，敬香者钢针穿腮，拒绝餐食，饿了渴了只喝一点浆汤，三步一跪、五步一揖，真是震惊天地的苦行。

城是香客们进山朝佛前的最后一站，在这里稍作休整，洗净身子，以准备着第二日六十里山路的艰苦跋涉。在城南的城隍庙烧罢敬迎香，他们才以一种短暂的懈怠的心态，陌生好奇地审视着祥和的小城。城南的吊脚楼的大华旅社从上午便被热腾腾的水汽所笼罩，说着粤语吴音的香客刚刚有些松弛的心情又激动起来。从吊脚楼上望着河上游几十里外的佛地——一群高大巍峨的山的组合，撑起一片天空既庄严又神秘。山巅的积雪还没有溶化，一条白线从山峦中流下。这时，你看到一块白云远远依在佛山的怀抱里久久不愿离去。佛山的那边便是天台、月身殿、百岁宫等诸多佛殿，你仿佛感到佛光普照，大殿里梵音袅袅，你不知不觉地潸然泪下，任着泪水滴到脚下的河水里，渐渐地在河水的细语中进入梦乡。

还是再说说这条河。它从佛的地方来，一路绕过无数的村庄和树林，走到这里，河床则是绵绵松软的细沙。河水里常见的是种当地叫宽匹白的鱼，身体很薄很宽,成群地围在河边的柳荫下和鹅卵石旁转,舔着毛茸茸的苔茸,一边在暖和的阳光下炫耀地翻转着银色的肚皮,如同无数面小镜子在水里闪亮。其间,悄无声息地窜来一条桂花鱼和鲶胡子类的大嘴鱼,滑翔机般地扑去,那亮顿时消失殆尽。家里来客吗?若嫌水寒不想弄湿小裤衩,只要一根杆子,锅里油还没有热呢,就有一碗下酒的宽匹白。运气好,还会拉上一两斤重的桂花鱼和大嘴的鲶胡子。

夜晚,河是静静的,两岸星星点点的灯火映在水里闪闪烁烁。二胡的声音从岸边小楼的窗口里飘出,如倾如诉,忧伤郁悒。琴声是倾诉给泊在桥畔乌篷船里的一个女人听的。一年前,对门杂货铺的一个女子和时常买货物的年轻艄公悄无声息地走了再也没有上岸。为什么这个年轻女人突然丢下小城里有名望的风流潇洒的音乐家和船夫私奔了,始终是个谜。

琴声没有催下女人的泪,却催下满天的雨。清晨,河面沉浸在黛青色的雨霁里。城外报春的咕咕鸟一声声地叫着。人们打开窗扇,啊,河水涨到窗檐下。于是,一个、两个……花花绿绿、五颜六色的雨伞出现在河的两岸。人们担心这河水会不会溢到街面,满到屋里。阿弥陀佛,都说山上的菩萨保佑着这个地方,果真雨住了。桃花汛,来得快,去得快,两岸洗衣的小媳妇、姑娘拾一朵漂来的幽兰插在发夹上,不经意地在水里一照,一脸的春艳艳。你这才感到是真正的春天来了,才两天的工夫,河上游两岸的原野,黄灿灿的油菜花一直漫到佛山的脚下。

河西岸更是春天里女子、孩子常去的地方。这地方叫乌龟坟,孩子们拉着风筝线撒欢儿跑,女人们一把一把地掐着满地疯长的香蒿。三月三,蒿子粑。一个很晦气的地名,却给城里人夏天带来舒坦。据说这只千年龟虽埋在地下,却并没有死,使得夏天的蚊虫闻到它的气息远远离去,夏天不用蚊帐,不用蚊香。什么时候,这城里人夏天开始用蚊帐、用蚊香、药水驱赶满天飞舞的蚊子呢?说是一个农民某一天一锄挖下去,突然地里冒出鲜红的血,这一锄正挖在乌龟的颈上。

是的,这小城流血了。

血是从一天早晨开始的。河的两岸成了“文革”中两派的地盘,城中的两座桥成了两派的据点。

那个时代虽已远远离去,但在那个流血的日子里,与这条河有关的两个人至今我一直不能忘却。一个开货车的司机,雪天里不小心将车滑到河里去。司机吓坏了,他不是担心车,更不是担心自己的生命,而是担心车上那批领袖石膏像。他从刺骨的水里捞起残破的领袖像放在岸上纳头便拜:“我有罪,我该死!”不仅是吓坏了,还因为他的湿漉漉的身子在二月的寒风里冻得像冰凌,他的上牙与下牙磕碰着,声音急巴而颤抖,幸运的是,他的红根子没有把他送进监狱。而另一个姓毕的罪犯就远没有司机幸运,他犯了攻击领袖罪。枪毙他时是一个阴雨天的上午,选在河上游的沙滩上,他被两个持枪人几乎是拎小鸡般从卡车上提下来。他已经虚弱得不能再虚弱了,还是被五花大绑,即便这样,他的喉咙里也放了卡子,以免他会呼喊出什么,这人据说到死也没有认罪。那天,河滩和两岸都围满了人,一直至今,我都不明白为什么要选在这河的上游河滩上处决一个人犯?那几日里,河水总是有股血腥味,城里居民三天里宁愿忍饥挨饿,也不愿动用染着血腥的河水。这人的离去,也使我看到我们这座小城血性的一面。

多少年后,我回到这个小城,曾问起那个罪犯的事,人们差不多都忘了。后来,我和我的一位法院工作的长辈说起这件事。他说,平了反,在内部传达了,没有公开。

问为什么杀他时那么大张旗鼓,而平反时却要躲躲闪闪。

我的那位长辈没有回答。他是个正直善良的人,因其正直,一辈子没有少吃许多苦头。我从他的神情里看出一些无奈,另一方面我又在想,生命在某一些人眼里看来是不值钱的,尤其是那些地位卑微的人。事实上,最不值钱的是那些灵魂低下的人,他们即使存在着,也是灵魂被阴暗噬嚼得只剩下躯壳的人。

这是我看到小城的另一面。

生命之于人都是同等的珍贵,并无贵贱之分,灵魂的卑劣与崇高,才是恶与善的分野,难怪山上的菩萨说:众生渡尽,方证菩提,地狱未空,誓不成佛。

哦,阿弥陀佛,我们这些人!

(1999 年 4 月)

旅　途

久在旅途,极易生出一种莫名的愁绪来。

我出来差不多快一个月,这种愁绪越来越浓。天,又很不好,打一出门,就春雨绵绵。从窗口望外面,黄蔓蔓的田野一直伸向细雨蒙蒙的天际,油菜花儿垂垂而立,像无可奈何地承受着来自大地之外的欺凌,火车如一把锋利的犁在花野上犁过。我的同座是个很爱吃的胖老头,从上车他就没有闲过嘴,仿佛那功能仅仅是为吃。除此之外,只要不吃什么东西时,便靠在椅上打起呼噜。于这种状态里,便时时感到这火车要把我们带去的是一个苦不堪言的悲凉世界!

大约打了一个小时的盹,火车一阵猛烈地晃动,便在一个不知名的小站停了。我睁开睡意蒙眬的眼,发现被惊醒还不是这火车的缘故,而是那个胖老头。他说:"喂,醒一醒,让一让!"这是我第一次听他说话。他要出来找水喝。这时,才发现天全黑了,外面的原野闪着恍惚不定的光,举着信号灯的检修工在湿漉漉的发着亮光的铁轨上敲敲打打,便从黑暗里传来"当当"的声音。下车的多半带着一种久别归故里的激动,而上来的则是一种探索、不安的目光,便想,这火车如人的历史,有从这历史走出的,就有走进的,进进出出,出出进进,人类历史就是这样交错运行地延续着。一阵骚动后,车厢里又安静下来,便又想本是很热闹充满生命力的车厢把这活力丢给这陌生旷野,又独个离去,好像是抛下个没断乳的婴儿,任其在那里厮闹地消失去。人生的事,真是不可思议!

接下来每过一段时间,火车便在一个小站停下来。这大概到了江浙一带,故小站也多了,黑暗里的灯光便显现出苏浙乡村的轮廓迎面扑来。在一个小站,站台上停着几辆售货车,几个小贩边推车边叫卖,冒着白汽的粽子的香气从窗口里飘来,送来很浓烈的温馨气氛,使得许多人从窗口里探出脑袋购买。我不想劳驾我的同位,就让对面那个临窗的姑娘代劳一下。我刚说了句客气话,不想对方回答我的竟是四川口音。

呵，是川妹子。我像一下遇到乡音，一种久在异乡欲和家乡人说话的愿望陡然涌起。其实，我并非蜀人，只是在那里当了多年的兵，便有一种视蜀为故里的感觉罢了。我在那里几年，差不多跑了大半个四川，读了不少那里的风俗。在我印象中的蜀地之穷且又女人之美闻名天下，于小时便有“老不进广，少不入川”之闻。我当兵的日子里，则是明显感觉到了。蜀女之美，曾令我所在部队不少铁血男儿神魂颠倒。纪律是不容军人与地方上的女子相恋的，尽管如此，仍有不少士兵冒着关禁闭的处分，甚至被开除军籍之险，偷偷地与驻地附近女子往来。故有不少女子在士兵退役之前早早已在下一站等候心爱的人一道奔往那个既陌生又令人向往的地方；也有早早悄悄地逃往他乡在做一个妇人的梦了。自然，也有上当受骗少女到了异乡才发现他乡原来比故乡更穷，便寻死觅活要回去。然而哭闹又有什么用呢？好哄好劝，待到肚里有了男人的种，想想已做了人母，哭闹一阵也就作罢了。我在很长的时间里琢磨，蜀女于贫穷之中为什么个个生得灵秀俊俏呢？我只能归为蜀地之水土和气候的缘故。而这些很俊的女子为什么又常常出走，又极易上当，甚或被人卖去？思来思去，便认为蜀地之穷，方使她们极易出走；而蜀女之秀，又使她们极易当牲口般被卖或被买，这实在是个悲剧。如此想着，就又想到眼前这位川妹子。

我说，你是四川的？

她说，是的！

我说，四川那地方，我是很熟的。你是哪个地方？

她说，内江地区。

那是个糖城！

这时，我同座的那个胖老头冷不丁地答道。

我说，你也在四川住过？

老头没有直接回答我的话，而是打量着姑娘，说，我小时在那里度过，后来再也没有去那里。姑娘，这是去哪里？出门做生意？

去他家！

姑娘害羞地低头笑了笑，露出一对很好看的虎牙。这实在是个很可爱的乡下姑娘，红润的脸盘和一副发育得很好的结实身材，是我在四川乡下常见到的那种能吃苦耐劳型的女孩。

我说,那个他呢?

她说,补票去了!

老头又问,他也是家乡人?

他是浙江人,在我们那里放蜂认识的。她说。

去过他那里吗?

没有,第一次呢!

姑娘说罢,望望黑夜,似乎在想象着她要去的第二个故乡是什么样子,等待她的新生活又是什么样子。这当儿,那个浙江小伙回来了。这是个鬈头发的很活泼的小伙子。姑娘含情地望了他一眼,便把头靠在他肩上。这美妙而甜蜜的场面使我想象着这一对年轻人在充满花野的柑橘园里,在黄灿灿的油菜花香里,在散发着甜甜的蒙蒙细雨的紫云英的田野里亲昵会面的种种场面。然而,我又隐隐约约感到不安,常见着报上、广播里被拐卖妇女儿童的事,而眼前这个初涉人世的女孩对未来世界什么也不知晓,孤身只影地去一个陌生的地方,又是第一次出门,等待她的是什么呢?我这样想,我同座的胖老头又说话了:

这年头,外面世界复杂哟!

他在感叹,像是对我说,又像是自言自语。然而,我这时完全明白这个一直不爱说话甚至有点令人讨厌的老头说这话的用意。一个涉足人生很深的老头啊!

我说,是啊 ,人贩子、骗子,啥没有?我唯恐我的话还不够明白,又说,这些年,尤其四川姑娘被骗被卖的事很多!

那姑娘还是完全明白了我的话,说,我们那里有些姑娘是糊涂,往外跑。不过,我们是通过父母的,父母答应了,我才出来的。她说罢,抬头望望身边的鬈发小伙子。那小伙子似不在意地点点头。

我和老头一时都无语了!

睡一会吧,明天清晨我们就到了!

这会儿,那小伙子说,便用一只胳膊搂住倦倦欲睡的姑娘。然而,我仍固执地去想,一个把自己人生和一切的希望全都寄托在乡下老实的父母对一个异乡人的良好的感觉上,不令人担忧吗?

车厢很静了,火车在黑乎乎的夜里奔走着,像闪亮的剪子要剪破这黑夜,然而它刚刚剪破,又很快地弥合起来。黎明时,我被对面的声音惊醒:

喂,醒醒,到站了!

那姑娘眨眨眼,又环顾四周,仿佛说,这是真的?就在这里?

外面的雨还在下,细细的,绒绒的,油菜花在晨光曦微中一直延伸到远处,花瓣上很重的露珠闪着晶莹的光,四周散发出很浓很沉的香。我望着窗外,看见那一对年轻人顺着铁轨走去。

但愿那是个好心的小伙子!

我同座的胖老头不知什么时候醒了。

我说,是的!

然而,许多年后,我仍时时担心着那姑娘。要是像我同座的胖老头祝愿的那样的话,我想,那姑娘早该有个胖娃了!

舟扬帆

（1957— ）

《清明》杂志社主编，中国作家协会会员。安庆潜山县人。自 20 世纪 80 年代初开始纯文学写作，已发表、出版《从此我将离开你》《走婚》等小说，《寂寞的遗迹》《不废江河万古流》等散文、随笔，《在时代前沿的弯弓上》《筑起我们新的长城》等报告文学，《生命的激越与生活的宽厚》《拒绝诗的世界》等文学评论，《博爱无涯》《阳光照彻》等传记文学。多部中篇小说发表后被为《小说月报》《中篇小说选刊》《作家文摘》等文学选刊和媒介转载。

大 年 初 一

一

大年初一，我们要去潜山看力勋。

朋友刘力勋离开城市，来到潜山县境内、天柱山脚下、皖河岸边、水吼镇的马潭村寻了一个安静的处所住下。去年的大年初一我与俩同事去看他，下了火车，潜山县城距离马潭还有四十余里地。这一天金贵，风土习俗也特别讲究，全年有三百六十四天这一段路都交通便利，唯独大年初一，连平时争分夺秒的出租车也在家歇着不跑了。

那是我个人历史上第二个没待在家里的大年初一。上一次是三十多年前，我下放的翌年，不知怎么就心血来潮，留在农村过了一个“革命化”的春节。好像应该讲清楚，当时没有人要求我这么做，完全是自己要求自己，自觉自愿的。或许也还稍微带有一点儿对农村过年的好奇。

从 1968 年全社会性的知青运动蓬勃兴起，到 1978 年开始的下放学生返城，经过了十一年左右。我的两位哥哥是这一阶段的第一批知青，披着红戴着花光荣地奔赴那广阔的天地。在这个历史事件中，20 世纪 60 年代一直保持和张扬着革命冲动的这个巨大的青年群体，除了豪情壮志的铿锵之声以外，终于集体爆发出了类似于某种自我悲壮的儿女情长。当满载下放学生的专列缓缓启动的时候，汽笛一声肠已断，车厢内将去农村改天换地的知青和车窗外送别的亲友都遽然泪飞顿作倾盆雨。当时还是小学生的我没去车站，那个场景是听别人说的。我亲眼见的是，二哥在来送他的同学簇拥下刚离家不远，母亲以及莫名其妙留了下来的一名女生便放声大哭，从上午滔滔不绝地哭到了下午。我对哥哥那女同学的号啕生发出一种隐约兴奋的神秘感觉，但奇怪的是从此以后却再也没有见到过她。

二哥下放的地方属于淮河北岸的凤台县，据说在该县最富裕，可十个工分值也不过才七角多钱，饶是他那样积极在农业生产劳动中努力锻炼自己屡获各级表彰的知青先进分子，到年底生产队一结账，也就勉强不欠钱而已。但比起大哥插队落户的长丰县某地则又是云泥之差了——那年大哥所在的生产队十分工仅一角三分钱，这点儿钱肯定是养活不了人的。对农村有了更加深刻的认识之后，大哥待在队里出工的日子便有限了，每每到各地知青点串联着玩，潇洒地绕一圈以后就回了城。他的理由是，那个破地方兔子都不拉屎，在城里就是没事上街埋头走路，一天也不止捡到一角三分钱。所以他下放那两年，并没有多少机会接受贫下中农再教育，当然，更没有兴趣去身体力行地实践被寄托于一代青年改造落后乡村的社会理想了。

二

大年初一，我们要去潜山看力勋。

我是 1975 年下放潜山的。这时候的下放知青与当初“大有作为”的豪迈构想实际上已经没有了多大的关联，而且也不再是之前的以分散插队落户为主要形式。艰苦的农村生活、繁重的农业劳动和微薄的农作收入——城乡经济的剪刀差，决定了无论是到农村去的知青本人还是在城市里的知青家庭，很快都把下放看作是一场放逐的徭役。而农民，由于本来就不太够填饱肚子的口粮又给知青舀走了几碗，内心里也不欢迎他们的到来。从乡村基层的社会结构上就矛盾重重，知青事故不可避免地层出不穷。等到我去农村时，知青政策已经做了一些调整，不仅按人头拨有建房款，个人下放的前三年财政给予一定的生活补助，并且将过去散落于各生产小队的知青户归拢起来，一个生产大队建立一个知青场集中管理。

大约每个知青和知青家庭都把知青政策中的一条规定记得分外清楚：下放整整满两年后才有参军、招工和推荐上大学的资格。所以 1968 年的下放知青，最早是 1970 年离开农村的。这就为后继者们树立起了目标，没人真正愿意在贫瘠的农村扎根，远大志向固然是美好的，可惜愈是远大愈是遥不可及，只有这个“两年”的目标深入人心。1970 年以后的下放学生，在整体上与他们的知青前辈发生了很大的改变，前者尚有一个被冠以理想名义的出发点，而后者没有出发点，只有“两年”之后何时能够招工回城的目标。从时间上看，1968 年的下放学生正是 1966 年的红卫兵小将，他们以飞蛾扑火的壮丽姿态投身广阔天地，未必不是一股革命激情的伸延续展，但也不过就是两年的工夫，那种勃发的激情便彻底地化解为个人就业步骤的不得已选择了。

刘力勋与我同龄，他下放在国营的普济圩农场，每月有二十元左右固定工资，在当年的社会价值的认知上似乎比到农村挣工分强。他们过的是标准的集体化生活，吃食堂，统一参加劳动，最低要求的温饱不成问题。但是国营农场里下放学生栖落得比麻雀还多，若按正常的渠道及程序回城，从天上掉下来上调名额正好落到头上的概率可堪比中奖。

我是一个例外，不具有标本价值。上高中时我有两个愿望，一是打仗，二是下放，总之就是迫不及待地想离开家的束缚，没心没肺地跑到外面的世界去走走。根据当时的知青政策我有两地可选，其实随便到哪儿都不用担心上调问题，我则毫不犹豫地选择了离家相对更远的潜山县，下放在了一个原本并不接收知青的区办集体小农场。场里共有十几个中老年男性农民，我单独一名下放学生待在那儿是比较寂寞的，落雨天不出工我有时会到周边大队的知青场去玩。不过，他们更喜欢没事往我这儿跑。小农场有炕坊、鱼塘，猪圈里还有两三头猪，在不同的季节食堂会适时用孵不出小鸡的“旺蛋”，自产的鱼、肉来改善生活，特别在农忙“双抢”时节，每天中午必有一份荤腥，全年的伙食平均水准比当地的知青场要高得多。尤其重要的是，一个工分日的十分工值一元零八分（按照相关的分配政策规定还可提高至两元多钱，然而区里只批这么多，否则就可能超过区干部的工资水平了）。如果知道农场自产的菜蔬不管荤素每份二分钱（少数外购的只计购买价成本），你就会明白这个一元零八分是多么值钱，远远超出它的币面价值。我除了抽几支烟再无其他开支，直到今天我都还觉得那一时期真是富足——居然有钱花不完。我打算购一支气枪打鸟玩，被场领导劝阻后便买了一块手表。当年全中国的手表只有四个品牌：南京生产的钟山牌表，30 元；上海制造的钻石牌表，105 元；宝石花牌表，110 元；上海牌表，120 元。我就买最贵的上海牌，很对得起自己的虚荣心。

那个小农场富裕，是因为它只有十几亩主要用于培育稻种的水田，其他便是孵鸡、鱼苗、碾米磨面等副业，还有一辆拖拉机跑运输。20世纪七八十年代形容热门职业的一句顺口溜："四个轮子一把刀，白衣战士红旗飘。"其中"四个轮子"指的是汽车司机。不过在农村，"四个轮子"将拖拉机也囊括了进去，驾驶员的经济和社会地位都明显高出普通社员不止一筹，同样也十分吃香。小农场的一名拖拉机驾驶员娶的就是下放学生。在有关知青上调的所有规定中，面向的都是未婚下放学生，一旦在农村成家则意味着放弃了回城，在这里面我不一概地否定爱情，但由于爱情这时也需要痛下决心。

三

大年初一，我们要去潜山看力勋。

我1976年第一次到潜山的水吼镇去，就是乘坐小农场的拖拉机。过去人们还按老习惯把水吼称"岭"。一路颠簸着往山里去，公路贴着皖河像一浊一清的两条飘带，沿途三祖寺、野人寨、水吼岭，地名匪夷所思，令人想入非非。天柱山又名"皖山"，而皖河是叫潜河的，因了山才又有别名。这皖山皖水即是安徽简称"皖"的由来。皖水此时尚未脱开皖山的怀抱，极清凌妩媚，又闲情逸致，还不乏泼辣的野性，在葱茏的叠翠中飘逸而出。河对面山坡的竹林间挑出小村的屋角，缀出一条弯曲细长的小径，轻巧随意地搭到水边。浅石滩上泛起散文诗一般轻盈的浪朵，白花花的。水清澈见底，河心却蕴积了一团稀奇的绿，浓得像是浮又像是沉在那儿，丰腴的颜和色，若画，水粉画。那是一口很深的坑凼，竹排经过时长篙打不到底，当地人叫潭。人在河这边举手掌做话筒状喊数声，不多时，从诗画里便悠悠地撑过来了一张竹排……

又过了八或九年，刘力勋背着一只青春的行囊也第一次走进了这片青山绿水。他当然同样也必须循着这条沙土公路前往，但不知是经哪一处渡过的河，一步一步地踅入了大山里去。这时的力勋与八九年前的我的区别是知青身份早已成为曾经的往事，他在一家树大根深的国有单位享受着一份枝叶丰茂的俸禄。但他并不感到富足，那年头我们好像都不宽裕，工资到手留下必要的生活费用之后，剩下的三下五除二就花光了，喝酒或者买书。好在20世纪80年代没人会问你有无幸福感，我们却又仿佛总是怀有无数欣悦的理由。可是一切事物都非要有个理由嘛，也许我们的心灵就是最好的理由。很难说得清力勋为什么一定要寻找去那偏僻的小山村，在一位乡村教师家里盘桓多日，留下一段印象不可磨灭的心灵的远足。按说，从理论上讲他也可算是今天的前辈驴友了。

其实在农村时我挺羡慕像力勋他们那样下放在国营农场的知青，你会有一大帮不分青红皂白的同伙，别说生活中其他方面的有趣了，就是打架也多是打他个不亦乐乎的群架。

下放学生在乡村总体上声名狼藉，大多数农民的眼里他们几乎就是游手好闲偷鸡摸狗打架斗殴的近义词。不过，我倒沾了知青"声名狼藉"的光。虽然农村不是军队，你不至于愚蠢到要去那里当将军，但一个曾想打仗又想下放的傻小子，我确实是准备在农村锤锻锤锻自己的体魄和意志，为将来进而孔明退而渊明劳其筋骨一番。我犹如跟自己有仇似的，时常逮住了自己就不饶过。一次冬天挑塘泥，脚底生了个疮，结果不疼还罢了，一疼我就非要踩着它硬扛。小农场人见我的劳动态度虔诚而勤恳，几乎就是反射他们印象中"坏"知青的一面镜子，绝对为下放学生好榜样，欣慰得不得了，待我像亲人一样。那年春节我没回城，他们恨不得把我拉扯分了去各家过大年初一。后来我离开农场的那一天，好几位四五十岁的汉子舍不得的泪水都淌得跟孩子似的。

还沾了一个光：小农场人在生产、生活中与外人发生争执时，若我在场，即便奉上一副知书达理的友善面孔，外人一般也不会太嚣张——谁愿意轻易招惹"声名狼藉"窝里扒拉出来的同伙啊？此类事不多见却也不是绝无仅有。左邻的一个生产队与小农场有地界纠纷，农场的性质属于区办集体，土地同农场职工的个人没有直接的产权关系，但对于生产队社员不啻等同于可传代的家产了，所以一旦发生冲突，生产队有明火执仗的积极性，而农场就没人愿意动员自己个人的身躯去捍卫集体的利益了，久而久之，只剩下了忍气吞声的份。我最早一次遭遇对方铲草皮，竟然铲到场里来了时并不知情，但看着那些来历不明的锄头感觉眼睛里像揉进了沙子，浑身不舒服，于是上前质问。社员声称是生产队和农场的旧账，叫我这个下放学生不要管。我更生气了，以我的脚底下为三八线，谁敢越过必有战事。农场本来无人伸头，见长驱直入的社员们一时踌躇起来，这才出来献声圆场，双方都给一个面子。

以后那生产队的社员倒也不再什么时候都毫无顾忌地无事生非了。其实我又不准备争当烈士，哪会傻到真的一个人去招呼一大堆锄头？历史上的对峙农场从来没有捞到过便宜，这次没落下风，在农场人看来就是小胜。事后场里那个拖拉机驾驶员兴奋地问我:“你能打过几个人?”我想想,伸出一根手指头。他很失望,提起一个外号叫“黄狗”的下放学生,钦慕地说他一个人能打过他们整个生产队。

在当地人的字眼里,“狗”可不仅仅代称那一点儿看家护院的虚张声势,还包含着一种野性的凶猛,像狐狸,叫毛狗;像豺狼,叫豺狗。

“黄狗”我见过,是上海老知青,下放已经八年,要是一个生产队的日本鬼子也该被他打败了。在当地农村毕竟上海知青的社会关系稀薄,相对本省下放学生而言他们上调更难。八年实在是一个恐怖的时间长度,令人望而生畏。若放在我身上简直不敢想象,虽然小农场的经济条件不错,可生活还是单调、清苦的,地里长什么就只有吃什么,如山芋收回来了,这两个月下饭的菜肴除了改善伙食的那几顿之外,其余顿顿都是山芋丝,直到收获的山芋吃完了为止。弄得我工作以后多少年都还拒绝山芋。农活也繁重劳累,眼一睁便下田干活,尤其“双抢”季节,早出晚归,两头不见太阳,晒得跟非洲原住民似的。在许多枯燥难耐的昼夜,你都会感到一日长于百年。上海人在我们的习惯印象中通常都是温文尔雅的,我不知道“黄狗”刚下放时的状况,反正随着年复一年的招工无望之后,他逐渐成了“声名狼藉”的代表性人物,传说中一个人能打过一个生产队了。

我辞别农村后,便无从知晓上海知青“黄狗”的下落,想必若无重大利好的个人因素出现,他就很有可能是拖到1978年知青大回城的浪潮涌起,才在席卷之下顺势被冲走。

后来人们从不同角度揣度过知青运动发起的缘由。不论当年领袖的初衷究竟是什么吧,在客观上都延迟了中国就业危机的呼啸而来,把这个隐性的社会问题打进了千千万万知识青年上山下乡的背包里。终于,到了1978年,绑扎这只巨大背包的绳索不可遏制地被撑开了,使得整个社会忧虑重重的就业问题立即像无数只小蟑螂疾快地爬出来,在蓝天阳光下散开向四面八方。

四

大年初一,我们要去潜山看力勋。

想当年下放,他从乡村拼死拼活地返回城市,如今又逃离城市来到乡村,但这不是轮回，两者毫无关联。现阶段有关城市与乡村，段子里是这样说的：农村人刚吃上肉，城市人又开始吃素了；农村人刚用白纸擦屁股，城市人又开始用它擦嘴了；农村人刚在城里买了房子，城市人又开始搬到乡下去住了……这就是我们今天的调侃。

可能力勋也是用调侃的眼光睥睨一下身后的城市，拍拍屁股便重返马潭了。又是二十多年过去，马潭变了样，变成了一处游客嬉玩的风景区，那高速公路、民居小楼、竹筏漂流，无不演示着时代的进步。不用说，力勋也变样了，他的心态可能要复杂了一些，这一次更像是逃避着什么？或者暗暗地期许着什么？他没有再次渡达皖河的彼岸，而是在此岸驻脚于一所民居，长住，宛若一个懒惰的农夫守株待兔。上一次是彼岸，这一次是此岸，但没有红尘万丈，也没有禅意机锋，就是鸡犬相闻的平常日子。如拜年短信多见的一句：岁月静好。

力勋离开城市时我们便已约好要去看他，只是并未确定将会是哪一天。潜山当地的习俗大年初一不出远门，却竟然有朋友自远方来，在村民看来非同小可，力勋情绪高涨得在我们到达之前的中午便已现了酒意。于是晚上继续醉，酩酊到第二天。我们返行，又约好明年也就是今年再来，还是过年的欢喜时节。

今年力勋不断有消息传来：对租居的房子进行了装修，做了个移风易俗的小举动，安装了据说是马潭村唯一的一只抽水马桶，种了菜，养了鸡……然后就等待着这一个新年春节的到来。

在大年之前首先来到的是小年，腊月二十三一帮朋友聚到了一块。其中的晋，是“文革”前的老知青。他和他的妻子是“同一战壕里的战友”，邢燕子那个时代就上山下乡了，落户农村的时间比1968年领袖关于知识青年接受贫下中农再教育“很有必要”的指示传达以后的任何下放学生都长。我想象他们当年的乡村生存境况应该不会比后来者更好，不过有时提及过去的事情，他们会不自觉地流露些许青春和岁月、激情与温馨、奋斗同自豪的心绪表达。我听到过对他们的采访者和那一拨先行者知青自己的叙述，他们会围在煤油灯前学习《矛盾论》《实践论》《愚公移山》，还有《哥达纲领批判》，会在劳动的罅隙进行有关个人与集体、社会与环境、改造与建设的严肃思考，他们身上革命精神的火花十分鲜艳，与后来的我们泾渭有别。我妄自揣测，或许是那时还没有强调“接受再教育”，身为农村背景下“有知识的”青年一分子，他们受到建设社会主义新农村的一腔革命热情的驱动，都怀有一点改造落后山乡的自觉意识？当然我也明白，在历史事件中，人们的现场感受同情境之后的遥远回顾，有时会发生无意识筛漏后的明显差异，犹如空气中的微粒水珠，在特定条件下形成海市蜃楼的虚幻远景一样。不过，我仍然愿意相信，虽然那时一切的行动都不由分说地命名“以革命的前提”，但在晋和他的“插友”们上山下乡的革命热情中，可能也不缺乏有社会改良的内在品质。我从未因为过往对于知青运动述说的一言难尽，便降低过对晋和他的“插友”们个人的敬意。

1969年我到二哥下放的地方去玩，见识过这样一名老知青，林。当地的农民和下放学生都非常钦佩他，哥哥在路上就和我说起过林。村外一片瓜地埋有三座坟，一个吊死一个淹死一个屈死，三个不得好死的冤鬼聚在一起，夜晚不祥的动静传播得玄乎其玄，没人敢单独在那片瓜地守夜看青，只有林不信邪，一个人去破除迷信。我掂了掂自己的胆量，不得不对他敬仰几分。林晒得黑不溜秋，裤腿卷到膝盖上，赤着大脚丫，见到他时我的眼珠不转了，在我的小脑袋瓜子里这完全就是一个彻头彻尾的农民，从外表形象上丝毫看不出遗存有城市的一点一滴。我也赤脚在田埂上走了几步，赶忙又套上了鞋，滋味很扎心。我几乎是立刻便崇拜林了。他乐天开朗，走路喜欢吹口哨，会吹许多我闻所未闻过的歌曲，离得老远你就知道他过来了，以后我再也未遇到过谁能把口哨吹得那么响亮那么悠扬。用今天的语言形容就是，他浑身散发着一种人格魅力。过了好多年，我都清晰地记得他光着一双脚、走路大步流星的模样。我下放时也打赤脚，也吹口哨，不知有无他早年的影响。林多次得到招工的名额，却都推让给了别人，恢复高考以后才离去。他的父母都是教育工作者，后来他自己也成为一名幼师的美术教员。

1977年10月份，广播里宣布恢复高考的消息像一阵风刮过田野，大多数知青闻讯都丢下手中的农具，呼啦一声地回城复习去了。日后潮涌而起的知青大回城，源头实际上滥觞于此。翌年，还在农村坚持出工劳动的下放学生大为稀少，到了1979年，广阔的田野里便基本上不见知青的脚印了。

五

大年初一，我们要去潜山看力勋。

去年，我们从马潭告别力勋踏上返程，三人在潜山县城闲逛了一个下午。

改变是相当地彻底，别说那青石路面古朴陈旧的老街，就连当年不陈旧的新街都不翼而飞，没有一个记忆中的画面滑过我的眼帘，无处不陌生。我下放的后期曾被县里抽到县档案馆帮忙整理档案，在这儿住过一段时间，每天吃过晚饭后便不知该如何打发日子了，百无聊赖地在大街小巷信步乱窜，足迹遍布全城。我并不是一个喜欢沉湎于陈年旧事的人，但是在这个既熟稔又生疏的地方，心底还是发出了一些幽幽的感慨。

下放农村，是我独立走向社会、认识生活的第一步，我是隐有某些感怀之念的。不过我也担心这些真实的感念，很有可能却是浮托在小农场生活的无忧以及对上调回城的无虑之上，一种时过境迁的站着说话腰不疼的虚假觉悟。如果我下放在一个整劳力干一天只能挣得到一角三分钱，甚至更低的地方，而且还不知这种日子何时才能熬到头，前途渺茫，我又将会怀有怎样的感念？我不愿想象。

事实上，当下放刚满整两年时，我就不想在农村继续待下去了。下放时我带去了两只箱子，其中一只的箱底装有一些书，这些书我不知翻了多少遍。不干活时我最常做的事，是一个人在山野林间、塘埂田边遐想独步，回到屋子就是记日记、写信，给所有亲近的朋友写，有时一天要写好几封，有时则一封要好几天才能写完。谁也架不住我如此疯狂地写信，总是寄出去的多于收到的复信。我后来想，从那时起我就开始与文字休戚与共了，甘苦同舟了，直到现在。所以我相信，当历史具体到个人的身上时，是带有其指印纹痕的。

那时我想不到，将来有一天，曾经的知青刘力勋会回到农村种了菜、养了鸡，等待着我们这一个春节再来看他。

腊月二十八，是今年节气中的大寒，下午纷纷扬扬地飘落了雪花。望着窗外我陡然想了起来，我的一位朋友，就是在一个大雪天从肥东县他下放的生产队连夜赶到撮镇送一份招工表，因为翌日就是最后的期限。不知道这份表为什么直到最后一天才给他，名副其实的最后的幸运。窗外的雪花不算大，不过天气预报说，大别山区有大到暴雪，要是道路积雪结冰，尚在路上往家赶的人们就够呛了！

春运是中国交通线上一年一度剧烈的社会“痛经”。其间世界上最庞大的打工群，带着愤怒、欣慰、失落、温馨等等丰富的生活表情，有钱没钱回家过年。就业是我们的一个社会问题，也是一个经济问题。不知中国春运史有无开端的记载？依我看，最早的春运就是从知青运动为起始，过去农民都被绑捆在了脚下的一亩三分地上，很多人甚至一辈子都没走出过本乡本土，春节期间集中性流动的人群只有奋不顾身的下放学生大军。或许知青运动也是一次与春运相似的社会“痛经”，它亦是一个社会问题，也是一个经济问题。两者都和就业相关，而就业问题又是20世纪五六十年代中国人口失控结果的一个衍生物。知青和农民工同属候鸟，春运不堪重负，如今连大年三十都是人满为患。

唯有大年初一，乡间俗约，不出远门。这一天真是个言不由衷的日子：它是春节，却不一定是春始；它决定了一个人的属相，然而年龄却与它无关，可是它却是一年中最有动静的一天。这一天，我们要去潜山看力勋。

（2012年1月）

父亲的战争

兄弟姊妹中，就我和二姐从未回过老家。前些年我玩笑般地提议过，适宜的时候我要带女儿回一趟老家，看看祖坟的风水。风水说自诞生后走的就是神秘路线，曾被斥为迷信而几近绝迹，但如今起死回生，很多人尤其是商人好像宁愿被风水幸运地迷信一把。并且，在堪舆学里大概它还是一门学问，大学讲堂上由专家传授相关知识呢。我不懂堪舆又不是商人，但我却固执地认为我们家的老坟头上是冒青烟的。如果一个人置身于战争的最前沿，又毫发未伤地从炮火弹片的罅隙中穿插了过来，足见是有祖宗福祉护佑的。父亲即如此。

父亲十二三岁时读过两年私塾，以后不会看书只会“读”书，所有出版物到了他的手里都像捧了只麦克风，抑扬顿挫念念有词，在家学习马列毛著也是这般吟哦诵唱。在20世纪二三十年代的中国农村，父亲差不多也勉强算是受到过教育的孩子了。继而他在村子里种田，干农活也许是农民生涯中最枯燥繁重也最无乐趣感的劳作，我猜想父亲一定很痛恨在水田里风吹日晒还累得死人，才一年他便又学了裁缝。父亲的针线活出类拔萃，满手锦绣，母亲也擅女红，但我们几个小时候衣裳上的补丁常是父亲的手艺，那多足虫细爪一样紧密匀称的针脚，若不仔细分辨会被误为缝纫机的杰作。我想，读私塾以及其后那两年的时光，对父亲的人生具有深远的历史意义：识字说明多少有了点儿文化，学裁缝的经历比在田里盘弄泥巴肯定也要多长些社会见识，而更关键的则是意味着这个乡村少年的内心不安于现状了，这是一种思想的潜觉醒，意识到人生片断的某些新追求比做农活更有意思。后来果不其然，闭塞的山村到底未能留住这个心变野了的年轻人，他终于离家上路要去觐见更广阔的世面，走上了一段激荡着热血青春的危险的战争之旅。

母亲曾用恨铁不成钢的口吻责备我的某些行为特别像父亲。母亲当然比我更了解父亲,但她白夸奖了我,比起父亲我差得远。试举例一二:我的酒量一般上了桌子是堪堪自保岌岌可危,却大都在豪爽、厚道的假象下被高估了,而父亲,他的酒量比我们兄弟几个都大得多,所以相对较少出现虚假繁荣造成的不雅后果;父亲少时曾把家里养的一头猪赶到队伍上去宰杀了打牙祭,我虽也有把家里挂在树上晒的咸肉偷了几大块,送邻友与其同学聚餐所用的壮举,但二者的根本区别是,前者的那头猪给包括父亲在内的革命者制造了一场开赴抗日前线的壮行宴,它壮烈牺牲,不负使命,死得其所,而我贡献出的斤两不菲的肉制品,其下落既与我没有任何关系亦无其他特殊的重大意义。

这样说吧,大概我的天资不能算太薄但也不厚,自认就是开智很迟,是一个懵懵懂懂的人,即便如今对待许多世间万物懵懂依然。

几年前我去土地革命时期鄂豫皖苏区首府的河南新县采风,我从小受的就是革命传统教育,然而站在那片血染的土地上我还是意外地震撼了。我想在那个峥嵘崎岖的岁月里,红色战旗下除了极少数是接受了马列主义的先驱觉悟者,其他有为吃粮而扛枪的,有因亲人"闹红"跟在后面的,而最大一部分的人,恐怕还是年轻活跃茂盛丰沛的生命力向黑暗沉寂的朽旧社会的灵肉冲撞,纯粹就是由于燃烧起一股青春烈焰而奔向战场的。这些人一旦融入了那股沸腾的时代洪流中,他们就共同怀着一种硕大的理想——实际上这个理想非常遥远,他们中大多数人应该都并不清楚自己的未来究竟是什么,可就是那个理想的光芒照耀着他们义无反顾地向前冲杀。那是真正的抛头颅洒热血,在箭厂河乡,国军和还乡团打回来后,山过火石过刀,命若草芥血流成河,一万七千多名乡亲活下来的不到三分之一,七十多年后的今天,人口也才繁衍到一万五千人,还没有恢复至当时。这个数字令人无法不震撼!也许在我的头脑里,需要重新认识曾经舍生忘死的那一辈人和他们那场被我们无意中解构了很多细节的战争。时势造英雄,现在我相信,是风起云涌的革命激情,唤醒了那一代人蛰伏在血液中的生命激情。时代不一样,人也不一样了。

在我少年时代的记忆里,铭刻最深的是父亲管教方式的严厉,而怎么也想不真切我们之间有过多少亲情交流的温馨场景,这是他们那一辈大多数当兵人的通病,仿佛父亲不是在家里,而是在他的战壕中用望远镜遥望掩体外的儿子,看这糊涂小子能不能拉开枪栓。当然,你对战壕中的他也无从了解。有关父亲早期的经历,在他老年住进了医院以后才偶尔对我们叙述过一点。

走出大山的父亲既团结紧张又严肃活泼,干什么都有一股新鲜劲,作战糊涂胆大,几仗打下来后即被上级选送旅教导队培训,一名青年军官就这样简明扼要地诞生了。父亲认为,那一次的培训学习很关键。但我想,父亲的看法未免本末倒置了,除了打仗勇猛外,他本身识字兼精通针线活,应该也是在那个普遍文盲加上生活水准低下的日子里,区别于一般普通战士的重大长处,自然亦是他进步较快的原因之一。如有风水先生,或可解释为父亲读私塾、学裁缝时,我们家的老坟头上便已经青烟袅绕了。当年父亲所在队伍开拔出大别山区他的家乡时,有几个同村伙伴原本是随他一道踏上漫长征途的,最后一脚终又缩了回来,我猜度,很可能那几个没读书也没学裁缝。

父亲的“私塾”和“裁缝”之于他,组合出了“学习”一词的完整含义。读书是典型的脑力劳动,本质为“学”,学而时习之,缝纫活儿就是标准的“习”了,熟能生巧飞针走线。很显然,再加上部队的那次培训,在“学习”这个问题上父亲是个既得利益者,所以读过私塾的小裁缝革命成功以后,格外重视他的子女们的学习教育问题。

父亲的理想是他的孩子统统能够上大学,每日最好他眼一睁就看见你在读课文,即使遭遇他自己被打翻在地的“文革”期间,也不肯松懈对我们学习方面的严苛要求。可惜他的手段过于简单粗暴,只有高压强迫政策那一招。一次我不甘心被锁在家里温习功课,从又高又窄的摇头窗子偷偷爬了出去后不巧又给父亲撞上了,大怒之下他居然足足追了我好几里路,那是中国式家庭教育的经典一幕,父和子、追与逃,要不是最后我跑进了一片巷道横七竖八的迷宫般的居民棚户区里,凭着对地形的稔熟,不要命地钻巷穿门终于摆脱了他,差一点儿就给他当场拿获就地惩办了。所以后来我对女儿的学业教育,就绝不愿从父亲的角度再给她增加一层多余的压力。

我上学过早,在父亲认字年龄的前几年我便已经开始痴迷课外读物了,凡几十年至今已成为一种生活习惯,在家无事时唯有翻书。当时很多字不认识,都是拔出萝卜带出泥,大致可能也许所以地毛估带猜。山东的三舅来探亲,见小小的一个人儿煞有介事地抱着一本厚厚的繁体竖排《西游记》,不觉好笑,你看得懂吗?他指着一个“獃”字问我怎么读。字形与“凯”差不多,我回答大约读“凯”,与“呆”的意思差不多,“獃子”类似是指“呆子”。三舅笑了,解释这个“獃”其实就是“呆”字的繁体,知道了我果真看得懂。然而我也有毛病,习性散漫，捞到手边的都是菜，一味地浏览，不求甚解，不晓得该做一做笔记及研究。以后更是忘性大于记性了，有时别人谈起半天才恍然想起原来自己看过。所以有那饱学朋友要批判我不读书不读报，我唯唯应诺，虽不敢不看书不敢不看报，但只是看，的确不敢当一个“读”字。

父亲的文化程度比较低，他对书本和读书人似乎有一种天然的敬重感。我幼年时家里就有两具很大的书橱，满满当当地堆满了书——在20世纪五六十年代，除了少数知识分子的家庭，寻常工农分子出身的人家是难得见到的。这些书大部分都不知他从哪儿弄回来的，对培养我们学习兴趣提供了有益的基础。他从来没有阻止过我们热爱课外阅读，除了强调学校功课是第一位的之外，顶多强制早睡早起，夜晚想把小说书看下去你得和他斗智斗勇。在整个青少年时段，我的内心深处可能与父亲都有一种温和的对峙。温和是我的性格，对峙是青春的叛逆，我抵抗一切外来的压迫，只愿意做自己喜欢做的事情。这种抵抗的形式不激烈，然而它是根深蒂固和绵绵不绝的，如同经久历年的海浪一层一层地覆盖过岁月的沙滩，一直延伸到了青春不再的后来。

也许每一个男孩子都做过少年英雄梦。幼时我的脾气格外古怪，惹翻了打滚放赖比犟驴还犟，但奇异的是只要不闹腾我就又胆小、又老实、又温顺，而且极其内向，安安静静、不声不响地沉潜在自己的世界里。我可以一个人坐在床上把被子散乱开，堆成脑海中的大山，用象棋、军棋或扑克分成红蓝两军，摆来放去地指挥它们在“山区”攻防打仗，自言自语自得其趣，一玩就是半天。我上中学时学会了抽烟喝酒和锻炼身体，除了我错误地觉得当时和以后都实在无处可用的外语之外，数理化语文地理政治也是我所有在校期间学习得最活色生香的多彩时期，身心与文化都得到综合、全面的健康发展，精神饱满得特别盼望爆发第三次世界大战。后来到了20世纪80年代，一度武侠热，我借工作单位的学校阅览室之便，几乎把市面上的武侠书籍一网打尽。那段时间走在路上说不定就手上脚下骤然攒了劲，蕴含壮士大侠的奇峻胸怀，假想着对道边的法梧、电线杆或是一辆从远而近的汽车暗暗发功，痛下杀手，轰然打断或击毁。这些，都是我的一个人的战争。

至于我和父亲之间的战争，好像是集中发生在我的小学生时期，如果归纳为一句话，就是围绕着强权与自由的不平等对话所造成的不对称战争，主要的表现形式为弱国无外交，儿子不得不被动挨打。这种局面，在20世纪70年代忽然就得到了改变。父亲从"干校"归来时,我已经升入初中,父与子各自的环境和身体条件都有所变化。父亲变了,虽然他的行动仍近似军人那么站如松行如风,但对我们明显比过去慈祥和蔼了许多。本来我以为这是经受过"文革"的暴风骤雨触及灵魂的功效,但是等到终于我也知天命了以后,有一天幡然猛醒,真正能够改变人的唯有时光沙漏落于人身心的蚀影,父亲的变化是因为他老了,他的锐意和锐气都已在无形中消散而去。我迷迷惑惑地想,会不会还有一个原因:是否他意识到孩子读的书比他多、学历比他高,从文化心态上他蓦然也自觉劣势了?文化这个东西虽然看不见摸不着,但它也正厉害在这儿,润物细无声,决胜于无形。我知道这个理由有点儿勉强,不过我习惯了懵懂地看待问题。给父亲一个数学方程式他能解得开吗?他也只有迅速地矫枉过正,管教政策宽松到只要老师班干不来家访,就假设我是一名热爱学习的好学生。或者哪怕来家访了,如果不是学习方面的十恶不赦,处理起来也留有余地给予出路。

直到今天我都不明白父亲从哪儿得出的结论,他以为我的功课成绩很好,奇怪的是这与我初中同学的印象居然也相吻合,实际上那时我学习并不特别努力,而且平时成绩也不像父亲以为的那么超群出众。每逢家里来了客人,他一般都不会忽略掉了我,总是不乏表面批评其实炫耀地向客人批评我身上有"骄""娇"二气——该时期的社会主流用语之一。我有幸在合肥师范附小初中班读的初中,那儿犹如"文革"中后期的一座孤悬世外的小岛,是一个稀有的学习氛围浓厚的校园。当时尽管我喜欢把课外时间都用于去玩,翌日总是要辛苦女班干追在后面索讨作业本,但鉴于成绩公布排名榜上墙,涉及了我那一点儿可歌可泣的虚荣心,每当考试前我都还是全力以赴地临时抱佛脚的。好在,圣明的佛祖也保佑我!在我以后体验过的所有的学制教育课程中,仿佛只是初中课本上的知识至今尚有不少还记在脑子里,余者早已还给老师了,或当时就压根没从老师那儿学过来。所以真要给自己的学历取一个相近值的话,我还是老老实实地自认为初中毕业生为宜,免得心虚,那些接着混时间再后来混文凭读的学校不过是大言不惭,虚张声势,只能做做样子而已。

我见过父亲填的表格,文化程度:初中。如此我俩差不多。但要是知道我坦白自己的文化程度实际上也就相仿于初中,能把父亲气死。前半辈子他都在与天斗其乐无穷、与地斗其乐无穷、与人斗其乐无穷,却就是没把我这个糊涂小子的文化程度斗得比他高。父亲和他们那一代人,经历着从一个阶级推翻另外一个阶级暴力行动的武装斗争,到 1949 年以后的社会主义建设热潮和历次急风暴雨式的政治运动,是他们的历史宿命,不以个人的意志为转移。20 世纪 50 年代后父亲的编年史似乎可以波峰浪谷为记:1954 年洪涝,母亲不知是褒扬还是数落过,职任在身的父亲几乎就没有回过家,不是在江岸就是到河堤,小车不倒只管推;1969 年大水,“文革”已从文斗升级到武斗,父亲的处境危险,我们全家避难于巢湖之畔的乡下,小隐;1991 年洪水,夜半时分我家前面的小河内涝泛滥,清晨机关大院里已是一片汪泽,我抱着女儿走下台阶,她望见门前游泳池一般鳞波荡漾,不禁快乐地叫了起来,如果允许她下水玩,她宁愿不被送到她爷爷家去住——其时,父亲早已离休在家里颐养天年了。

父亲的战争理应是该打完了。事实上,以后的很多年他都不太了解这个正在发生着深刻变化的时代了,不太明白人们的生活观、道德观、价值观等等都在发生着急遽的转变,不太清楚社会上的沟坎墙壑以及除旧布新。年逾九旬的父亲参透了生死关,常说如今的每一天他都是赚的,他无须再为生活中的烦恼而烦恼,心态彻底地开朗祥和了。生命的最后两年他就是这样开朗祥和地长期驻扎在医院里。父亲一生中的最后一次愤怒,是他奋力挣扎着不让医生护士们把自己捆绑到推往重症监护室的车子上去。久病成医的父亲稔熟医院以及自己的各种境况,他以一个老人的羸弱、敏感而不相信医生这时说的话,他不肯被隔离进重症监护室,不肯做喉咙切管手术,术后就无法说话简直太可怕了,他只想留在病房有子女陪伴着像留在家里一样。然而,现在他已经当不了自己的家了,他必须被送进那个他感到恐怖的地方。医院的重症监护室近似是一处高档消费场所,它最放心和最欢迎的是如父亲这样由纳税人埋单的患者。那间重症监护室愉悦地迎来了父亲的入住,耗费了很大力气才把他送进来的医生们欣慰地感慨,没见过脾气这么大的老爷子。

其实医生遇见的是强弩之末的父亲,他只剩下了风烛残年,哪里还有什么脾气?“文革”时期我们家生活异常困难,转业在当地工作的以前父亲部队上的一名老兵闻知,寻来给我们家以帮助,他仍然像过去一样称父亲首长,还高低要请父亲去他那儿吃饭,或许因为我是在家的最小的男孩,父亲带我去难得地改善一下生活。客人就是父亲和我,他们俩蘸着酒叙说过去,借以宣泄今日。酒后返回,路过四牌楼工农兵商店时正好快要打烊了,一名工作人员拦着不让进,憋攒了一肚子火的父亲发作了,低声吼:要是搁以前,我枪毙了你!吓得那人惊惶地抵上门。父亲一转身，走！我跟在父亲的身后，两个人一大一小，一高一矮，一前一后，啪哒啪哒地走，回家。

医生当然不会知道，父亲已经很多年都没有发过火了。曾经父亲心梗，几次被120送进医院。每次医嘱绝对不能再喝酒。住院是一件特别烦闷的事情，可是病灶老是拖着一个小尾巴，一日父亲申请回家，其实是偷偷地溜去饭店喝酒了。翌日检查医生十分奇怪，怎么病况突然大好，有如神助！父亲暗笑，出院。以后每天一顿小酒，把日子滋润着过就是。

那天我接到大姐的电话，说要给父亲喉咙切管、上呼吸机的事情，大家的意见不一致。我能想到那些对立的意见和与意见一样对立的脸色，我还能想到快把病房住穿了的父亲不在意生死，只在意与亲人在一起。大姐焦急，医生说，切管后等恢复得好了，把管口封起来还能照常说话；医生说，假如不切管，老爷子也许今天晚上、也许明天、也许……谁也不敢打保票……我倾听着大姐的焦急，其实听到第一个“也许”我们就已经没有也许了。如果说我们担忧以后会后悔的话，我们更害怕明天、今天……很快就后悔。我从外地回来后，与家人们守在重症监护室的门外，在走廊上我们遇到一名在南京读书的医学硕士，她的爷爷也被热烈动员做喉咙切管手术，是她及时赶回坚决地阻止了，她说如此高龄的虚弱的老人做这个手术怎么可能恢复？白挨一刀后就躺在重症监护室里等着吧。当时我特别羡慕她读的专业，猛然就想起了大约十年前采访我国著名肿瘤专家李同度先生时，老教授涩涩地说过一句话：一家最好要有一个学医的，看病就不会吃亏了。回想起老教授的告诫，我的心里特别难受。我们不懂治疗，我们只能心揪着。坦率地说，作为患者的亲属我不敢不信任医生，但是在这个人们相互缺乏信任感的消费时代我确实又不敢完全信任医生，剩下的问题是我们该信任谁？或许这就是现实中我们个人所面临的焦虑而荒诞的两难抉择。

那位尊敬的重症监护室主任尤其恳切地多次阐述过手术的各种理由，其中一条无比扣人心弦：老爷子革命了一辈子，为什么不让他享受最新的医疗科技进步成果？

是的，为什么不？于是，从被送进重症监护室开始，父亲便永远躺在病床上，无法说话，切断了与亲人的一切交流，或一成不变地昏睡，或一成不变地望着天花板，一成不变地“享受”了七个多月最新的医疗科技进步成果！墙壁粉刷得真白，时间流淌得真慢，在那么漫长的无言的日子里，不知父亲是否还耿耿于怀，被捆绑到车上时他抗争的怒斥：……你们是绑架……

这是父亲留给我们和留给这个世界上的最后一句话！是役，父亲完败。

父亲走了。父亲终于走了。这是我心底最隐蔽的大逆不道的真实想法。父亲肯定厌恶极了那个弥漫着化学药品气味的苍白寂寞的空间，现在他的灵魂终于可以挣脱插了很多管子的枯瘦的身体，抛开尘世所有羁绊地纵情一跃，重新回到他喜欢的天地中去。既然母亲说我身上的很多缺点都与父亲相像，那么我就有理由以己之心地深信，父亲他会渴望逃逸这种背离生命意义的羁绊。

走出医院，我长长地呼了一口混杂着医药味的赤裸裸的浊气。回到家，我想为父亲写点文字，第一次写父亲，想了很多，却似漫无边际又似思维枯竭，竟都落实不到纸上，叹口气，免了。也许父亲也是这样想的。为父亲最后送行时，我们静悄悄地守在灵前，让他静悄悄地走亦如静悄悄地来。也许父亲也是这样想的。挂在殡仪馆灵堂上有两句话，很冠冕堂皇而又万籁俱寂：少年传檄为收拾山河社稷旧乾坤踏破征程万里挥戈皖苏鲁，老骥伏枥要烛照子孙纲常新岁月阅尽春秋九旬归魂大别山。

呜呼，父亲化作了一缕青烟，飘去。

（2011 年 9 月）

叶 静

（1960— ）

原名叶青才，笔名西青、梧叶、争青等。安庆岳西人，教师。中国散文学会会员，安徽省作家协会会员，安庆市作家协会副主席。著有散文集《源头》（中国文联出版社 1999 年）、《秋天里的单音节》（作家出版社 2006 年）、《笔底天蓝》（作家出版社 2009 年）。

麦　香

这是人间四月天，这是草莓吐出甜甜气息的流翠时节。

我回乡看望一位老人，一位老了还能闻见麦香的庄稼人。

他是我的尊长，也是最关心我的人之一；他是那块麦地的主人，同时也是一棵熬过冬天的麦子。

我径直到他的麦地里，就像熟悉那棵苦丁茶那样，一眼就看见了他。我好久没有置身麦地了，好久没有闻见过这么浓郁的麦香。这味儿像槐花里掺进了蜜，像玫瑰里拌入了糖，还有点淡酒的余味。是的，麦粒成熟之后，掺入点水，发胀，抽芽，便是熬糖做酒的原料了。然而现在麦子正青，才抽穗扬花，这只能是麦花香。

在麦花香里，我细细打量着这位教我割麦的人。他满头银丝，胡须也渐白了。身子骨似乎依然结实，只是笑起来，没有了管风的牙，没有了细细的皱纹。他的纹路粗了，深了，长了，像地边的沟道，纵横牵连，总想寻个出处奔去。人一老，这沟道就流淌着岁月的回声，你没法将它阻住，也没法把它拽回。我想到我不要多久也会是这个样子，岁月的回声满耳，光阴的脚步匆匆，我会停留在哪一截道上呢，抑或在哪一块地边呢?

他已经不是我印象中的荣伯了。你看他劳作的姿势虽然保留了过去一直有的那种利索和老到，但是明显力度不够，虚实交杂中虚的成分多了。剪除枯老的茶株，砍掉高高的茶桩，这样的活儿要是搁在前几年，荣伯是一抹不挡手的。他眼疾手快，手到心到，剪出的新茶棵像刚刚修剪的平头，齐崭崭，平覆覆，精神抖擞地立在麦地边上，衬托出四月特有的生机和活力。眼下，他似乎不愿在我面前显老，他动作的幅度很大却藏不住虚张的声势，吃力而现出连贯的破绽。那些他亲手种出的麦子，倒是一片青葱，仿佛荣伯的青春都让麦子给偷盗去了,这种活力与肤色的转移,直让我觉得一个人原来也不过是一棵麦子,一棵曾经锋芒毕露的麦子,走过了吱吱拔节的日子,走过了飞絮扬花的岁月,随后就走进了他枯萎与衰残的暮年。

在乡下时,我也收割过麦子,并且手指被麦秸秆割破,眼睛被麦芒刺中,我却在那种潜在的伤害中闻到了麦香,那股成熟的带着馒头和挂面香味的气息,它一点点渗透到我的鼻孔里、肺腑里乃至梦幻里,而我青涩的汗味和冒冒失失的语言气息,反倒自个儿一点都不觉察,只有身边的大人,比如荣伯,才准确地把住了我突突的腕脉,并且通过镰刀和锄头将我那些蒲公英一般的欲念摁下去,让我接近麦茬和犁头草,接近土地上最真切的部分。现在想来,麦花香里那些醉人的芬芳和诱人的味道都不过是四月天落下的槐荚与桑葚,它们其实结不了什么果实,虽然不乏甘甜,却只能徒增味觉的依赖和幻觉的空乏。

真正的麦香总是与镰刀在一起,与即将到来的梅雨在一起。不久,荣伯新剪的茶棵又将长出青幽幽的茶叶来,把大片萎黄的麦子衬托得分外衰老。然而,整个村子在这时才激动起来,就像荣伯在黎明俯身于麦地一样,天空晴朗而高远,大地芬芳而宽阔。当青春的梦幻醒来,我发现,一个距离大地最近的人就是一把镰刀或扁担,一声动情的呼喝就是一阵麦浪或槐风。时节正值端午,太阳正在背脊之上,村庄正在麦香之中,而我正在麦粒之外。

那时,成熟的麦子香气四溢,倘若旁边有梅子,它会落入梅香;旁边有李子,它会融进李馥。

熟麦的香味曾经把我的乡居整个地湮没了。荣伯揉开一穗麦朵,在掌心,他细细地吹掉麦芒和麦壳,让一堆鼓胀的新麦裸露在五月的太阳下。他拈起其中一粒,放入嘴里,然后嚼起来,这时候,我看见天空蓝得有些承受不住,而荣伯眯缝的眼睛却成了两穴幸福的陷阱。

一个能被麦香陶醉的人,他的幸福简单得很,也悠远得很,他的祝愿有时就是他的遗憾,他的挽留同时也是他在送行。他不知道有很多东西都是留不住的,像滑溜的时光、逃跑的庄稼以及跟欲望一起私奔的人,像他手把手教了16年割麦技术的那个瘦小的身影,到底还是在五月的麦芒直视下溜之大吉……

一转眼30年,时光快得就如一地麦子从四月走进五月,从花香进入谷香。

老了的荣伯面对我的到来,只能欢喜地连声说:你回来了,回来了!你看今年的麦子……他哪里知道,我原本就没打算看望这一地青青麦子,我不过是在麦地里寻找他罢了，就像那年我回去寻找当年我爬过的一棵青桐树，结果却找到了一条我从来没有放在心上的幽幽小路。

是麦香帮了我的忙，让我找回了镰刀与麦茬旁边的自己，还有这位将庆幸和失望发酵在一起的荣伯。

（原载《散文百家》，2012 年第 3 期）

谷 壳 赋

谷壳看起来好像没有了灵魂，其实不是这样，谷壳的灵魂盛放在另一个地方，那地方叫米囤。

谷壳也不是没有漂亮的外表，它的美丽原是黄金的颜色，跟我们健康体肤的色泽一样，只是它破日生辰，让我们看到的是一些琐碎的细节和支离的故事。

谷壳温软，它调和了太阳与月亮的光芒，它折中了夏天与秋天的温度，它编织了鲜嫩与苍老的经纬，它构建了营养与精华的城堡。谷壳，是一个不起眼的布道者，唯有它，能把这世界上最芜杂的光合作用的产物超度为粮食，合成米粒或者诗精（似乎比《诗经》更耐咀嚼），然后指点给人类的眼睛、舌头、牙齿和胃。

谷壳单薄，是一种娇小而纤弱的女子，营养不良，发育不够，身姿不高，体态不腴。论持家守户，它是忠实的糟糠：雨打在它的脸上，它甩一甩，不说这是泪；风吹开了它的裙，它坦然面对咧嘴歪牙的镰刀，不认为这是淫荡。论遭际磨难，因为命薄，它在风扇的一侧被抛弃，成了流言蜚语的牺牲品、风言风语的绑架对象。或者，在簸箕里颠簸，在团筛里流浪，在苦菜中煎熬，在猪槽间蒙尘。菜子命，谷壳身，二者如出一辙，而谷壳竟永远没有出头之日。可是，世间还真少不得它，糠菜半年粮，在那饥馑的日子里，它救人性命的功德远远大于米面，就像一个母亲给子女的恩惠远远大于帝王。据说朱元璋就是吃糠咽菜坐上龙廷的，难怪他偶尔还吟得出“飘飘飞度五台巅，红尘富贵心无牵”的诗句，并且娶了个相貌丑陋的女人马氏为妻，虽然她长脸大足，很是有碍观瞻，但朱皇帝居然一点也不嫌弃她。糟糠之妻，家室之宝啊！

谷壳刚毅，跟饭里的沙砾肉里的骨头鱼身上的利刺一样，性格凛然，自尊自强。哪怕你要把一口美味吞下去，只要其中有一瓣小小的谷壳，你就得连同那美味一起吐出来，有时候你还没弄清楚这究竟是谁下的绊子。你藐视谷壳，等于藐视自己的眼力；你诅咒谷壳，也就是在诅咒粮食，或者自己的襁褓与奶妈。谷壳何时何地惹你碍你了？它此时只是一个勇士的一块骨头，一个儒士的一句诺言，一个侠士的一掌招式，一个隐士的一声叹息，它隐忍而默然，孤单而沦落。英雄的巨口伟夫的海喉饕餮的肠胃岂是畏惧小小谷壳的！亦如权杖如柱冠冕如峰威仪如峦者哪里用得着提防出土的小草冒尖的笋芽？渺小者的情性只能如此，它只是证明自己的存在罢了。

谷壳轻盈，愿意走入你的枕头陪伴你度过一个个良宵。有梦也好，无梦也罢，谷壳醒着，在你的头颅下面窸窸窣窣，偶尔散发出谷物的芬芳。我的祖辈父辈用的一直是谷壳枕芯，直到我这一辈才把它抛弃，于是我的夜梦变得沉重，变得凝滞而生涩；于是春夜的蛙鸣、夏夜的萤火、秋夜的落叶、冬夜的梅香都纷纷逃离了梦境，留下来的是关于房子、车子、位子和票子的呓语——我兀自怀疑自己的思想出了问题，其实是枕头出了问题。母亲对我说过，谷壳枕头好咧，你扭了颈子只管找枕头要回来："半斗老糠，睡个一夜大天光！"母亲竟能说出这样经典的话来，母亲的文凭连谷壳都算不上，但她的乡俚俗谚却满含着淀粉的质地和纯度。

谷壳真是人世间可歌可赋的一种群体，它超然于高贵之外，涵纳于卑贱之中，它又布衣于泥土之上，坚挺于霜风之前。谷壳实在没有什么同道的了，即使有，也走不到这么边缘的地方去。钱锺书先生著散文《写在人生边上》，大抵是因谷壳而触动情思的，至少在我以为是这样。

（原载《散文诗》校园版，2009 年第 5 期）

方文竹

(1961—)

安庆怀宁县人。中国人民大学哲学硕士,西方美学研究方向。中国作家协会会员。出版诗集《九十年代实验室》等各类著作20部。“80年代中国校园诗歌风云人物之一”(姜红伟语)。1997年6月11日中直三家单位在北京联合召开“方文竹作品暨九十年代中国诗歌研讨会”,王一川、张颐武、程光炜、王家新等认为方文竹诗歌中的叙事和反讽代表着20世纪90年代汉语诗歌的新取向。2010年创立滴撒诗歌并主编民刊《滴撒诗歌》,从现代语言哲学角度探索汉语诗歌的纯构成境域。

地图上的两种颜色

“宣城”和“皖东南”，一个地方版块的两种命名。重合。调换。互义。对映。如《宣城日报》的前身就是《皖东南日报》。宣城是隶属安徽省以行政区划为主的地名、符号；皖东南则襟苏浙（东）而带黄山（南）、倚九华（西）而面长江（北），她的区位区域却在不经意中带出了一片真山真水，一方可视可摸可嗅可睡可饮可食的气息流布的天地。

一片土地上的两种背景。我在两者之间行走和思索。我在一块土地上的两种行走。仿佛从岁月的源头和深处，寻访那些阴暗久远、无法辨认的厚重之物。

“宣城”是听觉的抽象，仿佛空洞的地名。“皖东南”是视觉的具体，在地球上如同一具人体的细小部位。“宣城”是一部巨著的封面和目录，“皖东南”是血肉、细节、过程、画面、万物生长的内容。“宣城”是一种远观，“皖东南”是深入其间的血脉相连。“宣城”是一种自豪，她来自英雄、典籍、民间传说、大事记和历史圈套。“皖东南”更多的是感性涌动，担夫争路，曲项鹅歌，暮霭丝游，山峦对峙，长河决哮，漏水滴痕，牛哞羊咩，寡妇挑灯，扎手的风物丛生，每天所发生的都是“流血”的事件。如果说，“宣城”是生存的，“皖东南”就是审美的了；“宣城”有人唱山歌，传遍外省，“皖东南”则有花香鸟语；“宣城”空空荡荡的，像一面酒旗向四面八方飘着，飘着。在“皖东南”，时间停止了，或说时间在这里打了一个死结。从一个早晨可以看到一百年前甚至一千年前的一个早晨。一棵千年古树站在无人知晓的深山里，和我一样寂寞。

这样的解释与描述很简单：既有地理的，又有文化的。文化赋予山水以意义，不是有“智者乐水，仁者乐山”么。其深处是人类的心性建构。心灵与山水的结合，使得没有“宣城”那样区位限定的“皖东南”本身自成一体。当今，省际不大变动,而在一个省内,市与市之间的划分是常有的事。因此,“皖东南”是较恒常、久远的,而“宣城”则处于一定程度的变化、暂时之中。前些年原从黄山市划归宣城市的绩溪、旌德两县的居民大多仍然沉溺在徽山徽水的梦呓里。

说来也许很奇怪:“皖东南”成为一种诗性文本,她来自纯真的天道自然,尽管冠以“东”“南”,但她远远不及“宣城”更具有常规“地理”之意指。“宣城”仅是一个符号,而“皖东南”则将这个符号之壳胀破了,露出了里面的红血白肉——一片海洋般生灵跳跃不止的世界。

清代名相张廷玉有誉:“人文之盛首宣城。”与昔日的荣光对称,作为现今的区划,在开放的时代,宣城要发展要腾飞。它必定收容了皖东南,并以皖东南包装自己,为自己插上翅膀。通过访亲探友、招商引资、定量奖罚、扶贫开发、旅游热线、新闻发布、驻外机构、媒体炒作等等,“宣城”如今把大山扛在肩头,把水乡拽在腰间,把平原披在背上,把名胜古迹抱在怀里……把整个“皖东南”含在嘴里、吞在心里,远走天涯而常常满载而归。

作为一个外籍人,未到宣城工作时听说过有一个“宣城”,但“宣城”如何一点也弄不清,现在在这里生活了二十年而习惯于“皖东南”了。这也难怪,行走在外地,当人家问“从哪里来,到哪里去”,你只能说“宣城”而不能说“皖东南”。但是,皖东南的千种图画揣满我的心间,像一口千年的古井,越望越深。

历朝历代的外籍文人名士如李白、白居易、杜牧、朱熹、范仲淹、沈括、苏辙、文天祥、贡师泰、施闰章、梅清、石涛、洪亮吉、张大千等等的许多上品佳作都是出自宣城。仅唐朝杜牧写宣城的诗有40首、许浑写宣城的诗有22首。“……两水夹明镜,双桥落彩虹。人烟寒橘柚,秋色老梧桐……”(李白),“天际识归舟,云中辨江树”“望山白云里,望水平原外”(谢朓)……均是诗人创造的一流的自然胜景,“别是一家春”,一下子激活了“宣城”,呵,皖东南是宣城的立体化:万物的出场,整体,具体,有序,一轴苏醒的大地和山水的感性画卷。

“宣城”是大叙事。“皖东南”是小叙事。宣城写下了敬亭山、扬子鳄、宣纸宣笔、太平湖、太极洞、山核桃、江村、查济、陈山旧石器遗址、云岭新四军军部旧址、广教寺双塔等等,谢朓、梅文鼎、梅尧臣、包世臣、胡宗宪、胡适等等;而皖东南则容纳着让人激动不已的每一道风景:山峦、村庄、道路、田地、河流、桥梁、断桥、残壁……甚至不遗漏无名的小花、小草、小桥、小山、小村,还有小花的一阵战栗，小鸟的一声叹息，小溪的一句歌吟。你将耳朵贴近大地，准会听到一种难以名状的无尽无声的诉说。

我听到了宣城的呐喊。我感触到了皖东南的温热的肉体和气息。

在这种真实的气息里，我感到自己渐渐清晰起来。沿着城区宛溪河的水边走动，我被晨光中翻卷不息的波纹的七彩光芒所围绕。在数不清的墓陵、祠堂、摩崖题刻和典故出处中间，我编织着当代的故事，和故事中的我。在月出鸟啭的敬亭山，我怕在此闲适一番的自己会成为像李太白那样的诗仙，唤来楚辞中的山鬼，夜幕里“被薜荔兮带女罗”。

水阳江作为长江的一条不为外人所知的小支流，撕开了宣城，这从地图上可以细心地看到。它流在“宣城”就是宣城的了。而在四县的广阔大地上，我看到了两省或三省的许多无名小河，像细小的血脉密布，拐了一个弯，一个弯又一个弯，又像长长的热情的手臂伸展着。河滩上同一片庄稼，绿油油黄澄澄，是大神织出的锦绣。

在“宣城”，你永远置身于她的身外，却能分享她的“集体性”的天空。而一旦踏上“皖东南”的大地，把一个名词砸碎，阳光将晒干你的霉斑，露水将打湿你的梦，风将吹乱你的心窗……这里有的是生活性，个体性，神秘性，私密性。

我曾写过《在皖东南的大地上看落日》：“在这光的异端处，我再一次领略到惊人的掠夺之美，我想起了要关上的门和打开的天空。”“对于永生的黑夜，我缺乏记忆。”倘若改换成《在宣城的大地上看落日》会是怎样呢？我看到了两种时间中的叶片。一片沉静，形同虚设；一片飘荡，带动另一片飘动。显然这是两种不同心性的版图：时间在这里改弦更张了，消失而又生长无限。有的只是瞬间，无数个瞬间，或说空间化的时间。我仿佛置身于皖东南的幻想的乐园：瞬间就是永恒！而在空间意象上，宣城属历史学家的平面，皖东南则是诗人乐于其中的多维立体；在运动节奏上，皖东南是宣城停顿之后，突破界桩的飞奔。

在这块真实的土地上，一个单独的真实存在，是一个个体的梦游者。在城区一个叫月牙湾的地方，我住在楼房五层里。我经常一个人静静地看着一条穿过城区的浑浊的河流从楼旁经过，她来自时间的深处，并引导着我日复一日地观察：比这一切更古老的是这一片土地，她的大美剥去了一切的外饰。万物是其所是，重归于各自的怀抱。而在郊外青青的草地上，整整一个下午，我都在静静地观看一队又一队蚂蚁上树的过程。一些细小的胸怀进入了宇宙的时空，人类整体的意象。这就是我在一个地方生活与思索的写照。"诗意地栖居……"是我不断寻求的一束水里的火焰。水与火。问题的关键是这里的"寻求"的普遍性主题。从而"宣城""皖"顿失，"东南"也无意义，她所对应的是上天的星位。这即我对自己所说的：

"多年的事情，就是寻找一个旧地址／火焰的暗门，握在谁的手中"（拙作《高原漂流》）。

只有通过仰观天象、俯察地理、环视人生，"精骛八极，心游万仞"，才会拥有一片属于自己的纯净、虚空而又广阔的世界。这个世界是"宣城"又不是"宣城"，是"皖东南"又不是"皖东南"。在这个世界里，冥冥之中我听到了西方的释迦牟尼、东方的孔子及走到时间深处的众多亡灵和当代圣哲们的布道和解说，我突然悟到：我的生存之所，我们所有人的生存之所，即地图上甚至连放大镜也看不到的一小块地方，终将被时空的无限所吞噬。这就是地理学向心理学转移的人生大境界。也许，我们的一生就是在虚无的包围和体验之中。

霎时，我看到地图上那条毛细血管一样的河流游动了起来，接着掀起了九天巨浪……

（原载《江南晚报·今刊》，2011 年 4 月 27 日）

纯　　棉

高山低洼的田间地头，一片片打苞的棉花簇拥着，远远望去，像云絮一样，像云絮一样翻滚，抵达天际。像一场乳白色的烈火蔓延，烧灼着故乡。故乡湮没在洁白的棉色中，偶尔露出一角青砖红瓦。

我的家乡、皖江西北的山区泉冲村的棉花又大又白又纯，与其他地方的棉花有别，有人戏称“泉棉”，只是没人认证罢。“泉棉”，多么富有温度的名字！让我一下子触摸到了纯棉的故乡，疲惫的心灵在波浪一样的白絮间荡漾。

小时候与伙伴们在棉地里玩，这里是捉迷藏的好地方，站在两米距离的地方就看不见对方。两三米高的棉棵，密密麻麻，遮遮掩掩，像一排又一排士兵，固守着故乡，与故乡的土地连成一体。

棉花的生长生命力极强。选好棉种是村民的功课，尤为讲究使用种子包衣、精量点播，加以山区百年的土地，深厚，肥沃，久作，家乡的棉花闻名遐迩。金秋刚到，棉花开始裂铃吐絮，饱满的白花像一堆堆雪，直嘟嘟地露了出来，像是咧着嘴笑，和村民们的笑相应和呢，且一蹦多高。

可是，漫山遍野的棉花是种子纤维。不是用来审美，而是用来使用的。棉花是经济作物，在某种程度上说，是家乡的生命花。在家乡的记忆里，日出而作日落而息，耕种、养护、收获之后还是不能歇息，父亲弹棉花、母亲纺线是日常而久远的生活方式，像棉花一样生活，纯洁，温暖，天真，自然，简单。

母亲七十多岁了，依然像一个“棉疯子”，活在一个纯棉的世界里：天天手上抓着的棉花，嘴里诉说着的棉花，家庭收支算计着的棉花，家里到处摆弄着的棉花……她还多事呢！时兴起给村里未出生的孩子以“棉”取名，男孩叫“棉生”“棉刚”“棉球”“棉籽”，女孩叫“棉花”“棉糖”“棉铃”，或叫“棉棉”“大棉”“小棉”“细棉”，等等，弄得人人棉里棉气的。故乡成了一个纯棉的世界了，在那遥远的深山,棉花成了母亲和乡亲们的图腾。

这些年改革开放,村里青壮年大都外出打工,留在村里的乡亲愿意种棉花的很少了,可是母亲还是怂恿二叔几位老顽固固守着山区的田地,抱着棉花不放手。而在山区,就是不缺少这样的“棉顽固”。现在几乎很少农村像泉冲这样茂盛的满目皆棉了,棉林似乎成了一大绝景。

出产棉花的山区,穿衣自然跟棉花关系紧密,且有着得天独厚的条件。母亲说:“皇帝也享用不上泉冲人的纯棉呀。”母亲就是这样视棉为宝。20 世纪 70 年代的一床纯棉被保留至今,经常被母亲折叠得整整齐齐,边用边小心翼翼地收藏着。当听人奚落:“那旧床被能值几个钱? 现在名牌高档的多的是。”母亲会气愤得脖子上青筋直冒:“要那些花架子干咋子用! 它能有我这个好吗?”

母亲与妻子的冲突也是由此而起。

妻子是个购物迷,尤其购衣被。每当换季时,妻子总是要跑遍城内的大小商家,又有不少朋友提供参考,然后兴冲冲地搬回名牌秋冬装,国内国际的一大堆,色彩纷呈,风格各异,时尚时髦。可是妻子的好心情总是让母亲给破坏了。每次母亲来到城里我的家,妻子就犯愁,心里间咯噔咯噔的,背后对我道,你老妈样样好,就只一样让人受不了:一向管我们的穿着。妻子不说,母亲倒数落起来:现在的城里人呀,穿的睡的半真半假货。看起来光光堂堂,净好看,闹花架子,不养身呀。

母亲来我家喜欢将家什翻一个遍,这里瞄瞄那里瞧瞧,然后一番挑三拣四,虽说眼有些花,但心细得像棉眼,棉眼亮得像太阳,要么目视要么心见,天生的直觉,可神啦! 一把抓住衣被的要害,总是有耐心地搓揉一番,像称职、老练的医生检查病情一样,然后接着就是一连串的唠叨,令人厌烦,什么“这件被子不能用”啦,什么“那件春秋装靠不住”啦,什么“不要太迷信花架子服装,就是泉冲村的棉花做出来的东西养身”啦,什么“花钱事小,害了身子骨伤本”啦……母亲的结论是“买来的衣被哪一件是真棉纯棉”? 一直没完没了的,恨不得天下的用棉都必须来自泉冲村,才会让她放心。

妻子是外地人,每当遇到她的抱怨,我只好回答:“你再去泉冲村看看吧。”她平日里都是春节去泉冲村的,看不到真正的纯棉景象。

我渐渐懂得了母亲:她要将时光拽回去,定格于纯棉的旧时代。

(原载《青岛文学》,2013 年第 2 期)

吴忌

（1963— ）

安庆宿松县人。1984 年毕业于安徽师范大学中文系。现执教于宿松县第二中学，曾获“安徽省教坛新星”称号，安徽省特级教师。已出版散文集《雨的缝隙》（安徽文艺出版社 1998 年）、《凝视一切》（安徽文艺出版社 2006 年）、《以痛止痒》（合肥工业大学出版社 2007 年）、《稀薄的秋凉》（敦煌文艺出版社 2012 年）。其中散文集《雨的缝隙》于 2002 年获得安徽省人民政府第五届“安徽文学奖”。

鸟是树的花朵

我们都穿起了厚厚的棉衣，而有些树木落光了叶子！你看吧，这就是冬天了！

一棵树落光了叶子，不能说丑，但缺了枝繁叶茂的风姿，裸露出树枝与树枝之间巨大的空旷，总是遗憾。我时常有一种冲动，希望能在冬天的树枝与树枝之间放点什么。正如我在稿纸上一格格和着心血填文字。我喜欢让一切事物都从无到有。这令人激动。

冬天总是如此疏疏朗朗，这是不是我们在冬天缺少快乐的真正缘由呢？树木仿佛都停止了生长，我们总是怀着一种等待的心理度过冬天。如果下雪，玉树琼枝，以及屋檐吊着冰凌，都能令我们开心。没有树木的阴凉，我们直接在大地上车水马龙来来往往无遮无拦。我有些心虚，感觉厕所没有围墙。大雁的声音已经很远了。我在大地上为冬日的阳光感到可惜，因为，阳光的灿烂和温暖如不照在红花和绿叶上，阳光岂不等于虚度了岁月？正如袖手旁观的我们，在一堆红红的炭火前，等天黑。

然而一些鸟落到了树上，大大小小，五颜六色。我一阵惊喜，仿佛看见了满树的花朵！

有时候，鸟是一群一群地飞来又飞走的，黑压压一大片的是八哥或乌鸦，冬天的麻雀也喜欢一群一群地飞，一群一群地落在光秃秃的树枝上。黑色的鸟群会在瞬间装点一棵树，装点一丛树林。鸽子也这么飞，要是一群白鸽落到树枝上，仿佛早春的玉兰花开，白得丰腴而优雅。鸟儿们叫着喊着，吵吵闹闹。有时候，只三五只，相同或不同，它们散落在稀疏的树枝上。我觉得这三五只鸟，它们各自有各自的心事，说话的时候少，不说话的时候多。有的飞走，有的留下。有时候只一只，一只也好。一只鸟，孤独地立在一根细细的树枝上，这使人记起树上的花朵,也是先开一朵,再开一大片的。

每当树上落满鸟的时候,我就停下来看。有了鸟的树显得格外生动。我喜欢这些在树与树之间飞来飞去的小鸟,喜欢它们在树枝上舞蹈。冬天的风因为这些小鸟的跳跃,也就显得细微而富有弹性。它们在树枝上唱着歌,一只鸟的歌声使树木上的冬天没有了寒冷的凝滞。乌鸦的歌声粗壮而无所顾忌,麻雀的歌声使得冬天没有了秩序。有时一只鸟独自唱出婉转的歌声,细细地发颤,发亮,犹如一个回味爱情的人在冬天品着春茶。那是妙不可言的。

树枝上的鸟比真实的花朵还要美丽。你见过一朵花从春天开到冬天吗?你见过树上的花朵在树枝与树枝之间飞来飞去吗?你见过会唱歌的花朵吗?这是一只鸟再造了冬天的生机。

鸟是树的花朵,此前肯定有人发现并且说出。如此美丽的事物不会等到今天才有人惊喜。我站在树木之下,我想做的事,鸟儿们替我做了,它们真的在冬天的树枝与树枝之间打开了花朵,排练了舞蹈,播放了音乐。冬天因此而生动,而充实。我尤其感激这些鸟没有回避冬天里缩着脖子的人,一只鸟,一群鸟,就站在我们面前的树枝上。这是鸟对人的信赖,对我们启迪冬天的生动,冬天的事物丰富多彩。

如果我们多一些关注,或许还会发现更多的可爱。比如雪,也是树的花朵。下雪的日子里,从深夜到黎明的一瞬,“千树万树梨花开”。我希望树上的这些鸟不要飞走。即使飞走,也要常来。我希望它们一直等到明年的春天。

实际上,鸟儿一直都在树上,在春天的树上,在夏天的树上,在秋天的树上。只是由于树上有了真正的花朵,有了枝繁叶茂的摇动,我们看到了更多的生命的美丽。因此而忽视了树上的小鸟。我说,在一年四季,鸟儿从来就是树上的花朵。它们隐藏在树叶之间,与绿叶一起舞蹈,与春风一起歌唱,夏天的蝉鸣由一只鸟定调,秋天的夜月被一声鸟鸣切开。树木本来就是鸟的家园。

一只翠鸟就住在池塘边的灌木上,它的翠绿的羽毛比深绿或浅绿的树叶更加艳丽,我们一眼就能认出树叶里的翠鸟之花。两只黄鹂可以让一棵柳树更加婀娜,我想杜甫当年在美丽的锦城思念家乡,“两个黄鹂鸣翠柳”,他只听到了一声婉转的鸟鸣,就想起了江南。在江南的二月,哪一棵树上没有黄鹂鸟的歌声和舞蹈?不管树上有没有花朵,黄鹂总会落到二月的江南。树上有花,鸟儿也会落上去。锦上添花,不是重复是更多的美丽。喜鹊踏梅如何?乡村的快乐都在一树灿烂的梅花上。喜鹊总是两只两只地飞,两只两只地起舞歌唱。喜鹊就是开在乡村里的花朵。叽叽喳,叽叽喳,喜鹊在村子里放开了歌喉展开了翅膀,我们的乡村就会飞翔。

我喜欢夏天的白鹭,它们整个夏天都住在村头河边的树林里,当白鹭们从碧绿的水田里归来,它们都落到树梢上,远远望去,那就是一树最浪漫的花朵。最不能忘怀的是村子里的月夜,白鹭们栖宿在那棵枫树上,夜风把树叶吹得哗哗地响,月光会把枝头的白鹭摇上摇下,翻开它们长长的翅膀。一树的白鸟,一树的花;一树的歌舞,一树开朗的笑颜。我有时候回忆童年,村头的枫树一定会出现,树上的白鹭也一定会出现。我的记忆,湿湿的风情万种。一树的白鹭,一朵洁白的云,最是常开的花朵。

我想,一年四季的树木会感谢一年四季的鸟。人也会的。真细想起来,我记住的人不是很多,而我记住的鸟却不少。因为,我认定鸟是树木的花朵,千姿万态的花朵,常开常新的花朵,跳着舞蹈的花朵,唱着歌声的花朵……一只鸟,在树枝与树枝之间飞来飞去,保持了树与树距离的美感,保持了树枝与树枝联系的亲密。这些都是我眼中永恒的美丽。

我们在欣赏的同时是否要向一只鸟学习呢?一个折断树枝的儿童,一个砍伐树木的人,在树的心目中不可能有鸟一样的亲情和美感。我在观看一树小鸟的同时,多少有些惭愧。我的脸红得像春日的桃花。

我知道,有时候一只鸟嘴也是红的。

2003 年 11 月 8 日立冬

(选自《2004 年中国散文排行榜》,北京工业大学出版社 2005 年 1 月 1 版)

日落上九华

数上九华,总逢阴雨。这似乎也是我的缘分,我在烟雨迷茫之中,在不辨东西之时,就一路颠簸着上了九华。从汽车上下来,满耳游客的喧闹,似有似无的梵音,我也在进退之中感染了由俗世入佛的惊讶和心痛。看山看树,对水对流云;拜庙拜佛,问经问尼僧,在匆匆忙忙中来往奔波,雨雾湿了衣衫,一身汗水宁静了我景仰的新奇。我又在雨雾中急急离开,能够带走的也同样是这些雨雾一样的迷惑,我说,下次再来。

终于有了一个晴朗的旅程,九华与我正好是一天的距离,我早上出家,半下午就望见了九华。这次的九华是一个阳光照耀下的灿烂的九华。我过江,过贵池,过青阳。我知道记忆中雨雾的九华就在远处那些连绵的青山里。汽车一次次上坡,转弯,上坡,两边的青山向我的身后奔跑,怕我似的,忽左忽右地躲藏。心中暗想,我是佛所不屑的大恶人吗?我知道,这还只是一些小山,已经掩映了一些小庙,宁静了松树和翠竹的祥和。等我真的到了九华,我下车,我站住,九华也会在我的对面站住的。

心中念起九华的时候,日头已经西斜,苍翠的群山都在夕阳的余晖里,山峰上一堆灿烂,山谷里一沟暗黛,已经有重重的阴影掺杂了旋转的霭气。我觉得这时候的九华群山更加厚重些,山色有了更加明显的对比。我有时候就想,佛教的精义于我们不就正好是一种对比吗?我久久地注目,一会儿看山头灿烂的红日,霞光万道,仿佛天堂敞开了大门,眼花缭乱里无数的精灵在飞。我就惊诧,许是九华才有如此的辉煌吧。一会儿注视山谷,身临万壑,有时汽车仿佛是直冲着万丈悬崖而去的。风是从下往上吹,我心中莫名地生出无穷的愧意,越是上山越使山谷深邃。汽车上上下下地奔驰,山道弯弯,车窗外变化了高矮的山峦。

忽然生出一丝遗憾来，为什么我必须经历一天的时间，才能在一个黄昏到达九华呢？山顶上明亮的光阴并不能慰藉我的寥落。时间，这些不能逾越的时间，每每到了黄昏都或多或少有些悲凉的意味。我是在夕阳的对比下被山谷里的阴暗感染了低落的情绪。天色暗下来了，没什么好看的了。我久久注目依山的红日，她也像在我的家乡一样，一寸寸，一分分没入山脊的那边。我的背后渐渐有了灰暗的夜色的前奏，而右边的山谷夜得更快，夜得更深。

我打算闭上眼睛眯会儿，这次上九华不是专门看风景的，有一个文学聚会，待会儿有很多朋友要见。暮色里的小憩也别有风味吧，反正红日西沉，车窗外不会有好看的风景了，至少好风景看不清晰。

就在我想入非非的时候，忽然眼前一亮，一瞬里闪耀的红光直射到我的脸上。我以为会车，睁开眼，却是太阳，又一个太阳高高地挂在山头。啊，奇了！明明太阳已经落山，何来另一个太阳？汽车也正向另一个方向奔驰。我明白了，我们是在汽车上，在运动中，我们绕过了落日的山坡。太阳又灿烂如初了。我仿佛看见山林里一个调皮的姑娘向我眨眼，你看你，被蒙住了不是？

是呀，汽车一直在奔驰，而青山坐地，落日也刻定了落的方向和节奏。而我们不在更上层楼的山巅自然看不到落日的完整。然而，青山遮不住，毕竟我们又见面了，我顿然觉得自然造化，奇妙无穷。我振作起来，几乎是目不转睛地看着山尖上的夕阳，汽车奔驰，夕阳依山，落山；汽车转过一个山嘴，陡然又一片天地辉煌，如此数次，仿佛捉迷藏似的。这是我的发现吗？我在这个晴朗的下午上九华，在这一条道路上蜿蜒行走，在这个起伏的日落时分，太阳是一个与行走者捉迷藏的太阳，是一个调皮的趣味的太阳。

我激动起来，我把我的发现告诉同车的旅客。他们只淡淡地应了一声，“知道”。啊，知道。是早就知道，还是因为我的发现才知道呢？我没有问。沉浸在另一层思考里。明明终结了的事情，很快又有了转机。比如夕阳，明明终结了一天，当你移步，就能换景，我们在奔驰的汽车上因为汽车的奔驰，看到了无数次的落日。经验了一次次日落的灿烂与辉煌，我还没有到达晴朗的九华胜地，就已然被这调皮而神秘的落日感动了，启悟了人生的哲理——我们把行走坚持，眼前终结了的灿烂可能是假象，我们到前边去吧，什么事情都会山重水复。

往后的几天，我也在如往常一样，看山看树，对水对流云；拜庙拜佛，问经问尼僧。只是我在开会的时候老开小差,想的还是九华的落日。因为我们的奔走而有了一次又一次的落日。这是一处绝胜的风光,更是一种绝妙的开示。我所领悟的比在雨雾九华的迷蒙神秘里要清晰得多。我拜庙拜佛的时候沉默不语,木然低首,以至一些和尚老盯着我阿弥陀佛说我有佛缘。我真的是有不浅的佛缘,我在九华经历的落日,使我领悟了一个行走者忽明忽暗的前程。

2006 年 5 月 29 日夜补记

(选自《以痛止痒》,合肥工业大学出版社 2007 年 9 月 1 版)

苪立祥
（1963— ）

安庆潜山县人。中国散文学会会员，安徽省作家协会会员，安徽省张恨水研究会常务理事。作品散见于《人民日报》《散文》《青年文学》《阳光》《安徽日报》等，入选《中国散文大系》等。出版散文集《怀抱山水》、文学传记《恨水百味》《走近张恨水》、声乐组歌《天柱之歌》等。现任安徽省潜山县委办公室副主任、潜山县国家保密局局长。

人在雪原

万花纷谢,雪花便不期而至了。一夜之间,窗外已是一片莽莽苍苍的雪原。

踏雪远去,在一个冰棱刺空的清晨,高天划过最后一抹寒鸦的嘶鸣,斑斑点点的脚印,唯有我散下的瓣瓣心香。我想,雪天雪地的尽头,定有一种叫作“年”的尤物正楚楚而来。有了这信念,彳亍雪地的孤独便霎时透明起来。满天飘逸的雪花便幻化成一只只纯白的飞鸽,那翩跹的舞翅,扇动我思想的叶子。

人在雪原,自然地升起一种关于生命本色的体验。没有喧喧嚣嚣的声浪,不见形形色色的人流,久闭的心扉訇然中开,豁亮的胸襟与白皑皑的天地融成一色。极目远方,雪原无边无际,本色的生命原本就是无边无际的吧!

沿着熟谙的河道溯源而上,宽厚的河堤宛如冬眠的银龙,静静的河床裹进雪褥,仿佛梦中的童话。独步大堤,漫看雪飘河心,冬日温情的手指熨着岁月的皱纹。敞开最真的灵魂,以最纯的心境,谛听这长河飞雪。这白色的精灵,竟能奏出一种难以尽述的天籁之音,空灵如新年的钟声,美妙无比。

踏雪远去,沐浴漫天雪光。想起跋涉人类长河的一代先哲:马克思、司马迁、曹雪芹、凡·高……想起少年时代就读过的,由一位英雄撰写的名叫《清贫》的文章,远行的步伐更加坚定。这些痛苦而高尚的心灵,在四面冰天的日子里,不渝地高扬信念的旗帜,毅然超越了物质世界的窘迫而成就了精神世界的伟岸。人类总耽于斑斓的色彩,膨胀的欲望,热衷于相互的吹嘘和一时的炫耀。其实,这雪原般的本色更是一种永恒的美丽。

河的尽头,有一株古老的白梅。那该是长河奔流不息的诺言吧! 梅花洁白地开在雪原上,映得雪原格外地沉静和坦荡。轻轻地抚弄这白色的骨朵,雪原的心脏和我一起跳动。“雪地的远方,新‘年’就要来了!”这样想着,踏雪远去,独爱雪天雪地,义无反顾。

(原载《散文》,1995 年第 8 期)

静读天柱山

那一夜，我下榻在天柱山庄，月色竟非常好，我想静静地读一读月下的天柱山，哪怕是其中的某个章节。这样想着，正有一涧清泉从飞来峰淙淙而来，高山流水，澈我魂魄。我睡不着，打开窗子，静伏在窗棂上，满目深黛色的青山浮载着若隐若现的月华。看着，看着，便止不住激动起来。套上衣服，带上门，独自沿着山庄的石阶往上走，拾级之间，感受这久违的天柱山月惠于我的关于生命的宁静。

在浮躁中泡得久了，竟忘了什么叫宁静，甚至当自己真的在大山深处静走时，反生出一种不适来。环视四周，苍山无言，奇松问路，欲说还休，举手投足，形影相吊……

我想，假如山月也不理我，或者忽然间消失了，我该何去何从？心造的危机使自己毛骨悚然起来，冷冷的深山夜气裹挟着隐隐的恐惧竟袭上心头。我定定神，仰视浩浩晴空，秋月正遥遥地在远方瞩目！我禁不住泪流满面。真该感谢今夜的月儿，此刻，他是我大山深处唯一的亲人，正是她唤起了我骨子里的坚定，使我拥有感受宁静的底气，获得战胜自我的信心。我终于领悟了，无论何时何地都要与光明偕进，没有光明的宁静，其实只能是一种沉寂，沉寂中没有爆发，封闭久了，必定是死亡。

执着地坦荡前行，越过这一路的石阶，迎面是一个裸露而光滑的山坡。山坡有一个好听的名字叫“天柱晴雪”。“天柱峰西石壁斜，晴光朗耀雪同华。瑞凝六出辉银汉，白矗千秋灿镆铘。”这是清代张挺赞美天柱晴雪的诗句，真是美极了！置身这样一个美境，感觉尘化的五脏六腑全被天柱山上一种叫作“静”的东西润化得晶莹透亮。人生流水，岁月如歌，在这个丹桂飘香的月夜，我与天柱山相知相契，这是我的缘分，也是我的荣幸！“人生得一知己足矣，斯世当以同怀视之”，洞开心扉，静对天柱的一草一木、一丘一壑，爱的翅膀在月华中飞翔。“明月松间照，清泉石上流”，天柱山，让我俩以月为媒，在这份“静”的洗礼中，做个忘年的朋友吧！

从“天柱晴雪”再往上走，飞来峰近在眼前。我知道，水有多长，山就有多高，在国家级风景名胜区的同名峰中唯有“天柱飞来”最为“盖帽”。白日里，飞来峰巍峨雄峻，律动的线条更显出凛凛威仪。可今夜却像一头妩媚的海狮，高昂的头颅、和蔼的目光写满了对天柱山这份静美的钦慕和感动！对视良久，“海狮”仿佛要与我一吐心声，那头上的“瓜皮小帽”在宁静中格外地炫目……

天柱山的静，静出了一种生机，静出了一种旷达，静出了一种无言之美。

静读天柱山，感悟大宁静中的大境界。

（选自《怀抱山水》，大众文艺出版社2004年10月1版）

吴祚来

（1963— ）

著名学者，安庆怀宁人。中国艺术研究院研究生院毕业，获文艺学硕士学位，曾任中国艺术研究院科研处副主任、《文艺理论与批评》杂志社社长。现为中国艺术研究院文化战略发展研究中心研究人员。中华文化促进会理事、会员，香港天大研究院特约研究员，中华文化促进会特约研究员，节庆中华协作体全国节庆奖评委。

春节与国家文化主义

与春节相关的新闻开始布满媒体，央视春晚在紧锣密鼓地筹办，中国美术馆在展览琳琅满目的年画，北京市也在城区不同的公园安排了春节文化活动。春节也开始融入世界各国文化之中，由国家主导的或民间自发组织的春节正在走向世界，尼罗河边、南北美大地、北欧古城都在上演中国年大戏，一些国家甚至将春节纳入自己的节日体系，予以庆祝。我认识的网友雨佳旅居加拿大，1月30日晚，她所在的圣约翰华人协会举办了自己的春晚，他们是凑着份子购置衣物道具，春晚办得欢天喜地、热烈隆重。

我身边的朋友同事也被某种无形的力量牵引着，与数以亿计的返乡人流，离开城市，回到家乡过大年。而广东还有十几万摩托车载着外来工人年节的梦想，奔向各自的春节之乡。这样海量的人潮涌动迁移，只有印度恒河边的宗教朝圣活动，还有伊斯兰教教徒前往麦加朝圣，才会形成如此壮观的景象。冯骥才先生近日撰文，希望国家将春节申报世界文化遗产，而王蒙先生则在《人民日报》上撰文："特别希望，春节能变成全国老百姓畅言自己心愿的节日，不论是在媒体上，还是文艺当中，充分表达大家的心愿，让百姓感到温暖。"

春节在传统社会里，更多的是民间社会的一种精神与文化生活的需要，现在则成为政府、商业经济、文化产业等的全方位需要。春节不仅是百姓生活的重大节日，也成为炙手可热的文化资源。国家要通过这样的文化资源，来向世界各国展示中国人的文化生活，并使其"东风西渐"，增加其他民族对中华民族的认同感与友善感。中央政府每年会在中南海举办春节观戏活动，既是丰富自己的年节文化生活，亦是体现官方对传统文化的尊重与欣赏。各地政府也动用财力，在城市景点或广场布点春节演出或展览，以烘托节日气氛，帮市民过春节。

尽管如此制造节日景观与气氛，人们还是感到春节不像从前了，无论是城市还是乡村，年节的味道都在变淡。为什么呢？过去的春节有期盼，有参与，现在的春节则是一个结果，一切商品似乎都可以从商店购买，人们更多是在旁观春节，春节被复制，被“机械化”，而没有往日手工自助春节那份欢乐与激动。

随着城镇化进程的加快，春节的形式与内涵也会逐渐发生变异，动态的春节日渐变成静态的，民间操办的春节变成国家政府主办的活动，参与性与过程性变成旁观与结果，多元的年节文化因春晚而变得趋同，国家文化意志会更加强大，民间自组织的娱乐活动更加式微。

春晚由央视独家主办，是一个标志性事件，它意味着春节被国家化。国家文化意志着力于打造一台春晚，它是一种文化奉献，多元化的大年夜、村庄家庭的体验与交流被消解了，人们与电视对谈，央视预设的笑话小品成为全中国甚至全世界华人的话语主题，兴奋焦点。一元化的年节文化内容被做大，而真正的文化精神是多元多彩的，是个体体验式的。

城市没有形成新民间文化，如果市民们仅仅只能旁观政府安排的春节，民间社会的原创精神将大大减弱，孩子们与市民都有艺术表现愿望，也不乏民间艺术人才，但却没有开放的民间艺术表演场，特别是体验式的、狂欢式的节庆活动更为鲜见。年节文化其实还有特殊功能，就是释放一年积蓄的压力与情绪，通过狂欢与集体歌舞、行进等来获得丰富的体验。我在现场、在“其中”，与我在“旁观”，其文化与生活意义差距极大。

国家文化主义更致力于宏大的文化叙事，在“风雅颂”文化体系中，它更注重“颂”文化，而难以体察博大无边的“风”文化。风文化就是民间原创与民间俗文化，在不同的地区有不同的文化形态，正是它使我们民族文化呈现多样性与丰富性，它是民间社会的自我关怀，自我表现，自我发展，自我娱乐，甚至具有某种宗教信仰的价值。当国家政府替代民间社会或主导节日文化时，民间社会便成为被动接受者，日复一日、年复一年的旁观，必然会使年节文化单面化、乏味无趣，人们更依赖电视与政府安排，而民间社会日益成为文化失语者。

中国靠什么站起来?

近十年来,主流社会无论是官方还是民间,从来就没有自卑的情结,更没有人认为中华文化丑陋,反而是一片复兴之声。

公民的自由度、公民的民主权利、公民的财富差距、公民的道德水准、公民的政治参与度、公民的自组织能力、公民的信仰,等等,都直接影响着国家的硬实力与软实力以及在国际社会的受尊重度。

摩罗出版了新书《中国站起来》。他正在为自己的新书宣传造势,我希望他有一个好收成。

通过观看《访谈》,知道了摩罗写这本书的想法。过去他写书,是用西方一些理念,探讨个人权利与国家责任等问题,现在这本书呢,舍弃了西方理念,站在国家立场上,探讨国际大环境下,弱势国家的权利与大国的责任,所以有些反西方的味道,而这引起了一些过去读者的不满,认为摩罗背叛了自己。甚至一些过去自以为是摩罗的朋友的学者,因为摩罗这本书的出版,通过自己个人博客与摩罗绝交,正所谓:道不同,不与为友。

在《访谈》里,摩罗想批判的对象似乎是那些说中国文化乃酱缸文化,中国人乃酱缸里的蛆虫,中国人在西方人面前感到卑贱,还有中国人天生劣根性的学说。

我们知道,“酱缸文化说”应该源于早年的台湾作家柏杨先生《丑陋的中国人》这本书,它使中国人反躬自问自审,看到自己传统文化中的问题以及它对现实造成的恶劣影响。鲁迅先生也曾猛烈批评中国传统文化,说:满纸里只写着两个字:吃人。

摩罗先生现在还在与20世纪二三十年代的文化决定论开战,并与20世纪80年代的“丑陋中国人之说”过不去,以此来延伸批评当代社会中他觉得不妥的观念观点。

但近十年来，主流社会无论是官方还是民间，从来就没有自卑的情结，更没有人认为中华文化丑陋，反而是一片复兴之声，一片文化遗产展示的热潮，一片中国文化元素国际化的时尚。人们的思维已不关注文化对社会制度的影响力，而是关注制度的价值追求、社会转型与改良、个人权利保障与私有财产保护、国家税收与公民权益，等等。可惜摩罗先生在这些话语权利表达方面，鲜有声音，只是将淡出人们视线的观念与话语重拾起来，堂吉诃德大战风车式的，打斗一番，但其心中剑指何方，可能只有他自己知道。

摩罗在访谈中劝告中国人，不要自卑，要与世界强国一样站立着，要与群雄争权夺利。

这种大而化之的爱国劝告，可能对泛爱国主义者们起到某种精神安慰作用，但在国际舞台上为国争权为民争利，是泱泱百姓可以做到的吗？像战争年代一样，发动人海战术，就可以打赢这场战争吗？

为国争权，是外交事务，完全是专业性的行为，民声四起，可能会扰乱相应的法定程序与规则。而为民争利或为国争利，更是经济领域的商务行为，需要的是知识、规则与实力，而不是泛爱国主义情感，更不是一介书生们可以号召发动的情绪行为。

到目前为止，我们没有看到一个私营企业主慷自己家的财富之慨，不重视自己的利益，而拱手让见于资本主义国家，只有那些拥有国家权力的人，慷国家之慨，或为了一己之利而泄露国家经济秘密，或公款旅游世界，甚至转移国家资金，设立境外小金库，或携款外逃。境外资本势力贿赂中方官员，连资本主义国家都会严加处罚，而到了中国，却看不到对方贿赂了哪一位官员，我们的权力问责制度缺失由此可见一斑。

经济是一个国家的血肉，文化是一个国家的风貌与气质和衣饰，政治呢，是一个国家的骨骼架构。国家靠什么站立起来，靠政治。

政治是什么，是人与人之间的公共关系，通过“政治”形成城邦与国家，人们有了一个经济文化甚至宗教的共同体。它是家庭之上的另一个躯壳，它保护人们，使人们获得安全感。如同龟壳，它同时也禁锢人们压抑人们。但有一点是必然回归常识或原点：国家是为了使人获得安全感免于恐惧感的，国家要使人们获得自由度与主体意识的，如果国家适得其反，那么国家就异化了，国家立起来了,人民就会跪了下去。

人民靠自己两只脚立起来,靠自己的自由度行动。传说中国唐尧时代就有一位民间智者,他说,我自己打井汲水,自己种田为食,帝尧的丰功伟绩与我何干?三千年或五千年之前的老者说出的话仍然超时空回荡,撞击我们心灵。国家统治者多走一步,就可能成为入侵者。

一个国家受尊重与一个人受尊重是一样的,不是看其财富巨大,而是看其获取财富的方式是否公平,孔子就说过,不义的宝贵于我如浮云。公民的自由度、公民的民主权利、公民的财富差距、公民的道德水准、公民的政治参与度、公民的自组织能力、公民的信仰等等,都直接影响着这个国家的硬实力与软实力,直接影响着这个国家公民的自卑或自尊、自信或怯懦以及在国际社会的受尊重度。

中国人站起来,中国自然就站起来了。

被变形的传说与被放大的曹操墓

这可能是曹操的命运，有关他的传说，从《三国志》演变到《三国演义》，不知变形几何，现在被放大的，是他的墓地。

还是先说一下墓文化吧。四大文明古国，古埃及与古代中国的帝王权贵们，对墓葬最情有独钟。古埃及的金字塔，就是一座座国王及王后们的陵墓，有史家说，古埃及文明为什么会被灭亡，就是因为大造陵墓。对帝王们来说，它就是将来再生的诺亚方舟，但对平民百姓来说，百无一用。中国人对陵墓的文化兴致与古埃及比，仅居其次，也可能正因为此，中华文明才延续了下来，毕竟像汉武帝这样的雄才大略的皇帝，在位之时也仅仅是将每年国家收入的三分之一用于建陵，而是不二分之一或三分之二。

成者为帝王，败者为匪寇。为帝王者留下的文化遗产，是陵墓；为匪寇者最大的文化爱好，是盗墓。帝王们最大的身后事业与盗贼们眼前的利益，通过墓地联系在了一起。这其实是帝王们在世时就想到的事情。想到了归想到了，但还是禁不住那份诱惑，或是手下人的固执，于是陵墓还是要造，陪葬品还是要制作，因为它是一项国家文化工程。手下人如果不做文化工程，对帝王的敬意与自己的利益，都无从谈起。

古人的陵墓，从来都是用来祭祀或凭吊的，而当代人对先人的墓地，想到的永远是发现、挖掘、装修、收门票与买门票参观。你到首都北京，看看一日五游，多是在古墓里转悠，似乎那里最能沾上帝王之气。其实，能沾上帝王之气获得利益的，是卖门票的单位部门。

话说到这里，我的意思也就明朗了，无论帝王还是盗墓贼，兴奋点都与墓地有关；无论卖票的还是旅游的，兴奋点也在墓地里。这可能是我们文化的某种宿命。学者裴钰在博客里精确计算，曹氏墓开放参观之后，每年将给洛阳市带来4.2亿元的经济收入。所以,曹氏墓发掘出来的,不是零星的文物,而是一座富金矿,就冲着这巨大的经济利益,谁证伪了曹氏墓地,就是对当地经济的严重伤害。

令人可怜的,可能只有一代枭雄曹操了。先是说书人将他从《三国志》里拉到了民间故事里,再有罗贯中将其写入《三国演义》,充当一个反面角色,然后就有艺人们将他贴上白脸,变成奸臣贼子。如果真的按史实来,可能民间没多少人对曹操感兴趣,毕竟能欣赏他的诗句的人,并不多,所以拿他与文化正统的刘皇叔比,与智慧的象征诸葛亮比,与铁血忠贞的关公比,他就成为一个对立的形象,艺术与观赏价值也因此产生了。《三国志》里的曹操与历史事实的曹操本来就有一段距离,而小说与戏曲中的曹操,又与《三国志》里的曹操有一段距离。作为历史人物的曹操住到了小说与艺术作品中,获得了永恒的文学艺术生命力,但这是曹操自己想要的吗?当然也不是历史本身想要的。

史书说曹操是个节俭人,淡于墓葬,这个我相信,因为从他的诗篇《观沧海》中可以见得对世道的洞察与生命的悲悯情怀:

> 东临碣石,以观沧海。水何澹澹,山岛竦峙。树木丛生,百草丰茂。秋风萧瑟,洪波涌起。日月之行,若出其中;星汉灿烂,若出其里。幸甚至哉,歌以咏志。

这首载入文学史的名篇,充满对天地大美之赞叹,也对人生短暂无限感喟,加之自己并没有称帝,所以不太可能将墓地做得奢华隆重,从这个角度看,现在发掘出来的墓地,倒是符合简朴的风格。但依据简朴风格或其中有一些随葬品,就完全可以肯定这是真正的曹操墓吗?现在发掘出来的墓地,处平原之上河流之畔,1700多年来的河流泛滥已累积了几重黄土?曹氏即使没有传说中的"七十二疑冢",会不会有几处疑冢?因为兵荒马乱之时,加之宿敌太多,简葬与疑冢之说,不是空穴来风。有无可能当时人就造假墓地,以诱惑仇敌或盗墓者?

历史本身就可能造伪,现实生活中更有防不胜防的造伪者,那么,我们对曹氏墓的真实性还是慎重表态较好,在没有被学界公认并被更翔实的史料证实之前,我们只能说,河南洛阳发现了一处疑似曹操墓,毕竟疑似曹操墓的发现,也是一项有意义的历史发现,它意味着我们向真相迈进了一步,它是不是最有价值的一步,只有留待时间确认。

人生就是从摇篮到墓地的过程,可惜我们的文化与新闻对墓地太过重视,无以复加的重视。我们国家生产的摇篮(童车)在国外出了质量问题,有几多媒体与公众关注国内摇篮或童车的质量呢?一个关注摇篮远胜过关注墓地的民族,才是有希望的民族。

海子

（1964—1989）

原名查海生，安庆市怀宁县人，中国20世纪最杰出的诗人之一。海子在农村长大，1979年15岁时考入北京大学法律系，1982年大学期间开始诗歌创作。1983年毕业后被分配至中国政法大学哲学教研室工作。1989年3月26日在山海关附近卧轨自杀。

1984年海子创作了成名作《亚洲铜》和《阿尔的太阳》，第一次使用“海子”作为笔名。在1982至1989年不到7年的时间里，海子燃烧式地创作了近200万字的文学作品。他死后出版了《土地》《海子、骆一禾作品集》《海子的诗》和《海子诗全编》等等。2009年，海子离世20周年之际，海子家乡诗人金肽频编辑出版了四卷本的《海子纪念文集》一套（合肥工业大学出版社）。

海子获得的荣誉：1986年北京大学第一届艺术节五四文学大奖赛特别奖；1988年第三届《十月》文学奖荣誉奖；2001年4月28日与诗人郭路生（即食指）荣获中国文学最高奖项之一——第三届“人民文学奖诗歌奖”。其名诗《面朝大海　春暖花开》入选过高中语文课本。

我热爱的诗人——荷尔德林

1. 在《黑格尔通信百封》这本书里,提到了荷尔德林不幸的命运。他两岁失去了生父,九岁失去了继父,1788 年进入图宾根神学院,与黑格尔、谢林是同学和好友,1798 年秋天因不幸的爱情离开法兰克福。1801 年离开德国去法国的波尔多城做家庭老师。次年夏天,他得到了在他作品中被理想化为狄奥蒂玛的情人的死讯,突然离开波尔多。波尔多在法国西部,靠近大西洋海岸。他徒步横穿法国回到家乡,神经有些错乱,后又经亲人照料,大为好转,写出不少著名的诗篇,还翻译了索福克勒斯的《安提戈涅》和《俄狄浦斯王》。精神病后又经刺激复发,1806 年进图宾根精神病院医治。后来住在一个叫齐默尔的木匠家里,有几位诗人于 1826 年出版了他的诗集。他于 1843 年谢世,在神志混乱的"黑夜"中活了 36 个年头,是尼采"黑夜时间"的好几倍。荷尔德林一生不幸,死后仍默默无闻,直到 20 世纪人们才发现他诗歌中的灿烂和光辉。和歌德一样,他是德国贡献出的世界诗人,哲学家海德格尔曾专门解说荷尔德林的诗歌。

2. 荷尔德林的诗,歌唱生命的痛苦,令人灵魂颤抖。他写道:

待至英雄们在铁铸的摇篮中长成,
勇敢的心灵像从前一样。
去造访万能的神祇。
而在这之前,我却常感到
与其孤身独涉,不如安然沉睡。
何苦如此等待,沉默无言,茫然失措。
在这贫困的时代,诗人何为?

可是,你却说,诗人是酒神的神量祭司,
在神圣的黑夜中,他走遍大地。

正是这种在神圣的黑夜中走遍大地的孤独,使他自觉为神的儿子:"命运并不理解/莱茵河的愿望。/但最为盲目的/还算是神的儿子。/人类知道自己的住所,/鸟兽也懂得在哪里建窝,/而他们却不知去何方。"他写莱茵河,从源头,从阿尔卑斯冰雪山巅,众神宫殿,如一架沉重的大弓,歌声和河流,这长长的箭,一去不回头。一支长长的歌,河水中半神,撕开了两岸。看着荷尔德林的诗,我内心的一片茫茫无际的大沙漠,开始有清泉涌出,在沙漠上在孤独中在神圣的黑夜里涌出了一条养育万物的大河,一个半神在河上漫游,唱歌,漂泊,一个神子在唱歌,像人间的儿童,赤子,唱歌,这个活着的,抖动的,心脏的,人形的,流血的,琴。

3. 痛苦和漫游加重了弓箭和琴,使草原开花。这种漫游是双重的,既是大自然的,也是心灵的。在神圣的黑夜走遍大地"……保留到记忆的最后/只是各有各的限制/因为灾难不好担当/幸福更难承受。/而有个哲人却能够/从正午到夜半/又从夜半到天明/在宴席上酒兴依旧"(《莱茵河》),也就是说,要感谢生命,即使这生命是痛苦的,是盲目的。要热爱生命,要感谢生命。这生命既是无常的,也是神圣的。要虔诚。

有两类抒情诗人,第一种诗人,他热爱生命,但他热爱的是生命中的自我,他认为生命可能只是自我的官能的抽搐和内分泌。而另一类诗人,虽然只热爱风景,热爱景色,热爱冬天的朝霞和晚霞,但他所热爱的是景色中的灵魂,是风景中大生命的呼吸。凡·高和荷尔德林就是后一类诗人。他们流着泪迎接朝霞。他们光着脑袋画天空和石头,让太阳做洗礼。这是一些把宇宙当庙堂的诗人,从"热爱自我"进入"热爱景色",把景色当成"大宇宙神秘"的一部分来热爱,就超出了第一类狭窄的抒情诗人的队伍。

景色也是不够的。好像一条河,你热爱河流两岸的丰收或荒芜,你热爱河流两岸的居民,你也可能喜欢像半神一样在河流上漂泊,流浪航行,做一个大自然的儿子,甚至你或者是一个喜欢渡河的人,你热爱两岸的酒楼、马车店、河流上空的飞鸟、渡口、麦地、乡村,等等,但这些都是景色。这些都是不够的。你应该体会到河流是元素,像火一样,他在流逝,他有生死,有他的诞生和死亡。必须从景色进入元素，在景色中热爱元素的呼吸和言语，要尊重元素和他的秘密。你不仅要热爱河流两岸，还要热爱正在流逝的河流自身，热爱河水的生和死。有时热爱他的养育，有时还要带着爱意忍受洪水和破坏。忍受他的秘密。忍受你的痛苦。把宇宙当作一个神殿和一种秩序来爱。忍受你的痛苦直到产生欢乐。这就是荷尔德林的诗歌。这诗歌的全部意思是什么？要热爱生命不要热爱自我，要热爱风景而不要仅仅热爱自己的眼睛。这诗歌的全部意思是什么？做一个热爱“人类秘密”的诗人。这秘密既包括人兽之间的秘密，也包括人神、天地之间的秘密。你必须答应热爱时间的秘密。做一个诗人，你必须热爱人类的秘密，在神圣的黑夜中走遍大地，热爱人类的痛苦和幸福，忍受那些必须忍受的，歌唱那些应该歌唱的。

4. 从荷尔德林我懂得，必须克服诗歌的世纪病——对于表象和修辞的热爱，必须克服诗歌中对于修辞的追求，对于视觉和官能感觉的刺激，对于细节的琐碎的描绘——这样一些疾病的爱好。

从荷尔德林我懂得，诗歌是一场烈火，而不是修辞练习。

诗歌不是视觉，甚至不是语言。她是精神的安静而神秘的中心。她不在修辞中做窝。她只是一个安静的本质，不需要那些俗人来扰乱她。她是单纯的，有自己的领土和王座。她是安静的，有她自己的呼吸。

5. 荷尔德林，忠告青年诗人：“假如大师使你们恐惧，向伟大的自然请求忠告”，痛苦和漫游加重了弓箭和琴，使草原开花，荷尔德林这样写他的归乡和痛苦：

航海者愉快地归来，到那静静河畔
他来自远方岛屿，要是满载而归
我也要这样回到生长我的土地
倘使怀中的财货多得和痛苦一样

荷尔德林的诗，是真实的、自然的、正在生长的，像一棵树在四月的山上开满了杜鹃，诗，和，开花，风吹过来，火向上升起，一样。诗，和，远方一样，诗和远方一样。我写过一句诗：

远方除了遥远一无所有

荷尔德林，早期的诗，是沉醉的，没有尽头的，因为后来生命经历的痛苦——痛苦一刀砍下来，诗就短了，甚至有些枯燥，像大沙漠中废墟租给断头台的火砖，整齐，坚硬，结实，干脆，排着，码着。

“安静地”“神圣地”“本质地”走来。热爱风景的抒情诗人走进了宇宙的神殿。风景进入了大自然，自我进入了生命。没有谁能像荷尔德林那样把风景和元素完美地结合成大自然，并将自然和生命融入诗歌——转瞬即逝的歌声和一场大火，从此永生。

在1800年后，荷尔德林创作的自由节奏颂歌体诗，有着无人企及的令人神往的光辉和美，虽然我读到的只是其中几首，我就永远地爱上了荷尔德林的诗和荷尔德林。

1988年11月16日

（选自《海子诗全集》，作家出版社2009年5月1版）

海 子 日 记

1986 年 8 月

从哪儿写起呢？这是一个夜里，我想写我身后的，或者说，我房子后边的一片树林子。我常常在黄昏时分，盘桓其中，得到无数昏暗的乐趣，寂寞的乐趣。有一队鸟，在那县城的屋顶上面，被阳光逼近，久久不忍离去。

（1）我是说，我是诗，我是肉，抒情就是血。歌德、叶芝，还有俄国的诗人们、英国的诗人们，都是古典抒情的代表。抒情，质言之，就是一种自发的举动。它是人的消极能力：你随时准备歌唱，也就是说，像一枚金币，一面是人，另一面是诗人。不如说你主要是人，完成你人生的动作，这动作一面映在清澈的歌唱的泉水中——诗。不，我还没有说出我的意思，我是说，你首先是恋人，其次是诗人；你首先是裁缝，是叛徒，是同情别人的人，是目击者，是击剑的人，其次才是诗人。因为，诗是被动的，是消极的，也就是在行为的深层下悄悄流动的。与其说它是水，不如说它是水中的鱼；与其说它是阳光，不如说它是阳光下的影子。别的人走向行动，我走向歌唱；就像别的人是渔夫，我是鱼。

抒情，比如说云，自发地涌在高原上。太阳晒暖了手指、木片和琵琶，最主要的是，湖泊深处的王冠和后冠。湖泊深处，抒情就是，王的座位。其实，抒情的一切，无非是为了那个唯一的人，心中的人，B，劳拉或别人，或贝亚德丽丝。她无比美丽，尤其纯洁，够得上诗的称呼。

就连我这些话也处在阴影之中。

（2）古典。当我从当代、现代走向古典时，我是遵循泉水的原理或真理的。在那里，抒情还处于一种清澈的状态，处于水中王冠的自我审视。在萨福那里，水中王位不会倾斜。你的牧羊人斜靠门厅而立。岩间陶瓶牵下水来。

(3)语言层次。是的,中国当前的诗,大都处于实验阶段,基本上还没有进入语言。我觉得,当前中国现代诗歌对意象的关注,损害甚至危及了她的语言要求。

夜空很高,月亮还没有升起来。

而月亮的意象,即某种关联自身与外物的象征物,或文字上美丽的呈现,不能代表诗歌中吟咏的本身。它只是活在文字的山坡上,对于流动的语言的小溪则是阻障。

但是,旧语言旧诗歌中的平滑起伏的节拍和歌唱性差不多已经死去了。死尸是不能出土的,问题在于坟墓上的花枝和青草。新的美学和新语言新诗的诞生不仅取决于感性的再造,还取决于意象与咏唱的合一。意象平民必须高攀上咏唱贵族。语言的姻亲定在这个青月亮的夜里。即,人们应当关注和审视语言自身,那宝石,水中的王,唯一的人,劳拉哦劳拉。

(4)黎明。黎明并不是一种开始,她应当是最后来到的,收拾黑夜尸体的人。我想,这古典是一种黎明,当彼岸的鹿、水中的鹿和心上的鹿,合而为一时,这古典是一种黎明。

1986年11月18日

我觉得今天非得写点儿什么。

这些天,我觉得全身骨骼咯咯响,全身的全副的锁链一下挣脱了,非常像《克利斯朵夫》上的一些描写。

我一直就预感到今天是一个很大的难关。一生中最艰难、最凶险的关头。我差一点就毁了。两年来的情感和烦闷的枷锁,在这两个星期(尤其是前一个星期)以充分显露的死神的面貌出现。我差一点自杀了:我的尸体或许已经沉下海水,或许已经焚化;父母兄弟仍在痛苦,别人仍在惊异,鄙视……但那是另一个我——另一具尸体。那不是我。我坦然地写下这句话:他死了。我曾以多种方式结束了他的生命。但我活下来了,我——一个更坚强的他活下来了,我第一次体会到了强者的尊严、幸福和神圣。我又生活在圣洁之中。过去蜕下了,如一张皮。我对过去的一张面孔,尤其是其中一张大扁脸充满了鄙视……

我永远摆脱了,我将大踏步前进。

我体会到了生与死的两副面孔,似乎是多赚了一条生命。这生命是谁重新赋予的?我将永远珍惜生命——保护她,强化她,使她放出美丽光华。今年是我生命中水火烈撞、龙虎相斗的一年。在我的诗歌艺术上也同样呈现出来。这种绝境。这种边缘。

在我的身上,在我的诗中,我被多次撕裂。目前我坚强地行进,像一个年轻而美丽的神在行进。《太阳》的第一篇越来越清晰了。我在她里面看见了我自己美丽的雕像:再不是一些爆炸中的碎片。日子宁静——像高原上的神的日子。

我现在可以对着自己的痛苦放声大笑!

而突然之间,克利斯朵夫好像看到自己就躺在死者的地位,那可怕的话就在自己的嘴里喊出来,而虚度了一生,无可挽回地虚度了一生的痛苦,就压在自己的心上。于是他不胜惊骇地想着:“宁可受尽世界上的痛苦,受尽世界上的灾难,可千万不能到这个地步!”……他不是险些到了这一地步吗?他不是想毁灭自己的生命,毫无血气地逃避他的痛苦吗?以死来鄙薄自己,出卖自己,否定自己的信仰……但世界上最大的刑罚,最大的罪过,跟这个罪过相比,所有的痛苦,所有的欺骗,还不等于小孩子的悲伤?

他看到人生是一场无休、无歇、无情的战斗。凡是要做个够得上称为人的人,都得时时刻刻向无形的敌人作战:本能中那些致人死命的力量、乱人心意的欲望、暧昧的念头、使你堕落使你自行毁灭的念头,都是这一类的顽敌。他看到自己差一点儿坠入深渊,也看到幸福与爱情只是一时的欺罔,为的是叫你精神解体,自暴自弃。于是这十五岁的清教徒听见了他的上帝的声音。

1987 年 11 月 4 日

仿佛是很久以前的一支笔,她放在那里,今夜我又重新握起。头绪很多,我简直不知从何写起。而且,因为全身心沉浸在诗歌创作里,任何别的创作或活动都简直被我自己认为是浪费时间。我一直想写一种经历或小说,总有一天它会脱离阵痛而顺利产出。但如今,我实在是全身心沉浸在我的诗歌创造中,这样的日子是可以称之为高原的日子、神的日子、黄金的日子、王冠的日子。我打算明年去南方，去遥远的南国之岛，去海南。在那里，在热带的景色里，我想继续完成我那包孕黑暗和光明的太阳。真的以全部的生命之火和青春之火投身于太阳的创造。以全身的血、土与灵魂来创造永恒而又常新的太阳，这就是我现在的日子。

应该说，现在和这两年，我在向歌德学习精神和诗艺，但首先是学习生活。但是，对于生活是什么？生活的现象又包孕着什么意义？人类又该怎样地生活？我确实也是茫然而混沌，但我确实是一往直前地拥抱生活，充分地生活。我炽烈地活着，亲吻，毁灭和重造，犹如一团大火，我就在大火中心。那只火焰的大鸟："燃烧"——这个诗歌的词，正像我的名字，正像我自己向着我自己疯狂地微笑。这生活与生活的疯狂，我应该感激吗？我的燃烧似乎是盲目的，燃烧仿佛中心青春的祭典。燃烧指向一切，拥抱一切，又放弃一切，劫夺一切。生活也越来越像劫夺和战斗，像"烈"。随着生命之火、青春之火越烧越旺，内在的生命越来越旺盛，也越来越盲目。因此燃烧也就是黑暗——甚至是黑暗的中心、地狱的中心。我和但丁不一样，我在这样早早的青春中就已步入地狱的大门，开启生活和火焰的大门。我仿佛种种现象，怀抱各自本质的火焰，在黑暗中冲杀与砍伐。我的诗歌之马大汗淋漓，甚至像在流血——仿佛那落日和朝霞是我从耶稣诞生的马厩里牵出的两匹燃烧的马、流血的马——但是它越来越壮丽，美丽得令人不敢逼视。

我要把粮食和水、大地和爱情这汇集一切的青春统统投入太阳和火，让它们冲突、战斗、燃烧、混沌、盲目、残忍甚至黑暗。我和群龙一起在旷荒的大野闪动着亮如白昼的明亮眼睛，在飞翔，在黑暗中舞蹈、扭动和厮杀。我要首先成为群龙之首，然后我要杀死这群龙之首，让它进入更高的生命形式。生命在荒野不可阻挡地溢出，舞蹈。我和黑夜，同母。

但黑暗总是永恒，总是充斥我骚乱的内心。它比日子本身更加美丽，是日子的诗歌。创造太阳的人不得不永与黑暗为兄弟，为自己。

魔——这是我的母亲，我的侍从、我的形式的生命。它以醉为马，飞翔在黑暗之中，以黑暗为粮食，也以黑暗为战场。我与欲望也互通心声，互相壮大生命的凯旋，互为节奏，为夜半的鼓声和急促的屠杀。我透过大火封闭的牢门像一个魔。对我自己困在烈焰的牢中即将被烧死——我放声大笑。我不会笑得比这个更加畅快了！我要加速生命与死亡的步伐。我挥霍生命也挥霍死亡。我同是天堂和地狱的大笑之火的主人。

想起八年前冬天的夜行列车,想起最初对女性和美丽的温暖感觉——那时的夜晚几乎像白天,而现在的白天则更接近或等于真正的子夜或那劳动的作坊和子宫。我处于狂乱与风暴中心,不希求任何的安慰和岛屿,我旋转犹如疯狂的日。我是如此地重视黑暗,以至我要以《黑夜》为题写诗。这应该是一首真正伟大的诗,伟大的抒情的诗。在《黑夜》中我将回顾一个飞逝而去的过去之夜、夜行的货车和列车、旅程的劳累和不安的辗转迁徙、不安的奔驰于旷野同样迷乱的心,渴望一种夜晚的无家状态。我还要写到我结识的一个个女性、少女和女人。她们在童年似姐妹和母亲,似遥远的滚动而退却远方的黑色的地平线。她们是白天的边界之外的异境,是异国的群山,是别的民族的山河,是天堂的美丽灯盏一般挂下的果实,那样地可望而不可即。这样她们就悸动如地平线和阴影,吸引着我那近乎自恋的童年时代。接下来就是爆炸和暴乱,那革命的少年时代——这疯狂的少年时代的盲目和黑暗里的黑夜至今也未在我的内心平息和结束。少年时代他迷恋超越和辞句,迷恋一切又打碎一切,但又总是那么透明,那么一往情深,犹如清晨带露的花朵和战士手中带露的枪支。那是没有诗而其实就是盲目之诗的岁月,执着于过眼烟云的一切,忧郁感伤仿佛上一个世纪的少年,为每一张匆匆闪过的脸孔而欣悦。每一年的每一天都会爱上一个新的女性,犹如露珠日日破裂日日重生,对于生命的本体和大地没有损害,只是增添了大地诗意的缤纷、朦胧和空幻。一切如此美好,每一天都有一个新的异常美丽的面孔等着我去爱上。每一个日子我都早早起床,我迷恋于清晨,投身于一个又一个日子,那日子并不是生活——那日子他只是梦,少年的梦。这段时间在我是较为漫长的,因为我的童年时代是结束得太早太快了![①]

(选自《海子诗全集》,作家出版社2009年5月1版)

① 以下三页被撕掉。——原编者注

金肽频

（1966— ）

安庆市人。中国作家协会会员、北京师范大学中国当代新诗研究中心兼职研究员、安庆师范学院兼职教授、安徽省第二届签约作家。曾出席《诗刊》第十七届青春诗会。出版散文集《阳光坡度》《夜语者》《隐喻的眼神》《会说话的火》及诗集共十余部。诗歌《与一朵白莲的距离》入选《大学语文》课本（合肥工业大学出版社 2009 年 1 月第 2 版修订本）。主编出版有《海子纪念文集》（四卷本）、《安庆六十年文学精品集》（五卷本）、《安庆女诗人诗选》等。

作品《保卫母语》荣获全国报纸副刊作品年赛一等奖（中国报纸副刊研究会举办），并有多篇作品获安徽省报纸副刊好作品评选一、二等奖及“安徽新闻奖”一等奖。数十首诗歌选入多种全国性权威选本，并有作品被翻译为多种语言出版到美国、台湾等国家和地区。

倾听英雄

倾听英雄，我们发现历史是处于野草荒冢之中。至少项羽算是一个。昔日的乌江早已带着它应有的历史从大地上消失了，现在展现在我们面前的是一片野地，和一条当地旅游开发部门试图开掘出的一点人工河的迹象。当你面对这片荒草野地，你简直不敢相信这段历史的存在，但在中学课本中我们又确实倾听过，历史老师曾用近乎悲怆的语调告诉我们这群近乎懂事的孩子。当时，四周的墙壁很雪白，窗外草长莺飞，麦地的气息不断涌入。45 分钟内，我们知道了项羽是一个英雄，率八千子弟过江东，斩宋义，破釜沉舟，火烧阿房宫，鸿门宴，暴秦灭亡，楚河汉界，等等。但我们所有的理解都在不理解之中：项羽最后却失败了。

我曾如许多人一样，提出过种种假设：假如鸿门宴上项羽摔了杯，假如项羽痛打落水狗，假如项羽坐上乌江亭长的小木船，是否会像杜牧设问的那样："江东子弟多才俊，卷土重来未可知?"但项羽就是项羽，他"耻向东吴再起兵"，历史给予项羽的机会都已给予过了。尽管项羽失却数十年或数百年江山，但却赢得了两千年历史，人们一直把他视为英雄，汉高祖刘邦却每每被后人嘲讽。因此，尽管乌江不再，但另一层面上的乌江却在社会心理的大沃野中越流越远。

我在项羽的墓地前听到两则故事。第一则故事是项羽自刎后，将头抛给了昔日部将吕马童，让他领赏去。士兵们一拥而上，迅速分割了他的尸体，所以项羽死后是没有尸体的。乌江亭长收集了他的血衣血甲，葬于乌江之畔——这是我早年已听过的故事。第二则故事，历史处在野草荒地之中：项王率最后 26 骑逃到和县时，遇到一岔路口，便向一农夫问路。农夫把手一指，让项王踏进了一片沼泽地，被刘邦五千精兵在乌江边追上围住。原来这位农夫的一根小手指，就是一段历史，历史就这样被决定。"为虏为王尽偶然"（李山甫《项羽庙》）。

因此,倾听英雄,英雄不都是一支歌。

安庆北郊单薄的泥土同样证明了这一点。那里的野地荒草同样是一段我们无可回避的历史。一茬一茬的青草长出了,又一茬一茬地枯萎了。然而,这片泥土始终保持着沉默。

每年春天,我都喜欢侧耳倾听着家乡北郊的这片土壤,想着该有多少多少人结伴而来。当有一天,我悄然来到独秀墓前时,我竟发现,我插上的一株野花是他墓前唯一的一朵。因为他的错误、他的复杂,他没有机会睡在大理石之间,历史让他睡在荒凉的野草地。他是在高昂的维新变法浪潮中走进乡试考场的。见试题是"鱼鳖不可食也材木"的截搭题,便把《文选》里所有鸟兽花木的难字和《康熙字典》上荒谬的古文,牛头不对马嘴地"写"就一篇皇皇大文。由此他同科举发生了决裂,开始走向政治活动。主撰《新青年》,发动新文化运动;批判三纲教义,培育国民独立人格;改革北大文科,开辟自由园地;向马克思主义者转变,创建中国共产党。在这里,他所有的举动都呈现出英雄气概。但他又和许多英雄一样,以悲剧性为自己画上了句号。"我认为,用这些不容违犯的规则来决定人生,人生太复杂了。"王尔德在告诉我们,这种不容违犯的规则可以是生活,也可以是历史。在历史的每个瞬间,都可能闪现出辉煌,也可能映照出悲怆。

让我们听听余杰的肺腑之言:"陈独秀是革命家而非政治家。政治家是无人格无人性无人情的,而革命家则是单纯而天真、固执而顽强的侠客和文人的结晶体,亦即葛兰西所说的'哲学的实践者'。"这是真实的陈独秀。"悠悠道途上,白发污红尘,沧海何辽阔,龙性岂能驯。"陈独秀有四次被捕经历。北洋军阀一次,上海租界三次。1932 年 10 月 15 日,当他被国民党逮捕时,军政部的"许多青年人纷纷持笔墨和数寸长的小纸条",向他"索书纪念"。陈欣然书数纸,一曰:"三军可夺帅,匹夫不可夺志也!"二曰:"先天下之忧而忧,后天下之乐而乐!"三曰:"莫等闲,白了少年头。"据说后来他在狱中思考自己的革命经历时,又写了一副意味深长的对联:"美酒饮到微醉止,好花看在半开中。"这就构成了野地荒草丛中的陈独秀。他死后葬仪十分简单——除了夫人潘兰珍、三子松年和孙子孙女、生前好友及当地小学学生百余人外,只有崇山峻岭和长江东逝水。1947 年迁回老家安庆北郊。在此后半个多世纪里,他就静静地睡在这片郊外的土地,但与他有关的历史却清晰地印在各种教科书上。这一段距离，曾让好多人陌生和茫然。我也曾为此苦苦思索过，直到在去霸王祠的路上，才突然感悟道“英雄”这个字眼里那一份浑厚、博大和不可思议性。千年历史两端的这两个名字，是截然不同的名字，却让历史贯穿而过。历史里有许多细微的沙尘，是需要反复咀嚼、反复阅读的，然后才可能从某一处听到从里面发出的真谛。

（选自《安徽文学五十年》，安徽文艺出版社 1999 年）

在秋天，让身体重回故乡

如果我们的身体不能在春天回到故乡，就让她在秋天回到故乡吧！因为在我看来，时间不是一个季节，而是一堵墙，一棵草与草的相连。人们的脚步只有用上某一种姿态，才可以跨越。

那天是个殷血的黄昏，一种暗黄涂抹在我昔日的村庄上。我曾经从那个带血的母体出发，经历了第一棵草与第四十棵草，现在又准确地返回了故乡。当别人以为国庆这个长假是一种寻找快乐与消费的国家设置时，我刻意保持着身体的清醒。因为只有身体才可以带领我们回家。爱自己的身体，是爱家的开始，我走到了村口，突然与一个陌不相识的黑孩子相遇。我说他黑，不是他的皮肤，而是他的眼睛，黑得似一潭墨，你掉到了里面，就不想出来。向他问路，他只说了一个字："呐！"哦，那是我母亲的身影。我回家，并不是真的到了不识老家地理位置的地步，只是想故意问问这个小黑孩，问一问那一潭黑。

离开故乡后的每一步，实际上，故乡都是以一种生命的形态，化为我的身体之中了。它构成坚实的精神史，变成了一次奇遇，一次爱情，一次痛苦，一次遗忘，一次搏斗。人像身体被展览着，不需要墙壁。不像小时候，仅仅为了征服一次黑暗，就可能要花费大半夜的时光，而现在我们花费最多的地方是在人与人的缝隙里穿行。故乡的田野不是一片接一片的那么大，草也不是一棵接一棵的那样浓，母亲的目光在很远的地方就与我相触了。她像一棵古老的庄稼，正对着田野微笑。

回到家里，我的身体果然也回来了。坐在门前的石凳上休息，感受到的是童年的体温。这是母亲从已倒塌的公共老屋里"抢"回来的。她看到别的邻居都在搬老屋里大大小小的东西，年老体衰的老母亲什么也搬不动，她看到我小时候爱坐的一对小石凳后，请一位过路人搬到了家门口。现在，我的屁股正在亲吻着它。就像亲吻一个温暖的词,感动从心中一点点地放大,然后一声清响,穿心而过。要不是母亲记得我曾经坐过这石凳,我的身体里还真没有保留它的档案呢!

好幽雅的气息!我细瞧,是隔壁邻居家的炊烟,这是我小时最熟悉的事物,到了城里就变成了最陌生的事物,现在它是我眼前最有活力的景象。炊烟是母性的,遗忘了它,就等于在遗忘母性。我坐在大门口看了大约半小时的炊烟,看它从黑褐色、古铜色的瓦砾间轻轻地跳出来,然后开始一场旅行。在炊烟的结构里,我们知道是有快乐和舞蹈存在的,它与庄稼最近,永远代表上升的力量,使乡村不但充满活力,也充满了崛起的能量。

晚上,我的身体接触到床,这是生命意义上的回归。人的一生都是从床开始,又是在床上结束的,它给予我们温暖的待遇,同时也给予我们冷酷的归宿。在城市里,因为白天和夜晚太多的忙碌,身体被无情地透支着,所以到了晚上,我们大多时候是昏昏入睡,唯有城市在一旁醒着。但回到故乡,夜晚是安静的,只有邻居家锅碗的铿锵声,和男人粗重的说话声。从城市回到乡村,这是多好的旅游路线啊,一定非要在景区人的缝隙里欣赏风景吗?听景区沉重的呼吸声?我心中暗暗庆幸自己的还乡。

夜深了,半轮月亮从长满铁锈的窗齿里渗了进来,丝丝微凉,我感到遍身湿润和芬芳。做了两次深呼吸后,慢慢地让心静下来,让每一个细胞静下来,月光轻轻噬咬窗齿的声音,听得异常清晰。这不禁让人想起抒情诗人徐志摩那首著名的“轻轻的”诗。睡不着时,就开始翻身。在城市里,我们的每一次翻身,都是一个白天或黑夜,都是人与人的碰撞。但在宁静的乡村,每一次翻身,只是闹钟轻轻地一圈,翻身之前和翻身之后的时间都不一样。在童年,我们翻过身来,是在想着如何捉住天上的星星,以及在白天没有捉住的小蝌蚪。第二天醒来,是又一个无虑无忧的黎明。到了青年时代,每一次翻身都可能意味着对一次确定或者不确定爱情的浪漫想象。身体感受到的是夜间的潮湿,身体在翻动之中,期待着爱情的突然将临,人生的一条宽阔大道向自己敞开。现在转眼之间,到了中年,应该是带着一些疲倦的翻身。这样的翻身意味着人与人生的又一次角逐。但这些无数的翻身过去,是我们迎来力量的时刻,床惶惶不安地退到了我们的身下,于是,我们长出了翅膀,可以像阳光一样飞起来啦。

一个人的灵魂无论飘出多远,身体总是属于故乡的。一个战士无论死在哪里，他的灵魂也都是属于泥土的。当我的身体像水一样接近故乡时，我感到了人的渺小和精神的伟大。我心里对母亲说，我不是一棵树，是第四十棵树，你就不用再为我操心了，放心歇歇吧，但母亲总是喜欢围绕着灶台转。她自种的青白菜、土萝卜、韭菜、月亮菜，简直可以组成一支菜的队伍，排在我们的餐桌上。我呢，也用劳动回报着母亲。在这五天的长假里，能享受一次劳动的快乐，是一件多么幸福的事！回乡后的第二天，我帮母亲种菜。又用了三天时间，请了瓦匠和漆匠工人，将母亲家里快速“装潢”了一遍。我自己也直接参与了战斗，两天下来，身体虽然有点软软的，但享受到了一种极为少有的快乐。因为只有劳动，身体才能快乐！

长假结束，我返回了城里，但身体的大部分已经在那里扎下根来。像一棵草，吮吸着甘露和霞光；像一棵树，呼吸着水分和氧气。只要根连着那片土壤，就会在它的另一个地方——城市里开花结果。在秋天，我们和身体一起回到故乡，是因为我们在春天离开了那地方！

（选自《隐喻的眼神》，大众文艺出版社 2008 年 4 月 1 版）

刘鹏程（1966—）

当代作家、诗人。安庆宿松县人，主要从事散文、诗歌创作。已在《散文》《散文诗》《青海湖》《散文世界》《华夏散文》等文学期刊和报纸副刊发表散文作品数十万字。有作品入选《中国散文诗90年》等重要选本，曾获安徽散文奖、安徽省报纸副刊好作品奖等奖项，多篇作品被国内多地区收入高考模拟考试阅读题库。现为安徽省作家协会会员、安徽省散文家协会理事、宿松县文联副主席。主要著作有《泊湖的密码》《水的微笑》《纯洁》《在人与天堂之间》《风在传说》等。

渡过泊湖

我要到泊湖的对岸去。穿过阳光下宽阔的湖面,隐隐约约望见远方的村庄,那边是望江,船经过湖面掀起白花花的水,发出细细的、温暖而又亲切的声音。这是我二十年以后第一次踏进泊湖,并且要渡过泊湖的水面。

我出生在泊湖的边上,我童年和少年的梦想都与泊湖有关。今天我再次踏进泊湖,并非寻梦,而是要到对岸的那个水产开发公司去,目的是要完成一次新闻采访。这些年,泊湖已经被网屏黄金分割成许多养殖公司。这次和我同行的四五个人,他们或者兴致盎然,或者若无其事,我知道我的泊湖跟他们的完全两样,我们同时踏进的不是一个泊湖。

实际上,现在渡过泊湖只是一眨眼的工夫,因为船是飞快的。在我看来,纯粹一种象征。确切地说,我们乘坐的船不是真正意义的船,至少我在心底始终拒绝把它叫作船,而把它叫作汽艇。我想,真正的船是我 20 多年以前的船,那种划着桨或扯着帆的船。现在那种船已经愈来愈少了,取而代之的是汽艇、机船之类。而装载我沉甸甸的梦想的,是划着四支桨,或者六支桨的渔船,至今它留给我的仍然是生命不能承受之重。在我少年的时光,我就是在这种船上跟我的族兄们打青丝网。也是像现在这样的夏季,湖水满涨,湖面宽阔。我们的渔船从村子的堰坝上出发,趁夜间凉快,日落而作,日出而息。我们沿着泊湖的边上,或者湖头汊尾,在水面上划一个半圆把网放下,然后从网的两头往岸边一步一步地拉,最后收网。那种青丝网足足有两三百米长,往往两三个小时才能收获一次。收网的时候是最快乐和幸福的,这时候,我们最盼望的是能网住一个“鱼团子”。那种成群的毛鱼有时候一网就能把船装得满满的,于是我们会幸福地回家。当然,有时候也收获甚微,这时便是我们最疲惫的时候。但不管怎样,我们的亲人——我的母亲,还有族兄们的堂客,都会早早地站在堰坝上等候我们平安地归来。

船行得飞快，掀起细细的、呲呲的水声。其实我记忆中的水声是那种缓缓的、一串一串的、咕咚咕咚的声音，珠子一般的明亮。现在，它好像从20多年前缓缓地回响过来，并且逐渐地清晰。我回头望见了我老家的村庄，它却在逐渐地远去，逐渐地模糊，好像要退回到时光的深处。我也望见了我老家的那个湖汊——高家寨，正是这个高家寨，留给了我许多神奇的记忆。有一年冬天出奇的冷，湖面上结满了厚厚的冰层，各色各样的鱼被冻结在冰上，好像生物化石的标本。我们扛着鱼叉从冰面上打了不少鱼。又有一年一个初春的下午，一阵西风硬是把湖汊里浅浅的湖水吹走了，吹到了泊湖的深处。这时候，一种叫作乌贼的鱼没有随水而走，它们留在了湖底的泥巴上，人们背着背篓到湖里拾着满篓的乌贼。也正是这个高家寨，在我的心底烙下了痛苦的痕印。那是一个晚秋的季节，湖水退得浅浅的，变得冰凉，人们每天穿着齐腰深的裤靴在湖汊里摸河蚌，因为那年的河蚌价格奇高。突然有一天下午，一场东风把泊湖深处的水吹到湖汊里来了，湖汊里一时水涨，我们纷纷上岸，而没等我的两位堂兄上岸，水就把穿着笨重的裤靴的他们给淹没了……

随着飞快地行驶，不觉船开始进入望江的水面，这里不像我记忆中的生满蒿禾的望江。那时侯，我们每年的秋天都要到属于望江的湖上去割蒿禾，以备足一年的柴火。割蒿禾，是我对望江和泊湖对岸的最初认识。我们很多人同坐一条船，划到望江的蒿禾林中，然后分散，各人垒起一个蒿禾排，垒一个蒿禾排需要两三天的时间，这几天我们就在蒿禾排上吃喝拉撒睡，这中间最苦的是夜间，水上蒿禾林里的蚊子特别多特别大。当蒿禾排连日带夜从望江撑回家的时候，我母亲一年的柴火就无忧了。在望江的蒿禾林里，我认识了另一类渔民的生活，他们祖籍盐城，不知从哪时起在这里生活。他们终年住在水上，以水为家，以渔为生，在这里繁衍生息。我看见他们独特的结婚典礼，新郎划着一条崭新的船把新娘接来，然后两人划到密集的蒿禾林中，亲热过后，他们便高高地插起一面通红的旗帜，向他们的家人，向周围的水上人家，向他们世代崇拜着的泊湖宣告他们的忠诚。只可惜，今天，这一切，包括往日的蒿禾林，在我们的眼前消失了。

现在，船靠岸了，我们和船已经飞快地完成了一次渡过。可是，这样的渡过让我孤独，因为我无法真正地进入泊湖；甚至让我产生了一种莫名其妙的感觉——我似乎仍然停留在泊湖的此岸。

但是,我思想的船,那种古典的船,已经从我的内心开始,向着我一个人的泊湖出发……

（选自《安徽散文五十家》,珠海出版社 2006 年 6 月）

那些千年的旧

此刻，那些千年的“旧”，正安宁地落在那里，泛着青光，安静而尖锐地照着我内心里一直追赶的“新”，让我无言，让我顿感羞愧和虚空。

这是在繁华的九江市边缘一角的浔阳古玩街，我猝不及防的一次遭遇。

我本不爱古玩。我是因为周末的百无聊赖，误入那个如古董一样陈旧的地方。这异乎寻常的遭遇，慢慢地驱散我内心的浮泛，然后收敛成一份异乎寻常的安宁。

仿佛这里所有的一切，包括它们的主人，以及三三两两来此寻觅的客人，都在同一种亘古不变的舒缓节奏里，在自由的空气里，一起呼吸。

拂去时间的尘埃，那些精致的瓷、温润的玉、古朴的陶……盛酒、盛茶的盛物，银质的——将我带入幽深的时光。青花一样的岁月，就居住在白墙青瓦的四合院，开始哪一个朝代的生活，天井砖石的缝隙里露出苔藓的绿意。

家具，有红木的，樟木的，檀木的……透过雕花的木格窗，幽深的民间就藏在时间的深处。生肖们的表情无法临摹，不急，不躁，安常。多么吉祥！

一些锈在历史深处的光芒，开始擦亮我们的眼睛。那些方孔铜板、通宝、银币，还有青光熠熠的刀币和剑……谁是它们曾经的主人，身背包袱，饮马遥远的异乡？它们现在的主人，同样身怀古意，安静，纯粹。

古书古画，扑朔迷离，那是哪一个朝代的书生所作？神秘的铜镜，照见的一律是历史的面容，逼视着我们的浮华和虚空。

天下雨了。雨仿佛从古代一直下过来，到达现在。那份意境也是。

别以为旧的都是腐朽的，它们的身体虽然是古老的，但尘埃覆盖着的灵魂是通灵的，通向更遥远的梦想。

在店主戴老板的旧木椅子里落座，主人为我沏上一杯普洱陈茶。不急不躁地饮，不紧不慢地聊，聊些与古董有关的“旧话”。主人的目光缓慢，但很深，荡漾着安顺的光。

——这儿聚居着的是一群活在时间深处的人。

而外头繁华的商业街，人头攒动，车水马龙。所有的都是“新”，所有的人都在追逐“新”，人们最不喜欢的就是“旧”，最怕的就是“变旧”。人们仿佛被什么东西控制着，追赶着，累一点也不要紧。他们却不知道，更多宝贵的东西，都在其中快速地腐朽。

此刻，那些千年的旧，正透着青光，向我们渲染源远流长的家国梦想——安宁、处顺……

沉醉在这个浔阳的古意里，如果不是有人叫醒我，我都不愿意醒来。把自己安放在哪一个朝代的雕花木椅里，愿一坐一千年。

（原载《新安晚报》，2013 年 8 月 29 日）

陈春明

（1966— ）

安庆桐城人。现任池州市作家协会副主席。

1995年开始在《池州日报》《大九华》发表诗歌、散文。先后在《光明日报》《中国教育报》《中国市容报》《安徽日报》《新安晚报》《安徽文学》《江淮晨报》《人事导刊》等刊发大量散文作品。2002年10月由时代文艺出版社出版第一本散文集《阅读人生》；2006年由远方出版社出版论文集《与时俱进》；2009年主编文化旅游文集《漫步秋浦·魅力贵池》，经济日报出版社出版；2013年6月由安徽文艺出版社出版个人散文集《心岸踏歌》。2013年当选为安徽省作协理事、池州市首届拔尖人才。

双 飞 鸟

黑色的浪花飞溅在贝尔格莱德阴沉的天空，衔着和平的笔，刹那间我看见你们化作小鸟飞往圣洁的天堂，遨游在那个美好世界的花园，唱着爱的曲子，翩翩起舞，比翼飞向那片和平宁静的森林——歇息。

31岁和28岁，金色的年华，美好的青春，新婚不久就离开祖国母亲，带着满腔的爱国热情来到这座城市。啊，才华横溢的北京外国语学院的高才生，5月7日夜11点50分，2个小时前，才从尼什采访回来，或许正奋笔疾书采写《亲历炮火》当天的日记，或许正在与爱妻分析形势，或许在又一天的疲劳后酣睡在梦里。聪明美丽的美术编辑用彩色的笔设计了多少幅绚丽的图案，今天你又用鲜血和生命勾画了自己辉煌的人生。你是一位好妻子，夫君的忠实伴侣，协助夫君搞好新闻报道工作，自己也深入火线拍摄了大量照片。或许你此时正进入了恬静的梦乡，梦见家乡的山水，梦见思念的阿爸阿妈，梦着和平的歌声唱响南斯拉夫的大地……

40多天来列强空袭刺耳的警报声、炸弹爆炸时的浓烟和南斯拉夫平民的伤亡，你们看得最真切，你们是杰出的新闻工作者，早已把生死置之度外，战火纷飞里，处乱不惊，克服重重困难，适应了战地快节奏的生活。怎料到列强的炸弹悍然越过《联合国宪章》和《维也纳外交关系公约》，飞向我驻南使馆。

生命的歌唱停止了，流淌的鲜红的血不会白流，12亿愤怒之心化作强国的工作热情和对你最美的赞歌。“在地愿为连理枝，在天愿为比翼鸟。”另一个世界里一定很美好，没有强权、没有霸道。你们比翼双飞，自由蹁跹，无怨无悔，生生世世相依偎。如天和地永不分离，如永恒的日月永远亮在祖国和世界所有爱好和平的人民心中。

（选自《未写完的战地日记》，光明日报出版社1999年5月1版）

缓风摇橹出池州

桃花雾绕碧溪头，春水直通杨叶洲。
四面青山花万点，缓风摇橹出池州。

清桐城派作家姚鼐名作《出池州》描绘了当时由水路进出游池州的惬意。时隔几百年后的今年国庆长假期间，欣闻池州城开通了主城区18公里旅游观光行线，我按捺不住内心的激动和期盼，尽早地登上了游船，换个角度一睹每天生活在其中的城市另一面的倩影。时序已是仲秋，虽未能见到“四面青山花万点”的烂漫，却感受了“缓风摇橹出池州”的意境，真正体会了“一城山水满城诗”的风光。

一大早文友摄友们就在东门大桥集中，从有城市建设规划展示图的河段兴致勃勃地登上一条不是很大的红木游船，沿清溪河下行转入南湖，再通过升船机进入烟波浩渺的平天湖，第二次由升船机将游船降入清溪河，再沿清溪河南行圆满完成行程回到出发点，意犹未尽。

“乱花渐欲迷人眼。”难得的大晴日，清溪河一平如镜，倒映出岸上的垂柳、长廊、绿地、高楼，颇有宏村半月形沼池的意境，这时候不得不为大诗人李白“人行明镜中，鸟度屏风里”的句子叫绝。游船行在河正中，两岸风光尽收眼底，沿途清晰可览清溪建筑文化群、牌坊文化广场、凸显池州深厚文化底蕴的清溪诗画墙、傩戏脸谱广场、烟柳园公园、长江路连片高层区、南湖湿地公园等景区景点。船行至长江路，河面渐阔，两岸鳞次栉比的高楼连片而立，凸显了现代都市气息，左边是文化教育功能区和以波斯曼大厦为代表的商务服务区。经南湖桥闸进入南湖，右岸上吸引眼球的是莲花形体育馆、会展中心、欧式风格的碧桂圆别墅区，再往东是站前区及即将投入使用的机场。游船穿过齐山大道上翠微堤桥进入东湖，水面宽阔，湿地尽现、沙鸥翔集、锦鳞游泳、荷叶青青、野草丛生，此时立船头临风其喜洋洋者也！回望市区一座崭新的现代化城市拔地而起，自豪感油然而生。人在舟上走，船在画中游。右边葱茏滴翠郁郁青青，翠微亭耸立在绿树中亭角傲立苍穹，那是著名的齐山风景区。穿过寄隐岩桥到第一个升船机让游客体会水上电梯的感觉。平天湖清溪河水差3.2米，为真正实现水系贯通让游客不换乘船只，工程指挥部大动脑筋建设国内首创升船机工程，即下游船泊驶进特制大船箱后关闭下游过道门，再慢慢整体提升至与上游水位持平后打开船箱上游过道门，游船驶出船箱进入上游平天湖湖面继续航行。整个换水系时间只有十分钟，我和船舱里其他乘客一样不由自主地起立注目惊叹不已！出平天湖堤桥，穿雕龙刻凤分别有“风”“调”“雨”“顺”字样的高高石柱子就进入国家水上运动中心训练基地——平天湖水域，豁然开朗，风和日丽，湖面宽阔平静，湖水清澈可人。桃花岛、金龟岛等小岛像珍珠似的散落在湖边，碧山上望华楼、桃花岛上求礼亭隐约可见，莲花台如八瓣莲花漂浮在水上，游人如织。古人有诗云“湖在城南三五里，景似西湖八九分”。歌咏平天湖最著名的当数李白的《秋浦歌》之十二：“水如一匹练，此地即平天。耐可乘明月，看花上酒船。”平天湖水面11平方公里，是西湖的1.5倍，游览需四十分钟以上。至下清溪塔边，游船第二次进入升船机，换入清溪河水系，过“古渡寺影”景点，穿汇景桥等回到目的地，圆满结束愉快的水上之旅。三大水系贯通工程以水色为主线、水运为载体、文化为内涵，整合了城区旅游景点，彰显独特城市个性。通过水上观光把优美的山水风光和丰富的人文景观串联起来，突出池州名山名水名城宜居。航线囊括“古池阳十景”中的“清溪夜月”“百牙荷风”“南湖烟柳”“湖心古寺”“齐山洞天”，并可远观“六峰霁雪”，使人感受到池州“水在城中走，城在画中留”的独特魅力。整个水系贯通，全程游览需3小时，18公里的水路18般风情，18座形状各异的桥也让人感受到另一道风景。七孔笛音的东门石拱桥古老沧桑，年年岁岁吹奏着亘古的旋律。秋浦诗桥诗情画意，因其桥墩设计成半唇形，夜晚灯饰闪烁宛如女性性感的红唇，让城市增加了妖艳，故又称“唇形桥”。南门圆月形环形立交桥、南湖吊桥摇摇晃晃只允许行人观光休闲。其他依次还有长江中路桥、南湖苑调闸、西外环桥、升金湖路桥、长江南路桥、翠微堤桥、寄隐岩桥、平天湖堤桥（双）、牵牛堤桥、九华山大道桥、清风路桥、百牙路桥、汇景桥等。

池州水系发达,历史上城池四面环水,且各水系相互贯通。每至汛期,江河湖连成一体,水天一色、汪洋一片、浩渺无垠;枯水季节,江、河、湖泊清晰可辨,形成依山绕水的独特自然景观。历史上曾引得无数文人雅士慕名而至并留下诗作,唐代大诗人李白发出“清溪非陇水,薄游成久游”的感叹并作《秋浦歌十七首》,宋代诗人周必大在《翠微亭》中写道“地占齐山最上头,州城宛在水中洲”,宋代王十朋《泊池州》有“城南风物似西湖,万里归舟入画图”的诗句,明代诗人黄道周在《泛舸池山》中写道“湖光不怪人寂寞,坐摘千峰浸暮钟”,清姚鼐诗句“四面青山花万点,缓风摇橹出池州”等不胜列举。

从说文解字角度看,“池”,“三水也”。池州除北临长江外,东有清溪河,南有白洋河,西有秋浦河。土居贵池的市民就有“三条篾缆系池州”之说,意思是说池州是由三条河水系起来的,少了一条,池州城就漂移不定。此话的确有一定道理,池州属皖南山区,每到春天和雷雨季节,山洪暴发,雨水咆哮而下就是通过这三条河流进入滚滚长江,虽沿河防汛任务较重但确保了池州城安然无恙。随着城市化进程的加快和市区人口的激增,过去相互贯通的自然水系沉淀为如今的秋浦河、清溪河、平天湖、南湖、月亮湖等独立水体。政府投入的加大使屡屡威胁城市安全的水患得到了根本的治理。近年来,市政府开始清溪河整治工程,三年三阶段三个亿的战略彻底让这条龙须沟恢复“清溪清我心”的清澈,为整合景观资源,提升城市品位,让水患造福于民,变水患为水韵。2009年10月开始,市政府决定实施水系贯通工程,新开挖两条河道,贯通清溪河、南湖、平天湖三大水系,建设八座桥梁及装饰工程,完成两个国内首创升船机工程,改造南湖桥闸,其他疏通河道、生态护坡、湿地公园建设、游船采购、码头建设等工程投资业已达2.5亿元。据了解,游船二期工程还要向丰收圩、九华河、秋浦河沿伸,到那时池州将真正成为水上乐园,名副其实的“东方威尼斯”。

(原载《安徽文学》,2013年第8期)

阅 读 人 生

人生的道路上不知从何时起，养成了阅读的习惯，无论是茶余饭后、工作间隙抑或宁静的夜晚，一份书刊，一张小报，信手拈来，会自由自在阅读起来。一年365个日子，阅读人生道路上的自由和幸福。

对于文字，我情有独钟，对于阅读，我乐此不倦。古人读书，意在“修身、齐家、治国、平天下”。今人读书，莘莘学子之阅读是为了学有所成求得饭碗；工薪族之阅读是为了一纸文凭；达官贵人之阅读是为附庸风雅，装潢门面；而阅读之于我已完全是一种自觉意识，没有任何外力推动，无太明显的功利性了，甚至在某次公开招考中高居榜首而未被录用而怨恨自己读书太多而不谙世道，发誓从此不读书。可时至今日，阅读已成为我全部生活的一种需要，一种快乐享受，一天不读书看报，就感到自己空虚，缺少了什么。熟悉的报纸，我会一版一版仔细品味，更多的报纸会很快有选择地阅读完。就是双休日也喜欢带着孩子往图书馆跑。阅读人生，最爱读政治理论、文学艺术、人生感悟诸类，而不读打打杀杀和《上海宝贝》之流。因为阅读而少了声色犬马和庸俗的闲扯，便少了低级趣味的游戏，故有孤傲清高之嫌。

生命不论以什么状态存在，春风得意抑或失望至极，都要善待自己。阅读之于人生，便是一种最好的善待自己的方式。

著名作家贾平凹说读书使他“位低而人品不微，贫困而志向不贱”，“能识天地之大，能晓人生之难，有自知之明，有预料之先，不为苦而悲，不受宠而欢，寂寞时不寂寞，孤单时不孤单，所以绝权欲，弃浮华，潇洒达观，于嚣烦尘世而自尊自重自强自立不卑不畏不俗不谄”。古希腊哲学家苏格拉底说：“读书就是将别人辛苦得来的体验，轻易吸收并改善自己。”郑成功说：“养心莫善寡俗，至乐无如读书。”

阅读人生使我像春蚕吃食桑叶一样，不厌其烦地咀嚼一本又一本书，一张又一张报纸，即使不能蜕变成银丝，也能汲取其精华，开茅塞而养性灵；阅读人生是一首小诗，“随风潜入夜，润物细无声”；阅读人生就像心灵提着一盏智慧的小橘灯，轻轻地行走在字里行间，迎着光明勇往直前。

（选自《阅读人生》，时代文艺出版社 2002 年 10 月 1 版）

徐而缓

（1969—　）

著名电视编导、撰稿人、作家。安庆宿松县人。北京大学艺术学院电影学专业研究生。先后担任中央电视台《周末异想天开》栏目策划、撰稿，《曲苑杂坛》栏目导演、制片主任，《南腔北调》导演、撰稿，《探索·发现》大型纪录片《文明之路——走进韩国》导演、制片人，大型节目组执行制片人。

执导的大型纪录片有《诗仙李白》《文明之路——走近地中海》《功夫·中国》等。出版的著作有：诗集《眼睛诗人》、散文集《徐而缓之游四方》《徐而缓之唱四方》、论文集《中国财神》等。《中国诗人大辞典》收有“眼睛诗人徐而缓”条目。曾多次获得中国广播电视文艺星光奖；创作的歌曲《爱是一条船》（腾格尔演唱）获“首届中国海洋歌曲创作大赛”一等奖；2013年9月10日，CCTV－3《天天把歌唱》推出其为教师节创作的歌曲《都说老师是蜡烛》（吴靖苹演唱）；参与撰稿的大型动漫片《藏羚王》获第44届美国休斯敦国际电影节金奖。

天柱高，黄梅长

冥冥中，我和戏曲有缘。我出生的地方是安徽省宿松县——直到今天，那里的许多人都会唱“文南词”，会唱黄梅戏。文南词被誉为“戏曲界的活化石”，和黄梅戏一样，都属于国家级非物质文化遗产保护项目。我的外公、外婆都会唱文南词，而我的妈妈更喜欢唱黄梅戏。从我出生的宿松县出发，不到10公里，就是湖北省黄梅县——那是黄梅戏发源的地方。当年，我那还在娘家做姑娘的妈妈，就曾一天天挑着一百多斤重的货担，哼着黄梅小调，走在从宿松到黄梅、从黄梅到宿松的路上。那时，黄梅戏是我妈妈的“劳动号子”。

妈妈是宿松人，爸爸是潜山人。潜山是京剧的发源地。“京剧鼻祖”程长庚就出生在安徽潜山的王河镇。所以，我常常自豪地向朋友们介绍：

“黄梅戏是我妈妈的戏，京剧是我爸爸的戏。”

甚至，我还可以这样介绍：

“黄梅戏是我的母亲，京剧是我的父亲。”

一、母爱好似长江水

宿松是八百里皖江的第一站。

长江进入安徽后，在宿松甩下大大小小一千多个湖泊，然后，沿着江苏，去了上海，进入太平洋。

宿松的水好，是名副其实的“千湖之县”、鱼米之乡。每年闹桃花汛的时候，宿松的鳜鱼就肥了，惹得唐朝的张志和和尚也动了凡心，将自己的名字改为什么“烟波钓叟”，还写了些如诗如画的句子，来诱惑我们：

西塞山前白鹭飞，桃花流水鳜鱼肥。
青箬笠，绿蓑衣，斜风细雨不须归。

——《渔歌子》

在中国八大菜系里，徽菜一直以清淡见长。徽菜主要是靠徽商和达官贵人们吃出来的，他们用不着靠“咸”或“辣”来下饭。但是徽菜里有一道臭鳜鱼，不仅不清淡，反倒是又臭又咸又辣，让初吃它的人犹豫不决，很难下筷子。但臭鳜鱼的臭，和王致和的臭豆腐一样，虽然都很“臭”，却都因臭得名，是闻起来很臭，吃起来很香。所以，很多朋友在领略了臭鳜鱼和臭豆腐之后，不再用“清淡”“色香味俱全”来形容徽菜，而是用这8个字来形容徽菜：

“轻度腐败，盐重好色。”

其中的“轻度腐败”，指的是宿松的臭鳜鱼——制作这道菜，厨师们不用新鲜的鳜鱼，而必须用略微发腐、发臭了的臭鳜鱼。臭，反而成了这道菜最大的特色。

宿松的渔民才不吃什么臭鳜鱼呢，他们最爱吃的是河水煮河鱼：鱼，要新鲜的，开膛剖腹，去腮去线；水，要用从湖泊里刚刚提上来的活水；就连铁吊罐也要用湖水认真清洗过。一条小船江边卧，三五个渔民围过来。火，用芦苇生起来；烟，随江风飘过去。三十到五十分钟过后，每人先来一碗新鲜的鱼汤，然后再来一小碗煮散了的鱼肉，饭吃得很少，鱼吃得很多；或咪点酒，或抽袋烟，或说点荤段子，小日子过得比那“烟波钓叟”张志和还要舒服——这就是我们宿松湖上渔民的生活。

靠山吃山，靠水吃水。小时候，我总爱跟着妈妈去洗衣、洗菜、洗米。因为，只有那时，妈妈才允许我跟在她后面，拿着钓竿，去钓鱼。虽然我钓不到鳜鱼，但那时的池塘里鲹鲦很多，妈妈一澡盆的衣服还没洗好呢，我就已经钓到了一脸盆的鲹鲦。直到现在，我最喜欢喝的，还是长江水；我最喜欢吃的，是河水煮河鱼；而我最喜欢的运动，是钓鱼。

爸爸的爸爸死得早，从出生到现在，我连他老人家的照片也没见过一张。奶奶是旧中国的传统女子：一双小脚，是典型的三寸金莲；一年四季，后脑勺上扎着一个用黑线编织的网——那是典型的“鬏巴”。那年月，汽车很罕见。在我奶奶看来，80公里的路，就要算天边了。奶奶不识字，却识得蛮理，识得叶落归根，她就让我三爷（安庆一带，将“叔”喊作“爷”）给我爸爸写信。三爷小时患过小儿麻痹症，落下了腿跛的毛病。但三爷很有才，写得一笔好字，信也写得动人。三爷给我爸写的信，归结起来，不外乎两个字：回家。

为了从宿松搬回潜山，当年，爸妈闹了不少矛盾。妈妈是宿松城里人，爸爸是潜山乡下人。当年，为了跟我爸，妈妈放弃了安庆化肥厂的工作，回到宿松待业；再后来，又被下放到农村。这些倒也罢了，现在又要让她离开宿松，离开她的母亲——我的外婆，带着我们五个孩子，回到潜山，妈妈实在不愿意。我的外婆是一个小脚老太太，她对我们五个小萝卜头非常好，总将自己的口粮省下来给我们吃。但妈妈终究还是拗不过爸爸，带着我们一起搬回了潜山。从此以后，妈妈就再也没有恢复过她的城市身份，从一个城里姑娘变成了一个乡下人。

小时候总觉得爸爸很凶。妈妈不让爸爸打我们，总像一只老母鸡那样护着我们。关键时刻，母亲就像一只“老母鸡”，张开她那无限大的翅膀保护着我们。

有一回，龙卷风来了，隔着窗子，朝外看：只见天上一条黑龙，将泊湖里的水吸成了一条柱子，那根上下一般粗、一般圆溜、碗来粗的水柱子，歪歪斜斜地被吸悬在了半空，还被镀上了一层银光——它外围的云，亮了；里边的云，依然很黑。妈妈说，这是龙在喝水了。她将我们圈在家里，不许出去，自己去拿了板凳，顶在门上。不一会工夫，风就来了，呼呼的，将我家周围的那几棵泡桐树刮得呼呼呜呜乱响……天很快就暗了下来，窗子也挡不住风了，甚至直接被砸在了地上。几只麻雀也被风刮了进来，湿漉漉的，摔在地上。其中一只，畏畏缩缩着，退向墙角。它的两只小脚，也被冻得通红。弟弟挣扎着，要去逮麻雀。妈妈的眼睛绿了，她居然忘记了自己的怕，一把将弟弟拽过来，按在自己的身下，又张罗着，像一只母鸡将我们罩在自己的衣服下。风越来越大，不一会工夫，屋子里就全黑了。雨点砸在窗沿上，溅到我的脚上。一道道电光之后，雷公公又推着一个个巨大的铁桶，从我们头顶上滚了过去。大哥拽着大姐的衣角，小姐咿咿地哭了。我又惊又冷，从妈妈的衣服下伸出脑袋，竖起耳朵，听外面的风声、雨声、雷电声，看电光撕扯开黑暗……也不知过了多久，外面的风声小了，雷电也停了，天空也恢复了一些亮光，妈妈才放开我们，瘫坐在地上——那时，我才发现妈妈的胆量实际上也很小，但是，刚才那个张开“翅膀”、一心一意保护我们的女人，真的是我的妈妈！

弟弟又去追他的麻雀,那些麻雀被吓傻了,果真被他逮住了两只。他一手一只,冲着我喊,冲着我乐。

妈妈揉了揉眼睛,站起来,将抵在大门背后的板凳挪开。我跟着妈妈走出去,才发现:屋外,泡桐花落了一地。一些麻雀,折了翅膀,在树枝下面蹦着、跳着,小眼睛里闪着一种畏惧的光。妈妈牵着我站在树枝间:我家屋外四棵合抱粗的泡桐树,朝几个不同的方向,倒在了地上。除了一棵泡桐的树枝压掉了我家屋檐上的两根椽子,弄碎了几十块瓦,龙卷风过后,我家的瓦屋竟然安然无恙!

看着眼前的这一切,妈妈哭了,然后,又笑了。她松开我的手,双手合在胸前:

“天哪——你知道我男人不在家?你知道我一个人带着孩子们躲在家里?你真是长了眼睛呀!谢谢你,菩萨!谢谢你,龙王爷……”

其实,妈妈说的“天”,应该包括“风婆婆”。

二、父爱犹如天柱山

安徽人喜欢唱。“说凤阳,道凤阳,凤阳本是个好地方,自从出了朱皇帝,十年倒有九年荒。”历史上,凤阳人喜欢唱,潜山人也喜欢唱,潜山的男人尤其喜欢唱。

因为穷,以前的潜山人总爱起个调、哼个曲、唱个戏什么的,一来算个手艺,便于乞讨;二来,也能消解沿途的寂寞。此风一刮,就是两百年、三百年、四百年、五百年。直到今天,在潜山这块大地上,我们随便捡一块石头,也能歌唱。

爸爸会唱歌,还会唱戏。当年,他总是骑着自行车,来回在宿松到潜山、潜山到宿松,或者梅城到三妙、三妙到梅城的路上。爸爸爱听黄梅戏,也爱听京剧。为了听戏,他用麻索将收音机固定在自行车龙头上,这样,他可以边骑自行车边听戏。有事没事,爸爸总爱鼓捣他的收音机——他也不知鼓捣坏了多少收音机,那些收音机总在替他哼着京腔京韵、黄梅戏——听收音机,是爸爸业余最大的爱好。

父亲的家在潜山。潜山又名天柱山、皖山、万岁山、皖公山。汉武帝封它为“南岳”。其实,比汉武帝更早一些的两三千年岁月里,天柱山就被人们尊为四岳之一、五岳之一。天柱之雄奇险峻，天下无山能出其右。古人用四句话描写天柱山的高：

抬手就能拧北斗，起身便可上南天。
分流二水山原界，独秀一峰天地间。

唐朝大诗人白居易也非常喜欢天柱山，他形容天柱山之高的句子，既形象，又好记：

天柱一峰擎日月，洞门千仞锁云雷。

看了这样的诗句，我们当然可以断定白居易来过天柱山。否则，他写不出这么精准、工整的对联。

小时候，爸爸曾指着远方那个最高的山尖，告诉我："看见了没？那就是天柱山。""那个尖尖的山峰是天柱峰，你别以为它小，天柱峰上可以种一石六斗米呢！"

天柱山是爸爸的晴雨表。天要下雨了，他会跑到晒场上，左手搭在左眉上，踮起脚尖看云彩。如果天柱山是黑云多，他会说："老云结了驾，不阴也要下。"如果天上是馒头云，他会说："馒头云在天脚边，晴天无雨日又煎。"这些谚语听多了，我便记住了，包括："朝霞不出门，晚霞行千里""云吃火有雨，火吃云晴天""黑夜下雨白天晴，打的粮食没处盛"等等。直到今天，天柱山依然还是我们安庆人的晴雨表。

自从搬到潜山后，妈妈就一直在家干农活，爸爸更多的时间都在县城里上班。但我觉得，妈妈爱我们，爸爸也爱我们。

爸爸的爱，和妈妈的爱不同。妈妈的爱，是仁，是慈。爸爸的爱，是智慧，是果敢，是坚定。妈妈的爱，发生在每一天里，散落在生活中，像雨露一样，点点滴滴，时时刻刻总在滋润着我们，浇灌着我们。父爱犹如天柱山——晴天看它，你会觉得它高大、坚固、威猛，充满了力量；雾天看它，你又会觉得它虚无缥缈，很难触摸得到。考试没考好，爸爸会瞪着眼睛冲我们大吼大叫，甚至一个巴掌打过来，那时的爸爸更像一个怒目的金刚——看上去，他非常"憎恨"我们；爸爸陪我们玩耍的时候，我又觉得他像是我胯下的马、手中的小木头枪——他会让我们骑在他的肩膀上，还可以用刀和木头，为我们削出一种十分逼真的木头枪。有时候我会觉得，父爱是天柱山，望之弥高，可望而不可即；有时候我又觉得，父爱像飞来峰，藏在云里、雾里，我看不到，也摸不着，但它却非常真实地存在着，甚至连我们的衣食吃穿用，都离不开它。

老家的屋前屋后，长满了竹子。爸爸擅长钓鱼，也喜欢钓鱼。熟悉爸爸的人都说，爸爸是"钓鱼的精怪"。小时候，我随妈妈去洗衣，我用的钓鱼竿，就是爸爸给我做的。他将竹丫一根根削掉，弄平，又弄来些松毛草，点燃了，将竹节一节节烘烤出油，替我弯好鱼钩穿上线，手把手教我怎样钓鱼。爸爸做的钓鱼竿，漂亮，而且实用。今天的我，也会给我的儿子做钓鱼竿。

从小我就喜欢狗。有一年，爸爸给我弄来一条小黄狗。

小黄狗一天天长大了，成了大黄狗。我去上学，它送我到徐庄小河。我放学回家，它扑过来，拿舌头舔我。

后来，有人要来买它。爸爸问我："卖不卖？"

我说，不卖。爸爸就任我养着大黄。后来，大黄怀孕了，一次生了五条小公狗——全是纯白色。爸爸问我："这么多的小狗，送不送人？"

我说，不送。爸爸就任由我养着那六条狗，直到它们慢慢变成六条大狗——家里养了那么多狗，小偷怎么敢到我们家来哦！呵呵，爸爸啊爸爸，你的这种外松内紧、不教而教的教育方法，真是成全了我。

母亲的爱，是零碎的。爸爸的爱，是粗线条的。

爸爸一般不给我买衣服。那一年，我考体校，爸爸专门从单位赶回来，带着我去买运动服。我从来没有穿过买的衣服，见爸爸花那么多钱给我买衣裳，我便不想买了。因为，我怕考不上，会浪费。爸爸不理我，只管付钱。

虽然后来我考上了体校，没有去上，但爸爸给我买的那身运动服，我是穿了七八年，穿烂了，才算完。

参加工作那年，爸爸知道我喜欢自行车。那时，买自行车是要凭票的。小姨父从单位分到一张自行车券。从来不开口求人的爸爸，这回破了例，开口找小姨父要来那张自行车券，买回了一辆凤凰牌自行车。他自己的那辆永久牌自行车，骑了已经三十年，旧得不成样子了，他也不换换，却将这辆新凤凰牌自行车给了我。后来我才知道，为了买回这辆凤凰牌自行车，爸爸花了 180 多块钱——这在当时，简直就是一个天文数字。但是为了我，爸爸可以说是一掷千金，连眼皮都没有眨一下。后来，我骑着那辆凤凰牌自行车，与爸爸一起去上班。风里来，雨里往，从三妙到梅城，从梅城到三妙，我们骑了也不知道多少个来回。每次，都是爸爸骑在前面，我跟在后面。有时，爸爸会叮嘱我一下，让我尽量骑在马路的右边。他甚至还告诉我：许多事情，别人都帮不了你，也代替不了你，就像骑自行车一样，你得自己去蹬每一脚。

——爸爸没有学过哲学，但爸爸对我们说的很多话，都很有哲理，也充满了爱。小时候，在我看来，爸爸就像那天柱山一样，高深莫测，很有学问。

而今想来，那样的日子，我是幸福的，爸爸也是幸福的。因为，他的大儿子，在同济大学读书；他的二儿子，顶职进了工厂，开始自学成才。每次出发前，妈妈总给我们煮五个鸡蛋——她说，吃两个鸡蛋不吉利，所以，吃鸡蛋时，我吃两个半，爸爸也吃两个半。

参加工作二十多年了，我也早已做了人父。但仔细想想，发现爸爸一直是在用言传身教引导着我：路是我们自己一步步走出来的，人，只有靠自己，才能一步步登上天柱山。

三、妈妈的黄梅戏

泊湖是宿松的第三大湖。

每年五六月间，泊湖边上就开满了荷花。那时，风能吹多远，荷花的香味就能飘多远。那时，为了钓鱼，我总爱跟着爸爸去坐船。每次坐船，我们总能听到软软的黄梅腔：

“咿子咿子哟喂，呀子咿子哟喂，咿子咿子哟喂，呀子咿子哟……”

荷叶田田，爸爸与我坐在船上，看妈妈在水边洗衣服，听妈妈唱黄梅歌。这样的场景，对于今天的我来讲，已经是一幅幅画、一首首诗了。而我的母亲，也已经从人间去了天上，成了“天上的仙女”。而我对黄梅戏的理解，也从“人间的凡曲”，上升到了“天上的仙音”。

宿松县的隔壁，是湖北黄梅——黄梅戏就起源于这个黄梅县。黄梅戏虽然发源于湖北黄梅，但其发扬、光大，是在安徽安庆，安庆是黄梅戏的发展地。

我出生的宿松县，地处皖、鄂、赣三省八县的结合部，位于长江下游的北岸，是吴楚文化的交汇带。在她的怀抱里,不仅有山区、丘陵,更有着一眼望不到边的湖区和平原。和周边文化的交融,加之地形地貌的异彩纷呈,促成了宿松民歌题材丰富,体裁多样。现在我们搜集、整理出来的宿松民歌就达836首,其中包括山歌、小调、号子、歌舞曲及风俗歌曲等多种类别。

宿松民歌涉及社会生活的方方面面,体现着宿松人民的生产和生活习俗,方言土语大量入词,诙谐幽默,形象生动,旋律优美,调式上除采用徵、宫调外,还有全国民歌中罕见的羽调式歌曲(如《太阳下山岸上昏》),在节拍形式上还有罕见的三拍子(如《驾竹排》的第二段)。演唱上讲究用真、假嗓音相结合。演唱方式有对唱、合唱、独唱等多种方式,具有较高的文学和音乐审美价值。

而黄梅调从黄梅出发,来到安徽,进入安庆,宿松是它的第一站。所以,经过与宿松民歌的结合,黄梅调终于成了黄梅戏。今天的宿松人,几乎人人都会唱黄梅戏,个个都会哼黄梅调。小时候,我就很喜欢黄梅戏。20世纪六七十年代出生的安庆人,几乎都是听着黄梅戏长大的。

摘朵莲蓬,捧束荷花,跳进泊湖里洗个澡,钻到湖心去逮条鱼,试问:人生少年时的多少欢乐,能胜过这般境界呢?难怪(宋)贺铸贺鬼头说:

“试问闲情都几许?一川烟草,满城风絮,梅子黄时雨。”

宿松是黄梅戏的故乡,更是江南的鱼米之乡。汉乐府《莲叶何田田》里,有这样的句子:

> 江南可采莲,莲叶何田田!鱼戏莲叶间——
> 鱼戏莲叶东,鱼戏莲叶西,鱼戏莲叶南,鱼戏莲叶北。

要知道,这样的句子,不仅仅是诗,更是可以男女对唱、二重唱、三重唱、多声部合唱的歌曲!受它的影响,北宋文坛领袖欧阳修,专门写了一首《渔家傲》:

> 荷叶田田青照水,孤舟挽在花阴底。昨夜萧萧疏雨坠,悉不寐,朝来又觉西风起。
>
> 雨摆风摇金蕊碎,合欢枝上香房翠。莲子与人长厮类,无好意,年年苦在中心里。

欧阳修是一个为平民百姓歌唱的人。他能抓住“莲”的内核,通过莲子“苦在心里”,将宋代社会底层老百姓的苦难反映出来。

黄梅戏里也不乏这样经典的唱段,如《打猪草》中的一段——不同的是,它表现出来的是劳动者的欢乐:

郎对花姐对花,一对对到田埂下。
丢下一粒籽,发了一棵芽,
么秆子么叶开的什么花?
结的什么籽?磨的什么粉?做的什么粑?
此花叫作(呀得呀得喂呀得儿喂呀得儿喂呀得儿喂的喂喂)叫作什么花?

郎对花姐对花,一对对到田埂下。
丢下一粒籽,发了一棵芽,
红秆子绿叶开的是白花。
结的是黑籽,磨的是白粉,做的是黑粑。
此花叫作(呀得呀得喂呀得儿喂呀得儿喂呀得儿喂的喂喂)叫作荞麦花。

郎对花姐对花,一对对到田埂下。
长子打把伞,矮子戴朵花,
此花叫作什么花?
郎对花姐对花,一对对到田埂下。
长子打把伞,矮子戴朵花,
此花叫作莲蓬花。

八十岁的公公喜爱什么花?八十岁的公公喜爱万字花。
八十岁的婆婆喜爱什么花?八十岁的婆婆喜爱纺棉花。
年轻的小伙子喜爱什么花?年轻的小伙子喜爱大红花。
十八岁的大姐喜爱什么花?十八岁的大姐喜爱一身花。

面朝东什么花？面朝东是葵花。
头朝下什么花？头朝下茄子花。
节节高是什么花？节节高芝麻花。
一口钟什么花？一口钟石榴花。
郎对花姐对花，不觉到了我的家。

——黄梅戏《打猪草·对花》

妈妈非常喜欢黄梅戏，非常喜欢严凤英，她把严凤英称为“天上的仙女”。她喜欢严凤英塑造的那些鲜活的人物，像《打猪草》里的陶金花、《天仙配》里的七仙女、《女驸马》里的冯素贞、《牛郎织女》里的织女等等。妈妈尤其喜欢严凤英演唱的《打猪草》，因为它真实地反映了自己所熟悉、热爱的生活。

黄梅小戏《打猪草》，反映的是安徽农家生活中的这样一组场景：农村娃子陶金花、金小毛，一个打猪草，一个看竹笋。陶金花在打猪草时，一不小心，碰断了金小毛家的两根竹笋，她慌忙用草将竹笋盖上。这时，在树上看笋的金小毛看见了，认为她是有意偷笋，就踩破了她的篮子。小姑娘哭着拉他去见妈妈，要他赔篮子。金小毛无奈，把舅母让他买盐的二百文钱赔她。陶金花知道底细后，就不要金小毛赔竹篮了，还说：“只要心意好，人好水也甜。”这让金小毛很感动，便把断了的竹笋一起送给她。他见陶金花打了不少猪草，提不动，又帮她将猪草送回家。一路上，他们二人是边走边唱——这就是著名的《对花》，什么花都唱过了，他们终于回到家中。金花的妈妈不在家，金花就打了三个鸡蛋、泡了一碗炒米招待小毛。

当年，封建礼教森严。《打猪草》里的男女青年的这种自由交往，具有反封建的意义。全剧语言风趣，曲调优美，充满了青春的活力。更重要的是，它体现了那个时代的生活。当年，妈妈正是冲破了来自家庭和工作单位的重重阻力，从安庆化肥厂回到宿松，与我爸爸结婚。生活虽然苦一点，但爱情的美好让我的爸爸妈妈从来都是笑对人生。

妈妈热爱生活，喜欢听黄梅戏。1976 年，爸爸妈妈带着我们五个小萝卜头，回到潜山，安家落户。为了改善家里的生活，妈妈开始养猪。那时候的安徽农村，基本上家家户户都养一两头猪。养猪是农耕文化自给自足的表现。猪肉好吃，也好卖钱。妈妈发现：猪不挑食，只要将剩菜剩饭，兑上糠糟，加上水，将猪喂饱了，它就能长膘、长肉，而且还长得很快，一年就能出笼屠宰。我那从城里被下放到农村的妈妈，很快就积累了一套科学合理的喂猪方法。她养的猪总是又肥又壮。在她的带领下，我的两个姐姐后来都是养猪能手。

那时候，没有什么“猪饲料”，喂猪，就得打猪草，就得自己动手制作猪饲料。小时候，我经常跟着两个姐姐一起去打猪草。那时候的猪，吃的东西是自然的、绿色的食品，猪肉自然也比现在的猪肉好吃。当年，妈妈一边喂猪，一边唱着《打猪草》，看起来，她很陶醉，也很幸福。她起早摸黑地干活，只是为了让孩子们不被饿着，不被冻着。她日复一日、年复一年任劳任怨地干活，没有被生活的重担压倒，我认为，妈妈凭的完全是一种乐观向上的精神。在那个吃苦耐劳的年代，黄梅戏已经超越黄梅戏本身，成为无数个安庆妈妈生活中必不可少的“口粮”，成为无数个安庆爸爸工作之余不可或缺的精神支柱。正因为有了无数个这样的爸爸、妈妈，黄梅戏才从民间的土壤里钻出头来，生根发芽、开花结果。今天的黄梅戏就像是从田野里吹来的风一样，吹醉了江南人，吹醉了江北人，吹绿了大江两岸的山山水水。

为了这方土地，为了这里的人民，我愿意用我的聪明才智，写一出黄梅戏，我愿意成为一个毕生为老百姓写戏、写歌唱的人。

可是今后，即便我写出了非常好的黄梅戏，对于妈妈，又有什么用呢?

妈妈，已经走了……妈妈走了，但妈妈喜爱的黄梅戏还在传唱……

四、欸乃一声山水绿

宿松多的是水，潜山多的是山。宿松的泊湖里，多的是渔船。

泊湖的船，是清一色的木板船，船的后面，架着一把舵、两根桨。两根桨，划起来，才有协调性，才能“欸乃、欸乃、欸乃”地叫着、响着，将一方水面，划成两爿。

这一半水面，叫黄梅戏。另一半水面，叫徽剧。而不论在黄梅戏里，还是在徽剧里，都有着“欸乃”的元素，它们不仅表现在戏服的水袖上，还表现在唱腔里。为什么黄梅戏、徽剧唱腔里，总带着一股“欸乃”的味道呢？我想，首先它们都是来源于民间，来源于生活吧！黄梅戏首先是一种劳动号子，其最早应该起源于“采茶曲”“采茶调”。徽剧、京剧，莫不如此。

而最早见诸文字的《欸乃》，是一支古琴曲，《西麓堂琴统》里就收藏了它。不过，更多时候，我更喜欢把“欸乃”当成一首“渔歌”——它是唐代大诗人、散文家柳宗元的得意之作。

渔翁

唐·柳宗元

渔翁夜傍西岩宿，晓汲清湘燃楚竹。
烟销日出不见人，欸乃一声山水绿。
回看天际下中流，岩上无心云相逐。

唐代，将“欸乃”入诗的，不仅只有一个柳宗元，还有一个元结。元结曾写过一支《欸乃曲》，其中两句是：“谁能听欸乃，欸乃感人情。”

而在我们宿松，“欸乃”是指行船的橹声、划船声。原始意义上的“欸乃”，应该是表现船夫拉纤的劳动号子。还有人认为，“欸乃”是一个象声词。元代杂剧作家郑光祖，在《倩女离魂》中写道：“听长笛一声何处发，歌欸乃，橹咿哑。”这里的“欸乃”就是象声词。而在陆游的“人语朱离逢峒獠，棹歌欸乃下吴舟”里，“欸乃”是棹歌，是划船时歌唱的声音。

历史上，老子、庄子都是我们安徽人。老子是安徽涡阳人，庄子是安徽蒙城人。安徽人爱唱歌，庄子也爱唱歌。

庄子的妻子去世了，他的朋友来看望他，发现他一边用手拍打着瓦盆，一边在唱歌。

朋友问他：“你老婆才死，你不哭也就罢了，怎么还唱得起来呢？”

庄子回答：“我老婆死了，不是一件悲伤的事啊。有生就有死——死是我们人类回避不了的事情。既然是自然运行的规律，我为什么要哭呢？”

是啊，人死了，我们为什么要哭呢？为什么不能是唱呢？哭，是对死者一生的否定；唱，是对死者一生的肯定。所以，庄子用歌声来送妻子一程，是很美的一种方式，值得推广。

当年，庄子唱的是什么词、什么音、什么调，今天，我们已经无法去考证了。但“击缶而歌”的典故，却一代代流传了下来。

——庄子击缶而歌的声音，应该也是这“欸乃、欸乃、欸乃”吧！

除了这种摇橹的声音,我还喜欢宿松街头、巷弄里那种打铁的声音。张铁匠是宿松北门街上最好的铁匠师傅,他打出来的菜刀,切肉筋断肉不连;他打出来的锄头,钢火好,三年不用回炉。小时候,我们这些小孩子,也不知道从哪里找来一些段子,在街上热热闹闹地替"张铁匠、李铁匠"们做着"广告":

张打铁!李打铁!打一把剪刀送姐姐!
姐姐留我歇,我不歇!我要气(去)噶(家)打呀(夜)铁!
呀铁打到正月正,我要气噶游花灯!
花灯游到清明后,我要气噶点黄豆!
黄豆点到六(绿)豆芽,哥薅草,妹送茶!
妹呀妹,你莫哭,哥哥把你搭个好花屋!
妹呀妹,你莫惹(哭),我把你寻一个好婆家!

闻着荷花的香味,看着一眼帘的湖水,听着一耳朵的"欸乃"声和打铁声,我在宿松长到了 8 岁。

五、孔雀东南飞

安庆范围内的几个县,各有各的自然特色和文化特色:宿松的水多,潜山的山多,桐城的宰相多,怀宁的文人多。我出生在宿松,长大在潜山,套用《父亲的草原母亲的河》的歌名,我一直想创作一首《父亲的山,母亲的河》,但一直没有机会写出来。不过,十几年前,我还是为潜山写了一首歌,叫《皖水十八问》。

出生伊始,皖江滋润了我;青少年时代,天柱山养育了我。生我是这里的水,养我是这里的山。生时,我是八百里皖江里的鱼;死时,我是三百平方公里天柱山的鬼。我对这方土地的热爱无法用语言表达出来,我只能像一个蹩脚的诗人那样冲着天柱山大喊大叫:

"我爱这里的水!我爱这里的山!我爱这里的村村寨寨!我爱这里的古往今来!"

得工作之便,我已经走过了 38 个国家,也几乎玩遍了中国境内的名山大川。但走遍万水千山,我最爱的水,是长江;我最爱的山,还是天柱山。

有比较才有发言权。我认为,中国境内最美的山是:黄山、天柱山、华山、三清山。其他山,都无法和这四座山相提并论。我建议天下的驴友、拍客们,有机会的话,到天柱山去走一走、看一看、拍一拍。天柱山不仅风景优美,而且到处都散发着浓郁的文化气味。

中国的国学,只有三门被世界所认同,分别是:徽学、藏学、敦煌学。藏学偏重于佛教、美术和中医药。敦煌学重在建筑、美术和佛学。而徽学包括新安理学、徽州朴学、徽州宗族、徽州土地制度、徽商、徽州文书档案、徽州典籍、徽州教育、徽州科技、徽州科举、徽州刻书、徽州篆刻、新安医学、新安画派、新安版画、徽州文学、徽州戏剧、徽州方言、徽州建筑、徽州园林、徽州古村、徽州消防、徽派盆景、徽派三雕、徽墨、歙砚、徽菜等方方面面,堪称中国国学的集大成者。与藏学、敦煌学相比,徽学是人类封建文化中宗教色彩最淡、理想主义和人文主义精神最浓的文化,非常有助于务实精神的发展。安徽人历来重视实际,讲究实用,追求事功,轻浮华,贬空谈,鄙玄虚,表现了黜玄想而务实际的黄牛精神。正是这种求实、务实的精神,才让一代代安徽人名扬四海。因此,笔者认为:徽学是中国三大地域文化中最实用的一门学问。

“安徽”之名,取安庆之“安”、徽州之“徽”,组合而成。而且,“安”在前,“徽”在后。聪明的朋友看到这儿,一定会说:看来,安庆的文化更精妙!

的确是这样。我认为,安庆文化,也主要体现在这个“安”字上。所谓王道乐土,大千世界,大家所求的,不外乎 7 个字:安身安心安大千。古往今来,无数英雄豪杰梦寐以求的也无非是 12 个字:进则能安天下,退则独善其身。

掌握了安庆文化,我们就可以站在哲学的制高点上,独步天下。安庆是中国范围内最早实现儒、释、道三教合流的地方——是典型的王道乐土,契合了统治阶层的“长治久安”“天下大同”“和平安乐”的政治需求。

安庆的文化,首先是道学和佛学,然后才是以桐城派为代表的儒学。老子、庄子与文子,先后隐居在天柱山,天柱山有“老子说经台”,老子的弟子庄子、文子、于吉、葛洪、郑隐等等,都曾先后隐居在天柱山。中国佛教的禅宗在这里发轫,先后出现了禅宗的二祖、三祖、四祖。这些文化,都发生在天柱山周围。所以我认为:安庆范围内,文化底蕴最深的县,要数潜山。潜山属于古皖国,在它的土地下,埋藏着古老的“薛家岗文化”和距今已有四千六百多年的古徐国文化。潜山还是《孔雀东南飞》的故事发生地。

“在天愿作比翼鸟，在地愿为连理枝。”这是白居易写皇帝爱情的句子。其实，老百姓的爱情，何尝不是如此？《孔雀东南飞》讲的就是这样一个故事：

东汉建安年间（196—219），庐江太守小官吏焦仲卿的妻子刘兰芝，被焦母赶回娘家后，发誓再不嫁人。娘家人逼她改嫁，她便投水而死。焦仲卿听说刘兰芝投水自尽，便在自家庭院中的树上吊死了。

《孔雀东南飞》是我国文学史上第一首长篇叙事诗，沈归愚称之为“古今第一首长诗”。它也是我国古代史上最长的一首叙事诗，与南北朝的《木兰辞》并称“乐府双璧”“叙事诗双璧”。后人还把《孔雀东南飞》《木兰诗》与唐代韦庄的《秦妇吟》，合称为“乐府三绝”。因为爱这个故事，爱这首长诗，很多文人墨客先后为《孔雀东南飞》出力。据潜山一中特级语文教师李杏林考证：一代“诗仙”“酒仙”李白，就曾为《孔雀东南飞》的完善、改订做过大量的工作。

笔者认为，《孔雀东南飞》不仅是中国最早的一首汉乐府叙事长诗，还是中国最早的一部戏剧——它已经具备了中国戏剧的所有元素：序曲、起兴、主要人物、次要人物、故事情节发展、人物命运走向、戏剧冲突、矛盾设计、一咏三叹、起承转合、人物命运交代、尾声和谢幕。应该说：中国戏剧是从潜山诞生的。先有《孔雀东南飞》，后有中国戏剧。有了《孔雀东南飞》，中国戏剧才能从安徽潜山走向江浙、走向上海、走向北京、走向全国。

《孔雀东南飞》是一部凄美的爱情长诗。它之所以能够划过近两千年历史的时间、空间，来到今天，一靠它的诗词美，二靠它的人格美。

潜山人爱唱歌。自古以来，潜山人的身上，总有一股真劲儿、一股纯劲儿，为了爱情，他们可以不计死生。少女时期的刘兰芝，“十三能织素，十四学裁衣。十五弹箜篌，十六诵诗书”，可以说是一个聪明能干、能说会唱、琴棋书画样样精通的小女孩。她在嫁给焦仲卿后，因为没有生育，焦母便要驱逐她回家。焦仲卿当然不答应，断然告诉老母：

“儿已薄禄相，幸复得此妇。结发同枕席，黄泉共为友。”

——看看，我们潜山男人是多么刚烈，多么重视爱情，多么具有人格力量！

但在那个“不孝有三，无后为大”的年代，焦仲卿也无法保护爱妻，他只能与刘兰芝盟誓：

“誓不相隔卿……誓天不相负！”

刘兰芝也明确告诉焦仲卿：“君当作磐石，妾当作蒲苇。蒲苇纫如丝，磐石无转移!”俩人是“举手长劳劳,二情同依依”,恋恋不舍地分开了。

但事情没有向焦仲卿想象的方向发展,还没有等焦仲卿被府君录用呢,刘家便要将刘兰芝改嫁他人。刘兰芝盼不来焦仲卿,只好用一个很极端的方式拒婚——她知道自己这一去,是要为焦仲卿守节赴死。女人是爱美的,天还没亮,刘兰芝就起床,精心地梳妆打扮一通:

著我绣夹裙,事事四五通。
足下蹑丝履,头上玳瑁光。
腰若流纨素,耳著明月珰。
指如削葱根,口如含朱丹。
纤纤作细步,精妙世无双。

——唉!可惜刘家长兄哪里知道自己的妹妹是如此刚烈,她这样梳妆打扮,竟然是要为了她与焦仲卿那份忠贞不贰的爱情去赴死呢?焦仲卿又怎么会知道,刘兰芝会“揽裙脱丝履,举身赴清池”,为他们的爱情赴水而亡呢?

那个年代的女人,把握不了自己的人生走向,刘兰芝只能以死相抗,来维护自己的爱情。她知道,自己虽然死了,但是,潜山女人从一而终的爱情观不会死,中国女人忠贞不贰、追求幸福爱情的价值观将长存。

“我命绝今日,魂去尸长留!”

果然,《孔雀东南飞》在中国爱情舞台上,咿咿呀呀唱了两千年,让爱情之林常盛不衰,生命之树永远常绿。

潜山男人是可以“同荣辱、共死生”的。焦仲卿是潜山男人,听说爱妻投水而死,他是低着头,看着流水,默不作声。潜山男人的默不作声,是胸有成竹的豁达,是已有主意的淡定。在一个月亮很白的晚上,焦仲卿“徘徊庭树下,自挂东南枝”——他用他的死,向一个女人证明了一诺千金。自古以来,潜山男人是不会睁着眼睛说瞎话的。面对女人,面对爱情,尤其如此。在《孔雀东南飞》的故事发生地,直到今天,刘兰芝、焦仲卿还活着,他们活在“孔雀坟”里,也活在“孔雀坟”外,更活在潜山人的血液中。

知错能改,善莫大焉。焦老太知道自己错了,刘家人也知道自己错了,他们通过别人的死,知道了自己的错。这种迟来的“花儿”,如果不开,我们也没有什么办法，可一旦开了，那绝对是一朵凄美无比的花。“孔雀坟”就是这样一朵开在中国民间的花：

“两家求合葬，合葬华山傍。东西植松柏，左右种梧桐。枝枝相覆盖，叶叶相交通。中有双飞鸟，自名为鸳鸯。”

为了守住自己的爱情，为了保证那份爱情的纯洁，当年的中国女人刘兰芝，可以不惜一死，只求精神长在人间。今天的中国女人，你们知道“爱情”两个字该怎么写吗？一夜情，婚外恋，包二奶，养小三，外国的月亮更圆，别人的媳妇漂亮，如此等等，中国男人，如果说两千年前，我们的爱情还有一个方向：孔雀东南飞，那么，两千年后的今天，我们的爱情，该往哪一个方向飞呢？

写到这儿，抬起头来，看看北京满街的灯火，我在想：人类的爱情，是需要象征高速度、高代价的飞机呢，还是更需要象征原始、原动力的木板船呢？哪一种速度，更接近真正的快乐？哪一种速度，是近视的游戏？

想到这儿，我又仿佛置身于汪洋一片、水天相接的泊湖，鸳鸯在我面前戏水，耳畔是渔父一声声摇桨的“欸乃”声音。听着这虚拟出来的“欸乃”声，我在想：

今天，我们中国人的爱情，还是不是像泊湖上的那条船一样，“欸乃”着，前进着，船速虽然较慢，却依然那么强劲、那么有力地行驶在21世纪爱的港湾呢？

六、父亲的京剧

中国文化少不了京剧。京剧是我们的国剧。

中国是一个男权强盛的国家。从新中国成立到现在，历届政治局常委里，基本上没有女性(或者说女性很少)。近两千年的封建王朝历史上，也只出现了“武则天”一个女皇帝。京剧，也是这样。京剧，是男人的艺术。虽然京剧界也出了不少著名的女演员、女表演艺术家，但总体上来说，还是男人占据了京剧的主导地位。京剧界的这种现象，与男女平等不平等没有什么关系，而与中国传统文化有关。

我为什么说京剧是“父亲的京剧”，而不是“母亲的京剧”呢？严格意义上来说，京剧中的角色，最引人注意的是铜锤花脸或架子花脸，以及老生——他们都属于男人，都属于父亲。而京剧的诞生，要从安徽省潜山县的一个姓程的男人说起。

1811 年 11 月 22 日的晚上，一个男婴降生在安徽潜山王河镇的程家。因为出生时东方的启明星很亮，所以，家里人就给他取名“程长庚”。添丁进口，请个算命先生给这个刚出生的小家伙算算命吧。算命先生说：这孩子，八字极好，日后会当“皇帝”。喜添男丁，又得了这么好的口彩，程老爷子当然非常高兴，他勒紧裤带，大宴了三天宾朋。不过，算命先生的话只说了一半，另一半隐语是：这孩子出生在晚上，时辰不对，北斗七星的勺把子朝下，要当皇帝，也只能在晚上当当皇帝。晚上当什么皇帝？当他自己老婆的皇帝呗！每个男人都是自己老婆的皇帝——这有什么稀奇?!

不过，程老爷子的客并没有白请。若干年后，这个男孩子果真当了“皇帝”。不过，不是在政坛，而是在舞台上。舞台上的皇帝，是假皇帝——假皇帝也是皇帝呀！所以，那个算命先生的话，说得还是很准的。不管是真龙袍、假龙袍，有多少人能穿上龙袍走一遭？历史上，多少人为了穿上龙袍而丢了性命。而程长庚在大清朝的皇宫里，穿上龙袍，走来走去，没人要他的脑袋，却给了他无数掌声。吃百家茶饭，能吃到这种境界，也是程长庚的造化。与众不同的程长庚，当了一辈子戏台上的皇帝，他给无数家庭送去了欢乐，消解了寂寞，也为中国文化留下了浓墨重彩的一笔。透过一扇扇九宫窗棂，我发现：程长庚依然活跃在中国京剧的舞台上，他塑造的包拯、曹操、关公、项羽等形象，依然绽放着历史的光芒。只不过，今天他已经改换了名字，他可以叫“尚长荣”，也可以叫“李玉刚”。

我想：程长庚小时候一定学过汉乐府长诗《孔雀东南飞》，他的人生走向一定受过《孔雀东南飞》的影响。

小时候，因为穷，为了有口饭吃，程长庚只能跟着米喜子去唱戏。他嗓子好，一来二去的，就赢得了四乡八邻的欢心。乡亲们喜欢听，程长庚也喜欢唱。唱得多了，唱得好了，名气自然也就大了，就到南京去唱，到上海去唱。南京人喜欢听他的戏，上海人也喜欢看他的戏。听过他唱戏的人，都把他尊称为“叫天”。

——中国舞台上曾出了个“盖叫天”。其实，“盖叫天”只是个商业运作的名字，试问：有哪个“叫天”，能比得过京剧鼻祖、一代“伶圣”程长庚——“程叫天”呢？

京剧的诞生,离不开一个男人——他就是程长庚。

京剧的兴盛,离不开一个女人——她就是慈禧太后。

"老佛爷"(慈禧太后)听说徽班有个程长庚,知道他的戏路子宽,嗓子也好,能唱得一曲非常好听的《战长沙》。于是,慈禧太后就请程长庚带着他的徽班,进京演出。程大老板带领的这支徽班人马,就是中国历史上"京剧"的第一班人马。

道光年间,程长庚来到北京拜师学艺,进入当时已占据北京戏曲舞台主导地位的"四大徽班"之一的"三庆班"。

当时,北京戏园盛于大栅栏:"京师三大班,为三庆、春台、四喜,皆注籍于内务府,轮流在大栅栏演戏,此外各班悉以小班目之,只在肉市、鲜鱼口及崇文门外演唱。"程长庚因为饰演《文昭关》中的伍员,一鸣惊人,被人誉为"叫天"——"程叫天"的美名,从此名扬天下。程长庚经常在安徽会馆的戏楼唱戏。当年的安徽会馆,位于今天北京市宣武区后孙公园路北 3 号、25 号和 27 号。清道光二十五年,即公元 1845 年,程长庚成为三庆班头牌老生和班主。从此以后,中国文化艺术的天空中,出现了"京剧"。

程长庚的声音非常独特,属于典型的"脑后音"——用现在专业的话来说,叫"脑腔共鸣"——他的声音大小高低都可以随意转变,变化无穷,并且"纯用徽音,花腔尚少,登台一奏,响彻云霄"。在行腔转调上,程长庚既保留了徽剧二黄的原有特色,又吸取了昆曲、京高腔、湖广调、秦腔的优点,形成了"京二黄",吐字清晰,抑扬顿挫,极富特色,也成为京剧形成的基础。

老子说:"我恒有三宝,一曰慈,二曰俭,三曰不敢为天下先。"但在唱戏方面,安徽人抢了一个天下先。安徽潜山人程长庚"程大老板",一不小心就成了"京剧鼻祖""伶圣"。

程长庚为人正直,光明磊落,倾其一生,为中国京剧艺术的创造和发展而努力。其杰出的艺术才华和崇高的艺术品德,为世人所共识,堪称大清年间的"德艺双馨"者。从清朝咸丰年间起,程长庚执掌京城"四大徽班"中的三庆班,并兼任四喜班、春台班的总管,还被推选为京城戏曲行会"精忠庙"的会首。咸丰皇帝还封赏给他五品顶戴,慈禧、慈安太后也都分别给过他赏赐。

程长庚治理三庆班,宽严相济,纪律严明;待人宽厚,公正无私;勇于革除戏班旧席,备受同行的崇敬爱戴,被尊称为"大老板"。

当时,演戏被人们视为“贱业”,但程长庚从不以此为贱。为维护戏曲演员的人格,他力主废除了戏曲界流传已久的“站台”陋习,即在演出前由年轻旦角站在台前应酬看客的习俗,赢得了社会各界的广泛尊重。

“关公戏”在中国舞台上,占有十分重要的地位。

米喜子是中国戏剧“饰演关公第一人”。程长庚是中国京剧“关公戏”饰演关公的第一人。

米喜子是著名的徽班演员。据说当年米喜子饰演的关羽,声音奇高,长髯飘飘,面色甚红。在师承米喜子的基础上,程长庚对“关公戏”有所发展,并在徽剧关公脸谱化的基础上,将关羽定位为“丹凤眼、卧蚕眉、面如重枣、长髯飘拂、威武十足”的戏剧英雄形象。

当年,米喜子、程长庚将戏曲舞台上的关羽,定位为“红脸”。这种定位不是随便、率意而为的,而是有根据的。《三国演义》描写关羽,用的就是“面如重枣”四个字。所以,不论是在当年程长庚表演的《战樊城》《风云会》《战太平》《战长沙》《临江会》《华容道》《捉放曹》里,还是现代京剧《古城会》《战长沙》《汉津口》《单刀会》《华容道》中,关羽的脸谱都是“红整脸”。“红脸”表示人物的忠勇、耿直、有血性。中国面相术里有“红脸忠勇”的说法,就是根据“关羽脸谱”而来。京剧里的关羽都是“勾丹凤眼,双眼俊秀,有儒将风度”。

在中国戏剧发展过程中,曾经出现过“三国戏热”,许多著名的剧种都有相当数量的“三国戏”和“关公戏”。以京剧为例,148 出“三国戏”中,写关公的戏就有 20 出。再以关羽的家乡山西运城的蒲州梆子为例,“三国戏”有记载的有 88 出,其中“关公戏”就有 18 出。“关公戏”,不仅中国人喜欢,日本人、韩国人也都喜欢。韩国全州艺人以中国古典小说《三国演义》“赤壁之战”为内容的“板索里”剧目,就是典型的“关公戏”。发源于韩国全州的“板索里”,是韩国传统的说唱艺术,它将音乐、文学、表演融为一体,通过歌唱、说白、表情、动作和作为道具的一把扇子,来描绘复杂的剧情。据记载,历史上韩国曾经有 12 部“板索里”剧目,流传至今的仅存 5 部。可见,“关公戏”占了韩国“板索里”的很大比例。

关羽是中国山西运城人。慈禧太后也是山西人。所以,慈禧太后认为,关羽是自己的“老乡”。慈禧太后的老乡情结很重。所以,我认为,慈禧看“关公戏”,是在借关公,熨烫自己的思乡之心。关公是中国人敬人爱的人物,慈禧太后敬爱关公，与关公“忠孝信诚节义勇”的人品有关，也与程长庚的唱功了得、演艺高超有关。程长庚饰演的关公，给人带来精神上的审美享受，耐人寻味。所以，程长庚等饰演的“关公戏”，慈禧太后是百看不厌，百听不厌。

程长庚的嗓音条件非常好，凭着高、宽、亮的特色，获得了“老生三鼎甲”“老生泰斗”的美誉。他的演唱总能在高亢之中，别具沉雄之气，神完气足，声情交融，极其感人。其唱白汲取了昆曲的咬字发音技巧，所以“字眼清楚，极具抑扬吞吐之妙”。程长庚的戏路非常宽，擅演的剧目也很多，包括《战樊城》《风云会》《战太平》《战长沙》《临江会》《华容道》《捉放曹》《鱼肠剑》《举鼎观画》《让成都》《镇潭州》《击鼓骂曹》《法门寺》《长亭会》《文昭关》《状元谱》《庆唐虞》《钗钏大审》《八大锤》《安居平五路》《天水关》等。除老生戏外，花脸、小生诸行角色，他亦能串演。

在程长庚饰演的大戏中，《战樊城》《风云会》《战太平》《战长沙》《临江会》《华容道》《捉放曹》等都属于“关公戏”。

程长庚一生，喜好关公。其最后结局，也与“关公戏”有关。

光绪六年冬腊月十三，即公元 1880 年 1 月 24 日，程长庚早晨起来，神清气爽，精神格外好。从坐科学戏算起，他在舞台上辛苦了近六十年之久，今天终于可以告别舞台，安享晚年了，他的心上弥漫着一股温情。

长庚今儿的谢台戏，唱的是《华容道》里的关云长。他坐到妆台前化装，手抚到面皮上有些发烫，摸摸头，似乎又不像发烧，他晓得这是兴奋过度所致。终于该着长庚登场了，他捋了一下美髯，转过身来，冲众人抱手一揖，双眼微微眨了一下，似乎有千言万语要说。然而，他什么也没说，转过身去，接过青龙偃月刀，大踏步地走上台去，走到台中，一个转身，一个亮相，台上台下不由自主地发出一阵冲天的叫好声，人们早已忘记程长庚唱戏不准喝彩的规矩。卢台子和徐小香紧张地盯着大老板，一声叫好后，大老板似乎轻轻地摇了一下头，微微皱了一下眉，待到器乐响起来，只见大老板将青龙偃月刀的刀把往地下一杵，向前一步，这一步好像有些摇晃。卢台子与徐小香心下一紧，待要喝叫拉幕，只见大老板又稳住了，笛子给了一个音，长庚张开口来放声就唱——却见一股血箭从他的口中喷出，长庚圆睁双眼，左手抚胸，右手杵着青龙偃月刀就要倒下。卢台子与徐小香抢上台来,一把抱住,然后将他轻轻地放倒。全体看客先是吃惊,待醒悟过来,个个都要往前拥,叫赵德禄劝住,看客们站在自己的位子上,眼巴巴地盯着台上。

长庚倒在红氍毹上,睁着一双无神的大眼,口里已是不能说话。章圃扔掉鼓键抢上前来,拉着父亲的手,不知说什么好,只有哀哀痛哭。望着大老板渐渐失散的目光,卢台子和徐小香终于控制不住自己,放声大哭起来。为了皮黄,为了中国的京剧事业,程长庚奋斗到了人生的最后一口气!

——《血洒红氍毹》

生,为京剧而生;死,为京剧而死。

程长庚倒在他毕生热爱的舞台上,也将自己的形象永远定格在时间的光影中。他不愧是一个奇男子、大丈夫。

因为生活在清朝没落时期,程长庚亲身经历了外国列强对中国发动的鸦片战争,目睹了朝中官员的腐败无能。这一时期,他拒绝演戏,生活十分窘迫。友人劝他“出山权宜,以解燃眉”,他泫然泪下:“国家奇耻,民遭大辱,吾宁清贫亦不浊富,何忍作乐歌场!”

有一次,都察院团拜,逼迫程长庚进宫演戏,他借演出《击鼓骂曹》,用手指着堂下官员怒骂:“方今外患未平,内忧隐伏,你们一班奸党,尚在此饮酒作乐,好不愧也!”他是借题发挥,或骂或唱,骂中有唱,唱中有骂,直骂得台下众官员是狼狈不堪。

程长庚的这种性格,与生他养他的这方土地有关,与天柱山的坚韧、刚毅有关。

你什么时候看见过天柱山弯腰吗?你什么时候见过天柱山低头吗?天柱山是宁折不弯的。历史上,有一个失败的英雄,叫共工——这位炎帝部落的首领,与黄帝部落的颛顼发生了一场旷日持久的战争。共工久战不胜,为了不伤更多的生命,为了不给老百姓带来更多的苦难,盛怒之下的共工,有了惊天一撞——天柱山被他撞折了。这件事记录在《淮南子·天文训》里:“昔者,共工与颛顼争为帝,怒而触不周之山,天柱折,地维绝。天倾西北,故日月星辰移焉;地不满东南,故水潦尘埃归焉。”

用今天的话来说,共工曾与颛顼争为帝王,结果在战争中,共工被打败了,怒撞不周之山，把支撑天的柱子撞折了，系挂大地四角的绳子也断了（古人认为天圆地方，天有八根柱子支撑，地的四角有大绳拴挂）。从此以后，天空向西北方倾斜，日月星辰都朝西北方移动。大地的东南角陷塌了，所以江河泥沙都朝东南角流去。

仔细研究程长庚的为人，我们不难发现，程长庚的身上，有共工的影子，在那个特殊的年代，程长庚只能是一个孤独的英雄。

说了半天的程长庚，他究竟是怎样一个人呢？马有鞍，树有皮，名人传世靠传记：

> 程长庚（1811—1880），字玉山（也作“玉珊”），名椿，谱名闻檄、文檄，系安徽省潜山县王河镇程家井人。自幼坐科徽班，向米喜子（徽剧演员）学艺，出科后随父（舅父？）入京，并在昆曲“和盛成”科班学戏。后搭“三庆班”。以演《文昭关》《战长沙》崭露头角。他生、旦、净、丑皆能，尤工老生，与余三胜、张二奎同被称为“老生三鼎甲”，又有“老生泰斗”之誉。从道光、咸丰至同治年间，长期主持“三庆班”，并任主要演员。咸丰皇帝赐五品顶戴，使任精忠庙会首（即清代北京戏曲艺人的行会性组织的首领）。程长庚文武兼精，在融昆弋音于皮黄、变徽调为京腔过程中，为京剧艺术的形成做出了重要贡献，是京剧的主要奠基人，有“徽班领袖、京剧鼻祖”之称。程长庚为京剧创始期培养了大量骨干演员，人称“老生新三杰”的谭鑫培、孙菊仙、汪桂芬等，都是他的弟子。他还创办“四箴堂”科班，造就了陈德霖（青衣）、钱金福（花脸）、张淇淋等著名演员。程长庚殁于清光绪六年农历十二月十三日（即公元 1880 年 1 月 24 日）亥时，葬于北京彰仪门（今广安门）外石道路旁北侧。

清朝末年，照相技术已经进入北京。作为中国京剧的开山祖师，大名鼎鼎的程长庚程大老板，究竟长着怎样一副面孔呢？

据说，这是程长庚现存唯一的一张照片。如果这是真的，那么，程长庚算是幸运的。因为，他毕竟算是给我们留下了一张弥足珍贵的照片。重要的是，他的声音、他热爱的京剧，也得到了长足的发展。由李瑞环同志牵头的中国京剧音配像工程的“菊”部丛书，对程长庚的扮相、唱腔、演技、人品等，都有记述。

七、女人的黄梅戏

做一个风花雪月碗，捧一个流水落花杯。

——这句话，我写给唱戏的人，也送给写戏的人。

中国戏曲，是一门高雅的艺术。它精致、唯美、亮丽、清纯、透彻，既有生活的经验，又有人生的诗意。唱戏的人，终其一生，都在练功，都在曲不离口、拳不离手，如果幸运，倒能博个人前风光。

唱戏的，多是女人。黄梅戏里就有“五朵金花”，如马兰、吴琼、韩再芬、吴亚玲、袁媛。

为了黄梅戏事业的发展，CCTV－11 频道已经多次在全国范围内“寻找七仙女”。那些被发掘出来的“七仙女”，将继续踮着碎步，捧着水袖，活跃在黄梅戏的舞台上，用她们糯糯的声音，熨烫着一代代中国人的心扉。

黄梅戏是女人的戏。

从严凤英到马兰、吴琼、韩再芬们，她们都是黄梅戏演员中的佼佼者。从《补褙褡》《打猪草》这样的民间小戏，到《天仙配》《女驸马》《牛郎织女》《郑小姣》这样的多幕大戏，黄梅戏的世界里，已然百花盛开。

为了黄梅戏，严凤英可以忍辱负重，直至献出了自己宝贵的生命。

为了追求真实的爱情，“傻女子”马兰可以放下黄梅戏，与余秋雨结婚——她是将生活与戏剧合而为一了。试问当今天下，有几个女子能像马兰这样拿得起又放得下呢？从她身上，我们可以感受到博大精深、如丝如缕的古皖文化的魅力。

为了追求更大的舞台，黄梅戏当家花旦吴琼，在自己黄梅戏事业如日中天的时候，果断地急流勇退，只身闯到北京，发展通俗歌曲表演事业。

为了将黄梅戏发展到极致之美，潜山女人韩再芬先后推出了《女驸马》《莫愁女》《杨贵妃》《孔雀东南飞》《徽州女人》等一系列优秀作品。为了黄梅戏，韩再芬是一嫁黄梅三十年，误了自己的花期。她是将自己嫁给黄梅戏表演艺术了。

用当前的网络语言来讲：男人天生就是写戏的料，女人天生就是唱戏的货。唱戏的男人，能熬出个出人头地来，如程长庚，实在是一个奇迹。同时，我们也很少听说过，有哪个女人写出了一部所谓成功的大戏。

写戏的，多是男人，如关汉卿、汤显祖、王实甫。唱戏的风光无限，写戏的人，却命中注定要独守空房。多少年来宅在家，终于熬出来一个作家。作家是熬出来的，你得熬夜，熬药，熬血，等到你熬成了“著名作家”“著名编剧”时，你的生命之灯，也差不多灯油耗尽、蜡炬成灰了。

前段时间回安庆，我特意去了一趟黄梅戏职业艺术学校，与苏荣生书记、苏斌校长及相关老师小坐了半天。我的这两位姓苏的大哥，都在把人生最美好的一段光阴，奉献给中国的黄梅戏教育事业。

世上没有免费的午餐，也没有得来全不费功夫的成就。黄梅戏发展史上的这些奇女子、奇男子，他们追求的究竟是什么？是人前的掌声，还是梦里的笑容？是现实生活里的房子、车子和票子，还是其他的什么？

思来想去都不是。我认为，他们所追求的，还是我所说的那个“风花雪月碗、流水落花杯”。

八、江声月色共高低

“君住长江头，我住长江尾。日日思君不见君，共饮长江水。”

这是李之仪的作品。我很喜欢这首词。因为它浅显，情真。浅显的作品很多，情真的作品难得一见。李之仪替我们吐出了胸中块垒：分离是痛苦的，不论是男人，还是女人，都需要爱情。其实，爱情就是友情与亲情的总和。

我这一生，追求的是诗话人生、诗化人生。诗话人生，就是用我的笔、我的诗，写我的生活、我的美。所谓诗化人生，就是将诗与生活融为一体，诗就是生活，生活就是诗。这种生活，在我看来，才是高质量的，才算不白活一回。

“江山代有才人出，各领风骚数百年。”剧种的命运也是这样：两百年前，徽剧在皖江两岸飘飘荡荡；一百年前，京剧在觉寂塔边脱胎换骨；五十年前，黄梅戏充斥着皖山皖水。而今，这里已不见了徽剧、不见了京剧，只剩下黄梅戏还在这儿浅吟低唱。

试问:五十年后,这里还有黄梅戏吗?

乘一艘17世纪的木船,沿着皖水顺流而下,耳畔依然能够听见黄梅戏的声音。呵呵,今天的安庆人唱起黄梅戏来,还是那样糯、那样香、那样脆、那样甜。芦荡青青,水鸟低飞,漂流在21世纪的皖江上,我看见,天高云淡,我听见,江声月色共高低。

看一眼振风塔,掬一捧皖江潮,摇橹的艄公告诉我:今天的安庆,已经只剩下黄梅戏了。呵呵,说这话的艄公,对流行歌曲很有意见。一百年前,说这话的人,对京剧很有意见。两百年前,说这话的人,对徽剧很有意见。三百年前,说这话的人,对元曲很有意见。四百年前,说这话的人,对宋词很有意见。五百年前,说这话的人,对唐诗很有意见。六百年前,说这话的人,对汉赋很有意见。七百年前,说这话的人,对《诗经》很有意见。

呵呵,艄公啊艄公,若干年后,孩子们对你说的这些话,也会很有意见哦!

——有意见就让他们有意见去吧。

人生在世,不管是穷人还是富人,都有表一表自己意见的快乐。

(2013年9月21日于北京)

汪惠仁

（1970— ）

作家、编辑家。安庆潜山县人。大学时代师从刘大枫学习文艺学。1996年至今供职于百花文艺出版社。现任《散文》《散文海外版》执行主编、“新百花散文书系”策划。多年坚持的编辑思想是“让散文成为它自己”，对任何超额的有可能伤害散文的力量始终抱有警惕心。

出版有散文集《天津笔记》。这是一本与天津有关的书，它记录着作者个人对天津生活的观察和思考，深刻且不乏精细入微，语言生动有趣，形象丰富精彩。

《散文》卷首语拾萃

悲欣交集

弘一法师的手迹里,有一幅极有名气,四个字:悲欣交集。

人生何来?

人是被抛到这个世界上的。赤条条而来,极偶然,没有准备,此一悲;既面世,须循那物竞天择之道,于万类夹缝间求存活,其间身心所历之困苦多矣,此一悲;春秋代序,百年倏忽,不觉间,青春不再,身似朽木,其衰势已汹涌不可挡,此又一悲。

然而我们不能说人生即是悲。

人生唯其偶然,我们才在自然世界之外另造一"意义"的世界、"理"的世界、秩序的世界、必然的世界,如此,我们岂不欣然?人生唯其困苦,我们才在这百年征途中领受意志力和爱,我们才在这"炼狱"世界之外,另造一"情"的世界、"幸福"的世界,如此,我们岂不欣然?人生唯其匆匆,我们才在这速朽的世界之外另造一可悠久存留之"道德"世界、永恒世界、薪火相传的世界、灯火家家户户的世界,如此,我们岂不欣然?

欣,并非都是跳出三界外才能获得的。欣在悲中,悲在欣里。这就是写作者面对的真实人生。厚重,从哪儿来?从真实的人生来,从"悲欣"二字来。

被字句

在个人/人群/世界这样的结构中,个人往往是被动的。少数服从多数,人不能逆天,这是我们生活和行事的原则。与之相应的,在文学/社会/世界这样的结构中,文学也往往是被动的。文学往往成为社会生活的学舌者,文学思想史往往也因此被研究成社会思潮史。

在公共管理的系统中,个人总是被看成是一体化的对象。与之相应的,在社会历史的语境中,文学总是被当作“田野调查”的对象,以凸显当时社会之主潮。

所以,我们熟悉的情况是:个人被人群表达,文学被历史表达。当个人和文学放弃了自身的意义系统,放弃了建构自身意义系统的愿望和努力,个人和文学也就只能活在这种“被”字句式当中。

在这种“被”字句式当中,我们只能看见一张嘴,我们只能听见最大的那个声音。复制,到处都是复制,数量巨大,复制而成的“繁荣”包裹着我们,让我们产生种种幻觉。

也许我们荒唐的成就感来自:我们来自“被”字句,又生产“被”字句。

健全的个人和健康的文学是应该丢掉这个“被”字句式的。人要喝牛奶,而不能被毒牛奶喝掉;人要吃粮食,而不能被冠以堂皇之名的粮食吃掉。同样,社会生活是文学的题材,是文学的粮食,我们的文学不能被自己的粮食吃掉。

人民的文学

中国的写作者是一个庞大的群体。当黑夜来临,当写作者结束晚餐或偶尔的娱乐活动,他们,这个庞大的写作群体,他们的人数大致相当于整个新西兰的人口——他们拧亮台灯,开始伏案写作。

夜深了,人民的鼾声此起彼伏,写作者仍然保持着伏案的姿态。他们的爱人,带着幸福感和嗔怪的表情注视着写作者的背影。此刻,在爱人的心里,也许正在操着流利的方言,这样发问:

你到底在弄啥?

这是一个不可回避的提问。因为在认识你的人看来,也许你并不是个勤快、勤奋的人,甚至有点懒散和不思进取。人们时常用一种很古怪的口气评说你:“他呀,有艺术气质。”而此刻,无边的黑夜里,一灯如豆——在烟草的味道里,你恰似领受了一项秘密的任务。

是家族长者给你的光耀门庭的任务吗？

是一个精明的、对生活有着强烈规划感的朋友在洋溢着时代气息的夜生活中与你有过一面之缘之后给你的任务吗？

是组织安排的并有着相应的奖惩机制的任务吗？

还是你的体内有个小爬虫，在黑夜里，在安静的地方，在包裹物和遮蔽物都无形地消散之后，它又活了过来？它催促着你表达自己，以便与精神上更高远、更宽广的存在相遇呢？

是啊，为什么要写作？

为什么？

无创造，即无世界

学过文学史的可能都知道，莎士比亚在他生活的那个时代，并没有赢得普遍的尊重。那时的同行往往这样谈论他的戏剧：缺点教弊，少点贵族气，甚至——有点野蛮。当然，后来，众所周知，他成为我们居住的星球上最享盛誉的人之一。

莎士比亚是伟大的，这是共识。时间让这一共识慢慢浮现。就在这一共识最后变得清晰的前夕，莎士比亚又一次遭受到猛烈的指责——这指责来自托尔斯泰。不过很奇怪，这位俄罗斯文豪如此指责莎士比亚：他太贵族气了！

莎翁到底是缺点贵族气还是贵族气太多？托翁不会想到百年后被考试害苦的中国学生要这样问。若是论述题，用模糊语词尚可敷衍；要是选择题，拜托，给个标准答案。

真是遗憾，真的没有标准答案。托尔斯泰一直在建造自己的世界，一直在忠实于自己的思想和表达——他只不过在通往自己的真理的途中，否定了莎士比亚。他不是为一道普通高等学校统考试题而否定莎士比亚。托尔斯泰是一个巍峨的精神存在，这种巍峨，来源于他的力量强大的精神系统。这不是一种零星的创造，因而这里也不会有零星的答案。他的世界，是他的秩序，所有的阻碍因素，哪怕是莎士比亚，也要否定。

精神巨匠之“巨”，便是有能力自造一世界。尼采和瓦格纳曾共造他们的世界。后来，尼采不能容下瓦格纳，独造一世界。马克思曾独造一世界，后来，恩格斯觉得这世界也适合他,便来与马克思共造这世界。

无创造,即无世界。

时间

又到了这样的时候:一些事情结束了,另外一些事情又开始了。

这样的时候,我们的心情总是很复杂。我们要回顾一些东西,要眺望一些东西;我们自然会放松一下,而又不得不重新紧张起来;与以往任何普通的时刻相比,我们会在此时获得更多的感动和激奋。然而,这一切却难以掩饰我们那淡淡的哀伤——毕竟,又一个三百六十五天,过去了。

又到了这样的时候,你以为自己已足够沧桑,看清了事情的一些底细,其实,你只是站在原地,时间经过了你。当带有“二〇〇五”标识的时间序列经过我们的时候,我在想啊,看清底细的,永远是时间。只有经历了漫长的等待,真理也许会像常识那样出现在我们的生活中。而忍耐这一美德,只有“时间”才真正拥有啊。

又到了这样的时候,一些事情早就开始了,到现在还远未结束。

山水

寄情山水,中国人有这样的传统。在中国人特别是中国文人看来,山水比人伦距天道要近——山水总是在天道“沉默的运思”中自然而然地呈现,鬼斧神工的“美”正可警醒、拯救那颗在世务中经营、漂泊的心灵。

但这只是经典的山水的文化意义。在新的文化系统中,山水还被赋予了太多新的意义:山水是养生的场所,山水是这一代作家赞美挑山工、放排工的场所,山水是探险的场所,山水是地质学的场所,山水是年轻人野营并对激情有着期待的场所……

而今天,山水正整合以上各种意义,在构筑一个更为巨大的场所:人头攒动的热闹场所,产业布局的场所,与审美擦肩而过的场所——山水正在消解山水,大自然也不再自然而然。

山水正在被聪明地经营,成为雁过拔毛的场所。

很多次了，划着船，一桨又荡一桨，一篙再撑一篙，划向“美”的深处。现在我知道了，很多次，我只是游荡在人工湖上。我时常这样想着：由于人工湖的突然出现，那些注定无法逃走的孤岛上的动物会是怎样？

自然，自然而然难道只在梦里？自然的文风、自然而然的书写者还有多少？！

虚实

中国古代艺术论，常有“虚”“实”之分。若言书画，此虚实多指笔墨；若在文章，此虚实则指写作技法。

然而，这外在的虚实之所以发生，其根源乃在心灵的虚实。高蹈空灵谓之虚，落笔自见飘逸；重真重有谓之实，其言必称有据。

虚实最宜相彰相依。失之过虚，则无据；失之太实，则拘泥。据有限之实在，窥太虚之无限，替之善者也。文艺家者，当斡旋于虚实之间，不可偏废。

自古及今，文人多尚“虚”，兴趣多在那彼岸世界，对此岸事物则往往小视之。柏拉图让徒儿去买面包，那徒儿空手而归。原来徒儿只认得虚无缥缈间那“理式”的面包，对那长的圆的方的热的冷的黑的白的具体实在的面包却不识得。

许多写作者都在追求作品的所谓思想性。我要说的是，程度合适的哲学因素的参与，是文学的福气；过了头，则只能是对文学的败坏。思想是花，生活是树，文学则是有花之树：文学不是干巴的阐释者，而是有机的叙述者。

在文学那里，要有实在的生命。

也许，我们不必把文艺家的手摁在哪个实在的面包上，告诉他，这，就是那个可以填饱肚子的东西呀。

文学史

重写中国文学史特别是现当代中国文学史，很多年前就有这样的口号。

最近我又听到了类似的喊声。

在革新的年代，革新的声音总会有格外洪亮的回声。这并不令人费解，因为“革新”已获得了时代的授权。

我们常常把正在行进着的时代的雄姿描述为“洪流”,我们常常把正在行动着的高大的身影形容成“弄潮儿”。

重写!重写!文学史要重写!我真的不相信这就是文学弄潮儿发出的声音。要组织一个新的写作班子吗?要用所谓的“先进”文学思想取代“落后”文学思想吗?要打造全新的“权威”教材让青年背诵吗?

如果说,“文革”之后的那次“重写”冲动有着历史的合理性,那么,那也是作为口号的“重写文学史”合理存在的唯一的一次。因为那时的中国、中国文化及中国文学需要一种决绝的姿态告别专制。而在那之后,作为口号的“重写”便没有了存在的历史价值。在那之后,我们的文学研究应该进入正常状态——“重写”文学史尽管每天都在发生着,但这不是为响应口号发生着,“重写”文学史的根本原因在于研究者自主地修正自己的文学史观赖以建立的意义系统。

你要重新检阅我们的文学,甚至想把它写成一部史书,这是你一个人的事,再也没有必要发出号召统一思想,否则,你就仅仅是一个在“革新”中凑热闹的人,你没有看见“革新”的门道。

时代已然将文学交还给民间了。

真理在蓄势

开会的时候,领导常常为我们定这样的调子:今天大家要开诚布公,有何意见但说无妨,真理愈辩愈明嘛!

这里所言的真理,其实是指会议的结论。一个会议通常是需要一个结论的。大家七嘴八舌地说着、吵着——一种意见在嘈杂声中慢慢变得明朗,变得高调,最终被抬举出来,这是极有可能的。

在文学艺术这里,真理却难以愈辩愈明。在文学艺术这里,与其说真理终归明朗,不如说真理生来就是隐藏的;与其说真理养在圣贤的胸怀,不如说真理附丽在日常生活的每一个瞬间;与其说真理是通过归纳法而得出的结论,不如说真理就是七嘴八舌。

我这样讲,不是换着说法来暗示此地本无真理。恰恰相反,人间生活的熙攘中,真理无时无刻不被暗示着、感受着。文学是人间生活的符号化,它怎能与真理无涉呢!只不过,真理——它不是一个定义。

没有定义的生活是极易让人陷入盲动和消极的。在文学这边的反应,那就表现为自造真理的自大和极端的自然主义。

如果说,文学是条河流,语言构成了河床,生活是水,真理则在蓄势——一股隐在的逻辑力量,尽管偶尔会造成河流泛滥,但终究,真理在牵引河流,千回百转后,河流奔向自由、自足,奔入大海。

知与行

我一直有个愿望:用明明白白的方式来谈论文学或艺术。我想把它们从乌烟瘴气中剥离出来,我想把它们从作为话语权力而存在的神秘论、天才论中剥离出来。文学和艺术,再不应该作为一个模糊的整体,接受人们的朝拜。文学和艺术,它们应该回到个体的需求那里——因为,在今天,文学和艺术,只有在对它们有需求的个体那里才合适,只有在对它们有需求的时候才合适。

合适的时候,文学和艺术才能成为灵魂的事,才会高贵,才会明明白白地作为劳动成果受到尊重。

做到合适,当然是难的。难在文艺之下功夫处,不独在哪一端,须同时在"知""行"两边。没有"知"的功夫,文艺对生活之描摹即如瞎子摸象,全无通盘思虑;没有"行"的品质,文艺对生活之思虑则无凭借,如渡河无舟、过河无桥。最难者,当属"知""行"合一。操文艺之道者,当识王阳明之语:"知之真切笃实处即是行,行之明觉精察处即是知。"

现代的文论多是西来品。我们的知行观与西方文论其实并无冲突。西方文论虽芜杂,然而大体有这四个字:叙述、模仿。文学文本叙述处,自当跳脱出尘,合我之"知"字;而模仿者,如造一生活舞台,切中我之"行"字。

适度的幸福观

编这期刊物的时候,多国首脑正在华盛顿商议抗击全球性的金融危机。

编这期刊物的时候,我庆幸自己活在中国。

中国的生活智慧总是侧重选择那种适度的幸福。

挥霍的、透支的生活，在大多数中国人的眼里有着病态的因素；暴利的、急速扩张的谋略，在大多数中国人看来有着恶的因素。

挣一点，花一点，存一点。

细水长流。

所以我们的危机不太深重。

中国人，每一个中国人都应该庆幸自己和一个伟大的传统尚未完全割裂。

注资。向金融机构注入资金，被认为是缓解金融危机的有效方法。但当现有的金融体系是一个彻底倒向效益而忽略公平的、被投机主义鼓舞并愚弄的巨人的时候，注资又显得多么的短视。救瘾君子的方法不是再次向他提供毒品，而是让他戒毒。

金融危机的深层是人的精神危机，是没有节制的欲望引发的危机。

如果向金融机构注资是必要的，那么，向所有人的心里注入“适度的幸福观”更是必要的。

你并不用刻意。不刻意的生活往往就是适度的幸福生活。

在适度的幸福里，你消耗的石油是适度的，摄取的能量是适度的，就连曾被捧上天的所谓“主体性”也是适度的。

其实，“适度”是幸福的温床。

愿你从现在起就生活在“适度”里，生活在幸福里。

比文学性更重要的

很多年，很多人，一直都在寻找一个因素。该因素的参与，使文本呈现出它的文学性。可以坦白地说，这种努力至今仍然没有结果。

这完全是正常的。不管是小到学科研究，还是大到人类思想，它们面貌的变迁，都可以大概地与人的成长做做比较。人生的不同阶段，提出的问题自然是不一样的。“文学性”这一问题的提出，也只会发生在文学研究的某一特定阶段。

我们不必苛求这一问题的解决，就如同不必苛求迷惘的少年回答“我们从哪里来?”一样。

还是回到"人"这里来吧。既然文学的制造者是人,文学的需求者也是人,那么,我们就有足够的理由以人的观念看待文学。

正如大家知道的,一个人的和谐的存在,取决于构成人的诸要素之间的和谐。不同的方向的力量,来自自然属性的力量,来自社会属性的力量,它们扭结拉扯,最终筑造着人的心灵。

维护人的存在的和谐性,当是写作者的大职责。这要求写作者敏锐发现作用于人心的带有破坏性的力量、超额的力量及稀缺的力量。这种发现意味着写作者发现了最有价值的话题,这远比发现虚无的"文学性"重要。更为重要的是,这种发现是写作者的自觉,写作者的生活积累与艺术积累投入了一次有价值和意义的建构,于是,修辞变得有意义,那些流浪的语词找到了回家的路。

城郭之轻

热闹,寂静。繁华,废墟。人生总要经历这样的场景。历史也要经历这样的场景。

历史从来都是利害的场所、欲望的场所。在某一阶段,它被一股无形的力量导演着,不断聚集着热闹和繁华——当时人们生活的每一个细节,哪怕是一朵装饰窗台的小花,都在呼应着这热闹和繁华。多么饱满的一段时光啊!它持续膨胀着,它透过军刀、骏马和滚滚狼烟,渐渐露出了吞吐大荒的模样。在它的版图中,是猎猎天风、苍苍海山,但它终于——

——爆炸了,消失了。历史带走了它原来带来的一切,留下了寂静和废墟。也许偶尔会有凭吊的身影,那是心拂利刃的孤独壮士。但夕阳无可挽留地坠下去了,萧萧落叶声渐渐繁密——一个用无数人的血肉、思虑筑造的时代走到了它的尽头。

皇帝总会离开他的宝座,干部总要退休,每个人终要退出利害之场。我们获得了空虚。

这不是一种消极的态度,这是文学获得真理的方式和情怀。往后退,再往后退,尽可能让文学看到更大、更多和真相。

读《城郭之轻》时,我想到了这些。

传统三种

也许是一个传统的三种呈现。

也许是三种天赋、三种秉性。

也许就是三种传统吧。

天的，地的，人的。写作的人在这样三种因素上的不同的着力，构成了我所言的传统三种。这三种取向多少能让写作者沾染上经典知识分子的习气。于是，在我们面前，他们要么像立法者，要么像行政者，要么像“生活者”——和普通的生活者不同，知识分子的“生活者”比一般人潜入生活的程度要幽深得多，以至于他们能够玩味生活。

李汉荣、王陆、丛桦正是我提供的传统三种的例证。诗意、道德感是李汉荣立法的源头，王陆是制度建设的关注者，丛桦的作品中“我”是一个在生活中有行动品格的人。

其实，并不是只有李汉荣才是浪漫的，王陆、丛桦也是浪漫的；其实，并不是只有王陆是干预生活的，李汉荣、丛桦也干预生活；红尘中有丛桦，也有另外的二人。

但当写作者力图证明自身的独特性和创造性的时候，他必定面对这样的尴尬：不管他愿不愿意，他必须要接受某个传统的召唤。

（选自《天津笔记》，陕西师范大学出版社2011年6月1版）

《散文》2006年精选集序

一

老家是黄梅戏颇流行的地方。《天仙配·路遇》有一段唱词是:天涯沦落叹飘零。幼时自然是不懂的。稍后,提到"飘零"二字,也就会想到战时百姓的命运、流浪者的命运、穷人的命运。大概是刚上初中吧,一次水彩课,我画的就是一枚枯叶,题目就叫"飘零"。这本来一个不知忘到哪里的绘画作业,不想在搬家时又被翻了出来。一个少年用自己的笔,在纸上制造小小的风暴和悲剧。

天知道是什么情形下,我要画那飘零的枯叶!一切都是少年心思。

二

真正的风暴来临的时候,不是一个处于安逸中的少年人所能设想的。它不但能摇落枯叶,放逐那些弱势的事和人,它还能摧毁乔木以及像乔木一样伟岸的东西。

我仿佛看到那枚由少年制造的枯叶打着旋,远了,远了,不知所终。

三

风的暴力总会停下吧。但那些枯叶、枯叶一样弱势的东西、乔木及像乔木一样伟岸的东西一并不知所终——至少,他们不再留在原来的位置。他们在飘零,在天地间飘零,在历史里飘零,在观念的世界中飘来荡去——今日为是,明日为非;法国之乐,英国之悲。“飘零”二字原不是只用来描摹枯叶和乞丐的,万物都会面临这两个字。

四

成就习作者的因素,外部世界的自然不可忽视。我却常把他们看作是天生的一群:他们迷恋表达,在观念上不甘庸常。不错,他们的身体关联着家与国,但在另一层意义上,他们勇猛精进,终成天地自然之子、良心之子。

写作者可能获得了寥廓,但这同时,他将面临这寥廓间的大风暴——他将在这混茫的历史中沉浮隐现,甚至如一枚枯叶,飘零,飘零,不知所终。

五

2006 年 9 月底,因为一个纪念活动,我去了赵树理的故里。眼前的景象定是赵树理生前断然不会料想得到的。这儿正在以“文学搭台”的方式推动旅游经济呢。一个上了年纪的与会者说,在山西大学的一个批斗会上,树理先生被打断了肋骨,趴在课桌上。那个年代的事情恍在眼前啊。他似乎还说了其他的话,我却听不真切了,因为场面实在热闹,加上他操着一口流利的山西话。

我记得那天,有一瞬间是安静的。那是众人上了大巴士,预备离开树理故居的时候。大家在软椅上昏昏欲睡,一个当地中年妇人走上车来,向我们说了一些感谢的话。据当地人士介绍,她是树理先生三子的媳妇,而三子年龄并不大,却已然故去了。

六

听说各地都在做这样的事。这其中祭孔的仪式最可关注。演员们肯定累了,维持秩序的武警也轻松不了。还有一些人在祭拜时,表情闪烁不定,直可用古怪来形容。是啊,开会、研究、待友、报告甚至深入群众的表情,我们会做;祭拜圣人,该用怎样的表情,这的确是个问题。

七

我无意对名人经济说好或坏。我只想说，这是他们在历史中飘零必经的一环。孔子及树理先生的雕像已经接受了这一切，我们也不必拒绝。

唯一希望的是，我们在这些先贤身上挖够了财宝之后，我们要慢慢地去想：他们是谁？我们因什么祭拜？

我们要学着敬畏。

（选自《天津笔记》，陕西师范大学出版社2011年6月1版）

由此得寥廓

大家异口同声地说一件事不好的时候，我倒是经常怀念它的好了。

刚上大学那会，身心恰似获得了巨大的解放，总觉得自己突然有了一种更高明的视角——这视角足以俯察我们的语文教育了。那情形，大致相当于现在已混出模样的青年作家，爱在教育的制度层面发议论和牢骚——少年总是轻狂啊。

时间过得真快，离我上高中的时候，居然已有二十余年了。我的中学在一个山谷中。记得冬天的早晨，我们五点多钟就起了床，头顶上依然是夜空，寒星闪烁，二十分钟的早操后，我们即开始了早读。都是些稚嫩的人啊！但同学们似乎带着“道”中人的架势，在这幽谷中欣然接受着某种磨炼，上大学固然是大的困惑，但我想，它不是全部。至少在晨雾缭绕中，在书声朗朗中，我们都有点忘乎所以。在年复一年的无数个这样的早晨，我们浸泡在自己浑然不觉的母语当中——我深信，至少我自己从此依恋上了一些与实用主义无关的价值。

现在的语文教材，据说变化很大。这么多年过去了，当年语文书上的文章仍然刻在我的记忆中。——诚然不都是绝妙好文，但以我个人的文学编辑经历，我觉得，绝大多数远比时下的文章要好。我在此尤其要指出的是，时下的“青年才俊”或“大师”并没有取得讥讽朱自清或杨朔的写作实绩上的资格。世易时移，仅以观念之变迁来贬损前辈，这是一种恶习。粗浅地说，所谓文学，其内质包括两项：一是想说什么，二是怎样说。难倒文艺家的并不是第一项，第二项才可能有着 PK 的效果。是的，比的是手段如何。

比方说，朱自清先生吧，他是中国具有典范性的白话文作家。具体说，一是他的白话文写作实践较早，有先驱意味，他是中国新文学基因性成分提供者之一——换言之，在纸上怎样说话，朱先生的文章是我们的依据之一；二是他的风格。大家知道,文言写作的时代,我们本土的语法观念并不强——词句之法虽有,然而我们传统的文艺观重在"以意为先",故此"法"常常只在写作者的心头隐现。白话文则不同了,语法的基本模式呈明显的西化。于是问题出现了,我们要用别人的方法来表达自己的情感——一些属于中国特有的孤挺之思要表达出来,在白话文这里真是难乎其难啊!朱先生却在如此困境中,独造一园,那园中的景观,所透露的,不是"酸"与"虚伪",而是中国特有的温婉气息。我觉得这就是高人啊。

再比方说杨朔吧,大才子啊。九一八之前就写了大量的古体诗。他出色的语感和早年诗才的磨砺不无关联。以他的才情,他当然懂得文艺所要的自由,他当然也因当时巨大的外在制约心怀苦闷。但他却在如此困境中,顽强地保存了诗意。"一脚踏进昆明,心都碎了。"——只有一个珍爱诗意的人、在表达上充满智慧懂得"妥协"的人,才能说出这样的话。生活在今天的人们,能够轻松地说出这样的话来:杨朔对人性的开掘并不深啊。我,真的不忍心这样去说他老人家。在老人家那里,有值得你去学一辈子的东西。

关于教材的变化,我无意去反对。一个时代要有一个时代的文艺,这也是必然。我只是在此强调,无论是写作者、评论者,还是教师,当你贬损一个前辈的时候,或言超越、战胜一个前辈的时候,你真的要思量再三。

教材之外的一个问题,可能更重要了,那就是教师。语文教师这一问题重要到什么地步呢?极端地说,即便没有教材,好的教师照样能教;即便有极好的教材,不合格的教师也能让学生走上迷途。你也许会问了,是不是大学问家和大文豪才能称得上好的语文教师呢?我想,好的语文教师不一定是大学问家和大文豪,却同他们一样难得。在学问和文艺修养之外,好的语文教师,心里必定装着这样的两个字:责任。

责任在哪里呢?韩愈说的,我以为永不过时,在传道、授业和解惑。从根本上讲,所谓素质教育,是让学生认得一个"人"字。认得"人"字,才晓得所谓超脱之"仙"与势利之"鬼"皆为迷途。好的语文老师当是传人文之道、授学业之精、解人生之惑。果真如此,理想的语文课堂上,学生们当能摆脱应试之羁绊,和融舒展,身心复归"人"字。我们都记得先贤的那句语录吧:人,认识你自己。那或许是高远的任务,也或许是缥缈的图景,但不能因此而遭到我们的废弃;恰恰相反,好的语文教师定然明白,那就是自己要传递给下一辈的"薪火"啊。传给下一辈的,值得传给下一辈的,往往并非什么类似标准答案的东西——传递下去的,足以照亮我们心灵的,往往是一个未竟之业。

科技之演进,可谓日新月异,但在人文这边,却不可等量齐观。肉身是现代的,心灵之困却往往须到先哲那里始得解缚。

所以我说,理想的语文课堂当呈现这样的双重性质:它首先是能与新生活协调沟通的课堂,它能提供实际人生中所必需的语言技能;其次,它是闪耀着人的本质力量光辉的课堂——尽管这是一个小得可怜的所在,但那些稚嫩的生命却由此有机会去获得一种寥廓,因为思考和审美获得的寥廓,因为拒绝人的异化获得的寥廓,因为冲出实用主义而获得的寥廓。

(选自《天津笔记》,陕西师范大学出版2011年6月1版)

钱红丽

（1971— ）

著名作家，安庆枞阳县人。后迁居芜湖。出版著作有《四季书》《读画记》《低眉》《诗经别意》《风吹浮世》等。现居合肥，担任报纸编辑工作。

所有的树木鸟群都请安静

隔了一年,忽然又回到过去的那种生活状态里去。极少出门,做完家务,把面帘拢上,开机,写东西。简单至极,就是源于一种热爱。一只蚕吃进桑叶,丝在心里堆积如山,接近于蚌病成珠,一点一点地倾吐,于是,有一些东西成了丝绸,有了光明人生。我想说话,不停地说,然后,就把那些字,放在文档里,“啪”一下关掉电脑。夜深更寂,天地平和,浑身酸痛地躺倒在床,闭眼的刹那,有平铺直叙的满足,南窗外,虫蛉鸣唱,衬得梦境更为瓷实。

前几天,把《本草纲目》搬回家。一本浩浩荡荡的家书,生活的所有源头。

关于植物,《本草纲目》比《诗经》全一点,更贴近大地。开篇即是菘。白菜在古时候竟有着这么文雅的笔名。回忆秋霜遍野,菘们早已下种,青扑扑的叶子初露端倪。小时候,种过它们,有品种一二,矮小些的叫“大头青”,高个子的称“高杆白”。它们分别是整个冬天饭桌上的主角。白露为霜的清晨,去到菜地,一片片摘它们的叶子,“吱”一声,微微地,有寒意,露水濡湿脚面,菘们默然不语……

乡下,冬天的饭桌上,除了菘们,还有莱菔——莱菔就是萝卜。我告诉你们,冬吃萝卜夏吃姜,若换成——冬吃莱菔夏吃姜,就不妥当了。人家莱菔本来就是个笔名,你若一意孤行放在一日三餐的大木桌上,就别扭得很。什么叫看不起日常生活?莱菔们就相当看不起日常生活。我同样看不起日常生活。

几乎很少出门。虫子一样爬行在书页间,乐此不颓。也有这样的时候,什么也不必做,窗外是孩子们的吵嚷声,汽车发动机的呜呜声,间或一只肥猫的长啸,一点点地入了耳膜,蒙蒙地,然后你可能就会有一些不耐。继而想到自己的命运。——莫非,读点书,写点文,做点梦,然后,一生就滑过去了。

是有一点点委屈的,不是吗?

苏青晚年蛰居浦东一间陋室，年衰体弱孤独贫困，人生乐趣，唯剩下养花莳草，朋友所剩无几。一位三四十年代写过小说的女作家一直与她通信，常常给她寄去不同节气的花籽。那一年，苏青的病越来越重，知道来日无多，就给那位女作家写信道：如寄花籽，只要活一季的花……

女人的一生，不过如此——苏青儿女成群，到末了，也不过惦记只活一季的花。她死了，连盆花都没个人照应。曾经那么强大的一个女子，却落得如此。所以，我们这些庸碌之人，索性，连儿女也不要的好。这样，倒落得干净些，不给这个世界多添累赘。

收到小友董曦阳赠送的几本书，均是他们出版社的旧货。如今，能看见旧货也不易了。施康强的《茶客》，思果的《偷闲》，文人一般到了后来，基本上都是在玩了。年轻时，由于把架子端得太正，伤了腰，痛定思痛以后，突然心态放平，一下子，气象就出来了。这套丛书里还有一本《伸脚录》。其实，写的就是把脚伸伸，打个哈欠什么的，讲求的是自在，自由，如云朵之上的云朵。不载道，车子碾过去，尘土飞扬，只有宋江们心心念念想着有朝一日，被招了安，有个安稳睡觉的地方。

伸脚派一生闲云野鹤，在高处，一点一点看尽浮华。后来，有一天，累了，彻底歇下来，留下来几本《茶客》或者《伸脚录》，就都走了，也没有什么可留恋而放不下的——无非舍不得架上的那些书，也曾陪着自己度过多少难眠之夜。其实，人到后来，就跟书的感情深些。这么说，也是应受到天谴，有点不仁不义。

借同事《枕草干》，半年有余，一直拖着不舍得还，最后终于下决心还了。前几天，在一家旧书店看见，又买回。放在枕边，临睡时翻几页，好比过去有钱人家的少爷临睡时拣几片甜点放嘴里。完了，他们是要刷牙的，我看书就不必了，可见，日常生活多么麻烦。精神生活就这点好，瞌睡了，把书一扔，头挨着枕头，一觉天明。

清少纳言仿佛一个嗲声嗲气的小姑娘，她最大的本领，就是善于撒娇并随时提供撒娇的合理氛围。这里所说的撒娇，绝非那种针对男人讨欢卖乖的狭义撒娇，而是随时都准备着对世事万物的相知相惜的广大撒娇。好比一个雨天，端坐于庭前，桌上瓷碗里堆了归鸿一样的樱桃，她小口啖着，仿佛无别事，一边吐核，一边对身边绿豆大的事物挑剔着。譬如——

当时很好而如今无用的东西是：

云锦缝边的席子，边已破了露出筋节来；中国画的屏风，表面已破损了；有藤萝挂着的松树，已经枯了；蓝印花的衣裳，蓝色已经褪了，成了盲人的画家的眼睛；七尺长的假发变成黄赤色的了；蒲桃染成的淡紫色织物现在显得发灰了；好色的人但是老衰了；风致很好的人家庭院里，树木被烧焦了；池子还是原来那样，却满生着浮萍水草。

我一页页翻下去，直至口渴，快速跑厨房冲一杯茶，一边哈气一边咕一口。回头继续看。到《懊恨的事》一节，简直哂笑。

懊恨的事是：

无论是这边写了信给人送过去，或是人家写好了信作为回信，在这出了之后，才想到有一两个字要订正的……种了些很有风趣的胡枝子和芦荻，看着好玩的时候，来了带着长木箱的男子，拿了锄头之类，径直掘了去……为了一点无聊的事情，女人很生气，不在一块儿睡了，把身子钻出被褥，男人虽是轻轻地拉她过来，可她还是不理。后来男人也觉得这太过分了，便怨恨地说："好吧，随你的便吧。"便将棉被盖好，径自睡了。这却是很冷的晚上，女人只穿了一件单的睡衣，时节更不凑巧，大抵家人都已睡了，自己独自起来，也觉得不大好，因夜色渐深了，更是懊悔，心想刚才索性起来出去倒好了。这样想，但仍是躺扎着，却听见外面有什么声响，有点怕了，就悄悄地靠近男人那边，把棉被拉来盖着，这时候才知道他原是装睡，这是很可恨的。而且他这时还说道："你还是这样固执下去吧！"那就更加懊恨了。

清少纳言把架子搭得特别足，笔下尽显清明世界明朗乾坤的撒娇，纵然脂粉，也端得可爱。

读书，与棋盘上的手谈相若，相当自在。

某夜，读《看云集》，内里收有一则沈启无书信体文，是寄给周作人老师指正商榷的——文风淡淡，好得很。周作人老师情不自禁，也写了一篇同题作文。还是觉得沈启无的好，且抄一段：

> 夏夜的蝙蝠,在乡村里面的,却有着另外一种风味。日之夕矣,这一天的农事告完。麦粮进了粮仓。牧人赶回猪羊。老黄牛总是在树下多歇一会儿,嘴里懒懒嚼着干草,白沫一直拖到地,照例还要去南塘喝口水才进牛栏的吧。长工几个人老是蹲在场边,腰里拔出旱烟袋在那里彼此对火,有时也默默然不作一声。

有无数乡村生活经验的人,读着可亲。尤其“在那里彼此对火”一句……

周作人老师的弟子中,数废名名气最响,沈启无次之。而沈这里的“名”,还是人所共之的“恶”名,缘于周老师的一则“破门声明”。什么事惹得周老师如此兴师动众?可能气狠了,不得不诉诸笔墨。沈的字可谓娟正温情,跟胡兰成是一脉。前阵,《万象》里有一篇止庵的文,多枯燥考证,其中说到周老师对沈启无语多贬抑,譬如:“他乃是我的小徒,姓沈名杨的便是……”

何事惹得这个老头每每言及,必出语愤怒?简直是个谜。

午后,出门早些,离上班时间尚远,一时起兴,拐至公园,在浓阴里,抬头望一下,银杏树上的白果已然黄了。树木与天象、节气配合得如此天衣无缝。难怪,总是有一些惘惘的愁伤挥之不去。既非居无定所,也非饥寒交迫。但,心里总是有一个空洞,如何也填不满。

树跟人比起来,境界就高得多。树永远比人高,永远比人看得远,所以,它们不愁不伤,自成一派,寂然不语……

人若学到树的一半,就算好修为了。人还是学不来树的,尤其那份自谦自抑,一生都学不来。

(选自《低眉》,海豚出版社2014年8月1版)

低　眉

《书城》里有舞鹤对朱天文的访谈。标题下摆了大幅相片。橙黄夜灯下，朱天文凛冽一袭素衣，黑裙，黑褂，黑鞋，唯一的亮色，来自她左脚踝上一枚铂金脚链，长发盘于脑后，纤细瘦弱的手，青筋毕现了。仔细端详这相片，隐隐有了惊讶苦涩。那个于二十出点头的年纪，写下《柴师傅》等小说，为侯孝贤编剧《悲情城市》的女子，青春正正好，便这么忽然老了？焰火一样璀璨，又熄灭，仿佛一瞬。

青春期里的朱天文，饱满圆脸，扎两根小辫子，爱穿碎花旗袍，明亮眼睛里透了稚气。而今，她的脸变得骨感起来，侧望，像极严歌苓。当年，王德威倾情峻烈，洋洋数千言，长论《世纪末的华丽》，那时的她，依然在青春的门槛里辗转移步吧。一晃，日子似一把刀向一头小羊羔飞快劈过去，生命的热情耗尽，余温渐渐冷却。这逐渐冷却的过程，也是青春丧失的过程。

许是拥有坐实了的底干，一部长篇尚未写下三分之一，便敢零碎拿出来发表。长篇创作，所谓“坐监”，“刑期”未满，竟敢任性着步出书斋，接受采访不厌其烦倾谈其他。她无非小女生不懂得低调内敛而急吼吼赶不上趟般把自己往外推销。这应是一种气度，有一份雍容的自信在，总会恰如其分地把握住自己，张弛舒展，收放自如。说完的话，泼出去的水，想必读者是愿意被她淋湿的。她言：菩萨低眉，一向说是慈悲，对照着金刚怒目。但我个人经验，哪里是慈悲、根本是自保。因为不敢抬眼，一抬眼，什么什么都映在眼里。看见了，就不能假装没看见，那么管是不管呢，管不起，结果只有低眉垂目不看见。她这分明是往人生的第三层境界里迈了。

早早领略过朱西宁先生家的才女。早年，她的文字，洗不脱的轻愁薄痛、颓废荒凉，悲欣交集（天心似乎比姐姐乐观，我仿佛不共鸣，后来搁下）。她因了聪慧明锐,更能体味到常人无法感知的幽微黯淡。人世如蚁,慢慢被逼迫,一点点啃噬易感的心,似乎找不到精神的出路,于是笔下禁不住的愁苦哀凉。仿佛要冲破,用尽全力挣扎,为的是寻一个解脱。激烈难犯,甚至不给自己后路。就这样一点一点迈过去,终于一天,守得云开日出,一切变得宁静从容。对这个人世,对自己,有了深深体恤,有了另外的顿悟。

这是要付出代价的——新鲜明了的青春过去了,永不回头。

她是在文字里慢慢老去的,一种无保留的恣意韵味,似历不尽的人语,倚不尽的楼前栏杆。这样的老,背负着才华禀赋,亦显得从容——她依然独自一人罢。那要配得起何等强大的内心来支撑?

这一阵,均在重读旧书,也把她的旧小说集拿出来看。《最想念的季节》里,那位女编辑可以跌得鼻青脸肿,但绝不允自己眉目不扬。旧情人得知自己结婚了,送一只欧米茄。她默默走到基隆河,"咚"一声丢进水里。后来,她言,早知需要用钱,不如拿去换点钱……朱天文不动声色,把人世的冰冷凉薄全盘托出,不留余地,一路兀自过去,不闻不问。所谓用芦苇杀牛,不曾带刀。

一点一点地,作者与读者双双老去……一代一代,如此。文学,生命里的一扇窗,用来给身体换气,给灵魂以抚慰。

一位朋友初中时代便开始长篇写作,这样的起点实在高。我等到19岁才开始发表第一首诗,得10元钱,默默拿去书店买一本小说,陀思妥耶夫斯基《白痴》。那时,隐隐觉出生命里有一扇窗户被打开了,明亮,安宁,夹杂了卑微的喜悦,毕竟,可以望得见茫茫后路了。有了凭依,生活也随之变得"尊严"起来。虽然当时不知这仍是生命里迟早要破灭的美梦之一。

这一扇窗,一直开着,未曾关闭。也仿佛从未有过野心。一个在屡屡挫败的环境下成长起来的人有何野心可言?她早已学会低眉。身陷人世,可以被诋毁,被伤害,被伤痛折磨……但唯一不可以被剥夺的,就是这种热爱的能力。

一切精神层面的热望,离我们近,仿佛触手可及,也离我们远,或许拼尽一生的气力都无法抵达,那么,我们每一天均低眉在路上。

(选自《低眉》,海豚出版社2014年8月1版)

江少宾

（1974— ）

安庆枞阳人。70后实力派散文作家，现供职于安徽电视台。先后获得2007年度人民文学奖、第四届老舍文学奖、第四届全国冰心散文奖以及第一届在场主义散文奖等，散文和小说作品多次见于《人民文学》《天涯》《散文》《北京文学》等刊，并多次入选《散文（海外版）》《小说选刊》《散文选刊》《青年文摘》等。著有散文集《打开的疼痛》《爱着你的苦难》等。

地　　母

这并不是一块肥沃的土地，但就是为了这块巴掌大的地方，曾二爷不惜和自己的亲侄子公开叫骂。曾二爷说，这地老子都种五六年了，现在说给你就给你？浑蛋嘛！

村里出面调解了，但无济于事。左邻右舍也说尽了好话，曾二爷同样寸步不让。

这样的无结果，最后常常只有诉诸媒体。曾二爷的固执溢于言表，即便是面对我们的摄像机，老人也是振振有词毫不怯场。村子里的青壮年早些年都出去打工了，曾二爷的侄子也远赴江浙，加入到打工者的行列。侄子的这块地就丢给了曾二爷，当时，双方还签了一份协议，将土地无偿地送给曾二爷耕种，期限是十年。但现如今，侄子反悔了，想重新要回这块土地。双方的争执由此而起。

曾二爷的意思再明白不过，不管侄子答应不答应，这地也得由自己耕种到第10年，理由是当初双方签订的协议。而二爷家的侄子也是寸步不让，说自己愿意承担全部的违约责任，每年再额外地付给曾二爷200斤大米。按说这样的条件已经很不错了，但曾二爷还是不乐意。曾二爷侍弄了一辈子的泥疙瘩，一天不下地，浑身就不自在。“这块地一般人真种不出来，就跟人一样，我已经摸熟了它的脾气。”曾二爷说着说着就泫然落泪，我们就在他的身旁，但老人全无羞涩毫不顾忌。曾二爷说，他这一生只为一个人流过眼泪，那个人，就是他离世不久的母亲。说话间，曾二爷就蹲在了地上，手里捏着一块初春的土疙瘩，那样子，仿佛那不是泥土，而是母亲的脸庞和双手。

我蹲在老人的身边，他的眼泪，仿佛是针，稳而准地扎在我的心上。我猛然间就懂得了乡下的双亲，何以一直不愿意住在城里，而是坚守于遥远的乡下。

我的双亲已年逾古稀,和曾二爷差不多年纪。这些年来,虽然家里的条件已经大为改善,但双亲还是不肯舍弃那座陈年的老屋,还是不肯舍弃那几亩已然贫瘠的土地。甚至,在二哥最后一个离开那块土地在城里安家落户时,父亲还做起了手脚,就为了能够保住二哥名下的那一亩三分地。父亲电话告知我这个消息时,一个劲儿地摇头叹气。父亲试图让我找找在镇里当副书记的同学,只要他一句话,父亲说,这地就还能是我的。我当然没有向同学开口,就是我开了口,同学也是不可能网开一面的。这两年,要求回乡务农的人,每个村都有,每个村都有人在为这种事怄气。隔壁村子的来宝为了要回自己的土地,甚至和姻亲大打出手,还把床铺搬到了村委会的办公室里。农民兄弟的过激之举得到了村委会最小程度的警戒和最大限度的理解,毕竟,其间透露出的信息,让一度濒临瘫痪的基层组织重新找回了信心和勇气。

曾二爷所在的村委会同样如此。村书记说,现在还真不怕农民找他们的麻烦,现在的麻烦十有八九是为了土地。以前白送都没人要的土地,现在成了"香饽饽",最欣慰的除了一直就没准备离开土地的老农,就是那些村主任和村书记。和一个老弱病残把守的村子相比,村里的主任和书记们当然更希望看到,古老的土地能在年轻人的手里焕发出新生的活力。

一群衣着光鲜的年轻人围向我们的采访车。他们都是曾经抛下土地外出打工的壮劳力。然而现如今,土地仿佛母亲的手,把这些曾经不愿务农的人,一个个都召回了这块生养了他们的土地。一个年轻人为此给我们算了一笔经济账,现在没了"三提五统",一亩地如果一年种两季,净收入大约是以前的三到四倍,如果种经济作物的话(比如草莓、苹果和葡萄),估计十倍都不止。而外出务工,一年的收入大概也只能是这个数字。他并没有说自己打工一年的确切收入,而是用了"大概""估计""差不多"这样含糊的字眼。我知道,年轻人向来都需要点面子。外面的世界确实很精彩,但外面的世界对大多数民工们来说,也一直就很无奈。只是,许多年轻人在"衣锦还乡"时,很少会提起那些令他们失望和伤感的往事。

去年初冬,在我居住的小区后面,打拼着许多农民工,他们不懂技术活,大多是在抬钢筋,筛黄沙,拎泥桶。晚归的时候,我时常看见他们三三两两地蹴在脚手架下面,啃一些生冷的馒头,愁苦的面容像起落的蝙蝠,无声地出没于一个个黄昏。但在今年的一幅照片上,我看到这样一幅场景:一个年轻的农民工手里捏着几个大馒头，身上白白的（石灰水的斑迹），嘴里白白的（馒头的碎末），笑得非常开心（像是他的幸福正从天而降）。他的开心让我无比心酸，我不知道他那一刻的开心，究竟包含着一种什么样的内容，我总觉得他的笑容与某些统计报表上的数字极其类似，难以让人彻底相信。

还是小区后面的那个工地，临近春节的时候，包工头忽然玩起了他们喜欢玩的“失踪”。四十六位农民工整天蹲在工地上，苦苦地守望包工头的身影。他们中的许多人，拼死拼活地干了三四个月，眼见春节了，同乡同族的包工头却撇下了他们。

我所在的电视台和当地的其他几家新闻媒体都编发了这条新闻。同事回来告诉我，农民一见记者去采访，恨不得跪下来，以表达他们的感激之情。这些走投无路的农民们，几乎把所有的希望都寄托于媒体，巴望着曝光之后，有关部门能够出面干预，从而改变他们的命运。我身在媒体，我知道，对地方媒体的寄托，常常是一场空。

现在，围在我身边的就是决定重拾土地的从前的民工。他们中的许多人都有过类似的大同小异的经历，几乎没有一个人的工钱能够全部结清。工头们总有各种各样的理由来搪塞他们，因为民工中的绝大多数，都不知道签劳动合同，任何一个借口，都可以让他们立即走人。他们找过施工单位，找过劳动部门，最后似乎还是只有媒体才可以帮助他们。而现在的媒体也乐意给予弱势群体这样的帮助，这样的帮助既符合媒体的职业道德，同时也为诸多媒体赢得了丰厚的社会效益和经济效益。

而那些确实需要帮助的民工们，最后真正能够得到帮助的，常常寥寥无几。

说到最后，他们告诉我的还是现如今耕作的效益和意义。其实我知道，那绝不是唯一的原因，或者说并不完全是真实的。工业和农业之间的剪刀差依然存在。天灾人祸依然会让农民白费力气。农业人口的医疗和养老依然是个无法回避的社会问题……我更愿意相信的是：对土地的回归，一半是觉醒，一半是无奈。

在城里，民工们总是弱势，而一旦还乡，他们则成了真正的主人。土地让他们觉着踏实，而踏实，或许比什么都重要，甚至几乎就意味着一切。

这种踏实感和归属感，在曾二爷的身上一眼就能看清。自始至终，曾二爷一直蹲在地上，手里还捏着那块土疙瘩，仿佛，他一离开，这土地就再也不属于他。

曾二爷的侄子也是那种倔强的性子。他的倔强看上去,就像是一块厚实的土地。他显然比二爷多见了一些世面,说起如今做地的种种好处来,一五一十,头头是道。他还当着我们的面,当着二爷的面,说实在不行,他只有去县里上告。这句话仿佛一把小火苗,一下子就把曾二爷的怒火燃得老高。

“你去告吧,你个小狗日的!老子就是死,也死在这块地里!”

“我不要这块地,我不也是一个死?”

在侄子的威逼里,曾二爷古铜色的脸上——让我想到罗中立的油画《父亲》——再次老泪纵横。这个一脸沧桑的老人望着自家侄子的背影,骂了几句之后,就蹲在田头狠命地抽烟,再也没有出声。或许老人也已经知道,费再多的口舌也解决不了问题。侄子这回是同他一样,“吃了秤砣铁了心”。

初春的田野浮游着阵阵寒意。阳光仿佛一条条冬眠的蛇,在田野上慢慢地蔓延和苏醒。微风也像母亲的手,轻轻地掀动泥土的外衣。尽管野草依然枯黄,但初春的田野,已经散发出新生的地气。老人的泪水使得这一切多了一层极不和谐的黯然背景,尽管我知道,老人的泪水,并不仅仅是因为生气。

曾二爷所在的村民组有一百二十四点八亩耕地。曾几何时,这些良田被成片地抛荒,被耕种的还不到四分之一。耕种的也以老人和妇女居多,更多的青壮年则选择了外出打工,或者是经营小本生意。在国家还没有全面取消农业税之前,泛黄书页里勤劳而质朴的乡亲似乎都失踪了,老黄牛似的品质,好像也不见了——事实上,勤劳也是一种圈套,它使得乡亲父老一段时间以来,再也没有闲心和精力,考虑别的事情。更主要的原因可能还在于,除了在地里勤劳地刨食,农民们实在想不到更多的法子,养活自己和亲人——只有如曾二爷这样的老农,才愿意留下来,守望着田园,守望着村子,守望着生养了他们的土地。他们是相信的,有了土地就饿不死人,正如城里人,只要有一份安稳的工作,或者是一门手艺。正是因为有了这种朴素的信仰,曾二爷们才死活不肯挪移,死活不肯离开能让他们感觉踏实下来的土地。一如我年迈的双亲,从来就不曾安心地在合肥住过两个星期。在他们看来,城市里悬空的楼阁像是逼仄的牢笼,城市里的水泥地也不像是真实的土地,他们觉着接不上“气”。在他们的意识里,地是有气的,人的精气神只有接上了地气,才能够脚踏实地。这样的感觉我们可能永远也无法理解,事实上我们前脚迈进城,后脚就遗忘了脚踏实地的感觉,就遗忘了泥土的气息其实一直就潜伏在我们流动的血脉里。我们当然很难感知这样的气息,它们仅仅是一股暗流,或许,也只游走于我们的梦里。

而我们一旦醒来,就再也无法回忆。

这是辆循环往复的风车。在乡间,风车的轮子似乎更容易被我们想起。我实在不愿意把曾二爷比作谁,这样的比拟对曾二爷来说,并没有任何实质性的意义。对曾二爷来说,他知道的仅仅只是,他不能没有脚踏实地的生活,他不能离开任何一块能给他带来踏实感的土地。

在乡间,其实许多纠纷,都仅仅只是因为争夺这种看似简单的踏实,都仅仅只是因为失去这种踏实感,让农人们觉得像是母亲永远地离开了自己。

曾二爷的泪水确实让我想到了他刚刚离世的母亲。我想也只有如失去母亲般的伤痛,才可以让一个老人当着几个年轻人的面,痛哭流涕,大放悲声。

曾二爷的侄子这时候忽然折了回来。他轻轻地捣了捣曾二爷拢在一起的胳膊,又恭恭敬敬地递上一支烟,显得低声下气。我定定地看向他,我听见他说:"二爷,要不这么着,这地还是你种吧,我帮你。"曾二爷一下子就擦干了泪水,眼里写满狐疑:"你、你可真的?"

曾二爷的侄子看了看我们的摄像机,他说:"真的。我帮你!"

我没有了解曾二爷的侄子前后何以会有如此巨大的反差,但我还是在老人的唏嘘声里,和摄像师一起收拾起机器,慢慢地向村口无声地撤离。我甚至没有询问曾二爷所在的村子究竟叫什么名字,还有曾二爷的侄子,我同样没有询问他的名字。我觉得这些都不那么重要了,包括曾二爷自己的名字。

因为,你或许已经见过这个老人。你或许已经见过这个村子。

(原载《人民文学》2006年11期。本文曾获"人民文学奖")

爱着你的苦难

好吧！我承认，小时候，我是个顽皮的孩子。打架仿佛是我的家常便饭，一天不吃就饿得慌。母亲怀我刚满七个月，就迫不及待地将我撵进了人世。生我之后又没有奶，以至于我既先天发育不足，后天又营养不良，和同龄人相比，就像是条腌泡过的黄瓜:这样一个孩子，无论如何都应该是老实的，但我的表现，无情地篡改了大人的印象——上树掏鸟窠之类的太过小儿科，我早就已经不屑了，相比之下，我更喜欢挑衅，喜欢和比自己高也比自己大的小同伴打架。我似乎是想证明自己并不比那些在娘胎里赖足十个月的孩子差，不信的话，咱们干一架！结果是可想而知的，胳膊根本无法和大腿较量。毫不谦虚地说，从小起，我就在实践着这样一条真理，“心有多大，舞台就有多大”，尽管我为此付出了惨重的代价——正是那些岁月里留下的暗伤，持久地阻碍着我的拔节，像一株正要抽穗的麦子，突然遭遇灭顶的寒霜。父亲为此伤透了脑筋，但父亲和所有人一样，对我无计可施，无法可想。我家世代务农，到了我们这一代，曙光乍现，光宗耀祖的希望就在不远的前方。而我偏偏又这么顽皮，父亲怎能不伤心呢?父亲的伤心无以复加！

那个秋天的黄昏，我又在放学的路上挑衅了干林。干林比我高一个头，要是不读书，其实已经是个劳动力了，他仗着自己身高体壮，时常欺负班上的男孩子和村里的女孩子，我很早就看不惯他的做法，我很早就想找他干一架。那天黄昏，我故意拿起一块石头，从背后准确无误地掷中了他。那是一块很小很小的石头，几乎产生不了痛感，但战争还是一触即发。干林，这个早熟的劳动力，他比我更需要一场真正的战争，并在一场真正的战争里确立自己的地位和威信。干林果然笑眯眯地放下了书包，前后抖动着臂膀，仿佛一个斗士(对李小龙的刻意模仿)，而后左右手先后握成拳头的形状，互相挤压，粗大的指关节咔咔作响。干林的架势太专业了,这个黄昏的田野上唯一的英雄,不战而屈人之兵。好汉不吃眼前亏,我落荒而逃,然而那个黄昏的英雄并没有放过唯一的穷寇,他用一个标准的扫堂腿,从背后将我重重放倒。那一跤摔得真是狠啦,最先着地的,是我的后脑勺。在后来的很长的一段时间里,我时常莫名其妙的恶心,且有些许眩晕,却不敢告诉任何人。多年之后,我才知道这是脑震荡的症状,好在它早已自然消失,从未复发。就像那段不堪回首的少年时光,它们已经在我的记忆里尘封了起来,偶尔想起,竟有一种虚幻感。那一次,我在自己的挑衅里吃了大亏,嘴唇出血,牙齿掉了两颗,胳膊和背部大面积挫伤……尚武的干林将我当成了试验品,他把自己剽学的功夫全都使了出来,如果不是一位好心的老人出面阻拦,那个黄昏,干林肯定成了杀人犯。

到家的时候,天已经黑透了。这一回,早已对我失望至极的父亲终于勃然大怒,他操起准备好的拖把,向我挥了过来,我虽然受了伤但反应却是敏捷的,只一闪,父亲的拖把就挥到了天上。父亲的怒火愈加烈了,他冲了过来,我再次敏捷地夺门而出,逃进了田畈。父亲暴怒的脚步一直追在我的身后,可那时候的父亲毕竟已经年届半百,而且长得虚胖,所以一直没有把我追上。我原以为,父亲大概也只是做做样子,吓唬吓唬我罢了,谁知道父亲竟然不达目的不罢休,他一直追了两三里。那个浓如墨汁的夜晚,我终于领教到了父亲的固执,现在想来,在这一点上,我和父亲多么相像——暴烈,固执,冥顽不化。跑了两三里地之后,脚下已经没有了熟悉的道路。然而身后的父亲还在追赶,他呼呼地喘着粗气,像牛在喷着响鼻,这种明显是从胸腔里喷发出来的声音,一下子把我击垮了,我呆呆地站在原地,等待着父亲的愤怒的拖把。追赶上来的父亲果然挥了过来,拖把裹挟着暗夜里的风,发出沉闷的响声。寂静的夜里,这沉闷的一声宛如平地起惊雷,父亲愣住了,他停了下来,似乎是想摸摸找找,手停在半空,试探着,嘴里喊着我的乳名。我们站立的地方是一道灌溉渠,试探的父亲突然失去了平衡,他一个趔趄,一头扎了进去。渠里的水大约齐腰深,我听见父亲在水里挣扎,像一条牛,水花溅了我一身。我的大脑一片空白,自始至终,我都没有伸手拉一把父亲。落水之后的父亲挣扎在长久的绝望里,他不是跌进了一道灌溉渠,而是跌进了暮年。那一次有惊无险的落水的经历,在我的时间概念里前后不到十分钟,然而在父亲那里,仿佛大半生。

最后,父亲终于爬了上来,我能感觉到父亲的颤抖,他独自转上了回家的路,甚至连拖把都没有要。我默默地跟在父亲的身后,小小的心脏几乎要蹦出来。我知道自己闯下了大祸,不是因为干林,而是因为父亲。我不知道回家之后,等着自己的会是什么样的惩罚,但我知道,我必须跟着父亲,回家。

走到村口的时候,我听见了父亲的呜咽,他压抑着,声音沙哑而苍老,像一块破碎的抹布,被风席卷在空中。这是我第一次听见父亲的哭声,很久之后母亲才告诉我,父亲这一生,只哭过有限的几次,每一次,都因为失去了一位亲人。今天想来,父亲的呜咽里不只是绝望,也不只是心痛,更多的其实是失去。

那个秋夜之后,父亲再也没有惩罚过我,即便家里只有我们两个人,面对面地坐着,他也绝不会开口找我说话,他甚至不再过问我的学业,仿佛我只是家里的一个碍眼的物件,可有,当然也可无。也是从那时候开始,父亲爱上了麻将,他几乎把所有的时间都耗在了麻将桌上。放学回家的时候,上床睡觉的时候,即使是农忙的时候,我也很少能在家里看到他。他几乎在夜以继日地赌,年过半百的父亲,一夜之间,成了一个远近闻名的赌徒。他对赌博的热爱,传遍了方圆数十里,他可以一天不吃饭,但不可以一天不打麻将。母亲为此时常和父亲吵架,但这时候的父亲,已经无力自拔。过度的精力消耗和身体透支,严重损害着父亲的健康,他时常失眠,健忘,虚胖的脸上常年滚满虚汗。那时候的父亲刚刚站上五十岁的门槛,可五十岁的父亲已经鬓发花白,他在一个人的岁月里提前衰老,仿佛全世界的创伤,全部背负在他一个人的肩上。那段黯淡的岁月,父亲像一只逃离洞穴的受伤的兽,他只能潜伏在麻将桌上,疗救自己的深重的伤口。那时候,没人理解父亲的赌,在村人的谈资里,父亲是个无可救药的疯狂的赌徒。

二

我好像一夜之间就长大了,再也没有主动肇事,人若不犯我,我绝不犯人。然而父亲,似乎并没有意识到我的变化,他依然不太和我说话,也很少主动索看我的成绩单。父亲的沉默像屋后绵延的巢山,我时时刻刻都能感受到来自父亲的威压,这是一种无言的惩罚,在相当长的一段时间里,我对父亲有一种源自灵魂深处的畏惧感。在和父亲的长久的对峙里,我也成了一个沉默寡言的人,越来越不愿意和人说话。那时候,我已经清楚地知道,那个秋夜的伤害,一直烙在父亲的心上,他因为无法接受,所以迟迟不肯原谅。他只有夜以继日地沉湎于麻将,寄希望于彻底的神经麻痹,慰藉内心深处的创伤。我不知道如何消解一个父亲对亲生儿子的仇恨,对未来的茫然与无知,以及日渐深重的自卑感,使我的那段青春岁月几乎暗无天日,就像一个不慎溺水的人,始终无法泅渡上岸。

父亲对赌博的热爱,终于拖垮了殷实的家境,此后连续几年,每年除夕,都有债主来拍我家的门。我清楚地记得,某年的除夕之夜,村里的一个孩子,我的小学同学,竟然也成了父亲的债主,简直令我难以置信。他响亮地拍着桌子,冲父亲吆喝着,甚至直呼父亲的大名!而父亲,只是耷拉着花白的脑袋,像个犯了错的孩子,始终没有吭声。我的同学,他太过分了,这揪心的一幕,让我无地自容。一段短暂的沉默之后,我终于冲下上去,手里握着板凳。在父亲的惊愕和母亲的惊叫里,小债主幸运地躲过了一劫,他远远地绕开了我,慢慢地退出了我家的后门。记忆里,他是唯一大年三十讨债无果的人,在我们那里,大年三十,绝不会有空手而归的债主,倘使空手而归,来年债主的家门,多半会破财,或者是受灾。这当然是一种迷信的说法,然而信的人多了,慢慢地,迷信也就成了真。

那个除夕之夜,家里始终弥漫着悲伤的气氛,尽管我们想尽了办法,轮流敬酒,背《三字经》,唱黄梅戏,但父亲还是心事重重。那个不懂事的小债主,他过激的言行,极大地伤害了父亲的自尊。整场夜宴,父亲的眼圈始终是红的,他潦草地结束了自己的年夜饭,联欢晚会还没有开始,父亲就独自爬上了床。这是我们家唯一一个没有麻将声的除夕夜,父亲以这种方式,宣告一个时代的终结。他甚至有了卧薪尝胆、发奋图强的意思,然而,那时候的父亲已经老了,他已无法自食其力,至于挣钱还债,更是心有余而力不足!

贫寒的家境包围着我漫长的青春,从初中到高中,再到大学。我的学费一直是父亲不得不破解的最大的困境。高三那个学年,因为拖欠学费,我在校园之外游荡了半个学期!中学在扫帚沟街上,满街都是流氓和地痞,他们呼朋引伴,寻衅肇事,校园内外,尘烟四起。而我几乎身无分文,母亲给我带上一瓶蚕豆酱,对付一个星期……在散文《一九九〇年的乡下小镇》里,我详尽地描写过那段灰暗的日子,蛰伏多年的顽劣终于再次抬头,我悲观,同时厌世,我寻衅,同时肇事……现在想来,那段灰暗的岁月其实已经成了我生命的底色,悲观已经渗透到我的骨子里,而这一切,全拜父亲所赐。

那些年,父亲究竟在外面欠了多少债,我其实一无所知,一直在我参加工作五年之后,父亲还欠贵池的一位朋友两千块。这是我为父亲还清的唯一的一笔外债,似乎也是父亲的最后的一笔,而那时候的父亲,已经六十五岁!父亲的晚年,一直在还债中生活,我无法想象这样的日子,如果将父亲换成我,我不知道自己还能不能像父亲一样,旷达而乐观——晚年的父亲终于参透了人世,他用自己尊严的后半生,弥补对母亲和我们的亏欠,父亲确实做到了,他在漫长而苦难的光阴里,终于慢慢地战胜了自己!我不知道父亲的动力究竟来自于何处?是那个除夕之夜,还是因为我终于考上了大学?抑或,两者兼而有之?

许多年过去,我一直没有问过父亲——我相信,那一定是父亲的一个秘密,父亲也一定不愿意再次提起。

三

但我深切地爱着父亲的后半生,他苦难的后半生,显示着人世的酷烈与寒凉,我已不忍细细叙述。

晚年的父亲依旧沉默寡言,偶尔受人邀请,也会在麻将桌上短暂地小坐,要是输掉超过十块钱,会长久地自责与心痛。有一次,我去看父亲,他正在小区里打麻将,和他对阵的,是三个年纪相仿的合肥老太。父亲的牌出得非常谨慎,打出去,犹疑片刻,又拿回来;再打一张,又犹疑片刻,再拿回来。几乎是在耍赖了!父亲是怕别人开他的牌,他老迈的心脏,受不了别人掏他的钱袋。这个七十五岁的乡下老人已经穷怕了,他和这些老太太打牌的唯一目的,是觉得这些老太太技不如人,再者是因为,也只有这些消磨时光的老太太,可以忍受他一而再再而三的耍赖。

漫长的光阴,终于销蚀了我对父亲的畏惧,而我,也已经娶妻生子,成为一个丈夫和父亲。我终于感知到了那种流淌在血脉里的亲情,那是一种舍生忘死、奋不顾身的力量,一种欲罢不能的怜惜与心痛,于是也真切地理解了固执的父亲。现在的父亲,对我的成绩依旧不屑一顾,在报上看到我获奖的消息,也装着浑然不知,我不说,他也不问。他更多地关心着我的工作,我的身体,以及家庭和孩子。在父亲看来,这些才是男人的根本,其他的,都是过眼烟云。每次和父亲吃饭,他总会想方设法地告诉我一些为人处世的道理,他告诫我不要骄傲,不要对下属轻易发脾气,不要对领导的决定轻率地提出任何质疑,更不要依自己的性格对待工作中的每一件事……父亲无疑是对的,他将自己十余年的苦难,点点滴滴地渗透给自己的儿子。这让我感到,晚年的父亲又活回去了,他突然回到了几十年前,依旧那么严厉,依旧那么固执,而我,依旧是那个容易脱缰的不听话的孩子。

在我和父亲之间,始终横亘着一座山,这座山,我们共同翻越了二十多年。二十多年之后,我们又重新回到了起点,现在的山顶,一眼望不到尽头,像一段茫然无际的岁月。我不知道父亲还能翻越多久,他其实已经累了,但他对我的表现,从一开始就感到不满,他总是一厢情愿地认为,我还能做得更好一些。我不知道父亲对我的厚望究竟从何而来,他的厚望过于盲目,过于乐观,近乎不切实际。但这就是父亲,他已经固执了七十五年,并将继续固执下去。

天下的父亲,其实大体上都是相似的,他们爱着自己的儿女,希望儿女们能够全方位地超越自己。而我的父亲,他对儿女们的要求过于严苛,甚至不惜伤害自己。父亲,大名江友正,一个不算标准的中国农民,他读过两年私塾,会写一手漂亮的毛笔字,现在也会用手机。如此而已。仅此而已。

然而,我是那么深切地爱着他——他的严苛、沉默和悲凉,还有那岁月一样深长的苦难!

(选自《爱着你的苦难》,合肥工业大学出版社 2011 年 12 月 1 版)

倦鸟

在乡下，往往能和一些鸟相遇。它们是乌鸦、麻雀和喜鹊，顽皮地在空地里跳跃，间或还能看见它们悠闲地踱着方步，人来不惊，畜去不散，仿佛聋子或瞎子，对身边的危险失去了最起码的判断。当然，危险也确实并非无处不在，这让鸟们一度与人们和平共处。

首先出现的总是乌鸦。在乡下，乌鸦其实是个不祥之物，它的叫声愈是激越，死亡的气息便愈是浓烈。尤其是那些阴雨的清晨，它的鼓噪，几乎等同于人家的丧号，在这样的叫声里醒转，就听了母亲的浩叹，不知这回又轮到谁了？更为神奇的事实是，乌鸦的鼓噪过后，往往真的就会死人，年轻的年长的都有。母亲后来甚至积累了丰富的经验，能从乌鸦的叫声里听出一些更为隐秘的东西，比如死者的年纪、比如死者的大致方位，这时候的母亲总是一脸的伤感，她静静地坐在门槛上，仿佛看到时光后面的东西。有一回，只有一回，母亲在乌鸦的叫声里落了泪，我记得母亲说，乌鸦的叫声仿佛是在唤自己。我一下子就唬住了，母亲说，孩子，娘老了，该走的时候总要走的。然那一回，母亲并没有走，母亲到现在依然活得好好的。但从那之后，我便对乌鸦起了切齿的仇恨，以为村里所有的老人都是被乌鸦给叫走的，如果乌鸦不叫，老人们就还能活着，因为他们并不知道自己该不该走，或是知道了，却不肯轻易撒手。生死就在这样的一念之间，撒手了就走，不撒手就活，谁能说一个老人的去世，就一定需要乌鸦的叫声来提醒呢？

在乌鸦持久的鼓噪里，村里的老人相继去世。他们的灵柩大多极其简陋，一口逼仄的棺木，上面铺上了黑色的绣，他们是我熟悉的同辈或父辈，但此刻的他们再也无法像母亲一样，在乌鸦的叫声里做出自己的判断。我所见过的最为豪华的丧事发生在 1987 年，那是二爷的丧事，二爷活了一大把年纪，记忆里他是村子里最耐活的老人之一，有好几回剧烈的哮喘都差点让他断了气，但不久又神奇地活了过来，原本准备好的丧事变成了喜事。二爷的复活总有喜鹊的叫声为伴，以至于后来二爷一断气，二娘就满世界地去找喜鹊，更多的媳妇们也帮着去找，但平素乐于叫唤的喜鹊们有一回却集体噤了声，大家就都于冥冥中得知，二爷这回怕是死定了。二娘也只好死了心，一门心思地准备起二爷的丧事。事实上，二爷那一回也确实没有再醒过来，虽然他的眼睛一直在睁着，但却找不到一只喜鹊的影子。临走之前的二爷想来也是在呼唤着喜鹊，我不知道假如二娘真的找来了喜鹊，二爷还能不能醒过来，我相信二爷是能的，二爷最后的意念就系于一只叫唤的喜鹊。更多的生死也维系于一种意念，或者是鸟，也或者是别的。但在我的乡下，那只能是鸟，这民间的鸟们，竟于不倦的飞翔之间，行进着死亡的宏大叙事。二爷的丧事极尽了奢华，他的棺木是乡下难得一见的枫木，来自二爷亲手植下的枫树（据说那是二爷的遗嘱），枫树吱呀一声倒下的时候，惊散了上面数不清的鸟，摔碎了上面数不清的鸟窠。那些鸟们后来一直叽叽喳喳着，把二爷的丧事叫得瘆人而恐怖。

我还记得一只麻雀，就一只。这种乡下最为常见的鸟类一直不讨人们喜欢。它和现在的部分无行青年极为相似，随时随地地留下它们的排泄物。月黑风高的夏夜，这种群居的鸟常于人家的草檐下做窠，待得四下里静了，用手电灯一顺，笔直的光柱里总能看见一只只怕光的坐以待毙的麻雀。二爷死后不久，他家檐下的麻雀似乎更多，它们四处留下污秽的劣迹，难以下脚。那只麻雀就在我的光柱里，我毫不费力地就把它逮进了手里。它扑棱着，惶恐不已，灰褐色的毛羽顺滑而温热，仿佛不是一只鸟的身体。事实上，我也只逮到了这样的一只，更多的麻雀已经在张皇中四起。

我没有杀死那只麻雀，而是把它放进了柴屋里。那只惶恐的麻雀整夜低飞，门扉与窗棂被冲撞的声音不时响起。一只麻雀的飞翔的极限究竟有多远？柴屋的面积大约是七个平方米。我无法计算它究竟飞翔了多久，也无法统计它究竟飞翔了多少距离。但，一只麻雀确实能够在飞翔中死去，那只麻雀，那只灰褐色的麻雀，就死在自己的飞翔里。它是死于自己的疲倦，还是死在自己的绝望里？

我无法预测死亡的来临，甚至连一只鸟的死亡，我也无法看清它全部的过程和秘密。但我却固执地相信，那是一只倦鸟，它死于自己的飞翔，它的死亡有着飞翔的意义，甚至比我的父辈和同辈，更容易为我所记起。

（选自《爱着你的苦难》，合肥工业大学出版社 2011 年 12 月 1 版）

荣光启

（1974—　）

著名诗评家、学者。安庆枞阳县人。1995年毕业于安徽师范大学中文系。1997年7月毕业于广西师范大学中文系中国现当代文学专业，提前一年顺利通过硕士论文答辩后留校任教。1999年春至2000年春，赴广西壮族自治区龙胜各族自治县桂湘黔交界的一乡村中学支教。在桂林期间，曾写作不少诗歌、散文和小说。

2001年下半年始，寄居北京。2005年7月毕业于首都师范大学文学院，获文学博士学位。现为武汉大学文学院副教授，硕士生导师，主要从事新诗研究。著有《“自由”的年代与困难的诗歌——六十、七十年代出生的中国诗人论》（南方日报出版社，2007年）等；编有《快乐的卧谈会：现场聊天室》（漓江出版社，2001年）、《海子第一本诗集〈小站〉》（湖南文艺出版社，2009年）、《海子最美的抒情短诗100首》（附光盘风尚图文听读典藏版，湖南文艺出版社，2009年）等。

黑脸膛的父亲与江南流水

现在我越来越爱我的父亲了,我曾经对他恨之入骨。我记得有一个黄昏,从血吸虫防疫站回来的父亲瘦削的身影出现在村前细弱的小道上时,我就开始了逃离父亲的狂奔,坐在门口的祖母将我的慌乱归之于有鬼在后面撵我,我在匆忙中以混乱不堪的声音回答她:不是鬼,是阎王,阎王又回来了。在那个时刻,我经常抚摸着身上的伤痕和感受腹中的饥饿,对父亲的命名就是这样。我这样说着就感到有一种如风的重量从身后挟裹了我不足一米的身躯。回头我就看到了父亲,我还闻到了他从防疫站带回的那种令人恐惧的药味。父亲回家的脚步声在我的声音里戛然而止,他黄黑的脸膛像一张奇怪的白纸,缀满千言,在晚风和夕阳的火焰中向我默默蜷曲。我在自己语言的罪责之后,静候父亲那装上十只厚茧的手掌,但久等未落,一直至今。那年月似乎全国人民都患了血吸虫病,而我们家又世代栖居在水边,关于粮食都是趁水不在时从朝三暮四的河床上夺来。河床上盛满青草、软泥和鱼虫,父亲的体内盛满命运、历史和另一只小虫我,他的倍加虚弱是一种必然。

父亲对我最严重的一次迫害,我至今记忆犹新。在此刻的怀念中我再次看见了父亲那时心中巨大的悲痛与虚弱,他在那个寒风凛冽的清晨某个瞬间被迫张开绝望的毁灭之手,对于这一未遂的毁灭之晨,我曾将它夸大其词地写入了小说《水边的父们》,那是我最初的一个短篇,但这并不意味着在我后来的抒写中它不会本真地复出。是的,我们世代都是水边的子民,门前就流着一道江南最美的细水。重要的是,十年以前的江南上空,在我黑脸膛的父亲与静静流水之间,我曾经飞翔出一道悲伤的弧线,在艰难的飞翔之后,我撞开了水面之门,众多的水纷纷溅起,我到达了某个地方。那是一个并不适宜远行的冬季早晨,父亲大叫一声“滚吧”,就拎起我的衣领将我从漆黑的门洞里扔出。未等祖母她们反应过来，我年幼的躯体已开始了它最初的飞翔，在此短暂而漫长的空中行旅间，我印象深刻的是中途经过了某片树梢，那颗曾与我异常友好的枣树以它生硬的枝条扣留了我上衣所有的纽扣。这样，我进入江南流水时，其实心胸一片空白。

少时的那次小小的登陆在记忆里已模糊不清。也许是狼狈不堪。但此前的所有时光已在冰凉的水流中七零八落。我开始陌生地看着家门，我听到祖母在惊恐的责骂中对父亲的性情追根溯源，原来父亲小时候吃过一种叫朱砂的东西，我想那大概类似于某种石头，坚硬而苦涩，可为什么有人要吃它呢？祖母她们一味谴责父亲使我忘记了自己所有拙劣不堪的少年行径，在嘹亮的哭声中，我抽空喊了一声：记着吧，长大后不会养你的。这一尖厉无比的叫喊之后，我收获了一大片令人心惊的寂静。我看见父亲走出了众人的声讨，寂静中他开始离开我们，我想他是去某个墙角独自枯萎。我停止哭泣之后就感到了心里的奇迹，我心里也有一大片寂静在悄然延展，我看见关于时间的三朵花正在明朗地开放，它们的开放是因为父亲的枯萎。有一种清晰在我空荡荡的脑袋里呲呲成长。我的少年时代提早结束。

正式告别我的少年时代是在另一个清晨。步出木质的古老门槛踏着塞满青苔的临水石阶时，我有点眩晕。缠绕我整个少年时光的江南流水，现在我要乘她而去。我看见一只小船在欸乃声中如期而至，我想它是和父亲有约的。祖母在众人身后步履蹒跚，她苍老的脸庞伏在拐杖上。我知道再见江南时我已无法再见一些老人，老人们总是匆匆看了我们一眼或朝我们笑了一下就永世不见了，这样，我离开的脚步无法不缀满感伤，以至于踏上船舷时我差点摔了一跤。我爱怜地看了一眼岸与船舷之间的那一细流水，它静默瘦削的流动酷似一个人的一生。我没有看见父亲，我的目光在沉重的泪水中缓慢转动，我再次回味了百年徽州青草飘拂的飞檐曲瓦，我最后捕捉一次千年江南细弱秾甜的秘密人声。最后我看见了父亲。父亲独自站在远处那道拱桥上，清幽的桥下水面上也有一个父亲，都在看我。父亲占据了太阳升起的位置。他堵塞了太阳的道路和时间的行程。那个清晨没有风，胀满他单薄的衣袖的只能是我急促的呼吸。在曙光普照之前，他的黑脸膛比天幕还要玄深。父亲这样的身影横亘了我一生对于家园的怀念之门，我所有的情思总是到此为止，萦留不去。

我的小船迁徙至午，在一大片辽阔的水面上，我的漂泊开始转移。这是一座城池的边缘,河口处的那座古塔早已门窗关闭,表达古老徽州对于世事流程的不言不语。我想父亲和江南对我的送别结束了,他们对远行的儿女总以沉默著称。我开始出没在一条大河上,在郭兰英老师的歌唱中,这条大河总令我们含泪不语。我的方向是这条大河还乡的方向,而我却是出门远行,所以我们不得不半路分手。在这空阔的大地上,我孤单的身影开始向左拐,去往更南的南方,消失在异乡的城市里。在白天行将结束、夜晚将至的隙缝间,我常被时间和命运挤压得喘不过气来,我被迫爬上楼顶深深呼吸。听着夕阳西下的秘响,靠着一堵南方的墙,我开始久久怅然北方。

1996 年冬

(原载广西师范大学校刊《漓原》创刊号)

诗与神秘

在一切文学类型中,诗似乎最有神秘性。首先,“诗”这个字,《说文解字》中有“诗者,从言寺声”,有作者引申出:诗歌,寺庙里的语言。“寺庙”二字,透露出诗歌起源的神秘性。事实上,无论说是起源于劳动还是宗教祭祀,在社会学上我们都不能说清诗歌的源头。

而在文学写作的过程上,诗歌的写作也是奥秘。一首好诗是怎样诞生的,恐怕作者也说不清楚。如果能说清楚的话,诗人就可以像 ATM 一样了,当感觉、想象与经验都有了,就敲敲脑袋上的按钮,笔端立马吐出诗人想要的东西。在写作上,将诗歌弄得最神秘的是象征主义诗人。这方面鼻祖式的人物,法国诗人夏尔·波德莱尔(1821—1867)有一首宣言式的作品《应和》:“自然是座庙宇,那里活的柱子/有时说出了模模糊糊的话音;/人从那里过,穿越象征的森林,/森林用熟识的目光将他注视。//如同悠长的回声遥遥地回合/在一个混沌深邃的统一体中/广大浩漫好像黑夜连着光明——/芳香、颜色和声音在相互应和。/…………”波德莱尔的意思是:世界在说话,我们要听得懂它的声音。万物都以象征的方式在表现自己,我们要看得懂。为此,作为命名者的诗人要寻求适当的意象来表现世界,这种意象化的努力在英国诗人 T. S. 艾略特(1888—1965)那里就是寻找“客观对应物”(那些与“自然”在“互相应和”的“芳香、颜色和声音”,在这种感觉化的语言中,呈现出来)。

象征主义诗人将诗歌写作弄得相当神秘,他们的中国传人李金发(1900—1976)就曾经让 20 世纪 20 年代的新诗读者十分纠结,他一句“生命便是/死神唇边/的笑”就够你琢磨半天。而最神秘的,还数法国天才诗人兰波(1854—1891),他将波德莱尔的“诗人是观察者”的说法发展到“诗人应该是通灵者”,他习惯于“那神圣的神经错乱”。他在《语言的炼金术》中说:“我已习惯于天真的幻觉,在有工厂的地方,我很清楚地看见一座清真寺。”兰波渴望的诗人形象是:“在无法言喻的痛苦和折磨下,他要保持全部信念,全部超越于人的力量,他要成为一切人中伟大的病人,伟大的罪人,伟大的被诅咒的人——同时却也是最精深的博学之士——因为他进入了未知的领域。”

兰波作为诗人的感觉和想象极为奇特,让无数写诗者企慕。在当代中国,饱读古典经书和西方现代文学、哲学的诗人海子(1964—1989)对大多数现代诗人、哲学家都看不上眼,却对兰波青睐有加,他曾在一张纸上写道:“要和兰波赛一赛……”熟悉海子的人知道海子为什么有这句夙愿,因为他俩都是一般人所认为的某种“天才”诗人,他们在想象力上是绝顶高手。《扑向太阳之豹——海子评传》的作者燎原和海子生前好友、诗人西川(1963—)都提到一件事:海子短暂的一生有两次进藏,回程曾在四川逗留,蜀地诗人甚多,高手如云,大家对这个安徽小个子不甚尊重,有一次众人比赛想象力,主题为“天堂”。应该说,这个题目堪称绝妙。在千奇百怪的关于“天堂”的想象中,海子的诗句是:“我看见天堂的黑暗/就是一万年抱在一起……”据西川说,海子后来骄傲地回忆:我把他们全灭了。

我相信海子的出众是因为他进入了类似于兰波所说的“未知的领域”。西川回忆海子生前爱读的书不是当时流行的西方哲学、文艺思潮,虽然这些书他也读,但他更流连于人类古文明的经典,像《圣经》、印度史诗《罗摩衍那》、婆罗门教的《奥义书》和《摩奴法典》之类。他的文化根基和诗歌想象力与众不同,这也让他耗费一生建构的宏大的诗歌宫殿——七部长诗《太阳·七部书》赏识者寥寥无几。如果说,兰波自诩为一位“通灵者”,海子可能是当代中国诗人中少有的一位进入了宗教领域、亲近“神灵”的写作者,他在东西方宗教之中游走,获取丰富的文化资源和想象资源,但也付出了代价。诗人黑大春回忆,海子生前常佩戴上有耶稣的十字架。海子在诗歌中也常常称呼耶稣为“圣之羔羊”。但是,在今天海子的墓碑两边的石墙上,你可以看到一块不小的佛像。我在一次参观海子墓地时,海子的母亲曾对我说,这是海子千里迢迢从西藏不辞劳苦背回来的。当这位苍老的母亲说起此事,有轻轻的叹息:“这小鬼(指海子,也指逝去的人)不该做这事啊……”她在指责海子不该将佛像带回,似乎是此举严重干犯神灵。

事实上,海子的自杀,有人就认为与他练气功走火入魔有关。1989 年 3 月

26 日,时为中国政法大学教师的海子在山海关附近的一段慢车道上卧轨自杀。这个 25 岁的年轻人短暂的一生创作了 200 多万字令人惊叹的诗歌、诗剧等作品,死的时候随身携带着四部书,其中一部是《新旧约全书》。从他的结局看,他并没有进入上帝之城,与其说他自杀,不如说是被撒旦强行掳走的。24 年过去了,海子的死因到底是什么,无人能知,但海子诗歌的影响,却日益深远。作为诗人的海子,他的"生"(作品的成就),他的死,也许,也在于他的生命进入了某种神秘的领域。

海子的死不能不让人想起当代另一位优秀诗人骆一禾(1961—1989)。1979 年,比海子大三岁的骆一禾进入北大中文系(海子是法律系),1984 年获学士学位,毕业分配到北京出版社《十月》文学编辑部任编辑,后主持《十月之诗》栏目。1989 年 5 月 31 日,因脑血管突发大面积出血去世,年仅 28 岁。骆一禾生前留下近两万行诗作(其中包括长诗《世界的血》《大海》等)及数万字的诗论、小说。骆一禾在写作上其实和海子一样,有天才的禀赋和广博的文化视野、出众的想象力。海子死后,骆一禾付出了大量的劳力整理海子长诗,以至于在七十天之后,他也与世长辞。与海子和骆一禾同为代表性的"第三代"诗人的陈东东写道:"……死的时候,海子 25 岁,一禾 28 岁……他们是一对密友,互相敬佩和热爱,生活在同一座城市,一个尽情歌唱,一个就倾听和沉思。他们对大真理怀有同样的热情和信心,竟然在同一个春季相继离去。当一个扼断了自己的歌喉,另一个也已经不能倾听,当优异的嗓子沉默以后,聒噪和尖叫又毁坏了耳朵。由于这两个诗人的死,我们丧失了最为真诚的歌唱和倾听。""当一个扼断了自己的歌喉,另一个也已经不能倾听",当代中国这绝无仅有的两位诗人,如此紧密地生命相连,他们的生涯也成为中国文坛少有的美丽而哀伤的神话。

天才短命,天才诗人的一生,常常如彗星陨落。天才、诗歌与死亡之间有什么神秘的联系?西川在《生命的故事》一文中记述了他生命中四位杰出的诗友在 1989 至 1992 年间的相继离去,在海子和骆一禾之后,是 1985 年考入北京大学中文系的诗人戈麦(原名褚福军,1967—1991),戈麦于 1991 年 9 月 24 日自沉于北京西郊的万泉河。1992 年秋,西川最早的诗人之一张凤华在深圳跳楼。戈麦死后,他的朋友们出版他的遗稿,诗集即名为"彗星"。书的末页说到戈麦所创造的世界,"是对所有以往诗歌的一个有力的挑战。他的设想和雄心使他预先进入了天国的瑰丽之境”。事实上,海子、骆一禾和戈麦都是彗星式的诗人,像人们说戈麦的那样,他们“天才的想象力”对世界是“强暴”式的爆发与照亮。“海子只生活了25年,他的文学创作大概只持续了7年,在他生命的最后2年里,他像一颗年轻的星宿,争分夺秒地燃烧,然后突然爆炸”。他们的死是因为爆发而耗尽了自己吗,还是他们的诗歌写作方式使他们进入了一种领域,其中有一种不可抗拒的力量将他们吸引至死亡?海子在长诗《土地》中写道:“尸体是泥土的再次开始/尸体不是愤怒也不是疾病/其中包含着疲倦、忧伤和天才……”这仿佛是他对自己将死的预言及死后的安慰。

当代诗坛,因向“神秘”致敬、直接由“神秘”诞生的经典之作,是西川1987年前后完成的《在哈尔盖仰望星空》:“有一种神秘你无法驾驭/你只能充当旁观者的角色/听凭那神秘的力量/从遥远的地方发出信号/射出光来,穿透你的心/像今夜,在哈尔盖/在这个远离城市的荒凉的/地方,在这青藏高原上的/一个蚕豆般大小的火车站旁/我抬起头来眺望星空/这时河汉无声,鸟翼稀薄/青草向群星疯狂地生长/马群忘记了飞翔/风吹着空旷的夜也吹着我/风吹着未来也吹着过去/我成为某个人,某间/点着油灯的陋室/而这陋室冰凉的屋顶/被群星的亿万只脚踩成祭坛/我像一个领取圣餐的孩子/放大了胆子,但屏住呼吸。”这首诗也许透露了好诗产生的一个奥秘:对存在、永恒、生命满怀敬畏,谦卑地沉浸于其中,敬虔领受。这首诗也印证了西川所说的“一首优秀的诗作会具有宗教般的净化力量,使我们的沉默如潮涌,使我们坚信世间会有奇迹发生”。

(原载《长江文艺》,2013年第10期)

海子印象:背着血红的落日　走向家乡的墓地

我知道海子的时候已是1992年,那时海子早已离世,流行在校园里的,是一本红黑颜色封皮的《海子、骆一禾作品集》(南京出版社,1991年版),诗集那种悲怆的色调,符合那时人们对这两位诗人的印象:神秘、高尚、伟大。想想诗人们当时对海子、骆一禾的喜爱与崇拜,那诗集真有点红宝书的意味。多年后,诗人西川说,那本书的编选没有得到任何人的授权。那时我写作的经验很浅,还没有到达"倾心死亡"的地步,当时顶多就是那种想亲近文学发点文章将来毕业好找工作式的"热爱生命"。所以,进入眼帘、心里喜欢的海子的第一首诗是《重建家园》,诗的结尾是"双手劳动　慰藉心灵"。我想我农民的父亲一定会愿意这个作家做我的榜样。

海子离世那年,我并不知道他,当时诗人我只知道汪国真、席慕蓉。我的家乡与海子的家乡现在车程一小时,当时至少两个小时吧。1989年的炎炎夏天,我和高中的几个小伙伴突发奇想,将我们当地的西瓜卖到安庆城,岂不大赚一笔?其中一个小伙伴说,根本不用去安庆,他的大姨夫在高河,是水泥厂的书记,我们的西瓜到那里,没有人敢挑三拣四也没有人敢还价,因为公家包了。西瓜的来源在我的外婆那村,我找到我的大舅,他是那村里的领导,帮助我收西瓜,为了让我们这些小毛孩真能赚钱,他在过秤时作弊明显,明明十斤的瓜他只说八斤,以至于我的一个堂舅忍无可忍当场拂袖而去。整了一拖拉机西瓜之后,我们三个小伙伴也坐在拖拉机上,司机是我大舅找来的,这个老男人满口黑牙,我们为了讨好他,不断地给他递香烟,我们惊讶地发现,无论我们递多少支烟,他都慷慨地接了,连一句客气话也没有。后来舅舅告诉我,你们本来就应该给他额外买两包香烟,这是规矩。最令我们意外的是,当西瓜到了目的地那个水泥厂,刚一进大门,就听见一个亢奋的声音喊道:"发西瓜喽!"转眼之间,一拖拉机西瓜在茫茫人海中被一抢而空，而这时我们还没认识一个当地的人。我们接下来能做的事就是号啕大哭。在哭声中，传说中的大姨夫终于出现了，他确实表现出党对人民的关怀，他说西瓜按2000斤算，并且给出了惊人的高价。几年后，因为海子，我再次听说了这个叫高河的地方，我发现自己其实早已亲历，只是那时的我，迷恋的是余华小说《十八岁出门远行》中的那种癫狂与荒谬；那时的我，小小年纪，却财迷心窍；那时我根本不知道在拖拉机的轰鸣中渐渐退去的绿树掩映的那些平凡丘陵中，竟然诞生了一位终结了中国当代新诗史的优秀诗人。在北京大学出版的洪子诚、刘登翰先生著的《中国当代新诗史》最初的版本中，当代中国内地诗歌部分，写到一个叫海子的诗人自杀，就戛然而止。

海子的出生地我早已去过，几年后，当我成为一个新诗研究者、一个喜欢海子诗歌的人时，我有一点自豪。也许是这一点少年记忆，加上我确实与海子同为安庆老乡，在海子的所有诗歌中，我最触动的却是下面这一段："大地啊，伴随着你的毁灭/我们的酒杯举向哪里？/我们的脚举向哪里？//大地??盲目的血/天才和语言背着血红的落日/走向家乡的墓地//想想我是多么疲倦/想想我是多么衰老/习惯于孕育的火焰今日要习惯熄灭"（出自海子长诗《土地》的《第十章　迷途不返的人……酒》，见《土地》单行本第70页，春风文艺出版社，1990年）。15岁从一个农村中学考上北京大学，应当说是天才；短短生命写就200多万字的瑰丽诗篇，应当说他的语言禀赋非常人能比。而这个天才注定是悲剧，当这个孩子考上名牌大学时那庆祝的喜悦鞭炮还在记忆里回响，10年之后，同样是这个高河山村，又响起这个孩子骨灰回乡时的悲怆鞭炮。难怪查正全老人失望、羞辱与悲愤！"天才和语言背着血红的落日/走向家乡的墓地"，这诗句真是诗人自身的命运谶言。2008年，当我再一次踏上高河的土地，在海子埋身的那一片山冈，我有点震惊，怀宁县城附近的这片村庄，为什么中间却有这么一大块荒凉与沉默的荒芜山冈，仿佛它本来就是为诗人预留。我印象中的海子，是一个聪明的老乡，出去念了中国最好的大学，最终却以最悲惨的方式回来。故乡的很多人不知道这个孩子怎么了，而我知道，这个人的出去和回来之间，是生命中最宝贵的部分，是他的诗歌写作生涯。

"我看见了天堂的黑暗/那是一万年抱在一起""诗歌的金弦踩瞎了我的双眼/我走进比爱情更黑的地方""我的名字躺在我身边/像我重逢的朋友/我从

没有像今夜这样珍惜自己"……这是我曾经印象深刻的诗句，每个喜欢海子的人都知道海子那里有无数优美的诗句。从人的角度，海子是某种意义上的天才；从诗的角度，他诗中的想象和经验总是叫人吃惊，但又能够让你接受，让你陷入无尽的忧伤。他的诗一度和里尔克、卡夫卡、艾略特、鲁迅等人的作品一起，给了我一段难忘的在文学中悲欣交集的岁月，他们的言语一度代替我们自己说话。在后来的诗歌批评写作中，我渐渐不再因为海子是老乡而故意避讳，我越发意识到这个老乡作为文学家是多么优秀。我越来越体会到诗人西川说的一些话并不过分："海子是一个天才""仿佛沉默的大地为了说话而一把抓住了他，把他变成了大地的嗓子"，海子的诗句是"抵达元素的"（西川《怀念》，1990 年 2 月 17 日）。

当然，并不是每个人都认同西川的看法，有人就认为"海子缺乏对事物的具体把握能力"，有人说"海子乌托邦式的青春抒情，离自己肉体的真实感越来越远"，也有人认为海子的短诗还可以，长诗则不值一读。2008 年秋，我整理海子第一本诗集《小站》，湖南文艺出版社拟出版《小站》单行本，现在是副社长的陈新文先生当时也让我了解到他们社的一套大师图文典藏系列图书，这套图书印刷精美、创意新颖、档次很高（以前出过纪伯伦、泰戈尔、徐志摩等人的诗集），他希望能将海子也纳入这一系列，编一本《海子最美的抒情短诗 100 首》。这样的背景下，我想编一本有我个人印记的海子诗选。当我把湖南文艺出版社的意图转述给海子家人时，他们亦很高兴（海子二弟查曙明转达了他家人的意见：今天许多出版社想出海子诗选，但若是简单地重复，他们可能不会授权）。

骆一禾说海子"近 300 首抒情诗是具有鲜明风格和质量的，堪称对中国新诗的贡献"，这话也不过分。用海子自己的话说："我是肉，抒情就是血"（《日记 · 1986 年 8 月》），他的抒情诗也是这主体生命之"血"，宝贵、动人。常读海子的人可能都有这样的体会：在目前我们见到的所有海子的诗作中，即使不是首首精彩，但至少几乎每一首诗中总有一两句能打动人心。从这个意义上说，选编一本海子诗选是难的，因为好诗太多。但从另一个方面，选编海子诗选又是有意义的，因为可以体现编者的一定的诗歌眼光，不同的诗歌选本，可以让人们认识海子诗歌的多种魅力。海子诗歌的大部分我对之都有一定的记忆、一定的感喟，许多诗作诗句我曾与朋友们分享过，它们亦有我个人的心灵印记和生命体温。能被海子诗歌所触动的人是幸福的，而编这样一本诗选的目的，其意大约在于海子所说:“那幸福的闪电告诉我的,我将告诉每一个人。”

这本诗选最大的特点是,里边部分短诗是长诗的片段,我试图让大家也关注海子的长诗。有写作经验的人应该知道:小说如同谎言,篇幅越大越难成就;诗歌即兴短小些微感觉想象尚易,鸿篇巨制结构复杂的长诗要写好如同登天梯。海子的长诗写作如同天梯显现(当然不是《旧约》中雅各在伯特利看见的天梯),他自己在诗中也曾有相关的描述。《海子最美的100首抒情短诗》是有特色的,除了长诗片断之外,我自己也曾说,我选的这些诗,如同珍藏的珠宝,大都凝聚着我多年生命与记忆的摩挲,我熟悉它们如同熟悉曾经爱过的人。也许这部诗选的特色是一个在海子家乡安庆的乡村生活了19年的“70后”的读诗经验和文学趣味。也是想让人们知道,那些关于海子的抒情缺乏“肉体的真实感”、海子长诗没有价值的说法,是多么不符合实际,对于这样一位诗人,是多么不公平。

2009年湖南文艺出版社将《海子最美的抒情短诗100首》和海子第一本诗集《小站》及海子诗作精选的诗歌朗诵CD三合一,以这部丰富又精美的出版物作为对海子离世20周年的纪念。此著首印15000册,很快售罄,很快又再版,海子作品在当代汉语文学界受欢迎的程度令我欣喜。三者当中,《小站》作为单行本,是首次面世。附录于《小站》的,有我约的几位著名学者关于海子的文章,有我整理的1989至2009年这20年间重要的海子研究著述目录。对《小站》而言,我认为对当前的海子研究,有一定学术价值。3月26日在海子家乡的海子纪念活动上,我将我的“目录”呈与西川老师,他亦表示惊讶:“这里边许多文章我都不知道。”

这部出版物给我带来了一些安慰。这些安慰不包括一些人也将我列入当代中国的海子研究者的行列。对于海子,我只是一个读者,我只是一个因家乡也在安庆、海子家人比较信任的读书人,我不能算一个海子的研究者。我相信西川老师说的,研究海子是不容易的,尤其是那些长诗。对于研究海子,我还没有准备好。给我安慰的是一些读者,他们因看到这本书而高兴,进而写信与我,或以其他方式与我联络。这些曾经陌生的朋友给我的激动是大的,我知道他们与我联系不是因为我有什么,而是因为海子的诗人形象和文字本身,我的激动是我们都可以分享海子的文字的美与锐利、感伤与炽烈。在这个分崩离析的世界,文学还可以如此凝聚人心,让一个个石头心变得柔弱相互碰触,这多少是件令人激动的事。

2009年暑假前后三个月、2010—2011年一学年,我均在美国访问和学习,许多在海外的人,当他们知道我的专业是中国现当代诗歌时,都与我提起海子。海子不仅仅在中国,在那块被他称为“亚洲铜”的土地上,也在令他痛苦万分的“太平洋”的那一边,为人所熟知、所景仰。我想说的,不是海子的影响什么的,而是海子的诗作,被不同文化层次、社会背景的人长久地喜爱,可能是因为其中有一种当代汉语的平易又深切的抒情方式,海子的诗已不再是诗歌这种文体,而成了汉语的一种言说方式。诗人的有用与罪过、诗歌的社会功能云云,大约都在于此吧。

2010年暑假,我来到美国中部的伊利诺伊州大学香槟分校做访问学者,居住在一个叫Orchard Downs的地方,此处毗邻一片广阔的玉米地,当秋天来到,玉米收割,露出土地本身,对我而言,在中国已很久未见这样的情景,我心里涌出的是海子的诗句:“……丰收后荒凉的大地/黑夜从你内部上升//你从远方来,我到远方去/遥远的路程经过这里/天空一无所有/为何给我安慰……”(《黑夜的献诗——献给黑夜的女儿》)因着海子,这异域的风光,成为最中国化的情境。我想海子的诗,也许是这样,是汉语里许多人内在的语言。如西川在《怀念》(1990年2月17日)一文中所言:“他的诗歌将流动在我们的血液里。”

1996年冬

(原载广西师范大学校刊《漓园》创刊号)

江飞

（1981— ）

文学博士、作家。安庆桐城市人。北京师范大学文学院2010级文艺学博士，安庆师范学院文学院讲师，主要从事文学理论和中国现当代文学研究。在《江淮论坛》《理论与创作》《艺术广角》《文学报》等发表论文二十余篇，主持安徽省人文社科项目“新世纪安徽底层文学研究”，获第三届安徽省文联文艺评论奖一等奖等。另有散文、小说等文学作品四十余万字散见于《北京文学》《散文》《中华散文》《华夏散文》《文学界》《海燕·都市美文》《小说林》等，《读者》《青年文摘》等有转载；作品入选《散文中国》《2003：文学中国》等二十余种精选集。现为中国散文学会会员，安徽文学院签约作家，安庆市作协理事。

所有的天空都是你的

一个人的天空注定是空虚的孤独。你看见鹰的翅膀，也带着受伤的绷带。如果我能祈求到神灵的庇护，宽恕我的无知和冒险，我便获得重新审视这个世界还有你的勇气。

到了离家出走的年龄。

路途未知，你的年轻单纯和道路的漫长曲折不成比例，所以迷路在所难免。谁能好心地指给你正确的方向？人们在自家的屋檐下看你慌张的表情而倍加欣喜，而此刻他们的孩子却正在别人的梨园里偷梨。你把单车靠在树旁休憩，它比你本身更加疲惫，它不知道前进抑或后退的方向，而你除了挠头就只能啃着坚硬的馒头叹气。

可能你已经遗忘了最初决定动身的动机，但我记得你是要去看一场可能演出的电影，在六十里之外的城市。你的脚从出世以来就带着泥土，沾满乡野的气息。它们渴望踏出去，这是你十四年来饱受煎熬的原因，而你却并未可知。你只是开始憎恨你的父母，甚至你的不谙世事的兄弟姐妹。你告诉他们电影是什么是多么有趣，而他们却无动于衷，继续他们的游戏。你鄙夷他们，也鄙夷同样无知的自己。

你的父母已显出不合时宜却不可避免的苍老，他们习惯了的生活方式永远在你的想象之外；而你的兄弟姐妹还很年轻幼稚，他们的思想还是初春的小草，和他们的身高一样。你说服自己原谅了他们，却无法说服自己。

这是在十月，所有的风都向你吹过来。你在躲避中前进。你总是在躲避什么，已知的或未知的，甚至莫可名状的。

你走过草垛，牛粪和鸡犬不宁的农屋，走过稻场，肥鹅以及指桑骂槐的村妇。你走过娶亲的队伍,也走过抬棺材的人群。一辆抛锚的货车和怨天尤人的司机,两个细柳蛮腰咯咯笑的少女,三个喊号子的民工,以及树林间逃窜的野物,你一一走过,并且全都记在心上。你经常地会在这之后的很多时候回忆起他们和它们,依然亲切得像见到父母难得的微笑。

你在行走的时候肯定在思考:双腿的酸痛,路途的遥不可及,或是很有良心地为自己愚蠢的冒险而惴惴不安。你也会毫不犹豫地想到你那在地里劳作的父母是怎样的心情。

天暗下来,比你难以加快的步伐更迅速地暗下来。电影已经开演了吧,而你尚未抵达。你还在城市的边缘踯躅,像一只飞蛾为变成蝴蝶而尽心尽力。你相信希望,正如你相信城市的夜空比乡村更加美丽。

走走停停,不用考虑时间,这时候你最容易放下心来。手插在裤袋里,仰头看天。除了饥饿,没有任何让你畏惧的理由。"所有的天空都是我的",这里的和那里的,夜晚的还有白昼的。

当然,你最终会走进城市,走进你陌生而新鲜的世界。我不知道等你到达的时候,那场电影是否会提前结束。

所有的天空都是你的,而你又是谁的呢?

(选自《2003:文学中国》,林贤治主编)

梦见母亲骑着鱼

十二月的一天，母亲在电话里突然激动地跟我说，煤涨价了，一个煤球要两毛多，液化气涨得更厉害，一罐要九十多，明天准备上山扒柴去！照例我赶紧劝阻，而她照例说做就做。于是，母亲在卖完所有的鱼之后，拿着竹耙背着竹筐上了山，她准备收拾一山的落叶和松针松果了。

山分外安静，尤其是在这样的越来越深的冬季。除了特殊的日子（比如清明、年三十），除了看护林场的那个我从未正面接触过的人，没有谁愿意靠近祖先和故人们安息的这片山林。远远望去，山上最醒目的是那些白色的矮矮的石碑，或是用水泥浇注的上好的坟冢。众鸟都已高飞，似是忍受不了如此的静寂，而即使是那些山脚下过路的行人，白日里也会感到不寒而栗的冷意。松针虽已落尽，山林却依然茂密，母亲就隐没在树木的缝隙里。

收拾柴草的母亲或许会来到她母亲的坟前。草齐膝深，生长在坟的周围，去年冬天燃放的烟花鞭炮的残骸还散落在这一圈草丛里，当然早已模糊变形。坟上的杂草去年已被除得干净，土是新翻的，只覆盖了一层枯黄的松针和落叶。母亲默默地用竹耙梳理着坟冢，像十多年前最后一次给她母亲梳头一样，缓慢有序地把它们归拢到一处，再收拾进竹筐里。在离她母亲不远的地方，是她公公和老婆婆的坟，亲人们仿佛事先商量好了似的，最终都团聚在这里，坐北朝南，算是相互有个照应，可以白天黑夜地聊天，可以居高临下俯瞰子孙们或风光或苦痛的生活。还记得那一年清明到这里上坟，不知怎的就把坟上的茅草烧着了，火势借着风势，热烈，汹涌，毕毕剥剥，生生作响，大家手忙脚乱地折了松枝扑打，脚踩，拔外围的草，母亲惊慌得差点哭起来，“这可怎么好，这可怎么好！”她一边尖叫一边指挥着，芭茅从手掌上划过，一道道血印。等父亲提着两只桶从家里赶来的时候，火已经灭了，只剩下焦黑的一片狼藉，一处处冒着青烟。眼前，母亲看到的，是新生的修长的芭茅草，密密丛丛，像很久以前一样，干燥、枯黄、锋利，似在等待崭新的燃烧，让人心畏。

母亲用竹耙柄把松树高处那些已然死去或将要死去的松枝都打落下来，够得着的就干脆用手使劲地折断，地上很快便堆起一堆，整理好，用腿一压，用绳子一捆，便是结结实实的一担，也用不了多久，面前就堆了好几担。这个时候，父亲提着扁担就该出场了。父亲挑着松枝走在小路上，田埂上，像一架平稳移动的天平。天平可能会在半途短暂地停歇下来，喘喘气，然后继续上路，迈过每一道沟坎，爬上每一个斜坡。如此，往返数趟。

要过很久，山间的小道上才会再次出现那个沉重的身影。竹筐的体积显然比矮瘦的母亲更加臃肿，且超出了她的高度。如果从身后望过去，只可能看见长着双脚缓慢移动的一筐柴草。这筐柴草可能会径直走到灶间去，再由父亲把它们一点一点地送进灶膛，变成火光、热量和灰烬，整个罗岭的冬天便在噼里啪啦的声响和浓黑的炊烟中很快过去。

对门的人家早已搬走，似乎也不会再回来，只留下空荡荡的几间瓦屋，灰尘弥漫。他们把背下来挑下来的落叶松针松枝都倒在一间屋子里，几天下来，竟堆了大半间。望着堆积如山的柴火，年，似乎就有了火热的着落，母亲的心也是。

什么可以浇灭心头的火热呢？新年的雨水，还是纷纷的雪花？

那些从未想过的曾经远离她的死亡，好像都一齐约好了似的竞相浮现在她的周围，所以当一直健康的八十五岁的外公病倒在床上，十八天后匆匆离世的时候，当父亲在半夜突然晕厥过去人事不知的时候，她才会感觉一切是那么突然，那么不可思议，难以承受。我当然记得母亲向我描述正月十四日凌晨三点时的情形：父亲起来小便后，躺到床上，突然两耳轰鸣，眼前一黑。黑暗里，母亲只听见父亲呼呼地急促喘气，赶紧拉亮灯，只见父亲双眼上翻，双手蜷在胸前，手脚冰凉。母亲喊他，推他，没有任何反应；母亲打电话给舅舅家，没有人接；母亲哭着喊父亲的名字，和平，和平。几分钟后，父亲突然又回过神来，茫茫然，不知所以。母亲说完之后，忽然说，万一那晚你爸有个三长两短，我也不想活了。我的心猛地一阵刺痛：我无法安慰这个刚失去了父亲又再次经受生死考验的女人，我的母亲，而我也无法想象，在半夜三更的罗岭，母亲的呼喊该是怎样的惊慌、寒冷和无助！

柴火很快就烧完了，年，也很快结束了。父亲躺在市立医院心血管科的病床上，母亲紧握着他的手，久久不愿松开。天气好的日子，母亲就搀着父亲在医院的花园里散步、晒太阳、聊天。有一次我悄悄走在他们身后，默默注视着黄昏里他们相互依撑的背影，禁不住一阵眼热，他们已一同经历了三十年的风风雨雨，虽波澜不惊，却相濡以沫，简单而纯粹。如果不是在医院里，而是在乡间的小路上，如此情景，那该多好！母亲的身子好像又缩了几分，我一直以为我很了解她，一个勤劳、坚韧、明理、有主见的女人，虽然矮小、啰唆甚至有些世故，但她毫无疑问是整个家庭的重心，是我们倾诉的最好的听众，而我们却很难感知到她内心的沉重，她的痛似乎都故意埋藏在我们找不到的地方，看不见，也听不到。

或许是因为那些接踵而来的痛楚过于凶猛，又或许是因为长期的焦灼不安和操心劳累，那些隐秘的或被遮蔽了的痛楚最终在几个月之后慢慢显现出来，而那些她曾经受的更多的痛，比如浮肿的胳膊、风湿的关节、冻裂的手指、失眠等，早已伫立在她疼痛的夜里，那是这么多年的奔波留给她的“馈赠”，我们却似乎淡忘了。罗岭的医生诊断说，没事，是盆腔炎，吊几天水就好了。然而，水吊了几日，依然是痛，没有任何缓解。不能再拖了，我终究是不太相信乡下的医疗条件的，还是上来看看吧。你可认得医院里的人呢？母亲在电话那头小心地问。没有，我只能老实回答，我的朋友很多，教育的、体育的，却单单没有医院的。然而现在却显出十分必要，我不免怀疑起这些年我的努力来。那要去还是去你小舅那儿吧，她停顿了片刻，然后说。小舅在M市的医院里工作几十年了，我应该是放心的，且哥嫂也在那边工作，自然更是放心的。然而我没有说话，因为到M市比到我这儿要远了很多。她说明天还要起早去卖鱼，已经歇了好几天了，她数了数日子，三天了！其实我知道，母亲的鱼生意还是一如往常的不景气，年过完之后，那些下馄饨水饺的，蒸包子馒头的，搞装潢做塑料的，又纷纷向外跑路，罗岭一夜之间就又恢复了往日的平静和冷清，剩下的居民可能还没有母亲卖的鱼多。她常常需要为仅剩的几条鱼等上一两个钟头，或者挎着鱼篮沿着整条罗岭街一路叫卖，认识的不认识的都赔着笑吆喝着央求着，又或者只好将它们带回家去，做父亲的下酒菜。一天能挣上十块钱，就算是多的了。“要是再年轻十岁，我还想出去打工挣钱”，她不止一次地跟我们这样说，就好像她已经忘了这十年来她所遭受的那些身心的折磨，苦涩的泪水。

自然，我没有再说“鱼”的事情，那几乎是她现在唯一的事业，我只能再次

"语重心长"地劝慰一番。小姨听说了,也赶紧打电话劝她,并举例说明了再拖下去的严重后果,她终是信了。然而这"严重后果"于我听来,却让我陷入更大的不安。母亲再打电话来,终于确定去小舅那,水还有一天没吊呢,母亲说,很惋惜的语气。第二天,母亲一个人坐上去 M 市的长途客车,她是极少出门的,尤其是一个人。她拒绝父亲和我陪她去,我们唯一能做的只能是在心里祈愿:这些年她的痛已经够多了,够重了,但愿这样的痛可以少些,再少些。第三天,母亲在 M 市医院做了详细检查,B 超、CT,最终结论是肾结石,这同样让我意外,肾结石和盆腔炎可是差得远,我不禁为罗岭的医生们担忧起来。可是不管怎样,痛是一样的,还在延续,还在被母亲的身体承受。这身体内部的异常是我们无法看见也无法预料的,它们可能在北京在浙江在岳西在罗岭就已经在一点点形成了,一年、两年、五年、十年,都过去了,那些细微的痛也都被她轻易地忽略了过去。她不得不面对那或大或小的长在身体里的石头,不得不谨遵医嘱每天坚持喝几瓶开水,一点点地将它们溶解、分散、排出。

三个月后,肾结石已无大碍,母亲像往常一样上午卖鱼,下午到棋牌室看别人打牌,日子仿佛又回归了平静。直到有一天她发现口腔里一直溃疡的左颊上突然长了个一分硬币大的肿块,表面呈白色,凹凸不平,才来医院检查。拿切片化验结果的那天,我坐在检查室门外,拿着"活细胞组织病理检查单",我感觉自己的心刹那间变得冰凉,"高分化鳞癌",赫然在目:我知道这个"鳞"跟鱼没有任何关系。

当天夜里,忽然就梦见了母亲,在梦里,她没有背着沉重的柴草,也没有捂着肚子小声呻吟,而是骑着一尾我从未见过的健壮的鱼:

鱼在离家不远的小溪里/清晨之前/鱼不认识我的母亲/但母亲认得每一条鱼//每一条鱼都有鳞,有腮,有鳍/也都有名字/大一点的叫胖头/小一点的叫鲫/鱼,是她的第三个孩子//她的第二个孩子,我/梦见她骑在鱼的身上/游过江海,最终/游进离家不远的小溪里/骑着鱼,微笑着,朝我招手的母亲/怎么看都像是一条/失去光泽的鱼……

在醒来的诗里,在模糊的泪光里,我再一次清晰地看见了我的母亲——从未有过的轻盈!

(原载《百花洲》,2008 年第 4 期)

周根红

（1981— ）

安庆望江人。现居南京。文学博士。主要从事文学评论和文学创作。江苏省作家协会会员。江苏省作家协会第七届签约作家。首批南京市青年文化人才培养对象。文章散见于《诗刊》《散文诗》《诗潮》《散文》《广西文学》《雨花》等刊物，部分文章入选《中国年度散文诗》《中国散文诗90年》《新中国60年文学大系·散文诗精选》《安庆六十年文学精品集》等选本。参加第七届全国散文诗笔会、江苏省作家协会第21期青年作家读书班。曾获第二届江苏文学评论奖三等奖、第九届和第十届中国金鹰电视艺术节电视艺术论文二等奖和三等奖、江苏省文联嘉奖表彰、第七届中国散文诗天马奖等奖项。

缓慢改变的生活

那是一个小得不能再小的乡村，小得像一只勺子，盛着同样渺小的村民。那时候，我们眼中的世界就是这只勺子，这只勺子便是整个世界。当我走在通向村子的路时，我发现我甚至比不上一条路，一条路都有一个明确的方向，而我们的生活漫无目的，就像地里的杂草，随意地生长。村子里的人从来没有想过离开这里，他们以为自己就要在这里一直生活下去，再没有别的地方。乡亲们每天天亮扛着锄头或牵着一头牛，去田间地头开始一天的劳作。谁也没有注意到，一些东西正隐藏在我们的内心，就像一种陈年的病痛，在我们的体内永远都挥之不去，在潜默地行走着，不知不觉地就改变了。这种改变，其实是那么缓慢，慢到我们发现它改变了时竟然显得很平静，似乎它们一直就是那样。

记忆中的父亲首先是一个裁缝。那是在我10岁以前的事情吧。那时我一睁眼，听到的总是缝纫机的声音。父亲起得很早，睡得很晚，一天中的大部分时间都给了那些穿针引线的事情。父亲靠这个活曾为一家的生活立下了汗马功劳。那年月里，水稻的产量很低，一家一户的粮食都不够吃，甚至连做饭用的柴火都不够烧。父亲和母亲就到富足的人家帮忙打短工。父亲帮别人做衣服，母亲就帮父亲钉衣服的扣眼。1983年的冬天，父亲和母亲一直做到大年三十，才换回了三担柴火和十斤米，勉强应付着过了年。做了十几年的裁缝，父亲的手艺是远近闻名的，尤其是做棉衣。父亲曾经很夸耀地跟我说过做棉衣的诀窍。棉衣的难度主要在于大小和夹层，棉衣需要在衣服的面子和里子之间塞上棉絮，一塞棉絮，那么衣服的尺寸自然不能按照其他衣服的尺寸来裁剪，但究竟裁多大，这就需要自己把握。父亲每次把握得都很好，穿上去总是很合身。父亲跟我说了很多次，每次我都听得不耐烦，父亲却还是不停地跟我说。

可是谁也没有想到，父亲突然放下做了十几年的活计，跟村里几个年轻力壮的小伙子一起买了拖拉机。刚买的时候，父亲还帮一些邻居和远道而来的人做做衣服缝缝裤脚，过年时给我们这些孩子做几件新衣服，慢慢地父亲就再也没有接触过那台缝纫机。每年过年，父亲总是给我们买上几件新衣服。那台缝纫机也就那样静静地躲在墙角，偶尔我还会用脚去踩几下，缝纫机也转动几下，那声音远没有父亲踩着时优美，也没有父亲踩得流畅，总是踩到一半就顿住了。后来，父亲把那台缝纫机搬上拖拉机卖到了镇上。父亲就这样漫不经心地改变了一台缝纫机的命运，也改变了自己的命运。父亲开着拖拉机，帮远近的人运石头、红砖、水泥板。父亲甚至还跑山西去为附近的砖瓦厂运过煤。来回得走三天两夜，路上也没有地方休息，就跟一起去的车友互相换着在车上睡一会。父亲几乎没有跟我说起过那些日子在路上的生活。他回来说得最多的就是在山西一个叫作运城的地方喝了一碗羊肉汤，还经常夸耀他是如何趁着天黑躲过了国道上的收费站。我总记得父亲说到羊肉汤时总是意犹未尽，感叹一句，真是好喝啊。我想一定真的好喝，毕竟在我们这里别说喝羊肉汤，连羊都见不到。父亲开了几年的拖拉机，觉得自己已经老了，跑不动了，就把拖拉机卖掉了，最后回到了土地上。也许父亲觉得，生为一个庄稼人，土地才是自己真正的归宿。父亲很快就成了一个庄稼高手。插秧、割稻、种棉花，父亲干得比谁都好。父亲亲手侍弄着的庄稼不计其数。那些庄稼一定对父亲心怀感激吧。它们在田野里高兴地摇晃着。如果没有父亲，那些庄稼就长到了别人的田地里，碰上一个不会侍弄的，也许它就比别人少开了一朵花，少结了一些粒，它的生长就愁眉苦脸。

父亲是个闲不住的人，这辈子不知为多少事去忙碌过。可去年的冬天，父亲终于卖掉了那头正当年少的黄牛。那一天，父亲握着一根用来系牛的绳子，到井水边把它洗干净，然后挂起来，非常熟练的，像把一把镰刀挂在那墙上。长年在乡下生活的父亲总是不断地激励我，皇帝的战马，乡下的耕牛，这都是生活里非常重要的东西。但现在，父亲把小黄牛卖了，他觉得自己已经干不动了，就把田间地头的事情交给了打稻机、插秧机、割麦机。折腾了一辈子的父亲没有想到自己竟然这么快老去，老得什么都干不动了，好像是晚上睡了一觉，第二天起来就没有力气了，一切都只是一瞬间的事情。

我们不知道有多少生活像父亲那样正在慢慢地改变，改变得我们都没有察觉，甚至认为这是理所当然的。我们扛着锄头出去，看到地里的草比风长得还要快，就上前锄了它。这片草的命运就这样改变了，然而我们却看不见。这片草本来长在地里，汲取着庄稼的养分，占据着肥沃的地理优势，它应该能够长得比对面那片黄土坡上的草更茂盛更风光。可我们这么一锄，那片草就彻底没有了。其实改变的不仅仅是这片草，而是这片草的生活。那些蟋蟀喜欢在草里嬉戏、唱歌，躲在人们看不见的棉花大豆的叶子下面说说情话，现在找不到合适的地方了，它们不得不换到黄土坡上。棉花和大豆一下子就空虚了起来，孤零零的就会患上抑郁症，然后长势和收成就不好了，然而我们不知道，我们还以为是土壤不够肥沃施肥太少。更糟糕的是，也许这片草没有了，一对对情侣就散了。

村里有句谚语，一口吃不了个胖子。这话说得真是太好了。我不知道要吃多少年，才能吃得跟别人一样胖。这是我从来就不敢想的事情。我从小身子骨就比较弱，瘦得比一场风还要细弱。我知道自己根本不可能长胖。然而我错了。有天我去澡堂洗澡，洗发液不小心掉在地上，我低头去捡的时候，发现我的腹部微微隆起，有些快要大腹便便的样子了。这让我很心慌，倒不是怕身材变样。我心慌是发现自己居然从来没有发现这么大的变化。直到有一天，我们老了，拄着拐杖或者走不动了，我们才真的发现，原来我们一直在改变，时间从来就没有停下来。那时候我们就会感叹世事的变化是那么快，人生是那么短暂。其实，那些缓慢改变的生活一点点积攒着，而你根本没有时间去看。你一直活着，在年轻力壮的时候，到这里转转那里看看。你甚至不喜欢在路上蹦跶，你不想顺着路的指引走向一个明确的地方。你就是一个人，东边挖两锹，西边锄两下，瞅着那些不顺眼的牲口就骂上几句，让自己像黄土坡上的那些荒草一样，胡乱地疯长着。然而有一天，你走不动了，你才发现自己什么大事都没干就成了这样，腰也弯了，背也驼了，骨头也散架了。于是你才真正坐下来，看着时间如何停在一棵高粱一株玉米的身上，如何让一头牛在夜里逐渐老去。那些年轻时没有注意到的事情，等老了我们坐在一起时重新在记忆里梳理一遍，你发现时间经过我们时，我们有时候帮了时间一把，有时候用一根木棍挡了时间的路，可他拐了个弯从另一个地方冒了出来，继续改变着我们熟视无睹的一切。我们最终明白，时间就这么缓慢地改变了我们的生活，我们就住在时间的内部里缓慢地老去了。

（原载《黄河文学》，2011 年第 2 期）

正在消失的村庄

村庄已经在我的记忆里越来越荒芜和零碎。那些和父亲一样生活在村子里的人们，换了一茬又一茬，我已经都不认识了。我在村庄里到处转悠着，院墙转角处的牛棚，厕所旁边的猪圈，村口那棵被我们爬得光溜溜的槐树，那口叫作挑水河的小河流，都从村庄彻底走远了。只剩下一个个童年的地名，还藏在我的记忆里。其实，这个村庄也早就换了名字。在一轮撤乡并村的浪潮下，那个叫作同盟村的村子与附近的吴村和韩店村一起合并为韩店村。然而我还是宁愿称它为同盟村。许多时候，我想，一座村庄就是一棵枝繁叶茂的大树，我们就是树上的叶子，被风吹得很远很远。然而，一棵树仍然站在那里，等我们回来。可我回来了，那些风中的碎片还在吗？

我一直觉得，一片土地就是我们生活在一个村庄唯一的证人，而不是父母、兄弟姐妹，或者亲戚邻居。很多时候，等我们长大了成家了，我们就会跟父母分开，住上单独盖的房子。慢慢地等我们有了孩子，我们跟父母的走动就越来越少，关系也越来越淡了。我曾见过很多不赡养父母甚至把父母赶出家门的孩子。等哪一天父母老了，彻底从这个世界消失了，我们与这个村庄的关系已经无法通过父母的血脉继续延续下去。这时，土地才是我们跟这个村庄永不分离的证据。它是一个人与村庄形成的能够看得见的血缘关系。即便你长期在乡村生活，如果没有亲手侍弄一块属于你的土地，你就会失去做一个村民的资格。很小的时候，我就对土地不感兴趣，为此父亲一直训斥我说，地是块宝，啥都能长。没有土地，就没有根了。为此，即便我考上大学，后来在城市里工作，户口彻底从父亲的户口簿上迁走的时候，父亲依然坚持要从村长手里争取一份我的土地。父亲为了我的那五分地，给村长送过好几瓶酒，甚至有一年分土地时还吵了一架。许多时候，看着父母长年为土地上的事情佝偻着背，我就劝父亲少种点地。父亲总是愤愤然,不种地种什么?!我知道,种地不仅仅是父亲的一种生活方式,不仅仅是父亲与土地有了感情,更重要的是,父亲想以这种方式告诉人们,他还活在这个村庄。他想让那群牛、那些庄稼在风里向他点头微笑,像迎面走来的一个熟人。

然而,没过几年,村子里的年轻人和不再年轻的人都到外面打工去了。他们去服装厂做衣服,去工地打桩,去车间做鞋子,或者去做瓦工,谁也没有耐心去侍弄一块块土地了。那些地也就渐渐荒芜了。每次我回家时,父亲总要感叹上一番,说村子里再也没有干农活的了。可是,父亲还坚持着,继续把我和弟弟的那份土地侍弄得像模像样。只是每到秋天,父亲就在电话里抱怨,棉花结得越来越小了,还喜欢长虫子,地里的花生瘦得跟吃了鸦片一样,吃起来发苦。那些荒地越来越多,一块块的,就像干了一天活随便乱扔在地上的衣服,皱皱巴巴,充满疲惫。这里是棉花地,那里是水稻田,田埂上还种着高粱、玉米、绿豆。走在一条通往乡村的小路上,两旁的土地都那么孤独地耷拉着脑袋。只有那些稀稀拉拉的棉花,偶尔挺起瘦弱的腰,让周遭显得更加寂寥和萧索。

一直低头伺候土地的父亲,也变得心事重重。父亲总是说,现在地都死了,种啥都不长了。地都死了。这是我听到的父亲这些年说得最有诗意的一句话。也许,地真是有生命的。春天翻耕了让它们好好地呼吸,经常施肥让它们补充营养好好长身体。可是就有那么一天,那片土地再也长不出让人欣喜的水稻、棉花、花生了,一个个发育不良的样子。无论你施多少肥、浇多少水,它们都没法再长出好庄稼了。也许再过十年八年的,地里连草都长不出来了。父亲只顾坐在地头上抽烟。一块地的死去,跟一个人死去一样。这些土地陪伴了父亲大半辈子,父亲与它们成为欢喜冤家,看哪不顺眼都要锄一下,踢上一脚,有时也为白花花的棉花高兴得手舞足蹈。一块土地是否也像亲人一样,哪怕平时相处得多么不舒心,有朝一日真的离开了,也会留下长久的伤痛?很久,父亲才站起身来,黄昏的夕阳慢慢落下来,父亲佝偻着腰,扛一把锄头,他的身影在夕阳下越来越长,慢慢地消失在田埂上,就像那块土地被遗弃了一样。那片属于我的土地,也许就那样荒芜了,我与村庄的那点关系,还有什么可以证明呢?

这片土地死后,父亲突然出现了很大的改变。他的体重迅速降了下来,本来就不胖的身体越发瘦削了,两只臂膀的肌肉也松沓下去了。他的动作变得迟缓,去灶台上盛饭时步子都有些蹒跚。跟他说句话,老半天才反应过来。我想,也许是父亲老了,随着土地一起老了。我有时候想,虽然父亲仍然生活在村庄里,生活在那片自己待了五十多年的土地上,然而父亲好像也突然跟那片土地没有关系了。那些侍弄过的土地,土地上曾经疯长的庄稼,村子里的人,发生过的事情,他们统统都死去或消失了。没有死去和消失的也都从记忆里匿藏起来了,从我们身边走远了,我们什么都无法保留。

终于,那块地又有了新的归宿。父亲打电话来告诉我,村子里把那块连片的荒地征用了,租给一个民营企业家办化工厂和砖瓦厂。父亲说这话时,隐约中透出一种喜悦。随着轰隆隆的推土机开进那片荒芜的土地,父亲的新生活又开始了。父亲在工地上挖土、搬砖块、运水泥、拌沙子,干些力所能及的活。每天能挣 60 块工钱,这对父亲来说是笔数额不菲的工资。一辈子与土地打交道的父亲,我不知他怎么调整了自己的心态。五十多年前,父亲就住在同盟村的这片土地上,按部就班地生活着:挣工分,做裁缝,开拖拉机,种地,结婚生子,盖房子,搬迁。父亲甚至在后来的电话里好几次绘声绘色地向我描述了化工厂建设的进程。跟随着父亲的描述,我一直在想,这里是 1958 年大水冲毁的房屋,那里是我 1998 年考上大学时分的土地,还有父亲用了三瓶高炉家酒换回的五分土地,远处是母亲用来种花生和蔬菜的土地,还有那些更隐秘的东西,如饥饿、鼠疫、蝗灾、干旱、洪水……此刻都在一阵阵推土机的轰鸣中迅速远去。化工厂和砖瓦厂很快就建好了。父亲像一个无事可干的人,说要去化工厂干活。我们没有能够拦住他。或许父亲想以另一种方式继续生活在村庄里,继续看着那些曾经生长过高粱、玉米、棉花和水稻的土地。

化工厂开工后,父亲又给我打来一次电话,父亲很少主动给我打电话,除非有什么急事。父亲在电话里说,化工厂排出的浑浊发黄的废水就排向了那个叫挑水塘的小河里。在废水经过的地方,两旁的水草蜡黄蜡黄的,中间都开始腐烂掉了。化工厂附近的土地再也长不出庄稼。每年化工厂都会拿出一笔钱赔给附近的村民。虽然这些钱最终到村民手里时总是微乎其微,却没有人去村子里吵闹。他们知道,即便没有污染,那块土地也赚不了什么钱,更何况大多时候他们都让那些地荒着。父亲说,化工厂附近的土地还在,就是不能种庄稼了。父亲说这话时,显得少有的平静,只是说完后短暂地沉默了一下。我知道父亲沉默什么。父亲也许是想说那个砖瓦厂,想说砖瓦厂附近的土地都没有了。土地是砖瓦厂的粮食,运土的地方太远,成本就高了。于是砖瓦厂就近买了一大片庄稼地，用来生产供不应求的砖块。慢慢地，通往村庄的那条小路两旁都留下了一个个深不可测的大坑，积攒着经年的雨水，成为一个个巨大的水库。听母亲说，每年夏天总有些贪玩的小孩淹死在这个水库里。每年总有人去砖瓦厂骂娘，砖瓦厂对此也轻车熟路，反正就是赔钱，还极力压低着生命的价格。听说也就是十来万吧，毕竟是没有劳动力的小孩。这些钱对于这个村庄来说，也不算少了。父亲一年忙到头侍弄的庄稼，也就能赚个万儿八千，这中间还省略了无数的汗水、肥料、农药和提心吊胆。十万相当于父亲十年的收入。于是，无论他们之前怎么哭哭闹闹，心里多么不痛快，接过钱也就默不作声了。他们草草收拾着可怜的孩子，连个正常的丧礼都没有，用草席一裹就埋到了后山上，再烧上一堆纸钱，祈求孩子的灵魂安息。他们的内心一定经历过撕心裂肺的疼痛，他们一定在夜深人静时辗转反侧难以成眠，然而，他们也只有慢慢接受那些迅速或缓慢改变的生活。就像父亲侍弄了一辈子的土地，说荒芜就荒芜了。

暑假回去的时候，我跟父亲说，我们去地里看看吧。父亲木讷地站起来往前走。我和父亲一前一后地走在田埂上，就像我小时候那样，父亲扛着一把犁，或者一担水稻，我在后面牵着一头牛，拿个铝茶壶，或者就是空着手。那个傍晚依然像三十年前的那个傍晚，暮色慢慢笼罩着锅底似的村庄，风依然吹过这片土地。那一块块荒地，就像穿着一件破棉袄，在一个阴洼处，迎着风，半敞着胸。只有一株株野花，用力地举着落下去的夕阳。一只鸟儿飞来飞去，像一只橡皮擦，想把土地的荒凉和我内心的寂寞，统统擦干净。

（原载《广西文学》，2011 年第 12 期）

胡竹峰

（1984— ）

当代优秀散文家。已出版有《空杯集》《墨团花册》《衣饭书》《豆绿与美人霁》《旧味》《不知味集》等散文随笔集。曾获第三届“紫金·人民文学之星”散文奖。

墨　　迹

二爨篇

太久没有读碑帖，想看看爨宝子与爨龙颜。

无名氏的《爨宝子碑》，无名氏的《爨龙颜碑》，线条是宽的，味厚到密不透风的地步，突然豁然开朗——山穷水尽处别有洞天。也就是说，《爨宝子碑》与《爨龙颜碑》猛一看，密密麻麻很压抑，往细处琢磨，发现婉约来，好像行走密林，古木参天，灌丛密布，但能透气，不像进商场，让人气闷。我一逛商场就昏昏欲睡，有人逛商场越逛越勇、精神百倍。

以前看书画，先看线条。如今看书画，看韵味。我对女容的评价，少年时以色相论高低，现在知道女人之美在韵在味。当然，有人一辈子重色，重色是华夏民族的传统，“吾未见好德如好色者也”。一树梨花压海棠，多少人夜不能寐。

取韵不是上品，得意才算入流。练习书法更是这样，临帖能得意忘形才算入门，忘意之后是大境界。有个阶段沉迷书法，每天临帖写字，坚持半年，叵耐天分有限，不要说得意，连形也不得，只好作罢。

白蕉习王字得意，沈尹默习王字得形，胡竹峰习王字既不得形更不得意，只好埋头写文章。文章辛苦事，书法好卖钱，我不怨天尤人。

前阵子编好两本书交付出版，心想今年的本钱够了，不妨少写。岂料忘了逆水行舟，一篙松劲退千寻。寻是古代长度单位，八尺为一寻，一退退到江岸。我不喜欢江岸，我喜欢江南。江岸是送别的地方，江南是踏青的佳处。下周去江南玩，有谁陪我？

汉学家高居翰先生有本著作叫《江岸送别》，到底是外国人，写起汉语还是做作。国外人研究中国文学中国书画中国历史，见识眼界不成问题，但终有相隔处，相隔了层玄之又玄的东西，姑且称为文化基因。当年有人从皖北来到敝地，五十年过去，口音里还有皖北基因，一听就知非我同乡。基因是不可磨灭的符号，转基因是怪胎，不在此列。

如果取书名，“江岸送别”不如“江岸别”。有别肯定有送，多一字不如少一字。有人信奉多一事不如少一事，阿弥陀佛，有人信奉多一字不如少一字，竹简精神。古人把一个字一个字烙在竹简上。李健吾先生说：能把散文写得“字挟风霜”“声成金石”，才配得上竹简精神。这笔荡得太开，现在收回来。

我看无名氏的《爨宝子碑》与《爨龙颜碑》，总想起烩面。现在是深夜，肚子饿了的缘故？有个阶段在郑州上班，每天中午都是吃无名氏的烩面。无名氏的烩面便宜，味道不输名店。

康有为说宝子碑端朴，若古佛之容。古佛之容的话太玄虚，“端朴”二字评语下得极准。我看《爨宝子碑》的笔墨章法是老翁戏儿，我看《爨龙颜碑》的笔墨章法是儿戏老翁。老翁戏儿得意，儿戏老翁得趣。意好得，趣好得，意趣不好得。二爨集一处看，大得意趣。此时深夜，有人得意，有人得趣，我看《爨宝子碑》与《爨龙颜碑》独得意趣，这是读帖人的福气。

《瘗鹤铭》

闲来理书，从书箱里翻出《红楼梦》来，一翻就翻到《老学士闲征姽婳词 痴公子杜撰芙蓉诔》一节。曹雪芹的笔墨至此快到尽头了，大观园的故事露出残景。曹雪芹写残景，犹带明朗气，像盛夏西天晚霞。高鹗的续书，狗尾都称不上，顶多是条井绳。六七岁的光景，被蛇咬过，至今看不完《红楼梦》后四十回。

《红楼梦》的续书，见过不下十种，只有张之的《红楼梦新补》读完了。张先生的新补，新颖别致，清香扑鼻，读得人禁不住击节称赏。张之了不起的地方是推翻前人续作，融会贯通，另起炉灶，写元妃赐婚、黛玉泪尽而逝、贾府抄没一败涂地、荣宁子孙树倒猢狲散、贾兰贾菌中举、宝玉宝钗家计艰难、王熙凤被休弃含恨自尽、宝玉躲避穆侯举荐而悬崖撒手、史湘云怜产妇沿街乞讨、宝玉遣婢、生计所迫卖画打更等情事，叙来洋洋洒洒，又惊心动魄、满腹辛酸。张之遣词描红，多得曹公笔法，可谓续书翘楚。我这么说的意思是，今人未必不如古人。

前几天和诸荣会闲聊，谈起《瘗鹤铭》，他说古今那么多人学《瘗鹤铭》，无人得其宏旨，只有徐悲鸿入神了。见过不少徐悲鸿的书法，人云亦云说受益于康有为。荣会老兄法眼，一语道破天机，让我受用。

《瘗鹤铭》的“瘗”字，才认识不久。有个阶段把“瘗”字读成“麋”字，有个阶段把“瘗”字读成“病”字。病鹤成汤，瘗鹤成铭，想当然耳。当年乡下物资紧俏，鸡鸭鹅之类的家禽病了，舍不得扔掉，赶紧杀了炖汤。

“瘗鹤铭”三字组合，视觉上有压迫意味。但《瘗鹤铭》的书法却舒朗，像中年儒士着家居服散步，况味几近李斯当年牵黄犬出上蔡东门逐狡兔。

《瘗鹤铭》残石，字体松散夸张，横竖画向四周开张。黄庭坚认为“其胜乃不可貌”，誉为大字之祖。曹士冕则推崇其“笔法之妙，书家冠冕”。《东洲草堂金石·跋》说它：“自来书律，意合篆分，派兼南北。”我不以为然。某人家养的鹤死了，埋了它并写了铭文，是有些玩笑成分的，一个煞有介事的玩笑而已。《瘗鹤铭》文辞戏谑不乏豁达，可贵处在于游戏、在于家常，内容有机趣，也就是心情。

> 鹤寿不知其纪也，壬辰岁得于华亭，甲午岁化于朱方。天其未遂，吾翔寥廓耶？奚夺余仙鹤之遽也。乃裹以玄黄之巾，藏乎兹山之下，仙家无隐晦之志，我等故立石旌事篆铭不朽词曰：
>
> 相此胎禽，浮丘之真，山阴降迹，华表留声。西竹法理，幸丹岁辰。真唯仿佛，事亦微冥。鸣语化解，仙鹤去莘，左取曹国，右割荆门，后荡洪流，前固重局，余欲无言，尔也何明？宜直示之，唯将进宁，爰集真侣，瘗尔作铭。

鹤是珍禽，浮丘公曾著《相鹤经》。雷门大鼓，白鹤飞去不再声闻千里；丁令威成仙后化成仙鹤，在华表上停留显形。这些事幽微迷茫，难以分辨。而你化解身形，将往何方？在焦山西侧筑起你的坟茔，这里是安宁之地。坟后有鼓荡的长江洪流，坟前的焦山就是重重墓门。左方是遥远的曹国，右方是险峻的荆门。茅山北面是凉爽干燥之地，地势胜过华亭的风水。于是我邀集了几位朋友，在此埋葬你，并写下这篇铭文。

《瘗鹤铭》作者不传，有人说是陶弘景，还有说是王瓒，有人说是顾况，还有人说是王羲之。如果是王羲之的话，我倾向青年王羲之，时间在坦腹东床之前，《瘗鹤铭》里有青年人的烂漫之心。

说到王羲之，索性绕远一点。

王羲之书法有一个遵古时期和创新阶段——《姨母帖》之类几乎是古法用笔，《瘗鹤铭》也是古法用笔，到《丧乱帖》以及《兰亭序》，则用了新法。

不少古人喜欢鹤，梅妻鹤子是美谈。近日读《瘗鹤铭》，想起今年春天结伴和朋友一家去孔雀园玩，见到几只长腿白鹤，并不见佳，如呆鸟。

（原载《天涯》，2015年第6期）

吹花回雪

晚上一边泡脚一边看《董美人》,忽忽忆及董其昌。

老书上知道几个董家古人。董允是黄门侍郎,诸葛亮《出师表》上说:“侍中、侍郎郭攸之、费祎、董允等,此皆良实,志虑忠纯。”董永是神话小生,和织女的故事家喻户晓,我乡黄梅戏里有《天仙配》一剧,自小听得熟,说的即是他们。《三国演义》里的董卓,印象不佳。明末秦淮名妓董小宛觉得亲切,冒辟疆《影梅庵忆语》文辞秀丽,情真意切,最合少年时心性。

杨秀说董美人“态转回眸之艳,香飘曳裾之风,飒洒委迤,吹花回雪”。吹花回雪的形容让我想起董其昌的书法。董其昌曾说赵孟頫的字因熟得俗态,说自己的字因生得秀色。吹花回雪正是秀色,秀色得令人低回。

《董美人》文辞大好,得了《洛神赋》的真传。“吹花回雪”四个字更好,更好无言,拜上天所赐也。近年来明白好文章是天赐的,勉强不得,于是彻底放松。

赵孟頫因熟得俗态,我看未必,董其昌因生得秀色,倒是不假。赵孟頫也有秀色,只是他的秀色是山清水秀之清秀,董其昌的秀色是瓜果蔬菜之轻灵。赵孟頫气质华贵,适合近观;董其昌气势清朗,适合远视。从书艺上看,赵孟頫是董其昌的哥哥,一根藤上的两个南瓜,一个瓜熟蒂落熬成汤,一个青皮幽幽做了菜。

董其昌自称和尚投胎,谈起前世庙门法号,凿凿有据,“一切有为法,如梦幻泡沫,如露亦如电,应当如是观”的话自也说得顺口。而他在时人笔记里被描述为恶霸,结果犯了众怒,乡人挤在董家门前,上房揭瓦,两卷油芦席点火,将数百间雕梁画栋、园亭台榭及密室幽房烧得干干净净,将董其昌手书的“抱珠阁”匾额扔进水里,名曰“董其昌直沉水底矣”。

董其昌的画像我见过，脸颇瘦，能见到骨相，眉目间依稀可见豪横气、渔色气、老贼气。

董其昌书法真迹看过一些，或扇面或条幅或册页或中堂。其中堂尤其耐看，是玉雕的白菜。见过一幅董其昌行书手卷，字写得斜风细雨，冰肌玉骨，顷刻忘了炎热。好作品让人不知炎凉。有一年冬天，洗完澡单衣条裤在沙发上翻八大山人的画册，忘了时间，回过神来，已经着凉了，感冒好几天。

董其昌的画挟士气，字染秀色，入眼通体是不疾不徐的清贵。董其昌写字，无意于法每每驰骋佳妙，譬如《伯远帖》的题跋，字形大小错落，宛若珠落玉盘，脆然有声。其文字也好，风神潇洒：

> 既幸予得见王珣，又幸珣书不尽湮没得见吾也。长安所逢墨迹，此为尤物。

如今在博物馆看董其昌的书画，亦如彼时情景。因为有幸没有湮灭，尤物兀自勾魂摄魄。

崇祯九年十一月，董其昌去世，八十二岁。总觉得那是一个风雨天，董园的梅花零落一地。

（原载《人民文学》，2015 年第 4 期）

秋　水

立秋后，雨多了，整天整天下。那雨瘦，枯寒地在天空飘着，细且长，迎向地面，盈盈浅浅，像刘旦宅笔下仕女的凝眸。昨天晚上随手翻《红楼梦》，泛黄的书页中插有刘旦宅的画作，是有颜色的脂砚斋——粉彩淡里透艳，手如柔荑，眼似秋水，簪花髻上飘起幽香，或站或立，一袭薄纱轻衫让人如坠梦境。秋光易老，美人迟暮，刘旦宅的画风雅依旧艳丽依旧。

今年秋天，在经史子集中流连了不少光阴。夜深人静，拿一本书闲读。陷在沙发上，一团温暖的橘黄色瞬间包裹了我，秋水的气息漫卷纸页间，使人于夜读时平添了意外亲切的低回。飘飘然融会在宁静柔和的氛围里，想到古村，红袖，檀香，清箫，越发觉得秋水撩人。夜静昼喧，夜雅昼俗，夜朴昼巧。心静好读书，孟子有“夜气”一说，以为一个人入夜后最容易得气，最容易得道，最容易通神。

清晨起床，拉开窗户，秋水满帘，雾气正浓，天地间如一个大蒸笼，竟生出“烟波江上使人愁”的感慨。想到《红楼梦》也是四季书，大观园中的姐妹春去秋来走一遭，落了个白茫茫大地真干净。

烧饭间隙，开窗换气，夜雨稍停，看对面房子一旁的桂花树、紫竹林，想象晶莹的秋水在枝叶滴落。远处街道有积水反光，微弱剔透的亮，像玉器的包浆。街道旁的花木依旧依青偎翠，感觉已满目秋水清凉了。秋水清凉，忽然觉得冷，回房添了件秋衣。时令已过霜降，要暂别单衣条裤的生活了。女儿还在睡觉，鼻息均匀，长长的睫毛有笑意。有了孩子之后，人生似乎一下子进入了秋天，身体里，惊涛骇浪缓缓消退了，渐渐汇流成一泓秋水。

昨晚下半夜的时候，睡意蒙眬中隐约有雨声。和孩子在一起的夜晚，总是一夜睡到天亮，沉沉的，梦也不做了，这是得到孩子元气滋养的缘故吧。轻轻搂着她,肉乎乎一团,让人变得既柔软又平静。

早饭后,从南城前往东城。一路漫行,窗外的车流徐缓潺湲。老城区墙角的青苔幽幽散发着秋意,爬山虎枝叶凋零只剩一身虎骨,嶙峋静默。薄雾中,尾灯昏黄的光洇开来,心里变得闲淡,睡意也越来越淡。人行道上的灰衣人举着伞,挡得住秋水挡不住秋意,缩着肩膀,踽踽独行。空街行人寂寥如白壁一纸挂轴。

几户人家阳台上的花草,蓬蓬散散,现出老相了。因为秋水的缘故,窗前的绿萝亮绿起来泛着光泽。悄然落下的几片梧桐叶被风推动着,娉婷复袅袅,像个优雅的女人,也像个调皮的童子。

这些年写文章尚气,张岱说人无癖不可与之交。我癖女人身上的阴柔气与儿童身上的元气。阴柔气与元气是一切艺术之源。单个的汉字是硬朗的,需要注入阴柔气。古人说文章行云流水书法行云流水,行云与流水恰恰是阴柔气的表现。《庄子》与《兰亭序》的好,恰恰是硬朗中有阴柔气,恰恰是行文走笔的不见滞塞如行云流水。

秋天的行云、秋天的流水总使我沉迷沦陷。秋天时候,我在故乡山岗上,双手枕头仰观行云。少年的时光忧伤阴郁漫长,现在回过头看,那些日子竟也凝结成铃铎叮叮当当响在心灵的角落,悦耳澄澈,盈盈一握,使人怀念。或许和秋水有关,秋水照映了过去。

秋水下的乡村是桃花源,清静独孤。雨抹在狗尾草、红马蓼上,抹在番茄叶、豇豆藤上,轻轻地,庄严极了。倘或雨下得紧些,汇聚到屋顶的瓦沟里,从檐上落下来,掉进稻床边一溜儿整整齐齐的小水凼里,错错落落,仿佛编钟之音。池塘两侧的石头窠被阳光和雨露漂白磨光了,垫坐在上面,凉意袭人,坐得久了,才觉出热来。细脚蜘蛛在旁边爬,也有一种叫百脚虫的东西懒而蠢地蠕动。山涧溪流在谷底躺着,干净透明如同融化的水晶从石罅间川流,水中石子淘洗得颗颗浑圆。

子在川上曰:逝者如斯夫。一定是在秋水之岸。春水青嫩鲜亮,是人生第一阶段。夏水走泥,洪波涌起,是人生第二阶段。秋水无声绵延,山高月小,水落石出,是人生第三阶段。苏东坡写《赤壁赋》正是中年时候,也正是秋天。一厢情愿地想,或许是秋水让苏轼情不自禁。情的美好正是不自禁,情的痛苦也是不自禁,不自禁如同秋水,流得缓慢却义无反顾。

《赤壁赋》中，秋水笼罩一切，是节令之秋水，也是庄子的秋水。“壬戌之秋，七月既望……”霜露既降，木叶尽脱，人影在地。庄子与苏轼都适合在秋天阅读，通体清凉，风的肃穆中虫鸣唧唧作金石声，远处田野翻开的泥土以及田野小径上乱栽的枫树，更接近他们文字的氛围。

邓石如自题联：春风大雅能容物，秋水文章不染尘。这秋水文章只能是明清小品，不可追溯苏东坡，更不能比拟庄子。庄子的秋水、苏东坡的秋水渗透了尘世之土。我在乡下的时候，经常挖地。一锄头下去，泥土湿润鲜活，仿佛读庄子苏子的文章。

很多年前的庄子和苏子，在一小小院落中老槐树下的瓦房或者茅屋中轻描淡写，抒怀追忆寓言。秋水自树干枝叶间漏下，心思澄明，若有所悟，若有所契，无滓渣无凝滞。秋水流入庭院，不成烟，不成雾，自成一片雨帘。不知不觉中，天已垂暮，柴门静掩，沾泥的草径，有人回家了，粗朴的桌椅上放着陶碗。

想到追忆，如今年过三十，差不多有怀旧的资本了。进入秋天的标志，就是追忆吧。追忆比憧憬频繁，人生差不多已站在秋水边了。这些年越来越喜欢读庄子、杜甫、苏轼。李白的对酒当歌、晏殊的声色迷离如同秋水岸上老旧的涨痕，春潮退下去上不来。

在庄子那里，秋水弥漫，无处不在，秋水的气息裹挟着他身体的肌理。苏轼的秋水盈盈如一杯清茶，庄子在秋水中游泳，另有一番快意的萧瑟。苏子在秋水中驾一叶小舟，举杯盏且饮且行。人生如蜉蝣置身于天地，渺小如沧海一粟，只在须臾，不像江水滔滔无穷无尽。携仙人遨游各地，与明月相拥而永存世间。这些都是梦，人生的憾恨只在秋风秋水秋思中。

常常听人说，水流处必有灵气。有年夏天在黄河边看滔滔洪水，浑浊沉重，泥腥气与江流声席卷了一切，骇人听闻，不明漂浮物沉沉浮浮。这不是我心中秋水的模样，秋水共长天一色，秋水应该是湛蓝碧青如天空的。

秋水的颜色是王勃青衣的颜色。读来的印象，王勃着一袭青衣，青得生机勃勃，青得郁郁而结也郁郁而终。王勃是早夭的天才，人间留不住。《滕王阁序》中“落霞与孤鹜齐飞，秋水共长天一色”一句，太冷了，弥漫着岁月的秋意。人生几度秋凉，王勃体会得太早。

夜晚的秋虫在秋水后孤鸣，声若游丝。多少人事在秋水中老之将至老之已至。只有庄子不老，苏子不老，王勃不老，他们渡过秋水之河，在彼岸无老死亦无老死尽。这样的声音在秋水岸头与案头绵延不绝:“秋水时至,百川灌河。泾流之大,两涘渚崖之间不辨牛马。”

秋光如水小花开,雨过台阶蝶不来,人如花瘦倚妆台。冬心先生题在海棠画上的句子,真让人低回。

（原载《光明日报》,2014 年 11 月 4 日）

后　记

一百年前的今天,陈独秀创办的《新青年》杂志正式面世。它是一声号角,撕开了中国新文化运动的序幕;它是一面旗帜,让一批在黑暗中寻寻觅觅的先进思想者,握持了中国文明的曙光;它是一次日出,从中华民族几千年思想史的地平线下跃然纸上。这本小小的油印刊物,从此承载了中国人的文化命运与精神情结。距今已整整一百年过去,它在历史的深处依然熠熠生辉,依然"鼻梁之峻直,岐如眉棱",这是诗人徐志摩对陈独秀的肖像描写,也逼真刻画出《新青年》杂志的文化个性。在20世纪的中国思想史与文化史上,没有哪一本刊物的影响力超过《新青年》。这就是伟大的《新青年》,永远的《新青年》!

1915年9月15日《青年杂志》(《新青年》的前身)诞生于上海,1916年9月正式更名为《新青年》。从此它成为了新文化运动的策源地,宣传"科学"与"民主"的主阵地。胡适、李大钊、钱玄同、鲁迅、陈望道、刘半农、周作人、沈雁冰等一代文化英豪从《新青年》这块阵地,登上了现代中国的历史舞台。青年毛泽东也从《新青年》中受益匪浅,并为他打开了一个崭新的世界。在斯诺的《西行漫记》中,毛泽东回忆起《新青年》杂志时曾如是说:"《新青年》是有名的新文化运动的杂志,由陈独秀主编。当我在师范学校做学生的时候,我就开始读这一本杂志。我非常钦佩胡适、陈独秀的文章。他们代替了梁启超和康有为,一时成了我的模范。"《新青年》杂志对中国现代历史发展走向的影响,可见一斑。

作为当时省会的安庆,也有一批文化志士加入到《新青年》的队伍中,为中国新文化运动做出了难得的贡献。除了作为主编与创办人的陈独秀之外,如高语罕、高一涵、苏曼殊、潘赞化、王星拱、程演生、方孝岳、陈望道、陈乔年等,均成为《新青年》杂志的撰稿骨干,其中高语罕是新文化运动的第二主将,是陈独秀的副手,这些《新青年》杂志当中的安庆元素,对刊物发展起了很大推动作用。年方二十的方东美,1919年与北京南下的学生代表段锡朋、周炳琳、陈宝锷接洽,参与发动了南京的“五四运动”。因此可以认为,安庆是对中国新文化运动有着独特贡献的城市,壮阔不惊,却波澜四射。

《新青年》杂志创办已整整一百年过去,作为陈独秀的故乡——安庆,没有理由不编辑出版有关新文化运动方面的书籍,这也就是本套丛书的由来。历史走过去一百年了,一场新文化运动,是否完全彻底地改变了中国旧有的文化生态与形态?对今天而言,新文化运动是否也有未竟的使命?这是我们必须思考的时代命题。一百年来,我们一直走在文化变革之路上,而且今天依然需要更大力量的行走,尤其当文化成为国家竞争、社会发展的软实力时,我们肩上的担子更重了。作为一个文化人,应该深深植根于历史之中,张开思想的口袋,承接雨露、阳光,也包括尘埃与砂粒,时时警醒自己,才能走在通往远方的路上。一百年过去,“科学”与“民主”的大旗,依然需要我们去擦亮,去完成,去实现“中国梦”。

从酝酿之初到付出行动,再到结出硕果,这套丛书整整历经四年的光阴。其间,我的人生也发生了巨大的变化,但我仍以常人难有的毅力坚持了下来,尤其在夜阑人静之时,那本小小油印刊物上跳动的铅字,那比灰尘更浓稠的油墨味,就从历史中透射出来落在我的枕旁了。唯有奋力向前——这也是当年“新青年人”的姿态,我们今天依然需要这样前行的勇猛姿态,才可能实现自己的梦想。因此,我立即组织了安庆本土几位重要的诗人、作家及全国高校的著名学者,利用业余时间,共同推进了这样一个雄大的计划——《安庆新文化百年》。

这套丛书的编选宗旨是集结安庆百年间的名家名作,当然也应选入年富力强的新生代代表人物。这是安庆历史文化的延伸,年轻人的身上承载着新的文化使命。如鲁迅文学奖获得者盛琼,“人民文学奖”散文奖获得者江少宾、胡竹峰,青年优秀散文家汪惠仁,有极大全国影响的杰出诗人陈先发、有极大全国影响的先锋诗人余怒,青年优秀评论家杨庆祥,黄梅戏表演艺术家韩再芬,全国著名学者张国刚、杨耕、查显友、朱万曙、王彬彬、胡阿祥,中国画当代名家朱松发,已产生全国影响力的青年优秀画家朱春林、蔡葵、王平、何晓云、张耕及当代优秀书法家吴礼奇、张沧、胡永刚、陶启富,等等。他们是明日的安庆文化之星,是优秀历史文化的传承人，也是未来广阔时代的开启者。我们有理由为他们入选这一套丛书而鼓掌！

在本套丛书出版过程中，安徽省政协原主席、安庆人在心中一直非常敬重的方兆祥先生，给予了很大支持与鼓励；安徽省政协副主席（兼任省文化厅副厅长）、安徽大学教授、博士生导师李修松先生自该套书策划始，在编辑、出版诸阶段均给编委会以高屋建瓴的指导、支持，并在百忙之中为丛书拨冗写序。其序言精深宏阔，为丛书增加了理性思辨与学术价值。安徽文艺出版社社长朱寒冬先生不计出版社经济上之得失，只以饱满、严谨、高效的工作作风，为文化事业而搏击，目标在远方，所有安庆人都应向他行注目礼，道一声感谢！一百年的安庆新文化，历史中的巨人身影有些是沉埋于各种灰尘之中的，只有整理出来，它才能享受到时代的阳光，才会熠熠生辉。在这悠长的历史巷道中，走过了一回，就能感受这套丛书诞生的不易。金庭柏、查结联、王达敏、唐先田、陈先发、何世华、舟扬帆、祝凤鸣、吴昭元、姚尚友等安庆籍贤达人士，对这套丛书的出版均给予了很大的关心与支持，在此一并致谢，以彰安庆文化之精髓。

特别应予感谢的还有安徽文艺出版社原副社长、现任安徽人民出版社总编刘哲先生，他参与了丛书的初期策划，并为丛书出版提供了大力支持。丛书责编张磊先生付出了大量艰辛的劳动，做了许多细致入微的工作，其敬业精神可嘉可赞。在丛书出版过程中，原芜湖市副市长、芜湖市企业家联合会会长程晓苏先生，安徽省文物鉴定站研究员、著名古陶瓷鉴定专家李广宁先生，安庆文广新局局长刘春旺先生，著名书法家冯仲华先生，著名国画家姚道馀、陆平先生，安庆市博物馆馆长姚中亮先生、办公室主任操春祥先生，徐鹏先生，著名黄梅戏研究专家、原安庆黄梅戏剧院院长韩笑龙先生，安庆师范大学图书馆馆长董根明及沈志富先生，优秀青年画家、安庆知名广告传媒人韦泓先生，及著名诗人西川、谭五昌、余怒、苍耳、汪治华、叶邦宇先生，合肥工业大学出版社资深编辑疏利民先生，安庆知名文史专家李银德、张爱斌、张皖生先生，原安庆台联会会长余望先生，企业老总程立、王和祥、陈曙明、江淮泗、疏胜祥、余峻峰、章礼祥、余贤良、张振文、周庆等诸先生提供了形式不一的支持，在此致以诚挚谢意！另对本丛书出版提供支持的还有：安庆世太史第管理处主任金忠阳先生，安徽盛晟集团办公室主任方宜先生，篆刻家姚开基、董之忱先生，优秀青年画家、收藏家马进先生，安庆懒悟艺术馆馆长、收藏家张庆及收藏家谷军、张晓东、王大利诸先生，在此一并道谢。这些对安庆文化“无名英雄式”的支持，使我内心充满了温存与感激，使我有力量来克服组稿与出版过程中遇到的种种困难。在此，应予特别致谢的还有一位枞阳籍的方晨女士，她陪伴我参与了《名家书画卷》的大部分组稿与编辑，成为幕后“小帮手”，并把她热情、能干、随和的好印象，留给了安庆书画界。

任何一本书或者一套书，都不可能是大包大揽的那种完美。本套丛书编辑之初，编委会即面临了这种困境。由于某些原因，不得不舍弃了著名历史学家、当代国学大师余英时先生的作品，还有诸如李光炯、凌铁庵、余协中、方守彝、胡远浚、陈澹然、储皖峰、汪少伦、邓季宣、徐天闵、张皖光等一小部分安庆籍的名家，或由于资料的匮乏、或因时间的仓促、或为丛书规模所限，这十多位名家作品本次未能选入，实是莫大的遗憾。编书是遗憾的事业，有遗憾，就有下一个期望吧。以后有机会从事安庆历史文化的研究时，我会弥补这次的缺憾。

秋天过去了，春天还会远吗？因为冬天过去，春天就近了。这套丛书切切实实是安庆百年文化的一个秋天，在《新青年》百年诞辰之际，我们为安庆文化端上了一桌丰硕的盛宴，现在丛书在手，任由各位品尝。历史文化需要整理、发掘，当然也需要整合、塑造，在新的时代背景下，如何不让历史文化成为一种精神沉积物，而让它不停地焕发出新的生命力与文化张力，这是今天的人们都应积极思考的一个重要问题。这套丛书不是学术性的总结，更不是“史”，而是安庆新文化百年创作成果的基本汇集，是我们从过去走向未来的一条走廊。窗户是向每一位读者朋友打开了的，丛书中的错讹及不完美之处，请各位方家、读者多予指正！

金肽频

2015 年 9 月 15 日于合肥铂金汉宫

出 版 支 持

（排名不分先后）

余　望	张皖生	潘家凤	操玮东	熊结宝
周建华	蒋德升	张　帆	黄　烨	汪存烈
余贤良	陈明峰	王和祥	韦　泓	许振帆
梅云坤	陈曙明	鲍玉峰	张振文	

出 版 致 谢

（排名不分先后）

安徽省文化厅
安徽省教育厅
中共安庆市委
安庆市人民政府
安庆师范大学
安徽省文联
安徽省博物院
安徽省美术家协会
安徽省书法家协会
安徽盛晟集团
安庆市文广新局
安庆中国黄梅戏博物馆
安庆市美术馆（安庆书画院）
安庆市图书馆
安庆市迎江区文化委员会
安庆市宜秀区文化委员会
安庆鸿达拍卖有限公司
安庆南方灯饰有限公司
上海芃进机电设备有限公司
安徽德深集团（潜山）
安庆企业家书画诗词协会
安徽缘酒集团
安庆市惠联科技电脑有限公司
安徽皖蜀春酒业有限公司
安徽物氏茶叶有限公司
安庆正奇投资发展有限公司